GOLDMANN

D1865502

Buch

Jennifer Baxter ist eine junge schöne Frau, die weiß, was sie will und immer genau das macht, was ihr gerade in den Sinn kommt. So wundert es die Familie Baxter nicht, als eines schönen Tages Jennifer nach Mexiko aufbricht,um dort eine Schule zu gründen. Wochenlang hören Vater und Mutter Baxter nichts von ihrem Nesthäkchen, da beschließen sie, der Tochter einen berühmt-berüchtigten Revolverhelden, Jay Culhane, hinterherzuschicken, damit dieser Jennifer nach Hause bringt. Als Jay die junge Frau endlich gefunden hat, kommt es zwischen den beiden zu einem erbitterten Machtkampf.

Jay ist gewohnt, Geächtete und Abtrünnige aufzuspüren. Sein neuer Auftrag, die bezaubernde Lady Jennifer Baxter einzufangen, raubt ihm fast den Verstand. Eine so wunderschöne wie auch wütende Gefangene hat er noch nie gehabt. Er schwört sich, Jennifer zu lehren, was die eigentliche Bestimmung der Frau ist – die Liebe. Doch dieses Unterfangen stellt sich schon bald als gar nicht so einfach heraus…

Autorin

Elaine Coffman konnte mit ihren bisher erschienenen historischen Liebesromanen unzählige Fans erobern. Als gebürtige Texanerin liegen ihr natürlich besonders ihr Heimatstaat und dessen liebenswert-rauhbeinigen Einwohner am Herzen. Ihr außergewöhnliches Talent liegt darin, ihre feurig-romantischen Bücher mit einer gehörigen Portion Humor zu würzen.

Im Goldmann Verlag liegen von Elaine Coffman
bereits folgende Titel vor:

Geliebter Schuft. Roman (41073)
Wie Fieber im Blut. Roman (41074)
Ein Mann wie Samt und Seide. Roman (42212)
Engel in Flammen. Roman (41364)
Goldstaub auf zarter Haut. Roman (41367)

Elaine
COFFMAN

Zärtlicher Rebell

ROMAN

Aus dem Amerikanischen von
Uschi Gnade

GOLDMANN VERLAG

Deutsche Erstveröffentlichung
Titel der Originalausgabe: Escape Not My Love,
erschienen bei Bantam Doubleday Dell Publishing Group, Inc.,
New York

Umwelthinweis:
Alle bedruckten Materialien dieses Taschenbuches
sind chlorfrei und umweltschonend.
Das Papier enthält Recycling-Anteile.

Der Goldmann Verlag
ist ein Unternehmen der Verlagsgruppe Bertelsmann

Umschlaggestaltung: Design Team München
Illustration: Schlück/Duillo, Garbsen
Satz: IBV Satz- und Datentechnik GmbH, Berlin
Druck: Elsnerdruck, Berlin
Verlagsnummer: 41115
Redaktion: Ursula Walther/SK
Herstellung: Stefan Hansen
Made in Germany
ISBN 3-442-41115-7

3 5 7 9 10 8 6 4

Teil I

Laßt uns einsehen, daß Unbesonnenheit uns manchmal dient,
wenn tiefe Pläne scheitern; und das lehrt' uns,
daß eine Gottheit unsre Zwecke formt,
wie wir sie auch entwerfen.

Shakespeare, *Hamlet*

1

Weatherford, Texas, 1882

Als Randolph Baxter die Tür öffnete, ging über dem Hühnerstall die Sonne auf, und General Lee – Rands preisgekrönter alter englischer roter Kampfhahn mit der schwarzen Brust – saß auf dem hinteren Zaun und putzte sich das Gefieder. Als er die Tür aufgehen sah, plusterten sich General Lees Brustfedern auf, und er streckte den Hals und setzte zu einem lauten Krähen an. Er flatterte gerade mit den Flügeln und bereitete sich auf einen weiteren majestätischen Trompetenstoß vor, als Rand von der Veranda kam.

»Hau ab, und kreisch woanders«, sagte Randolph, hob ein paar Steine auf und warf sie nach dem Hahn. General Lee krächzte, und sein kolossaler Flugversuch endete mit einer absurd unbeholfenen Landung, bei der Unmengen von Federn durch die Luft stoben und langsam zu Boden trieben.

»Ich bin hier draußen, weil ich ein bißchen Ruhe und Frieden haben will, und ich werde dafür sorgen, daß ich das kriege«, sagte Randolph, dem es kein bißchen leid tat, daß er den alten Hahn beschimpfte. Normalerweise störte er sich nicht an General Lee und seinem aufgeblasenen Getue, aber heute morgen war das anders. Heute morgen war im Haus der Teufel los, und Randolph war an seinen Grenzen angelangt.

Er lief durch den Garten und hinter einen alten Geräteschuppen. Dort löste er ein lockeres Brett, zog einen Tabaksbeutel heraus und steckte ihn sich in die Hemdtasche. Zwei getigerte Katzen, eine gelbe und eine graue, kamen um die Ecke des Schuppens und blieben stehen, um ihn zu beobachten. Rand schenkte den Katzen keinerlei Beachtung, als er zum Bach hinunter schlenderte, um sich hinzusetzen und zu rauchen, während er in sich ging. Die Katzen folgten ihm. Beim Laufen redete Rand mit sich selbst – man braucht nicht etwa zu glauben, daß er sich wirklich Fragen stellte, keineswegs, sondern er breitete einfach alles vor sich aus, wie eine Frau ein Schnittmuster auf ein Stück Stoff gesteckt hätte, ehe sie mit dem Zuschneiden begann.

»Einerseits«, sagte er und murmelte ein paar Worte vor sich hin, blieb dann stehen und kratzte sich am Kinn, während er den Fall durchdachte. Anscheinend war er zufrieden, denn er setzte sich wieder in Bewegung und machte ein paar Schritte, bevor er sagte: »Aber andererseits«, dann wieder stehenblieb und die Hand auf sein Kinn hob. So ging es immer wieder. Er setzte sich in Bewegung und blieb stehen, bis Castor und Pollux, die Stallkatzen, das Interesse verloren und sich abwandten. Im Moment murmelte Rand vor sich hin, auf all das könnte man sich ja doch keinen Reim machen, und dann setzte er seinen Weg fort.

Das Gras war noch feucht, und in der Luft hing die schwere Süße des Geißblatts und der ersten Frühlingsrosen, die sich am Zaun rankten. Alles in allem war es ein so prächtiger Frühlingsmorgen, wie man ihn sich nur irgend wünschen konnte, und Randolph Baxter hatte vieles, wofür er dankbar sein konnte: eine wunderschöne und liebende Frau, ein schönes Stück Land, einen guten Wurf Frühlingskälber und mehr Geld in der First National Bank von Fort Worth als Heu.

Doch als er an jenem schönen Morgen mit seiner Zigarette dahockte, dachte Rand keineswegs an die Dinge, mit denen er gesegnet war, sondern an die Sünde. Oder, genauer gesagt, an die Sünden seiner Väter, denn er war der Überzeugung, daß der eine oder andere seiner Vorfahren an all seinen Nöten die Schuld trug – an diesen zermürbenden Ereignissen seines Lebens, die sein Durchhaltevermögen strapazierten und ihn auf eine Belastungsprobe stellten. Rand war ein gerechter Mann, der fest daran glaubte, daß man den ehren sollte, dem Ehre gebührte, und die Schuld demjenigen zuschieben sollte, dem sie von Rechts wegen zustand... und nachdem er jahrelang sein Gewissen geprüft hatte, kam er zu dem Schluß, daß die Schuld bei einem seiner Ahnen lag, der den Zorn Gottes auf sich gelenkt haben mußte – und er rechnete es diesem Vorfahren zu seiner

Ehre an, daß er vernünftig genug gewesen war, zu sterben, ehe er dafür bestraft werden konnte. Und daher mußte Rand jetzt für die Fehler eines anderen büßen.

Warum sonst war er mit neun Töchtern gesegnet worden, fragte er sich, als er sich eine neue Zigarette drehte. Die neun Töchter verübelte er Gott nicht so sehr wie den Umstand, daß nicht ein einziger Sohn dazwischen war, gewissermaßen als Gegengewicht. Neun Töchter... ein Mann muß wahrhaft reich sein, um neun Töchter großzuziehen – und geduldig noch dazu. Schließlich mußte schon allein das Haus riesig sein, um all diese Schlafzimmer zu fassen, und die Zimmer selbst mußten geräumig sein, damit all dieser Schnickschnack hineinpaßte, für den Frauen eine Schwäche hatten, ganz zu schweigen von diesen teuflischen Petticoats. Nein, es schien ihm einfach nicht richtig zu sein. Er zahlte für die Sünden eines anderen, das war todsicher.

Aber er konnte sich einfach keine Sünde vorstellen, die so schwerwiegend war, daß man mit neun Töchtern büßen mußte. Er betete, daß er durchhielt, bis endgültig alle Töchter aus dem Haus waren und die letzte von ihnen geheiratet hatte. Rand runzelte die Stirn, als er an seine jüngste Tochter Jenny dachte – die, die ihm im Moment all diesen Kummer und all diese Sorgen bereitete. Bei der konnte es gut sein, daß sie noch eine ganze Weile im Haus blieb.

Er beobachtete einen trägen alten Katzenwels, der im Wasser Kreise zog, als er an seine kleine Jennifer dachte – vielleicht konnte man eine Frau von einundzwanzig Jahren nicht mehr wirklich als klein ansehen –, doch seine Gedanken kehrten immer wieder zu ihr zurück, und er dachte daran, wie sie gewesen war, als sie noch ein winziger Knirps und ihm eins der liebsten Dinge in seinem ganzen Leben gewesen war.

Sie war ihm immer noch so lieb und teuer wie kaum etwas anderes, aber jetzt war sie herangewachsen und hatte einen eigenen Kopf, und der stimmte nicht immer mit Randolphs Vorstellungen überein. Er schnippte seinen Zigarettenstummel in den Bach, schloß die Augen und rief sich ein zartes kleines Gesicht ins Gedächtnis zurück und dazu üppiges, langes Haar, so dicht und glatt und schwarz wie das Haar der Indianer, und die Haut, die so hell und flaumweich wie blühende Weidenkätzchen war. Und erst ihre Augen! Er fragte sich, wie jemand je Jennifers Augen vergessen könnte – ihre auffälligen Augen, die diese merkwürdige Farbe hatten. Sie waren wie Kornblumen, mehr lavendelfarben als blau, und so groß, daß sie nicht in ein so winziges Gesicht zu gehören schienen.

Niemandem war es je gelungen, genau dahinterzukommen, woher sie diese Augenfarbe hatte und wie es sein konnte, daß ein so kleines Wesen Augen hatte, die einen derartigen Ausdruck zu haben schienen, daß man nicht sicher war, ob man engstens mit ihren Gedanken vertraut war oder nur ein wenig Einblick in sich selbst gewann.

Er erinnerte sich noch daran, wie sie eines Morgens ausgesehen hatte, als er gerade aus dem Haus gekommen war – sie konnte nicht älter als fünf Jahre gewesen sein –, und sie ihn auf den Stufen erwartet hatte. Wie ein kleines Püppchen aus Biskuitporzellan in einem gestärkten blauen Kattunkleid, das die Hände auf der weißen Schürze gefaltet hatte, saß sie steif da und strahlte über das ganze Gesicht, als sie ihm den Glanz ihrer Augen vollkommen zuwandte.

»Guten Morgen, Papa. Wohin gehst du?«

Und Rand hatte geantwortet, er ginge »für ein Weilchen runter zum Bach«. Er schüttelte den Kopf, als ihm einfiel, daß Jenny wie ein Korken hochgesprungen und ihm die Stufen hinunter gefolgt war. »Ich komme mit dir«, hatte sie gesagt. Rand, der vorgehabt hatte, heimlich zu rauchen, hatte gerade den Mund aufgemacht, um sie wegzuschicken, als Jenny die Hände in ihre Schürzentaschen gegraben und gesagt hatte: »Aber du brauchst nicht zum Geräteschuppen zu gehen und deine Sachen zu holen. Die habe ich nämlich schon hier.« Dann hatte sie seinen Tabakbeutel aus der Schürze gezogen.

Rand war nie dahintergekommen, wie Jenny sein Versteck aufgespürt hatte. Das war nur eines der Geheimnisse, die in den schimmernden Tiefen ihrer Augen verborgen waren. Doch von da an war es zu einem Ritual geworden: Jenny hatte jeden Morgen auf ihn gewartet und den Tabaksbeutel in ihrer Tasche gehabt, wenn sie ihr zartes kleines Händchen in seine Hand gelegt hatte und mit ihm zum Fluß geschlendert war. Er hatte ihr gesagt, er wünschte wirklich, sie würde nie erwachsen werden, und Jenny hatte ihm versprochen, das täte sie nie.

Aber sie war erwachsen geworden und aus dem Haus gegangen, um das College zu besuchen, und Rand hatte nie vorher solche Qualen erlitten. Selbst jetzt vergaß er manchmal noch, daß sie eine erwachsene Frau war, die das College abgeschlossen hatte und selbständig geworden war, und er ertappte sich dabei, wie er am frühen Morgen aus dem Haus ging und auf diese Stelle schaute, als erwarte er, sie säße immer noch auf der obersten Stufe und würde ihn begleiten.

Aber Jenny war fort, und Rand spürte, wie sich der Schmerz darüber in sein Bewußtsein zwängte. Jenny. Sein kleines Mädchen. Seine neunte Tochter.

Und er hatte neun Höllen durchlebt, seit sie letzte Woche dieses Telegramm aus Brownsville geschickt hatte:

SCHULJAHR BEENDET STOP UNTERWEGS NACH MEXIKO STOP DORT KEINE SCHULE STOP WERDE DORT EINE GRÜNDEN STOP KOMME ZURÜCK WENN ALLES ERLEDIGT IST STOP

Rand hatte sofort mit einem eigenen Telegramm reagiert:

NUR ÜBER MEINE LEICHE STOP DEINE MUTTER IN WAHNSINNIGER SORGE STOP BRAUCHE DICH HIER STOP INNERHALB VON ZWEI WOCHEN STOP ERWARTE GEHORSAM STOP

Und er hatte folgende Antwort erhalten:

TELEGRAMM NICHT ZUSTELLBAR STOP MISS BAXTER IN MEXIKO STOP

Rand hatte beschlossen, Jennifers Tante Winny zu telegrafieren, die in der Nähe seiner Tochter in Brownsville lebte und zum Glück nicht seine Schwester, sondern die seiner Frau Susanna war. Er schickte ihr folgende Nachricht:

BRAUCHE DEINE HILFE STOP JENNY IN MEXIKO STOP SCHICK UNS ADRESSE STOP WÜNSCHE IHRE RÜCKKEHR STOP

Und die Antwort lautete:

JENNY IST ERWACHSEN STOP TRIFFT EIGENE ENTSCHEIDUNGEN STOP KÜMMERE DICH UM DEINE EIGENEN ANGELEGENHEITEN STOP ICH KÜMMERE MICH UM MEINE STOP

Und das hatte Randolph in Wut versetzt. »Wenn ich deine Schwester, diese Xanthippe mit dem langen, dürren Hals und dem karottenroten Haar, je wieder zu sehen kriege, werde ich sie mit meinen eigenen Händen erdrosseln«, sagte er, als er nach Hause zurückkam und Susanna das Telegramm zeigte.

Susanna fing sofort an zu weinen, und Rand kam sich wie ein Idiot vor, weil er ihr noch mehr Leid zufügte. Susanna hatte einen eisernen Willen, eine Entschlossenheit und eine Unabhängigkeit, wie er es kaum je bei einer Frau gesehen hatte, doch wenn es um ihre Töchter ging, war sie so zart wie Gänsedaunen. Und seit diese ganze Geschichte mit Jenny passiert war, die nach Mexiko ausgerissen war, hatte sie keinen Appetit mehr und war rasend nervös. Rand stand schon genug Ängste um Jenny aus, aber die zusätzliche Sorge um Susanna machte den Kohl erst richtig fett. Er wußte schließlich, was einer Amerikanerin zustoßen konnte, die allein nach Mexiko ging, und wenn es noch dazu ein so reiches und schönes Mädchen wie seine Jenny war, dann würden sämtliche *Pistoleros* und *Bandidos* aus ihrem Versteck kommen und nur eine Gelegenheit abpassen, sie zu entführen und gegen ein Lösegeld festzuhalten, und in der Zwischenzeit würden sie ihre Lust an ihr befriedigen.

Randolph Baxter war krank vor Sorge um seine schöne, eigenwillige Tochter, doch um seiner Familie willen behielt er seine Gedanken für sich. Wenn Susanna je Wind davon bekommen hätte, welche Ängste Rand um Jenny ausstand, hätte sie unter ärztliche Aufsicht gestellt werden müssen. Rand hatte Susanna vor Jahren fast verloren, als ihre kleine Tochter gestorben war. Beim nächsten Mal hatte er vielleicht nicht noch mal solches Glück. Was es auch kostete, und mochte er innerlich noch so sehr bluten – er würde dafür sorgen, daß Susanna nicht erfuhr, wie ernst die Lage war.

Etwa eine Stunde später klemmte Rand den Tabaksbeutel wieder hinter das lose Brett und rückte es zurecht, ehe er auf den Stall zuging. Er war gerade ausgeritten, damit Shiloh, sein Pferd, Bewegung hatte, und er hatte seine Hunde gefüttert und stand vor dem Stall und redete mit einem der Arbeiter, als er eine Mietkutsche mit gewaltigem Tempo auf dem Weg näherkommen sah. Sie ließ kein Schlagloch aus, und eine Staubwolke folgte ihr und senkte sich auf die neuen grünen Schößlinge im Maisfeld herab. Rand kratzte sich das Kinn und sah zu, wie die Kutsche vor dem Tor anhielt. Dann brachen noch mehr Schwierigkeiten über ihn herein – vier Frauen, die schnatterten und gackerten, bis die Haustür aufging und Susanna einen lauten Schrei ausstieß. Sie flog die Stufen hinunter, und ihr folgten drei weitere schreiende Frauen, die nach ihr aus dem Haus gestürzt kamen.

Während Susanna über den Weg eilte und die vier Frauen in ihre Arme zog, blieb Rand einfach stehen und sah zu, wie seine Frau, mit der er seit fünfunddreißig Jahren verheiratet war, und sieben seiner neun Töchter vor dem Haus ihren Zirkus aufführten. In Momenten wie diesem war Rand fast ein wenig froh darüber, daß Heddy, seine achte Tochter, im letzten Winter mit diesem mittellosen Cowboy durchgebrannt war. Wenigstens war sie jetzt in Colorado, und es war unwahrscheinlich, daß sie die ganze Strecke zurücklegen würde, um sich ihrer Mutter und ihren Schwestern bei einer solchen Szene anzuschließen. In Rands Augen war dieses ganze Theater, das sie um die neueste Katastrophe in Jennys Leben aufführten, etwa so hilfreich, als hätte man ein totes Pferd gesattelt.

Da er wußte, daß es sich nicht umgehen ließ, wappnete sich Rand und ging auf das Haus zu. Als er vor der Wohnzimmertür stehen blieb, redete Abbey, seine Älteste, ziemlich undeutlich durch ein großes Stück Biskuitkuchen, das sie im Mund hatte. Sie war von Natur aus ein Viehtreiber und gebärdete sich wie ein Sergeant; immer erklärte sie sich selbst zum zweiten Boss, trieb alles zusammen und gab lautstark Befehle aus.

»Wann hat Papa erfahren, daß Jenny nach Mexiko gegangen ist?« hörte er sie fragen.

Susanna drehte besorgt den goldenen Ehering an ihrem Finger, und ihre flammendroten Locken schauten unter ihrer Haube aus Spitze und Bändern heraus. »Erst letzte Woche. Und ich habe euch Mädchen augenblicklich die Telegramme geschickt.«

Rand beobachtete, wie Abbey den nächsten Anlauf nahm, und er fragte sich, wie lange es wohl dauern würde, bis sie sagte, sie sei »sprachlos«. Natürlich war sie das nie, aber es schien einer ihrer liebsten Ausdrücke zu sein.

»Jenny hat nie in einem ihrer Briefe erwähnt, daß sie nach Mexiko gehen will, nie irgendeine Andeutung gemacht, daß sie Interesse daran hat, dort eine Schule zu gründen?« fragte Abbey.

»Nein«, sagte Susanna.

»Nein? Also, wirklich, ich brauche euch wohl kaum zu sagen, daß ich sprachlos bin. Einfach sprachlos.«

»Wenn du es doch bloß bliebest«, sagte Rand, als er in das Zimmer schlenderte. »Mir ist nie jemand begegnet, dessen Redefluß derart ungehemmt ist.« Er sah Susanna an. »Wir hätten sie Flo nennen sollen.«

»Papa«, sagte Faith, »denk daran, was über das Werfen von Steinen in der Bibel steht.«

»Faith, nur weil du einen Pfarrer geheiratet hast, heißt das noch nicht, daß du gleich selbst so predigen mußt, als seist du einer. Abbey redet zuviel, und das ist eine Tatsache... bei ihr kommt man selbst dann kaum zu Wort, wenn man die Sätze dünn zusammenfaltet.«

Susanne sah ihn stirnrunzelnd an. »Ich wünschte, du würdest nicht so über Abbey reden. Wenn dich jemand hört, könnte er ja glauben, sie hätte keinen Funken Verstand. Du weißt selbst, daß Dr. Brewmeister gesagt hat, Wortgewandtheit sei ein Zeichen für Intelligenz. Und das beweist schon die Tatsache, daß sie vier Sprachen spricht.«

»Ja, und den Mund kann sie in keiner dieser Sprachen halten.«

»Mit Spott und Wut sammelt man keine Schätze im Himmel an«, sagte Faith.

»Ich habe mehr Schätze angesammelt, als ich je gebrauchen kann, und als Pluspunkt kommt noch dazu, daß ich neun Töchter großgezogen habe.«

»Pah!« schnaubte Abbey. »Mehr als du brauchst, daß ich nicht lache! Du hast nicht mal genug, um eine Harfe anzuzahlen.«

Susanna griff einmal mehr vermittelnd ein. »Abbey, hör auf, mit deinem Vater zu streiten. Ihr könnt nicht beide das letzte Wort haben.«

»Bei ihm hat nur ein Echo eine Chance, das letzte Wort zu haben«, sagte Abbey und verzog schmollend das Gesicht.

Rand sah sich im Zimmer um. Er konnte einfach nicht begreifen, warum Susanna ausgerechnet zu einem solchen Zeitpunkt all ihre Töchter um sich haben wollte, deren Gegensatz seiner Meinung nach das Problem nur noch verschärfte. Sie wollten doch nicht anderes tun, als sich über die Greuel unterhalten, die Jenny widerfahren konnten. Und diese Gespräche würden Susanna in ein frühes Grab bringen. Er mußte sich etwas einfallen lassen, um sie abzulenken oder die Stimmung ein wenig zu heben. Und selbst das war schon schwer, denn jedesmal, wenn Rand an Jenny dachte, krampfte sich sein Herz schmerzhaft zusammen, und er hatte dann immer etwas im Auge.

»Glaubst du, daß sie entführt worden ist?« fragte Abbey ihre Mutter.

»Mir wäre es lieber, wenn du eine Entführung nicht ausgerechnet jetzt erwähnen würdest, denn ich glaube nicht, daß ich mir darüber im Moment Gedanken machen möchte.« Eine tiefe Falte schnitt sich durch Susannas Stirn, und sie preßte die Lippen fest zusammen, als sie sich fragte, wie ihre jüngste Tochter derart von der Bahn hatte abkommen können. Sie wußte ganz einfach nicht mehr, was sie von Jenny halten solle. Jennifer war immer ein bißchen gescheiter, ein bißchen schneller, ein bißchen hübscher und ein bißchen eigenwilliger als ihre acht älteren Schwestern gewesen.

Sie hatte auch schon immer etwas mehr Schwierigkeiten als die anderen gemacht.

Abbey beachtete den abwesenden Blick ihrer Mutter nicht weiter und sagte: »Jenny ist verschwunden. Mir scheint, das ist der perfekte Zeitpunkt, um über eine Entführung zu reden. Ihr habt diese Möglichkeit doch bestimmt nicht ausgeschieden.«

Rand kniff unwillig die Augen zusammen. »Also, hör mal, laß dir bloß nicht noch mehr einfallen, damit sich deine Mutter Sorgen macht«, fuhr er Abbey an. Seine Worte hatten eine gewisse Wirkung, denn ein trübsinniges Schweigen brach über den Raum herein. Susanna schloß die Augen, als sie wieder an Jennys Telegramm dachte und sich fragte, ob jemand anderes es geschickt haben könnte, jemand, der sie entführt hatte und sie von der Fährte ablenken wollte, bis sie sie in einem Versteck in Sicherheit gebracht hatten. Aber dann fiel ihr wieder ein, wie das Telegramm formuliert gewesen war – genauso, wie Jenny sich in einem solchen Fall ausgedrückt hätte. Und das lag höchstwahrscheinlich daran, daß die Worte wirklich von Jenny stammten. Dessen war sich ihre Mutter sicher. Und außerdem hatte Susannas Schwester Winny Jenny immer abgöttisch geliebt und oft gesagt, Jenny sei das Kind, das sie nie selbst bekommen hatte.

Wenn Jenny plötzlich verschwunden wäre, hätte Winny sie verständigt. Wenn sie Rand telegrafierte, er solle sich um seine eigenen Angelegenheiten kümmern, dann drückte sie damit aus, daß sie alles über Jennys Pläne wußte, in Mexiko eine Schule zu gründen. Und sie wußte es nicht nur – wenn Susanna ihre Schwester auch nur ein wenig kannte, dann war Winny wahrscheinlich für dieses Vorhaben... und zwar von ganzem Herzen. Manchmal verhielt sich Jennifer so, als sei sie Winnies Tochter und nicht ihre eigene, zumindest, wenn man nach den ungewöhnlichen Dingen urteilte, die sie tat.

»Nein«, sagte Susanna nachdrücklich. »Jenny ist aus freiem Entschluß nach Mexiko gegangen. Sie ist nicht entführt worden.«

Abbey klopfte die Krümel aus dem Schaukelstuhl und setzte sich. »Mutter, hast du an Heddy telegrafiert?«

»Ja, natürlich, aber Walt hat uns telegrafiert, Heddy bekäme im Herbst ein Baby und könne daher natürlich nicht diese weite Reise machen.«

»Ein Baby! Ich bin einfach sprachlos!«

Rand wollte schon etwas dazu sagen, doch dann sah er, daß Abbey ihn fixierte, als würde sie gleich eine Frage auf ihn abfeuern. »Papa, was hast du wegen Jennifer unternommen?« fragte sie.

»Jennifer hat sich selbst in diese Lage gebracht. Sie soll auch sehen, wie sie allein wieder rauskommt«, sagte Rand, der sich eine Tasse Kaffee einschenkte und nach der Zuckerdose griff. Dann fiel ihm auf, wie sehr seine Worte Susanna getroffen hatten. »Della, hilf deiner Mutter, den Kaffee von ihrem Kleid zu wischen. Susanna, hör auf zu heulen. Du weißt, daß ich dich nicht weinen sehen kann. Nein, es war nicht mein Ernst. Natürlich werde ich ihr helfen. Ja, ich weiß, daß sie unsere Kleinste ist... und wie krank sie in dem Winter war, in dem wir die kleine Irene verloren haben.« *Und wie dicht du selbst davorgestanden hast, an der Grippe und an deinem Kummer zu sterben…* »Mir ist aber auch klar, daß sie eine erwachsene Frau von einundzwanzig Jahren ist… und daß sie mehr Ärger machen kann als Komantschen auf dem Kriegspfad.«

»Das hat sie von deiner Familie geerbt«, warf Susanna ein.

»Schließlich habe ich ihr diese blödsinnigen Ideen nicht in den Kopf gesetzt. Ich habe mein Bestes getan, um sie dazu zu bringen, daß sie in Texas ins College geht, wie alle anderen Mädchen auch. Meine Güte, wenn das kein Reinfall war, verdammt noch mal! Und ehe du mich fragst, wie ich so daherreden kann, erinnere ich dich gleich daran, daß unsere ach so feine Miss Jennifer Leigh nach dem College schleunigst hätte zurückkommen, heiraten und sich ein paar Kinder zulegen sollen, statt nach Brownsville zu gehen und dort bei deiner wirrköpfigen Schwester zu leben und diese verfluchte nichtsnutzige Schule zu gründen… in der sie versucht, einer Horde von Bohnenfressern beizubringen, wie man eine Sprache liest, die die noch nicht mal sprechen können. Das ist typisch für unsere Jenny – immer spannt sie den Wagen vor die Pferde. Ständig muß sie sich für etwas einsetzen, unsere kleine Jenny. Sie kann nicht einfach einen respektablen Mann kennenlernen und sich verheiraten, wie es die anderen Mädchen getan haben. Wenn ich es mir recht überlege – Jenny tut nie irgend etwas von alledem, was die anderen Mädchen getan haben. Immer muß es nach ihrem Kopf gehen, und ewig muß sie ein Stück weit über das Ziel hinausschießen.«

»Randolph Baxter, wie kannst du so über deine eigene Tochter reden?« klagte Susanna.

»Weil es wahr ist! Das Mädchen hat einen Verstand wie ein Teekessel – ständig am Kochen und am Dampfen.«

Rand sah, daß Susanna die Lippen verzog, als hätte sie in eine Zitrone gebissen, und sie verschränkte die Arme vor der Brust, wie sie es immer tat, wenn sie beleidigt war, und gerade das spornte ihn nur noch mehr an. »Was Jenny auch zugestoßen sein mag, du kannst deinen letzten Dollar darauf wetten, daß deine verrückte Schwester etwas damit zu tun gehabt hat«, sagte er.

»Winny ist nicht verrückt«, schrie Susanna. »Das sagst du nur, weil sie meine Schwester ist.«

»Mein Liebling, ich sage das lediglich, weil es eine Tatsache ist. Die alte Hexe ist wie eine Irre.«

»Sie ist exzentrisch, Randolph. Das ist ein Unterschied.«

»Es mag ja sein, daß sie exzentrisch ist, aber verrückt ist sie trotzdem, und ich könnte bei der Gelegenheit auch gleich betonen...« Rand unterbrach sich und hielt seine Worte im letzten Moment zurück. Er hatte vorgehabt zu sagen, daß er Winny dafür verantwortlich machte, wenn Jenny irgend etwas zustieß – auf eine solche Äußerung wäre Susanna augenblicklich zusammengebrochen. Rand wandelte seine Worte gewandt ab in: »...ich ziehe Winny persönlich für die Hälfte der blödsinnigen Vorstellungen zur Verantwortung, die Jennifer durch ihren hübschen Kopf spuken... und dazu gehört auch dieser Ausflug nach Mexiko.«

»Randolph Baxter, wie kannst du bloß Winny die Schuld daran geben?«

»Hat Winny auch nur im entferntesten besorgt gewirkt, nachdem ich ihr dieses Telegramm geschickt habe?«

Susanna schien ein wenig aus der Bahn geworfen zu sein. »Nein.«

»Hat sie uns gesagt, wo Jennifer ist?«

»Nein.«

»Hat sie uns gesagt, daß wir uns keine Sorgen machen müssen, weil Jennifer absolut nichts passieren kann?«

»Nein.«

»Hat sie uns in irgendeiner Form beruhigt?«

»Nein.«

»Glaubst du, Winny wußte, daß Jennifer diese Reise nach Mexiko geplant hat?«

»Ja.«

»Glaubst du, daß Winny diese Idee gutgeheißen hat, daß sie Jennifer andernfalls davon abgehalten oder uns telegrafiert hätte?«

»Ja.«

»Glaubst du, daß Winny genau weiß, wo Jennifer ist und wie man sie erreichen kann?«

»Wahrscheinlich.«

»Meinst du, Winny macht sich Sorgen um Jennifer oder befürchtet, irgend etwas könnte schiefgehen?«

»Nein.«

»Fragst du dich immer noch, wie ich dazu komme, Winny die Schuld zu geben?«

»Nein, aber sie ist trotz allem meine Schwester.«

»Eine Tatsache, die ich oft in Frage gestellt habe«, sagte Randolph. Er wollte in genau dem Stil weitermachen, als Esther sich einmischte.

»Mutter, ich glaube, du hättest Jenny nicht Tante Winny anvertrauen dürfen.«

»Stimmt«, sagte Clara. »Wer paßt auf Tante Winny auf, während sie angeblich auf Jennifer aufpaßt?«

»Eine Frau, die aus einem Gerichtshof rausgeworfen wird – und das viermal! –, weil sie eine Verhandlung stört, den Richter unflätig beschimpft und ihm ein Glas Wasser über den Kopf gießt, wenn sie mit seinem Urteilsspruch nicht einverstanden ist, ist ungeeignet, wenn es darum geht, auf andere oder auch nur auf sich selbst aufzupassen«, warf Della ein.

»Ich persönlich verstehe nicht, wie Jenny fünf Minuten mit Tante Winny in einem Raum verbringen kann«, sagte Gwen.

»Ich auch nicht«, gab Randolph zurück. »Wirklich nicht.«

»Bitte«, sagte Abbey. »Dieselbe Diskussion über Winny habt ihr schon gehabt, als ich noch gar nicht wußte, was verrückt und exzentrisch überhaupt bedeutet... und das ist mindestens fünfundzwanzig Jahre her. Wenn ihr mich fragt – vielleicht ist Tante Winny sogar der einzige vernünftige Mensch in dieser Familie. Wenigstens war sie vernünftig genug, um nicht zu heiraten, und die Idiotie in dieser Familie an zukünftige Generationen weiterzugeben.«

Aus diesen Worten schien große Weisheit zu sprechen, dachte Rand, aber Beth schien nicht dieser Meinung zu sein, denn sie meldete sich jetzt zu Wort. »Jennifer ist jedenfalls nicht verheiratet, und seht euch nur an, in was für einer Klemme sie steckt... sie ist Gott weiß wohin verschleppt worden. Und jetzt laßt uns eine klare Linie finden und vernünftig darüber reden.«

»Beth hat recht«, sagte Della. »Papa, was hast du bisher getan?«

»Abgesehen davon, daß du mich verspottest und dich über mich lustig gemacht hast«, fügte Abbey hinzu.

»Wer das täte, wäre der reinste Narr«, sagte Rand.

Faith schnappte nach Luft. »In der Heiligen Schrift steht, daß jedem, der einen anderen als Narren beschimpft, das Höllenfeuer droht.«

»Dann sollte es Papa fürchterlich warm werden«, sagte Gwen lachend.

»Pah! Dem würde nicht mal im Krematorium warm«, sagte Abbey.

»Papa, ich habe dich gefragt, was du bisher unternommen hast«, sagte Beth.

»Sehen wir doch mal. Ich habe meine Buchführung aufs laufende gebracht, ich habe Shiloh geritten und die Hunde gefüttert...«

»Papa, wirst du wohl ernst bleiben? Ich rede von unserer kleinen Jenny.«

Rand wirkte reumütig. »Ich weiß, Puss, und ich will eine ernste Lage nicht leichtfertig herunterspielen. Aber wenn ich mich an die Tatsachen halte, die uns bekannt sind, dann gibt es zwei beruhigende Dinge, die mich glauben lassen, daß es wohl nicht so übel steht, wie es scheint.«

»Und das wäre?« fragte Beth.

»Die Haltung eurer Tante Winny, über die wir bereits gesprochen haben, aber ich muß noch dazu sagen, daß ich glaube, Winny liebt Jennifer mehr als uns alle miteinander, und schon allein aus dem Grund hätte sie sich mit uns in Verbindung gesetzt, wenn sie glaubte, Jenny sei in Gefahr.«

»Falls sie fähig ist, sich ein vernünftiges Urteil zu bilden«, ergänzte Abbey.

»Das ist eine der negativen Seiten«, sagte Rand.

»Was ist der zweite Grund, den du erwähnt hast?« fragte Gwen.

»Ich muß wohl sagen, daß ich trotz allem ein wenig Vertrauen in Jennys Urteilsvermögen setze. Selbst, wenn sie sich manchmal so gebärdet, ist Jenny kein Esel... ich meine, sie ist nicht dumm«, erwiderte Rand und sah Faith an, die lächelnd nickte. »Das Schlimmste an der ganzen Geschichte ist, daß wir nichts wissen. Es ist einfach ein teuflisches Gefühl, keine Ahnung zu haben, was Jennifer eigentlich vorhat und wo sie ist.«

»Dann sollten wir doch etwas unternehmen, um sie zu finden. Hast du schon etwas in die Wege geleitet?« fragte Abbey und sah Rand an. »Wirst du sie finden?«

Rand wirkte nachdenklich. »Es ist schwer zu sagen, wie man damit umgehen soll. Einerseits ist Jenny eine erwachsene Frau, die schon immer unabhängig gewesen ist. Wie respektieren wir diese Tatsache und lindern doch ein wenig unsere Sorge? Du weißt, daß sie ihre eigenen Vorstellungen davon hat, wie alles sein sollte, und daß sie jede Einmischung, jede Störung und jede Ablenkung von dem, was sie vorhat, teuflisch ablehnt.«

»Und das ist ein günstiger Zeitpunkt, um hervorzuheben, daß du weitgehend die Schuld an Jennifers Eigensinn und an ihrem Unabhängigkeitsstreben trägst«, sagte Susanna.

Rand mußte zugeben, daß sie recht hatte. Er mußte einen Teil der Schuld an Jennys Wildheit auf sich nehmen. Er hatte den kleinen Kobold verwöhnt. Er hatte es einfach nicht über sich gebracht, ein so unglaublich goldiges Kind, wie seine Jenny es gewesen war, streng ins Gebet zu nehmen, und Rand mußte gestehen, daß er ihr erlaubt hatte, durch die Gegend zu tollen, nackt wie ein Sonnenfisch im Wassertrog zu schwimmen und weit genauer zu beobachten, wie Mutter Natur zu Werk ging, als er es vermutlich gedurft hätte. Er vermutete, es lag ganz einfach daran, daß es ihm immer ein bißchen leid getan hatte, daß ein so außergewöhnliches Wesen wie seine kleine Jenny zu einer Zeit als Mädchen hatte geboren werden müssen, zu der das gewisse Nachteile hatte. Er hatte ihr einen sicheren Stand geben wollen. Er hatte doch nicht ahnen können, daß sie wie eine Kanonenkugel losgehen würde.

Ein weiterer Blick sagte Rand, daß seine Sippe noch auf seine Antwort wartete. »Ich habe den ganzen Freitag mit dem Sheriff in Fort Worth zugebracht, und wir haben beschlossen, daß es das beste ist, wenn wir den geschicktesten Schützen, den wir finden, engagieren, damit er Jennifer aufspürt.«

»Und was dann?« fragte Abbey. »Soll er sie erschießen?«

»Ich dachte eher an ihre Befreiung.«

»Warum reist du ihr nicht selbst nach?«

»Weil ich nicht weiß, wo ich mit der Suche beginnen sollte.«

Susanna sah Abbey an. »Was dein Vater damit sagen will«, sagte sie, »ist, daß er der Fährte eines blutenden Büffels bei zweieinhalb Metern Schneehöhe nicht folgen könnte.«

»Es könnte verdammt leicht sein, Jenny zu finden – verglichen damit, sie zu überzeugen, daß sie nach Hause kommt«, sagte Rand. »Ich hatte nie viel Glück, wenn ich Jenny dazu bringen wollte, die Dinge von meiner Warte aus zu sehen.«

»Vielleicht nicht, aber du hattest mit Sicherheit mehr Erfolg als jeder andere, der mir einfällt«, sagte Della.

»Hast du schon jemanden für den Job gefunden?« fragte Beth.

»Ja«, sagte Rand.

»Hat er sich schon auf die Suche nach ihr gemacht?«

»Er kommt erst hierher, damit ich ihn in die Einzelheiten einweihen, ihm das Telegramm geben und ein Bild von Jenny zeigen kann.«

»Wann wird er hier sein?« fragte Gwen.

»Ich hoffe, diese Woche noch, aber bestimmt nicht später als nächsten Freitag.«

»Er wird doch nicht als Verbrecher gesucht, oder?« fragte Della leise.

Rand lachte. »Nein«, sagte er.

»Was ist so komisch an der Frage, ob er als Verbrecher gesucht wird?« fragte Clara.

»Ich lache nur, weil er das Gesetz vertritt... er ist ein Deputy Marshal im Dienst der Vereinigten Staaten.«

»Wie hast du ihn gefunden?« fragte Gwen.

»Durch einen alten Freund von mir, einen Kerl, mit dem ich im College war. Er heißt Parker und ist heute Richter in Fort Smith, Arkansas... Indianerterritorium. Ich habe Isaac telegrafiert, als Sheriff Busbee niemand eingefallen ist, den er persönlich kennt oder dem er soweit vertraut, daß er Jenny auch wirklich zurückbringt.«

»Weißt du irgend etwas über diesen Deputy?«

»Nicht mehr als das, was Isaac in seinem Telegramm berichtet hat. Er schreibt, er stammt aus einer guten Familie aus dem Süden... er hat ein Studium an der Marineakademie abgeschlossen. Seine Karriere als Marineoffizier war recht vielversprechend, soweit ich das verstanden habe.«

»War?« fragte Della.

»Wie kommt es, daß sich ein Marineoffizier als Revolverheld kaufen läßt?« wollte Abbey wissen. »Und wie ist er zu seinem Ruf als Scharfschütze gekommen?«

»Mein Gott! Ich weiß doch nicht alles über den Mann. Meine Information ist telegrafisch gekommen und ist entsprechend dürftig. Ich stelle mir vor, daß er sein Offizierspatent zurückgegeben hat.«

»Du weißt nicht, warum?« fragte Gwen.

»Nein. Vielleicht hatte er die Politik satt, oder er hat festgestellt, daß er seekrank wird. Zum Teufel! Ich schreibe doch kein Buch über ihn. Solange Isaac sagt, daß er der Beste ist, der ihm je begegnet ist, und daß er schneller als ein geölter Blitz mit seinem Revolver ist, genügt mir das.«

»Ist er verheiratet?«

»Ich weiß es nicht. Ich neige eher zu der Annahme, daß er es nicht ist. Die meisten Marshals sind nicht verheiratet. Ein Mann, der tagtäglich sein Leben aufs Spiel setzt, kann keine Frau gebrauchen, die zu Hause sitzt, sein Gewissen belastet, ihn zurückhält und sich in seine Entscheidungen einmischt.«

»Konnte er nicht eher kommen?« fragte Beth.

»Nein. Isaac hat geschrieben, er schickt ihn, sobald er zurückkommt... er macht anscheinend gerade Jagd auf Belle und Sam Starr.«

»Er muß wirklich gut sein, wenn er auf Belle Starr angesetzt wird«, sagte Abbey.

»Hat dieser Revolverheld auch einen Namen?« fragte Faith, die auf die Stuhlkante rutschte.

»Jay Culhane.«

»Ich bin mit einer Julia Culhane aus Atlanta ins Mädchenpensionat gegangen«, sagte Susanna. »Ich frage mich, ob das dieselbe Familie ist. Weißt du, ob er mit den Culhanes aus Atlanta verwandt ist?«

»Woher, zum Teufel, soll ich das denn wissen?« sagte Rand. »Also, wirklich, Susanna, manchmal stellst du die belanglosesten Fragen.«

»Vielleicht in deinen Augen belanglos, aber ich habe mich nach seiner familiären Herkunft gefragt. Schließlich wird dieser Mann wochenlang mit Jennifer allein unterwegs sein, und wir wissen beide, welche Wirkung Jenny auf Männer hat.«

»Ja«, sagte Rand. »Die eine Hälfte läßt sich teuflisch von ihr einschüchtern, und die andere Hälfte würde sie gern erdrosseln.«

»Jenny ist eine außerordentlich schöne Frau«, sagte Susanna.

»Und ein einsamer Marshal wie Culhane ist wie geschaffen, sich in der Situation von der hingebungsvollen Liebe einer Frau beeinflussen zu lassen«, sagte Della.

»Sich von der hingebungsvollen Liebe einer Frau beeinflussen zu lassen, lieber Himmel!« schnaubte Rand. »Die Liebe einer Frau ist etwa so hingebungsvoll wie der Morgentau, der genauso wahllos auf einen Pferdeapfel wie auf eine Rose fällt.«

Susanna hielt sich edelmütig zurück und fügte nicht hinzu, sie hätte gar viele Rosen achtlos liegen lassen, um den berüchtigten Randolph Franklin Baxter III. zu heiraten.

»Das ist ja einfach wunderbar! Jetzt haben wir schon wieder etwas, worüber wir uns Sorgen machen können – einen unbekannten Revolverhelden mit einem schlechten Ruf, der Jagd auf unsere Schwester macht... ich weiß wirklich nicht, was schlimmer ist«, sagte Clara skeptisch. »Nicht zu wissen, wo Jenny ist, oder sich Sorgen zu machen, weil ein solcher Mann auf sie angesetzt wird.«

»Wir könnten jemand anderen engagieren«, schlug Faith nach ein paar Minuten hilfreich vor.

»Wir werden nichts dergleichen tun«, wandte Susanna ein, die aufsprang und mit den Nägeln auf das Klavier trommelte. »Zumindest werden wir nichts tun, bis dieser Mr. Culhane hier eintrifft.«

»Ich wüßte nicht, was sich dadurch ändern sollte«, sagte Gwen.

»Wahrscheinlich ändert es überhaupt nichts«, meinte Susanna und fügte dann hinzu: »Aber wir werden ihn uns ganz genau ansehen.«

»Gütiger Himmel«, sagte Rand, »engagieren wir einen Mann, damit er Jenny findet, oder kaufen wir ein Pferd? Du brauchst seine Zähne nicht zu zählen. Warum sollten wir den Mann in Stücke zerpflücken? Er ist erfahren in diesen Dingen, und er bringt sein Leben damit zu, Leute zu finden, die nicht gefunden werden wollen. Und er ist ein verdammt guter Schütze. Sheriff Busbee hat gesagt, Culhane könnte auf fünfzig Schritt Entfernung die Bänder von einem Damenschlüpfer schießen.«

»Genau das fürchten wir ja«, sagte Della.

»Seht mal«, sagte Rand. »Ich habe euch gesagt, daß ein alter Freund ihn wärmstens empfohlen hat. Ein Mann, den ich schon lange kenne. Ein Mann, dem ich vertraue. Wenn euch etwas Besseres einfällt, dann wüßte ich gern, was.«

»Es besteht kein Grund, gleich so sauer zu werden, Papa«, sagte Abbey. »Wir überlegen uns doch nur, was das Beste für Jenny ist.«

»Und ihr glaubt, das tue ich nicht?« schrie Rand, der seinen Entschluß vergaß, sich seine Sorge nicht anmerken zu lassen. »Ich mache mir mehr Sorgen um Jenny, als ich an beiden Händen abzählen kann, verdammt noch mal, aber wenn eine bestimmt nicht dazugehört, dann ist es die Sorge, was ihr in den Händen eines Deputy Marshal der Vereinigten Staaten zustoßen kann, zum Teufel! Und ich sage euch noch etwas. Ich werde in dem Moment aufhören, mir Sorgen um sie zu machen, in dem dieser Mann sie in die Finger kriegt. Er tut mir fast leid! Es mag sein, daß er ein Revolverheld ist. Es mag sein, daß er knallhart ist. Es mag sein, daß er weiß, wie man mit einer Frau umgeht, die so hinterhältig wie eine Schlange ist... einer Frau wie Belle Starr. Aber ich wette die Hälfte dieser Ranch und jeden Penny, den ich in Fort Worth auf der Bank habe, daß ihm noch nie in seinem ganzen Leben so etwas wie Jenny begegnet ist. Der arme Kerl wird sich jeden einzelnen Penny, den ich ihm zahle, sauer verdienen, bevor der Fall abgeschlossen ist.«

Rand verstummte und starrte seine Frau an, als sie sagte: »Es besteht kein Anlaß, im selben Raum mit einem Mann zu bleiben, der lieber seiner schlechten Laune Luft macht, als vernünftig über etwas so Ernstes wie das Verschwinden seiner Tochter zu reden.« Dann wandte sie sich ab und schritt majestätisch zur Tür hinaus.

Rand runzelte verwirrt die Stirn. Er bemühte sich, seine Frau zu verstehen. Er hatte mehr als die Hälfte seines Lebens mit ihr zugebracht, sie geliebt und mit ihr gelebt, neun Töchter mit ihr großgezogen, aber irgendwie kam es ihm vor, als würde er sie überhaupt nicht kennen. Sein Pferd, das kannte er. Und seine Hunde, die kannte er auch. Aber Susanna? Es war betrüblich, sich das einzugestehen – daß ein Mann sein Pferd und seine Hunde besser kannte als seine Frau.

Er wandte sich an seine Töchter. »Nur zu eurer Information«, sagte er zu ihnen. »Ich hoffe und bete, daß dieser Mann eurer Schwester eine Lektion erteilt, die sie nie mehr vergißt.«

Dann beobachtete Rand schweigend, wie sich sieben seiner Töchter ebenso dramatisch wie ihre Mutter erhoben und in einer entsprechend majestätischen Haltung eine nach der anderen das Zimmer verließen.

2

Fünf Jahre lang war er durch die Gegend gezogen. Als ein einsamer Mann, der allein durch menschenleere Gegenden ritt, besaß er nicht mehr als das mausgraue Pferd, das sich langsam und sicher bewegte, den zerschrammten Schofield von Smith & Wesson, der an seiner Hüfte hing, und die lange Marlin-Flinte, die an seinem Sattelhorn baumelte, wie es in Kalifornien Sitte war. Ein Mann, der ständig unterwegs war, brauchte nicht viel – nur ein paar Dinge, die er in seinen Schlafsack eingerollt hatte, und der Rest seiner kärglichen Habe war in den Satteltaschen verstaut: Kleider zum Wechseln, ein gelber Regenmantel, ein paar weiche Stiefel mit hohem Schaft, ein paar Patronengurte, eine mexikanische Decke, in die ein Loch geschnitten war, ein einfacher Rasierer, Seife und ein paar Dosen Bohnen, Tomaten und Pfirsische. Bloße Notwendigkeiten.

Fünf Jahre lang lebte er schon so und blieb nie lange genug an einem Ort, um Freunde zu gewinnen, aber noch lange genug, um einige Frauen glücklich zu machen. Und dann war er auch schon wieder verschwunden – so schnell, wie er aufgetaucht war. Man wußte niemals, woher er kam. Und niemand hatte genug Zeit, um ihn zu fragen, wohin er ging. Die wenigsten wußten seinen Namen.

Er war ein großer Mann, so lang und dünn wie ein Telegrafenmast und so hager wie ein Kojote nach einem langen, harten Winter. Doch seine Schlaksigkeit täuschte. Er war zäh, kräftig und sehnig. Seine Sinne waren geschärft, und er war schnell von Begriff. Er schlich sich mit der geschmeidigen Sicherheit einer Wildkatze an seine Beute heran. Und wie der Kojote war er auch ohne Freunde, wurde von seinen Feinden respektiert und hatte ein nachtwandlerisches Gespür fürs Überleben. Er war ein grüblerischer und wachsamer Mann, ein Mann, der an nichts anderes glaubte als an sein Pferd, seine Schußwaffen, die Naturgesetze und die Arglist trügerischer Frauen.

Sein Gesicht war markant und ausdruckslos; seine Augen waren kalt, von einem klaren, durchdringenden Blau, aber nicht grausam. Seine Kleidung war ausgebleicht und abgetragen, doch wie dem Mann, der sie trug, sah man auch den Kleidungsstücken an, daß sie nicht von einer mittelmäßigen Qualität waren, sondern aus edlen Stoffen geschneidert waren, nach ausgezeichneten Schnitten und voller Stolz ausgewählt – Überbleibsel aus einer anderen Zeit.

Er dachte nur selten an seine Vergangenheit. Die Zukunft malte er sich nie aus. Er lebte von einem Tag zum nächsten und ritt eine gewundene Wegstrecke ohne eine Endstation. Im Winter fror er sich das Hinterteil ab, und im Sommer erstickte er am Alkalistaub. Fünf Jahre war er jetzt auf diese Art unterwegs und verdingte sich als Schütze, um einen erbarmungslosen Killer, einen abtrünnigen Indianer oder eine Verbrecherbande aufzuspüren, und dann hatte er etwas getan, was selbst ihn überraschte. Er hatte sich erpressen lassen, und daher gab es jetzt wieder eine Frau in seinem Leben.

Er war in Fort Smith, Arkansas, gewesen und gerade aus dem Indianerterritorium zurückgekommen – der Nation, wie die Cherokee es nannten –, nachdem Sam und Belle Starr wegen Pferdediebstahl festgenommen worden waren. Ehe er die Stadt verließ, ritt Jay zu Richter Isaac Parkers Büro, um sich seinen Lohn abzuholen. Sechs Cent die Meile schien nicht viel zu sein, wenn man einen Verbrecher verfolgt hatte. Aber für die Bohnen im Bauch reichte es, und es lenkte ihn von anderen Dingen ab. So erging es ihnen, den käuflichen Revolverhelden, den Deputies, die sich in Gefahr begaben, um verzweifelte Verbrecher lebendig abzuliefern. Jetzt gab es schon mehr als zweihundert von ihrer Sorte, Männer ohne Zukunft und mit viel Vergangenheit – Deputy Marshals, die zahllose Verbrecher durch vierundsiebzigtausend Quadratmeilen Land verfolgten; ganz zu schweigen davon, daß sie Händler angriffen, die den Indianern schwarzgebrannten Whisky verkauften, brutale Raufbolde, die sich in Schießereien verwickeln ließen, Skalpjäger und Massenmörder, die Amok gelaufen waren. Und Parker wollte sie lebend haben, was hieß, daß sie fünfhundert Meilen weit durch unwirtliche Gegenden nach Fort Smith gebracht werden mußten. Es war kaum verwunderlich, daß bereits fünfundsechzig Deputy Marshals umgelegt worden waren oder daß Deputies wie Grat und Bob Dalton zu den Bösewichten übergewechselt waren. Männer wie Grat und Bob machten es einem braven Deputy wie ihrem Bruder Frank schwer, der durch und durch tapfer und aufrichtig war. Manchmal schien es, als stünde das Gesetz auf der falschen Seite und erschwerte den Deputies nur noch die Arbeit. Wenn ein Deputy seinen Gefangenen tötete, und sei es bei einem Fluchtversuch, dann bekam er keinen Lohn, und seine Spesen wurden nicht ersetzt, und was noch schlimmer war, wenn niemand seine Leiche für sich forderte, konnte der Deputy auch noch sechzig Dollar für die Beerdigung rausrücken. Nein, das schien nicht in Ordnung zu sein, aber so standen die Dinge nun einmal.

Jay fand Isaac in seinem Büro vor. Isaac stand vor einem beschlagenen Spiegel und stutzte sich den Schnurrbart. Sein Haar war rechts gescheitelt und ordentlich gekämmt, und sein Gesicht war bis auf den Schnurrbart und das kleine Spitzbärtchen glattrasiert. Er trug einen dunklen Anzug – ein Jackett mit breitem Revers, eine Krawatte, eine Weste mit einer goldenen Taschenuhr, deren Kette herausschaute –, die ganz und gar zu einem Richter paßte, der mit dem Todesurteil rasch bei der Hand war. Aber Parker war gerecht. Sogar die Indianer bewunderten seine unparteiische Haltung. Er hatte strenge Grundsätze, aber das konnte die Gegend nach Richter Story gebrauchen, der zurückgetreten war, um einer Anklage wegen Bestechlichkeit zu entgehen.

Isaac sah Jay im Spiegel und sagte: »Du willst den Daltons nachreiten?«

Jay nickte.

»Ich verstehe nicht, warum ein Mann wie du für fünfhundert Dollar im Jahr im Indianerterritorium seinen Hals riskiert. Du könntest dich wenigstens beim Staat als Marshal anstellen lassen.« Isaac klopfte sich die Barthaare vom Revers und legte dann die Schere weg.

»Nein, danke«, sagte Jay. »Die Sachen, die Spaß machen, kriegen nur die Deputies.«

»Du wirst so weitermachen, bis dich einer umlegt. Es ist nur eine Frage der Zeit. Das ist dir doch klar, oder nicht? Bei deiner Herkunft und deiner Ausbildung könntest du etwas viel Besseres sein.«

»Dasselbe höre ich immer wieder über einen Senator aus Missouri, der jetzt Richter ist und Leute hängen läßt«, sagte Jay nicht ohne eine Spur von Neugier, was Parkers Vergangenheit anging. Aber Parkers Lächeln drückte aus, daß er wußte, was Jay dachte, und daß er sich nicht darum scherte. Jay erkannte, daß es zwecklos war. »Ich wollte nur meinen Lohn abholen, und dann mache ich mich auf den Weg. Die Daltons haben schon drei Tage Vorsprung.«

Isaac gab ihm sein Geld. Dazwischen steckte ein Telegramm. »Was ist das?« fragte Jay, der das Blatt in seiner Hand umdrehte, es aber nicht auseinanderfaltete. Er sah Parker an. »Du hast es gelesen?«

Isaac grinste breit. »Ja, ich habe es gelesen. Ein Rancher in Texas will, daß du seine Tochter findest.«

»Kein Interesse«, sagte Jay.

»Das dachte ich mir. Ich hatte schon ein Telegramm aufgesetzt, um es dem Mann mitzuteilen.«

»Aufgesetzt?« Jay zog seinen Hut ab und legte ihn mit der Krempe nach oben auf Parkers Schreibtisch. »Und was hat dich davon abgehalten, es abzuschicken?«

»Fünftausend Dollar.«

Jay zuckte mit den Achseln und steckte das Telegramm in seine Hemdtasche. »Immer noch kein Interesse.«

»Warum, zum Teufel, nicht?« fragte Parker.

»Was soll ich denn mit fünftausend Dollar anfangen?«

»Seßhaft werden. Dir irgendwo ein nettes Stück Land kaufen. Heiraten. Eine Familie gründen.«

Jay kam sich vor, als sei er an einer mexikanischen Chilischote erstickt. »Das hatte ich alles schon einmal. Und einmal war genug.«

»Diesmal könnte es anders werden, Jay.«

»Meinst du?« Er hob die Schultern. »Aber man weiß es nie. Stimmt doch, oder?«

»Sie ist noch ein Kind, Jay. Einundzwanzig Jahre alt.«

»Mit einundzwanzig ist man kein Kind mehr... und eine Frau ist in dem Alter erst recht kein Kind mehr.« Jay zwinkerte gegen den Geist Millys an, der wie Dunst hinter seinen Augen aufwirbelte. Milly war einundzwanzig gewesen, als er sie geheiratet hatte.

»Ja... ja, ich habe mit deinem Bruder geschlafen... und nicht nur einmal. Schau mich nicht so schockiert an, Jay. Pierce ist jahrelang

mein Geliebter gewesen. Drei Monate nach unserer Hochzeit hat es angefangen. Es hat nicht lange gedauert, bis mir klargeworden ist, daß ich den falschen Bruder geheiratet habe. Zwischen uns hat es von Anfang an nicht gestimmt, Jay. Ich war zu unerfahren. Ich wußte nicht, wie es sein kann. Es lag nicht an dir. Es lag nicht an mir. Es lag an uns. Du konntest meine Sinne niemals so entflammen, wie es Pierce getan hat, mit nichts anderem als einem Blick bewirken, daß mir die Knie weich werden …«

Milly war einundzwanzig gewesen. Als sie ihn das erste Mal hinters Licht geführt hatte.

»Es besteht Grund zu der Annahme, daß das Mädchen nach Mexiko gebracht worden ist.«

»Das kompliziert die Lage, stimmt's?« sagte Jay.

»Du kennst dieses Land, Jay«, sagte Isaac.

»Ja, und ich kenne die Frauen. Ich will mit beiden nicht das Geringste zu tun haben.« Er nahm seinen Hut in die Hand und fuhr mit den Fingern über die Kniffe. »Schick jemand anderen, Parker«, sagte Jay.

»Es steht kein anderer zur Verfügung.«

»Was ist mit Whittaker?«

»Der ist hinter den Youngsters her.«

»Thornton?«

»Der verfolgt Jim Moore.«

»Chris Madsen?«

»Arbeitet mit Fannin. Blue Duck und seine Bande machen wieder Ärger.«

»Mist!«

Isaac lachte.

Keine Spur von Humor drückte sich auf Jays Gesicht aus. »Du läßt nicht locker, stimmt's?«

Isaac schüttelte den Kopf und grinste. »Deshalb habe ich doch meinen Ruf.«

Jay wurde unruhig und fühlte sich in die Enge getrieben. Ihm paßte gar nicht, wie sich die Dinge entwickelten. Er wollte sein Pferd unter sich spüren und den Wind in seinem Gesicht fühlen. Er wollte ein paar Meilen zwischen sich und die Zivilisation legen. Er war nicht in der Lage, lange in einer Gemeinschaft zu leben. Es fing schon damit an, daß man begann, sich wohl zu fühlen. Und wenn man sich zu wohl fühlte, war das eine gute Voraussetzung dafür, daß man eine Kugel in den Rücken bekam. Dort draußen mußte er seine Vergangenheit vergessen, denn dort brauchte er seinen klaren Verstand. Sein Leben hing davon ab. Verbrecher hatten eine gute Eigenschaft – Beständigkeit. Wenn sie erst einmal auf die schiefe Bahn kamen, dann blieben sie auch dort. Kein Marshal war so dumm, einem Verbrecher zu vertrauen. Man wußte, mit wem man es zu tun hatte und daß es hart auf hart ging. Und das schaffte gewissermaßen einen Ausgleich. Aber, zum Teufel! Eine Frau... das einzig Beständige an einer Frau war ihre Unbeständigkeit. Einer Frau konnte man einfach nicht trauen. Jeder Mann, der mit einer Frau im Schlepptau durch die Gegend zog, war ein Dummkopf. Ein verfluchter Dummkopf.

Parker seufzte und wirkte gar nicht mehr belustigt. »Ich ziehe dich von den Daltons ab. Ich will, daß du hinter dem Mädchen herreitest. Ihr Vater ist ein alter Freund von mir. Ich schulde ihm einen Gefallen.«

»Nein«, sagte Jay.

»Du bist einer der Besten, Jay, aber wenn du mich in dieser Sache im Stich läßt, werde ich dafür sorgen, daß du keine Arbeit mehr kriegst. Du bekommst diesen Job oder gar keinen.«

»Mist«, sagte Jay. »Mist!«

»Was ist mit dem Mädchen, Jay?«

Jay antwortete nicht gleich. Er stand einfach da, hatte die Arme vor der Brust verschränkt und starrte die kahle Wand an, und seine Kiefermuskeln arbeiteten. »Du bist ein blöder Idiot... einen Mann wie mich hinter einer einundzwanzigjährigen Frau herzuschicken.«

»Und warum das?«

»Du weißt, was ich von Frauen halte. Hast du keine Angst, ich könnte ihr etwas tun?«

»Das ist die geringste meiner Sorgen.«

»Es wäre nicht das erste Mal.«

»Was?«

»Ich habe dieser Slater übel mitgespielt.«

Isaac lächelte. »So nennst du das? Ihr übel mitgespielt?« Er schüttelte den Kopf. »Eine einzige Ohrfeige?«

»Sie war eine Frau, oder nicht? Und ich habe sie geohrfeigt. Mehr als einmal.«

»Und dem undankbaren Weib damit das Leben gerettet.«

»Hör zu, Parker, ich werde...«

Doch Parker hielt die Hand hoch. »Nein. Du wirst mir jetzt zuhören. Du bist der einzige Mann für diesen Job. Mein Entschluß steht fest. Ich mag dich, Jay. Und was noch mehr ist – ich habe einen höllischen Respekt vor dir. Aber es ist mein Ernst. Du wirst das Mädchen suchen. Es finden und wieder nach Hause bringen.«

»Und wenn ich es nicht tue?«

»Dann werde ich dafür sorgen, daß du, solange du lebst, nie mehr einen Stern trägst.«

Jay war so wütend, daß er Parker mordlustig anschaute, aber Parker hatte schon Männern gegenübergestanden, die nicht nur mordlustig *schauten*. »Wie entscheidest du dich, Jay?«

Jay drehte sich um, schlug mit der Faust an die Wand und hob dann beide Hände, um sich an der Wand abzustützen, während er den Kopf zwischen die Schultern fallen ließ. So blieb er lange stehen, mit angespannter Schultermuskulatur, und sagte kein Wort. Dann murmelte er schließlich: »Ich übernehme den Job.«

»Gut.«

Er drehte sich zu Parker um. »Ich reite hinter dem Mädchen her. Darüber hinaus verspreche ich gar nichts.«

»Ich verlange sonst keine Versprechen von dir. Dein Wort genügt mir. Wenn du sagst, daß du dich auf die Suche nach ihr machst, weiß ich, daß du dein Bestes tun wirst.«

»Du bist ganz schön vertrauensselig, was? Und was ist, wenn ich dich enttäusche?« fragte Jay.

Isaac lächelte. »Du wirst mich nicht enttäuschen. Es kommt eine Zeit, Jay, in der man allein nicht mehr weiterkommt. Früher oder später wirst du jemandem vertrauen müssen.«

Aber Jay war anderer Meinung. »Ein Mann muß sein, was er ist«, sagte er. »Wenn einem das Brandzeichen erst einmal aufgepreßt worden ist, dann läßt sich daran nichts mehr ändern. Dann muß man für den Rest des Lebens damit rumlaufen. Wir haben alle unsere Brandmale, Isaac. Du hast deine. Und ich habe meine.« Jay ging ins Freie und band sein Pferd los.

»Du bist ein verrückter Kerl«, sagte Isaac, der ihm bis an die Tür folgte. »Vielleicht habe ich dich deshalb dafür ausgesucht.«

Jay schwang sich in den Sattel. Isaac hatte wahrscheinlich recht. Er war verrückt. Wenn er den Baxter-Job annahm, dann ließ er sich mit einer Frau ein, die mit Sicherheit seine schlechtesten Seiten aus ihm herausholen würde, einer Frau, die schmerzliche Erinnerungen wiederaufleben lassen würde, die er besser vergessen sollte. Er zog sich den Hut tief über die Augen, nickte Parker zu und trieb den Wallach zum Galopp an, und schon während er das tat, wußte er, daß die Erinnerung, die einst so schmerzlich in sein Herz geritzt worden war, ihn erwartete. Wie sie ihn immer erwartete.

Jay war seit Tagen unterwegs. Am frühen Morgen war er nach Texas gekommen. Hinter ihm lag der Red River und dahinter das Indianerterritorium. In der leicht welligen, äußerst monotonen Graslandschaft war er schnell vorangekommen, und wenn er das Tempo halten konnte, würde er vor Anbruch der Dunkelheit in Decatur ankommen. Von dort aus konnte er in einem Tag Weatherford erreichen.

Nach dem Stand der Sonne zu urteilen, war es drei, als er auf einem Hügel anhielt und das Telegramm noch einmal auseinanderfaltete. Er hatte wenig Antworten und jede Menge Fragen. Was, zum Teufel, tat eine junge Frau aus guter Familie überhaupt in einer rauhen Grenzstadt etliche hundert Meilen von ihrer Familie entfernt? Und diese Geschichte, sie sei über die Grenze nach Mexiko gegangen – höchstwahrscheinlich war das Mädchen einfach mit einem Tagelöhner durchgebrannt. Jemand hätte der jungen Frau vor langer Zeit schon mit einer Weidenrute das Hinterteil versohlen sollen. Er faltete das Blatt Papier zusammen und steckte es wieder in seine Hemdtasche. Vielleicht würde er irgendwo unterwegs eine Weidenrute finden.

Fünf Stunden später nahm er ein Bad, ein gutes Steak, eine Flasche Whisky und ein Paar warme und willige Schenkel in Decatur die Last der inneren Rückschau von seiner Seele, die ihn den ganzen Tag gequält hatte. Doch selbst danach konnte er noch lange nicht einschlafen. Er dachte immer wieder an eine junge Frau, die er noch nie gesehen hatte. Eine Frau, die er wie einen Verbrecher jagen würde.

Sie war aber kein Verbrecher, sondern eine feine Dame. Die Hure neben ihm bewegte sich unruhig im Schlaf. Auf eine Dame hatte er bisher noch nie Jagd gemacht. Es war auch lange her, seit er das letzte Mal mit einer geschlafen hatte. Er schaute die Hure an, ihre groben Gesichtszüge, die kurzen, dicken Finger, und er versuchte, sich an Milly zu erinnern. Die schöne Milly. Langes flachsblondes Haar, das wie ein seidiger Vorhang auf seine Brust gefallen war; ihre nackte Haut, so warm und weich wie frische Sahne. Lange, schmale Finger. Verlockende grüne Augen – die dunkel wurden und schwelten, wenn die Leidenschaft in ihnen glühte. Die schöne, verlogene, arglistige Milly. Ja, es war lange her, seit er eine Dame in seinem Bett gehabt hatte.

Und dabei wollte er es auch belassen.

Am späten Nachmittag des kommenden Tages ritt Jay auf das Baxter-Land. Die Rinder waren fett, das Gras wuchs üppig. Wer Jennifer Baxter auch war, fest stand, daß sie einen reichen Papa hatte.

Aber das Haus war eine Ungeheuerlichkeit und wies jede denkbare Verzierung auf, die der Menschheit bekannt war. Es war nicht nur unsäglich verschnörkelt, sondern sogar die Farbe litt unter Unschlüssigkeit. Das vollständige Spektrum eines Regenbogens breitete sich vor ihm aus.

Jay hatte im Süden Hunderte solcher Häuser gesehen, aber keins hatte derart wie eine alte Großherzogin mit einem Hang zu üppigem Prunk und zuviel Schminke gewirkt. Er fragte sich, was für Menschen wohl in einem solchen Haus leben mochten und was für ein Mann Randolph Baxter war. Worauf, zum Teufel, hatte er sich eingelassen? Nachdem er Brady, seinen grauen Wallach, angebunden hatte, fragte ihn ein englischer Butler nach einer Visitenkarte.

Einen Moment lang starrte Jay ihn nur an. Dann schüttelte er den Kopf und versuchte, sich zu erinnern, wann er das letzte Mal eine Visitenkarte abgegeben hatte. Nicht, seit er sich aus den vornehmen Salons von Savannah zurückgezogen hatte. »Sagen Sie Baxter, daß Jay Culhane hier ist. Er weiß schon, warum.«

»Ich werde es *Mister* Baxter ausrichten. Hier entlang, wenn ich bitten darf.«

Jay trat in eine dunkle Eingangshalle, in der ein Kronleuchter brannte. Er fragte sich, ob er seine Sporen hätte ablegen sollen, als er über den Parkettboten lief und dem Butler in eine andere Welt folgte.

»Sie können hier warten, im vorderen Salon. Ich werde Mr. Baxter sofort verständigen.«

»Danke«, sagte Jay und sah dem Butler nach, als er eine knappe Verbeugung machte und ging. Das Gaveau-Klavier war identisch mit dem, das seiner Mutter gehört hatte, und einen Moment lang sah er Jessamine Culhane in ihren schwingenden Taftröcken dasitzen und roch ihr Rosenwasser. Aber Jessamine war jetzt schon fast vier Jahre tot. An einem gebrochenen Herzen gestorben, wie sein Vater es genannt hatte, ehe er ein Jahr später demselben Leiden erlegen war. Und Jay wußte, daß er der Schurke war, der seine Eltern getötet hatte, weil er seiner Mutter das Herz gebrochen hatte. Er, der Liebling seiner Mutter, ihr Augapfel, das Kind ihres Herzens. Und selbst der letzte Abschied war ihm versagt geblieben, denn er hatte nicht zu ihrem Begräbnis erscheinen können, weil er in der Nähe von Fort Hall, Idaho, am Tag ihrer Beerdigung mit einem Schoschonenpfeil im Oberschenkel im eiskalten Wasser des Snake Creek gelegen hatte. Von all den Dingen, die er bedauerte, setzte ihm das am meisten zu. Doch selbst wenn seine alten Wunden bei dem Gedanken wieder bluteten, sah er doch, wie Jessamines violette Augen auf ihn herablächelten, und fast spürte er die sanfte Liebkosung ihrer Hand auf seiner Wange. Sie war bereit, ihm zu verzeihen. Das wußte er. Aber er konnte die Hand nicht ausstrecken und ihre Vergebung annehmen – er war in seinem Selbstzerstörungstrieb zu weit gegangen. Er schloß die Augen, um dem flehentlichen Blick seiner Mutter zu entkommen und eine andere zärtliche Erinnerung nicht aufkeimen zu lassen. Als er die Augen wieder öffnete, sah er sich genauer im Zimmer um.

Auch hier hatten sich die Baxters nicht entschieden, was sie wollten, sondern von allem etwas zusammengewürfelt. Er trat an das Klavier und sah sich die Ferrotypien in silbernen Rahmen an, die dort standen. Ob Jennifer Leigh Baxter wohl auf einem der Fotos war?

»Jennifer ist die junge Frau, die auf dem großen Foto rechts den Fächer hält.«

Jay drehte sich um, um zu sehen, wem der wohlklingende Bariton gehörte, ehe er die Fotografie in die Hand nahm. »Wie alt war sie, als diese Aufnahme gemacht worden ist?«

»Das Foto ist im letzten August aufgenommen worden... an ihrem einundzwanzigsten Geburtstag.«

Ein Bild von Milly zog vor seinen Augen vorbei, wie sie unter einer riesigen alten Eiche auf einer Schaukel saß. Ihr Gelächter umspülte ihn, als er hinter ihr stand... Milly an ihrem einundzwanzigsten Geburtstag.

Jay sah den Mann an. Ob er sich wohl fragte, warum er das Bild seiner Tochter anstarrte, als wäre er nicht bei Verstand? Er warf noch einen letzten Blick auf das Foto. »Sie ist eine hübsche junge Frau.« Eine Untertreibung. Das Mädchen war eine Schönheit, etwas ganz Besonderes... einfach umwerfend. Unwillkürlich wandte er sich dem Bild doch noch einmal zu. Selbst die fahlen Brauntöne der Ferrotypie ließen die Reinheit ihrer Haut erkennen, die vollkommen geformte gerade Nase und... lieber Gott, diesen Mund. So weich und unschuldig wie der eines Kindes und doch schien er nach Küssen zu lechzen. Ihre Augen waren groß und rund und sahen ihn samtweich an. In diesen Augen konnte sich ein Mann verlieren.

Aber nicht er.

Das Mädchen bedeutete für ihn nichts weiter als ein Auftrag, den man ihm aufgezwungen hatte. Er spürte, wie eine gewaltige Wut auf das Mädchen in ihm aufwallte. Es erboste ihn, daß sie so dumm gewesen war, nach Mexiko zu gehen. Und außerdem erboste es ihn, daß sie ihn in diese Lage gebracht hatte. Trotz seiner Wut fühlte er sich irgendwie zu ihr hingezogen. Waren es ihre Augen? Es ärgerte ihn, daß er den genauen Farbton noch nicht kannte.

Aber den würde er noch kennenlernen.

Und nicht nur den. Er würde alles über sie in Erfahrung bringen – jeden Leberfleck entdecken, jede Kindheitsnarbe, den exakten Farbton ihrer Haut an Stellen, die die Sonne nie erreichte. Sie übte eine unglaubliche Anziehungskraft auf ihn aus, und er wußte, daß es für beide das beste gewesen wäre, wenn er den Auftrag ablehnte. Dieses Mädchen bedeutete ihm zuviel. Er wußte es von dem Moment an, in dem er ihr Gesicht gesehen hatte. Waren ihre Augen so groß und rund, weil sie es auch wußte? Es war ihnen bestimmt, und es war unwiderruflich. Irgendwann. Irgendwo. Irgendwie. Aber er würde mit ihr schlafen.

Es war lange her, seit er eine echte Dame in seinem Bett gehabt hatte. Zu lange.

Um den Bann zu brechen, drehte Jay das Bild um.

»Was tun Sie da?«

»Ich hole das Foto aus dem Rahmen.«

»Meine Frau kriegt einen Schlaganfall.«

»Was will sie lieber haben – das Bild oder das Mädchen?«

»Nehmen Sie das Foto. Ich kann ein neues machen lassen. Jenny kann ich nicht ersetzen.« Rand kam auf ihn zu. »Ich bin Randolph Baxter«, sagte er. Er hielt ihm die Hand hin.

Jays Händedruck war kurz und energisch. »Jay Culhane.«

»Setzen Sie sich, Mr. Culhane. Ich bin sicher, daß Sie Fragen haben, daß Sie gern mehr über Jenny und über ihr Verschwinden wissen wollen.«

Jay lehnte sich auf seinem Stuhl zurück und nahm ein kleines Glas von dem selbstgemachten Erdbeerwein an, den Mr. Baxter ihm anbot. Seine Frau stellte ihn her. Sein Blick fiel wieder auf das Klavier, doch diesmal sah er nicht Jessamine Culhane auf dem Hocker sitzen. Jetzt saß dort eine jüngere Frau... und doch hatte sie die Augen seiner Mutter, die die Farbe von Veilchen hatten. Ihr Haar war schwarz, nicht braun wie Jessamines Haar.

Während Baxter redete, fragte sich Jay, ob man ihm ansehen konnte, wie unnütz all das war. Nichts, was Baxter über das Mädchen erzählte, hatte für ihn den geringsten Wert. Jede Information entsprang der Sicht eines Vaters und war entstellt und verzerrt, durch seinen Blickwinkel beeinflußt. Ihn interessierte nicht so sehr, daß das Mädchen Lehrerin war und in der Nähe ihrer altjüngferlichen Tante in Brownsville lebte. Er wollte wissen, warum eine Einundzwanzigjährige, die gerade aus einem vornehmen Mädchenpensionat im Osten kam, sich für ein solches Leben entschied. Und noch wichtiger war, wieso sie allein nach Mexiko gegangen war.

»Ich vermute, um diese Frage zu beantworten, muß man die Frauen dieser Familie verstehen«, sagte Rand. »Ich bin mehr als mein halbes Leben lang mit einer von ihnen verheiratet und habe die restlichen großgezogen. Aber ich verstehe sie immer noch nicht.«

»Wie ist sie auf Brownsville gekommen? Weil ihre Tante dort lebt?«

»Ja. In Winnys Augen konnte Jennifer nie etwas falsch machen. Nach dem Schulabschluß hat sie Jennifer zu sich eingeladen. Dann hat uns Jenny ein Telegramm geschickt, in dem stand, sie sei dort in einer Schule angestellt worden. Ich war dagegen, aber Susanna hat Jennys Sachen gepackt und sie nach Brownsville geschickt. Seitdem war sie dort.«

»Handelt Ihre Tochter oft so unabhängig, und hat sie vorher schon einsame Entschlüsse gefaßt?«

»Ich wünschte, ich könnte nein sagen, aber Jenny hat schon immer geglaubt, sie müßte gerade da etwas ändern, wo anderen alles richtig vorkommt. Und wenn sie erst für etwas entflammte, dann war sie nie zu bremsen.«

Das hieß, daß sie die Gabe besaß, ihre Nase in Dinge zu stecken, die sie nichts angingen, und sich in Schwierigkeiten zu bringen, darauf hätte Jay gewettet. »Sie schließen die Möglichkeit aus, daß sie das Telegramm nur geschickt hat, um einen ganz anderen Plan zu vertuschen?«

»Welchen zum Beispiel?«

»Daß sie mit einem Mann durchgebrannt ist.«

»Nein. Dazu ist Jenny nicht der Typ.« Rand lachte. »Ich habe eine Tochter, die genau das im letzten Jahr getan hat. Daher kenne ich diesen Typ Frau, von dem ich rede. Aber Jenny ist ganz anders. Was Männer angeht, ist sie absolut unschuldig.«

Jay glaubte das keinen Augenblick. Eine Frau, die so aussah wie Jennifer Baxter, war mit sechzehn schon nicht mehr unschuldig. »Wenn sie aus Mexiko zurückkommt, ist sie vielleicht nicht mehr ganz so unschuldig. Vorausgesetzt, sie ist wirklich nach Mexiko gegangen. Ich nehme an, Sie kennen die Gefahren, die ihr dort drohen können?«

»Ja, natürlich«, sagte Rand mit besorgtem Gesicht. »Deshalb habe ich Sie ja engagiert. Ich will, daß Jenny nach Hause gebracht wird, hierher nach Weatherford. Mir ist egal, warum sie in Mexiko ist oder wie sehr sie zetern wird, weil sie dableiben will. Bringen Sie sie um jeden Preis nach Hause. Ich lasse nicht zu, daß Susanna sich länger als nötig um sie sorgt.«

»Seien Sie unbesorgt, Mr. Baxter, ich werde Ihre Tochter nach Hause bringen, und wenn ich sie an Händen und Füßen fesseln muß.«

Rand lachte. »Sie wissen nicht, wie wahr Ihre Worte sind. Ich warne Sie, Jennifer wird alles probieren. Flehentliche Bitten. Sachliche Argumente. Wutausbrüche. Jeden Trick.«

»Und die guten, alten Tränen. Auf die ist doch immer Verlaß.«

»Das ist das einzige, womit sie es nicht probieren wird. Wenn Sie Jennifer zum Weinen bringen, haben Sie etwas erreicht, was noch niemand geschafft hat. Ein paarmal stand sie dicht vor den Tränen, aber geflossen sind sie nie. Seit sie ein kleines Mädchen war, habe ich sie nicht mehr weinen sehen.« Rand grinste. »Aber in jeder erdenklichen anderen Form wird sie dafür sorgen, daß Sie sich Ihr Geld sauer verdienen.«

»Ich bin Ärger gewohnt, Mr. Baxter. Damit kann ich umgehen.«

Baxters Ausdruck wurde ernst. »Ich will meine Tochter wieder haben, Culhane. Finden Sie sie... bitte. So bald wie möglich.« Rand seufzte. »Ich möchte nicht, daß meine Tochter bestraft oder mißhandelt wird. Ich will nur, daß sie nach Hause kommt. Ich will wieder ein normales Leben führen können.«

»Falls sie in Mexiko ist... und noch lebt, werde ich sie finden und nach Hause bringen.« Jay sah die Fotografie in seiner Hand an. Die junge Frau, die Baxter schilderte, war für Jay keine reale Person, sondern eine erstarrte Ferrotypie, doch die hatte sich in sein Gehirn eingebrannt. Er hatte keine Ahnung, wohin Jennifer Leigh Baxter gegangen war. Oder warum. Aber er würde sie finden.

Und wenn er sie gefunden hatte, würde er ihr diesen Fächer aus der Hand nehmen und ihr dann das zarte Spitzenkleid von den schneeweißen Schultern streifen und über die Hüften ziehen, bis es um ihre Füße lag. Er knickte das Bild in der Mitte und steckte es in die Tasche.

Jay stand auf. »Ich ziehe jetzt los. Vielen Dank für Ihre Informationen. Ich telegrafiere Ihnen, wenn ich an der mexikanischen Grenze bin.«

Rand folgte ihm. »Bitte«, sagte er, »bleiben Sie noch. Meine Frau möchte so gern, daß Sie heute abend mit uns essen und über Nacht hierbleiben.«

Jay zögerte.

»Für meine Frau ist das alles sehr schwierig, Culhane. Sie ist krank vor Sorge um Jenny. Sie möchte unbedingt den Mann sehen, den ich hinter ihr herschicke. Sie möchte Sie kennenlernen. Sie würden ihr das Leben ein wenig leichter machen, wenn Sie blieben.«

Jay nickte. »Ich bleibe zum Abendessen, aber dann mache ich mich auf den Weg. Ich möchte noch ein paar Meilen hinter mich bringen, ehe ich mein Nachtlager aufschlage.«

Im nachhinein empfand Jay das Abendessen mit den Baxters wie einen Zirkusbesuch, dessen zahllose Attraktionen einen begeisterten und verblüfften.

Mrs. Baxter erschien als erste zum Abendessen. Sie trug Schwarz.

»Meine Liebe«, fragte Rand, »ist jemand gestorben? Trauerst du?«

»Ja«, antwortete sie und preßte sich das Taschentuch auf die Nase. »Ich werde schwarze Kleider tragen, bis unsere kleine Jenny wieder da ist.« Sie ging auf Jay zu und gab ihm die Hand. »Sie müssen Mr. Culhane sein. Ich bin Susanna Baxter, und ich kann Ihnen gar nicht sagen, wie dankbar ich bin, aber lassen Sie sich nur nicht zuviel Zeit, Mr. Culhane. Wie Sie sehen, steht mir Schwarz nicht besonders gut.«

»Ich kann mir vorstellen, daß einer so bezaubernden Frau wie Ihnen jede Farbe gut steht.«

»Danke, Mr. Culhane, danke.«

»Wo sind unsere Töchter?«

»Laß ihnen Zeit, Rand. Du solltest wirklich wissen, wie Frauen sind.« Susanna wandte sich an Jay. »Wissen Sie, ich bin mit einer Julia Culhane zur Schule gegangen, die aus Atlanta kam. Sind Sie zufällig irgendwie mit ihr verwandt?«

»Mein Vater hatte eine Cousine dieses Namens in Atlanta. Nach ihrer Heirat ist sie von dort fortgegangen. Sie lebt jetzt in Philadelphia, oder zumindest habe ich nichts anderes gehört.«

»Ach. Dann haben Sie also keine Verwandten mehr in Atlanta?«

»Doch, einige sind von dort fortgegangen, aber manche leben noch dort.«

»Und was ist mit Ihnen, Mr. Culhane? Kommen Sie auch aus Atlanta?«

»Nein, Ma'am.«

Sie lachte melodisch. »Dann müssen Sie aber ganz aus der Nähe stammen. Ich höre Ihnen noch den Süden an.«

Jay lächelte. »Ich komme aus Savannah, Ma'am.«

»Oh«, sagte Susanna und schlug die Hände zusammen. »Savannah«, sagte sie sehnsüchtig, »eine ganz wunderbare Stadt. Mein Bruder lebt in Charleston... genaugenommen zwischen Charleston und Savannah. Kennen Sie in dieser Gegend einen Clairborne?«

»Ich habe von der Familie gehört... eine sehr angesehene Familie, aber ich kenne niemanden von ihnen näher.«

Als das Abendessen aufgetragen wurde, waren alle sieben Baxter-Töchter erschienen; und alle sieben waren schön, unbegreiflich und ganz unglaublich, wenn nicht gar theatralisch.

Irgendwie kam das Gespräch auf die Ehe, und Jay erfuhr, daß Jennifer die einzige unverheiratete Tochter der Baxters war. Eine Geschichte folgte auf die andere, und alle Geschichten, die beim Essen erzählt wurden, drehten sich um Jennifer und ihre Streiche.

»So viel sentimentales Gewäsch habe ich in meinem ganzen Leben noch nicht gehört!« brüllte Rand.

»Du sollst den Zorn deiner Kinder nicht auf dich ziehen«, rief ihm Faith in Erinnerung.

»Oh, entschuldige bitte vielmals«, sagte Rand. »Aber wie es schon in der Bibel steht: ›Verflucht ist ein Mann, der neun Töchter hat.‹«

Faith sah ihren Vater an und zog skeptisch eine Augenbraue hoch. »Und wo soll das stehen, Papa?«

»Vielleicht sind es nicht die exakten Worte, aber in der Bibel steht etwas über den Mann, der zu viele Töchter hat.«

»Du hast das ganz falsch verstanden«, sagte Faith. »Dort steht, Kinder seien wie Pfeile in der Hand eines mächtigen Mannes, und der mit dem vollen Köcher solle sich glücklich schätzen.«

»Glücklich, so?« sagte Rand grüblerisch. »Steht da zufällig auch, wann es zu diesem Glück kommen soll?«

»Also, ich bin wirklich sprachlos«, sagte Abbey. »Ehrlich, Paps, wenn man dich hört, könnte man glauben, du seist gar nicht froh darüber, daß du überhaupt Kinder hast.«

Am anderen Ende des Tischs lachte Esther, und dann schlug sie sich die Hand vor den Mund, als sie sah, daß Jay sie anstarrte. Ihr Gesicht wurde leuchtend rot, und sie senkte den Blick. Jay starrte sie weiterhin an. Er wußte, daß es sich nicht gehörte, aber er konnte einfach nichts dagegen tun. Sie war die einzige Baxter, die nicht viel zu sagen hatte. Sie machte sogar den Eindruck, als wäre sie am liebsten eins mit der Tapete geworden.

»Esther ist schrecklich schüchtern«, sagte Abbey.

Rand seufzte und wandte den Blick zum Himmel. »Ich möchte nicht unzufrieden wirken... Schließlich hast *Du* es für gut befunden, mir neun Töchter zu schenken, und dafür muß es ja wohl einen Grund geben. Ich weiß, daß es nicht besonders schlimm ist, wenn man neun Töchter hat. Aber besonders erhebend ist es auch nicht. Und ich weiß auch, daß ich nicht der einzige Mann mit Töchtern bin... und daß jemand sie schließlich haben muß. Aber hätte es denn geschadet, mich mit neun stillen Töchtern zu segnen?«

»Eine stille hast du doch, Papa«, sagte Faith. »Wenn das kein Segen ist.«

»Eine von neun ist kein schlechter Schnitt«, sagte Susanna.

Rand nickte und lächelte seine Frau an. Dann verlor er sich in Gedanken. Als er seine Aufmerksamkeit wieder denen zuwandte, die am Tisch saßen, redeten sie immer noch über Jennifer. Susanna bemerkte seinen verwirrten Gesichtsausdruck und erklärte ihm, sie hätten beschlossen, jeden einzelnen Vorfall zu erzählen, der ihnen einfiel, wenn sie an Jenny dachten.

»Gütiger Himmel«, sagte Rand. »Hier geht es ja so fröhlich zu wie bei einer Totenwache.« Dann sah er Susanna an und sagte: »Madam, Ihre Tochter ist mal wieder zu einem ihrer fruchtlosen Unterfangen aufgebrochen. Sie ist nicht tot!« Und mit diesen Worten schob Rand seinen Stuhl zurück und stand auf.

Susanna beobachtete ihn, als er durch das Zimmer stapfte. »Randolph Baxter«, sagte sie, »wohin gehst du?«

»Ich hole meinen Heilwhisky von Gilbert & Parson, Mrs. Baxter«, sagte er. Er zwinkerte Jay zu. »Und wenn Sie wissen, was gut für Sie ist, Culhane, dann kommen Sie mit.«

»Heilwhisky?« wiederholte Susanna. »Wogegen soll das helfen?«

»Gegen Kopfschmerzen«, erwiderte Rand, »denn genau das bekomme ich, wenn ich an Jenny denke.«

Jay trank ein Glas mit Rand, doch als Rand ihn einlud, über Nacht zu bleiben, lehnte Jay noch einmal ab. Hier erinnerte ihn zu vieles an ein Zuhause und an die Familie, die er selbst einmal gehabt hatte. Er hatte es eilig, all diese Menschen hinter sich zu lassen. Allein zu sein und die Informationen zu ordnen, die er bekommen hatte. Und um sein Vorgehen zu planen.

Als er am späten Abend in der offenen Prärie sein Lager aufschlug, öffnete Jay seine Satteltaschen, um das Bild von Jennifer Baxter rauszuholen. Er fand es – und einen merkwürdig geformten Gegenstand, der in braunes Papier gewickelt und mit einer Schnur zugebunden war. Daran hing ein Zettel.

Anwendungshinweis: Viermal täglich drei kräftige Schlucke. Damit spült man Jenny leichter runter.

Jay öffnete das Päckchen. Darin fand er eine Flasche Heil- und Prophylaxewhisky von Gilbert & Parson.

Lange kauerte er vor dem Feuer und hielt die Whiskyflasche in der einen Hand, das Bild von Jennifer Baxter in der anderen. Ein Schmerz fraß sich in seine Eingeweide.

Damit spült man Jenny leichter runter...

Doch die junge Schönheit mit dem Schlafzimmerblick ließ sich so schon allzu leicht schlucken.

3

Nachdem er drei Wochen lang Staub eingeatmet und von schwarzem Kaffee, Dosenpfirsichen und Bohnen gelebt hatte, empfand Jay eine gewaltige Erleichterung, als er Brownsville vor sich sah, wie es in der heißen Nachmittagssonne röstete. Er war hundemüde und brauchte dringend ein paar Dinge – vor allem ein heißes Bad, eine ordentliche Rasur, eine warme Mahlzeit und ein leichtes Mädchen. Doch schon, als der Gedanke in seinem Kopf Gestalt annahm, wußte er, daß er all das auslassen mußte. Das Wichtigste war jetzt, Jennifer Baxters Tante zu finden... »ihre verrückte Tante«, wie Rand Baxter gesagt hatte. Rand hatte Jay einen Packen mit Informationen mit auf den Weg gegeben, und daraus ging hervor, daß die alte Jungfer auf einer kleinen Ranch an der texanischen Grenze lebte, die der Rio Grande bildete. Jay sah in die Sonne. Bis zum Sonnenuntergang blieben ihm noch ein paar Stunden. Ja, das heiße Bad mußte warten. Und das leichte Mädchen auch.

Als er Miss Claibornes kleine Ranch gefunden hatte und auf ihr Haus zuritt, stellte er fest, daß es genauso aussah, wie er erwartet hatte. Miss Winny Claiborne dagegen entsprach keineswegs seinen Erwartungen. Jay war auf eine winzige Frau mit Brille, altmodischen Kleidern und Vorstellungen und einem seltsamen Geschmack in puncto Einrichtung gefaßt – wahrscheinlich hatte sie ein rundes Dutzend Katzen, einen pfeifenden Teekessel und eine alte Heimorgel, die nicht funktionierte, und der Geruch nach schleichendem Alter erfüllte ihr Haus.

Was er vorfand, war eine große, dürre Frau mit karottenrotem Haar und Sommersprossen, die ihm etwa so freundlich gesinnt war wie eine Klapperschlange, auf die man aus Versehen getreten war. Er behielt die Winchester im Auge, die sie lässig in der Hand hielt. Sie war nach der neuesten Mode gekleidet, und das wirkte in dieser abgelegenen Gegend derart deplaziert, daß Jay sie einen Moment lang nur anstarren konnte.

»Ich vermute, Sie hatten einen Grund, ausgerechnet um die Essenszeit bei mir anzuklopfen. Falls es Sie geistig nicht überanstrengt, könnten Sie vielleicht so liebenswürdig sein, mir den Grund Ihres Kommens zu nennen?« Ehe Jay etwas darauf erwidern konnte, musterte sie ihn mit gehässigen, zusammengekniffenen Augen von Kopf bis Fuß und sagte: »Was, in Teufels Namen, ist mit Ihrem Haar passiert? Haben Sie Läuse?«

»Nein, es sei denn, ich hätte sie mir heute morgen erst geholt.«

»Warum schneiden Sie Ihr Haar nicht ab? Ich dachte erst, Sie seien ein blödes Mädchen, als ich Sie aufs Haus zukommen sah... oder ein gottverdammter Komantsche. Ihr Haar muß mindestens dreißig Zentimeter lang sein. Gibt es da, wo Sie herkommen, keine Friseure?«

»Doch, aber ich hatte keine Zeit hinzugehen.«

»Lassen Sie sich die Haare schneiden«, sagte sie. »Sie sehen wie eine Chrysantheme aus.«

»Ja, Ma'am«, sagte Jay, bemüht, keine Miene zu verziehen.

Da sie keine halben Sachen machte, fügte sie noch hinzu: »Eine Rasur würde Ihnen auch nicht direkt schaden.«

»Ich werde es mir merken.«

Sie sah ihn aus zusammengekniffenen Augen an. »Ich brauche keine Feldarbeiter.«

»Ich suche keine Arbeit.«

»Ich gebe keine Almosen, wenn jemand gesund genug ist, um sich Arbeit zu suchen.«

»Das kann ich Ihnen nicht vorwerfen.«

Sie begutachtete ihn immer noch. »Und ich suche auch keinen Grund, noch länger hier in der Tür zu stehen und einen solchen Dummkopf anzustarren. Sagen Sie, was Sie wollen, oder ziehen Sie ab. Ich habe meine Zeit nicht gestohlen.«

Jay starrte die Frau an. In der Sonne glänzte ihr karottenrotes Haar so leuchtend, daß es ihn fast blendete. »Miss Clairborne? Miss Winny Claiborne?«

»Seit dem Tag meiner Geburt.«

»Ich bin Jay Culhane.«

»Irgendwer mußte das ja sein. Warum also nicht Sie.«

»Verzeihung?«

Sie legte den Kopf zur Seite wie ein Huhn, das eine Raupe ansieht. »Sind Sie schwer von Begriff? Ich meine, früher oder später mußte zwangsläufig irgendwer Jay Culhane heißen... schließlich gibt es nicht unbegrenzt viele Namen.«

»Das stimmt, aber...«

Sie wedelte mit der Winchester. »Sagen Sie mir endlich, was Sie wollen. Ich bin sicher, daß Sie nicht nur hergeritten sind, weil Sie hören wollten, wie Ihr Name aus meinem Mund klingt.«

»Nein. Mr. Baxter hat mich hergeschickt... Randolph Baxter.«

»Dann gibt es ihn also noch, den alten Trottel?«

Jay nickte.

»Mich überrascht, daß ihn immer noch niemand umgelegt hat.« Mit scharfem Blick musterte sie Jay noch einmal. »Was hat der alte Geier denn jetzt vor?« Sie kniff ein Auge zu und sah ihn an, als versuchte sie, sich selbst ein Urteil über seine Vertrauenswürdigkeit zu bilden. »Ist er immer noch mit meiner Schwester, diesem Spatzenhirn, verheiratet?«

»Ich glaube, er sagte, Sie seien die Schwester seiner Frau.«

»O Mann. Susanna hatte noch nie einen Funken Verstand, wenn es um Pferde oder Männer geht. Die würde eher einen Esel als ein Vollblut satteln.«

Jay unterdrückte ein Lächeln. »Soweit ich gehört habe, kennen Sie die jüngste Tochter der beiden recht gut.«

»Die einzige in dieser verfluchten Sippe, die einen Funken Verstand hat, wenn Sie mich fragen.«

»Ich bin wegen Jennifer gekommen. Es scheint...«

Interesse flackerte in ihren Augen auf. »Jenny? Ist ihr etwas zugestoßen?«

»Sie meinen, ihre eigenen Eltern kennen sie nicht gut genug, um Ihnen mehr über sie zu sagen? Sie mußten Sie den ganzen Weg zu mir reiten lassen, damit sie etwas über ihre eigene Tochter erfahren?«

»Ich hätte gern Informationen über ihr Verschwinden.«

»Verschwinden? Ist Jenny verschwunden?«

»Ich dachte, Baxter hätte gesagt, daß er Ihnen ein Telegramm geschickt hat, auf das Sie ihm geantwortet haben. Soll das heißen, Ihnen war nicht klar, daß Ihre Nichte schon seit über einem Monat vermißt wird?«

»Süßer, er hat mir ein Telegramm geschickt, und ich habe ihm geantwortet, daß ist wahr.« Sie wirkte jetzt ein wenig besorgt. »Natürlich wußte ich, daß sie seit mehr als einem Monat weg ist. Aber ich wußte nicht, daß sie nicht auffindbar ist.«

»Das ist doch dasselbe.«

»Sie sind ja noch dümmer, als ich dachte... das ist absolut nicht dasselbe. Wenn jemand vermißt wird, heißt das, man weiß nicht, wo er ist. Wenn jemand weg ist, heißt das nur, daß er nicht mehr da ist, wo man ihn normalerweise vorfindet.«

»Wissen Sie, wo Jennifer ist?«

»Allerdings.«

»Dann wäre ich Ihnen sehr dankbar, wenn Sie es mir sagen könnten.«

»Ja, das bezweifle ich nicht im geringsten.«

»Also?«

»Ein tiefsinniges Thema.«

»Miss Claiborne, es ist ein schwerwiegendes Delikt, wenn Sie Jennifers Eltern wertvolle Informationen über ihren Verbleib vorenthalten. Es ist ein schwerwiegendes Delikt, wenn Sie ihre Rettung behindern. Und es ist die pure Dummheit, wenn Sie sich weigern, einem Deputy Marshal der Vereinigten Staaten Informationen zu geben.«

»Und weshalb?«

»Das Mädchen könnte entführt worden sein.«

»Entführt? Blödsinn!«

»Nennen Sie es, wie Sie wollen, aber die Baxters machen sich große Sorgen über das Verschwinden ihrer Tochter und wollen sie wieder bei sich haben.«

»Ich glaube nicht, daß Jenny das auch so sieht. Außerdem hat sie diesem blöden Baxter ein Telegramm geschickt, in dem steht, warum sie nach Mexiko gegangen ist. Ich war dabei, als sie es abgeschickt hat. Darin ist alles glasklar erklärt worden.«

»Trotzdem wollen ihre Eltern, daß ich sie nach Hause zurückbringe, Miss Claiborne.«

»Kein Zweifel, aber dazu müssen Sie sie erst mal finden.«

»Deshalb bin ich ja hier. Ich hatte gehofft, Sie könnten mir etwas mehr Informationen geben als die Baxters. Können Sie mir genau sagen, wo Jennifer ist?«

»In Mexiko.«

»Mexiko ist ein großes Land.«

»Sie sind ein ganz Gescheiter, stimmt's?«

Jay stöhnte. »Miss Claiborne, würden Sie mir freundlicherweise sagen, wo in Mexiko ich Jennifer finden kann?«

»Das werden Sie wohl selbst rausfinden müssen, Sie Geck.«

Jay wurde allmählich klar, daß dieser hitzige Rotschopf ihm noch nicht mal die Uhrzeit sagen würde. Bald würde es dunkel werden. Seine Laune verschlechterte sich. Sein Magen knurrte. Ihm reichte es für heute. Jay seufzte resigniert und drückte sich den Hut, den er in der Hand gehalten hatte, wieder auf den Kopf. »Wenn Sie mir nur noch sagen, wie ich zu dem Haus komme, in dem Jennifer gelebt hat, haue ich ab.«

»Was wollen Sie da? Sie haben doch selbst gesagt, daß sie weg ist.«

»Stimmt.«

»Scheint mir ein dämlicher Zeitpunkt für einen Besuch, wenn Sie mich fragen... wenn man sowieso weiß, daß niemand zu Hause ist.«

»Ich will keinen Anstandsbesuch machen. Ich möchte mich nur umsehen, ob ich dort einen Anhaltspunkt dafür finde, wo ich Jennifer Baxter ausfindig machen kann. Sie wissen, wo sie wohnt.«

Winny lachte hämisch. »Süßer, versuch gar nicht erst, mich in die Falle zu locken. Der Trick ist so alt wie die Berge. Ich weiß, wo sie wohnt.« Sie unterbrach sich wieder einmal und preßte nachdenklich die Lippen zusammen. »Ich schätze, es schadet nichts, wenn ich Ihnen das sage... wenn Sie in die Stadt kommen, finden Sie es sowieso raus. Dieser Sheriff, den wir hier haben, dem hängt die Zunge raus wie ein Pumpenschwengel.«

»Ich wüßte es wirklich zu schätzen, wenn Sie mir die Zeit sparen würden und ich nicht zum Sheriff gehen müßte.«

»Diese Worte sind nicht bar von Weisheit. Der Sheriff ist ein größerer Schwachkopf als Rand Baxter... falls das überhaupt möglich ist.«

»Eine Eigenschaft, die viele Männer zu haben scheinen.«

Winny legte den Kopf zur Seite und lehnte ihre Winchester an das Haus. »Reiten Sie auf der Straße zurück. Nach etwa drei Meilen kommen Sie an einem alten Haus vorbei, in dem Heu gelagert wird. An der nächsten Kreuzung halten Sie sich links. Jennifers Haus ist das erste auf der rechten Seite, etwa eine Meile weiter. Sie können es nicht verfehlen. Aber ich warne Sie, stecken Sie Ihre Nase nicht in Angelegenheiten, in denen sie nichts zu suchen hat, und wagen Sie es nicht, ihre Sachen zu durchwühlen. Sie ist ein sehr zurückgezogener und auffallend eigenwilliger Mensch. Sie wird es nicht allzu freundlich aufnehmen, wenn irgendein dahergelaufener dickköpfiger Kerl mit Stoppeln im Gesicht in ihrer Wohnung rumschnüffelt und in ihren Sachen kramt, während ihm die Läuse vom Kopf springen.«

»Das werde ich mir merken, Miss Claiborne... und im übrigen habe ich keine Läuse.«

Winny kicherte hämisch. »Und gesunden Menschenverstand haben Sie auch nicht, wenn Sie glauben, Sie könnten Jennifer gegen ihren Willen hierher zurückbringen.« Sie lachte wieder und klatschte sich aufs Knie. »Ich wünschte, ich könnte mitkommen und mir das selbst ansehen. Sie haben keine Ahnung, was Ihnen bevorsteht.«

»Ich habe schon gehört, daß sie reichlich schwer verdaulich ist.«

»Ja, ich nehme an, so wirkt Jenny auf jeden, der sie kennenlernt. Aber für mich ist sie immer ein belebender Jungbrunnen gewesen.«

»Sie mögen sie gern, stimmt's?«

»Ich liebe sie wie eine eigene Tochter. Und ich würde keine Sekunde zögern, einem Schuft, der ihr auch nur ein Haar krümmt, den Bauch aufzuschneiden. Merken Sie sich das lieber, denn Jenny wird nicht mit Ihnen zurückkommen. Jedenfalls nicht freiwillig.«

»Ich werde es mir merken, aber ich werde sie zurückbringen, ob sie will oder nicht. Und für mich ändert es wenig, ob sie freiwillig mitkommt oder nicht. Guten Abend, Miss Claiborne. Vielen Dank für Ihre Hilfe.«

Es war ein Fehler, Jennifers Haus aufzusuchen. Überall lagen Dinge herum, die Erinnerungen in ihm weckten, und das konnte Jay überhaupt nicht gebrauchen. Die kleine Hexe mit dem verführerischen Blick verfolgte ihn wie ein Ohrwurm, der ihm nicht aus dem Kopf ging, und diese Melodie war so quälend wie Traurigkeit. Eine Traurigkeit, die er anscheinend nicht abschütteln konnte.

Als er ihr kleines Häuschen betrat, ließ er die kalte, windige Realität hinter sich und kehrte in eine andere Welt ein. Wohin er auch sah, alles wies auf eine Frau hin – die Parfumflaschen, die Bürsten, die Hutnadeln, die Fächer, und über allem hing ein weiblicher Duft. Sein Blick heftete sich auf das Messingbett hinter den wallenden Spitzenvorhängen, die von lavendelfarbenen Bändern und Blumengirlanden gehalten wurden. Wohin er auch sah – alles war extrem weiblich, und das hatte er nach diesen Schilderungen nicht erwartet. Was für eine Frau mochte Jennifer Baxter in Wirklichkeit sein?

Er grinste. Fest stand jetzt schon, daß sie nicht übertrieben ordentlich war.

Ihr Bett war ungemacht, und auf dem Teppich davor lag etwas Hauchdünnes, das seine Phantasie anregte. Er hob den Gegenstand auf, roch den reifen Rosenduft und spürte Sehnsucht und schmerzliche Einsamkeit, die ihn plötzlich durchbohrte. Er rieb den zarten Stoff zwischen den Fingern und malte sich aus, wie die dunkelhaarige Schönheit in diesem eierschalfarbenen Hauch aussehen mochte. Jay wandte sich stöhnend ab.

Als er gerade gehen wollte, fiel ihm auf ihrem Frisiertisch ein schwarzes Lackkästchen auf. Er wußte, daß es vermutlich ihren Schmuck enthielt, und trotzdem öffnete er es. Wieder einmal fand er etwas ganz anderes vor, als er erwartet hatte – Zeitungsausschnitte... und alle drehten sich um diverse Demonstrationen und Protestmärsche, bei denen es um Frauenrechte ging, um das Ausrotten der Büffel, die Vertreibung der Indianer in Reservate, die Pelzindustrie, um Fallensteller und Walfänger. Für eine so feminine junge Frau eine sehr merkwürdige Zusammenstellung. Vielleicht hatte sie die Zeitungsausschnitte gesammelt, weil sie sie im College für eine Hausarbeit gebraucht hatte. Aber warum hätte sie sie dann aufheben und sie in ihrem Schmuckkasten aufbewahren sollen? Er warf die Zeitungsausschnitte wieder in das Lackkästchen und schloß den Deckel. Diese Frage würde er sich beantworten können, wenn er Jennifer Baxter erst gefunden hatte.

Wenn er nicht gestolpert wäre, weil sich einer seiner Sporen in dem Teppich verfangen hatte, hätte er es übersehen. Nur dadurch fiel ihm der kleine Papierkorb neben ihrem Schreibtisch auf, den er umgeworfen hatte. Als er die zerrissenen Zettel aufsammelte, stellte er fest, daß sie in unbeholfener Schrift mit Spanisch bedeckt waren. Warum waren all diese Zettel zerrissen? Jay stellte die Lampe heller, die er auf den Schreibtisch gestellt hatte, ehe er gestolpert war.

Er zog den Stuhl raus, setzte sich und breitete die kleinen zerrissenen Blätter vor sich aus. Mehr als eine Stunde arbeitete er an dem Puzzle und setzte die ausgezackten Ränder zusammen. Als er endlich fertig war, verstand er zwar nicht viel, aber zwei Worte sprangen ihm ins Auge: Agua Dulce. Er kannte diesen Ort. Es war eine kleine Stadt in Mexiko, die er auf der Landkarte gesehen hatte.

Agua Dulce. Das war nicht gerade viel. Vielleicht half es ihm auch gar nicht weiter. Aber es war der einzige Anhaltspunkt, den Jay überhaupt hatte.

Er ritt in die Stadt und gab das Telegramm auf, das er Rand Baxter versprochen hatte. Dann erstand er das Nötigste, was er brauchte, im Gemischtwarenladen. Als nächstes ritt er zum Schmied und erwarb dort einen stämmigen Falben für Jennifer. Nachdem er seine Vorräte aufgeladen hatte, aß er noch schnell einen Happen.

Eine Stunde später überquerte Jay den Rio Grande und war in Mexiko.

Drei Wochen später kam er nach Agua Dulce. Es war ein kleiner Ort mit Häusern aus Lehmziegeln, genauso wie die vielen anderen kleinen staubigen Städtchen in der Umgebung – eine kleine Bodega, eine Kirche, eine Schmiede, ein kleiner Laden. Aber am Ortsrand gab es etwas, was diese Stadt von vielen anderen unterschied. Ein Schulhaus. Ein funkelnagelneues Schulhaus.

Etwa eine Meile weiter stand ein kleines Haus aus Lehmziegeln, das genauso neu wie die Schule war. Ob hier vielleicht Jennifer wohnte? Das ließ sich leicht herausfinden. Die Schule lag abseits. Nur ein bröckelnder Lehmziegelbau stand in der Nähe. Jay ritt unbeobachtet zu der baufälligen Hütte, band Brady und den Falben dort an und ging auf die Schule zu, die nur einen Raum hatte.

Die Fenster standen offen, und er konnte Stimmen hören. Als er hineinschaute, sah er ein mexikanisches Mädchen neben einer Frau stehen, und beide hatten ihm den Rücken zugekehrt. Diese Frau mußte Jennifer Baxter sein. Sie hatte das Haar aufgesteckt, doch er sah, daß es so schwarz wie die Sünde war. Sie trug eine schlichte, aber modische Bluse und einen Rock. Sie redete schnell auf spanisch, und das Mädchen hörte zu und warf gelegentlich etwas ein oder nickte. Er sah, daß sie etwas aufschrieb und dem Mädchen den Zettel reichte. Beide lachten. Warum nur drehte sie sich nicht um? *Komm schon, Süße. Dreh dich zu mir um. Dreh dich um, damit ich dein Engelsgesicht sehen kann. Zeig mir den exakten Farbton deiner Augen.*

Aber sie drehte sich nicht um, und Jay hörte sich fluchen. Er beobachtete sie weiterhin und glaubte, noch nie in seinem Leben eine so schmale Wespentaille gesehen zu haben.

Da er sein Glück nicht aufs Spiel setzen wollte, schlich er zu dem Gebäude zurück, hinter dem er die Pferde angebunden hatte, und suchte sich eine Stelle aus, von der aus er die Schule gut im Auge behalten konnte. Nach einer Weile ging das Mädchen zu Fuß in Richtung Stadt, aber die Frau blieb noch im Schulgebäude. Jay wäre fast eingeschlafen, als ihn das Geräusch eines Eselskarrens aufschrecken ließ. Ein alter grauhaariger Mexikaner kutschierte den Karren. Er war weiß gekleidet, wie es für die mexikanischen Arbeiter üblich war. Der alte Mann hielt den Wagen vor der Schule an, und wenige Minuten später kam die Frau aus dem Haus, kehrte ihm aber immer noch den Rücken zu. Dreh dich um, verdammt noch mal! dachte er und war entgeistert, als sie sich wirklich umdrehte und noch einen Blick auf die Schule warf. Selbst auf diese Entfernung war sie zweifellos die erlesenste Schönheit, die ihm je begegnet war. Ja, selbst auf diese Entfernung wußte er, wer sie war. Jennifer. Jenny.

Sie stieg in den Wagen. Jay folgte in sicherer Entfernung und sah Jennifer vor dem Haus aussteigen, das er für ihr Zuhause gehalten hatte. Der alte Mann wartete, bis sie im Haus war, und dann legte er respektvoll die Hand an den Hut und machte kehrt. Bis zu dem Moment war Jay nicht hundertprozentig davon überzeugt gewesen, daß das Mädchen nicht doch entführt worden war. Auch jetzt fragte er sich noch, warum sie nicht bewacht wurde, wenn sie gegen ihren Willen hier festgehalten wurde. Aber dann sah er sich die Gegend noch einmal an.

Meilenweit unwirtliche Alkaliwüste, und wenn sie das Dorf und den Brunnen verließ, dann trennten sie Tage vom nächsten Wasserloch. Selbst wenn sie von hier fortgelaufen wäre, hätte Jennifer nirgends hingehen können – nicht ohne ein Pferd oder einen Esel, und schon gar nicht ohne große Vorräte an Lebensmitteln und Wasser. Falls man sie doch gekidnappt hatte, gab es einen ganz simplen Grund dafür, daß Jennifer Baxter nicht bewacht wurde: Wachen waren hier nicht nötig. Die Wüste umschloß sie von allen Seiten wie Gefängnismauern.

Dennoch war Jay geneigt, sich der Meinung ihres Vaters anzuschließen. Vielleicht hatte Jennifer Baxter die Wahrheit geschrieben, als sie telegrafiert hatte, sie würde in Mexiko eine Schule gründen. Jedenfalls hatte sie sich dort aufgehalten, als er sie gefunden hatte. Und sie machte auch nicht gerade den Eindruck, als würde sie dazu gezwungen – und unglücklich schien sie auch nicht zu sein. Sie mußte aus freiem Willen nach Agua Dulce gekommen sein. Aber warum? Warum sollte eine Frau, die so schön war, hier draußen ihr Leben vergeuden wollen? Er betrachtete noch einmal das Haus, in dem Jennifer lebte. Was Jennifer auch angelockt hatte – die Schule, die Lust am Abenteuer oder die pure Dummheit –, von einer Entführung konnte nicht die Rede sein. Darauf hätte er sein Leben verwettet.

Jay wartete noch ein Weilchen. Wind kam auf, und der Sand trieb um seine Füße und wurde ihm in die Augen geweht. Er spürte, wie seine Gelenke steif wurden, als er auf die Deckung der Dunkelheit wartete. Als es dämmerte, wartete er noch etwas länger und beobachtete die erleuchteten Fenster, hinter denen Jenny umherlief. Jay konnte sich vorstellen, daß sie ganz gewöhnliche Dinge tat – zu Abend aß, das Geschirr spülte, Arbeiten benotete, vielleicht sogar leichte Hausarbeiten verrichtete. Doch die Vorstellung, wie sie ihr Haar löste und sich auszog, um ins Bett zu gehen... Er stöhnte, da er sich nur zu gut an das hauchdünne Nachthemd in Jennifers Schlafzimmer erinnerte.

Jay verfluchte sich für sein schwaches Fleisch und schlich zu Jennifers Haus. In beiden Zimmern brannte Licht, und daher beobachtete er das Haus noch ein paar Minuten, weil er nicht wußte, in welchem Zimmer sie sich aufhielt. Als er noch näher kam, ging in einem der beiden Räume das Licht aus. Auf der kleinen Veranda entschied er sich für die rechte der beiden Türen, die zu dem Zimmer führte, in dem noch Licht brannte, doch sie war verschlossen.

Er trat zurück, und der Wind beendete sein Werk, nachdem Jay kräftig gegen die Tür getreten hatte.

»Ach du meine Güte!« sagte Jay. »Das... darf... doch... nicht... wahr... sein!«

Direkt an der Tür stand nämlich Jennifer Leigh Baxter persönlich, und sie trug nichts weiter als ein hauchdünnes Seidenfähnchen, das hoch auf ihren Oberschenkeln endete. Sein Blick glitt tiefer, auf die Seidenstrümpfe, die die schönsten Beine bedeckten, die er je gesehen hatte. Und Jay Culhane hatte jede Menge Beine gesehen. Jenny blickte rasch auf, und ihr Gesicht blieb zum Teil hinter dem langen, dunklen Haar verborgen.

Riesige violette Augen unter langen, dunklen Wimpern starrten ihn an. Sie war so entgeistert, daß sich kein Gefühl in ihren Augen widerspiegelte. Auf die Wucht dieser Augen war er nicht gefaßt gewesen. Er trat die Tür hinter sich zu, und einen Moment blieb er einfach stehen und sah sie genauso entgeistert an wie sie ihn.

Jennifer Baxter stand im matten Schein einer Nachttischlampe da, rang vergebens nach Luft und konnte einfach nicht glauben, was soeben passiert war. Sie war wie vom Donner gerührt. Vor ihr stand völlig unerwartet der bestaussehende, arroganteste und skrupelloseste Mann, der ihr je begegnet war. Als ihr Blick über ihn glitt, überwältigten sie Empfindungen, die sie in dieser Intensität nicht kannte. Sie nahm alles zugleich wahr: den Körper, die Haltung, die Geschmeidigkeit, das scharfgeschnittene Gesicht und den Ausdruck des Erstaunens. Er wirkte gebieterisch, sinnlich und umwerfend männlich, und das breite Grinsen, das sich langsam bildete, war ihr eine Warnung. Bei dieser Erkenntnis verschlug es ihr den Atem. Das hämische Grinsen wich einem Lächeln, das weit weniger unschuldig war. Jetzt verstand sie die Bedeutung des Ausdrucks »schön wie die Sünde«.

»Sie haben sich offensichtlich in der Adresse geirrt. Wären Sie jetzt so freundlich, wieder zu gehen? Und schließen Sie die Tür hinter sich.«

»Schau mich weiterhin so an, und ich gehe nirgendwo hin.«

Er musterte sie mit Adleraugen, und plötzlich wurde Jennifer klar, was er betrachtete. Sie riß ihren Morgenmantel vom Bett und preßte ihn an sich; in ihren dunklen Augen loderte Wut. »Sie haben genug gesehen, Sie dreckiger Kerl. Und jetzt verschwinden Sie.«

»Ich denke gar nicht daran«, sagte er und stieß ein seltsames, bitteres Lachen aus, das den dünnen Stoff zu durchbohren schien, den sie an sich preßte, um ihre Nacktheit zu bedecken. Diese rauchig blauen Augen glitten immer noch über ihren Körper, und sie rechnete sich aus, was passieren würde, wenn sie mit einem Satz an ihm vorbei zur Tür stürzte und halbnackt und barfuß in die Nacht hinauslief.

»Raus jetzt!«

»Um keinen Preis«, sagte er, und das stimmte, denn Jay Culhane hätte sich selbst dann nicht vom Fleck rühren können, wenn jemand sein Hinterteil mit Schrot durchsiebt hätte. Er konnte an nichts anderes mehr denken als an diese erlesen schöne Frau mit den längsten Beinen, die man sich nur vorstellen konnte, und noch dazu steckten sie in verführerischen Seidenstrümpfen. Der Morgenmantel, den sie inzwischen angezogen hatte, ärgerte ihn, denn er wollte sie wieder so wie vorhin sehen, nein, ohne alles, nur in diesen Seidenstrümpfen. Er durfte sich gar nicht vorstellen, wie sie sich angefühlt hätten, wenn sie ihre Beine um seine Hüften geschlungen hätte, aber genau das wollte er, bei Gott.

»Raus, habe ich gesagt! Hören Sie schlecht?«

»Nein, keineswegs«, sagte er grinsend.

»Dann verschwinden Sie, oder ich schreie.«

»Schreien Sie ruhig. Ich werde Sie nicht daran hindern.«

»Warum sind Sie hier? Was wollen Sie?«

Darüber hätte er fast gelacht. »Ich wollte Sie sehen, was denn sonst?«

»Gut. Sie haben mich gesehen... mehr von mir, als Sie hätten sehen sollen. Und jetzt gehen Sie.«

»Nur, wenn du mitkommst.«

Diese zart geäußerten Worte verwirrten sie. »Mitkommen?« wiederholte sie. »Warum?«

»Wenn du herkommst, zeige ich dir, warum.«

»Darauf würde ich wetten.« Eine Gänsehaut überzog sie, und doch war ihr eigentlich nicht kalt. Sein forschender Blick, aus dem Übung und Meisterschaft sprach, brachte ihre Haut zum Glühen. Sie war verängstigt und seltsam benommen zugleich. »Ich denke gar nicht daran, Ihnen auch nur in die Nähe zu kommen. Also können sie ebenso gut gleich gehen.«

»Dann komme ich eben zu dir.« Ihre außergewöhnlichen Augen schienen Licht zu schlucken, als sie ihn finster anfunkelte.

»Wenn Sie wissen, was gut für Sie ist, verschwinden Sie jetzt.« Sie spürte seine Glut, die sie quer durch den Raum zu versengen schien. Dann lächelte er und stieß sich mit der Daumenspitze den Hut aus der Stirn, und sie zuckte heftig zusammen. Er ging einen Schritt auf sie zu.

Sie wich einen Schritt zurück. »Hören Sie, ich weiß nicht, wer Sie sind oder was Sie hier zu suchen haben, aber Sie wollen doch nichts von mir.«

»O doch. Dich und nichts anderes habe ich gesucht.«

Jennifer zitterte jetzt und verlor die Selbstbeherrschung. »Verflixter Kerl!« sagte sie. »Weshalb Sie auch hier sind, ich will, daß Sie gehen. Und zwar sofort!«

»Das war die falsche Antwort. Probier's noch mal.«

Jennifer holte tief Atem. Drohungen und Befehle schienen bei diesem Mann nicht viel zu bewirken. Sie mußte es wohl mit anderen Mitteln probieren. »Offensichtlich verwechseln Sie mich mit einer anderen Person.« Der Dummkopf hatte wieder das anzügliche Lächeln im Gesicht. »Ich versuche, Ihnen klarzumachen, daß Sie an die Falsche geraten sind.«

»Ahh, Süße, den Eindruck machst du mir aber gar nicht.«

»Ich bin aber die Falsche. Ich kenne Sie nicht. Sie kennen mich nicht...«

»Nein, aber ich werde dich kennenlernen.«

»Verflixt und zugenäht«, sagte sie. »Würden Sie jetzt mit diesem Unsinn aufhören und gehen?«

»Gib lieber gleich auf. Je mehr du redest, desto mehr überzeugst du mich davon, daß ich noch ein Weilchen bleiben sollte.« Er sah sich im Zimmer um, und sein Blick fiel auf einen kleinen Schaukelstuhl. Mit drei großen Schritten hatte er den Stuhl erreicht und ließ sich fallen.

»Was soll das heißen? Sie können nicht einfach reinkommen und so tun, als wären Sie hier zu Hause.«

»So, kann ich das nicht?« Er grinste. »Ist doch längst geschehen, Süße. Und ich habe auch die Absicht, hier zu bleiben, Wenigstens eine Zeitlang.«

»Und wie lange wollen Sie bleiben?«

»Bis der Spaß vorbei ist.«

»Welcher Spaß?«

»Dein Auftritt.«

»Was für ein Auftritt? Wovon reden Sie? Ich bin Lehrerin. Ich trete nirgends auf.«

»Das kriegen wir schon noch hin.«

Er lehnte sich, soweit es ging, auf dem Stuhl zurück, streckte seine langen, schlanken Beine vor sich aus und sah sich in Ruhe an ihr satt. Plötzlich stellte er fest, daß er gar keine Eile hatte – nicht die geringste Eile. Die kleine Jennifer Baxter konnte sich von ihm aus ruhig die ganze Nacht Zeit lassen... und genau damit rechnete er.

»Was soll das heißen, das kriegen wir schon noch hin?« Dieser Mann war in mehr als einer Hinsicht gefährlich. Er sah unglaublich gut aus, war gerissen – manchmal sogar fast charmant – und konnte wahrscheinlich bedenkenlos töten, wenn man ihn auch nur im entferntesten provozierte, aber es gab noch einige andere unaussprechliche Dinge, die er vermutlich auch ohne jede Provokation tun konnte. Ihr Atem ging schnell und stoßweise, als sie beobachtete, wie er den Revolver aus dem Halfter zog und ihn auf sie richtete.

»Laß diesen Morgenmantel fallen.«

»Was?«

»Du hast gehört, was ich gesagt habe. Laß den Morgenmantel fallen.«

»Sie sind ja verrückt.«

Nein, dachte er, *aber ich werde wirklich wahnsinnig, wenn sie das verdammte Ding nicht fallen läßt, und zwar schnell.* Er sagte nichts; er wedelte lediglich mit dem Revolver.

»Das tue ich nicht«, sagte sie trotzig. »Dazu können Sie mich nicht bringen.«

Er lachte. »O doch, das kann ich... ohne auch nur von diesem Stuhl aufzustehen.«

»Und wie? Indem Sie mich erschießen?«

»Schnell von Begriff, was?«

»Soll das ein Witz sein?«

Sein Gesicht war so hart wie seine Stimme. »Gnädigste, ich habe es nie in meinem Leben ernster gemeint. Ob ich wahnsinnig bin, das ist die Frage... vielleicht bin ich es. Aber ob verrückt oder nicht, ich kann mit meinem Revolver umgehen«, sagte er. »Und jetzt laß den Morgenmantel fallen.«

»Scheren Sie sich doch zum...«

»Da war ich schon.« Als Jennifer einen Schritt zurückwich und an die Bettkante stieß, spannte er den Hahn. Ihre Kehle wurde trocken. Sollte sie es riskieren? Wagte sie, ihm ins Gesicht zu sagen, daß er ja doch nur bluffte? Wenn sie das tat, stellte sich vielleicht heraus, daß er nicht auf eine Frau schießen konnte. Aber was war, wenn er es doch konnte?

»Die Entscheidung liegt ganz bei dir, Engelchen. Zieh diesen Morgenmantel aus, oder ich tue es für dich.«

Er sah, wie ihre Augen schmaler wurden, und reiner Haß flakkerte in ihren Tiefen auf. Dann reckte sie hochmütig das Kinn in die Luft, starrte ihn an, und für einen Sekundenbruchteil loderte Trotz in ihren Augen, die jetzt purpurn schwelten. Dann verlor ihr Blick die Intensität. Er sah, daß ihre Unterlippe zitterte, und einen Moment lang glaubte er, sie würde weinen, aber sie holte tief Atem und faßte sich wieder. Sie ließ ihn keine Sekunde aus den Augen, als sie den Morgenmangel betont langsam sinken ließ. Dann atmete sie noch einmal tief ein und stand stolz und aufrecht da, als sie den Stoff losließ, der zu Boden fiel.

Dieses einteilige Ding, das sie trug, war teuflisch aufreizend. Weißglühendes und sengendes Verlangen regte sich – etwas, was er schon öfter erlebt hatte, aber noch nie hatte er so wenig dagegen ankämpfen können. Die Schönheit mit dem Onyxhaar, die nahezu unbekleidet vor ihm stand, verschlug Jay den Atem. Ihre Haut war so weiß und frisch wie die Milch vom selben Tag, und er sah einen Körper mit zartem Knochenbau, der anmutig schlank war.

Wenn sie auch schmal war, waren ihre Brüste doch voll und üppig und vollkommen geformt. Da sie schnell und hörbar atmete, hoben und senkten sie sich vor ihm wie die Versuchung. Er kämpfte gegen den Drang an, vom Stuhl aufzuspringen und sie so heftig an sich zu reißen, wie er es gern getan hätte. Das Mädchen war weit schöner, als er es sich je vorgestellt hatte oder auch nur hätte hoffen können. Wenn sie auch Haar hatte, das so schwarz wie die Sünde war, dann war doch alles andere an ihr der reinste Himmel. Nur der Ausdruck ihrer Augen war alles andere als der eines Engels. Zweifellos fürchtete sich das Mädchen, aber auch Trotz stand in diesen Augen – Trotz, Entschlossenheit und Kraft.

Jennifer Baxter mochte eine junge Frau sein, aber sie würde es ihm nicht leichtmachen, soviel stand fest.

Dennoch wunderte es ihn, daß sie glaubte, er könnte wirklich auf sie schießen. Und noch mehr überraschte es ihn, daß sie nie – nicht einen Moment lang – den Blick von ihm abwandte. Jede Jungfrau hätte den Blick gesenkt, sich gewunden, geweint oder die Augen zugekniffen. Jennifer tat nichts von alledem. Da sie nicht zimperlich wegschaute, stellte sich Jennifer Baxter als eine Frau dar, die die Berührungen eines Mannes erfahren hatte, die Glut eines nackten Körpers kannte, der sich an ihren eigenen preßte – eine Frau, die ihre Jungfräulichkeit verloren hatte. Da seine Neugier angestachelt war, fragte sich Jay, wie dreist und keck Miss Jenny war und wie weit sie wirklich gehen würde.

»Und jetzt zieh den Rest aus.«

Wieder flackerte die Wut auf, diesmal noch tiefer in ihren Augen, jetzt noch ausgeprägter, aber wie vorhin schon beherrschte sie sich auch jetzt. Sie stand nur da und sah ihn trotzig an, und als er schon glaubte, daß nichts geschehen würde, fing sie an, langsam die Knöpfe zu öffnen. Er betrachtete gebannt, wie verführerisch die dünne, schimmernde Seide ihm gerade genug zeigte, um seine Phantasie anzustacheln. Nie hatte er eine Frau etwas derart Skandalöses tragen sehen. War das etwa die neueste Mode? Er war Frauen in Schlüpfern und Unterkleidern gewohnt, nicht in so aufreizenden einteiligen Dingern, die fast beinfrei waren. Er sah ihr verzaubert zu und malte sich aus, wie sie ihn begehrte und ihre Wärme sich um ihn schloß. Als sie den letzten Knopf öffnete, hielt er den Atem an. Sie zog an dem blaßroten Band.

Er spürte, wie sein Mund trocken wurde, und der Atem, den er angehalten hatte, entrang sich ihm wie ein Stöhnen. Bei jedem ihrer Atemzüge sprang der eierschalfarbene Stoff weiter auf und entblößte ihre hochangesetzten, runden Brüste vor seinem Blick, um sie wieder zu verbergen, wenn sie ausatmete. Jay wedelte noch einmal mit seinem Revolver, um Jennifer zu ermutigen. Als sie sich umdrehte, um sich ihm nur von der Seite zu zeigen, wollte er sich schon beschweren, doch in dieser Haltung war sie fast noch verführerischer.

Er wedelte mit dem Revolver. »Weiter.«

Sie zog sich die Träger von den Schultern und ließ sie über ihre schlanken Arme gleiten. Dann rutschte das Gewand an ihr herunter, und als es auf dem Boden lag, stieg sie hinaus. Mit zwei Fingern hielt sie die seidene Unterwäsche hoch. Dann ließ sie das Ding los, ohne ihn aus den Augen zu lassen. Jay sah zu, wie es auf den Boden fiel. Sein Blick glitt an ihr hinauf. *Mutter Maria, Josef und Christus!* Es gab nichts Köstlicheres, Schöneres und Unbeschreiblicheres als eine Frau, die so aussah – schneeweiße Haut, lavendelfarbene Augen und pechschwarzes Haar – und sie trug wahrhaft nichts als ein Paar Seidenstrümpfe.

Jay hatte nie erlebt, daß eine so junge Frau sich derart schamlos gab – noch nicht einmal in einem Bordell. Offensichtlich machte es ihr nicht viel aus, sich vor einem Mann zu entkleiden. Daher beschloß Jay, ungestört weiterzumachen.

»Und jetzt dreh dich um. Langsam, ganz langsam.«

Er sah, daß ihre Augen glänzten, und wenn sie ein unschuldiges Mädchen gewesen wäre, hätte er von verlegenen Tränen, wenn nicht gar Tränen der Scham gesprochen, aber bei diesem kessen Weibsstück... er war sicher, daß sie es nicht leiden konnte, wenn man ihr etwas vorschrieb. Einer der kleinen Teufel in seinem Innern trieb ihn an, noch weiterzugehen, um zu sehen, wann sie zerbrach und die Fassung verlor. »Wenn du weißt, was gut für dich ist, wirst du dich jetzt umdrehen, Schätzchen. Jetzt!« Dann sagte er freundlicher: »Tu es, Mädchen. Ich will dich von vorn sehen.«

Röte stieg in ihre Wangen auf, und er hörte sie empört keuchen, aber sie besaß wirklich Selbstbeherrschung und brachte es fertig, einen passiven Gesichtsausdruck zu bewahren. Dennoch fiel es ihm sehr schwer, sich auf ihr Gesicht zu konzentrieren, wenn es auch noch so hübsch war, aber sie hatte die schönsten Brüste und die unglaublichsten Beine, die er je zu Gesicht bekommen hatte. Und Jay Culhane war ein Mann, der viele, viele Frauen gekannt hatte – Frauen, deren Beruf es war, Männer zu bezaubern und ihnen Freude zu bereiten.

»Soll ich dir helfen?« Sie drehte sich um. »Noch etwas mehr. Ja, perfekt. Durch und durch perfekt.« Er lachte. »Und jetzt«, sagte er heiser, »wirf dir das Haar über die Schultern zurück. Ich möchte nicht, daß mir nur irgend etwas verborgen bleibt.«

Sie rührte sich nicht.

»Tu, was ich sage!« schrie er.

»Du Mistkerl!« sagte sie und schüttelte den Kopf, und ihr langes, dichtes Haar fiel über die Schultern auf ihren Rücken.

»Bei allen Heiligen!« sagte Jay und sprang auf, als glühende Begierde ihn durchzuckte und der Beweis seiner Männlichkeit sich regte. Vollkommen war ein zu schwaches Wort für die Schönheit, die vor ihm stand. Unübertrefflich. Erlesen. Köstlich. Prachtvoll. Ihre makellose Schönheit ließ sich mit seinem Vokabular nicht beschreiben. Jay spürte seine Reaktion auf das, was seine Augen verschlangen. Sie zuckte flammend durch seine Lenden, ein stechender körperlicher Schmerz. Er sank wieder auf den Stuhl.

Lange saß er nur da und sah sich an ihr satt. »Komm her«, sagte er mit gepreßter Stimme.

»Fahr doch zum Teufel.«

»Ich habe gesagt, du sollst herkommen.« Er brachte die Worte gemein und kalt heraus, und auf seinem Gesicht stand ein teilnahmsloser Ausdruck.

»Da kannst du warten, bis du schwarz wirst.«

Plötzlich schienen sich die verkniffenen Falten um seinen Mund abzuschwächen, und er stand erneut auf. »Gut«, sagte er. »Der Punkt geht an dich.« Er kam mit langen, geschmeidigen Schritten auf sie zu, bewegte sich langsam und leise. Wenige Zentimeter vor ihr blieb er stehen, und sie versuchte, den Kloß in ihrer Kehle zu schlucken, als die Panik in ihr aufstieg und er sie aus kritisch zusammengekniffenen Augen musterte.

Lieber Gott, dieser Mann konnte sie mit einer Hand auf ihr Bett werfen. Und sie wußte nur allzu gut, welche Gefahren es nach sich zog, mit einem Mann, der so wie er aussah, auch nur in die Nähe eines Betts zu kommen. Sie vertraute ihm nicht. Sie mußte sehen, daß sie hier fortkam. Sie mußte sich etwas einfallen lassen. Seine schönen Hände, dieselben Hände, die den blitzblanken Stahl des Revolvers gestreichelt und den Hahn gespannt hatten... Nein. Sie konnte nicht zulassen, daß er sie berührte. Diese Hände durften ihr unter keinen Umständen zu nahe kommen.

Sie blieb mit versteinertem Gesicht stehen, als er den Revolver hob und ihn an ihrer Wange rieb, sie mit nichts weiter als kaltem, hartem Stahl berührte. Die Augen, die sie unter schweren Lidern nachdenklich musterten, verflüssigten sich vor Glut. Er senkte den Lauf des Revolvers auf ihre Brust und legte ihn dann darunter, um sie ein wenig anzuheben. Er hörte, wie ihr Atem schneller ging.

»Du fürchtest dich nicht vor mir«, sagte er. »Warum nicht?«

Sie sah ihm direkt ins Gesicht, schamlos und stolz, und das entfachte die Flammen, die ohnehin schon in ihm wüteten, nur noch mehr. »Liegt es daran, daß du weißt, was ich gern mit dir täte?« Sie schloß lieber die Augen, als ihm zu antworten, und sie hörte sein leises Lachen.

Langsam glitt seine Hand über die empfindliche Haut ihres Nackens, und sie empfand es wie einen elektrischen Schlag. Sie fühlte sich, als ob sich ihre Knochen auflösten. Sie konnte nicht verstehen, was ihrem Körper zustieß. Sie wußte nur, daß sie diesen Mann mit jeder Faser ihres Wesens haßte. Sie haßte ihn für seine Arroganz, seine unverschämte Selbstsicherheit, seine Art, sie zu demütigen, und dafür, daß er glaubte, sie hätte nichts anderes im Kopf, als diese abscheulichen Verführungsversuche. *Ganz ruhig*, sagte sie sich. *Geh es ganz ruhig und langsam an. Laß ihn glauben, daß du wie Butter in seinen Händen bist.*

»Du bist auffallend still«, sagte er. »Reagierst du immer so?«

Sie schlug die Augen auf und behielt einen teilnahmslosen Ausdruck bei. »Du läßt mich nicht in Ruhe, und ich werde nicht betteln. Daher habe ich nichts zu sagen.«

»Du brauchst auch gar nichts zu sagen. Dein Körper drückt mehr aus, als Worte es je könnten«, sagte er ernst und lasziv. Er ergriff ihr Haar und ließ es über ihre korallenrote Brustwarze streifen. Jennifer spürte den magnetischen Sog seines Körpers. Ihr Kopf fing an zu pochen, und ihre Ohren rauschten seltsam. Das Fleisch unter seinen Fingern bebte. Der Augenblick hing freischwebend in einem goldenen Bernsteintropfen, und eine Woge erotischer Empfindungen überschwemmte sie und ließ sie erstarren. Sie spürte einen Moment keine emotionale Reaktion, nur die Hitze, die langsam in ihren Hals stieg und ihr blasses Gesicht mit einer zarten Röte überzog.

Er verschlang sie mit glühenden Blicken, rührte sich aber nicht. Jay fühlte sich, als sei er in einen Bann geraten, den diese purpuräugige Schönheit über ihn verhängt hatte. Das Lampenlicht überzog ihre Haut mit Goldstaub. Sein Blick fiel auf ihre Brüste, und er sah das zarte Geflecht blauer Adern. War es möglich? Konnten diese Brüste so schwer und fest sein, wie sie aussahen, und doch so weich? Etwas Ähnliches hatte er noch nie gesehen, weder leibhaftig noch als Statue oder auf Gemälden. Sie war so schön, daß er sich verzehrte. Seine Blicke glitten tiefer, über ihr Zwerchfell und die zarte Rundung ihres Bauchs, ehe sie auf dem dunklen Haar zwischen ihren Schenkeln haften blieben. Als er ihr wieder ins Gesicht sah, hatte sich ihre zarte Röte vertieft. Das Mädchen war nicht gleichgültig, wenn sie sich auch noch so sehr bemühte, ihn davon zu überzeugen.

Langsam hob er die Hand und fuhr mit einer Fingerspitze über ihre nunmehr glühendrote Wange, auf ihren Hals, auf ihr Schlüsselbein und dann auf ihre volle Brust, und wieder spürte er, wie sich sein Körper plötzlich regte und seine Lenden sich schmerzhaft spannten, als ihre Brustwarze sich aufstellte.

»Du willst vielleicht nicht, daß ich dich berühre, Schätzchen, aber dein Körper will es dafür um so mehr.« Er sah ihr einen Moment ins Gesicht und senkte den Blick dann wieder auf ihre Brüste. »Du bist eine sehr schöne und begehrenswerte Frau, Jennifer Leigh. So fein wie Porzellan«, flüsterte er, ehe sich seine Finger in ihr seidiges Haar gruben und er sie an sich zog und sie heftig küßte.

Er hatte vorgehabt, sie nur zu küssen und sie dann wieder loszulassen, sie mit seinen meisterlichen Berührungen zu brandmarken, ihr zu zeigen, daß er das konnte. Später sollte er nicht den geringsten Zweifel daran haben, wer hier eigentlich verantwortlich für das Geschehen gewesen war. Doch sowie sich sein Mund auf ihre Lippen legte, war er verloren. Seine Hände begannen, über ihren Körper zu gleiten, die geschwungenen Schultern zu streicheln, an ihrem schmalen Rücken hinunterzugleiten, ihr strammes, rundes Hinterteil zusammenzupressen, und dann drückte er ihren ganzen Körper an sich. Einen Augenblick lang löste sich sein Mund von ihren Lippen, und er knabberte an ihrem Hals und ihrer zarten Kehle und flüsterte: »Du bist eine Frau, die einem Mann viel zu bieten hat, Jennifer Baxter. Jedem Mann. Du bist eine ganz bemerkenswerte Frau.«

»Und du bist ein toter Mann, wer du auch sein magst«, antwortete sie und streckte die Hand nach dem schweren Kruzifix aus, das auf dem Tisch neben ihr stand. Sie hob es rasch hoch und schlug es Jay mit aller Kraft auf den Kopf. Sie traf ihn in dem Moment, in dem er zur Seite blickte.

4

Sie stand mit dem Kruzifix in der Hand da und ließ ihre Blicke betont langsam über ihn gleiten. Nie hätte sie gewagt, ihn so eindringlich zu betrachten, wenn er bei Bewußtsein gewesen wäre. Sie stieß mit einem Zeh an sein Bein, entlockte ihm aber keine Reaktion. Sie hatte diesen Mann noch nie gesehen. Sie hatte keine Ahnung, wer er war. Aber eins wußte sie: Wer er auch sein mochte, er war nicht in der Verfassung, sein begonnenes Werk zu beenden.

»Jetzt bist du nicht mehr so anmaßend, was?« sagte sie und sah sich immer noch an ihm satt.

Sie wußte, daß seine Selbstsicherheit weder Prahlerei noch Täuschung war, sondern echt, eine prachtvolle Harmonie zwischen Schönheit, scharfem Verstand und körperlicher Vollkommenheit. Er war nicht der erste Mann, der ihr seine Aufmerksamkeit geschenkt hatte, aber so hatte sie noch keiner angesehen. Messerscharf durchdrang er die subtileren Schichten höflichen Interesses, echter Neugier und behutsamer Verführung und stach den erotischen Kern an, der Empfindungen in ihrer reinsten Form enthielt: zügellos, glühend, animalisch und gefährlich.

Sie erschauerte, als sie merkte, wie trocken ihre Kehle war und wie schmerzhaft schnell ihr Herz schlug, wenn sie daran dachte, was sich zwischen ihnen abgespielt hatte, wozu es beinah gekommen wäre. Wer war dieser langhaarige Wikinger, der wie ein mächtiger Kriegsgott auf ihrem Schlafzimmerboden lag?

Sie stieß ihn noch einmal an, und als er immer noch nicht darauf reagierte, zog sie sich eilig an und verließ das Zimmer.

Als sie ihm kaltes Wasser ins Gesicht schüttete, kam Jay keuchend wieder zu sich. Er schlug die Augen auf und sah, daß Jennifer Baxter vollständig bekleidet war. Er blinzelte und öffnete wieder die Augen. Sie war immer noch angezogen. Hatte er geträumt, sie hätte nackt vor ihm gestanden? Nein. So vollkommen konnte nicht einmal ein Traum sein. Dann lösten sich die Dunstschwaden in seinem Kopf auf, und er sah, daß sie nicht allein waren. Sieben Mexikaner standen um sie herum, und alle erdenklichen Waffen von der Heugabel bis zur Machete waren auf ihn gerichtet. Ein schneller Blick auf Jennifer sagte ihm, daß sie die Situation jetzt ganz unter Kontrolle hatte, doch ihre Augen gaben ihm nicht den leisesten Hinweis darauf, was als nächstes passieren würde. Sie wandte sich von ihm ab und sprach schnell in einem leisen Spanisch mit den Männern, so leise, daß er nicht genau hören konnte, was sie sagte. Er fragte sich, ob sie ihnen den Befehl gegeben hatte, ihn zu kastrieren, denn die sieben Männer fingen an, laut zu lachen. Kurz darauf war das Ganze gar nicht mehr zum Lachen, denn Jay mußte feststellen, daß er an Händen und Füßen gebunden war wie eine Ziege bei einem Barbecue. Sie schleppten ihn ins Freie und warfen ihn auf sein Pferd. Sein Kopf hing nach unten, und seine Haltung war äußerst unbequem. Ein paar qualvolle Meilen von der Stadt entfernt hielten sie an, zerrten ihn unsanft von Bradys Rücken und zogen ihm die Kleider aus.

Wenige Minuten später ritten die Männer fort. Jays Pferd nahmen sie im Schlepptau mit, ihn aber nicht. Als in der Ferne die Sonne langsam über die Gipfel der Sierra stieg, warf sie ihre wärmenden Strahlen über Jay Culhanes fröstelnden Körper. Es dauerte eine Weile, doch er schaffte es, seine Hände aus den Fesseln zu lösen und dann die Fesseln an seinen Füßen aufzuschnüren. Pudelnackt setzte er sich in Bewegung und schöpfte Kraft aus den wohltuenden Vorstellungen, was er Miss Jennifer Leigh Baxter alles antun würde, wenn er sie fand.

Und er würde sie finden.

Aber vorher mußte er sich etwas zum Anziehen besorgen, bevor die Sonne zu heiß herunterbrannte, wenn er sich nicht an den Stellen, die die Sonne nie berührt hatte, einen teuflischen Sonnenbrand holen wollte. Kurze Zeit später versteckte sich Jay hinter einer kleinen Hütte und wartete, bis die rundliche Mexikanerin ihre Wäsche aufgehängt hatte. Als sie fertig war, nahm sie den geflochtenen Korb und rief ihre Kinder zu sich. Jay beobachtete, wie sie, gefolgt von einem abgemagerten Hund, im Gänsemarsch das Haus betraten. Wenige Minuten später öffnete die Frau die Tür, und der Hund flog hochkant raus. Die Tür wurde zugeknallt. Jay wartete noch ein paar Minuten, um sicherzugehen, daß die Frau im Haus blieb, und dann sprang er über die Mauer und schlich zur Wäscheleine. Der Hund hob den Kopf, als Jay an ihm vorbeikam, doch gleich darauf verlor er das Interesse und wandte sich wieder ab.

Jay stieg gerade in zwei Hosenbeine, als die Tür aufging und die Frau ins Freie kam, um eine Schüssel Spülwasser auszuschütten. Als sie Jay sah, fing sie an, ihn auf spanisch zu beschimpfen, und Jay, der nur mit einem Bein in der Hose steckte, fing an, auf einem Fuß herumzuhopsen. Währenddessen spürte er das kalte Wasser auf seinem Hintern und gleich darauf die Schüssel, die sie nach ihm warf. Jay ließ die Hose und die übrigen Kleidungsstücke, die er sich genommen hatte, nicht los, sprang über die niedrige Mauer und rannte, als sei der Teufel hinter ihm her. Er konnte die Frau noch kreischen hören, doch ihre Stimme wurde jetzt von dem perlenden Gelächter der Kinder übertönt. Trotz seiner Hast lächelte Jay unwillkürlich bei der Vorstellung, wie er von hinten aussehen mußte, mit dem weißen Hintern, der in der Sonne blitzte, während er eilig das Weite suchte. Und wie schon so oft an diesem Morgen malte er sich all die Dinge aus, die er tun würde, um es dieser purpuräugigen Verführerin heimzuzahlen, der er zu verdanken hatte, daß er mit nacktem Hintern durch den heißen Wüstensand laufen mußte. Jennifer Baxter tat ihm allmählich schon fast leid.

Aber doch nicht zu leid.

Nach einer Weile war er zwar noch atemlos, aber wenigstens angekleidet, wenn auch wie ein mexikanischer Arbeiter – mit einer weiten weißen Hose und einem weiten Hemd. Die Hose saß ganz gut, war aber zu kurz und reichte ihm nur bis über die Knie. Jay wußte, daß er so albern aussah, wie er sich vorkam. Es war fast dunkel, als er das Dorf mit den Hütten aus gebrannten Lehmziegeln vor sich liegen sah. Es fiel ihm immer noch schwer zu glauben, daß er sich von einem zierlichen Mädchen hatte übertölpeln lassen. Er! Ein Mann, der es mit Leuten wie den Daltons und den Youngers aufgenommen hatte... zum Teufel! Sogar mit Belle Starr. Er war der letzte Mann auf Erden, dem jemand unterstellt hätte, er würde wegen eines hübschen Gesichts den Kopf verlieren. Wenn sie auch ein Gesicht hatte, das so sanft wie ein Mondstrahl war, dann war sie doch tückischer als ein Nest voller Schlangen.

Jay umkreiste die Ortschaft und suchte seine Pferde, fand aber in den Ställen nur Hühner, Ziegen und ein paar Esel vor. Die Abendessenszeit war schon vorbei, und die staubigen Dorfstraßen waren menschenleer, aber der Essensgeruch hing noch in der Luft und erinnerte ihn daran, wie hungrig er war. Er konnte sich noch nicht einmal erinnern, wann er das letzte Mal etwas gegessen hatte. Vor zwei Tagen? Oder waren es drei?

Wenige Minuten später kämpfte er gegen den Sand an, der ihm ins Gesicht wehte, als er um den Schuppen ging, in dem die primitiven Werkzeuge des Dorfschmieds untergebracht waren. Weiter hinten im Korral sah er ein Pony und einen Esel, aber von Brady und dem Falben war nichts zu sehen. Er blieb stehen und fragte sich, wohin sie seine Pferde wohl gebracht haben konnten. Sie mußten in dem Schuppen stehen, in dem er sich noch nicht umgesehen hatte.

Brady stand wirklich in einer Box, und in der Nähe hingen der

Sattel und das Zaumzeug. Jays Kleider hingen über dem Sattel, seine Stiefel lagen auf dem Boden. Ausnahmsweise war er froh über seine Körpergröße und seine riesigen Füße. Es waren wohl die einzigen Gründe, aus denen seine Sachen nicht von einem kleinen Mexikaner konfisziert worden waren.

Sowie er wieder in seinen eigenen Kleidern steckte, machte er sich auf die Suche nach dem zweiten Pferd. Den Falben fand er in einer anderen Box vor, der letzten, in die er sah, doch dem Tier schien etwas zu fehlen. Jay kauerte sich hin und erkannte deutlich die Fleischwunden, Verletzungen, die das Tier sich zugezogen hatte, als es sich panisch aus einem Lasso befreien wollte. Die Wunden würden verheilen, aber es würde lange dauern. Jay fluchte leise und gab dem Tier einen Klaps. Dann sah er sich noch einmal um und fand nur noch ein weiteres Pferd, ein störrisches Pony, das ihm fast das Ohr abgebissen hätte, als Jay sich ein Bild von seinem Zustand zu machen versuchte. Er musterte das fragwürdige Geschöpf und fand, dieses halsstarrige Reittier sei genau das Richtige für die kleine Baxter. Jay grinste, als er sie sich auf einem Pferd vorstellte, das weit unter ihrer Würde war. Einfach perfekt. Er sattelte die beiden Pferde und machte sich dann auf die Suche nach ihr.

Kurz darauf führte er die beiden Pferde durch den Sandsturm. Er suchte hinter dem Gebäude neben Jennifers Haus Deckung und beschloß, dort auf die Dunkelheit zu warten. Als es an der Zeit war, schlich Jay zu ihrem Haus. Wie am Vorabend drang nur ein schwacher Lichtschein aus dem Zimmer, von dem Jay jetzt wußte, daß es Jennifers Schlafzimmer war. Er überquerte so geschmeidig wie ein Steppenwolf die Veranda und blieb vor der Tür stehen. Dann trat er zum zweiten Mal Jennifers Schlafzimmertür ein.

Verblüfft sah Jennifer auf und stellte fest, daß der Fremde zurückgekehrt war und wie am vergangenen Abend in ihrer Tür stand. Wieder kam er aus der stürmischen Dunkelheit, Sand wehte um ihn herum, Kälte drang in ihr Zimmer, und auf alles legte sich eine Staubschicht. Sie zog sich die Bettdecke weiter hoch und warf das Buch zur Seite, in dem sie gelesen hatte. Die Realität ließ sich nicht leugnen. Der Mann war wieder da, und er sah, wenn möglich, noch größer und grober als beim letzten Mal aus.

»Ich hatte bisher den Eindruck«, sagte er sarkastisch, »daß eine

Frau, wenn sie auch noch so gebildet sein mag, gesetzlich der Obhut und Vormundschaft ihres Vaters untersteht, bis sie sich verheiratet. Sie«, sagte er und deutete mit einem Finger auf sie, »sind meines Wissens nicht verheiratet?«

Jennifer schüttelte den Kopf.

»In dem Fall werden Sie dem Geheiß Ihres Vaters folgen. Daher werden Sie jetzt aufstehen, sich anziehen und mit mir kommen.«

»Sie liegen nur in einem Punkt falsch. *Sie* sind nicht mein Vater.«

»Stimmt, aber er hat mich damit beauftragt, Sie nach Hause zu bringen.«

»Mein Vater?« sagte sie mit einem verwirrten Stirnrunzeln. »Mein Vater hat Sie geschickt? Sie kennen ihn?«

»Glauben Sie mir, einen solchen Job hätte ich mir selbst in volltrunkenem Zustand nicht freiwillig aufgehalst. Natürlich kenne ich Ihren Vater!« brüllte er. »Und jetzt ziehen Sie sich an.«

»Also, das erklärt wenigstens, was Sie hier zu suchen haben, mitkommen werde ich deswegen noch lange nicht.«

Jay starrte sie an. Ihr langes schwarzes Haar war auf dem Kissen ausgebreitet, und ihre riesigen Augen forderten ihn trotzig heraus. Sie wirkte nicht gerade so, als sei sie in der richtigen Stimmung für Verhandlungen, und er hatte nicht die ganze Nacht Zeit. Es war geradezu nervenzerrüttend, eine Frau retten zu sollen, die nicht gerettet werden wollte. Aber das spielte im Moment keine große Rolle. Entscheidend war nur, daß sie bis zum Morgen eine weite Strecke hinter sich legen mußten, ehe die Mexikaner ihr Verschwinden entdeckten. Das kleine Pony war stämmig, aber launisch und viel zu klein, um schnell zu sein.

»Sehen Sie, Miss Baxter, ich habe weder die Zeit noch die Geduld, dieses Thema mit Ihnen zu diskutieren. Stehen Sie auf, und ziehen Sie sich an, oder kommen Sie mit, wie Sie sind. Für mich ändert das wenig. Mitkommen werden Sie so oder so, da kann ich Sie beruhigen. Sie können sich anziehen und reiten, aber Sie können sich auch in Ihrem Nachthemd auf den Sattel binden lassen. Die Entscheidung liegt ganz bei Ihnen.«

»Wer sind Sie?«

»Mein Name tut nichts zur Sache. Was zählt, ist, daß Ihr Vater mich geschickt hat, damit ich Sie finde und nach Hause bringe.«

Sie sah ihn wieder wütend an. »Sie können meinem Vater sagen, daß Sie mich gefunden haben.«

»Hören Sie, Gnädigste, ich werde dafür bezahlt, daß ich Sie nach Hause bringe, und das heißt, daß Sie mit mir kommen.«

»Ich will aber nicht nach Hause!«

Jay schüttelte den Kopf. »Sie sind wirklich seltsam. Mir ist bisher noch nie eine Frau begegnet, die auch nur in Erwägung ziehen würde, ein luxuriöses Leben gegen Unannehmlichkeiten und Armut einzutauschen.«

»Ich habe es nicht aufgegeben... oder zumindest nicht für immer. Und mir fehlt es an nichts!«

Er sah sich im Zimmer um. Es war sauber, aber schmucklos. Er sah sie an. »Sie leben hier nicht luxuriös. Warum sind Sie hier?«

»Das verstehen Sie ja doch nicht.«

»Stellen Sie mich auf die Probe«, sagte er.

Sie seufzte und verschränkte die Finger auf der Bettdecke. »Diese Menschen... es fehlt ihnen an so vielem. Sie haben keine Schulen, keine ärztliche Versorgung...«

»Sie sind verrückt.«

»Nein, ich denke nur an meine Nächsten.«

»Das mag gut sein, aber ich denke an Ihren Vater. Und der will Sie zu Hause haben.«

»Zu Hause? Sie meinen, in Weatherford?«

Jay nickte.

»Aber warum?«

»Ihre Familie macht sich Sorgen um Sie. Einer gebildeten Frau wie Ihnen sollte es nicht allzuschwer fallen, das zu verstehen. Ihre Mutter ist krank vor Sorge. Ihre Schwestern...«

»Meine Schwestern?« stöhnte Jennifer und schlug sich die Hand an die Stirn. »Erzählen Sie mir bloß nicht, daß sie all meine Schwestern verständigt haben.«

»Alle bis auf eine, soweit ich weiß.«

»Ist Abbey da?«

»Ich habe es Ihnen doch gesagt, sie sind alle da... außer der, die den Cowboy geheiratet hat.«

»Heddy«, sagte Jenny. »Kein Wunder, daß Mutter sich Sorgen macht. Wenn Abbey da ist, sorgt sie für jede Menge Unruhe.«

»Hören Sie, das können Sie mir alles unterwegs erzählen.« Jay trat vor die Truhe, die am Fußende des Bettes stand, und öffnete sie. Er wühlte darin herum und holte einen langen Rock und eine Bluse raus und warf beides auf das Bett. Eine weiche Lederjacke folgte. Dann ein Paar kleine Stiefel. Er musterte die Kleidungsstücke, die er gerade aufs Bett geworfen hatte. »Nicht gerade das, was mir vorgeschwebt hat, aber es wird schon gehen. Und jetzt ziehen Sie sich an.«

»Ich habe Ihnen doch gesagt, daß ich nicht zurückgehe. Ich habe hier Arbeit, mit der ich noch nicht fertig bin. Sie können meinen Eltern telegrafieren, daß es mir gutgeht.«

»Das können Sie ihnen selbst telegrafieren.«

»Das habe ich doch getan! Hat man Ihnen das etwas nicht gesagt?«

»Doch, aber sie machen sich trotzdem Sorgen.«

»Das kann ich einfach nicht verstehen. Wenn sie mein Telegramm bekommen haben...«

»Sogar eine häßliche Frau hat in einem Land wie Mexiko allein nicht das geringste verloren. Eine Frau, die so aussieht wie Sie, sollte sich mal den Kopf untersuchen lassen.«

»Hören Sie...«

»Nein, jetzt hören Sie mir zu. Machen Sie sich denn keine Vorstellung von den Dingen, die Ihnen hier zustoßen können? Von der Sorte von Männern, die durch diese Ödnis ziehen? Von den Dingen, die sie Ihnen antun könnten?«

»Doch«, schrie sie ihn an. »Ich kann es mir sehr genau vorstellen. Ich denke mir, daß es genau die Sachen sind, die Sie zu tun versucht haben. Mexikaner... Gringos... da besteht doch kaum ein Unterschied. Ihr seid alle gleich. Wüstlinge, jeder einzelne von euch. Eine Wahl bleibt mir noch – die zwischen Ihnen und den anderen.«

»Was Sie da sagen, glauben Sie doch selbst nicht.«

»Ach, ja?«

»Es ändert ohnehin nichts. Sie kommen mit mir, und das ist mein letztes Wort.«

»Ich habe Ihnen schon einmal gesagt, daß...«

»Ist Ihnen Ihre Familie vollkommen gleichgültig? Macht es Ihnen denn gar nichts aus, daß sie sich Sorgen um Sie machen, Ihre Eltern und Ihre Schwestern? Sind Sie denn völlig gefühllos?«

Er merkte, daß er sie an einem schwachen Punkt getroffen hatte. »Natürlich mag ich meine Familie«, sagte sie. »Wenn ich so hartherzig wäre, wie Sie mich hinstellen, hätte ich kein Telegramm geschickt. Ich will lediglich mein eigenes Leben führen, das ist alles. Sie verstehen meine Familie nicht, Sie kennen sie viel zu wenig. Mr... wie auch immer Sie heißen mögen.«

»Culhane. Jay Culhane.«

Sie lehnte seufzend den Kopf zurück und schloß die Augen. Dann hob sie die Hand und massierte sich den Nasenrücken. Als sie die Augen wieder öffnete, sah sie ihn an, als hingen ihr diese blödsinnigen Diskussionen allmählich zum Hals raus. »Mr. Culhane, wenn es nach meiner Familie ginge, wäre ich immer noch zu Hause und liefe in einem Trägerröckchen und mit Zöpfen rum und hätte das Gesicht mit Milch verschmiert. Man will mich nicht erwachsen werden lassen. Jedesmal wenn meine Eltern mich ansehen, sehen sie immer noch ein Kleinkind vor sich.«

Jay musterte sie und stieß einen Pfiff aus. »Hoppla, ich denke ja an so einiges, wenn ich Sie ansehe, aber ganz bestimmt nicht an ein Kind.«

Sarkastisch sagte sie: »Ich weiß genau, daß Sie nur eins im Kopf haben, Mr. Culhane.«

Jay grinste: »Ach ja? Und was mag das wohl sein?«

»Sich im Schmutz zu suhlen wie ein Schwein.«

»Wenn Sie nicht gleich aufstehen, werde ich mich in spätestens einer Minute mit Ihnen in diesem verdammten Bett suhlen.«

»Sehen Sie«, sagte sie, und ihre Stimme klang fast flehentlich. »Ich kenne meine Familie. Wenn es nicht das wäre, dann hätten sie einen anderen Grund gefunden, um mich nach Hause zu holen. Ich habe alles richtig gemacht. Ich habe sie telegrafisch von meinen Plänen unterrichtet und geschrieben, wann ich wieder zurückkomme. Ich bin nicht entführt worden. Ich bin nicht mit einem Cowboy durchgebrannt, wie Heddy es getan hat. Ich habe nicht den Verstand verloren. Ich bin nicht vergewaltigt worden«, sagte sie und kniff die Augen zusammen, als sie in seine Richtung schaute, »noch nicht. Ich bin hergekommen, um hier zu arbeiten, und meine Arbeit ist noch nicht abgeschlossen. Also bringt mich nichts, aber auch nichts, dazu, jetzt von hier fortzugehen. Sagen Sie das meinem Vater. Sagen

Sie ihm, daß ich hergekommen bin, um diesen Leuten zu helfen, und daß ich aus freiem Willen hier bin. Es ist meine eigene Entscheidung hierzubleiben.«

»Von mir aus könnten Sie auf einem Besen hergeritten sein. Ich bin engagiert worden, damit ich Sie nach Hause bringe, und ich schwöre bei Gott, daß ich genau das tun werde. Und jetzt ziehen Sie sich an.«

»Sie können doch nicht einfach herkommen und mich rumkommandieren!«

»Und ob ich das kann! Und jetzt packen Sie alles zusammen, was Sie brauchen, aber beeilen Sie sich. Ich will keine Minute länger als nötig hierblieben.«

»Warten Sie. Ich will es Ihnen erklären. Es gibt so viel, was für diese Menschen getan werden kann. Sie brauchen mich. Sie verlassen sich fest auf mich. Ich habe ihnen mein Wort gegeben. Verstehen Sie das denn nicht? Ich kann keinen Rückzieher machen.«

»Einer wird hier sein Wort brechen, entweder Sie oder ich. Wir können nicht beide gewinnen. Und jetzt ziehen sie sich an.«

»Das, was ich hier tue, ist mir sehr wichtig. Ich gehe nicht weg, solange ich nicht abgeschlossen habe, was ich mir vorgenommen habe.«

Stur. Rechthaberisch. Die Liste der Eigenschaften, die gegen sie sprachen, wurde immer länger. Jay stieß unwillig den Atem aus und drückte sich den Hut wieder auf den Kopf. »Was für eine Arbeit ist das?«

»Die Leute haben mich gebeten, ihnen bei der Gründung einer Schule zu helfen, und deshalb bin ich hier.«

»Mir scheint, daß Sie die Schule schon gegründet haben.«

»Das stimmt, aber ich habe gerade erst angefangen, eine Lehrerin auszubilden.«

»Daran läßt sich nichts ändern. Mir ist egal, was Sie hergeführt hat oder wieviel Sie hier noch zu tun haben.«

»Bitte. Sagen Sie meinem Vater doch einfach, daß ich noch nicht von hier fortgehen kann.«

»Das können Sie ihm selbst sagen.« Jay lief im Zimmer auf und ab. »Und jetzt, Miss Baxter, gebe ich Ihnen genau fünf Minuten, um etwas anzuziehen und Kleider zum Wechseln einzupacken.«

»Ich sagte Ihnen doch, daß ich nicht mitkomme.«

Jay streckte die Hand nach ihr aus, riß die Decke zurück, die sie umklammert hatte, und warf sie auf den Boden. Er hatte vorgehabt, sie mit einem Ruck auf die Füße zu ziehen, doch als er sie in diesem zarten weißen Nachtgewand dort liegen sah – mit diesen Wogen schwarzen Haares und ihren verfluchten Augen, die ihn verhexten und noch dazu diese komische Blumenfarbe hatten, so riesig waren und ihn an Dinge denken ließen, an die er im Moment ganz bestimmt nicht hätte denken sollen –, spürte er, wie sein Körper aus freien Stücken und gegen seinen Willen auf sie reagierte. Und sein Atem – es wurde immer schwieriger, gleichmäßig durchzuatmen. »Die Entscheidung liegt bei dir. Du kannst dich anziehen und dein süßes kleines Hinterteil auf das Pony vor der Tür schwingen, oder ich lege mich zu dir ins Bett.«

»Das würden Sie nicht wagen.«

Er lachte. »Ach, Süße, ich wage nicht nur das, sondern noch verteufelt viel mehr.« Er fing an, sein Hemd aufzuknöpfen. Jennifer verschränkte die Arme vor der Brust und wartete. Er bluffte nur. Dessen war sie sich ganz sicher. Er zog sein Hemd aus und warf es auf den Stuhl, und seine Hände sanken auf seinen Revolvergurt.

Besorgt musterte sie den männlichen Brustkorb, das Spiel der Muskeln und die breiten, männlichen Schultern, die diesen klaren Schwung hatten. Er mußte einfach bluffen. Wenn er für ihren Vater arbeitete, konnte es gar nicht anders sein. »Wenn Sie mich auch nur anrühren, werde ich es meinem Vater sagen.«

Er lachte wieder. »Wenn du nicht aus diesem Bett aufstehst, kannst du deinem Vater sagen, ich hätte dich nicht nur angerührt, sondern weit mehr mit dir getan.« Jennifer rutschte an die äußerste Bettkante.

Der Revolvergurt flog zu dem Hemd auf den Stuhl. Jennifer sah ihm ins Gesicht und entschied, daß Mitgefühl für diesen Mann ein Fremdwort war. Er wirkte nicht direkt gemein oder grausam – er machte nur den Eindruck, als sei er völlig gefühllos. Eine Vergewaltigung oder eine Einladung zum Tee, gefühlsmäßig hätte das in diesem teilnahmslosen Gesicht keinen Unterschied gemacht. Der Mann war wirklich ein Barbar. Sie schluckte mit Mühe, als er sie ansah, und er lächelte gehässig, als könnte er ihre Furcht förmlich riechen, während sich die Hände auf die Knöpfe seiner Hose legten.

Eins...
Zwei...
Drei...
Vier...

Vier Knöpfe. Ein Mann mit vier Knöpfen am Hosenlatz war besser als einer mit nur zwei Knöpfen, hatten die Mädchen in der Schule immer gesagt. Worüber hatten sie bloß gelacht? Ach ja, je mehr Knöpfe dort waren, desto größer...

Jennifer wandte eilig den Blick ab.

Sie hielt den Atem an, als sie seine Schritte hörte. Als sie merkte, daß er stehenblieb, wußte sie, daß er dich neben der anderen Bettkante stehen mußte. Sie preßte die Lider fest zusammen. Sie würde ihn nicht sehen. Sie würde es nicht tun. Bestimmt nicht. Ganz bestimmt nicht.

Und aufstehen würde sie auch nicht.

Sie spürte, wie die Matratze unter seinem Gewicht nachgab, und Jennifer sprang auf, als hätte man auf sie geschossen. Aber sie war nicht schnell genug, denn sie hatte vergessen, seine Gewandtheit und seine Reflexe zu berücksichtigen. Eine kräftige Hand schoß vor, packte ihren Arm und riß sie zurück. Schon ehe sie aufs Bett fiel, war er über ihr. Furchtsam, wild und wütend ging sie mit den Nägeln auf sein Gesicht los. Er fluchte leise, packte ihre Hände und bog sie nach unten. Sie wölbte sich unter ihm, streckte ihm ihren ganzen Körper entgegen und versuchte, ihn von sich zu werfen, aber er knabberte an ihrem Hals und flüsterte mit einer rauhen, kehligen Stimme: »Mach nur so weiter, und ich kann nicht mal warten, bis ich dich ausgezogen habe.«

Jennifer hielt sofort still, biß die Zähne zusammen, als sie sein heiseres Lachen hörte, und plante ihren nächsten Zug.

»Du lernst schnell, kleines Mädchen. Sehen wir doch mal, was wir dir noch beibringen können.« Er zog das Band aus ihrem dünnen Batisthemdchen, band ihr die Hände über dem Kopf zusammen und brachte das andere Ende der Schnur am Bettpfosten an. Er drehte sich auf die Seite, und sein kräftiger Schenkel, der über ihren Beinen lag, machte sie bewegungsunfähig. Dann fing er an, ihr Hemdchen aufzuknöpfen, und Jennifer wand sich und versuchte, ihre Hände zu befreien, bis die Schnur sich in ihre Handgelenke schnitt. Er zog an ihrem Haar, bis ihre Augen vor Schmerz brannten. »Lieg still«, befahl er. »Ich tue dir nicht weh.«

»Du tust mir jetzt schon weh.«

Er ließ ihr Haar los, und sie spürte den Hauch seines Atems auf ihren nackten Brüsten, als er den Kopf senkte und flüsterte: »Ich will dich nur anfassen. Sonst nichts.«

»Ach, das ist alles?« fragte sie sarkastisch. »Ich kann dir gar nicht sagen, wie sehr mich das erleichtert.« Dann kniff sie die Augen zu und wandte den Kopf so weit von ihm ab, wie es nur irgend ging. Sie hörte, wie der Stoff ihres Nachthemds riß, und dann flatterte er zart über ihren Körper nach unten, über ihre Hüften, über ihre Beine. Sie hielt den Atem an, weil sie ahnte, was als nächstes kommen würde, ohne es genau zu wissen.

»Du bist eindeutig das schönste Geschöpf, das ich je gesehen habe.«

Sie schlug die Augen auf und sah ihn an. »Und du bist eindeutig der widerlichste Mann, der mir je begegnet ist, und ich habe noch niemanden so sehr verabscheut wie dich. Ich hoffe, daß dich mein Vater für das, was du da tust, umbringt.«

Er senkte den Kopf, rieb seine Nase spielerisch an ihrer und verspottete sie mit lachenden Augen. »Er kann es ja versuchen. Vielleicht hat er sogar Erfolg… wenn er schnell genug ist.«

»Mir kann es gar nicht schnell genug gehen.«

Er lachte nur, aber als er sie ansah, blieb ihm das Lachen in der Kehle stecken. Sie schnaufte vor Wut, tiefviolette Augen schwelten vor Entrüstung, mitternachtsschwarzes Haar lag wüst und zerzaust um sie herum. Ohne jede Vorwarnung spürte Jay, daß ein Verlangen in seinen Lenden aufflammte, das ihm in seiner Intensität den Atem verschlug. Mit einer lustvollen Glut, die er nie zuvor verspürt hatte, begehrte er sie, wollte sie nehmen, sie zähmen, sie zu der Seinen machen. Sein Mund legte sich auf ihren. Seine Lippen waren warm und fest und bewegten sich derart gekonnt, daß es sie jeden Rest an Kraft kostete, ihm zu widerstehen. Er riß sich von ihr los. »Wenn du mich derart widerlich findest, dann schlage ich vor, daß du mir dein Wort gibst, dich anzuziehen und mitzukommen. Und daß du mir keinen Ärger mehr machst.«

»Ich komme mit«, sagte sie, und ihre Stimme klang brüchig und verzagt, »aber ich kann nur eins versprechen: Ich werde dir bei jeder sich bietenden Gelegenheit Ärger machen.«

»Das war die falsche Antwort«, sagte er. »Sehen wir doch mal, ob ich dich beschwatzen kann.«

»Mich vergewaltigen, meinst du wohl.«

Er sah sich ihre Augen an, die vor Besorgnis weit aufgerissen waren, und er fand Furcht und Trotz darin. »Es gibt Dinge, die schlimmer zu ertragen sind als eine Vergewaltigung«, sagte er nachdenklich. »Machst du dir auch nur irgendeine Vorstellung davon, mein süßes, kleines Mädchen, was ich mit dir tun werde?«

Sollte er doch vor diesem Rätsel stehen. Sie würde seine grausame Phantasie nicht zufriedenstellen, indem sie antwortete.

»So ernst. So gefaßt. Sehen wir doch mal, wie weit es mit deiner Selbstbeherrschung wirklich her ist, Süße, wie lange du die Fassung bewahrst, ehe sie dir entgleitet und von dir abfällt, wenn du dich unter meinen Händen windest und mich anflehst, dir Linderung zu verschaffen.«

»Das einzige, worum ich je bitten werde, ist, daß man mir deinen verdammten Kopf auf einem silbernen Tablett serviert.«

»Du halsstarriges, verwöhntes kleines Biest! Ich werde dich meinem Willen beugen, und du wirst mir gehorchen, koste es, was es wolle.« Er legte die Hand auf ihre Brust, und sie konnte sich nicht rühren. Sein Unterarm lag auf ihrer Luftröhre, und jeder Atemzug fiel ihr schwer. Er stützte sich auf einen Ellbogen und betrachtete ihren nackten Körper, während seine Hand immer noch auf ihrer Brust lag. Sie hielt die Augen geschlossen, um sich keine Empfindung ansehen zu lassen. Sie zuckte zurück, als sie spürte, wie seine Hand zwischen ihre Brüste glitt und über ihren Bauch strich – so zart wie eine Feder. Ihr Körper wurde steif und verkrampfte sich vor Angst, weil sie nicht wußte, was ihr zustoßen würde oder was er als nächstes tun würde.

Seine Hände waren überall, und doch berührten sie sie so zart, daß sie nie sicher sein konnte, ob es seine Hände waren, die sie berührten, oder Blütenblätter oder vielleicht ein seidenes Band. Während seine Hände über sie glitten, murmelte er seltsame, unzusammenhängende Dinge vor sich hin, die wie ein Rauschmittel ihren Verstand umnebelten.

»Damit kommst du niemals ungeschoren davon. Mein Vater wird dich töten.«

»Dein Vater, ausgerechnet. Er wird meine Gründe besser verstehen als jeder andre Mann. Es ist deine eigene Schuld. Nichts anderes scheint dich gefügig zu machen, wenn ich auch nicht wahrheitsgemäß behaupten könnte, daß mir diese spezielle Wendung der Ereignisse mißfällt. Ich stelle meine Dienste immer gern zur Verfügung.«

Sie beschloß, kein Wort mehr zu sagen. Es war ohnehin zwecklos. Jedesmal wenn sie sich wehrte, spürte sie nur, wie er ihr Haar noch fester packte. Ihre Handgelenke schmerzten schon, weil sich das Band in ihre Hand schnitt. Und zwar völlig grundlos. Sie war in seiner Macht. War seine Gefangene, solange er es wollte. Sie kämpfte nur gegen sich selbst an und verlor jede Kraft. Wenn sie sich nicht wehrte und ihm keinen Widerstand entgegensetzte, würde er vielleicht das Interesse an ihr verlieren und sie loslassen. Doch sie spürte, daß er sie wieder mit diesen federleichten Fingern berührte, sie so zart und langsam streichelte, daß sie fast den Verstand verlor. Es war die reinste Folter.

Er berührte ihre Brüste, ihren Hals, ließ die Hände an ihren Armen hinabgleiten, streichelte kreisförmig ihren flachen Bauch. Langsam. Qualvoll. Sie hielt den Atem an und spürte, wie die Glut der Demütigung ihren Körper wärmte, als seine Hand über ihre Beine glitt und sich dann zwischen ihre Schenkel schob. Sie biß sich auf die Lippen, um dem Verlangen zu widerstehen, laut zu schreien oder ihn anzuflehen, er möge aufhören. Dann versuchte sie, ihre Beine zusammenzupressen, doch seine Beine, die sich zwischen ihre zwängten, konnten das mühelos verhindern. Seine Bewegungen blieben so langsam wie bisher, als er träge Hände über ihre Schenkel gleiten ließ, höher und immer höher, bis die Gabelung erreicht war. Dort hielt er inne. Ihr Körper verspannte sich, ihre Nerven waren zum Zerreißen gespannt, und sie wartete, wehrte sich gegen sich selbst, wollte ihm widerstehen und haßte ihn, haßte ihn mit jedem Atemzug mehr.

Dann berührte er sie. Dort.

Das Gefühl durchzuckte sie wie eine scharfkantige Glasscherbe, und ihr Körper versuchte instinktiv, sich zu krümmen und zusammenzurollen. Wieder und wieder wiederholte er die Bewegung, bis sie sich wand und zuckte, als tief in ihrem Leib eine Lust aufkeimte, die sie langsam verzehrte. Ihr Körper kam ihr vor, als löste er sich von ihr und triebe davon, um dem Mann näherzukommen, der diese entwürdigenden Dinge mit ihr tat, dem Mann, dem ihre Schmach Vergnügen bereitete.

Diese Intimität ließ sie zerbrechen. Er hatte kein Recht darauf, ein so zartes und lange gehütetes Geheimnis mit ihr zu teilen und ihren Körper zu lehren, bis er nach einer engeren Vereinigung lechzte, darum bat, den engsten Bund mit ihm zu schließen.

Durch einen trüben Schleier des Verlangens sah er, daß sie die Augen jetzt geöffnet hatte und daß Scham und Demütigung in ihren purpurnen Tiefen schwammen. »Du hast recht gehabt«, sagte sie. »Es gibt Schlimmeres als eine Vergewaltigung.«

Ihre Worte trafen ihn wie eine Klinge, und er wich zurück. Er riß sich von ihr los und warf den Kopf zurück, als litte er Qualen. Dann sah sie eine Klinge aufblitzen, als er das Band durchschnitt, mit dem er ihre Hände an den Bettpfosten geschnürt hatte. »Vergib mir«, sagte er heiser und zog sie an sich. »Aber jetzt weißt du es. Ich werde vor nichts – vor absolut nichts – zurückschrecken, um deinen Gehorsam zu erzwingen. Unser beider Leben könnte davon abhängen.«

Er wandte sich von ihr ab und stand auf. Jetzt erst bemerkte sie, daß er seine Hose nicht ausgezogen hatte, wie sie geglaubt hatte. Er sah sie seltsam an. Der Ausdruck in seinen Augen war nicht direkt lüstern, aber Zorn konnte sie auch nicht darin sehen – eher eine gewisse Traurigkeit, vielleicht sogar Reue. Aber sie wußte, mit was für eine Sorte Mann sie es zu tun hatte – mit einem, der völlig frei von nobleren Regungen war.

»Zieh dich an«, sagte er grob. »Ich habe keine Zeit, dich noch länger zu überreden.«

»Man muß Gott für die kleinste Gnade danken«, sagte sie, als sie aufstand, sich dabei in das Laken hüllte und ihre Kleider aufsammelte, die auf den Boden gefallen waren. Seine Blicke folgten jeder ihrer Bewegungen. Sie preßte sich die Kleider an die Brust und sah ihn verdrossen an. »Du könntest wenigstens den Kopf abwenden.«

»Das habe ich schon einmal getan. Erinnerst du dich noch?«

»Das war deine Schuld. Ich bin es nicht gewohnt, angeglotzt zu werden, wenn ich so nackt wie eine geschälte Zwiebel bin. Außerdem hast du dabei das bessere Geschäft gemacht.«

»Woraus errechnest du das?«

»Du hast nur eins über den Schädel gekriegt. Ich war diejenige, die nackt war und gedemütigt worden ist.«

»Du warst nicht allein damit.«

Sie sah ihn verblüfft an, und ihm wurde klar, daß sie nichts davon wußte, daß die Mexikaner ihn ausgezogen hatten. »Deine Freunde haben meine Kleider mitgenommen, als sie mich in der Einöde ausgesetzt haben.«

Plötzlich ging ihr auf, wie ungeheuer komisch er sich dort draußen gemacht haben mußte – wie peinlich es war, nackt durch die Wüste zu stapfen. Wie war er unbeobachtet in die Stadt zurückgekehrt und hatte seine Kleider wieder an sich gebracht? Sie verzog keine Miene. »Offensichtlich haben sie deine Kleider nicht allzuweit weggebracht, denn du hast sie ja mühelos wiedergefunden.«

»Ich habe den größten Teil des Tages so splitternackt verbracht wie den Tag meiner Geburt«, sagte er, und ein laszives Lächeln, bei dem ihr die Knie weich wurden, breitete sich auf seinem Gesicht aus. »Du hättest mich sehen sollen, als ich von der Wäscheleine einer armen mexikanischen Arbeiterfamilie etwas zum Anziehen gestohlen habe und wie ein Pfeil über die Mauer gesprungen bin, als die Frau hinter mir hergekommen ist.«

»Wenigstens hast du etwas zum Anziehen gefunden«, sagte sie, und als er sich von dieser neuen Seite zeigte, war ihr noch unwohler zumute als bisher in seiner Gegenwart. Sein spöttisches Lächeln und seine funkelnden Augen – der Mann war ein Charmeur, und das hieß, daß sie sich vor ihm hüten mußte.

»Ja, ich habe etwas zum Anziehen gefunden, aber ich habe das Gefühl, in einer Zwergenhose, die mir gerade bis zum Knie gereicht hatte, habe ich noch lächerlicher ausgesehen als ohne alles. Ich war zwar bedeckt, aber ich bin mir albern vorgekommen.«

Es überraschte sie, daß dieser arrogante Mann freiwillig eingestand, daß er sich lächerlich vorgekommen war. Für einen Sekundenbruchteil vergaß sie alles, was sich zwischen ihnen abgespielt hatte, die zahllosen Gründe, die sie hatte, um ihn zu verabscheuen. Für einen kurzen Moment war er nichts weiter als ein unglaublich gutaussehender Mann, der sich mit den Fingern durch das strohblonde Haar fuhr, während ein Lächeln seine markanten Gesichtszüge weicher werden ließ, und es überraschte sie, daß ein Anflug von Humor die zynische Gleichgültigkeit auslöschen konnte, die sie allzuoft auf seinem Gesicht gesehen hatte. Als sie bemerkte, daß sie sich von ihm hatte ablenken lassen und benommen in seine hypnotisierenden Augen starrte, sah sie, daß er sie nachdenklich betrachtete.

Wenn sie erfahrener oder auch nur wachsamer gewesen wäre, hätte sie hinter dem lasziven Lächeln, mit dem er sie ansah, die Sinnlichkeit erkannt. »Wenn du mich so ansiehst, dann muß ich mich fragen, ob ich noch bei Verstand bin, wenn ich dich davonkommen lasse. Du bist, verdammt noch mal, die verführerischste Frau, die mir je begegnet ist. Jede Bewegung, jede Geste... deine rauhe und doch so seidige Stimme erregt sogar meine abgestumpften Sinne...« Er seufzte und schüttelte den Kopf. »Eine so köstliche Aufforderung.«

»Jedesmal wenn du eine Frau siehst, die auch nur eine Spur hübsch ist, siehst du darin eine Versuchung. Rechtfertigst du dich etwa damit?«

Der alte Jay war jetzt wieder zurückgekehrt. »Ich rechtfertige nie etwas.«

»Noch nicht einmal, daß du eine Frau zwingst, gegen ihren Willen mit dir zu kommen? Wie praktisch für dich. Du brauchst gar nicht erst in den schlammigen Tiefen deines Verstandes zu forschen, um einen wenn auch noch so durchsichtigen Grund dafür zu finden, daß du mich derart gedemütigt hast.«

»Mein Gott! Nur weil einen jemand nackt gesehen hat, geht die Welt noch nicht unter.«

»Für mich schon! Ich bin solche Dinge nicht gewöhnt... nicht von einem Leben voller Ausschweifungen verderbt.« Sie wies auf die Tür. »Und jetzt verschwinde von hier, wenn du willst, daß ich mich anziehe.«

»Da du von mir bereits verdorben bist, besteht kein Grund mehr zur Scheu, oder? Ich habe doch schon alles gesehen, was du zu bieten hast.«

»Dir habe ich gar nichts angeboten.«

»Ah, meine Süße, aber das wirst du noch tun«, sagte er selbstgefällig und voller Zufriedenheit. »Das wirst du bestimmt noch tun.«

»Das einzige, was du von mir zu erwarten hast, ist Ärger. Ich werde dir das Leben schwermachen und dir so viele Schwierigkeiten bereiten, daß du noch wünschen wirst, du hättest nie von mir gehört.«

»Das wünsche ich mir jetzt schon, Jenny Leigh.«

»Nenn mich nicht so! Nur meine Familie und meine Freunde nennen mich Jenny.«

Er kam blitzschnell durch den Raum, packte ihre Arme und zog sie fest an sich. »Und genau das werde ich dir in den nächsten Wochen sein, kleines Mädchen. Deine Familie und dein Freund. Ich bin der einzige, was du hier draußen hast, das einzige, was zwischen dir und deinem sicheren Tod steht. Du willst es dir vielleicht nicht eingestehen, aber ich bin für dich eine so große Notwendigkeit wie die Luft zum Atmen.« Sie wehrte sich, geriet in Panik und fürchtete das, was er jetzt schon wieder versuchen könnte. Er zog sie grob an sich, ungebührlich nah. »Leg mich rein, und du wirst es nie durch die Wüste schaffen.«

So schnell er sie gepackt hatte, ließ er sie auch wieder los. »Zieh dich an.«

Sie kehrte ihm den Rücken zu und mühte sich damit ab, sich anzuziehen, ohne das Bettuch loszulassen, in das sie sich gehüllt hatte. »Gott steh mir bei«, sagte er und streckte die Hände aus, um das Laken zu packen. Dann hielt er es zwischen ihnen hoch und lachte fast über die absurde Situation. Die Nachttischlampe hinter ihr umriß ihren Körper als klare Silhouette auf dem Bettuch. Sie sagte kein Wort, doch er spürte ihren Zorn so deutlich, wie er ihren Geruch wahrnahm.

Als er beobachtete, wie sie mit ruckhaften, unwilligen Bewegungen ihre Sachen anzog, löste sich seine Wut in nichts auf. Er überlegte, wie diese junge Frau mit den Veilchenaugen innerhalb von kürzester Zeit Gefühle in ihm ausgelöst haben konnte, die ihn innerlich zerrissen und die er schon seit langer, langer Zeit nicht mehr empfunden hatte.

Sie war ein Bindeglied zu der Welt, der er den Rücken zugekehrt hatte. Zu seiner Vergangenheit. Und er begehrte sie. Das machte sie zu einer gefährlichen Frau. Er würde sie roher behandeln müssen, als er es eigentlich wollte, denn er mußte sie dazu bringen, ihn zu hassen...

Mochte Gott ihnen beiden beistehen, wenn sie ihn je wieder mit einer anderen Regung als Haß in diesen purpurnen Schlafzimmeraugen ansah.

Mochte Gott ihnen beiden beistehen.

Teil II

Jeder Pfad hat seine Pfütze.

Englisches Sprichwort

5

Von all den Schwierigkeiten, die eine junge Frau in den Händen eines zynischen Revolverhelden erwarteten, war die mit einem Pferd die unvorhergesehenste.

Ein Pferd? Eine Untertreibung. Jennifer sah die beiden Tiere an, mit denen Jay auf sie zukam. Eins von beiden war ein Pferd. Bei dem anderen erbärmlichen Geschöpf ließ sich nicht mit Sicherheit sagen, worum es sich handelte. Es war zottelig, häßlich und klein und sah aus wie eine Kreuzung zwischen einem Elch und einem Schäferhund. Mit einem bestürzten Stirnrunzeln sagte Jenny: »Was ist das?« Dabei deutete sie auf das jämmerliche Wesen.

»Dein Pferd.«

Die Falten in ihrer Stirn wurden tiefer. »Bist du ganz sicher, daß das ein Pferd ist?«

»Einigermaßen.« Seine Stimme klang belustigt. »Trotz seines Äußeren hat es alles, was du brauchst – vier Beine und einen Sattel. Also sei jetzt still, und steig auf.«

»Wo hast du dieses Tier aufgetrieben? In der mongolischen Steppe?« Sie lief um das Tier herum und bemerkte, daß es ihr mit seinen Blicken folgte. Was für ein Tier diese Kreatur auch sein mochte – Jenny war sicher, daß das Vieh sie nicht ausstehen konnte. »Ist es ein Hengst?«

Jay sah sie über seinen Sattel hinweg an und verzog den Mund zu einem Grinsen. »Was ändert das schon? Es ist ein Pferd. Das sollte genügen.«

Sein Grinsen reizte sie bis aufs Blut. »Ich habe dir eine klare und einfache Frage gestellt. Ist eine klare und einfache Antwort etwa zuviel verlangt?«

»Du willst eine klare und einfache Antwort haben? Dann sieh doch selbst nach. Der Unterschied ist wirklich leicht zu erkennen.« Der Anflug eines Lächelns spielte um seine Lippen. »War dir das klar genug? Du weißt doch, woran man den Unterschied erkennt, oder nicht?«

»Ich bin eine gebildete Frau.«

»Aber du stammst aus einer Familie, in der es fast nur Frauen gibt.« Er grinste spöttisch. »Aber natürlich hat es bestimmt ein paar Tümpel zum Schwimmen bei euch zu Hause gegeben, und dort konntest du dir die nackten Jungen genau ansehen.«

»Darauf brauchte ich nicht zurückzugreifen. Wir haben Tiere gehalten.«

Jay konnte sich allzu deutlich vorstellen, wie sich die kleine Jenny Baxter in den Ställen rumgetrieben und sich ein Bild von den Unterschieden zwischen den Geschlechtern gemacht hatte. Als er Jennifer wieder ansah, schien sie auf etwas zu warten. »Sieh doch nach, wenn du es unbedingt wissen willst. Bilde dir selbst ein Urteil«, riet er und fing an, in seinen Satteltaschen rumzukramen. »Ich habe Wichtigeres zu tun.«

»In Ordnung, ich sehe nach«, sagte sie. »Aber wenn dieses Vieh mir den Schädel eintritt, hast du den weiten Weg umsonst zurückgelegt.«

»Mist«, sagte Jay. »Mist.« Er ging aber trotzdem auf das Pony zu. »Du machst mehr Ärger, als du wert bist«, sagte er, aber er sah trotzdem an der richtigen Stelle nach. »Es ist ein Hengst. Bist du jetzt zufrieden?«

»Nein. Eine Stute wäre mir lieber, aber ich vermute, das erklärt alles.«

»Was erklärt was?«

»Das erklärt, warum das Tier mich nicht leiden kann.«

»Woher, zum Teufel, willst du das wissen? Ihr seid einander noch nicht mal vorgestellt worden. Woher willst du wissen, daß das Pony dich nicht leiden kann? Das ist doch Unsinn. Zum Teufel! Ich habe noch nie von Pferden gehört, die Menschen wirklich mögen. Sie dulden uns, das ist alles.«

»Ich glaube trotzdem, daß es mich nicht leiden kann.«

»Hengste haben keine Zeit, nett zu kleinen Mädchen zu sein. Sie haben andere Dinge im Kopf.«

»Ob Pferde oder Menschen, das männliche Geschlecht ist immer nur auf eins fixiert«, sagte sie unfreundlich und sah ihn an. Er starrte sie mit seinen tiefblauen Augen an. Sein Lächeln brachte sie auf die Palme.

Sein Blick glitt über sie, als sähe er sie jetzt zum ersten Mal. »Du scheinst eine Menge über die Natur zu wissen. Dann solltest du auch wissen, daß jede Kreatur die Rolle übernehmen muß, für die sie erschaffen worden ist.«

»Und ich vermute, das bezieht sich auch auf Männer und Frauen.«

»›Frauen sind silberne Gefäße, in die wir goldene Äpfel legen‹«, sagte er.

»Für einen derben, unkultivierten Mann ist das eine reichlich beredte Definition, aber der Grundgedanke, den die Worte übermitteln, entspricht von seiner Derbheit her schon eher deinem Niveau.«

»Der Ruhm für die Wortgewandtheit geht auf Goethe. Die Derbheit nehme ich für mich in Anspruch.« Er dachte einen Moment nach. »Da du von Bildung sprichst – glaubst du, dadurch wird aus dem Blödsinn, der aus deinem Mund kommt, Weisheit?«

»Bildung... schon gut, vergiß es. Du würdest es ohnehin nicht verstehen.«

Der Blick aus seinen blauen Auge traf sie wie eine Ohrfeige. »Ich beurteile einen Menschen nach der Tiefe seiner Einsichten und nach seinen menschlichen Qualitäten und nicht nach irgendeinem Wisch.«

»Einem was?«

»Einem Wisch. Einem Diplom, wenn es dir lieber ist.«

»Was weißt denn du darüber?«

»Bildung, Miss Baxter. Ich glaube, mich zu erinnern, daß ich trotz meiner Derbheit einen solchen Wisch bekommen habe.« Seine Stimme war jetzt leise und ausdruckslos und dadurch irgendwie noch eindringlicher. Ihr wurde deutlich klargemacht, daß sie ihn zu Unrecht bezichtigt hatte, er sei ungebildet – als sei sie ihm schon allein deshalb überlegen. Seine Worte waren herausfordernd, aber schlimmer waren die Gewissensbisse, die sie bei ihr auslösten. Jede Form der Herablassung sah ihr gar nicht ähnlich, und es ärgerte sie, daß dieser Mann sie bis zur Gefühllosigkeit provozieren konnte.

»Wo hast du studiert?«

»Ich habe studiert. Das sollte genügen.« Seine Worte klangen zwar sanft, beinhalteten aber doch eine Warnung.

»Aber...«

»Mein Privatleben geht dich nichts an.«

»Nein«, sagte sie wutentbrannt, »allerdings nicht. Aber ich sage dir eins...« Sie unterbrach sich plötzlich, da ihr eine Idee durch den Kopf schoß.

»Was sagst du mir?«

»Nichts. Es war nicht von Bedeutung.« Sie beobachtete, wie er mit den Achseln zuckte und sich seinem Sattel wieder zuwandte. Sie ging zum Haus.

»Was hast du vor?«

»Ich will die Fenster schließen. Es ist niemand damit gedient, wenn der Sand ins Haus weht.«

»Fünf Minuten«, war alles, was er sagte.

Sie betrat das Haus und lief sofort in die Küche, um das Haus durch die Hintertür wieder zu verlassen. Dann rannte sie auf die kleine Hütte zu, in der das Korn gelagert wurde. Als sie die Hütte erreicht hatte, schlug sie die Tür hinter sich zu, lehnte sich mit dem Rücken dagegen und keuchte vor Erleichterung, während ihre Augen sich an die Dunkelheit gewöhnten. Sie paßte bequem in eine der Traufen, aber sie mußte schnell sein. Fünf Minuten hatte er ihr zugestanden – bis jetzt waren höchstens zwei davon vergangen – und daher verlor sie keine Zeit, sondern kroch zwischen die Ähren.

Als sie auf allen vieren voranrobbte, sanken ihre Arme bis zu den Schultern ein, und von der Spreu stieg Staub auf, der ihr in die Nase und die Lunge drang. Sie bemühte sich, den Atem anzuhalten, doch sie versank immer tiefer. Gerade beschloß sie, es sei an der Zeit, sich auszustrecken und sich mit Ähren zuzudecken, als die Tür klapperte und eine dröhnende Stimme unheilvoll und drohend erklang.

»Was, zum Teufel, tust du hier?« Wütend trat Jay ein und sprang auf sie zu. Jennifer trat nach ihm, und als er sie packte, gruben sich seine Finger in ihre Arme. »Wir haben keine Zeit zum Versteckspielen«, sagte er mürrisch.

»Du hast mir fünf Minuten zugestanden!« schrie Jennifer, die versuchte, sich loszureißen, aber sein Arm legte sich um ihre Taille.

»Ich habe gelogen«, antwortete er und schnaufte vor Anstrengung. Sie wehrte sich und wand sich, und dabei wirbelte sie mehr Staub auf, als ihrer beider Lungen zuträglich war. Jay brach auf ihr zusammen, und beide husteten und schnappten mühsam nach Luft.

»Wirst du wohl stillhalten, ehe wir beide ersticken!« brüllte er, und als Jennifer sich wieder wehrte, bog er ihr die Arme auf den

Rücken und hielt sie dort mit einer Hand fest. Mit der anderen preßte er ihr Gesicht an sein Schlüsselbein. Jennifers Wange war an Jays Kehle gepreßt, und sein Gesicht war in ihrem langen, seidigen Haar begraben. Jays Hemd hatte die Funktion eines Filters, und als Jennifer wieder einatmen konnte, legte sich allmählich die Panik vor dem Ersticken, und ihr Atem normalisierte sich.

Doch sowie die eine Angst sich legte, regte sich eine neue. »Laß mich los«, stöhnte sie, als sie spürte, wie Jays Schenkel ihre zitternden Gliedmaßen ins Stroh preßten und seine Reaktion auf ihre Nähe immer eindeutiger wurde.

»Dann halt still«, befahl er. Er wußte genau, was ihr Unbehagen wachgerufen hatte. »Du machst alles nur noch schlimmer.«

Jennifer erstarrte und wagte kaum noch zu atmen, als könnte sie schon damit den schwelenden Funken in seinen Augen zur Glut entfachen.

Jay strich ihr die langen seidigen Haarsträhnen aus dem Gesicht und starrte in Jennifers entgeisterte purpurne Augen. Einen Moment lang vergaß er, daß er allen Grund hatte, wütend auf sie zu sein. »Wir haben ein kleines Problem. Ob du zappelst oder nicht, die Wirkung scheint dieselbe zu sein«, sagte er heiser.

Inzwischen war Jennifer so abgelenkt, daß sie kein Wort mehr rausbrachte. Sie konnte nur noch in dieses Gesicht starren, das so dicht vor ihr war, und selbst im Dunkeln konnte sie jede Einzelheit erkennen. Sie spürte, wie tief in ihrem Leib Hitze entstand und sich spiralförmig ausbreitete, als er sie lasziv anlächelte. Sein Lächeln war gleichzeitig einladend und äußerst beunruhigend. Die ihr so unvertraute Glut, die sie durchzuckte, ließ sie keinen klaren Gedanken mehr fassen, und ihre Haltung geriet ins Wanken. Sie wandte das Gesicht ab und verriet sich damit.

Er streckte die Hand aus, um ihr wieder ins Gesicht sehen zu können, und ihre Augen weiteten sich plötzlich und suchten seine. Der schwarze Ring um seine Iris schien breiter zu werden und das Blau seiner Augen noch mehr zu betonen, als sich sein Blick in ihren bohrte. »Du wirst mir dein Wort geben«, sagte er. »Keine blödsinnigen Fluchtversuche mehr. Damit gräbst du dir nur selbst ein Grab.«

Sie sagte nichts, und seine Hand schloß sich fester um ihren Hals. Seltsamerweise hatte sie nicht die geringste Angst, er könnte ihr etwas antun. »Beim nächsten Mal«, sagte sie leise, »lasse ich dich vielleicht einfach laufen. Die Wüste ist kein angenehmer Ort zum Sterben.« Er schüttelte sie an den Schultern. »Dein Wort!« verlangte er.

»Ich kann dir mein Wort nicht geben«, sagte sie und sah ihm in die dämonischen Augen. Ihr Herz überschlug sich. Sie feuchtete sich die Lippen an und fragte sich, ob sie ihm nicht doch einfach ihr Wort geben und sich einen Haufen Ärger ersparen sollte, den sie andernfalls bestimmt bekam. Aber es war nicht ihre Art, den Weg des geringsten Widerstands zu wählen. Sie hatte nicht die Absicht, ihm ihr Wort zu geben, nicht etwa, weil sie entschlossen war, ihm wegzulaufen – schließlich hatte ihr Vater ihn geschickt, und Jennifer hatte zuviel Respekt vor Rand, um ihm zu trotzen –, sondern weil sie sich selbst nur allzugut kannte. Wenn Jay sie zu weit trieb, würde sie in einem Wutausbruch ihr Versprechen brechen, und das war etwas, was Jennifer noch nie getan hatte. Es war besser, ihm nichts zu versprechen, als zu riskieren, daß sie ihr Wort brach.

»So willst du es also haben?« Sein Blick glitt so glühend über ihr Gesicht, daß sie sich fragte, woher sie die Kühnheit genommen hatte, ihm zu trotzen.

»Wenn du jemals wieder zu einer solchen List greifst, werde ich dich ausziehen, und du wirst nackt weiterreiten.«

»Deshalb kann ich dir mein Wort nicht geben. Wenn du mir etwas mehr Respekt entgegenbrächtest...« Sie sah, wie er sie anschaute. »Ich bin kein Kind. Ich bin eine erwachsene Frau. Warum kannst du mich nicht entsprechend behandeln?«

»Bei Gott! Wenn es nur darum geht, kann ich jedes Problem mühelos aus der Welt schaffen.« Sein Ausdruck wurde sanfter. »Du willst also wie eine Frau behandelt werden? Laß mich zwischen deine zarten Schenkel, und ich verspreche dir, daß du dich hinterher wie eine Frau fühlst.«

Sie errötete unter seinem versengenden Blick, doch er sah sie noch lange an. Dann wälzte er sich mit einem Fluch von ihr. Ehe sie wußte, wie ihr geschah, zog er sie auf die Füße. »Wenn du mir dein Wort schon nicht gibst, dann laß uns wenigstens einen Waffenstillstand vereinbaren«, sagte er.

Jennifers Stirn wurde glatt, und sie lächelte. »Vorübergehend«, sagte sie. »Nur vorübergehend.«

Jay sah in ihr zartes Gesicht und betrachtete die trotzige Kopfhaltung, und gegen seinen Willen weckte dieses Mädchen seine Neugier. Eine Frau wie sie war ihm noch nie begegnet – keine, die so schön war, und schon gar nicht eine, die derart entschlossen und eigenwillig war – und das beunruhigte ihn. Noch beunruhigender war jedoch, daß sie ihm bewiesen hatte, wie leicht sie ihn verwirren konnte, wenn er einen klaren Verstand brauchte.

Sie hatten die Pferde fast erreicht, als Jennifer bockig stehen blieb.

»Was ist denn jetzt schon wieder?« sagte er und stemmte die Arme in die Hüften. Das mußte wohl der kürzeste Waffenstillstand der Geschichte gewesen sein.

»Du kannst mich vielleicht zwingen, gegen meinen Willen mit dir zu kommen, aber ich weigere mich, auf diesem Tier zu reiten«, sagte sie und wies auf das Pony.

Jay stöhnte. »Kannst du denn nie Ruhe geben? Wir haben keine Zeit für Einkäufe. Es ist das Beste, was ich unter den gegebenen Umständen auftreiben konnte. Deine Freunde mit ihren Macheten werden nicht die ganze Nacht schlafen.«

»Nein, das bestimmt nicht. Und sie werden mir folgen, wenn sie feststellen, daß ich weg bin.«

Er lachte. »Solange sie mit Rechen und Hacken bewaffnet sind, stellen sie für mich keine Bedrohung dar. Außerdem haben sie keine Pferde.«

»Es ist ein armes Dorf. Die Banditen überfallen es oft, und daher kann sich auch nichts bessern.« Sie unterbrach sich. »Wenn sie für dich keine Bedrohung darstellen, warum willst du dann unbedingt aufbrechen, bevor sie wach werden?«

Er zuckte mit den Achseln. »Selbst einem verderbten Wüstling wie mir ist es verhaßt, unschuldige Menschen zu töten.«

»Das ist das erste Anzeichen, das eventuell auf Menschlichkeit schließen ließe.«

»Herr im Himmel, Frau! Du würdest mit mir über den Nordwind streiten. Das ist mein Pferd«, sagte er. »Und das da«, sagte er und wies energisch mit dem Finger auf das fragwürdige Geschöpf, »ist deins. Und daran gibt es nichts zu rütteln. Du brauchst gar nicht erst darüber nachzudenken. Und analysiere es um Gottes willen nicht, bis nichts mehr davon übrig ist.« Er sah, daß sie Luft holte, und sagte schnell: »Kein Wort mehr. Oder willst du lieber laufen? Du bist verdammt kritisch.«

»Einem geschenkten Gaul schaut man nicht ins Maul.«

»Genau«, sagte er. »Wenn du jetzt so gütig wärst, deinen süßen kleinen Hintern auf den Sattel zu schwingen, könnten wir aufbrechen.«

Sie mißachtete seine derben Worte bewußt und sagte lediglich: »Wie soll das gehen?«

Er blieb stehen und sah sie an, als verstünde er gar nichts, und dann schüttelte er den Kopf. »Steig doch erst mal auf.«

»Ich bin doch nicht schwachsinnig.«

Unter anderen Umständen hätte Jay dieses Thema garantiert weiterverfolgt, aber im Moment hatte er weder die Zeit, noch die Geduld. »Erzähl mir bloß nicht, daß du nicht reiten kannst... die Tochter eines Ranchers?« Heiliger Strohsack! Hatte Rand Baxter ihr nie das Reiten beigebracht? »Hast du es nie gelernt?« fragte er, und seine Stimme klang ungläubig.

»Meine Mutter hatte immer entsetzliche Angst vor Pferden. Sie wollte nicht, daß wir ihnen auch nur in die Nähe kamen.«

»Ich dachte, jedes kleine Kind wüßte, wie man seinen Eltern ein Pony abschwatzt.«

»O ja, das habe ich getan. Und Papa hat mir eins geschenkt.«

»Und du hast reiten gelernt?«

»Ich... ein bißchen. Ich habe mit zehn mit angesehen, wie ein Cowboy zu Tode geschleift worden ist«, sagte sie. »Und ein paar Monate später ist meine beste Freundin umgekommen, als ihr Pferd gescheut hat und mit ihr durchgegangen ist. Ein tiefhängender Ast hat sich in ihre Kehle gebohrt.«

»Dann fürchtest du dich also vor Pferden?«

»Ich weiß nicht, ob *fürchten* das richtige Wort ist. Vielleicht wäre *Respekt* angemessener. Ich mache mir einfach nicht viel aus dem Reiten. Pferde sind schöne Tiere, aber ich traue ihnen nicht.«

Er sah erst das Pony und dann sie an. »Dann solltet ihr beide viel miteinander gemeinsam haben.«

»Abgesehen davon habe ich keine Übung im Reiten. Bisher hat mir das noch nie Probleme gemacht, weil wir immer mit dem Wagen gefahren sind.«

»Jetzt haben wir aber keinen Wagen, und daher wirst du reiten müssen. Und jetzt steig schon auf.«

Jennifer sah das Pony an und konnte ihre Besorgnis nicht verbergen. Sie holte tief Luft und sagte: »Ich bin gleich soweit, aber so bin ich noch nie geritten.«

Jay schaute das Pony an und überprüfte mit seinen Blicken den Sattel und das Zaumzeug. Ihm kam alles ganz normal vor. »Wie bist du noch nie geritten?«

»Auf so einem Sattel. Ich bin immer nur im Damensitz geritten.«

»Da wir leider keine Zeit haben, wirst du beim Reiten lernen müssen, wie man mit einem Pferd umgeht.«

»Du verstehst mich anscheinend nicht...«

Die Unfreundlichkeit und die Direktheit, an die sie sich allmählich bei ihm gewöhnte, klangen wieder aus seiner Stimme heraus. »Hör mal, wenn hier jemand nichts versteht, dann bist das du. Du strapazierst meine Geduld. Mir ist völlig schnuppe, wie du deine werte Person auf diesem Pferd anbringst. Von mir aus kannst du dir den Hintern an den Sattel kleben.«

»Aber...«

Er kam auf sie zu und blieb wenige Zentimeter vor ihr stehen. »Steig auf dieses Pferd«, sagte er. Seine Hände schlossen sich um ihre Arme, und er hob sie in den Sattel, bevor er selbst auf sein Pferd stieg. Dann drehte er sich um und sah sie an. *»Herr im Himmel!«* fluchte er. »Wie, zum Teufel, kommst du dazu, dich so hinzusetzen?«

Sie funkelte ihn wütend an, und ihr Mund war fest und verkniffen. Sie saß zwar noch auf dem Pferd, aber so, als hätte sie einen Damensattel, mit beiden Beinen nach einer Seite. Inzwischen machte das Pony den Eindruck, als hätte es wirklich von dieser ganzen Geschichte die Nase voll, und es wurde sichtlich übellauniger. Es schnaubte und schüttelte den Kopf. Für Jay stand fest, daß es sich keine weiteren Albernheiten mehr von ihr würde bieten lassen. Wenn sie sich nicht auf der Stelle richtig hinsetzte, würde sie auf ihrem Hinterteil landen. »So kannst du nicht reiten«, sagte er. »Du kannst tun, was du willst, aber aus diesem Sattel wird kein Damensattel. Du provozierst nur das Pferd.« Bei allen Heiligen! So eine sture Frau hatte er noch nie erlebt. Sie hatte nicht einen Funken von

Kompromißbereitschaft, und Zugeständnisse waren für sie ein Fremdwort.

»Aber du hast doch gerade gesagt...« Sie seufzte und versuchte gar nicht erst, ihre Gereiztheit zu verbergen. »Ich sitze auf dem Pferd, oder etwa nicht? Steig auf – genau das hast du gesagt.«

»Schon«, sagte er. »Es ist ja dein Hinterteil, das Blasen kriegt, nicht meins.« Jay ritt langsam los, und als er sich nach ihr umdrehte, sah er, wie das Pony ausschlug und Jennifer zu Boden glitt. »Du wirst führer oder später einsehen, daß du dich mit gespreizten Beinen auf dieses Pferd setzen mußt, ob es dir paßt oder nicht«, sagte er.

»Wenn ich deinen Rat haben will, frage ich nach.«

»Wie, in Himmels Namen, bist du nach Mexiko gekommen, wenn du nicht reiten kannst?«

»In einem Wagen – und außerdem *kann* ich reiten, das sagte ich dir doch schon. Ich tue es nur ungern. Und wenn es schon sein muß, dann ziehe ich ein richtiges Pferd mit einem richtigen Sattel vor.« Sie griff nach den Zügeln, um wieder aufzusteigen, und dann sah sie ihn an. »Und außerdem hielte ich es für angemessen, wenn du mir ein wenig Mitgefühl entgegenbringen würdest, wenn mir schon all das versagt wird, was ich lieber hätte. Ich tue mein Bestes. Ich bemühe mich. Du kannst entweder wegreiten und mich hier lassen – darum habe ich dich ohnehin schon gebeten –, oder du gräbst in deinem Dickschädel, bis du einen Funken Geduld findest. Laß mir wenigstens einen Moment Zeit, damit ich den Dreh rauskriege. Und wenn dir beide Lösungen nicht passen, wirst du mich wohl erschießen müssen.«

Jay hätte fast gelacht, als Jennifer und das Pony sich Auge in Auge miteinander im Kreis drehten. Das Pony tat alles, um sie zu entmutigen, aber Jenny gab nicht auf.

Endlich gelang es ihr, einen Fuß in den Steigbügel zu stellen, doch sie kam nicht hoch genug. Sie sprang wieder ab, ließ den Fuß aber im Steigbügel und hopste auf dem anderen Fuß neben dem Pony her. Jay fluchte und ritt auf sie zu. Wenn sie ihren Fuß nicht aus dem Steigbügel zog, konnte das Pferd dieses dumme Frauenzimmer zu Tode schleifen.

Jetzt zog sie den Fuß aus dem Steigbügel und musterte ihn. Sie zeigte deutlich, daß sie nicht die geringsten Bedenken hatte, die

Hand zu beißen, die sie fütterte. »Ich kriege den Dreh schon noch raus«, fauchte sie. »Laß mir doch ein oder zwei Minuten Zeit.«

Schön, dachte er. *Schön. Soll sie eben selbst dahinterkommen, und wenn sie sich Blasen auf dem Hinterteil holt oder sich den dämlichen Hals bricht, dann ist das auch ihre Angelegenheit.* Wieder fluchte er und machte ihr Platz, denn er wußte, daß ihre Hartnäckigkeit und ihr Stolz sie auf den Sattel bringen würden.

Wenige Minuten später konnte Jay nicht mehr behaupten, daß Jennifer auf dem Boden stand, aber so hatte er bisher nur Tote reiten sehen. Sie kämpfte immer noch mit ihren Röcken, dem Pony und dem Sattel. Ihr aufgestecktes Haar hatte sich gelöst und sich offensichtlich im Steigbügel verfangen.

»Himmel«, fluchte Jay, »sieh endlich ein, daß du dich rittlings auf das Pony setzen mußt.« Ohne ihr eine Chance für einen Einwand zu geben, zog er sie vom Pferd und stellte sie unsanft ab. Jay zog sein Messer. Als sie das Messer auf sich zukommen sah, preßte sich Jennifer mit dem Rücken an das Pony und kniff die Augen zu. Diesmal hatte sie es geschafft. Sie hatte ihn zu weit getrieben. Wenn er sie nicht umbrachte, schnitt er ihr wahrscheinlich die Zunge ab. Sie kniff die Augen noch fester zu und hielt den Atem an.

Dann hörte sie ein lautes Reißen. Sie schlug sofort die Augen auf. Jay kauerte vor ihr und schlitzte ihren Rock vorn auf. Dann drehte er sie um und tat hinten dasselbe. Anschließend hob er sie hoch, setzte sie auf den Sattel und drückte ihr die Zügel in die Hand. »Und jetzt«, sagte er, »hast du den ganzen Tag Zeit, um den Dreh rauszukriegen.«

Ein paar Stunden später rutschte Jennifer gequält auf dem Sattel herum, denn ihre zarten Schenkel und ihr Hinterteil waren schon aufgescheuert. Der Vollmond schien hell durch die Wolken und ließ das Haar des Mannes vor ihr silbern schimmern.

»Wenn du so rumruckelst, kriegst du noch Blasen auf deinem Hintern«, sagte der stolze, halsstarrige Mann doch tatsächlich zu ihr.

Aber auch sie war stolz, hartnäckig und unnachgiebig. »Deine Fürsorge ist zu freundlich«, sagte sie zuckersüß, »aber sie kommt zu spät. Ich habe bereits Blasen an meinem Hintern.«

Erstaunen trat in seine Augen, doch schon im nächsten Moment hatte er wieder eine gleichgültige Miene aufgesetzt. »Hat dir nie jemand beigebracht, daß eine Dame sich nicht so derb ausdrückt und daß sie nicht auf vulgäre Redensarten zurückgreifen sollte?«

»Warum denn nicht? Du tust es doch auch.«

»Das ist etwas anderes«, sagte er, und sein Blick fiel auf das Band, das sie aus irgendeinem Kleidungsstück herausgezogen haben mußte, um sich das Haar zurückzubinden. »Ich bin ein Mann.«

Sie warf den Kopf zurück und lachte. »In der Schule hat man mir beigebracht, daß vulgäre Redensarten vulgär sind und bleiben, ungeachtet des Geschlechts.«

»Du bist hier nicht in der Schule, kleines Mädchen, und daher rate ich dir, dich zu benehmen und mir das Fluchen zu überlassen.«

Sie spürte, wie ihre Wangen vor Wut glühten. »Wenn wir schon dabei sind, dann möchte ich dir auch gleich das eine oder andere raten«, sagte sie. »Ich bin kein kleines Mädchen. Und ich kann es nicht ausstehen, wenn man mich so nennt. Ich bin eine erwachsene Frau. Und ich nehme keine Befehle entgegen, von dir nicht und auch von keinem anderen.«

Er schwang ein Bein über den Sattel und glitt zu Boden. Dann kam er schnell auf sie zu und blieb wenige Zentimeter von ihrem Knie entfernt stehen. Seine Hand legte sich auf ihren Oberschenkel, und er überhörte ihr entrüstetes Schnaufen. »Kleines Mädchen, eins solltest du dir zu deinem eigenen Besten merken«, sagte er, und seine tiefe, leise Stimme täuschte fast über die Drohung hinweg, die sie zu spüren glaubte. »Ich werde dich genauso behandeln, wie du dich benimmst. Und wenn du mir weiterhin Scherereien machst, dann werde ich deinem Hinterteil – Blasen oder keine Blasen – eine ordentliche Lektion erteilen. Hast du verstanden?«

Jennifer riß die Augen weit auf, als sie ihn anstarrte. Sie war so erstaunt, daß sie kein Wort rausbrachte. Nach einer Weile sagte sie: »Finger weg.« Als er keine Anstalten unternahm, die Hand zurückzuziehen, die auf ihrem Oberschenkel lag, riß sie an den Zügeln.

Seine Hände schossen nach vorn und griffen dem Pony ins Zaumzeug, ehe dieselben Hände sich hoben, sich um ihre Taille legten und Jennifer vom Pferd hoben.

Ohne lange zu überlegen, holte Jenny aus. Sie sah ihm in die Augen und fand etwas in den blauen Tiefen, was sie zurückhielt. Seine

Hand legte sich um ihr Handgelenk. Seine Augen schienen Belustigung auszudrücken, aber nur für einen Sekundenbruchteil. »Dazu würde ich dir nicht raten. Ich bin kein kleiner Schuljunge. Ob du eine Frau bist oder nicht, aber wenn mich jemand ohrfeigt, dann schlage ich zurück.« Er lachte und schüttelte den Kopf. »Ohnehin eine lächerliche Geste, wenn es eine Frau gegen einen Mann von meiner Größe aufnimmt. Fällt dir denn nichts Besseres ein?«

»Ich habe bereits unter Beweis gestellt, da ich es gegen dich aufnehmen kann«, sagte sie kühl. »Aber natürlich will ein *Macho Hombre* wie du nicht daran erinnert werden, daß eine Frau ihn bewußtlos geschlagen hat.«

»Du hast jetzt keine zwanzig Mexikaner, die dir Rückendeckung geben, Süße. Es wäre weise, wenn du aufhören würdest, mich an diese unerfreuliche Begebenheit zu erinnern, denn sonst könnte ich dir diese Geste heimzahlen. Und ehe du etwas Neunmalkluges sagst, rate ich dir, dir genau vorzustellen, wie die Blasen auf deinem Hinterteil sich anfühlen würden, wenn du nackt auf dem Sattel sitzt.«

»Hast du vor, mich auf die Art gefügig zu machen? Indem du mir Angst einjagst? Kannst du nur so eine Frau deinem Willen beugen?«

»Wenn ich mir vornehme, eine Frau meinem Willen zu beugen«, sagte er langsam, »dann belasse ich es nicht dabei, sie auszuziehen.«

Er hielt ihr Handgelenk immer noch fest, doch ihre andere Hand war frei, und sie holte damit aus. Augenblicklich schloß sich seine Hand fester um ihr Handgelenk, und Schmerz schoß durch ihren Arm, als er sie vor sich auf die Knie zwang. Doch der Trotz war immer noch in ihren Augen, und sie wandte den Blick nicht ab. Er rührte sich nicht, sondern stand starr da, und sein Blick war kalt und wutentbrannt, als er auf sie heruntersah.

Sie wußte selbst nicht, warum sie so impulsiv gehandelt hatte, warum sie ihn provoziert hatte, aber irgendwie hatte sie das Gefühl, selbst wenn sie ihn geohrfeigt hätte, hätte er sie nicht geschlagen. Wahrscheinlich hätte er sie von sich gestoßen oder sie voller Abscheu angesehen und wäre dann gegangen. Jetzt mußte sie wohl allein auf ihr Pony steigen. Sie ahnte schon, daß er ihr alles heimzahlen würde. Zu einem Zeitpunkt, den er selbst bestimmte. Und mit Mitteln, für die er sich entschied.

»Wollen wir die ganze Nacht wie Zaunpfähle hier stehen bleiben, oder wie hast du dir das gedacht?« fragte sie und hob das Kinn, um ihm zu zeigen, daß sie zwar vor ihm knien mochte, aber daß er sie noch lange nicht klein gekriegt hatte. Als er nichts darauf sagte, biß sie die Zähne zusammen. Ihr war der Angriff immer lieber als die Kapitulation. »Wenn du so freundlich wärst, meinen Arm loszulassen und *dein Hinterteil* auf den Sattel zu schwingen, dann könnten wir vielleicht mehr erreichen, als wir es im Moment tun.«

»Hier erteile ich die Befehle. Und für den Fall, daß du es vergessen hast – die derben Worte sind auch meine Angelegenheit.«

Sie zog eine Augenbraue hoch. »Ach, ja? Ich hatte den Eindruck, du seist nicht der Boss. Du arbeitest doch für meinen Vater, oder nicht? Ich kann es nicht leiden, von den Arbeitern belästigt zu werden, die mein Vater bezahlt.«

Er riß sie sofort auf die Füße. Sie hatte vor, alles zu tun, damit er sich sein Geld möglichst sauer verdiente, und das wollte sie ihm gerade sagen, aber...

Jennifer war doch nicht so entschlossen, wie sie glaubte, denn sie sah genau in dem Moment zu ihm auf, in dem der Mond hinter einer Wolke herauskam und seinen gelblichen Schein auf Jays Gesicht warf. Diesen Ausdruck hatte sie schon einmal dort gesehen, an dem Abend, an dem er sie mit vorgehaltenem Revolver gezwungen hatte, sich auszuziehen, und nie würde sie die hypnotischen Augen vergessen, die sie so dreist gemustert hatten.

Jay Culhane mochte zwar äußerlich kühl und gelassen wirken, aber in seinem Innern war er ein Nervenbündel, das sich vor Verlangen verzehrte, und gleichzeitig kam er kaum gegen den Drang an, den Kopf in den Nacken zu werfen und laut zu lachen. Das Mädchen ärgerte ihn. Es faszinierte ihn. Es zog seine Aufmerksamkeit auf sich und langweilte ihn nicht. Sie hatte das Gesicht eines Engels, den Körper einer Verführerin, einen messerscharfen Verstand und eine Art, an die Dinge heranzugehen, die teuflisch komisch war. Ihm fiel wieder ein, wie sie ausgesehen hatte, als sie wie ein Sack Kartoffeln auf dem Pferd gelegen hatte – den wohlgeformten Popo hoch in die Luft gereckt. *Kleines, du kannst gar nicht wissen, was du mit einer solchen Aufforderung bei mir auslöst.*

Sie hatte bemerkt, daß er in Gedanken abgeschweift war. Als er auf sie heruntersah und seine Augen langsam über ihr Gesicht glitten, bemerkte er, daß sie ihn stirnrunzelnd betrachtete, als versuchte sie, seine Gedanken zu lesen. Unwillkürlich lächelte er. »Das könntest du in einer Million Jahren nicht erraten«, sagte er einer Eingebung folgend, die ihm einflüsterte, einer solchen Herausforderung könnte sie unmöglich widerstehen.

»Wenn es so unmöglich ist, dann wage ich zu behaupten, daß ich es gar nicht erst versuchen werde. Warum sagst du es mir nicht gleich?«

»Weil ich es einem Biest wie dir lieber zeigen würde.«

Es dauerte einen Moment, bis das bei ihr angekommen war. Mehr Zeit brauchte er nicht. Es geschah so schnell, daß sie keine Zeit hatte, um zu reagieren. Seine Hände legten sich fest um ihre Taille, und er zog sie an sich. Jennifer preßte die Hände gegen ihn und hörte ihn mit rauher Stimme sagen: »Je mehr du dich wehrst, desto länger bleiben wir hier. Ich dachte, den Beweis dafür hätten wir schon einmal erbracht.«

»Das einzige, was hier bewiesen ist, ist nur, daß du ein Tier bist«, sagte sie.

Er preßte sie mit einem Arm fest an sich und hob den anderen, um ihren Kopf zurückzuziehen und ihn mit seiner starken Hand festzuhalten. Sie sah ihm fest in die Augen. »Laß das...«

»Schon gut«, sagte er. »Öffne deine Lippen für mich.« Dann fühlte sie den festen, warmen Druck seiner Lippen auf ihren Mund, und ihre Lider fielen wie schwere Gewichte herunter. *Vergißt du nicht einiges, Jennifer? Läßt du ihn wirklich machen, was er will, nachdem er dich so behandelt hat?*

Sie hatte es nicht vergessen, aber irgend etwas in ihr wollte, daß sie sich von diesem Mann küssen ließ. Zwei Tage lang hatte sie immer wieder daran gedacht, wie er sie geküßt hatte, wie sich seine Lippen auf ihrem Mund angefühlt hatten – sogar in dem Moment, in dem sie das Kruzifix gepackt hatte, um es ihm auf den Kopf zu schlagen. Wie würde es jetzt wohl sein? Ohne jeden Fluchtgedanken im Hinterkopf, ohne jede Angst, ihr Vorhaben könnte scheitern? Die seltsamen Regungen in ihrem Innern brachten sie durcheinander, und daher war sie unwillkürlich neugierig.

Was konnte es schaden? Warum sollte ich meine Neugier nicht stil-

len? Warum darf ich mich nicht – nur einen Moment lang – von ihm küssen lassen, als wollte ich es selbst so haben? Es war etwas, was sie einfach wissen mußte, so wichtig wie die Frage, warum Äpfel auf den Boden fallen oder warum Öl oben auf dem Wasser schwimmt.

Als er sie noch dichter an sich zog, wurde ihr klar, daß sie wohl nicht ganz bei Verstand war und daß ihr Kopf untersucht werden sollte. Dieser Mann besaß zuviel Erfahrung, kannte zu viele Listen, mit denen er sie überwältigen konnte. Sie stieß einen Laut aus, in dem sich Enttäuschung, Verlangen und ein innerer Kampf äußerten. Sie wand sich, und seine Lippen preßten sich nur noch fester auf ihren Mund, schmerzhaft, forschend, fordernd, erbarmungslos.

Zu gefährlich... dieser Mann ist zu gefährlich.

Sie versuchte, ihn zu beißen, doch er ahnte ihre Absicht und stieß sie von sich, gerade so weit, daß er ihr mit einem spöttischen Schimmer in den Augen ins Gesicht sehen konnte. »Du bist ein heimtückisches kleines Ding, stimmt's? Sag mal, weiß dein Daddy, daß du durch die Gegend läufst und Männer beißt?«

Sie versetzte ihm einen wütenden Schubs und brachte ihn soweit aus dem Gleichgewicht, daß er einen Schritt zurückweichen mußte, aber er ließ sie nicht los. »Weißt du, was man mit kleinen Mädchen macht, die beißen?« Er schüttelte sie. »Man versohlt ihnen den lilienweißen Popo.«

»Laß mich los! Was glaubst du wohl, was du da tust? Du bist zu meinem Schutz engagiert worden, oder hast du das vergessen?«

»Nein, ich habe es nicht vergessen«, sagte er, und es klang ruhig und ungerührt. »Ich lasse dich los, wenn du dich benimmst und stillhältst.«

Er küßte sie wieder, so heftig wie beim ersten Mal. Sie hörte auf, sich zu wehren. Sein Griff lockerte sich, und er hob den Kopf. Sie sah ihn angewidert an und wischte sich mit dem Handrücken den Mund ab.

Normalerweise war Jay kein Mann, der sich leicht provozieren ließ, aber jetzt war es soweit, und sogar noch weiter. »Das genügt bei weitem nicht, um meinen Kuß wegzuwichen«, sagte er, und der Zorn in seiner Stimme schmolz, als er ihr ins Gesicht sah. Er hob einen Finger, um ihr das Haar von der Wange zu streichen, und einen Moment lang ließ sie sich von seinem Blick hypnotisieren. »Du bist wirklich unglaublich schön.« Dann senkte er den Kopf. »Küß mich, du kleines Biest. Küß mich, und sag mir, daß es dir keinen Spaß macht.« Seine Lippen glitten über ihre Wange, und seine Arme schlangen sich wie Ketten um sie und hielten sie so fest, daß sie schon glaubte, ihr würden alle Knochen brechen. Sein Kuß drückte alles aus, was er sagen wollte – er war beleidigend, brutal und gewalttätig, so wie der ganze Mann. Jenny preßte die Lippen zusammen, bis er die Hand hob und gewaltsam mit seinem Daumen ihre Lippen öffnete. Dann beleidigte er sie noch gröber, und seine Zunge wollte Territorium für sich beanspruchen, das sie ihm keinesfalls abtreten wollte, solange er sie nicht mit reiner Körperkraft zur Kapitulation zwang.

Er war stärker als sie, und an Kraft konnte sie es nicht gegen ihn aufnehmen, aber sie leistete ihm beharrlich Widerstand. Ganz gleich, was er verlangte und welche Kraft er ansetzte, von ihr bekam er nur, was er sich gewaltsam holte. Sie würde ihm niemals von sich aus etwas geben. Und das bereitete ihr eine gewisse Befriedigung.

Jay spürte ihre steife Kapitulation und wußte, daß sie durch ihre reine Abwehr gewonnen hatte. Aber das war erst die erste Runde. Immer wieder sah er sie nackt vor sich: die purpurnen Augen, die vor Wut dunkel waren, ihre zarte weiße Haut, ihre geschürzten Lippen, die zum Küssen lockten, die seidige Masse pechschwarzen Haares. Er stieß einen erbosten Fluch aus und preßte sie an sich, bis sie nach Luft schnappte. »Das kann nicht klappen, verstehst du. Du kannst dir etwas, was du selbst willst, nicht ewig versagen.«

»Hör zu, du Ungeheuer, das einzige, was ich will, ist meine Ruhe.« Sie stemmte die Hände gegen seine Brust. »Laß mich los! Du brauchst nicht ganz so deutlich zu zeigen, daß es dir Spaß macht, mich derart zu demütigen. Warum verstehst du denn nicht, in welche Lage du mich gebracht hast?«

»Sei nicht so albern, kleines Mädchen. Die Lage verstehen, in die ich dich gebracht habe?« wiederholte er. »Wie könnte ich das verstehen, wenn ich nur noch an eins denken kann, nämlich daran, in welche Lage ich dich gern brächte. Du willst Verständnis? Dann such dir, verdammt noch mal, einen Geistlichen.«

»Du bist einfach ekelhaft.«

»Ach, ja?«

»Du bist... alles, was du sagst... alles, was du tust... es ist alles so widerlich.«

»Ist das wahr? Dann schauen wir doch mal, wie widerlich du das findest.«

Er ließ sie bewußt nicht aus den Augen, und sei es nur, um ihr zu zeigen, wie hilflos sie als schwächliche Frau ihm gegenüber war. Dann senkte er den Kopf auf ihren, und sein Mund erstickte die Schimpftirade, die ihr bereits auf den Lippen lag.

Ihr Mund war weich und warm und so süß wie Honig. Er ließ ihn alles vergessen – wer sie war und weshalb er mit ihr hier war. Nichts schien mehr zu zählen, nur noch sein qualvolles Verlangen. Lieber Gott! Er begehrte sie so sehr!

Sie gab einen erstickten Laut von sich und wand sich an seinem Körper. Als sie sich an diesem Teil von ihm rieb, der bereits überempfindlich und vor Verlangen geschwollen war, stöhnte er. Eine Hand schlang sich in ihr Haar, und die andere sank auf ihr Kreuz, um sie noch dichter an seine Lenden zu pressen. Dann fiel diese Hand tiefer und drückte sanft ihren Hintern.

Jennifer spürte den Schauer, der seine muskulöse Gestalt durchzuckte, als er sie fest an sich zog, und ihre eigene leidenschaftliche Reaktion kam tief aus ihrer Kehle.

Jay, der eine beeindruckende Schlacht geschlagen hatte, um die Explosion zu ersticken, die sich in ihm anstaute, hörte ihr Keuchen und erkannte es als das, was es war. Noch nie war es ihm derart schwergefallen, sich zurückzuhalten, eine Selbstbeherrschung aufzubringen, die er einfach nicht besaß. Ohne es wirklich zu merken, hatte er das Band aus ihrem Haar gezogen, das jetzt in seiner vollen Länge seidig über ihren Rücken fiel, den er gegen Brady preßte. Ihre Schultern lehnten am Sattel, als sich sein Knie hob, um zwischen ihre Beine vorzudringen.

Wenn ihm nicht vollauf bewußt war, was zwischen ihnen geschah, dann traf das noch mehr auf Jennifer zu, die mit so vielen neuen Empfindungen bombardiert wurde, daß sie den Überblick verlor. Sein Knie drängte sich noch weiter vor. Bahnte sich nach oben. Bis sie darauf saß. Als sie den warmen Druck dort fühlte, wo sie ihn sich am meisten wünschte, war es ein so köstliches Gefühl, daß sie stöhnte, und Jay beantwortete diesen Laut mit einem noch tieferen Kuß. Er hielt sie am Haar, um den Druck seines Mundes noch mehr verstärken zu können, während sein Knie sie rieb.

Jennifer wußte es nicht, aber dafür, daß sie zum ersten Mal verführt wurde, bekam sie gleich eine glänzende Lektion. Da ihr nicht wirklich bewußt war, was geschah oder wohin all das führen könnte, ließ sie sich von den gefährlichen Stromschnellen davontragen. Jay hatte nur vorgehabt, sie so heftig und verführerisch zu küssen, daß sie sich zu Tode fürchtete und sofort Gehorsam versprach. Er hatte keine Ahnung gehabt, daß sie so reagieren würde. Doch was ihn am meisten überraschte war, daß auch er eindeutig das Gefühl hatte, verführt zu werden. Jetzt stöhnte er, doch diese Laute klangen zutiefst unwillig, weil er sich wieder einmal derart in ihr getäuscht hatte. Er hatte recht gehabt, als er sie von Anfang an als ein Mädchen angesehen hatte, das nicht mehr jungfräulich sein konnte, denn eine unerfahrene Jungfrau hätte sich niemals so wie sie unter seinen Berührungen bewegt, nie so genau gewußt, wie sie ihn bis zum letzten Tropfen auswringen konnte, damit er nicht länger zögerte. Und da sie schon vor ihm ein anderer gehabt hatte, bestand kein Grund mehr dafür, das Unvermeidliche hinauszuschieben. Die Erkenntnis, daß er mehr Erfolg bei ihr hatte, als er sich in seinen kühnsten Träumen ausgemalt hätte, ließ ihn zittern, und er beendete den Kuß und tastete sich mit den Lippen zu ihrem Ohr vor. »Zieh dich aus. Ich hole meine Decke.«

Sie wich atemlos zurück. Ihre Augen waren vor Verlangen glasig, und ihr Mund war naß und verquollen von seinen Küssen. Sie sah ihn seltsam an, und ihr sonst klarer Verstand war genauso benebelt wie ihre Sinne. »Was hast du an meinen Kleidern auszusetzen?«

Ihm war danach zumute, sie zu erdrosseln. Er packte sie an den Schultern und schüttelte sie behutsam. »Schau mich an, Jenny.« Als sie nicht gleich darauf reagierte, legte er die Hand unter ihr Kinn, zog es hoch und sah ihr in die Augen. »An deinen Kleidern ist nichts auszusetzen. Ich möchte dich einfach nackt haben.«

Sie zog die Augenbrauen zusammen. Offensichtlich hörte sie ihn, rätselte aber an seinen Worten herum. Dann flackerte die Erkenntnis in ihren Augen auf. »Wenn du vorhast, mich zu demütigen, indem du mich unbekleidet und nur in deine Decke gehüllt durch die Wüste reiten läßt... hast du eigentlich den Verstand verloren?«

»Hör mir gut zu, mein Liebling. Ich will, daß du genau verstehst, was geschieht. Wenn hier einer reitet, dann bin ich das und nicht du, und wenn ich es tue, dann will ich, daß du dich unter mir bewegst, wie du es gerade vor einem Moment noch getan hast, als ich dich geküßt habe, aber diesmal will ich, daß du nackt auf einer Decke unter mir liegst. Mach dir bloß keine Illusionen. Schmück es dir nicht mit Engelsgesang und Rosenduft. Keine güldenen Glanzlichter. Und schon gar keine Hochzeitsglocken, die in deinen Ohren läuten. Gib der Geschichte keine Dimensionen, die sie nicht hat. Es geht hier um Verlangen, um nichts weiter als reine Lust. Ich will dich, und du hast mir bereits gezeigt, wie sehr du mich begehrst.«

Jennifer wurde stocksteif. Ein Blick sagte ihr, daß er Ernst machen würde. Sie beschloß noch im selben Augenblick, daß es an der Zeit war, die Oberhand zu gewinnen. Daher senkte sie den Kopf und schmiegte ihn an seine Brust. Sollte er doch glauben, sie hätte kapituliert. Das war die beste Art, ihn zu überrumpeln. Und sie würde ihn dann überrumpeln, wenn er am wenigsten auf der Hut war.

Jetzt hatte er sie, bei Gott. Zum ersten Mal, seit er ihr begegnet war, war sie ehrlich. »Sag mir eins, Liebling, wie lange ist es her, seit du einen Mann zwischen den Beinen gehabt hast?«

Sie riß den Kopf zurück, als hätte er auf sie geschossen. Das genügte. Ehe ihm klarwurde, was geschah, fand sie die Möglichkeit, ihm zu zeigen, wie wütend sie über diese Äußerung war. Ihre geballte Faust kam aus dem Dunkel und landete direkt unter seinem linken Auge, während sie sagte: »Du dreckiger Mistkerl. Eher brächte ich mich um, als mich mit einem Gelegenheitsarbeiter wie dir einzulassen. Nimm dir bei mir bloß nie wieder solche Frechheiten heraus!«

Wenn der gewaltige Schmerz an seinem linken Auge ihn nicht wieder zur Vernunft gebracht hätte, dann hätte sie es mit ihren zynischen Worten erreicht. Was es auch gewesen sein mochte – diese Verwirrung, die sie noch vor einem Moment gepackt hatte –, es schien von ihr abgefallen zu sein, um sich offensichtlich auf ihn zu stürzen, denn jetzt war Jay vollkommen durcheinander. Hatte sie ihm einen Hieb verpaßt und ihn beschimpft, weil er sich schon wieder in ihr getäuscht hatte – weil er zu Unrecht geglaubt hatte, sie sei nicht unschuldig? Oder beschimpfte sie ihn nur als Mistkerl und

Gelegenheitsarbeiter, weil sie das Gefühl hatte, er stünde gesellschaftlich unter ihr, und weil sie die Vorstellung ekelhaft fand, mit einem Mann zu schlafen, der nicht standesgemäß war? Welche Gründe auch dahinterstecken mochten, sie hatte seine Glut ganz entschieden abgekühlt. Tatsächlich sogar so unterkühlt, daß es wahrscheinlich Monate dauern würde, bis das Eis wieder taute.

Jay versuchte, sie klar zu erkennen, doch er sah drei Jenny Baxters, wo er nur eine hätte sehen sollen – und keine von ihnen schien außer sich zu sein. Wütend, ja. Aber nicht außer sich. Und das überraschte ihn. Die meisten Frauen wären außer sich vor Angst gewesen, hätten sich entsetzlich vor einem Mann gefürchtet, dem sie gerade ein blaues Auge geschlagen hatten, gräßliche Angst vor seiner Vergeltung gehabt. Aber wenn überhaupt, dann wirkte Jennifer, als sei sie wütend genug, um ihm das zweite Auge blau zu schlagen.

Er trat zurück und hob die Hand, um sich das Auge zu reiben. Jennifer sah ihn besorgt an. »Mach dir keine Sorgen«, sagte er. »Ich werde dich nicht schlagen.«

»Ich bin nicht sicher, ob ich dasselbe von mir behaupten kann, aber ich nehme an, ich sollte jetzt erleichtert sein.«

Er besaß die Frechheit zu grinsen. »Die meisten Frauen wären es.«

»Mich interessiert nicht im geringsten, wie die meisten Frauen reagieren.«

Er schüttelte den Kopf. »Du bist schwer zu durchschauen und so anders, daß es mir schwer fällt, den richtigen Umgangston mit dir zu finden. Du bist zu vielseitig... und äußerst verwirrend.« Er sah ihr forschend ins Gesicht. »Wo bleiben die Tränen?«

»Tränen?« Sie hätte am liebsten gelacht. »Den Mann, der es wert gewesen wäre, daß man seinetwegen weint, habe ich bisher noch nicht getroffen.«

»Und wenn dir ein solcher Mann begegnen würde?«

»Dann würde ich trotzdem nicht weinen. Ich weine nie.«

»Du bist mit Ausflüchten immer sehr schnell bei der Hand, aber das ist ja auch nicht anders zu erwarten, oder?«

»Ich weiß nicht, wovon du redest. Du hast mich in Wut versetzt. Du hast mich beleidigt. Und ich habe dich geschlagen... und zwar zu Recht, um das noch dazu zu sagen. Das habe ich schlicht und einfach zu meiner Verteidigung getan. Und darin sehe ich nirgends Ausflüchte. Ich würde es sogar für ehrlich und aufrichtig halten.«

»Das einzige, was ehrlich an einer Frau ist, ist ihr Körper. Ihre Täuschungsmanöver und sogar ihr Haß kann viele Formen annehmen, aber im Gegensatz zum Rest einer Frau kann ihr Körper nicht lügen.«

»Ich erzähle keine Lügen.«

Er hob einen Finger und legte ihn auf ihre Lippen, als wollte er sie zum Verstummen bringen. »Und du weinst auch nicht, nicht wahr, meine süße Jenny?« Seine Augen glitten über sie, und er grinste verschlagen, während seine Knöchel über ihre Wange streiften. »Aber das wirst du noch tun. Ehe wir miteinander fertig sind, wirst du meinetwegen weinen... und das ist nicht die einzige Flüssigkeit, die ich dir entlocken werde.«

Sie schnappte nach Luft und wandte sich ab. Er streckte die Arme aus und hob sie hoch, um sie zu den Pferden zu bringen. »Du hast mich schon genug Zeit gekostet... reiz mich jetzt nicht auch noch mit deiner zänkischen Art und deinen zynischen Worten.«

Wieder einmal setzte er sie auf den Sattel. Er blieb noch einen Augenblick stehen, ehe er ihr die Zügel reichte und sagte: »Denk daran, was ich dir gesagt habe. Du mußt genau in der Mitte des Sattels sitzen und dich mit ihm und nicht gegen ihn bewegen.«

»Und merk du dir, was ich gesagt habe: Du sollst die Finger von mir lassen.«

»Wieso hast du es dir anders überlegt? Vor einem Moment warst du noch scharf darauf, von mir angefaßt zu werden.«

Sie schloß die Augen und rang um Beherrschung. Als sie sie wieder aufschlug, konnte er einfach nicht glauben, was er sah. Zum Teufel! Sie hatte es schon wieder geschafft. Er hatte noch nie eine Frau erlebt, die sich so wenig provozieren ließ. Aber sie... diese Frau schien allzu entschlossen, den Kampf zu gewinnen. Sie hätte ein Buch über Selbstbeherrschung schreiben können. Nie hatte er einen so eisernen Willen gesehen, der nicht zu beugen war. Sie brach nicht zusammen. Sie faßte sich wieder. Und sie weinte nie.

Er war abgelenkt und fasziniert, und daher sah er die Hand nicht auf sich zukommen, spürte aber, wie sie donnernd wie eine Kanonenkugel seine Zähne traf. »Ich dachte, du hättest deine Lektion gelernt«, schrie er. »Ich sollte dir den Hintern versohlen, daß du eine Woche nicht mehr sitzen kannst.«

»Du und wer noch?«

»Dazu brauche ich keine Hilfe«, fauchte er und riß sie an sich. Sein Mund senkte sich zornig zu einem Kuß herab, der strafen und nicht erregen sollte. Sie merkte gar nicht, daß er seine Hand bewegt hatte, bis sie sich über ihrer Brust schloß und zudrückte. Dann verschwand die Hand so schnell wieder, wie sie gekommen war.

Er stieß sie von sich und wandte sich ab. Wenn sie auch noch so wütend war, dann mußte sie doch die Leichtigkeit bewundern, mit der er sich auf den Sattel schwang. Aber im nächsten Moment riefen seine Worte ihr klar ins Gedächtnis zurück, daß sie die Dinge weniger in der Hand hatte, als sie glaubte.

»Wir machen uns jetzt auf den Weg«, sagte er barsch. »Aber ehe wir aufbrechen, erteile ich Dir eine allerletzte Warnung. Ich habe gesehen, wie nachsichtig dein Vater mit seiner gesamten Brut umgeht. Offensichtlich hat man dir nie gesagt, daß du dich in acht nehmen mußt.« Seine Stimme klang leichtfertig, doch sein Gesichtsausdruck und der Blick in seinen Augen jagten ihr einen Schauer über den Rücken. »Einzig und allein dieser Umstand hat dich verschont... für diesmal. Ein drittes Mal wirst du nicht ungeschoren davonkommen. Wenn du noch einmal sehen willst, wie weit du gehen kannst, dann kannst du einiges erleben.«

Sie ritten los, und als ihr Hinterteil nach wenigen Meilen wieder auf dem Sattel scheuerte, rutschte sie hin und her. Dann fing sie an, Jays Hüften zu beobachten, und sie versuchte, sich genauso flüssig im Einklang mit dem Sattel zu bewegen, wie er es tat. Er hatte recht. So ging es viel besser. Aber das würde sie ihm niemals sagen. Der Mann war ohnehin schon viel zu eingebildet.

Da sie nichts Besseres zu tun hatte, dachte Jennifer wieder einmal über ihre abscheuliche Lage nach: Sie ritt auf einem zottigen Pony fragwürdiger Abstammung, dem die bei Pferden üblichen Eigenschaften abgingen – Geschmeidigkeit, Intelligenz und gesunder Verstand –, während es all die unliebsamen Attribute seiner Rasse besaß, durch eine denkbar rauhe Gegend. Sie dachte an ihre Familie und fühlte sich plötzlich krank vor Heimweh. Manchmal war es schwer, auf sich selbst gestellt zu sein. Manchmal wollte sie nicht stark und unabhängig sein. Manchmal sehnte sie sich nach einem Mann, mit dem sie Leid und Freud teilen konnte. Ihr Blick fiel wieder auf Jay. Natürlich kein Mann wie er – kein dickfelliges, gefühlloses Ungeheuer.

Zwei Stunden später hielten sie an, um die Pferde zu tränken und zu rasten. Jenny fand kaum die Zeit, etwas gegen die Verspannungen in ihrem Körper zu unternehmen, als Jay ihr auch schon sagte, sie solle wieder aufsteigen. Wie schon beim letzten Mal hatte das übellaunige kleine Pony auch ein Wort mitzureden. Ihr Körper schmerzte immer noch von dem schnellen Reittempo, das Jay vorgab, und sie konnte sich nur unbeholfen bewegen. Das Pony trug nur noch mehr zu ihrer Demütigung bei. Als sie versuchte aufzusteigen, wollte es ihr mit den Zähnen die Haut von ihrem Bein reißen. Und als sie sich davon erholt hatte und Anlauf nahm, um ihr Bein über den Sattel zu schwingen, versuchte das Tier mit wildem Blick zu scheuen und sich aufzubäumen, und sie fiel zu Boden und landete dort in einer uneleganten Pose. Einen Moment lang blieb Jennifer liegen, wo sie gelandet war, rieb sich die Rückseite und starrte das blöde Vieh so gehässig an, wie es sie anstarrte. Als sie sich gerade entschlossen hatte, die Sache noch einmal anzugehen, wurde sie wie ein tollpatschiger Welpe am Genick gepackt und nicht allzu sanft neben dem Pony auf die Füße gestellt. Sie hatte gerade mühsam herausgebracht: »Ich brauche keine Hilfe von dir«, als ein Paar Hände sich unter ihr Hinterteil legten und ihr einen Schubs gaben. Mit einem schmerzhaften Plumps landete sie im Sattel. Während sie in der zotteligen Mähne des Ponys nach den Zügeln suchte, warf sie Jay einen Blick zu, der die Hälfte aller Kochtöpfe in ganz Mexiko aufgeheizt hätte.

»Manchmal lassen sich Dinge in der Hälfte der Zeit erledigen, die man braucht, um sie auszudiskutieren.« Er drückte ihr die Zügel in die Hand und sagte noch barscher: »Okay, Zuckerpüppchen, laß uns losreiten.«

»Aber es ist noch dunkel.«

»Und es wird auch noch eine ganze Weile dunkel bleiben. Aber wir haben Vollmond, und der Wüstensand ist hell. Daher kann man recht gut sehen… oder ist dir das noch nicht aufgefallen?«

Er stand da und sah zu ihr auf, ein geheimnisvoller Fremder mit kalten blauen Augen und einem harten Mund, und plötzlich wurde ihr ihre wahre Lage bewußt. Sie erinnerte sich an das winzige Häuschen, in dem sie viele Wochen gewohnt hatte, und sie fragte sich, wie lange es wohl dauern würde, bis die Dorfbewohner ihr Verschwinden entdeckten. Würden sie die Verfolgung aufnehmen? Als hätte er ihre Gedanken erraten, schwang sich Jay auf den Sattel. »Was ist los, Kleines? Hast du im Dunkeln Angst?«

»Natürlich nicht. Ich sehe nur gern, wo ich bin, das ist alles.«

»Wenn das alles ist, woran du dich störst, dann kann ich dich beruhigen. In ein paar Stunden wird es hell, und dann kannst du sehen, wo du gewesen bist.«

»Aber man sieht nicht, wohin man tritt. Was ist, wenn mein Pferd ein Loch im Boden übersieht?«

»Zum Glück hat das Pferd mehr Verstand als du.«

Jennifer warf einen argwöhnischen Blick auf das Pony mit der Zottelmähne, aber sie behielt ihre Gedanken für sich – für den Moment wenigstens. Sie folgte Jay, bevor ihn die Dunkelheit vollständig schluckte.

Früher hatte Jennifer nie die kindliche Angst vor der Dunkelheit gekannt. Einundzwanzig Jahre lang hatte sie sich keine Gedanken darüber gemacht. Aber jetzt war das alles ganz anders. Sie fühlte eine eisige Kälte, die durch ihre Lederjacke drang. Ihr Rückgrat prickelte. Ihr Herz raste. Sie spürte, wie sie wachsam wurde. Wahrscheinlich gab es hier draußen Wölfe. Sie schluckte und sah sich um. In diesem Teil von Mexiko waren die Nächte kalt und still, und das trug noch zu der gespenstischen Atmosphäre bei.

Sie hörte den Wind in den Blättern, einen kleinen Zweig, der unter den Hufen des Ponys brach, ein Flattern von Flügeln. Die Dunkelheit sprach zu ihr.

Da sie jetzt mehr auf der Hut war, lernte Jennifer, bewußter zu lauschen. »Hört ihnen zu, den Kindern der Nacht... welche Musik sie doch machen!« Doch dann fiel ihr wieder ein, daß das ein Zitat aus *Dracula* war. Sie hüllte sich dichter in die Jacke. Wieder fiel ihr Blick auf den Rücken des Mannes, der vor ihr ritt. Ihm schien die Dunkelheit keine allzu großen Sorgen zu machen. Sie behielt seine Silhouette fest im Auge. *Sei auf der Hut,* sagte sie sich. *Tu, was er tut. Zeig ihm bloß deine Angst nicht.* Sie lernte dazu.

Jennifer kam es vor, als seien sie lange nach Osten geritten. Es wollte einfach nicht hell werden, und die Kälte drang ihr bis ins Knochenmark. Die Dunkelheit hüllte sie immer mehr ein. Sie sah nach vorn und stellte fest, daß Jay sein Pferd angehalten hatte. Als sie näher kam, sah sie, daß er den Sattelgurt nachzog.

»Wie lange reiten wir noch?« fragte sie.

»Bis wir ankommen«, sagte er.

»Ich sehe schon, daß es ein langer Weg wird, voller anregender Gespräche und geistreicher Geplänkel... alles in allem äußerst unterhaltsam.«

»Erst die Arbeit, dann das Vergnügen«, sagte er. Er trank einen Schluck aus seiner Wasserflasche und schraubte den Deckel wieder zu. »Laß uns weiterreiten. Wir haben noch ein gutes Stück vor uns, und bald wird es hell.«

»Ich dachte immer, es sei klug, so weite Strecken langsam in Angriff zu nehmen... schone dich, und du wirst lange leben.«

»Das wirst du auch... wenn du deinen Mund hältst.« Er sah ihr fest in die Augen. Sein Blick blieb vollkommen kalt, als er sich nach Lust und Laune an ihr satt sah. Sie hätte nicht erklären können, warum, aber sie wußte, daß sie sich auf eine seltsame Weise zu ihm hingezogen fühlte; sie konnte den Blick einfach nicht abwenden. Vielleicht lag es an seinem Gesicht. Diese festen, hageren Züge waren so ungleichmäßig, daß sie – jeder Bestandteil für sich allein – wohl eher häßlich als attraktiv waren, aber irgendwie fügten sie sich zu einer sinnlichen männlichen Schönheit zusammen, während sie gleichzeitig das Rauhe und Erregende der ungemilderten Erbarmungslosigkeit bewahrten, die sie als erstes an ihm wahrgenommen hatte.

»Hast du meine Gesichtszüge inzwischen fürs Leben auswendig gelernt?« fragte er barsch.

»Noch nicht, aber lange wird es nicht mehr dauern. Dann werde ich dem nächsten Sheriff eine genaue Beschreibung geben und dich wegen Entführung verfolgen lassen.«

Jay lachte. »Liebling, ich bin Deputy Marshal der Vereinigten Staaten. Ich falle nicht unter die Zuständigkeit eines Sheriffs, der seinen kleinen Bezirk hat und nicht vom Staat angestellt ist.«

Jennifer sah ihn verblüfft an und fragte sich, was sich wohl hinter diesen rauchig-blauen Augen abspielen mochte. Er sah sie so seltsam an, daß sich ihre Kehle zusammenschnürte, und ihr Herz, das ohnehin schon dreimal so schnell wie sonst schlug, hämmerte noch heftiger.

»Hast du noch mehr Drohungen auf Lager, an denen du dir die Zähne schärfen willst, Tigerbaby?«

»Ach, halt doch den Mund«, sagte sie und versuchte, sich etwas Kluges einfallen zu lassen, um ihn zurechtzuweisen.

Culhane lachte nur und sagte dann: »Sag mir, Engelchen, wie lange wirst du noch gegen das Unvermeidliche ankämpfen? Du hast keine Chance, verstehst du. Warum bist du also nicht ein braves kleines Mädchen und hörst auf, mir Ärger zu machen?«

Jetzt wirkte er wie ein Jäger, der sich selbstsicher anpirschte und vollkommen gefühllos war. Sie wollte die flatternde Nervosität nicht zulassen, die das bei ihr auslöste. Irgend etwas an ihm machte ihr Sorgen – das Gefühl einer Distanz und Zurückgezogenheit und Selbstdisziplin, die er sich schon vor langer Zeit zugelegt zu haben schien. Ihr Instinkt sagte ihr, daß ein Mann wie er unzugänglich und äußerst gefährlich war. Das forderte sie heraus. Es löste den Wunsch in ihr aus, ihn zu provozieren, ihn von einem Erstaunen ins nächste zu stürzen, ihm pausenlos zur Last zu fallen, alles zu tun, um Distanz zu ihm zu halten, und sie wollte, daß er den Tag bereute, an dem er sich entschlossen hatte, sie zu suchen.

»Schau nicht so verdrossen. Nur der Stärkste trägt den Triumph davon.« Er sah sie mit einem höhnischen Lächeln an. »Benimm dich, und ich werde versuchen, es dir nicht unter die Nase zu reiben.«

»Hüte dich, es ist noch zu früh, um unter dem *Arc de Triomphe* durchzureiten«, sagte sie.

6

Der Morgen kam wie ein schüchternes kleines Mädchen, das den Kopf zur Tür reinsteckt und dann ganz langsam den Rest folgen läßt; nach dem Kopf eine Schulter, dann ein behutsam aufgesetzter Fuß und schließlich ein zweiter. Als die Sonne endlich Kraft gesammelt hatte und über den Horizont brach, um ihre Wärme auf fröstelnde Körper zu gießen, war Jennifer zu müde, um sich darüber zu freuen.

Es war noch früh, aber die Chihuahua-Wüste wärmte sich schnell auf. Dieses Land der erstaunlichsten Gegensätze entzog sich jeder Schilderung. Es war, als träfen hier alle geografischen Regionen der Erde aufeinander, eine Art geologische Müllhalde. Wohin man auch sah, der Blick fiel auf Kargheit, Spärlichkeit und Trostlosigkeit, und doch strahlte dieses Land der unbegrenzten Ausblicke und der unberührten Wildnis eine ruhige, ursprüngliche Schönheit aus. Hinter ihnen lösten sich die Schatten der Sierra Madre in den flimmernden Hitzewellen einer Fata Morgana auf, während vor ihnen nichts anderes als die Sandwüste lag, die allmählich anstieg, um die hohen Gipfel von Chisos, Davis und Guadalupe zu bilden, aber auch zu einem runden Dutzend anderer Gebirgsketten, die sich auf der anderen Seite des Rio Grande erhoben – in der Vorstellung eine kurze Entfernung, dagegen aber eine Ewigkeit weit, wenn man auf Pferden ritt.

Jennifer steckte die kalten Finger in ihre Jacke, um sie an ihrem Körper zu wärmen, und dabei sagte sie sich, daß sie schon in anderen einsamen und trostlosen Gegenden gewesen war und überlebt hatte. Das Leben, für das sie sich selbst entschieden hatte, war manchmal auch ein reichlich einsames Leben. Und die Einsamkeit ließ sich nicht gerade leichter ertragen, wenn immer alle gegen alles waren, was sie tat – so schien es ihr zumindest. Es war nicht einfach, sich auf Neuland vorzuwagen. Und manchmal fürchtete sie sich, und es mangelte ihr an Zuversicht, aber jedesmal wenn sie versuchte, in das Leben zurückzukehren, das von ihr allgemein erwartet wurde, dann fing es an zu zwicken und zu kneifen, drückte wie ein Paar alte Schuhe, aus denen sie herausgewachsen war.

»Erzähl mir etwas, Jennifer.«

Als Jennifer aufblickte, sah sie, daß Jay Culhane neben ihr ritt. Einen Moment sahen sie sich in die Augen; sein Blick war kalt und argwöhnisch, ihr Blick nervös und unsicher. »Was wüßtest du denn gern?«

»Warum eine wohlhabende, wohlerzogene, gebildete Frau wie du sich entschließt, alles, was sie haben könnte, wegzuwerfen.«

»Was sind denn die Dinge, die ich weggeworfen habe?«

»Ein bequemes Leben, Reichtum und die Chance, sich standesgemäß zu verheiraten.«

»Ich glaube nicht, daß ich irgend etwas weggeworfen habe. Die Dinge, von denen du redest, werden alle noch da sein, wenn ich sie irgendwann nutzen möchte.«

»Möglich, wenn du dir nicht zu lange Zeit läßt. Die meisten Frauen in deinem Alter sind...«

»Ich weiß, was die meisten Frauen in meinem Alter tun, und das interessiert mich im Moment überhaupt nicht. Gott hat mich mit Verstand gesegnet. Meine Eltern haben mir eine Ausbildung zukommen lassen. Ich will Gelegenheit haben, beides zu benutzen, oder zumindest will ich versuchen, etwas daraus zu machen. Es gibt Dinge, die ich tun will. Vielleicht gelingt es mir. Ich könnte aber auch scheitern. Aber das Wissen, daß ich es versucht habe, wird mir eine Genugtuung sein. Ich kann mein Leben nicht damit vergeuden, zu sein, was andere Leute von mir erwarten.«

»Und warum nicht? Viele andere Frauen tun das und nichts anderes.«

»Ich bin nicht wie andere Frauen.« Sie suchte sein Gesicht nach einer Reaktion ab und erwartete, daß er etwas Sarkastisches dazu sagen würde, wie zum Beispiel: »Das ist mir bereits aufgefallen.«

Doch er sagte lediglich: »Was macht dich so anders? Was bringt dir das Leben, das du führst, was du nicht sonst auch haben könntest?«

»Ich bin anders, weil ich Dinge wage, Mr. Culhane. Ich gehe Risiken ein, vor denen andere Frauen zurückscheuen oder sich fürchten. Es ist nicht so, als hätten viele nicht den Wunsch, anders zu sein. Ich glaube schon, daß sie es wollen. Ich denke, die meisten Frauen können sich ganz einfach nicht aus ihrer vorgeschriebenen Rolle befreien.«

»Trotzdem ist es seltsam, daß eine Frau von deiner Herkunft ein solches Leben führt. Sehnst du dich denn nie nach deiner Familie und nach dem Leben, das du früher geführt hast? Fürchtest du dich denn nie?«

Jennifer feuchtete sich die trockenen Lippen an und starrte in die Wüste hinaus. »Natürlich habe ich schon Angst gehabt. Ich habe mich davor gefürchtet, nach Brownsville zu gehen. Ich habe mich vor dem geängstigt, was mir in Mexiko alles zustoßen könnte. Aber ich wußte, daß ich dort gebraucht werde, und das hat mir Kraft gegeben. Dieses Wissen und meine Gebete«, fügte sie noch hinzu.

Er musterte sie. »Du bist eine sehr schöne Frau«, sagte er. »Das bringt dich viel weiter als dumme Ideen oder Gebete.«

»Wenn ich mich ausschließlich auf solche Äußerlichkeiten verlassen würde, brächte mich das wohl kaum weiter als in das nächstbeste Bett, kann ich mir vorstellen.«

Er sah sie fest an, und seine tiefblauen Augen musterten ihr Gesicht. »Wäre das denn so schlimm?« fragte er, und unverhohlene Belustigung war aus seiner Stimme herauszuhören.

Jennifer war jedoch alles andere als belustigt. »Du warst mir lieber, als du noch übellaunig und still warst«, sagte sie und ritt schneller. Dabei ärgerte sie sich wieder darüber, daß das Pony so langsam war, denn sie konnte nicht genug Entfernung zwischen sich und ihn legen, um sein spöttisches Gelächter nicht zu hören.

Die Sonne stand arrogant und stolz am Himmel und schleuderte Blitze von einer gewaltigen Glut auf alles, was unter ihr lag, als sei Zeus unentwegt am Werk. Die Luft stand still und war drückend, und die Stille schien sich gewaltsam an die flache, farblose Gegend zu klammern.

Jennifer war erschöpft, aber Jay war keine Müdigkeit anzusehen. Gelegentlich drehte er sich gerade weit genug im Sattel um, um sie zu betrachten, und dann lächelte er spöttisch und schüttelte den Kopf, als könnte er nur mit Mühe glauben, was er sah. Zwischendurch galoppierte er los, um die Gegend auszukundschaften, kam aber immer schon nach kurzer Zeit zurück.

Jennifer schwitzte, sie war müde, und sie war hungrig und durstig; ihr Stolz hatte beträchtlich gelitten, und ihr Körper schmerzte an so vielen Stellen, daß sie sie nicht mehr zählen konnte, aber sie hätte niemals Nachsicht oder Rücksicht von ihm erwartet oder darum gebeten. Sie konnte sich nur zu gut an seinen Kommentar erinnern, als sie ihn das letzte Mal gefragt hatte, ob sie nicht kurz anhalten und einen Schluck Wasser trinken könnten.

»Kleine Mädchen, die auf Satinlaken schlafen, sollten es sich zweimal überlegen, bevor sie sich von all diesem Luxus lossagen, um nach Mexiko durchzubrennen. Man sollte meinen, du seist Entbehrungen inzwischen gewohnt.«

»Wenn es bisher nicht so ist, dann wird es noch so kommen, bis wir erst da sind, wo wir hin wollen.«

»Du hast dir dein Bett selbst gemacht, kleines Mädchen, und wie man sich bettet, so liegt man. Es war deine freie Entscheidung, nach Mexiko zu gehen. Beklag dich nicht bei mir, wenn dir der Preis dafür jetzt zu hoch ist. Es gibt ein altes Sprichwort: Wer sich vor jeder Nessel fürchtet, der sollte nicht ins Gras pissen.«

Dieser Mistkerl! Er ließ sich keine Gelegenheit entgehen, sie zu erniedrigen und zu demütigen. So hatte sie noch niemand behandelt. Und diese Arroganz erst! Aus zusammengekniffenen Augen betrachtete sie seinen stolzen Rücken, ohne sich zu fragen, woher sie wußte, daß sein Rücken stolz war. Es war ganz einfach so – alles an diesem Mann war arrogant und stolz. Es befriedigte sie nicht länger, aus zusammengekniffenen Augen seinen Rücken zu betrachten, und daher ging sie einen Schritt weiter und murmelte tonlos vor sich hin: *»La zorra nunca se ve la cola.«* Dabei fühlte sie immer noch die brennenden Stiche ihres verletzten Stolzes.

Er wandte sich zu ihr um. »Wenn die Pfeile, die du hinter meinem Rücken abschießt, ins Schwarze treffen sollen, dann wirst du lauter reden müssen.« Er lachte. »Ich sehe doch an deiner sauren Miene, daß ich gerade beleidigt worden bin, aber…«

»Ich sagte: ›Der Fuchs sieht nie seinen eigenen Schwanz‹, oder, simpler ausgedrückt, wer andere kritisiert, erkennt nie seine eigenen Fehler.«

Er sah sie finster an. »Ich erkenne meine eigenen Fehler, kleines Mädchen, aber im Gegensatz zu dir klage ich herzlich wenig darüber. Ich gebe nicht anderen die Schuld an meinen eigenen Fehlern, und ich drücke mich nicht vor meiner eigenen Verantwortung.«

Jennifer biß die Zähne fest zusammen; sie wußte, daß sie gegen diesen zornigen und knallharten Mann keine Chance hatte, aber sie dachte gar nicht daran, einfach aufzugeben.

Es fiel ihr zusehends schwerer, sich zusammenzureißen, und da Jay das bemerkte, sagte er: »Ich habe nicht den Wunsch, dich zu verletzen oder dich schlechtzumachen. Warum hören wir nicht auf mit diesen Seitenhieben, ehe wir wirklich Schaden anrichten?«

»Warum läßt du mich nicht ein Telegramm an meinen Vater schicken? Wenn er erfährt, was ich in Mexiko getan habe, wird er es mir bestimmt erlauben, wieder umzukehren. Wie weit ist es bis zum nächsten Telegrafenamt?«

»Das spielt keine Rolle«, sagte er barsch, »weil ich nämlich nicht die Absicht habe, dich ein Telegramm schicken zu lassen. Ich bin für einen Job engagiert worden, und den werde ich erledigen. Dein Vater will, daß ich dich vor seiner Haustür absetze, und genau das werde ich tun.«

»Dann kann ich dich gleich warnen, daß ich es dir nicht leichtmachen werde.«

»Na, los. Mach schon. Diese Herausforderung nehme ich gern an.« Er lachte. »Dadurch ändert sich doch sowieso nichts, oder? Du warst nicht gerade die kooperativste Frau, die mir je begegnet ist.«

»Wenn sich mir die Gelegenheit bietet, dir zu entkommen, dann werde ich sie ergreifen. Ich werde alles tun, was in meiner Macht steht, um dir deine gesamte große Güte heimzuzahlen. Ohne Schlaf kommst du nicht aus, und du kannst nicht mit offenen Augen schlafen. Irgendwann wirst du einnicken und nicht auf der Hut sein, und sowie es soweit ist...«

»Droh mir, soviel du willst, kleines Mädchen. Wenn es Zeit wird, sich schlafen zu legen, gibt es nichts Einfacheres, als dich mit Handschellen an mich zu fesseln.«

»Das macht dir wohl Spaß, was? Wenn mein Vater wüßte, was für einen Drecks...«

»Nimm dich in acht, Mädchen. Ich habe diese Beschimpfungen allmählich satt. Treib mich nicht zu weit.« Jay starrte sie an. »Wenn es dir gelänge, mir zu entkommen, dann hieße das nur, daß du dir dein eigenes Grab schaufelst. Du kämst nie mehr hier raus. Wenn die Wüste dich nicht umbringt, dann fällst du einer Horde von Banditen in die Hände. Finde dich damit ab. Es mag ja sein, daß du mich nicht leiden kannst, Jennifer, aber du brauchst mich.«

»Etwa so sehr wie noch eine weitere Blase auf meiner Sitzfläche.«

»So, du bist wohl geübt darin, dich in einer Wüste zurechtzufinden?«

»Hör zu, du Dreckskerl...«

»Außer Dreckskerl kennst du wohl keine Schimpfwörter?« sagte er, und sein Blick ließ ihr Blut gefrieren. »Für eine *gebildete* Frau hast du ein unzureichendes Vokabular.«

»Ich könnte dir viel schlimmere Schimpfwörter an den Kopf werfen, wenn ich keine Dame wäre.«

Er warf den Kopf zurück und lachte. »Ach, eine Dame also. Ich habe den Eindruck, dieses Etikett klebst du dir nur dann auf, wenn es dir gerade in den Kram paßt.«

»Mir ist vollkommen gleich, was...«

»Hältst du eigentlich nie den Mund? Wir haben noch einen langen Ritt vor uns. Hast du die Absicht, mir auf dem gesamten Weg mit lästigen Fragen zuzusetzen?«

»Solange ich nichts finde, was dich noch mehr ärgert.«

»Dich auch nur in meiner Nähe zu haben, reizt mich bis aufs Blut. Du kannst also ganz beruhigt sein. Solange du atmest, leistest du ganze Arbeit.«

»Prima.«

Er ritt voraus und beendete das Gespräch ebenso abrupt, wie er es begonnen hatte. Sie ritten immer weiter unter der sengenden Sonne, und Jennifer überlegte, ob sie jemals wieder anhalten und rasten würden. Jay dagegen fragte sich, ob Jennifer je den Mund halten würde. Als sie aufblickte, sah sie, daß er den Himmel anstarrte und dann über seine Schulter spähte.

»Steig ab, Jennifer. Schnell«, sagte er. Er sprang ab und führte Brady zu ihr. Als sie abgestiegen war, nahm er ihr die Zügel aus der Hand und zog Fußfesseln aus seiner Satteltasche, die er erst dem Pony und dann Brady anlegte.

»Wieso tust du das? Hast du nicht gesagt, wir würden reiten, bis es dunkel wird?«

»Ein Sturm zieht auf. Wir können nirgends hinreiten, solange er nicht vorübergezogen ist. Hol dein Schultertuch aus der Tasche, und nimm deine Decke und deine Wasserflasche mit, und lauf zu den Felsen hinüber.«

»Ein Regenschauer wäre eine willkommene Abwechslung«, sagte sie und sah zu, wie er den Pferden mit schmalen Stoffstreifen die Augen verband und ihnen Lappen um die Nüstern wickelte. »Ich verstehe nicht, warum wir bei Regen nicht weiterreiten können. Hinter diesen Felsen werden wir genauso naß.« Sie unterbrach sich. »Wozu tust du das?« Er antwortete nicht. Jennifer wandte den Blick wieder zum Himmel. »Ich sehe keine einzige Wolke. Bist du ganz sicher...«

»Es geht um einen Sandsturm, und er wird schlimmer als jeder andere sein, den du bisher erlebt hast, kann ich mir vorstellen. Weiterzureiten wäre die reinste Idiotie. Wir würden nur kostbare Zeit und Energie vergeuden, wenn wir weiterreiten und nicht sehen, wohin wir reiten. Wir haben nicht genug Wasser, als daß wir es uns leisten könnten, meilenweit von unserem Kurs abzukommen.«

Jennifer schaute wieder zum Himmel auf. »Woher weißt du das? Ich sehe überhaupt nichts.«

»Schau hinter dich zum Horizont.«

Sie drehte sich um und betrachtete minutenlang den Himmel. »Ich sehe nur Berge, sonst gar nichts.«

»Das sind keine Berge. Was du siehst, ist Sand, meilenweit Sand, der schnell in diese Richtung geweht wird. Und jetzt tu, was ich gesagt habe.«

Jennifer richtete noch einen letzten Blick auf den zackigen braunen Umriß in der Ferne. In ihren Augen sah er immer noch nach einer Gebirgskette aus. Im nächsten Moment verfärbte sie sich und wurde dunkler, der Umriß wurde höher, und ein Dunstschleier zog vor die Sonne. Als sie Jays Sporen klirren hörte, drehte Jennifer sich um und sah, daß er die Pferde zu den Felsen gebracht hatte und seine Decke vom Sattel zog.

Sie schnappte sich ihre Decke, die Wasserflasche und das Schultertuch und rannte auf die Felsen zu.

»Schling dir das Tuch um den Hals, und zieh es bis über die Augen, vor den Mund und vor die Nase«, sagte er mürrisch.

Sie warf einen Blick auf ihn, um zu sehen, ob er wütend war. Er war es anscheinend nicht, aber sie hatte ihn noch nie so ernst gesehen. Sie hielt das Schultertuch hoch. »Du willst, daß ich mir das um den Kopf wickle? Dann sehe ich aus wie eine Mumie.«

»Dafür wirst du atmen können.« Er nahm ihr die Decke ab, und als sie sich das Schultertuch nach seinen Anweisungen um den Kopf gewickelt hatte, hängte er ihr die Decke über den Kopf und ließ auch sie tief über ihr Gesicht fallen. Dann zog er sie um ihre Schultern und sagte ihr, sie sollte die Enden vorn festhalten.

»Ich ersticke unter dieser Decke. Es ist heißer als in einem Hochofen.«

»In ein paar Minuten wird es draußen schlimmer sein als unter dieser Decke.« Er packte sie fest an den Schultern. »Hör mir jetzt genau zu, Jennifer. Ganz gleich, was passiert, zieh dir das Tuch nicht vom Gesicht. Nicht, ehe ich dir sage, daß du es tun kannst. Hast du verstanden?«

Sie nickte.

»Braves Mädchen«, sagte er und tätschelte ihr die Schulter. »Und jetzt setz dich schnell hin, und lehn dich mit dem Rücken an die Felsen.«

Jennifer tat, was er sagte, und sie beugte sich vor, als er sie dazu aufforderte, um noch eine andere Decke hinter sie zu klemmen. Dann schlang er sich ein Tuch um den Kopf und hängte sich seine zweite Decke über, wie er es auch bei ihr getan hatte. Als er damit fertig war, ließ er sich neben sie fallen und zog die dritte Decke über sie beide. Jennifer verschmachtete vor Hitze.

Sie wollte ihn gerade fragen, wie lange es noch dauern würde, als sie ein lautes Tosen hörte und spürte, wie der Wind über sie wehte und den Sand gegen die Decke trieb. Die Sonne, die noch vor einem Augenblick so hell geschienen hatte, versank hinter der Dunkelheit, und die Welt um sie herum wurde ständig dunkler, als die Windgeschwindigkeit zunahm. Sand drang durch die schützende Decke, und Jenny konnte kaum noch Atem holen. Das Gefühl, sie könnte ersticken, versetzte sie in eine solche Anspannung, daß sie glaubte, es keine Minute mehr zu ertragen. Wenn es nicht bald vorbei war, so fürchtete sie, war sie diesem Druck nicht gewachsen und drehte durch. Immer wieder wiederholte sie für sich, was Jay gesagt hatte, aber sie wollte die Decken von sich werfen und davonlaufen.

Sie zog die Decke, so eng es ging, um sich, biß die Zähne zusammen und kniff die Augen fest zu. Sie versuchte, an ihr Zuhause und an ihre Familie zu denken, versuchte gewaltsam, alles bildhaft vor sich zu sehen, aber sie sah nur immer wieder diese riesige brodelnde braune Wolke vor sich, die die Sonne vollständig verdeckte. Immer wieder fragte sie sich, was für ein Gefühl es wohl sein mußte, zu ersticken, und dann fing sie an zu beten, weil sie so nicht sterben wollte, nicht hier draußen, wo niemand sie je finden würde. Sie preßte die Augen noch fester zu und spürte, daß sie von Kopf bis Fuß zitterte. *Ich ertrage es nicht. Ich kann nicht hier sitzen bleiben.*

Jay mußte ihre Panik gespürt haben, denn in dem Moment, in dem sie glaubte, es einfach nicht mehr auszuhalten, legte er den Arm um ihre Schultern und zog sie an sich.

»Du bekommst mehr Luft, als du glaubst«, schrie er an ihr Ohr unter der Decke, und doch konnte Jennifer ihn über das laute Tosen kaum hören. Sie nickte, preßte das Gesicht an seine Schulter und schmiegte sich so dicht wie möglich an ihn. Sie spürte, wie die Spannung von ihr wich. Jays Hand legte sich unter der Decke auf ihren Oberarm, und er streichelte sie. Sie holte tief Atem und stellte fest, daß sie bei weitem leichter atmen konnte, seit sie sich weniger verkrampfte. *Wenn ich sterbe, dann sterbe ich wenigstens nicht allein*, dachte sie. Auf seltsame Art war ihr behaglich zumute, und plötzlich fühlte sie sich schläfrig. Dann war sie auch schon eingeschlafen.

Sie war nicht sicher, wie lange sie geschlafen hatte, als sie Jay sagen hörte: »Ich habe noch nie eine Frau gesehen, die Stürme so wie du zu schätzen weiß, mein Engel. Ich wünschte fast, dieser Sturm hätte sich nicht gelegt.«

Jennifer atmete tief durch, rieb ihre Nase an Jays Brust und spürte, wie seine Hand über ihren Rücken strich – ihren bloßen Rücken. Sie riß die Augen auf und hob abrupt den Kopf, und in dem Moment starrte sie in seine teuflisch blauen Augen. Nur wenige Zentimeter lagen zwischen ihren beiden Nasen. Doch was ihr solche Verlegenheit bereitete, war nicht die Nähe. Als sie nach unten schaute, sah sie, daß sie mit gespreizten Beinen auf Jay saß, die Knie neben seinen Hüften angewinkelt hatte und genau auf der harten Erhebung unter den Knöpfen seiner Hose saß. Sie verlagerte ihr Gewicht und versuchte, von ihm herunterzugleiten.

»Himmel, Baby, tu das noch einmal«, sagte er mit gesenkter Stimme, »und wir bleiben den ganzen Tag hier.« Sie war nicht sicher, was sie am meisten aus der Fassung brachte – die peinliche Haltung, in der sie sich befand, seine leisen Worte oder das seltsame Gefühl in ihrem Bauch. Sie stemmte die Arme gegen seine Brust, um sich von ihm abzustoßen, doch im selben Augenblick ließ Jay seine Hände auf ihr Hinterteil sinken und verschränkte sie dort, um sie enger an sich zu ziehen.

Sie war soweit. Er wußte, daß sie soweit war. Aber er mußte dafür sorgen, daß es dabei blieb, bis er die Hände frei hatte. Stumm verfluchte er das Schultertuch und die Decke vor ihrem Gesicht, die seinen Versuchen im Weg standen, sie zu küssen. Aber das Problem ließ sich leicht aus der Welt schaffen. Er wickelte ihren Kopf aus der Decke und dem Tuch, stieß beides zur Seite und sah ihr feuchtes, gerötetes Gesicht, aus dem ihn riesige glänzende Augen argwöhnisch ansahen.

»Laß mich los.«

»Nicht gerade jetzt. Ich finde, da, wo du bist, bist du gerade richtig.«

Sie wand sich in seinen Armen und merkte schnell, daß das genau das Falsche war. Er nahm ihr Ohrläppchen zwischen die Zähne und knabberte daran. »Das Problem an dir, Engelchen, ist, daß du einfach nicht weißt, wann du dich selbst überflügelst. Du bist ständig am Reden und am Anstacheln, und du tust mit deinem Körper alles Erdenkliche, um einen Mann so sehr zu provozieren, daß er sich nicht mehr in der Hand hat.«

Er bedeckte ihren Mund mit einem Kuß, der ihr nicht den geringsten Zweifel daran ließ, daß sie seine Leidenschaft entfacht hatte. Mit einer Faust hämmerte sie auf seine Brust ein, doch er küßte sie nur noch glühender. Sie wand sich und verrenkte sich, erstarrte jedoch mitten in der Bewegung, als sie ihn stöhnen hörte. Dann löste sich sein Mund von ihrem. »Siehst du, was ich meine? Du tust es schon wieder. Du weißt eben einfach nicht, wann du aufhören mußt.«

»Also gut!« sagte sie, und ihr Atem ging schnell und ungleichmäßig. »Jetzt höre ich auf.«

Er lachte leise und knabberte zart an ihrem Hals. »Jetzt ist es zu spät, Engel. Diese Möglichkeit ist uns vor einer Weile schon genommen worden, vom Winde verweht.«

»Laß mich aufstehen.«

»Obwohl ich dich endlich da habe, wo ich dich haben will?«

»Warum willst du, daß ich gegen meinen Willen hier sitzen bleibe, wenn du doch weißt, daß mir dein Anblick zuwider ist?«

»Es mag ja sein, daß dir mein Anblick zuwider ist, Engel, aber für meine Berührungen begeisterst du dich dafür um so mehr.«

»Du Lügner!«

»Dir gefällt, was ich mit dir tue und was du dabei empfindest, und wenn du das abstreitest, dann bist du eine Heuchlerin.«

»Ich kann nichts an dir leiden!«

»So ein Blödsinn!«

»Ich hasse dich!«

»Ja, aber du begehrst mich trotzdem.«

»Nein, ganz bestimmt nicht.«

»Du willst mich. Du willst, daß ich all die Dinge tue, die ich getan habe. Du willst nicht, daß ich damit aufhöre. Du könntest dich niemals mit einem Mann zufriedengeben, der nicht ein bißchen stärker ist als du, Engel. Du sagst zwar, daß ich aufhören soll, aber in Wirklichkeit begeistert es dich, daß ich Mann genug bin, um zu wissen, was du wirklich willst, und stark genug, um jeglichen Protest auszuräumen.«

»Ich...« Er küßte sie und gebot somit jedem Protest Einhalt, ehe er erhoben werden konnte. Der Sand wehte gegen die Decke über ihnen, jetzt bei weitem nicht mehr so heftig. Sie konnte Jay stöhnen hören, als er sie fest an sich zog und sie heftiger küßte.

Der Atem stockte ihr in der Kehle, als sie spürte, wie seine Hände sich um sie legten, und fühlte, wie sein deutlich fühlbares Geschlecht seinen Abdruck an ihrer intimsten Stelle hinterließ. Dann legte sich seine Hand auf ihre, zog sie zwischen ihn und sie und preßte sie auf diese Stelle. Er bewegte sich unter ihr, gierig und rastlos. Er preßte ihre Hand noch fester auf sich, und sie konnte keinen klaren Gedanken mehr fassen, weil sein lauter, erregter Atem kräftig und warm an ihr Ohr drang. »O Gott! Hör auf damit! Laß mich los, du Wüstling... du Mistkerl... du...«

Er stöhnte, ließ ihre Hand los und legte seine Stirn an ihre. »Ganz ruhig, Baby. Keine Sorge. Sei ganz ruhig. Ich werde dir nicht weh tun. Ich will dich nur berühren.«

Er begann, ihr leise ins Ohr zu flüstern, während er sie losließ und sie inbrünstig küßte, seine Hand unter ihren Rock steckte, suchte und sich auf der weichen Baumwolle ihres Schlüpfers hochtastete, bis er die Öffnung fand. Er preßte seine Handfläche an sie und ließ die Hand still liegen, als er hörte, daß sie den Atem anhielt. »Ganz ruhig, Baby. Ganz locker.«

Seine Finger glitten durch die Öffnung.

»O Gott!« sagte er. »Mein Gott!« Und dann stöhnte er – ein Laut, der tief aus seiner Kehle kam.

»O nein. Ich will das nicht... bitte...«

»Pst«, flüsterte er und koste mit seinen Lippen ihre Kehle. Er bewegte seine Hand an ihr, berührte sie sachte, und doch durchzuckte es sie wie eine lodernde Flamme. Ihr Atem stockte, und er senkte seine Lippen auf ihren Mund und küßte sie zu dem quälend langsamen Rhythmus, den seine Hand inzwischen gefunden hatte.

Sie stöhnte und glaubte, Laute der Abwehr von sich zu geben, als hätte sie durch eine Weigerung die Flut der Wonnen bremsen können, die ihren Widerstand aufweichten.

Plötzlich hörte sie auf, sich zu wehren. Ihr Kopf sank an seiner Schulter, als sie tief und kehlig flüsterte: »Bitte, Jay, ich will nicht...«

»Aber du wirst es wollen, glaube mir«, sagte er leise, und als er seine Lage unter ihr veränderte, lief ihr ein Schauer über den Rücken.

Sie stöhnte.

»Jay...«

Als sie seinen Namen so heiser aussprach, spürte er augenblicklich seine Reaktion. »Himmel! Kannst du dir überhaupt vorstellen, was du mir antust? Was für ein Gefühl es ist, wenn du meinen Namen so sagst? Was für ein Gefühl es ist, dich so zu berühren, dich hier zu berühren, wo du so warm und feucht bist?«

Sie schloß die Augen und ließ den Kopf an seiner Schulter liegen. »Mach die Augen auf, Engel, und sieh mich an. Versteck dich nicht vor mir. Ich will, daß du genau weißt, was hier geschieht und wer dich berührt.«

Sie wandte den Kopf ab, und er hob die Hand, packte sie am Haar und zog ihr Gesicht zu sich herum. »Sag es mir«, forderte er. Sein Atem ging stoßweise, während der Schweiß in Strömen über sein Gesicht und seinen Hals lief. »Sag mir, daß du mich begehrst.« Er küßte sie, und seine Hand bewegte sich in vollkommener Harmonie dazu. Sie biß die Zähne gegen ihre Lust zusammen und schüttelte den Kopf. Er zog seinen Kopf zurück und grub seine Hand fester in ihr Haar. »Sag mir, daß du mich willst, verdammt noch mal! Du hast gesagt, daß du nie lügst, aber jetzt lügst du.«

»Ich hasse dich«, flüsterte sie an seinem Hals. »Ich hasse dich... und ich will dich. Und deshalb hasse ich mich selbst.«

Er verlor sich ganz in der Faszination, sie so nah bei sich zu haben und endlich dieses Paradies zu berühren, als sie entrüstet aufschrie, ihn vollkommen überrumpelte und ihn von sich stieß. »Du bringst mich dazu, daß ich dich will, du Dreckskerl, aber du wirst mich nie bekommen. Hast du gehört? Du wirst mich nie bekommen, weil ich meinem Verlangen nie nachgeben werde. Niemals. Bis zu meinem letzten Atemzug nicht.«

»Nie ist eine lange Zeit«, sagte er mit zittriger Stimme.

Sie wälzte sich von ihm, sprang auf die Füße und schmiß die Decke auf den Boden. Als er aufsprang, hielt sie einen großen Stein über dem Kopf. »Komm einen Schritt näher, und ich schlage dir deinen perversen Schädel ein, so wahr Gott mir helfe!«

Jay war absolut gebannt. Er konnte immer noch nicht glauben, was passiert war und daß sie ihn derart intim mit sich hatte werden lassen. Himmel! Sie war wirklich etwas Besonderes. Er schloß die Augen und dachte wieder daran, wie sie sich angefühlt hatte – so warm, so feucht, so samtweich. Dann schlug er die Augen auf. Ihre schönen Augen schossen immer noch Pfeile auf ihn ab. Jay sah sie an, lächelte spöttisch und sagte: »Du magst mir zwar entkommen sein, Engelchen, aber die deutliche Erinnerung an dich bleibt mir.« Als er das sagte, hob er die verhaßten Finger, die sie berührt hatten, an seine Lippen, küßte sie und holte dabei tief Atem. »Ach, wenn das nicht Jennys Essenz ist«, sagte er und salutierte spöttisch.

Sie schleuderte den Stein nach ihm. Jay konnte mühelos zur Seite springen, und der Stein fiel auf den Boden. Als er sie wieder ansah, glaubte er, noch nie in seinem Leben einen so schönen Anblick erlebt zu haben. In dem Moment bedauerte er, daß er kein Künstler war, denn er hätte viel dafür gegeben, sie so festhalten zu können. Ihr Haar hing zerzaust um die Schultern, und die Sonne zauberte glühende, feurige silberne Reflexe in ihr ebenholzschwarzes Haar. Das Zigeunerhafte an ihr und die Wachsamkeit eines Tiers machten sie einfach unwiderstehlich. Etwas wie sie hatte er nie gesehen, wirklich noch nie. Sie war wild und wütend und wunderschön.

»Pack deine Sachen zusammen, während ich die Pferde hole. Es liegen noch ein paar Stunden Tageslicht vor uns.«

Sie stieg wortlos auf, aber an ihrer Haltung und an den Funken, die ihre violetten Augen sprühten, konnte er erkennen, daß sie mehr als wütend war. Sie war fuchsteufelswild.

Sie ritten schweigend weiter, und Jay rechnete damit, daß er diese Stille angenehm finden würde, doch er mußte feststellen, daß es sich gegenteilig verhielt. Ihm war gar nicht klargewesen, wieviel Spaß ihm ihr albernes Geplapper gemacht hatte, sogar ihre wütenden Bemerkungen. Jetzt war sie so erbost, daß sie gar nichts mehr sagte. Er beschloß, es sei das beste, selbst zu schweigen und ihr Zeit zu lassen, damit sie sich beruhigen konnte. Himmel! Er hätte sich nicht die Freiheiten herausnehmen dürfen, die er sich heute bei ihr herausgenommen hatte, aber er war schließlich auch nur ein Mensch, und als er gespürt hatte, wie sie sich warm und matt und mit ruhigem, gleichmäßigem Atem an ihn geschmiegt hatte, war es für ihn eine ganz natürliche Angelegenheit gewesen, sie noch dichter an sich zu ziehen. Er war selbst nicht ganz sicher, wer von beiden dafür verantwortlich war, daß sie plötzlich mit gespreizten Beinen auf ihm gesessen hatte. Es war eben einfach so gekommen. Sie hatte sich ihm warm und schläfrig zugewandt, und er hatte sie auf seinen Schoß gezogen. Dabei hatte sie sich irgendwie gewunden, und der Rest war dann ganz von selbst gekommen. Allein schon die Erinnerung daran genügte, um dort einen stechenden Schmerz aufkommen zu lassen, wo er höllisch unangenehm war. Verdammt noch mal, sie war wirklich ein erlesenes Exemplar. Er lächelte über die Ironie des Schicksals. Sie hatte ihn erregt – wie sie es immer tat –, und jetzt brauchte er ganz, ganz dringend eine Frau. Und genau darin lag das Problem, denn im Umkreis von dreihundert Meilen gab es keine Frau, mit Ausnahme dieser einen schönen, begehrenswerten schwarzhaarigen Lehrerin, und die war taub für ihn... absolut taub. Viele solche Situationen hielt er nicht mehr aus. Als er sie zu verführen begonnen hatte, war ihm nicht klargewesen, daß er damit auch sich selbst verführte. In Zukunft mußte er vorsichtiger sein. Er mußte dafür sorgen, daß es kein zweites Mal dazu kam.

Im Zwielicht schlugen sie ihr Lager auf. Jay legte den Pferden Fußfesseln an und gab ihnen eine knappe Ration Getreidekörner, ehe er ein Feuer entfachte, während Jennifer die Satteltaschen auspackte.

Als das Feuer brannte, wollte er sich die wenigen Lebensmittel ansehen, die sie bei sich hatten. Als sie ihn auf sich zukommen sah, riß Jennifer die Augen weit auf und wich einen Schritt zurück, weil sie seine Absicht fürchtete.

»Du brauchst dich nicht ins Feuer zu stürzen. Ich werde dich nicht anrühren, aber ich sehe, daß du etwas zu essen und eine kurze Pause brauchst.«

»Was ist brauche, ist eine Distanz zwischen mir und dir. Ich...«

»Sieh mal, wir sind beide müde und hungrig, und du kannst mir nichts sagen, was ich mir nicht schon selbst ausgerechnet oder schon hundertmal gehört habe. Spar dir also die Kraft. Du siehst aus, als könntest du kaum noch eine Gabel heben.« Er wandte sich von ihr ab und zog Dinge aus seinen eigenen Satteltaschen, die neben dem Feuer auf dem Boden lagen.

Jay briet ein paar Streifen eingesalzenes Schweinefleisch und machte eine Dose Bohnen auf. Als er ihr einen Teller reichte, entfernte sich Jennifer so weit von ihm, wie sie es nur irgend wagte, und setzte sich auf einen flachen Stein. Sie saß darauf, als sei sie dort festgewachsen, und sie aß wortlos. Es entsetzte sie, wie gierig sie das Essen in sich hineinschlang, aber sie war zu hungrig, um sich viel daraus zu machen. Und während sie aß, ließ sie Jay nicht einen Moment aus den Augen. Sie konnte die Erinnerung an den vergangenen Nachmittag nicht abschütteln, an diesen Körperteil, der sich hart und lang an sie geschmiegt hatte, den Schock, die Panik, das Erstaunen und die Lust, die sie wie ein scharfkantiger Blitz durchzuckt hatte, als er sie berührt hatte. Sie balancierte den Teller auf den Knien, preßte sich die Hände auf die Ohren und versuchte, den Klang seiner Stimme zu verdrängen, die in ihren Ohren hallte: *Ich will dich berühren... ich will dich berühren... dich berühren... dich berühren... dich berühren...*

Sie haßte den Mann. Sie hätte ihn umbringen können, ohne mit der Wimper zu zucken. Aber selbst das genügte ihr noch nicht. Er hatte sich ihr aufgedrängt, auf die intimste und demütigendste Art, die denkbar war. Das würde sie ihm nie verziehen. Niemals. Sie würde alles tun, was in ihrer Macht stand, damit er bereute, sich je auf die Suche nach ihr gemacht zu haben. Sie würde ihm das Leben zur Hölle machen, vielleicht würde er sie doch noch laufen lassen.

Jennifer merkte nicht, wann sich der Ausdruck ihrer Augen, die ihn mit blankem Haß betrachtet hatten, änderte und die Bewunderung für seinen perfekten Körper zeigte. Er hatte einen Körper von der Sorte, die die alten Meister auf die Wände von Kapellen gemalt hatten, unbekleidet und nur hinter duftigen Wolken verborgen. Er war groß und schlank, und seine Haut war glatt und braun. Aber unter seinem schmalen Äußeren lagen kräftige Muskeln, die sich bei jeder seiner Bewegungen abzeichneten. Er war ein gutaussehender Teufel, das mußte sie zugeben. Aber er war derb und brutal und härter als Stahl, und er richtete etwas bei ihr an. Etwas Merkwürdiges, etwas Verbotenes. In seiner Nähe hatte sie nicht wie sonst die Kraft, zu widerstehen. Dieser Mann war gefährlich. Für sie war er absolut bedrohlich. Wenn er je erfuhr oder auch nur ahnte, was seine Berührungen und seine geflüsterten Worte bei ihr auslösten, würde sie niemals jungfräulich nach Hause kommen.

Es war weniger die Vorstellung, ihre Unschuld zu verlieren, als die Vorstellung, an wen sie sie verlieren würde. Er war nichts weiter als ein gedungener Revolverheld, ein Gelegenheitsarbeiter, der durch die Gegend zog. Heute hier, morgen dort. Männer von seiner Sorte ließen sich nie allzulange mit einer Frau ein. Wie kam es bloß, daß die Mistkerle immer die verführerischsten waren? Was zog die Frauen bloß zu einem Mann hin, der gemein und lieblos war? Was hatten Männer wie er bloß an sich, was war es, was sie so aufregend machte? Er war so verflucht attraktiv... mit seinem langen Haar, das der Wind zerzauste, während die Salzkristalle, die von seinem Schweiß geblieben waren, auf seiner Haut funkelten. *Ich kann doch nicht an etwas so Gewöhnliches wie Schweiß denken und selbst das noch attraktiv finden! Was ist bloß los mit mir?*

Jennifer konnte die Anziehungskraft nicht leugnen, die er auf sie ausübte, und auch nicht, daß sie sich tief in ihrem Innern nach Erfüllung sehnte. Aber sie war nicht dumm. Sie wußte nur zu gut, daß es das unvermeidliche Los war, wenn man sich mit einem Mann wie ihm einließ, Qualen zu leiden, bis die Geschichte schließlich den Lauf sämtlicher griechischen Tragödien nahm.

»Hat deine Mama dir nie gesagt, daß es sich nicht gehört, andere Menschen anzugaffen?«

»Ich habe dich nicht angegafft. Wenn du es unbedingt wissen

willst, ich habe durch dich durchgeschaut, als seist du Luft«, fauchte sie und war wütend, weil er sie ertappt hatte. Er schien aber auch immer zur rechten Zeit am rechten Ort zu sein – wie ein Raubvogel, der geduldig auf einem Zaunpfahl saß und wartete.

Er sah sie fest an, und seine intensiven Blicke glitten langsam über ihr Gesicht. In der Kühnheit, mit der er sie musterte und unverschämt abschätzte, lag etwas, was ihr einen Schauer über den Rükken jagte, und sie empfand Dinge, die sich für eine Dame gar nicht ziemten.

Sie verabscheute ihn. Sie haßte seine kühne Selbstsicherheit, seine Arroganz, seinen animalischen Magnetismus, die Unsicherheit und Unbeholfenheit, die er bei ihr auslöste. Sie war doch sonst immer so ausgeglichen und zuversichtlich gewesen. Sie sah in die kalten blauen Augen, die sich nicht von ihrem Gesicht lösten. »Hat deine Mutter dir nicht beigebracht, daß es sich nicht gehört, andere Leute anzugaffen?«

»Doch, aber ich habe mich entschieden, mich nicht danach zu richten.« Er war so kaltblütig und teilnahmslos, wie sie es ihm unterstellte. Zu Recht hatte sie ihn als einen Mistkerl abgestempelt. Ihn, der so auffallend gut aussah und so gewinnend lächelte; und wie er die Hüften beim Laufen schwenkte! Und dann erst der tiefe, heisere Tonfall seiner Stimme. Er wußte, was er tat und daß er diese unwiderstehliche Wirkung auf Frauen hatte. Und doch saß er jetzt hier, so lebendig, warm und männlich und so durch und durch ausgeglichen. Das war ungerecht, wenn man bedachte, daß sie ein Nervenbündel war, sich immer noch gedemütigt fühlte und nach allem, was heute nachmittag passiert war, in seiner Gegenwart verlegen war. Aber er machte den Eindruck, als sei dieser Zwischenfall ein so gewöhnliches Vorkommnis, daß er es ebenso schnell wieder vergessen hatte, wie es geendet hatte. Und auch das ärgerte sie. Ehe er noch etwas sagen konnte, stand sie auf, ging auf das Feuer zu, stellte fest, daß sie plötzlich keinen Hunger mehr hatte und warf die Reste ins Feuer, ehe sie sich hinkniete, um den Teller mit Sand zu scheuern.

Als sie damit fertig war, stand sie auf und trat neben das Feuer. Sie blieb wenige Meter von ihm entfernt stehen, als erwartete sie etwas. Jay goß sich noch eine Tasse Kaffee ein. Er wirkte mürrisch und gereizt, als er am Feuer kauerte und die Tasse mit beiden Händen umfaßt hielt. Und selbst das rief ihren Zorn wach – daß er nur am Feuer zu kauern brauchte, damit ihr wieder einfiel, wie attraktiv er war.

Sie musterte ihn einen Moment und überlegte sich, welches maßlose Vergnügen es ihr bereitet hätte, den Wassertopf einfach hochzuheben und ihm den gesamten Inhalt über seinen narzißtischen Schädel zu gießen. »Ich gehe jetzt schlafen«, fauchte sie.

Er lächelte vielsagend. »Ich komme in ein paar Minuten nach.«

»Ich schlafe allein, Culhane. Das tue ich seit Jahren.«

Ohne sie anzusehen, drehte er die Tasse in seinen Händen. »Das war, ehe du damit gedroht hast, mitten in der Nacht auszureißen. Erinnerst du dich noch?«

»Worauf willst du hinaus?«

Er blickte auf. »Ich will darauf hinaus, daß ich dich schlecht mit Handschellen an mich ketten kann, wenn ich nicht bei dir schlafe.«

»Aber das ist doch zwecklos. Aus dieser Teufelsküche kann ich nicht lebendig rauskommen. Das hast du doch selbst gesagt.«

»Trotzdem hast du geschworen, daß du es versuchst oder mir den Schädel einschlägst.«

»Ich kann nicht glauben, daß du tatsächlich so weit gehst, Handschellen...«

Er sah sie mit dem intensiven Blick an, der ihr Herz schneller schlagen und ihren Atem ungleichmäßig gehen ließ. »Was wolltest du sagen?«

»Einer Frau Handschellen anzulegen.« Sie stemmte die Arme in die Hüften. »Was ist jetzt? Tust du es oder nicht?«

»Bist du hübsch brav und machst mir keinen Ärger«? fragte er grinsend.

»Wirst du deine dreisten Finger bei dir behalten, du perverser Mistkerl? Hast du es nötig, Frauen mit Handschellen zu fesseln, weil du sie sonst nicht kriegst?«

»Nein. Meistens bieten sie sich mir ganz von selbst an wie du, und ich brauche keinen Finger zu rühren. Heute nachmittag habe ich natürlich eine Ausnahme gemacht und doch einen oder zwei Finger gerührt, stimmt's?«

Jennifers Gesicht wurde knallrot. Sie konnte nicht glauben, daß er wirklich so gemein war, auf diesen abscheulichen Vorfall anzuspielen. Er beobachtete sie mit seinen lasziven Augen, die auf ihren Körper geheftet waren, als der Wind ihre Röcke zurückwehte und jede ihrer Rundungen zur Geltung kam.

Sie wandte sich hastig ab, schnappte ihre Decke und entfernte sich so weit vom Feuer, wie sie es wagte. Dort sank sie auf die Knie und bereitete sich ein Lager.

Jay beobachtete sie und fand es belustigend, ihr beim Nestbau zuzuschauen. Er spürte, wie sein eigener Körper reagierte, als sie über die Decke kroch, um sie an den Ecken glattzustreichen. Dabei reckte sie ihr wohlgeformtes Hinterteil in die Luft, wie sie es sonst mit ihrer hochmütigen kleinen Nase tat. Er verschränkte die Arme vor der Brust, als er beobachtete, wie sie sich hinlegte und eine Seite der schmalen Decke über sich zog. Doch die Decke war zu schmal, und es gab nichts, womit sie sich bedecken konnte. Sie probierte es immer wieder und murmelte spanische Flüche vor sich hin. Dann kniete sie sich hin und starrte die Decke an. Seufzend kam sie auf die Füße und entfernte sich noch ein paar Schritte, bis sie den Lichtschein des Feuers verlassen hatte. Dabei zog sie die Decke hinter sich her. Jay konnte sehen, wie sie sich als Silhouette gegen den Himmel abzeichnete. Es machte den Eindruck, als schälte sie sich aus ihren Kleidern. Wenige Minuten später stapfte sie wieder zum Feuer zurück. Sie hatte sich die Decke um die Hüften gewickelt und hielt ihren Rock in der Hand. Nachdem sie den Rock auf dem Boden ausgebreitet hatte, legte sie sich wieder hin und zuckte, als läge sie auf glühender Asche, während sie sich damit abmühte, sich aus der Decke zu wickeln, ohne auch nur einen Zentimeter Fleisch zu zeigen. Endlich hatte sie es geschafft. Die Decke lag auf ihr, da, wo sie hingehörte. Kopfschüttelnd fing Jay an, sein Hemd aufzuknöpfen.

»Ich schlage vor, du schließt die Augen und schläfst ein, kleines Mädchen, es sei denn, du willst mir beim Ausziehen zusehen.«

Jennifer stieß einen entrüsteten Schrei aus und wandte sich von ihm ab, drehte sich um und zog sich die Decke über den Kopf. Sie schlief sofort ein, noch ehe Jay unter seiner eigenen Decke lag. Sowie er sich hingelegt hatte, stellte er fest, daß er nicht schlafen konnte. Lange Zeit lag er wach und starrte ins Feuer, lauschte ihrem gleichmäßigen Atem und erinnerte sich daran, wie unregelmäßig sie am Nachmittag geatmet hatte. »Ah, der Schlaf der Unschuld«, sagte er und verschränkte die Hände hinter dem Kopf, um zu dem Baldachin aus Sternen aufzublicken, dessen tintenschwarzer Hintergrund dieselbe Farbe wie das seidige lange Haar des Mädchens hatte.

Er fühlte sich so ausgeleiert wie ein Paar alter Schuhe, aber er konnte einfach nicht einschlafen. Er schloß die Augen. Ein klares und lebhaftes Bild von Jenny zog vor ihm auf. Jenny mit den riesigen purpurnen Augen. Jenny mit gelöstem Haar. Jenny, die ganz und gar entkleidet war. Der Geruch nach Stärke in feinem Baumwollgewebe, nach Petroleum und Olivenölseife und Kreide. Der Duft des süßen Mandelöls auf warmer Haut. Haar, das mit Regenwasser gewaschen war. Sie liegt ganz dicht bei dir, zu einer Kugel zusammengerollt, und sie atmet leicht. Er hätte sie wärmen können und ihren Atem schnell und ruckhaft gehen lassen. Er wollte sie in der Unterwäsche sehen, zuschauen, wie sie sie auszog. Haut, so weiß wie Sahne, schmale Schultern, die Taille eines kleinen Mädchens, üppig geschwungene Hüften, Milch und Mandeln und warmer, wilder Honig. Er sehnte sich danach, sie zu berühren, zu sehen, ob sie tatsächlich so weich war, wie er es in Erinnerung hatte, die Haut unter ihren Kleidern anzufassen, diese weiche und warme Haut, ihre Brüste zu fühlen, zu sehen, wie sich ihre Brustwarzen aufstellten, ihren zarten Bauch zu streicheln.

Aber von alldem wollte sie nichts wissen. Heute hatte er sie durch einen reinen Glücksfall in seinen Armen gehalten, sie berührt, aber er nahm an, es hatte nur daran gelegen, daß sie Angst gehabt hatte und erschöpft gewesen war. Morgen würde sie immer noch so böse wie eine aufgebrachte Hornisse sein, und er hatte das vage Gefühl, es sei einfacher, auf einen Dornenstrauch zu klettern, als ihr noch einmal näher zu kommen. Er schloß die Augen und nahm ihre Anwesenheit so deutlich wahr, als würde sie nackt neben ihm liegen.

Die Sonne kroch gerade über den Horizont, als Jay die Augen aufschlug und sich nach dem Mädchen umsah. Er hoffte, daß sie wach war, denn unter ihrer Decke spielte sich etwas reichlich Merkwürdiges ab. Offensichtlich war, daß Jennifer unter der Decke lag und sie sich bis über den Kopf gezogen hatte, aber Jay war nicht ganz sicher, was außer ihr noch unter dieser Decke lag. Sie zappelte herum, als hätte sie eine Horde raufender Kater unter der Decke.

Seit er und sein Bruder Juckpulver in die Robe des Priesters geschüttet hatten, hatte er keine solche Zappelei mehr gesehen. Ein paar Sekunden später hatte er sich angezogen und stand neben ihr.

»Was, in Teufels Namen, tust du da?«

Ein Zipfel der Decke war zurückgeschlagen, und zwei riesige lavendelfarbene Augen schauten ihn an. »Ich ziehe mich an, Mr. Culhane.«

»Eine reichlich komische Methode, sich anzuziehen. Warum stehst du nicht auf? Ich habe noch nie gesehen, daß sich jemand liegend im Bett anzieht.«

»Ich wüßte wirklich nicht, wo ich mich anziehen sollte. Im Umkreis von hundert Meilen gibt es keinen Strauch.«

»Wozu brauchst du einen Strauch?«

»Um mich dahinter anzuziehen. Du erwartest doch nicht etwa, daß ich mich einfach mitten in die Landschaft stelle und mich anziehe?«

»Gestern abend beim Ausziehen hast du es getan.«

»Das war etwas anderes. Gestern nacht war es dunkel, und du konntest nichts sehen.«

»Ich habe genug gesehen«, sagte er, »und für den Fall, daß du es vergessen hast, es gibt keinen Zentimeter deines knackigen Körpers, den ich noch nicht gesehen habe. So schlecht ist mein Gedächtnis nicht.«

7

»Du Dreckskerl«, sagte sie und knöpfte den letzten Knopf zu. Dann stand sie auf. Sie kochte vor Wut.

Jay kam mit einem Topf auf sie zu. »Ich nehme an, du kannst kochen.«

Sie schüttelte den Kopf.

Er legte den Kopf zur Seite und sah sie mit ungläubigem Staunen an. »Du kannst nicht kochen?«

»Ich habe es nie gelernt.«

»Wieso nicht? Ich dachte, das gehört zu den ersten Dingen, die jede junge Frau lernt.«

»Meine Familie ist unkonventionell. Einige meiner Schwestern haben kochen gelernt, ein paar nicht. Ich gehöre zu denen, die...«

»Die es nicht gelernt haben«, fiel er ihr ins Wort. »Das hätte ich mir ja denken können. Du kannst nicht reiten. Du kannst nicht kochen.« Er sah sie mit hochgezogenen Augenbrauen an. »Ich vermute, du kannst wenigstens essen?«

»Wenn ein Gericht anständig zubereitet ist.«

»Oh, es wird anständig zubereitet sein«, fauchte er, »denn die Zubereitung wirst du übernehmen.«

»Ich habe dir doch schon gesagt, daß ich nie kochen gelernt habe.«

»Es sollte dir nicht allzu schwerfallen – nicht einer Frau wie dir... einer mit *Verstand.*« Er drückte ihr den Kessel in die Hand. »Den füllst du jetzt zur Hälfte mit Wasser. Nicht mehr. Wasser ist hier draußen kostbar. Ich schüre das Feuer.«

Jennifer stand mit dem Kochtopf in der Hand da und beobachtete, wie Jay mit einem kleinen Stock in den Kohlen herumstocherte und die Glut entfachte. Er schenkte ihr keinerlei Beachtung, und ihr konnte das nur recht sein. Sein letzter Blick war so glühend heiß wie die Kohlen gewesen, und sie fühlte sich wirklich eingeschüchtert – was bei ihr selten vorkam.

Sie fand ihre Wasserflasche nicht, und dann fiel ihr ein, daß sie sie in ihrer Verwirrung nach dem Sturm bei den Felsen hatte liegen lassen. Sie beschloß, zu warten, bis Jay bessere Laune hatte, und ihm erst dann etwas zu sagen. Ihr Vater war nach dem Essen immer besser aufgelegt – natürlich, nachdem er ein köstliches Gericht zu sich genommen hatte, das der Koch der Baxters zubereitet hatte. Jennifer erschauerte bei der Vorstellung, wie Jay wohl gelaunt sein würde, nachdem er etwas gegessen hatte, was sie ihm zubereitet hatte. *Soll ich es ihm lieber jetzt gleich sagen?* Obwohl sie nicht kochen konnte, entschied sie sich dagegen. Er würde das Fehlen der Wasserflasche schon früh genug bemerken. Sie nahm Jays Wasserflasche und schüttete Wasser in den Topf. Sie malte sich immer noch lebhaft aus, was er tun würde, wenn er hinter ihre Achtlosigkeit kam, und als Jay das Wort an sie richtete, zuckte sie vor Schreck zusammen.

»Das Wasser kann nicht kochen, solange du es nicht aufs Feuer stellst«, sagte er. Er nahm ihr den Topf ab und klemmte ihn zwischen zwei glatte Steine, die über die Kohlen aufragten. Dann reichte er ihr ein Päckchen Kaffee. »Das Wasser reicht für zwei Tassen.«

Jennifer öffnete das Päckchen, schloß die Augen und atmete den köstlichen Geruch ein. Dann schüttete sie den Inhalt in das Wasser.

»Allmächtiger Gott! Dein Kopf muß leerer sein als ein Vogelnest vom letzten Jahr. Hast du denn von nichts eine Ahnung?« Jay riß ihr das Päckchen aus der Hand und schaute hinein. Leer. »Himmel! Da war genug Kaffeepulver für zwei Wochen drin.«

»Du hast gesagt, daß es für zwei Tassen reicht.«

»Ich habe gesagt, daß das *Wasser* für zwei Tassen reicht.« Er wandte sich von ihr ab, fluchte leise und fuhr sich mit der Hand durchs Haar. Dann ging er zu seiner Satteltasche und kam mit einer Dose Rindfleisch zurück. »Weißt du, wie man Brotteig macht?«

Sie schüttelte den Kopf.

»Blätterteig?«

»Nein.«

»Pasteten?«

»Nein.«

»Maiskuchen?«

Verneinung.

»Tortillas?«

»Ich habe es einmal probiert.«

»Und?«

»Sie sind an meinen Händen kleben geblieben. Der Koch hat gesagt, ich hätte zuviel Wasser genommen.«

Er schüttelte den Kopf. »Für eine gebildete Frau weißt du nicht gerade viel, was? Hier«, sagte er und warf ihr die Dose zu. »Mach das auf. Wir müssen wohl mit einer Fleischpastete vorliebnehmen.«

Jennifer drehte die Dose in ihrer Hand und sah sie an. »Und womit soll ich das aufmachen? Mit den Zähnen?«

»Scharf genug sind sie ja«, sagte er, doch er steckte die Hand in die Tasche und warf ihr ein Messer zu. »Versuch, dir dabei nicht die Finger abzuschneiden.«

Jennifer nahm das Messer und bewegte es seitlich an der Dose hin und her, als wollte sie Brot schneiden. Einen Moment lang stand Jay nur da und beobachtete sie mit ungläubiger Miene. Dann riß er ihr fluchend das Messer und die Dose aus der Hand. »Ich glaube, du hast nicht genug Verstand, um auf den Boden zu fallen, wenn du aus dem Bett rollst.« Er schnitt ein X in den Deckel der Dose und bog die Ränder nach außen. Dann zog er mit dem Messer ein Stück Fleisch raus und hielt es ihr hin. »Hast du genug Grips, um deinen Mund zu finden?«

»Gelegentlich kommt es bei mir zu Intelligenzausbrüchen, aber sie dauern nie allzu lange.« Sie stemmte die Arme in die Hüften. »Hast du vielleicht sonst noch etwas an mir auszusetzen?«

»Im Moment nicht, aber ich bin sicher, daß du bald genug wieder etwas verpfuschst, was ich dann ausbaden muß.«

»Woran liegt es bloß, daß eine Frau immer alles dreimal so gut wie ein Mann können muß, damit ein Mann es als halb so gut ansieht?«

»Mir war nicht bewußt, daß das der Fall ist«, sagte er, »aber vielleicht liegt es daran, daß die Frauen uns beigebracht haben, daß man ihnen nicht vertrauen kann. Es liegt in eurer Natur, unaufrichtig zu sein, und daher müßt ihr hart arbeiten, um es zu widerlegen.«

»Du kannst nicht alle Frauen aufgrund von Eva verurteilen.«

»So weit brauche ich gar nicht zurückzugehen.«

»Wie weit gehst du denn zurück?« Sie musterte ihn einen Augenblick.

Jay kauerte ihr gegenüber am Feuer, betrachtete sie stumm und spürte, wie sich seine Lenden regten. Die Morgensonne schmeichelte ihrem Gesicht, betonte ihre feingeschnittenen Züge und verlieh ihrem Teint eine rosige Frische. Er wollte sie in seine Arme nehmen, die babyzarte Haut anfassen und die Falten von ihrer Stirn küssen, ehe sich sein Mund ihren vollkommen geformten Lippen zuwandte. Aber mehr als alles andere wollte er sie wieder so berühren, wie er sie gestern berührt hatte. Das ging natürlich nicht, und er wußte es. Daher mußte er sich damit begnügen, sie zu betrachten.

Sie mußte gespürt haben, daß sein Blick auf ihr ruhte, denn sie sah ihn an, als versuchte sie, ihre Gedanken zu ordnen und sich etwas Logisches zurechtzulegen. Machte sie sich Gedanken über ihn?

»Du bist verheiratet, stimmt's? Oder du warst es? Es muß dir sehr weh getan haben. Und deshalb bist du jetzt bitter. Es tut mir leid für dich, aber erwarte nicht von mir, daß ich dafür büße.«

»Du bist doch wirklich wie ein großer, alter, liebenswerter Hund, stimmt's? Jedesmal, wenn du mit dem Schwanz wedelst, wirfst du einen Stuhl um«, sagte er, und seine Stimme klang hämisch und gemein.

»Ich tue mein Bestes. Alles liefe wesentlich reibungsloser ab, wenn du nicht so zynisch wärst. Ich kann die Vergangenheit nicht ändern, aber die Zukunft sähe viel erfreulicher aus, wenn du aufhören könntest, mich ständig zu verdammen. Warum traust du mir nicht?«

»Ich traue dir. Aber den Rücken kehre ich dir nicht zu.«

»Vertrau auf Allah, aber binde dein Kamel an.«

»Genau.« Er schüttete den Kaffee ins Feuer.

»Warum hast du das getan? Ich dachte, du wolltest Kaffee haben.«

»Ich habe keinen Meißel.« Er spießte ein Stück Fleisch auf eine Gabel und hielt es ihr hin. Jenny wollte die Gabel schon von sich stoßen, aber diesem gemeinen Kerl war zuzutrauen, daß er sie verhungern ließ. Daher nahm sie das Fleisch in den Mund, biß einmal drauf und würgte dann. Es schmeckte so gräßlich, daß sie es gar nicht erst kaute, sondern im ganzen runterschluckte. Dabei wünschte sie, sie hätte den Kaffee nicht verdorben.

Jay sattelte Brady und hängte seine Satteltaschen und seine Wasserflasche an den Sattel Er hob Jennifers Taschen auf und sah sich suchend nach etwas um. »Wo ist deine Wasserflasche?«

Jennifer schluckte und schaute auf ihre Zehen, mit denen sie Muster in den Sand malte. »Ich glaube, die habe ich verloren.«

»Du hast sie verloren?«

»Ich glaube, ja.«

»Himmel, Frau, machst du dir überhaupt eine Vorstellung davon, wie kostbar Wasser in der Wüste ist? Von allem, was du hättest verlieren können, ist das mit Abstand das Schlimmste.«

»Ich weiß. Ich habe es nicht mit Absicht getan. Wenn du mich während des Sturms nicht derart aus der Fassung gebracht hättest, hätte ich ja an die Flasche gedacht.«

Jay seufzte. »Jetzt läßt sich ohnehin nichts mehr daran ändern«, sagte er. »Wir können nicht umkehren und die Flasche suchen. Wir müssen uns drastisch einschränken, wenn das übrige Wasser für uns beide genügen soll.«

Er wandte sich ab, und sie sah zu, wie er den Kochtopf mit Sand scheuerte und ihn dann an seinen Sattel hängte. Er zog einen kleinen Salzbrocken aus seiner Tasche, brach ein Stück ab und hielt es auf der Handfläche seinem Pferd hin. Dann schüttete er eine kärgliche Ration Hafer in seinen Hut und fütterte Brady und das Pony. Er nahm dem Pony das Zaumzeug und die Fußfesseln ab. Einen Moment lang blieb das Tier stehen und sah ihn an. Dann wandte es sich ab, lief los und zog das rechte Vorderbein nach.

»Warum läßt du es laufen? Damit ich zu Fuß gehen muß?«

»Ich habe es laufen lassen, weil es lahmt.«

»Aber so stirbt es wahrscheinlich.«

»Was erwartest du von mir? Soll ich es auf dem Rücken tragen?«

»Ich finde es grausam, das Tier einfach so im Stich zu lassen.«

»Es hat etwas gefressen, und es ist am Leben. Somit stehen seine Chancen genauso gut wie unsere.«

Er brach noch ein Stück Salz ab und steckte es sich in den Mund. Dann hielt er ihr ein Bröckchen Salz hin. »Nein, danke.«

»Nimm das. Du mußt das Salz ersetzen, das du beim Schwitzen verlierst.«

Jenny nahm das Salzklümpchen und sah zu, wie Jay zum Feuer ging und Sand über die Glut streute. Sie betrachtete erst ihn und dann sein Pferd, ehe sie einen Schritt näher auf den Wallach zuging.

Brady hob den Kopf und beobachtete Jenny. Als sie die Hand nach der Wasserflasche ausstreckte und daraus trank, legte er die Ohren flach an. Sie schloß die Flasche eilig wieder und hängte sie an den Sattel. Jennifer griff nach den Zügeln, und Brady drehte den Kopf nach ihr um. Seine Ohren legten sich wieder flach an, als Jennifer ihre Hände auf den Sattelknauf legte. Sie nahm mehrere Anläufe, ehe sie es schaffte, sich auf den Sattel zu ziehen. Brady bockte, scheute und machte Luftsprünge, bis er sie endlich abgeworfen hatte. Jennifer knallte so fest auf den Boden, daß ihr schwarz vor Augen wurde. Als Jay sie erreicht hatte, lag sie mit angezogenen Knien gekrümmt da. Sie war so reglos, daß Jay schon glaubte, ihr Rückgrat sei gebrochen.

Sie keuchte und stöhnte. Als sie die Augen aufschlug, kaute Brady friedlich auf den letzten Haferkörnern herum. Sie wollte etwas sagen, aber Jays Finger legten sich auf ihre Lippen. »Halt ein einziges

Mal den Mund. Rühr dich nicht.« Er legte sie flach auf den Rücken. »Hast du das Gefühl, daß etwas gebrochen ist?« fragte er grob.

»Nein. Es ist alles in Ordnung... glaube ich jedenfalls.«

»Was du da versucht hast, war eine grenzenlose Dummheit. Du wärst nie lebend aus der Wüste rausgekommen.«

»Ich bin gar nicht sicher, ob mich das noch interessiert«, sagte sie.

Er ließ sie noch ein paar Minuten liegen, und dann half er ihr, sich aufzurichten. »Fühlst du dich benommen? Schwirrt dir der Kopf?«

»Mein Kopf dreht sich nicht, aber alles andere dreht sich.«

Er hatte eine aufreizende Art, amüsiert zu wirken, obwohl er nicht lächelte, und sie fragte sich jedesmal, ob er belustigt war und es unter einer ernsten Miene verbergen wollte oder ob er in Wirklichkeit erbost war und versuchte, es nicht zu zeigen. Diesmal war er wütend, soviel stand für sie fest.

Er half ihr auf die Füße.

Jennifer sah Brady finster an, der so zahm und sanft wie eine Hauskatze wirkte. Es war kaum zu glauben, daß er gerade erst dieses Affentheater aufgeführt hatte. »Ich glaube, der mag mich auch nicht.«

Jay hatte sich abgewandt und rückte den Sattel zurecht. »Mein Gott«, sagte er plötzlich. »Gütiger Gott!« Er drehte sich zu ihr um.

Sein Ausdruck ließ sie erstarren.

»Was...«

»Meine Komplimente. Du hast gesagt, du willst nicht nach Hause. Also gut, du hast gewonnen. Du wirst nicht zu Hause landen. Genauer gesagt, du wirst diese Wüste nie mehr verlassen. Und ich auch nicht.«

»Das verstehe ich nicht.«

»Ach, nein? Dann schau dich mal um.« Er führte Brady zur Seite. Jennifer sah die Wasserflasche daliegen, und um sie herum war ein feuchter Kreis. Sie stieß einen verzweifelten Schrei aus, rannte zur Wasserflasche und hob sie auf.

»Spar dir die Mühe. Das ist...«

»Sie ist nicht ganz leer«, rief sie. Sie kniete immer noch da, und ihre Worte klangen erstickt und panisch. »Siehst du? Ein bißchen ist noch übrig. Wir können es...«

»Teilen?« Er knurrte wütend, als er auf sie zukam und sie auf die

Füße riß. »Teilen?« wiederholte er und schüttelte sie wie eine Stoffpuppe.

»Jay, ich...« Sie war nicht sicher, was sie sagen wollte – irgend etwas, was ihn wieder zu Verstand brachte und diesen mordlustigen Blick aus seinen Augen vertrieb.

»Ich sollte dich hier lassen«, knurrte er. »Zu zweit schaffen wir es nie, aber einer hätte wenigstens noch eine Chance. Für das, was du getan hast, sollte man dir das Fell über die Ohren ziehen.« Er schüttelte sie immer noch, bis sich ihre Hände fest um seine Handgelenke klammerten.

»Du wirst mich nicht schlagen«, sagte sie. *Nicht, solange ich noch einen Funken Leben in mir habe.* Sie versuchte, wegzulaufen, doch er ließ sie nicht los, und sie fielen beide in den Sand.

Sie wehrte sich, ging mit den Nägeln auf ihn los, schrie und fauchte Drohungen, und als diese Bestie sie überwältigte, zog sie ein Knie an und stieß es ihm in die Weichteile. Ein Unterarm preßte sich auf ihre Luftröhre. Sie blieb still liegen, und er nahm den Arm weg. Jennifer spürte, wie ihre Panik sich legte, als sie keuchend Luft holte. Sie versuchte noch einmal, ihn zu überrumpeln, als sie die Zähne in seine Schulter grub und sich unter ihm wand, aber es war zwecklos. Wenn sie auch voller Kampfgeist war, hatte sie doch ein bedenkliches Handicap. Sie war zu klein. Und er war zu stark.

Fluchend packte er ihr Haar und stemmte ein Knie darauf. »Du verdammtes Miststück! Ich sollte deinen stinkenden Kadaver als Beute für die Geier liegen lassen. Selbst für einen von uns reicht das Wasser nicht mehr. Wir können es nicht schaffen. Von meinem Pferd ganz zu schweigen. Ich weiß nicht, warum ich überhaupt noch daran denke. Es ist zwecklos. Wir schaffen es nie... zu zweit auf einem Pferd... Brady wird noch vor uns am Ende sein.« Er packte sie grob. »Überleg dir, was du getan hast, du Wahnsinnige. Wenn du wenigstens nur dumm wärst, aber du bist auch noch verrückt! Morgen um die Zeit bist du ein gefundenes Fressen für die Geier.«

»Und das bereitet dir grenzenlose Freude, stimmt's?« sagte sie und schnappte mühsam nach Luft.

»Warum auch nicht? Als du versucht hast, mein Pferd zu stehlen und mich ohne Wasser hier zu lassen, hattest du doch auch die Absicht, mich den Geiern vorzuwerfen, oder etwa nicht?« Jay begriff, daß seine Wut jetzt nichts mehr ändern konnte. Das Mädchen würde den Preis für seine Dummheit zahlen – und er würde ebenfalls dafür bezahlen. Er wußte selbst nicht, was ihn mehr ärgerte, daß sie dabei ums Leben kam oder er selbst. Er schüttelte sie heftiger und knallte ihren Kopf in den Sand. »Oder etwa nicht?«

»Stimmt genau!« schrie sie. »Um dich habe ich mir keine Gedanken gemacht. Ich wollte nur meine eigene Haut retten.«

Er zuckte zurück, als wäre er gebissen worden. Er sprang auf, und sein Schatten fiel auf sie. Plötzlich lenkten ihn das kleine verschmierte Gesicht und die lodernd violetten Augen ab. Er kämpfte gegen den Drang an, seine Hände in ihr langes Haar zu graben und sie an sich zu reißen, diesen rebellischen Mund ein für allemal zu besiegen. Es überraschte ihn, daß er sie nicht nackt auszog und sie auf der Stelle nahm. Das wäre weiß Gott eine geringe Entschädigung für sein verwirktes Leben gewesen.

Er sah in ihren Augen, daß sie genau das von ihm erwartete. Und er wollte es, er hatte es vom ersten Augenblick an gewollt – schon als er das Bild von ihr gesehen hatte und schon seit der Nacht, in der er ihr erstmals gegenübergestanden hatte. Er hatte sie begehrt. Aber er hatte sich zurückgehalten. Jetzt bestand kein Grund mehr, sich noch länger zurückzuhalten.

Nicht der geringste Grund. Er würde sie nehmen.

Hier.

Jetzt.

Der letzte Wunsch eines Sterbenden: seinem Schöpfer mit einem Engel in seinen Armen gegenüberzutreten.

Er löste seinen Gürtel. Jennifer sprang auf und wich vor ihm zurück, als sie seinen kalten Blick auf sich spürte. Was hatte er vor? Sie schaute auf seinen Gürtel. Er wollte sie doch nicht etwa schlagen? Was könnte das schon ändern?

Langsam kam er auf sie zu, bis er so dicht vor ihr stand, daß sie die Schweißperlen auf seinem Hals sehen konnte. Sie war nicht in der Lage, die Augen abzuwenden oder auch nur ein Wort vorzubringen. Er ließ den Gürtel fallen, knöpfte sein Hemd auf und riß es sich vom Leib. Dann legten sich seine Hände auf die Knöpfe seiner Hose, und er schnippte sie auf, einen nach dem anderen.

Jennifers Mund wurde trocken, als sie begriff. Nein. Er würde sie nicht schlagen. Er würde sie vergewaltigen.

»Nein«, sagte sie und wich zurück. »Hast du den Verstand verloren? Du bist ein Marshal der Vereinigten Staaten! Die... die laufen doch nicht durch die Gegend und vergewaltigen Leute.«

»Ich habe nicht vor, *Leute* zu vergewaltigen.«

»Was hast du dann vor?«

»Ich werde *dich* lieben, Engel.«

»Wie kannst du von Liebe sprechen, wenn ich keinerlei Bereitschaft habe?«

»Das wird sich schnell ändern.«

»O nein! Ich weiß, daß sich daran nichts ändern wird! Ich werde es niemals wollen!«

»Dann müssen wir eben ein anderes Wort dafür finden, stimmt's? Wofür entscheiden wir uns? Unzucht? Vögeln? Geschlechtsverkehr? Paarung? Oder wäre es dir lieber, wenn ich es f...«

»Nein! Ich will nichts davon hören!« sagte sie und preßte sich die Hände auf die Ohren. Als er nichts mehr sagte, ließ sie die Hände wieder sinken. »Du wärst zu allem bereit, um mich zu demütigen, stimmt's? Glaubst du, ich lasse zu, daß du in meiner Gegenwart unanständige Ausdrücke benutzt? Das kannst du nicht tun, Jay.«

»Ach, nein? Ich fürchte, du unterschätzt mich gewaltig. Ich kann es... ich kann es sogar ausgesprochen gut.«

Sie sah sich in panischer Angst nach einem Zufluchtsort um, nach einem Versteck, einem Unterschlupf. Aber sie konnte nicht fortlaufen, nicht hier in dieser gewaltigen, menschenleeren Weite. Sie sah ihn wieder an und las in seiner triumphierenden Miene, daß ihm das schon längst klar war. »Jay...«

»Jetzt komm schon. Du willst doch gewiß nicht die zaudernde Jungfrau spielen. Bist du denn kein bißchen neugierig, Engel? Möchtest du denn gar nicht wissen, wie es mit mir sein wird?«

»Nein.«

»Ich glaube, du lügst, Baby. Ich glaube, du bist teuflisch neugierig darauf.«

»Selbst wenn ich es wäre, dann heißt das noch lange nicht, daß ich meiner Neugier nachgebe. Kultivierte Menschen laufen nicht rum und geben jeder Laune nach, jedem zufälligen Anstoß.«

»Und warum nicht? Was hindert sie daran?«

»Die Moral.«

»Ich besitze keine.«

»Menschliche Güte.«

»Soweit reicht meine nicht.«

»Überzeugungen.«

»Was ich aus Überzeugung tue, kann ich nicht aus Überzeugung bleiben lassen.«

»Die Religion.«

»Das, was wir gleich tun, kommt in der Bibel ständig vor.«

»In der Bibel wird auch viel gemordet, und trotzdem hat ein Mord nicht Gottes Segen.«

»Es geht nicht um Gottes Segen, Engelchen. Es geht nur darum, ob es schön ist.«

Mit aufgeknöpfter Hose und ohne Hemd ragte er wie eine drohende Gewitterwolke über ihr. »Jetzt ist Schluß, Jenny. Zieh dich aus.«

Ihre Augen schwelten, und einen Moment lang fürchtete sie, sie könnte den letzten Rest an Selbstbeherrschung auch noch verlieren. »Du versuchst nur, mir angst zu machen. Es kann nicht dein Ernst sein. Das würdest du nicht wagen«, sagte sie. »Selbst du könntest nicht derart herzlos sein.«

»O doch, ich wage es ohne weiteres. Und von wegen herzlos... du hast vollkommen recht. Mir ist das Herz vor langer Zeit schon ausgerissen worden.«

Sie war erschöpft. Sie wollte nicht mehr kämpfen. Aber dann fiel ihr wieder ein, daß sie auch nicht vergewaltigt werden wollte.

»Hast du mich nicht verstanden, Engelchen? Ich habe gesagt, du sollst dich ausziehen. Und zwar ganz. Ich will dich splitternackt mit gespreizten Beinen.«

»Ich verstehe dich nicht. Was willst du damit beweisen? Was erhoffst du dir davon? Wie kannst du jemanden wollen, der dich nicht will?«

Er sprang mit einem Satz auf sie zu und riß sie mit funkelnden Augen an sich. »Du sollst gar nicht erst versuchen, mich zu verstehen.«

»Dann laß mich in Ruhe!« sagte sie und war wütend über die Leichtigkeit, mit der er sie so behandeln konnte, als hätte sie überhaupt keine Rechte. »Seit wir uns das erste Mal gesehen haben, tust du nichts anderes, als mich gewaltsam zu Dingen zu zwingen, die ich nicht will. Ich habe es satt, rumgeschubst zu werden. Es geht jetzt schon lange genug nach deinem Kopf. Ich habe vielleicht keine andere Wahl als die, hier zu sterben, aber so etwas brauche ich mir trotzdem nicht gefallen zu lassen.«

»Ach, nein?« Er preßte sie fester an sich, verschränkte die Hände hinter ihrem Kopf und küßte sie brutal, bis sie atemlos dastand und wankte, weil ihr die Knie weich wurden. »Du wirst jede meiner Entscheidungen hinnehmen, weil dir gar nichts anderes übrig bleibt.«

Sie tauchte unter seinen Armen durch und rannte. Er hatte sie eingeholt, bevor sie sein Pferd erreicht hatte. Sein Arm schlang sich um ihre Taille, und mit einer Hand bog er ihr die Hände auf den Rükken. Mit der anderen riß er ihr die Bluse aus dem Rock. Dann warf er sie zu Boden.

Jetzt hatte er sie da, wo er sie haben wollte, und jede Wut und Lust fiel von ihm ab. Er wollte sie immer noch – aber er wollte, daß sie ihn begehrte. Sie verwirrte ihn. Sie stand für all die Dinge, die er vor Jahren aus seinem Leben verbannt hatte. Und dennoch wollte er sie haben.

Sie war jetzt in seiner Gewalt, diese fauchende schwarze Katze, aber in Wahrheit war sie zur Hälfte Engel, zur anderen Hälfte Kurtisane, mit ihren verführerischen purpurfarbenen Augen und dem Kußmund. Er beobachtete, wie sie ihn ansah und dann die Augen fest zukniff, als er langsam ihre Bluse und ihr Hemd aufknöpfte. Ein Finger glitt durch den Spalt zwischen ihren Brüsten und auf ihren Bauch. Sie wandte den Kopf ab und ballte die Hände zu Fäusten. Nie hatte er den Körper einer Frau so bewußt unter sich wahrgenommen.

Und Jennifer hatte das Spiel der Muskeln im festen, flachen Bauch eines Mannes noch nie gespürt. Seine Augen fraßen sich in sie wie Brandeisen, und sie wand sich heftig unter ihm und ging mit den Nägeln auf seine Schultern und Arme los, um ihn abzuschütteln. Sein Körper bewegte sich rhythmisch auf ihrem, und sie kämpfte jetzt zwei Schlachten: eine darum, sein Gewicht von sich zu schleudern, und die andere darum, sich nicht von seinem Rhythmus mitreißen zu lassen.

Ihre Blicke trafen sich, und einen Moment sah er sie so an, als wollte er etwas zu ihr sagen, etwas Zartes und Nettes, um die Bitterkeit zu lindern, die gerade noch zwischen ihnen geherrscht hatte. Sie hörte auf, sich zu wehren, als er die Hand hob, um ihr die zerzausten Haarsträhnen aus der Stirn zu streichen, ehe er sachte ihr Gesicht streichelte und einen Finger über ihren Nasenrücken und ihre aufgequollenen Lippen gleiten ließ.

Er fand sie unglaublich hübsch, als sie so unter ihm lag, gertenschlank, das tintenschwarze Haar wie einen Umhang ausgebreitet und diese prachtvollen Veilchenaugen, die ihm zugewandt waren – Augen, die vom ersten Moment an sein Untergang gewesen waren. In seinen Lenden regte und spannte sich etwas, bis er glaubte, vor Verlangen verrückt zu werden. Er senkte den Mund, um ihre Kapitulation herbeizuführen, doch als seine Lippen sich gerade auf ihre legen wollten, wandte sie den Kopf ab, und sein Kuß landete auf ihrer Wange. Der Moment war unwiderruflich vergangen, so wenig wieder einzufangen wie eine Blume, die auf einem Fluß treibt und dem Blick entschwindet.

Er stemmte seine Hände auf ihr seidiges Haar, und er stieß einen gequälten Schrei aus. Dann stöhnte er, und sie ahnte, daß er mit seinen niederen Instinkten kämpfte, seiner rein animalischen Lust und einem höhergestellten menschlichen Moralkodex. Sie hob die Hände und wollte sie auf das goldene Haar in seinem Nacken legen. Das Verlangen nach ihm drängte sie, die Arme um ihn zu schlingen und ihn an sich zu ziehen. Doch ihr Haß war so heftig, daß sie es nicht tun konnte. Sie ließ die Arme fallen, ohne ihn auch nur berührt zu haben, und eine furchtbare Traurigkeit bemächtigte sich ihrer, das Gefühl der Leere nach einem großen Verlust. Der Kummer lastete schwer auf ihrer Brust, ihr Herz schlug schmerzhaft schnell, und ihre Augen brannten wie Feuer, weil sie den instinktiven Drang verspürte, zu weinen. *Ich werde nicht weinen,* sagte sie sich. *Nein, ganz bestimmt nicht.*

Fluchend stützte er sich auf die Ellbogen und starrte in ihr Gesicht, fuhr die Konturen ihrer Lippen mit einem Finger nach. Als er sie lächelnd ansah, stand eine Mischung aus Traurigkeit und Bedauern auf seinem Gesicht, dessen Schönheit ihr nahezu den Atem verschlug. »Ich denke, das ist wohl gar keine so üble Art zu sterben«, sagte er. »Seinem Schöpfer mit einem Engel in den Armen gegenüberzutreten.«

Er sah auf sie herab, und seine rauchblauen Augen waren vor Verwunderung groß – oder war es Ungläubigkeit? Doch dann war der Ausdruck verflogen, so schnell, daß sie sich fragte, ob sie ihn wirklich gesehen hatte. »Laß mich aufstehen, Jay.«

Er schüttelte den Kopf, nicht verneinend, sondern eher, als sei er mit sich selbst im unreinen. »Ich weiß nicht, ob ich das tun kann. Du hast etwas an dir – was, das weiß ich nicht, und ich verstehe es auch nicht. Vielleicht sendest du einen Duft aus wie eine Blume oder eine läufige Hündin. Aber dieses Etwas ist da, was mich anlockt und mich in deiner Gegenwart immer etwas verrückt spielen läßt.«

»Das gibt dir noch kein Recht auf meinen Körper.«

»Nein. Wahrscheinlich nicht«, sagte er. »Wie meine Bemühungen um dich dir auch nicht das Recht gegeben haben, meinem Leben ein Ende zu setzen.«

»Ich glaube nicht...« Ihre Stimme riß ab. »Ich werde für das, was ich getan habe, sterben, und ich finde, das genügt... ich glaube nicht, daß ich es verdient habe, noch dazu vergewaltigt zu werden.«

Er sah sie seltsam an, als wüßte er nicht, wer sie war. Abrupt und ohne ein Wort zu sagen, sprang er auf. »Dann zieh dich wieder ordentlich an.« Er zog sein Hemd an und knöpfte seine Hose zu, ehe er seinen Gürtel umlegte. Er ließ sie keinen Moment aus den Augen, bis sie sich angezogen hatte. Dann ging er auf sie zu.

Sie leistete keinen Widerstand, als er sie auf die Füße zog, und blieb auf der Stelle stehen, während sie den Blick ausdruckslos auf die endlose Weite richtete, die sich vor ihnen erstreckte.

Jay ging zu seinem Sattel, nahm die Satteltaschen ab und drehte sich dann zu Jennifer um. Sie beobachtete ihn jetzt, und ihr Blick glitt von seinem Pferd zu den Satteltaschen in seiner Hand. »Was tust du da?«

»Ich entlaste Brady soweit wie möglich.« Er schlang sich die Satteltaschen über die Schulter und kam auf sie zu.

»Was hast du damit vor?«

»Ich bringe sie dir, Engelchen. Du wolltest auf eigene Faust verschwinden und meine gesamte Habe mitnehmen. Ich will dich doch nicht enttäuschen.«

»Ich verstehe dich nicht.«

»Du wolltest heute morgen als erste das Lager verlassen. Ich gebe dir jetzt die Gelegenheit dazu, das ist alles.« Er blieb vor ihr stehen, zog die Satteltaschen von seiner Schulter und hängte sie ihr über.

»Du kannst aufbrechen, wann du willst«, sagte er. »Du wirst vor mir herlaufen. Jedesmal, wenn du meckerst, fluchst oder mir das kleinste bißchen Ärger machst oder auch nur irgend etwas unternimmst, was unser Vorankommen verlangsamt, werde ich Brady noch mehr von seiner Last abnehmen und dir etwas von dem abgeben, was er trägt.« Er drehte sich um, schwang sich auf Brady, machte eine spöttische ausholende Armbewegung und sagte: »Wann immer Sie bereit sind, Miss Baxter.«

»Wenn du glaubst, daß ich laufe, während du deine Füße schonst und reitest, dann täuschst du dich.«

Seine Augen wurden dunkler. »Du wirst dich auf der Stelle in Bewegung setzen, oder ich reite los und lasse dich hier... genau das hattest du doch mit mir vor. Wofür entscheidest du dich?«

»In welche Richtung laufe ich?«

Er hörte, daß ihre Stimme brüchig war, doch als er sie ansah, waren ihre Augen wütend und frei von Tränen. Fast hätte er sich ihrer erbarmt, aber ehe er sich erweichen ließ, sagte er: »Ein paar Stunden wird die Sonne vor uns stehen, und du kannst ihr folgen. Anschließend richtest du dich nach dem höchsten Gipfel, den du in der Ferne siehst.«

»Und wenn es dunkel wird? Wonach richte ich mich dann? So leicht läßt du mich doch sicher nicht davonkommen. Warum solltest du mich überhaupt ausruhen lassen? Warum soll ich nicht auch noch die ganze Nacht weiterlaufen?«

»Weil Brady Ruhe braucht.«

Ihr Gesicht wurde glühend rot. »Dein Pferd bedeutet dir wohl mehr als ich?«

»Gut beobachtet. Willst du jetzt vorausgehen, oder soll ich dir noch mehr zu tragen geben?«

Jennifer setzte sich in Bewegung und lief auf die Sonne zu. Ihre Haltung war stolz, ihr Kopf hoch erhoben. Er sah ihr nach, ehe er ihr auf Brady folgte. Sie war so wütend, daß sie lange Zeit gar nicht merkte, wie unbehaglich sie sich fühlte, wie unglaublich durstig sie war, wie taub ihre Beine waren und welchen reißenden Schmerz sie zwischen den Schultern spürte.

Sie hatte keine Vorstellung davon, wie weit sie gelaufen war, aber ihre Kehle war mehr als trocken, und die Wüste vor ihr spielte ihr Streiche und blitzte wie ein silberner See. Sie blickte auf und sah, daß die Sonne direkt über ihr stand. Die Hitze schien ihre Knochen zu schmelzen und ihr jeden Orientierungssinn zu nehmen. Ihre Knie gaben nach, und sie stolperte, zog sich dann wieder auf die Füße, lief weiter und wußte, daß sie schwankte, statt gerade zu laufen, aber sie konnte nichts daran ändern.

Sie mußte sich von ihrem körperlichen Unbehagen ablenken, mußte an etwas anderes denken, um nicht wahnsinnig zu werden. Also dachte sie an Jay Culhane und fragte sich, ob seine überwältigende Kraft doch noch siegen würde. Dann würde sie als seine Hure enden, nicht mehr und nicht weniger. Sie steigerte sich immer mehr in ihre Wut hinein, und das war gut so, denn sie konnte nicht gleichzeitig zornig auf Jay Culhane sein und ans Sterben denken.

Sie fragte sich, ob er ihr folgte, aber sie dachte gar nicht daran, sich umzudrehen. Sie wollte ihm keinesfalls das Gefühl geben, daß es sie auch nur eine Bohne interessierte, ob er noch da war oder nicht. Dieser Mann war wirklich ein übler Schuft, und er hatte kein Recht, sie so zu behandeln. Er wurde dafür bezahlt, daß er sie sicher nach Hause brachte, oder etwa nicht? Sogar gut bezahlt. Von ihrem eigenen Vater bezahlt. *Bezahlt!* Das ging zu weit. Das würde ihr Vater nicht dulden. *Und ich mache es auch nicht mit.* Bei diesem Gedanken plumpste Jenny in den Sand.

Ein paar Minuten später hörte sie Jay und spürte augenblicklich, wie wohltuend es war, als seine breiten Schultern sie vor der glühenden Sonne schützten. Sie legte den Kopf zurück, um ihn anzusehen, und dabei stellte sie fest, daß er Brady geführt hatte und nicht auf ihm geritten war.

»Ich kann mich nicht erinnern, dir gesagt zu haben, daß du anhalten sollst.«

»Ich kann mich auch nicht erinnern, so etwas gehört zu haben.«

»Auf die Füße, kleines Mädchen, oder ich mache es dir noch schwerer.«

Sie sah ihn angewidert an. »Das ist gar nicht möglich.«

Er lächelte. »O doch, und ich werde es tun. Glaub mir. Und jetzt steh auf.«

»Und wenn ich mich weigere?«

»Wir fangen mit den Decken an.«

»Fang an, womit du willst. Du kannst mich nicht dazu zwingen, alles zu tragen.«

»Du willst dich also lieber hinsetzen und gleich hier sterben, ohne wenigstens einen Versuch zu machen?«

»Ich habe gesagt, du kannst mich nicht zwingen, alles zu tragen. Ich habe nicht gesagt, daß ich nicht weiterlaufe.«

»Vielleicht habe ich vergessen zu erwähnen, daß ich dir für alles, was ich dir zum Tragen gebe, etwas wegnehme.«

»Mir etwas wegnehmen?« Sie sah ihn fragend an. »Das verstehe ich nicht. Was könntest du mir denn wegnehmen? Meine Rechte und meine Würde hast du mir bereits genommen. Was ist denn noch übrig?«

»Deine Kleidung. Bis zum letzten Fetzen, wenn es nötig wird.«

Sie zog sich mühsam auf die Füße. »So grausam wärst selbst du nicht.«

»Stell mich ruhig auf die Probe«, sagte er. Er band die Decken los und schnallte sie auf die Satteltaschen. »Um dir zu zeigen, daß ich nicht durch und durch gefühllos bin, überlasse ich dir die Entscheidung, was du mir gibst.«

»Du bist ja verrückt!« brauste sie auf. »Du bist...«

»Und du vergeudest kostbare Zeit. Und jetzt gib mir etwas, und zwar sofort, Mädchen, oder ich ziehe dich von Kopf bis Fuß aus, so wahr mir Gott helfe.«

»Ich brauche meine Kleider«, kreischte sie. »Das weißt du doch selbst! Ich brate in der Sonne.«

»Darüber hättest du dir eher Gedanken machen sollen.« Er ging auf sie zu, und sie wich zurück.

»Also gut!« Sie blieb stehen, sah an sich herunter und versuchte zu entscheiden, was sie ihm geben sollte, als er lachte.

»Deine schönen Brüste brauchst du noch nicht zu entblößen.« Sein spöttisches Grinsen wurde noch breiter. »Du könntest mir etwas... weniger Auffälliges geben.«

»Du...«

»Dreckskerl«, sagte er matt. »Diesen Beinamen haben wir schon vor einer ganzen Weile festgehalten.« Dann streckte er die Hand aus und schnippte mit den Fingern. »Also, bitte, sei so freundlich.«

Freundlich war sie keineswegs, aber sie wußte, daß dieser Rohling seine Drohung wahrmachen und sie entblößen würde. Sie war zu wütend, um ihn aufzufordern, sich umzudrehen. Sie ließ die Satteltaschen fallen, griff unter ihren Rock und kämpfte mit ihrem Schlüpfer. Dabei wünschte sie, sie hätte die Voraussicht besessen, mindestens zehn Petticoats und nicht gar keinen anzuziehen. Als sie den Schlüpfer ausgezogen hatte, warf sie ihn Jay ins Gesicht. Mühelos fing er ihn mit einer Hand auf und hob ihn dann höhnisch in die Luft. Ihr Gesicht wurde flammendrot, und stumm verfluchte sie ihn. Dann hob sie die Satteltaschen auf und setzte sich wieder in Bewegung.

»Du läufst in die falsche Richtung.«

»Ich nehme den malerischen Weg, den landschaftlich schöneren«, sagte sie und wandte sich wieder den Bergen zu. Jay sah ihr nach, hängte ihren Schlüpfer über den Sattelknauf und schwang sich in den Sattel.

Als sie die sandigen Hänge erreichten, hinter denen eine rauhere Gegend lag, brannte der Schweiß in ihren Augen, ihre Lunge schmerzte, und ihre Beine waren bis über die Knie taub. Als immer mehr Lavagestein den Sand ablöste, stolperte sie und spürte, wie die Abschürfungen an ihren Händen und Knien schmerzten, als sie hinfiel. Einen Augenblick blieb sie liegen. Als sie Jay von hinten auf sich zukommen hörte, zog sie sich mühsam wieder auf die Füße.

Um sich von ihrem Elend abzulenken, fing sie an, ihn wieder zu verfluchen, und da ihr das eine gewisse Genugtuung verschaffte, begann sie, ihn auf spanisch zu beschimpfen. Sie bedachte ihn mit jedem Schimpfwort, das ihr einfiel, und sie begnügte sich nicht länger damit, leise vor sich hin zu flüstern, sondern fluchte so polternd wie ein erfahrener Matrose.

Sie hatte fast vergessen, daß er hinter ihr war, als er ruhig sagte: »Wenn schon sonst nichts, dann muß ich doch deine Ausdauer loben. Da du so schnell nichts mehr zu trinken bekommst, muß ich dir allerdings vorschlagen, sparsamer mit deiner Ausdrucksweise umzugehen und deine Kraft zu schonen. Du wirst sie noch brauchen.«

»Und dich kann der Teufel holen, du Sohn des Hades!« sagte sie und ließ die Satteltaschen fallen. Dann plumpste sie selbst auf den Boden.

»Wirst du mit mir kommen, holde Persephone?«

»Mit dir ginge ich nicht mal zu einem Hundekampf.«

Er lachte und warf seine Flinte neben die Satteltaschen.

»Komm nicht auf dumme Gedanken. Sie ist nicht geladen.« Sie sah ihn ausdruckslos an, aber er streckte nur einfach die Hand aus und sagte: »Und was gibst du mir diesmal?«

Ein paar Minuten später beschimpfte sie ihn wieder, ehe sie ihm ihr Unterhemd an den Kopf warf, die Satteltaschen und die Decken aufhob und sich beim Laufen die Bluse zuknöpfte.

Um sie herum schimmerte die Wüste nach allen Seiten wie Glas in der Ferne, als die Sonne höher steig und dann langsam tiefer sank. Ihre Haut brannte unter der dicken Staubschicht, und der Schweiß, der aus ihren Poren strömte, brannte auf ihren aufgeschürften Händen und Knien. Sie legten eine Meile nach der anderen zurück, und das in einer Gegend, die immer rauher wurde, als sie allmählich die sandige Ebene hinter sich ließen. Die Berge in der Ferne schienen seit dem Morgen nicht näher gerückt zu sein.

Trotz ihrer Schmerzen und ihres Unbehagens hatte Jennifer in all ihrem Leid das Gefühl, daß er nachgeben würde, wenn sie hinfiele und ihm sagte, sie könne nicht aufstehen. Aber sie dachte gar nicht daran aufzugeben, und sie wollte ihm auch nichts vormachen, nicht auf Listen zurückgreifen und sich nicht geschlagen geben. Sie war nicht nur wutentbrannt und gedemütigt, sondern sie war noch dazu trotzig und entschlossen, und ihr Trotz trieb sie auf bleischweren Beinen voran.

Nach einer Weile fiel sie wieder hin, und diesmal konnten selbst ihre Rachegelüste sie nicht wieder auf die Füße bringen, obwohl sie immer wieder versuchte aufzustehen, doch sie wankte und kroch nur noch. Sie spürte einen brennenden Stich in ihrem Beckenknochen und dann einen zweiten in der Brust, der ihr einen erstickten Schrei entlockte. Jetzt war ihr gleichgültig, wer als Sieger hervorging. Schließlich würden sie doch beide als Verlierer enden. Ihr war nicht klar, daß sie zwar aufgegeben hatte, ihr Körper aber noch nicht. Als sie auf die Füße gekommen war, machte sie einen Schritt und wankte. Ihre Brust schmerzte vor Überanstrengung und Staub, und Schwindelgefühle drohten sie zu überwältigen. Ihre Lider flatterten, um sie herum wurde es dunkler, und die Wüste schien sich im Kreis um sie zu drehen.

Als sie die Augen wieder aufschlug, sah sie ein Paar staubige Stiefel. Sie schloß die Augen wieder gegen die blendende Sonne. Sie versuchte, ihm zu sagen, daß sie Durst hatte, aber ihr Mund war so trocken, daß sie kein Wort herausbrachte. Etwas Kühles berührte ihre Lippen. Kühl und feucht. Ihre Zunge tastete sich vor, um dieses Gefühl zu bestätigen, und sie kam in Kontakt mit Jays Finger. Er tauchte seinen Finger ein zweites Mal ins Wasser und rieb die Flüssigkeit auf ihre ausgedörrten Lippen.

»Mach den Mund auf«, befahl er grob.

Sie tat es und rechnete damit, daß er ihr Wasser geben würde. Als er ihr ein paar nasse Kieselsteine in den Mund steckte, versuchte sie, sie auszuspucken. »Nein!«, sagte er, und seine Hand legte sich auf ihren Mund. »Sie helfen gegen die schlimmste Trockenheit. Du mußt sie nur im Mund behalten.«

Die Kieselsteine halfen wirklich, aber Jennifer war so erschöpft, daß sie es nicht wirklich wahrnahm. Als sie wieder auf den Füßen war und weiterlief, ließ sie den schmerzenden Kopf immer tiefer hängen. Es interessierte sie nicht mehr, wohin sie ging. Ihr ganzer Körper war inzwischen so taub, daß sie stolpern und hinfallen konnte, ohne etwas zu spüren. Ihre Lunge schmerzte nicht mehr, oder wenn sie es doch tat, dann merkte sie es nicht mehr. Ihr Kopf pochte entsetzlich. Sie sank auf die Knie. *Soll er mich doch nackt ausziehen und mich hinter sich herzerren oder mich für die Geier liegen lassen. Das ist mir jetzt völlig egal.*

»Ich würde sagen, du hast deine Lektion gelernt.«

Jennifer starrte die Stiefel an, hob den Kopf und versuchte, die unergründlichen Augen klar zu erkennen, die sie anstarrten. Die Augen kamen näher, und sie zuckte zurück, als sich zwei Hände unter ihre Achseln legten und sie hochzogen. Er hob sie hoch, trug sie ein paar Meter weit und setzte sie in den Sattel. Dann stieg Jay hinter ihr auf.

Er nahm die Zügel in die linke Hand und schlang die andere Hand um ihre Mitte, um sie an sich zu ziehen. Irgend etwas in ihrem Hinterkopf sagte Jennifer, daß sie sich wehren und Widerstand leisten sollte, aber dieser Befehl verlor sich irgendwo in ihrem Nervengeflecht. Als Jay Brady antrieb, fiel Jennifers Kopf an seine Brust, und sie schloß die Augen.

Die Wüste war in die roten und goldenen Töne der Abenddämmerung getaucht, als sie die Augen wieder aufschlug und einen Moment brauchte, um zu erkennen, daß Jay sie irgendwann, als sie geschlafen hatte, auf seinen Schoß gezogen hatte. Ihre Füße hingen jetzt rechts neben seinem Sattel. Ihre rechte Schulter klemmte zwischen seinem linken Arm und seinem Oberkörper, und ihre Wange ruhte an dem festen Polster seiner Schulter. Als sie herumruckelte, sah sie dort, wo ihr Kopf gelegen hatte, einen feuchten Kreis mit einem Rand aus Salz auf seinem Hemd. Sie versuchte, den Kopf stillzuhalten, als sie aufblickte und ein kräftiges Kinn mit Bartstoppeln sah. Seltsame Gerüchte vermengten sich miteinander: nach Mann, Pferd und Schweiß, und dazu kam ihr eigener Geruch, und dieser Duft versicherte ihr zuverlässig, daß sie noch am Leben war. Aber wie lange noch?

Er hob ihren Kopf hoch und sah sie an. Beide sagten lange Zeit nichts. Wenn es auch noch so seltsam sein mochte, empfand sie doch eine vollkommene Zufriedenheit, ohne einen Gedanken an die Vergangenheit oder an die Zukunft zu verschwenden, an die Rollen, die sie beide spielen mußten, an das unvermeidliche Ende, das sie gemeinsam ereilen würde. Diese Stille war auf ihre Art vollkommen. Es war doch seltsam, daß man mit einem anderen Menschen gemeinsame Stille erleben und doch zu einem Verständnis der anderen Person gelangen konnte.

Sie machte sich Gedanken über diesen fremden Mann, der sie im Arm hielt, diesen seltsamen Menschen, dessen Lippen sie in ihrem Haar fühlte. Ihr Herz schlug augenblicklich schneller. Ihr Mund war trocken. Sie hatte jetzt schon so lange Durst. Die Hitze war allgegenwärtig und laugte sie aus, sog die Kraft aus ihr und entzog ihrem Körper kostbare Flüssigkeit. Sie glaubte, eine Biene summen zu hören, aber es war nur ein lautes Surren in ihren Ohren. Ihr Verstand umnebelte sich. Ihre Augenlider fielen herunter, flatterten und schlossen sich ganz. Die köstliche Linderung, die sie fühlte, konnte ihr nur noch der Schlaf bieten.

8

Als sie an den Ruinen eines alten Dorfs anhielten, hatte Jennifer mehr als genug Zeit gehabt, ihre Versuche zu bereuen, Jay Culhane etwas zu stehlen. Sie ritten durch eine felsige Gegend, die nicht besonders schön anzusehen war, aber wenigstens hatten sie die Ebene und den Wind hinter sich gelassen. Die Sonne hatte bereits einen Teil ihrer Glut eingebüßt, da die Nacht näherrückte und ein Nachlassen der gnadenlosen Hitze versprach, die ihren Körpern die letzte kostbare Flüssigkeit entzog.

Sie wollte etwas sagen, aber ihr Mund war so ausgedörrt, daß sie es aufgab. Jay stieg ab und hob sie vom Pferd. Als ihre Füße den Boden berührten, knickten ihre Knie ein, und sie wäre hingefallen, wenn er sie nicht festgehalten hätte. Er hielt ihr die Wasserflasche an die Lippen. »Erst nur einen kleinen Schluck«, sagte er. »Mehr nicht, später bekommst du noch ein bißchen.«

Sie füllte sich den Mund mit Wasser und schluckte es augenblicklich, doch den zweiten Schluck der kostbaren Flüssigkeit behielt sie möglichst lange im Mund, ehe sie schluckte. *Das ist also das letzte Wasser. Wie lange werden wir jetzt noch leben? Ohne Wasser bestenfalls noch einen Tag.* Sie spürte, wie sich ihre Kehle zuschnürte, und sie wandte abrupt den Kopf ab.

Sie spürte seine Hand auf ihrem Gesicht, als er ihren Kopf sachte umdrehte, bis sie ihm direkt in die Augen sah. Seine Stimme war zarter als gewöhnlich und klang verführerisch. »Ich habe nicht erwartet, daß es so enden wird. Und wenn ich auch bedaure, daß du ebenfalls betroffen bist, dann kann ich doch nicht behaupten, daß es mir besonders leid tut. Ich muß gestehen, ich finde die Vorstellung, mit dir in meinen Armen zu sterben, weit erfreulicher als den Gedanken an eine Kugel im Rücken und einen einsamen Tod in einer abgelegenen Schlucht.«

Sie versuchte wieder, den Kopf abzuwenden, aber er hielt sie fest. Sie sah ihn wutentbrannt an. »Wie kommst du auf den Gedanken, daß ich meine letzten Sekunden auf Erden in deinen Armen verbringen will? Es ist schon Strafe genug, daß ich sterben muß, aber dann will ich nicht auch noch deinen beißenden Spott über mich ergehen lassen und meinem Schöpfer mit den letzten Spuren der Lust auf den Lippen gegenübertreten... Das geht zu weit.«

Er sah auf sie hinunter, und seine Blicke glitten langsam über sie, als wollte er sie sich genau ins Gedächtnis einprägen. »Du machst es einem Mann teuflisch schwer, Engelchen.«

»Ich verabscheue deinen Anblick. Ich kann nun mal nicht unaufrichtig sein.«

»Ach, meine süße Unschuld, du magst ja an deinem Haß festhalten, aber wenn ich dir in die Augen schaue, sehe ich das aufkeimende Verlangen.« Sein lasziver Tonfall hätte ihr eine Warnung sein sollen, aber sie konnte an nichts anderes als an seine Nähe denken und daran, wie unlogisch ihr Körper auf ihn reagierte. Er lächelte und beugte sich zu ihr vor. »Trotze mir, soviel du willst, aber dein Körper wird es nicht tun, denn ich erinnere mich nur zu gut daran, wie gern er sich von meiner Hand verwöhnen läßt.«

»Du Dreckskerl!« Sie hob die Hand, um ihn zu ohrfeigen, doch er packte mühelos ihre Handgelenke und bog sie ihr mit einer Hand auf den Rücken. Sie haßte ihn. Aber noch mehr haßte sie sich selbst für ihr Begehren, obwohl sie ihn derart verabscheute.

»Ich habe deine spitze Zunge satt. Hast du verstanden?«

»Dein Anblick ist mir verhaßt«, fauchte sie.

»Das bezweifle ich nicht, aber du wirst mir trotzdem antworten.« Er preßte ihre Handgelenke fester zusammen, und sie schrie vor Schmerz auf.

»Ja«, sagte sie und kämpfte gegen die Tränen an. »Ich habe verstanden.«

Er senkte den Kopf, hielt sie fest und rieb seine stoppelige Wange an ihr. Ein Schauer durchzuckte sie, und sie hörte sein leises Lachen. Dann sank seine Hand tiefer, um ihre Bluse aufzuknöpfen und ihre Brüste bloßzulegen. Als er sie streichelte und neckte, spürte sie ihre Reaktion und schloß die Augen, denn er lachte spöttisch. »Ja, meine Schönheit, du sagst, daß du mich haßt, aber dein Körper verweigert einer solchen Lüge seinen Segen.«

Er ließ sie abrupt los. Ihre Knie wurden weich, und sie sank zu Boden. Sie war so erschöpft, daß ihr ganz gleichgültig war, wo sie lag, solange sie sich wenigstens ausruhen konnte.

Sie hörte, daß er das Lager aufschlug, und sie fragte sich, warum er sich diese Mühe machte. Morgen um die Zeit würde es keine Rolle mehr spielen, ob sie gegessen oder geschlafen hatten. Es war eine seltsame Erkenntnis, daß sie selbst angesichts des Todes ihr Leben so weiterführten, als existierte diese Gewißheit nicht. Bevor sie einschlief, dachte sie: *Ich sollte diesem Dreckskerl noch soviel Ärger wie möglich machen.*

Als Jay sich zu ihr umwandte, hatte sich Jennifer auf den Bauch gedreht und lag da wie Leder zum Gerben in der Sonne. Sie war erschöpft, schmutzverkrustet und von der Sonne verbrannt, und trotzdem war sie noch begehrenswert, da er *wußte,* was sich unter dem Schmutz und den Fetzen verbarg. Einen Moment lang bereute er, daß er sie so grob behandelt hatte. Eigentlich war es gar nicht sein Wunsch, sich als Gebieter aufzuspielen; er wollte sie nur zur Vernunft bringen und dazu, sich selbst gegenüber ehrlich zu sein. *Es ist nur zu ihrem Besten,* dachte er. *Sie wird sich eingestehen, daß sie mich begehrt, wie ich mir auch eingestanden habe, daß ich sie begehre. Bis dahin werden wir unsere Kräfte miteinander messen.* Dann fiel ihm wieder ein, wie wenig Zeit ihnen noch blieb. *Ich brauche mehr Zeit. Ich brauche unbedingt mehr Zeit.* Er fluchte leise vor sich hin.

Er schüttelte den Kopf, und trotz der Gewißheit des bevorstehenden Todes verzogen sich seine Lippen zu einem Lächeln. Vor ihm ausgebreitet lag der starrköpfigste Quälgeist, der ihm je begegnet war. Aber sie war eine ganz beachtliche Frau, eine echte Kämpfernatur. Sie war wie ein Segelschiff, bei dem die Faszination hoher Geschwindigkeit und latenter Gefahr Hand in Hand ging. Seltsam, daß sie ihn wieder an seine Zeiten auf See denken ließ, denn an diesen Abschnitt seiner Vergangenheit hatte er schon sehr, sehr lange nicht mehr gedacht.

Er blickte auf die endlose Sandwüste, die hinter ihnen lag, und erinnerte sich an die überschwengliche Freude, mit der er das Steuer in seinen Händen gehalten hatte, und er fragte sich, warum ihn das Mädchen derart faszinierte. Er hatte zwar abgesehen von dem einen offensichtlichen Zweck kaum Verwendung für Frauen, doch er wußte, daß Jennifer nicht so wie viele andere war. Sie war der Traum eines Seemanns, schnittig und mit Tiefgang.

Sie hörte am Klirren seiner Sporen, daß er auf sie zukam. Es hätte ihm auch gar nicht ähnlich gesehen, wenn er sie in Ruhe gelassen hätte, denn es lag ja in seiner Natur, sie zu schikanieren. Sie hielt die Augen geschlossen, aber sie wußte, daß er über ihr stand und das Wrack begutachtete. Er drehte sie sachte um, und als sie auf dem Rücken lag, legte sich eine warme, schwielige Hand in ihren Nacken und hob ihren Kopf, und sie nahm den metallischen Geschmack der Wasserflasche auf ihren Lippen wahr.

Sie war durstiger, als sie es sich je hätte vorstellen können, und sie war absolut versessen auf das lebenserhaltende Wasser. Ihre Hände packten die Wasserflasche, und sie trank zwei große Schlucke. Als er ihr die Flasche wegzog, schlug sie die Augen auf und sah ihn anklagend an. »Selbst, wenn wir jede Menge Wasser hätten, könnte ich dir nicht so viel geben, wie du gern haben willst.«

»Wie schön für dich… eine Rechtfertigung für deine Foltern.«

»Eher gehen einer Spottdrossel die Lieder aus als dir die bissigen Kommentare«, sagte er, doch sie hörte nicht eine Spur von seinem gewohnten Sarkasmus. Jennifer machte den Mund auf, aber er schnitt ihr das Wort ab. »Du redest zuviel, Engel.«

Die nächste bissige Bemerkung lag auf ihrer Zunge, doch diesmal benutzte er die Wasserflasche, um sie abzublocken. »Sei still, kleines Mädchen, oder ich nehme dir dein Spielzeug weg.« Sie schluckte zweimal.

Sie sah zu, wie er den Deckel der Flasche zuschraubte. »Ist das alles, was ich kriege?«

»Sei froh, daß ich dir überhaupt etwas abgegeben habe. Das hier ist *mein* Wasser oder das, was noch davon übrig ist, nur für den Fall, daß du es schon vergessen haben solltest.«

Sie stützte sich auf schwache, zitternde Arme, um sich aufzusetzen. »Vergessen? Wie könnte ich das? Bei jeder Bewegung denke ich daran. Ich erinnere mich daran, wie ein Tier behandelt worden zu sein… wenn nicht noch schlimmer.« Sie sah ihm an, daß ihre Worte wenig Wirkung auf ihn zu haben schienen, und das ärgerte sie. »Ich bezweifle, daß mein Vater dich engagiert hätte, wenn er gewußt hätte, wie du mich behandelst. Er hat dich geschickt, damit du mich findest, und nicht, damit du mich mit Strafmaßnahmen überhäufst. Mein Vater ist ein gütiger Mann. Selbst seinen Tieren steht das Recht auf Wasser und auf Ruhe zu.«

»Du hast deine Rechte eingebüßt, als du versucht hast, mir mein Pferd zu stehlen, und an dir liegt es auch, daß wir beide Flaschen mit lebensnotwendigem Wasser verloren haben. Vorher warst du nur ein fürchterlicher Quälgeist.«

»Vorher? Und was bin ich jetzt?«

»Jetzt«, sagte er, »bist du meine Gefangene, und das, kleines Mädchen, gibt mir das Recht, mit dir zu tun, was ich will.«

So erschöpft, wie er war, erschien es ihm seltsam, daß sein Verlangen nach ihr nicht im mindesten abgeschwächt war. Zu seinem Mißvergnügen stellte er fest, daß seine Ermattung wenig Wirkung auf das Instrument der Leidenschaft hatte.

Leidenschaft. Es war so lange her, seit er das zum letzten Mal erlebt hatte. Wollust, ja, aber kaum etwas, was sich als Leidenschaft bezeichnen ließ. War seine Leidenschaft einem zu langen Winter zum Opfer gefallen, in dem all die keimenden Illusionen und sonnigen Träume seiner jüngeren Jahre erfroren und abgestorben waren? Oder war er schlichtweg zu gleichgültig, um noch Gefühle zu entwickeln? Eine Zeitlang hatte er sich vorgemacht, er nähme das Leben ernst – hatte er sich eingeredet, daß er liebte, haßte, vertraute und verzieh –, aber mit der Zeit war auch das vorübergegangen. Die Verzweiflung, das hatte er gelernt, ist der Lohn der Hoffnung. Lieber jeder Erwartung ein Ende setzen, als mit der ständigen Enttäuschung zu kämpfen. Hoffnungen. Träume. Eine Familie. Eine tiefe Bindung. Hingebungsvolle Liebe. Er hatte etwas gefunden, womit er all das ersetzen konnte, und es störte ihn kaum, daß der Ersatz bei weitem nicht so vortrefflich war. Er konnte diese Dinge nicht mehr gebrauchen. Aber er wußte, daß sein Körper ihn mit seinem rastlosen Begehren hintergehen würde. Wie er es früher schon getan hatte, wie er es auch jetzt wieder tat. Er war ein Mann. Sie war eine Frau. Er würde sie nehmen, und zwar schon bald. Manche Dinge kamen, wie sie kommen mußten.

Ihre verdammten violetten Augen musterten ihn eindringlich. »Ich bin nicht deine Gefangene, denn bis jetzt hast du noch nicht gewonnen.«

»Du bist meine Gefangene... meine Geisel... meine *Hure,* wenn dir das lieber ist.« Dann wandte er sich von ihr ab, ehe sie ihn so ansehen konnte, daß er sich selbst verabscheute.

»Gar nichts bin ich«, sagte sie, und er hielt den Kopf weiterhin abgewandt. Das ärgerte sie natürlich. »Warum befriedigst du deine Lust nicht an einer niederen Lebensform... an etwas, was auf deinem Niveau steht? Dann brauche ich deine lüsternen Blicke wenigstens nicht mehr zu ertragen.«

Er sah sie verächtlich an. »Im Moment bist du sicher vor mir. Ich habe schon Appetitlicheres erlebt. Was meine niederen Instinkte angeht... sagen wir doch einfach, du riechst so, als sollte man dir besser nicht zu nah kommen.«

Das saß, aber sie versuchte, es nicht zu zeigen, als sie ihn anschrie: »Gut! Mir kannst du gar nicht weit genug vom Leib bleiben.«

Er sah sie aus seinen dunkelblauen Augen an, und sie spürte den Sog. Jennifer schloß die Augen, denn sie fühlte seine überwältigende Männlichkeit, die über sie zu gebieten schien. *Unsere Ziele sind entgegengesetzt,* dachte sie.

»Wenn du mich auch nur anrührst, dann schwöre ich, daß du den Tag bereuen wirst, an dem du dich auf die Suche nach mir gemacht hast.«

Er blieb ganz still stehen und musterte sie mit seinen stechenden Augen. »Kleines Mädchen, wenn das alles ist, dann kann ich dir versichern, daß ich diesen Tag *längst* bereue.« Er kam noch näher, und sie wich eilig vor ihm zurück.

»Ich warne dich. Wage nicht, mich anzurühren...«

»Wenn ich dich anrühre, dann nur, um dir den Hintern zu versohlen. Warum gibst du mir nicht dein Wort, dich zu benehmen?«

»Du meinst, ich soll lammfromm sein und gehorchen?«

»Unter anderem«, sagte er. »Einverstanden?«

»Du bist nicht ganz bei Trost. Das ist das Problem in einer patriarchalischen Gesellschaft. Die Frauen haben es satt, sich Zurückhaltung aufzuerlegen, nur den Männern die Initiative zu überlassen und ihren Gefühlen nie Luft zu machen, wie ein Mann es darf.«

»Du machst deinen Gefühlen in letzter Zeit doch reichlich Luft.«

»Und das werde ich auch bis zu meinem letzten Atemzug tun.«

Ein trauriger Ausdruck trat auf sein Gesicht. »Dieser Moment könnte nicht allzu fern sein.« Ihre gequälte Miene setzte ihm zu, und ihm war nicht ganz klar, warum er es ihr gern leichter gemacht hätte. Und doch wußte er, daß er alles tun mußte, damit sie auf den Beinen blieb und den Kampfgeist nicht aufgab. Wenn sie überhaupt eine Chance hatten, dann brauchte sie Kraft. Er lächelte, als er daran dachte, wie schnell er begriffen hatte, daß ihr Kampfgeist ausgeprägter war, wenn sie wütend war. Und er fand, er machte seine Sache ganz gut, wenn es darum ging, sie zu provozieren. »Schwing nicht zu große Reden über die Unabhängigkeit der Frauen. Sonst findest du nie einen Mann.«

»Wer sagt denn, daß ich einen suche?«

»Männerfang ist die Lieblingsbeschäftigung jeder Frau.«

»Meine nicht.«

»In deinem Alter fehlt nicht mehr viel, damit du als alte Jungfer endest, und wir wissen beide, daß der gesellschaftliche Status einer alten Jungfer erbärmlich schlecht ist.«

»Ich interessiere mich nicht die Bohne für meinen gesellschaftlichen Status... oder gar für *deine* Meinung. In meiner Familie haben die Beziehungen zwischen den Frauen gefühlsmäßige Verluste immer wettgemacht. Frauen sind nicht wie Männer. Wir haben so viel, was uns zusammenhält.«

»Zum Beispiel?«

»Da wäre die Religion.«

»Ah, ja. Wohltätigkeitsveranstaltungen und Betstunden.«

»Es ist nur natürlich, daß Frauen sich einander zuwenden, wenn kirchliche Aktivitäten oder Aufgaben im Haushalt sie zusammenführen. Das sind Dinge, die wir tun können, ohne mit den Männern und ihrem überholten Gefühl dafür, was sich schickt und was nicht, in Konflikt zu geraten.«

»Da frage ich mich doch, warum alle Frauen so hart daran arbeiten, einen Mann zu kriegen, wenn die Ehe so abscheulich ist. Wieviel besser wäre es für uns alle, wenn die Frauen es vorzögen, unverheiratet zu bleiben.«

»So oder so verliert die Frau.«

»Wie das?«

»Weil das gesellschaftliche Leben einer Frau fast ausschließlich davon abhängt, ob sie verheiratet ist. Keine Ehe, kein gesellschaftlicher Umgang. Und doch gibt eine Frau in dem Moment, in dem sie ›Ja‹ sagt, rechtlich ihre Identität auf. Am Tag der Heirat verleibt sich ein Mann eine Frau ein, und dann wird sie langsam verdaut. *So* nämlich werden Mann und Frau eins. Wenn sie das Glück hat, ihn zu überleben, wird sie noch einmal in die Gesellschaft ausgespien, damit sie die Schulden ihres Mannes bezahlt und sich so gut wie möglich durchschlägt.«

»Für ein so junges Mädchen siehst du die Dinge reichlich verbissen.«

»Ich glaube nicht, daß ich sie verbissener als du sehe. Wir sind beide Produkte unserer Vergangenheit. Nimm doch nur einfach deine eigene Vergangenheit.«

Seine Augen wurden dunkler, und ein bedrohlicher Ausdruck trat auf sein Gesicht. »Hüte dich, kleines Mädchen.«

Jennifer sah ihn nur an und lächelte reizend. Sie hatte einen wunden Punkt getroffen, aber sie war zu müde, zu hungrig und zu durstig und viel zu sehr von Wind und Sonne mitgenommen. Ihr Geisteszustand grenzte an Idiotie, und sie hatte nicht die Kraft, mit ihm zu kämpfen. Nicht jetzt. Sie war derart benommen und ausgelaugt, daß sie zu schwach zum Reden war, vom Stehen ganz zu schweigen. Sie fing an zu wanken. In ihren Ohren rauschte es. Ein kalter Schauer lief über ihre Haut. Ihre Lider flatterten, und sie verdrehte die Augen, bis sie in ihrem Hinterkopf verschwanden, als sie zusammenbrach. Jay fing sie auf, ehe sie auf den Boden fiel.

Als sie wieder zu sich kam und die Augen aufschlug, war es dunkel. Ein knisterndes Feuer brannte, und mit dem grauen Rauch stob ein Wirbel orangeroter Funken auf. Jennifer sah Jay auf sich zukommen.

»Ich glaube, ich habe meine Kieselsteine verschluckt«, sagte sie mit einer kratzigen, trockenen Stimme.

Er lachte leise. »Sie waren wenigstens klein. Da kann nichts passieren.« Er hielt ihr einen Teller hin. »Hier. Iß einen Happen.«

»Nein. Wirklich, ich kann nicht. Ich bin zu müde. Ich will nur noch schlafen«, sagte sie und lachte, während ihre Lider schon wieder schwer wurden. »Iß meine Portion ruhig mit. Mir ist es recht.« Und schon war sie wieder eingeschlafen.

Verdammt noch mal, dachte er. Selbst das Geräusch ihres kehligen Lachens drang direkt in seine Lenden. Und dieser Körperteil brauchte wahrhaftig keine weitere Ermutigung. Es würde eine lange Nacht werden. Eine sehr lange, harte Nacht.

Irgendwann im Lauf der Nacht nahm sie Jays Hände vage zur Kenntnis, als er ihr die schmutzigen Sachen auszog. Ihr Widerstand flackerte auf und äußerte sich in einem matten: »Laß das«, doch als die Worte über ihre Lippen gekommen waren, hätte sie sich selbst dann nicht mehr erinnern können, worauf sie sich bezogen, wenn es um ihr Leben gegangen wäre.

»Mir ist das ganz egal«, murmelt sie. »Mir ist egal, ob er mich vergewaltigt, solange es nur schnell geht und er mich wieder schlafen läßt.«

Sie hörte sein amüsiertes Kichern, als er sich vorbeugte und seine Lippen sanft an ihr Ohr brauchte. Dann flüsterte er: »Ich bin weder schnell, noch gehe ich heimtückisch vor, wenn ich dich liebe, Süßes – und ich werde dich lieben –, und du wirst dir keins von beidem wünschen, wenn es soweit ist.«

»Hm«, sagte Jennifer und versank in Selbstvergessenheit, als starke Hände begannen, ihre schmerzenden Muskeln zu massieren.

Jay, der beobachtete, wie sich ihre Lider wieder schlossen, fragte sich, wie, zum Teufel, sie in einem solchen Augenblick schlafen konnte. Er brauchte sie nur anzusehen, und schon verlor er die Selbstbeherrschung. Und wenn er sie erst berührte... lieber Gott!

Sein Blick glitt über sie, und er malte sich aus, wie sie ihre langen Beine um seine Hüften schlang oder, noch besser, über seine Schultern legte. Er zog die Decke fort und schluckte schwer, als er sah, wie kurz ihr Hemdchen war, das kaum zur Hälfte die Oberschenkel bedeckte. Sein Atem ging schneller. Seine Hand bewegte sich aus eigenem Antrieb, glitt über die langen, wohlgeformten Beine, und er senkte den Kopf, um glühende Worte an ihren Hals zu hauchen. »Mein Gott, wenn du nur wüßtest, was du bei mir anrichtest.«

»Ich weiß es«, sagte sie mit einem heiseren Lachen, »und ich will bestimmt nicht sehen, was du unter deinem Hosenschlitz hast.«

»Göre«, sagte er und biß sie zärtlich in den Hals, ehe er ihren Rücken und ihre Schultern mit glühenden Küssen bedeckte.

Jennifer war jetzt hellwach und versuchte, sich umzudrehen, aber Jays Hand hatte sich auf ihr Kreuz gelegt und hielt sie fest. »Rühr dich nicht«, flüsterte er. »Spreiz nur die Beine.«

Seine heisere Stimme traf sie unerwartet und sandte ein heftiges Prickeln über ihr Rückgrat. Er bedeckte sie immer noch mit zarten

Küssen, als seine Hände tiefer nach unten glitten und die straffen Rundungen ihres Hinterteils streichelten, und dann noch tiefer, bis sie auf ihren Schenkeln lagen. »Spreiz die Beine für mich, Engelchen.«

Seine Hände taten gar köstliche Dinge und spornten sie weit mehr an als seine Worte. Sie zuckte zusammen, als seine Hände zwischen ihre Beine glitten und sie sanft auseinanderzogen. Sie schnappte nach Luft, als seine Finger ihre geheimste Stelle fanden und sie in einem Rhythmus streichelten, der zum Verrücktwerden war. Sein warmer Atem und seine Küsse schienen überall gleichzeitig zu sein. Seine Finger besaßen Zauberkräfte – eine Art Magie, die sie aufstöhnen ließ, während sie die Beine freiwillig weiter spreizte. Sie fühlte sich von einer Woge von Wärme durchflutet, als er flüsterte: »Bei allen Heiligen! Du mußt ein Engel sein... du fühlst dich einfach himmlisch an.«

Jennifer hätte ihm gern gesagt, daß sie das, was er mit ihr tat, auch geradezu himmlisch fand, aber plötzlich ergriff etwas Besitz von ihr, und ihr Körper gehörte nicht mehr länger ihr. Sie wimmerte, und ihr Atem war das reinste Keuchen, als Jay sie in eine irrsinnige Raserei trieb, die unerträglich war, bis sie erschauerte, einen leisen, rauhen Schrei ausstieß und dann wohlig stöhnte.

Er hatte nicht mit ihr geschlafen – soviel wußte sie, weil sie mit Tieren aufgewachsen war –, aber was er auch getan haben mochte... es war dem doch schon sehr nah gekommen. Wenn das so war, dann konnte man an dem eigentlichen Akt wohl sterben. Sie fragte sich, wie viele Frauen Jay Culhane mit seinen magischen Fingern wohl schon beseligt hatte einschlafen lassen, aber sie war zu entspannt und zu schläfrig, um auch nur ein Wort zu sagen. Das letzte, woran sie sich erinnerte, war Jays belustigtes und doch gequältes Stöhnen, als er sie auf die Wange küßte und die Decke über sie legte.

Als sie das nächste Mal die Augen aufschlug, war die Welt ganz warm und golden. Sie tastete nach ihren Kleidern und hüllte sich wie immer in die Decke, als sie sich in ihren Rock und ihre Bluse zwängte.

»Guten Morgen«, sagte Jay.

Der schläfrige Blick schwand aus ihren Augen. »Habe ich zu lange geschlafen?«

»Lange genug. Wir müssen aufbrechen. Wenn wir überhaupt eine Chance haben, dann sollten wir losziehen, ehe es zu heiß wird. Zwei Tage bei dieser Hitze und ohne Wasser eine doppelte Last tragen – das ist sogar für ein Pferd wie Brady zuviel.«

»Dann sag Brady, daß noch nicht alles verloren ist. Ich bin ausgesprochen zuversichtlich, daß ich mir mit irgend etwas deinen Unwillen zuziehen werde, bevor der Tag vorüber ist, und dann wirst du mich wieder zu Fuß gehen lassen.«

Er zog eine Augenbraue hoch. »Heckst du schon wieder Unheil aus? An deiner Stelle würde ich das nicht probieren.«

Es gab Bemerkungen, die keine Antwort verdienten, und dazu gehörte diese. Jennifer ignorierte die Worte, stand auf und faltete ihre Decke zusammen. Sie stand so aufrecht da, als sei sie prächtig gekleidet und erwarte Beistand. Jay betrachtete sie, und es machte ihm Spaß, sie warten zu lassen. Sie war selbstsüchtig und verzogen, berechnend und arglistig – soviel wußte er. Und doch hatte sie etwas Sehnsüchtiges an sich, und in diesen violetten Augen stand eine Melancholie, die ganz unerwünscht seine Leidenschaft wachrief.

Es überraschte Jennifer, als Jay ihr auf den Sattel half und dann Bradys Zügel nahm und sich in Bewegung setzte. »Reitest du denn nicht?«

»Doch, aber erst nachher.«

Je weiter der Tag fortschritt, desto schwerer fiel es Jennifer, hinter ihm auf dem Pferd zu sitzen und eine steife, aufrechte Körperhaltung einzunehmen. Mehr als einmal hatte sie sich schon dabei ertappt, daß sie ihr Gesicht an seinen breiten Rücken lehnte, und dann nahm sie erschrocken wieder ihre starre Haltung ein. Jennifer nahm Jay immer mehr als Mann wahr und nicht mehr nur als den Kerl, der sie gefangenhielt. Was sie auch sonst an ihm auszusetzen hatte, er besaß eine gewisse männliche Anziehungskraft, der sie sich kaum entziehen konnte und die sich gewaltig von allem unterschied, womit sie bisher zu tun gehabt hatte.

Der Nachmittag war schon ein Stück weit vorgerückt, als sie anhielten. »Das ist der letzte Rest«, sagte Jay, als er Jennifer die Wasserflasche abnahm und den Deckel zuschraubte.

Sie wandte den Blick nach oben. Die Sonne war ein weißglühender Ball, ein Folterinstrument, das sich hartnäckig zu weigern schien, am Himmel tiefer hinabzusinken. »Wie lange dauert es noch, bis wir den Rio Grande überqueren?«

»Zu lange, um es ohne Wasser zu schaffen.«

»Und wie lange ist das?«

»Zwei Tage, vielleicht auch drei.«

»Und wieviel Zeit bleibt uns noch?« Ihre Stimme war brüchig. »Wie lange können wir in dieser Hitze ohne Wasser überleben?«

»Nach ein paar Stunden werden wir uns teuflisch elend fühlen, aber danach schaffen wir es noch zwölf bis vierzehn Stunden, vielleicht sogar noch länger.« Er betrachtete sie, denn ihm war klar, wie ihre Reaktion aussehen würde, und er wappnete sich.

Ihre Unterlippe zitterte, und einen Moment lang glaubte er, Tränen in ihren Augen zu sehen.

»Ich schlage vor, du verschiebst das Weinen. Das wäre Vergeudung von kostbarem Wasser«, sagte er, aber schon ehe er seinen Satz beendet hatte, schien sie sich wieder fest im Griff zu haben.

»Ich...«

»Ich weiß schon«, sagte er. »Du weinst nie.« Sie lächelte ihn auf eine Art an, die er nur als optimistisch bezeichnen konnte. Und wie ein General, der den sinkenden Mut von hundert Männern mit ein paar anspornenden Worten wieder aufrichten konnte, damit sie ihm freudig in eine Schlacht folgten, aus der keiner zurückkommen konnte, sagte er: »Dann laß uns nicht noch mehr Zeit vergeuden und auf dem Fleck stehen.«

Sie machte ein paar Schritte, drehte sich um und sah ihn an. »Wir haben noch einen weiten Weg zurückzulegen, Culhane. Laß uns also nicht rumstehen wie Zaunpfähle.« Sie klopfte den Staub aus ihrem Hut, setzte ihn auf und grinste Jay an.

Dann sah sie blinzelnd in die Sonne. »Solange wir am Leben sind, sind wir noch nicht tot.«

»Eine erstaunliche Feststellung«, sagte er trocken.

»Weißt du, die Mexikaner haben ein Sprichwort: ›*Vale mas correr galina que morir gallo.*‹ Eine rennende Henne ist mehr wert als ein toter Hahn.« Mit geradem Rücken und hocherhobenem Kopf ging sie auf sein Pferd zu, drehte sich um und wartete auf ihn. »Was ist, Culhane? Hast du die Absicht, dein Ableben zu akzeptieren, oder wirst du bis zum letzten Atemzug dagegen kämpfen?«

Jay hatte alle möglichen Reaktionen von ihr erwartet, aber ganz bestimmt nicht diese. Ihn erstaunte restlos, daß sie sich der Situation gewachsen zeigte und ihm sogar noch Kraft zu geben versuchte. Er fühlte sich fast etwas schuldbewußt, weil er nicht ganz aufrichtig gewesen und ihr nichts von den *tinajas* gesagt hatte, den natürlichen Zisternen, die man in der rauhen, felsigen Gegend manchmal fand, die vor ihnen lag; dort sammelte sich das Regenwasser und blieb in der Trockenzeit auffallend sauber und kühl. Aber es wäre noch grausamer gewesen, ihr von den Zisternen zu erzählen, wenn sie dann doch keine fanden. Das Mädchen hielt sich tapfer. »Vielleicht«, sagte er in der Hoffnung, ihre Ängste und sein Schuldbewußtsein zu lindern, »haben wir ja Glück und finden in einem der ausgetrockneten Flußbette, die zum Rio Grande führen, Wasser. Das soll schon vorgekommen sein.«

Falls sie ihn hörte, äußerte sie sich nicht dazu, und als Jay sich umsah, saß sie schon auf Brady. Er blieb einen Moment stehen und dachte, daß sie eine Frau von der Sorte war, mit der sich ein Mann etwas aufbauen konnte... wenn sie eine Frau gewesen wäre, der man trauen konnte.

Weit vor ihnen ragten die dunstverschleierten Berge auf, aber das war noch lange kein Grund, überschwenglich zu sein. Der Rio Grande lag noch zwei bis drei Tage vor ihnen. Sie spürte die Trokkenheit der Wüste in ihrem Mund, und als sie sich umschaute, sah sie nichts als einen Hang vor sich, auf den die Sonne brannte, und einen Erdkuckuck, der regungslos dastand und sich kaum von seiner Umgebung abhob. Ihr Kopf fing an zu schmerzen, aber Jays Rükken bereitete ihrem steifen Nacken eine gewisse Linderung.

Sie wandte den Blick ab. Eigentlich zählte jetzt nichts mehr. Sie würden sterben. Bald würde es dunkel sein. Sie bezweifelte, daß sie den nächsten Tag noch überleben konnten. Bald, dachte sie. Bald ist alles vorbei. Hundert Jahre später würde sich kein Mensch mehr dafür interessieren, ob sich die kleine Jennifer Leigh Baxter mit einem Jay Culhane gewisse Freiheiten herausgenommen hatte oder nicht. Die ganze Angelegenheit schien unbedeutend zu sein. Sie schob ihren Hut zur Seite und preßte ihr Gesicht an seinen Rücken.

Sie döste ein, und als sie aufwachte, bemerkte Jennifer als erstes, daß sich die Umgebung verändert hatte. Das Land wurde rauher. Es war immer noch heiß und trocken, aber sie waren stetig bergauf geritten, und jetzt war die Wüste von Agaven, Feigenkakteen und dürrem Gestrüpp gesprenkelt, und doch wurde die Landschaft noch von Stille, endloser Weite und Tod beherrscht.

Brady schnaubte, und Jay zügelte ihn, setzte den Hut ab und wischte sich mit dem Ärmel den Schweiß von der Stirn. Jenny schaute um ihn herum und sah Geröllblöcke vor einem schmalen Canyon. Hier stimmte etwas nicht. Sie spürte, daß Brady es auch fühlte, denn er scheute, tänzelte und warf den Kopf zurück. Als Jay sich vorbeugte, um den Nacken des Wallachs zu streicheln, sah sie seiner verkrampften Rückenmuskulatur an, daß auch er etwas wahrgenommen hatte. Sie richtete sich auf, weil sie seine Spannung spürte und ihn nicht ablenken wollte. Gerade wollte sie ihn fragen, was los war, als sie das unverwechselbare Geräusch hörte, mit dem Pferde über felsigen Boden liefen. Jennifer blickte auf und schmeckte plötzlich die Angst auf ihrer Zunge.

9

Auf dem Kamm eines Hügels über ihnen, etwa fünfzig Meter von den Geröllbrocken, saßen vier Mexikaner auf ihren Pferden. »*Bandidos*«, flüsterte Jennifer. In Brownsville und in Agua Dulce hatte sie häufig *bandidos* von diesem Kaliber gesehen, *pistoleros*, die schwer bewaffnet und immer auf der Hut waren. Jeder, der das Unglück hatte, ihnen über den Weg zu laufen, erstarrte vor Schreck. Diesen Männern reichten feindliche Zusammenstöße der zahllosen mexikanischen Volksgruppen mit jedweden Amerikanern aus, um Terror, Gewalttätigkeit und Schurkereien zu rechtfertigen. Immer wieder überquerten sie den Rio Grande, um Rinder und Pferde zu stehlen und die Grenzorte zu plündern.

Ihr Anführer, der auffälliger gekleidet war als die anderen, ritt etwa fünf Meter vor und hielt sein Pferd an. Sowohl das Pferd als auch der Sattel waren prächtig und höchstwahrscheinlich gestohlen.

»*Hola! Habla español?*« Die dunklen Augen des Anführers waren auf Jay gerichtet.

Jay sagte nichts. Der Mexikaner wirkte verärgert. Das konnte sie nur zu gut verstehen! Schweigen. Damit ging Jay geschickt um, wenn er die Oberhand gewinnen wollte – und darauf gründete sich auch seine verfluchte Überlegenheit. Unangenehm deutlich nahm sie wahr, wie die beiden Männer sich ansahen, und sie stellte fest, daß die stärksten Gefühle oft ohne Worte ihren Ausdruck fanden.

Der Mexikaner gab seinem Pferd die Sporen und kam näher, bis er etwa zehn Meter vor ihnen stand; seine drei Begleiter rückten nach. Ihr Anführer war fett, und der Bauch hing ihm über die Hose; seine drei Gefährten waren eher dürr. Auf dem Gesicht des Mannes stand ein Lächeln, aber seine Augen waren finster und verschlagen. Jennifer stellte fest, daß sie sich nur zu gern hinter Jays warmem, vertrautem Körper verbarg.

»Sie können sich wirklich glücklich schätzen, Señor, eine solche Señorita bei sich zu haben. Schauen Sie nur, was für Kerle ich am Hals habe.« Seine schwarzen Augen funkelten belustigt. Jennifer lief ein Schauer über den Rücken. Der Kerl hätte es fertiggebracht, noch zu lächeln, während er einem die Kehle aufschlitzte. »Ich möchte Ihnen die Señorita gern abkaufen, Señor.«

»Sie ist meine Ehefrau.«

Das Lächeln wurde noch breiter. »Dann würde ich Ihnen eben gern Ihre Ehefrau abkaufen.«

»Sie ist nicht zu verkaufen.«

»Alles hat seinen Preis, Señor. Sogar Ihre Frau. Aber lassen Sie uns nicht so darüber reden. Steigen Sie ab, mein Freund. Wir wollen einen Schluck Pulque miteinander trinken.« Er grinste. »Erst teilen wir uns den Pulque und dann Ihre Frau.«

Jennifer schenkte dieser letzten Äußerung keine Beachtung. Die *bandidos* hatten Pulque und höchstwahrscheinlich Wasser. Panik stieg in ihrer Brust auf. Sie wollte dringend Wasser haben, aber um diesen Preis? Jay würde sich schon etwas einfallen lassen. Er konnte sie nicht zu ihrem Vater zurückbringen, wenn er sie gegen Pulque an diese Bande eintauschte. *Aber er hat sowieso keine große Lust, dich zu deinem Vater zurückzubringen. Warum sollte er dich nicht eintauschen, um seinen Durst zu stillen? Besonders angenehm hast du ihm die Reise ja bisher nicht gemacht.*

Jay spürte einen spitzen Ellbogen in seinem Rücken, als er sagte: »Dann trinken wir zusammen einen Schluck Pulque.«

»Und was ist mit der Frau?«

»Erst kommt der Pulque.«

Der Dicke lächelte.

Jennifer unterdrückte einen Entsetzensschrei und wollte etwas zu ihrer Verteidigung vorbringen, aber die Muskeln in ihrer Kehle schnürten sich zusammen, und nur ein trockenes Zischen kam heraus. *»Du Dreckskerl.«*

Falls Jay sie hörte, ließ er es sich nicht anmerken. Die schwarzen, habgierigen Augen des Banditen glitten über Jennifer. Sie nickte und wußte, daß ihr Lächeln ziemlich kläglich war, aber sie hoffte, daß ein klägliches Lächeln immer noch besser war als gar kein Lächeln. Sie betete, er möge nicht sehen, daß ihre Unterlippe vor Unsicherheit zuckte. Männer von dieser Sorte weideten sich genüßlich an der Furcht anderer, und ihre Furcht war immens. Jay konnte sie nicht sehen, aber der *pistolero* musterte sie, und sie fragte sich, was hinter diesen schwarzen Augen vorging. Jetzt schon spielte er mit ihr und saß lauernd vor dem Mauseloch. Plötzlich schoß ihr ein Gedanke durch den Kopf. Nein. Bestimmt nicht. Sie tat ihn wieder ab. Aber er ließ sich nicht abschütteln. Konnte das sein? Nein. Bestimmt war es nicht der berüchtigte Bandit, den man unter dem Namen El Gato, die Katze, kannte.

Jay ritt ein paar Meter vor und hielt Brady neben einem scharfkantigen Felsen an. Dann wandte er sich an Jennifer und sagte: »Wir schlagen hier unser Lager auf.«

»Hier?« wiederholte sie und fragte sich, warum er nicht einen Platz aussuchte, der weniger beengt war. Hier versperrten die Felsen ihnen den Weg, und sie saßen in der Falle. Woanders hätten sie wenigstens noch eine Chance gehabt. »Warum...«

»Stell keine Fragen. Tu, was ich sage.« Seine Stimme war gesenkt, aber sein Tonfall war unerbittlich und beherrscht, etwas, was Jennifer von ihrer eigenen schrillen Stimme nicht hätte behaupten können.

»Aber ich...«

»Ja, ich weiß, und ich habe keine Zeit, es dir zu erklären. Tu so, als hätte man dir die Zunge rausgeschnitten. Andernfalls könnte es tatsächlich geschehen. Hast du verstanden?«

»Ja«, flüsterte sie.

»Mach mir jetzt bloß keinen Strich durch die Rechnung, Jennifer. Ich warne dich.«

Die letzten Worte klangen derart unheilverkündend, daß Jennifer es nicht gewagt hätte.

Bald darauf kauerte sie neben Jay auf einer Decke, und ihr Durst war endlich gestillt, denn einer der *pistoleros* hatte ihr seine Wasserflasche angeboten. Jay trank nur sehr wenig Wasser, schien aber beim Pulque keinerlei Bedenken zu haben. Es dauerte Stunden, bis das Feuer heruntergebrannt war, und doch hatte sich Jay vollkommen in der Hand. Die *pistoleros* dagegen wurden immer lauter und ungeduldiger und bemühten sich gar nicht mehr, nur verstohlene Blicke auf Jennifer zu werfen. Sie starrten sie mit unverhohlenem Interesse an. Jay mußte es auch gespürt haben, denn er hüllte sie in eine Decke, legte den Arm um ihre Schultern und zog sie an sich. Sie hatte gar nicht gemerkt, daß ihr kalt war, bis sie die Wärme seines Körpers spürte. Sie war ihm dankbar, weil er so rücksichtsvoll gewesen war, ihr durch die Decke Schutz vor den gierigen, lüsternen Blicken zu bieten. Der Dicke sah sie immer noch aus diesen Katzenaugen an, und von Minute zu Minute wurde sein Blick dreister und besitzergreifender.

Jay drückte sie noch enger an sich, legte die Hand unter ihr Kinn und bog ihren Kopf zurück. Er küßte sie roh, stempelte sie als seinen Besitz ab. Als er den Kuß beendete, stand Jennifer dicht davor, ihm eine Ohrfeige zu geben, doch er bedachte sie mit einem Blick, der ihre Wut über diese Behandlung beschwichtigte. Sie sah den fetten Mann an und merkte, daß seine kleinen schwarzen Äuglein auf sie gerichtet waren. Wenn sie sich schon betatschen und küssen lassen mußte, dann doch lieber von Culhane als von ihm.

Der Dicke lächelte. »Ich würde jetzt gern über die Frau reden, *amigo.*«

»Dann reden Sie«, sagte Jay.

»Was verlangen Sie für sie?«

»Sie ist kein Pferd. Ich verkaufe keine Frauen. Sie bleibt bei mir.«

»Seien Sie nicht so unfreundlich, *amigo*. Sie haben mein Angebot noch nicht gehört.«

»Das ist nicht nötig. Die Frau ist für Geld nicht zu haben.«

Vier Augenpaare waren auf sie gerichtet. »Ich sehe wohl, warum

Sie so empfinden, aber ich würde Ihnen raten, sich einen Preis zu überlegen, Señor.« Dann sagte er zu seinen Freunden: *»El que no toma consejo, no llege a viejo.«* Die Männer lachten.

»Wer keinen Rat annimmt, wird nicht alt«, flüsterte Jennifer Jay zu.

Derjenige, den Jennifer für El Gato hielt, lächelte und redete sie auf spanisch an. »Sprechen Sie unsere Sprache auch so gut, wie Sie sie verstehen?«

Jennifer nickte, und die Augen des Dicken musterten sie lange. *»Usted tiene cuerpo de tentación y corazón de arrepentimiento«*, sagte er, was soviel bedeutete wie: »Sie haben einen Körper, der in Versuchung führt, und ein Herz, das Reue wachruft.«

Jennifer preßte den Kopf an Jays Schulter und spürte den Trost seiner warmen Handfläche, die ihren Rücken streichelte. Er küßte sie aufs Haar und flüsterte dann: »Du machst deine Sache gut. Verlier nur nicht den Kopf.«

Plötzlich standen die *pistoleros*, und auch Jay war aufgesprungen und hatte Jennifer mit sich hochgezogen. Als sie stand, schob er sie hinter sich, und sie lehnte die Stirn an seinen muskulösen Rücken. Sie wußte, was diese Banditen vorhatten. Und sie wußte, daß Jay alles war, was zwischen ihr und der Vergewaltigung und dem Tod, wenn nicht gar beidem, stand. Wenn Jay auch selbst ein- oder zweimal kurz davorgestanden hatte, sie zu vergewaltigen, dann wußte Jennifer doch, daß sie bei ihm wesentlich bessere Chancen hatte, ihre Ehre zu verteidigen, als bei diesen *pistoleros.*

»Wir gehen jetzt, *amigo.* Behalten Sie den Pulque. Wir nehmen die Frau mit.« Er lachte. »Ein fairer Handel, oder nicht?«

Jay lachte. »Pulque für eine Frau ist immer ein fairer Handel.«

»Das kann doch wohl nicht dein Ernst sein!« schrie Jennifer, auf deren Zunge schon ein Fluch lag, als sie Jays Arm packte. Das war genau die Ablenkung, auf die die *pistoleros* gewartet hatten. Ehe Jay sie wegstoßen und seinen Revolver ziehen konnte, hatten die vier *pistoleros* ihre Schußwaffen auf ihn gerichtet.

»Es war dumm von Ihnen, eine Frau hierherzubringen, Señor. Und noch dümmer, mit einer Frau, die den Körper einer Hure und das Gesicht eines Engels hat, durch die Gegend zu reiten.«

»Jay?«

»Sei still.«

Der Dicke lächelte. »Und jetzt weg von der Frau, Señor.« Jennifer beobachtete voller Entsetzen, wie Jay zur Seite trat und den Daumen an seiner Handfläche rieb, als juckte es ihn, den Revolver zu ziehen. Dem Dicken war das auch aufgefallen, denn er sagte: »Ehe Sie gezogen haben, wären Sie schon tot, Señor. Keine Frau ist es wert, für sie zu sterben. Noch nicht einmal eine so schöne Frau wie die.«

»Sie werden mit uns kommen, Señora.« Er bedeutete Jennifer, zu ihnen zu kommen, und sie warf einen schnellen Blick auf Jay. Ihr Herz sank wie ein Stein, als er nickte.

»Mir bleibt nichts anderes mehr übrig. Du wirst mit ihnen gehen müssen.« Er ließ sie nicht aus den Augen, und für den Rest ihres Lebens würde sie sich daran erinnern, welche stolze Haltung er selbst dann noch beibehielt, wenn er geschlagen worden war, und sie würde auch nicht vergessen, wie er sie mit seinen Blicken zu berühren und bis ins Innerste ihrer Seele zu wärmen schien, und das in einem Moment, in dem sie frösteln und sich einsam hätte fühlen sollen.

Es gab so viel, was sie ihm noch sagen wollte, so viel, was sie im Zorn gesagt und gar nicht so gemeint hatte. Aber ihr blieb keine Zeit mehr dazu; der Dicke wurde ungeduldig. »Wenn Ihnen sein Leben lieb ist, Señora, dann kommen Sie jetzt mit uns.«

»Ich verlasse ihn nicht«, sagte sie. »Wenn Sie ihn töten, dann müssen Sie uns beide töten.« Sie warf einen letzten Blick auf ihn.

Er blieb stumm und richtete seinen Blick auf die zarten Linien ihres schönen Gesichts, das die Sonne verbrannt hatte, und auf das Kinn, das sie stur in die Luft reckte. Jetzt stand er mit dem Rücken an der Wand und konnte weder sich selbst, noch sie verteidigen, und ausgerechnet in dem Moment wurde das Mädchen sanftmütig und anhänglich und warf ihr Los in einen Topf mit seinem Geschick. Es ergriff ihn ganz merkwürdig, daß sie sich freiwillig loyal erwies. Aber nicht nur das rührte ihn, sondern auch ihre tapferen Worte, sie wolle lieber sterben, als ihn verlassen.

»Tu, was er verlangt, Jennifer.«

Sie sah Jay an, und ihre Augen flehten stumm.

»Geh schon«, sagte er. »Los, ab mit dir.«

Sie trat vor, blieb stehen und drehte sich um, um ihn noch einmal anzusehen, und in ihren Augen sammelten sich Tränen, die gleich darauf lautlos über ihre Wangen rollten. Er sah sie lange Zeit an, ohne ein Wort zu sagen, und seine Augen waren so dunkel, daß sie nicht mehr blau zu sein schienen.

»Du bist kein Dreckskerl«, sagte sie leise.

»Und du weinst nie«, sagte er genauso sanft.

Jennifer wandte sich ab. Bei seiner gedämpften Stimme wurden ihr fast die Knie weich. Etwas in ihrem Innern riß unter Schmerzen. So konnte es nicht enden. So durfte es einfach nicht enden. Es war nicht der Gedanke ans Sterben. Der Gedanke an den nahen Tod hatte sie jetzt zwei Tage ständig verfolgt. Aber es war darum gegangen, mit Jay zu sterben – und sie hatte gelernt, sich damit abzufinden. Jedoch so zu sterben... vergewaltigt und ohne je zu wissen, was aus ihm geworden war. Sie war schuld daran, daß er wahrscheinlich sterben würde. Sie kannte Männer von der Sorte. Sie konnten sagen, daß er frei war. Aber man konnte ihnen nicht trauen. Jay würde tot sein, bevor sie aus seinem Blickfeld verschwunden waren. Hätte sie doch nur mit dem sicheren Wissen von ihm fortgehen können, daß er irgendwo weiterlebte – stolz und arrogant und frei, während der Wind sein langes Haar zerzauste und sein Gelächter über die weite Steppe hallte. Wenn sie wenigstens das gewußt hätte, hätte sie ohne dieses tiefe Bedauern von ihm gehen können.

Der Dicke packte sie am Arm und nahm sie mit, und Jennifer folgte ihm. Jeder Kampfgeist war aus ihr gewichen. Sie hatten die Pferde fast erreicht, als sie einen der Männer sagen hörte: »El Gato, was wird aus dem Gringo?«

»Tötet ihn.«

»Nein!« schrie Jennifer. Sie riß sich los und rannte das kurze Stück zu Jay zurück. Sie mußte um das Feuer herumlaufen, um zu ihm zu kommen. Ehe sie wußte, was ihr geschah, hatte Jay sie zu Boden geworfen. Sie rollte sich gerade noch rechtzeitig herum, um zu beobachten, wie Jay sich fallen ließ und durch das Feuer rollte. Sie hatte solche Angst, daß sie selbst keinen Schmerz spürte. Seine Kleider waren versengt und schwarz und glommen, als er zwei der *pistoleros* erschoß. Einen erwischte er genau zwischen den Augen, den anderen direkt unter dem Ohr, als er sich umdrehte, um wegzulaufen. Beim Aufspringen legte er auf die beiden verbleibenden Banditen an.

El Gato hatte die Hände hochgehoben. Der andere Bandit warf Jay seine Pistole vor die Füße. »Es sieht so aus, *amigo,* als bekämen Sie den Pulque und die Frau«, sagte El Gato. »Ich bin Ihr Gefangener.«

»Sie sind ein toter Mann«, sagte Jay und drückte ab. Durch die Wucht des Schusses wurde der Bandit durch die Dunkelheit geschleudert. Jennifer hatte sich auf die Ellbogen gestützt und beobachtete, wie Jay auf den letzten Mann zuging. Der *pistolero* brach plötzlich zusammen, sank auf die Knie, faltete die Hände und plapperte voller Grauen spanische Worte. Er flehte um sein Leben. Jay ging unerbittlich auf ihn zu. Der Mexikaner, der mit gefalteten Händen auf die Knie gesunken war, warf sich jetzt vor Jays Füßen flach auf den Boden.

»Por Dios«, sagte er immer wieder. *»Por Dios!«*

»O Dios rogando y con el mazó dando«, sagte Jay.

»Manche Menschen beten mit einer Hand zu Gott und schlagen mit der anderen ihren Nächsten«, wiederholte Jennifer flüsternd für sich und riß den Kopf hoch, um Jay anzusehen, als er weiterredete, in einem flüssigen und makellosen Spanisch.

»Steh auf, *hombre.* Gott hat dich verschont. Du könntest ihm wenigstens für seine Güte danken.«

»Sì. Sì.« Der Bandit fiel wieder auf die Knie.

»Du sollst nicht mir danken. Verschwinde. Geh nach Hause. Tu etwas Nützliches für dein Volk.« Der Mann hörte auf zu wimmern, kam langsam auf die Füße und ging dann auf die Pferde zu. »Nein«, sagte Jay. *»No caballo. No agua.«*

Der Mann fing an zu rennen, stolperte, sprang wieder auf und rannte sofort weiter. *»Madre de Dios, Madre de Dios«,* schluchzte er, als er in die Nacht hinauslief.

Jay drehte sich zu Jennifer um. Seine blauen Augen waren dunkel und unergründlich, als er sie genau betrachtete.

»Du bist wütend auf mich, nicht wahr? Weil ich deinen Arm festgehalten habe. Weil sie nur dadurch die Oberhand gewonnen haben.«

»Ja«, sagte er. Seine Augen wurden merklich kleiner. »Ich bin so wütend, daß ich dich umbringen könnte«, sagte er. »Mit meinen bloßen Händen.« Er rührte sich nicht von der Stelle und wandte den Blick auch nicht von ihrem Gesicht ab, aber seine Stimme triefte vor kalter, erbitterter Wut, und sie fragte sich, ob ihm ein Mord genügte.

»Ich wollte dir helfen«, sagte sie zu ihrer Verteidigung. »Auch wenn du das Gegenteil glaubst, ich wollte nicht, daß du stirbst.« Ein Muskel auf seiner Wange bewegte sich, als hätte sie ihn geohrfeigt, aber ansonsten war er nicht zu durchschauen. Sie schaute ihm in die Augen und sah hartes blaues Eis. Mit einer schnellen Bewegung packte er sie am Arm und zog sie auf die Füße. Blut und Sand verklebten ihre Lippen.

»Wirst du mich jetzt töten?« sagte sie mit bebender Stimme.

Er schaute sie an, als könnte er nicht glauben, was er gerade gehört hatte, und dann sagte er: »Sei nicht so verdammt blöd.«

»Aber es ist doch wahr. Ich weiß es. Ich kann es dir ansehen.«

»Du kannst nicht das Geringste sehen, und das weißt du selbst. Hier ist es dunkler als im Bauch eines Walfischs.«

»Tu's doch!« schrie sie. »Tu es doch endlich, damit es vorbei ist.«

»Wovon, zum Teufel, redest du? Du kannst dir die Dramatik sparen. Wir proben nicht für *König Lear.*«

»Töte mich, du verdammter Kerl. Laß mich nicht so lange warten. Mit den Mexikanern hast du wenigstens kurzen Prozeß gemacht.«

Zorn flackerte in seinen Augen auf. »Wie du willst.«

Aus dem Nichts tauchte sein Messer auf, und der glänzende Stahl blitzte in den zuckenden Flammen des Feuers. Mit einer schnellen Bewegung hatte er einen Arm um ihre Taille gelegt, sie mit dem Rücken an seine Brust gepreßt und die kalte Klinge des Messers an ihre Kehle geführt. Jennifer schloß die Augen und fand, daß sie kein bißchen besser als der Mexikaner war, der vor Jay im Staub gekrochen war.

»Ist es das, was du willst, kleines Mädchen?« murmelte er dicht an ihrem Ohr. »Soll ich dich schnell mit meinem Messer töten, oder soll ich dir den schönen weißen Hals aufschlitzen, damit du langsam verblutest?«

Jennifer wollte sich wehren, doch sie spürte, wie das Messer ihrer Kehle näher kam. Sie sank matt in sich zusammen. »Wie willst du es haben, Engelchen?« knurrte er.

Jennifer schrie auf, als er sie zu sich herumriß und das Messer fluchend wegwarf. Er nahm ihr Gesicht zwischen seine Hände. »So schön. So tapfer. So gottverdammt dumm. Wenn ich je wieder erleben muß, daß du dich selbst in Gefahr bringst, läufst du zu Fuß nach Weatherford, und zwar splitternackt.«

Er riß sie an sich und forderte ihren Mund so brutal mit seinen Lippen, daß sich ihre Eingeweide vor Furcht zusammenzogen. Im nächsten Moment stellte sie schockiert fest, daß sie seine Männlichkeit deutlich spürte, und ihr wurde klar, daß sie selbst in größter Angst und angesichts des drohenden Todes noch seinen prachtvollen Körper wahrnahm. Seine Hand legte sich auf ihren Rücken, und er preßte sie an sich. Ihr schwindelte vor Leidenschaft und Panik. Dann bog er ihren Kopf zu sich und küßte sie so sanft, daß sie vollständig überrumpelt war. Sein Mund bewegte sich gekonnt und doch mit einer entwaffnenden Zärtlichkeit auf ihren Lippen. Er war wütend auf sie. Sie hatte nicht erwartet, daß er sie sachte behandeln würde. Und doch waren seine Berührungen die eines Liebhabers, die Zärtlichkeiten eines Mannes, der geben und nicht nehmen wollte.

Ihre Verwirrung legte sich schnell, als sie plötzlich erkannte, daß sie genauso mit ihm daliegen und seine Hände auf ihrem Körper spüren wollte. Bei dem Gedanken erschauerte sie, und ihre Augen weiteten sich vor Erstaunen und Verlangen. Jay war so erfahren, daß ihm nicht entgehen konnte, was passiert war. Seine Lippen bewegten sich jetzt leidenschaftlicher auf ihrem Mund, und sie keuchte verblüfft. Dann küßte er sie, bis sich ein Stöhnen tief aus ihrer Kehle löste und sie ihm die Arme um den Hals schlang, während die Glut seines Körpers sie durchzuckte und sie nachgiebig und benommen zurückließ.

Er sank mit ihr in den Armen auf den Boden und bedeckte ihren Körper mit seinem. Sie wehrte sich schwach, als er die Hand hob, um ihre Brüste zu streicheln, und dann stellte sie fest, daß sie gar nicht gemerkt hatte, daß er ihre Bluse aufgeknöpft hatte. Er küßte ihren Hals, ihr Gesicht, ihre Brüste, ihren Mund und sagte ihr, was er alles mit ihr tun würde. Er flüsterte Liebkosungen, Anzüglichkeiten und Beschreibungen ihrer Schönheit, und er sagte ihr, wie gut sie ihm gefiel und wie sehr er sie begehrte.

Ihr Herz schlug schmerzhaft unter seiner Hand, und der Atem stockte in ihrer Kehle. Er küßte sie wieder, und sie schmiegte sich an ihn und schmolz dahin. Sie flüsterte seinen Namen, als seine Hand sich unter ihren Rock schob, über ihr Bein glitt und die Stelle fand, die er suchte. Sie schrie auf, als er sie dort berührte.

»Ist es für dich schon lange her?« flüsterte er an die feuchte Haut unter ihrem Ohr.

Benommen sah sie ihn an und verstand kein Wort. Ihr war nur noch bewußt, daß sie seinen Mund wieder auf ihren Lippen spüren wollte. Er küßte sie noch einmal, diesmal ganz zart. »Sag es mir.«

Als Jennifer nicht antwortete, zog er den Kopf zurück und nahm ihr Gesicht in die Hände. »Sieh mich an, Engelchen. Ich muß es wissen. Ich begehre dich so sehr, daß es an Wahnsinn grenzt, aber wenn es für dich lange her ist, dann lasse ich mir viel Zeit mit dir, obwohl dein Körper mir weiß Gott sagt, daß es dir gar nicht schnell genug gehen kann.«

Ein Eimer kaltes Wasser ins Gesicht hätte nicht wirkungsvoller sein können. Mit einer Kraft, die ihr zuflog, packte sie ihn, stieß zu und wand sich unter ihm hervor, um aufzuspringen. »Du mieser, erbärmlicher, nichtsnutziger, vorschneller Dreckskerl! Diese niederträchtigen Schlußfolgerungen!«

Jay stöhnte, drehte sich auf den Rücken und schlug sich matt die Hand vor die Augen. »Nicht schon wieder«, sagte er.

Jennifer war so wütend, daß sie ihm ans Schienbein trat. »Was soll das, zum Teufel?« sagte er. Er riß die Hand zurück und durchbohrte sie mit glühenden Blicken. Sie trat noch einmal zu.

»Dein Anblick ist mir unerträglich!«

»Himmel! Ich habe diese abgedroschenen Sprüche satt«, stöhnte er und rieb sich das Schienbein. Dann stand er auf und klopfte sich den Sand aus den Kleidern. Als er fertig war, sah er sie an. Ihre Bluse klaffte weit auseinander, und er konnte die üppigen Brüste sehen, die er gerade noch berührt hatte. Sie war tief verletzt und so wütend, daß sie ihn hätte umbringen können – wild und leidenschaftlich und unbeschreiblich schön stand sie da, während rauher, primitiver Zorn sie verzehrte. Es war die reinste Ironie.

»Ich wollte nur rücksichtsvoll sein«, sagte er. »Das bist du offensichtlich nicht gewöhnt.«

»Was ich nicht gewöhnt bin, ist, daß ein Mann mich betatscht, mich küßt und Dinge zu mir sagt, wie du gerade eben.«

»Was meinst du damit?« fragte er, und sein Körper wurde von Zweifeln geschüttelt.

»Wie lange ist es für dich her?« kreischte sie und warf den Wassertopf nach ihm.

Jay duckte sich, als sie sagte: »Ich werde dir sagen, wie lange es für mich her ist, du Mistkerl.« Eine Dose Bohnen flog auf ihn zu. Auch ihr wich er aus, und gegen seinen Willen konnte er das Lachen nicht länger unterdrücken.

»Es ist ewig her! Hast du das verstanden? Niemand, ich wiederhole, *niemand* hat mich je so angefaßt wie du.« Noch eine Dose Bohnen. Dann eine Dose Tomaten. »Ich bin in meinem ganzen Leben nur zweimal geküßt worden, und bei keinem der beiden Küsse habe ich dasselbe empfunden... wie... bei dir.« Ihre Worte rissen abrupt ab, und sie erstarrte, während sie eine Dose Pfirsiche wurfbereit in der Hand hielt. Als ihr klarwurde, wieviel sie ihm beinahe enthüllt hatte, sah sie Jay an und betete nur, daß es ihn seine gesamte Konzentration gekostet hatte, den Dosen auszuweichen. Aber er hatte ihre Worte gehört, soviel war klar. Er grinste von einem Ohr zum anderen.

»Bei keinem dieser Küsse hast du was empfunden?« sagte er und wurde ernst, als er auf sie zuging.

Jennifer sah ihn kommen und ließ die Pfirsichdose fallen. Ihre Entschlossenheit zerbröckelte. Es war einfach zuviel für sie. Sie war mißhandelt und gequält worden, hatte zwei Tage mit dem drohenden Tod gelebt und ihren Körper bis an die Grenzen der Belastbarkeit gefordert, hatte kein Trinkwasser gehabt und zweimal gefährlich nah vor einer Vergewaltigung gestanden. Sie hatte mitangesehen, wie Menschen getötet wurden. Sie war schlechtgemacht worden, ihre Keuschheit war in Frage gestellt worden, ihr Körper war ergründet worden, und ihre bisherigen Kenntnisse waren vertieft worden – sie hatte Dinge dazugelernt, die sie sich in ihren kühnsten Träumen nicht hätte ausmalen können – ganz zu schweigen von der Demütigung, die es mit sich brachte, ständig ausgelacht zu werden. Und jetzt hatte sie ihm etwas enthüllt, was sie niemals hätte preisgeben dürfen.

»Ohh!« jammerte sie und stampfte mit dem Fuß auf. In ihrem Entsetzen wünschte sie, sie wäre zu Hause, denn dann könnte sie jetzt in ihr Zimmer rennen und ihm die Tür vor der Nase zuschlagen. Aber hier gab es keinen Ort, an den sie flüchten konnte, und das Gelächter des Rohlings hallte noch in ihren Ohren. Verzweifelt schlug sie sich die Hände vors Gesicht und ließ sich auf den Boden sinken. Ihr Rock bauschte sich um sie herum.

Jay kam zu ihr, kauerte sich neben sie und zog sie in seine Arme. »Aber, aber«, sagte er. »Es ist in Ordnung. Du hast eine Menge durchgemacht. Du hast das Recht, jetzt zu weinen.«

Jennifer riß den Kopf hoch und sprang auf. »Ich weine nicht«, sagte sie und wischte sich wütend die Tränen aus den Augen. »Ich habe dir doch schon gesagt, daß ich nie weine.«

»Stimmt. Du weinst nie, und du bist noch nie geküßt worden, und du hast noch nie mit einem Mann geschlafen – oder zumindest mit keinem, der wußte, was er tut. Darin liegt ja das Problem. Mädchen, du brauchst ganz dringend Liebe, und zwar von einem, der es kann. Du bist von einem Haufen von tatterigen, sabbernden Trotteln umlagert worden, die nichts von dir wollten. Solche Männer sind schlimmer als gar kein Mann, und ehe diese Reise vorbei ist, werde ich dir beweisen, wie wahr das ist. Kein Wunder, daß du so unerträglich rebellisch und aufsässig bist. Du brauchst jemanden, der dich lange und heftig und gründlich liebt und etwas davon versteht.«

»Und natürlich bist *du* zufällig genau der Mann, der etwas davon versteht«, sagte sie und tat ihr Bestes, um nicht aufzubrausen, sondern möglichst viel Haß und Sarkasmus in ihre Worte zu legen.

»Natürlich«, sagte er. »Obwohl ich eigentlich dachte, das wüßtest du inzwischen selbst, da wir...«

»Halt den Mund«, schrie sie. »Halt sofort den Mund. Man muß nicht gerade der tollste Mann sein, um sich einer hilflosen Frau gegenüber als der Überlegenere aufzuspielen.«

»Hilflos? Liebling, auf dich würde ich jeden Pfennig setzen, den ich habe.«

»Du hast eine äußerst seltsame Art, einer Dame Komplimente zu machen.«

»Nicht wirklich«, sagte er gelassen. »Das sollte kein Kompliment sein.«

Jennifer biß die Zähne zusammen, als sie ihn heiser lachen hörte. »Wenn ich so abscheulich bin, warum versuchst du dann immer wieder, mich zu verführen?«

»Weil ich in dir das sehe, was du in Wirklichkeit bist, und dafür bewundere ich dich sogar – für deine hartnäckige Verbissenheit, dein unbändiges Temperament, deine Widerstandsfähigkeit, deinen nahezu schwachsinnigen Glauben an dich selbst, deinen Mangel an Angst, deine spitze Zunge, deine Zielsicherheit mit einer Tomatendose und die pragmatische Art, auf die du an die Dinge herangehst. Nur dann nicht, wenn deine aufbrausende Art, die du von deiner rothaarigen Mutter geerbt haben mußt, mit dir durchgeht.«

»Glaub bloß nicht, du könntest meine Mutter beleidigen...«

»Sei ruhig, Jennifer«, sagte er gelassen. »Ich mache mich nicht über deine Mutter lustig. Glaub mir, ich bewundere dich. Ich vermute, es liegt daran, daß ich in deinem Alter selbst viele dieser Eigenschaften hatte. Wirst du jetzt aufhören, mit den Fingern zu trommeln, und mir zuhören? Ich finde dich überhaupt nicht abscheulich – ganz im Gegenteil. Ich finde dich außerordentlich verführerisch und sehr begehrenswert, und wahrscheinlich fällt es mir deshalb schwer, die Finger von dir zu lassen... deshalb und weil ich mich nicht erinnern kann, je mit einer Frau zusammen gewesen zu sein, die mich derart konfus gemacht hat wie du. Ich bin nie mit einer anderen Frau so lange wie mit dir zusammen gewesen, ohne mit ihr zu schlafen.«

Jennifer sah ihn an, als könnte sie ihren Ohren nicht trauen. »Willst du damit etwa sagen, du hättest dich in mich verliebt, obwohl du mich erst ein paar Tage kennst? Du bist entweder übergeschnappt oder der dreisteste Lügner, der mir je begegnet ist.«

»Nein. Ich bin kein Lügner, und ich bin nicht übergeschnappt. Und in dich verliebt bin ich ganz bestimmt nicht. Ich will dich. Und ich habe vor, dich zu nehmen, ehe diese Reise ihr Ende findet.«

»Das ist ja großartig«, sagte sie und richtete mit erhobenen Händen den Blick zum Himmel. »Jetzt muß ich wohl mit einem offenen Auge schlafen und mich fragen, wann du dich auf mich stürzt.«

Er schüttelte den Kopf. »Ich hatte mir etwas Romantischeres vorgestellt als eine Art sexuelles Bockhüpfen, falls es das ist, was du dir ausmalst.«

»Ich male mir überhaupt nichts aus. Ich kann mir nichts Unangenehmeres vorstellen, als die ganze Nacht von einem Mann gefoltert zu werden, der mehr Arme hat als ein Tintenfisch.«

»Ich versuche nicht, dich zu foltern oder dir ein Stück Fleisch rauszuschneiden. Ich begehre dich. So einfach ist das. Ich begehre dich, aber gleichzeitig respektiere ich dich.«

»Ach, wie reizend! Du respektierst mich also? Soll ich deshalb etwa unter deine Decke kriechen? Sag mir eins, hättest du noch denselben Respekt vor mir, nachdem der Schritt vollzogen wäre?« Sie verschränkte die Arme und sah ihn wütend an. »Respekt? So ein Quatsch! Ich habe größten Respekt vor einer Boa Constrictor, Culhane, aber ich würde nicht mit einer schlafen wollen.«

»Ich habe noch nie eine Frau dazu aufgefordert, aber dich möchte ich bitten, meine Geliebte zu werden.«

»Deine Geliebte?« Sie dachte einen Moment darüber nach. »Ist das dasselbe wie eine Ehefrau, die man nicht heiratet?«

»Wenn du es so formulieren willst, ja.«

»Mit anderen Worten, eine Mätresse?«

»Nicht direkt. Eine Mätresse legt man sich langfristig zu. Man richtet ihr eine Wohnung ein und sorgt finanziell für sie. Wir haben bestenfalls ein paar Wochen miteinander.«

»Ich verstehe. Sozusagen eine billigere Variante der Mätresse, die Mätresse für arme Leute. Eine Reisebegleiterin. Die dir das Bett wärmt.«

»Das klingt doch alles sehr einseitig. Ich würde mir erhoffen, daß ein solches Arrangement für dich genauso viel bringt wie für mich.«

»Und was soll mir das bringen – außer Schwielen auf dem Hintern und aufgeschürfte Ellbogen?« Sie war jetzt zu wütend, um ihre Worte sorgsam zu wählen.

Er warf den Kopf zurück und lachte. »Auch das gehört zu den Dingen, die mir so gut an dir gefallen. Du bist schrecklich aufrichtig und gräßlich direkt. Eine Frau wie du ist mir noch nie begegnet. Du nennst die Dinge beim Namen.«

»Culhane, du bist ein Dreckskerl erster Güte. Du bist ein Schuft, ein Perverser von der übelsten Sorte, ein Lüstling, ein Anachronismus, eine prähistorische Echse, ein kannibalisches Schwein – und zweifellos bist du der eingebildetste Kerl, mit dem ich je das Mißvergnügen hatte. Im übrigen ist mir klar, daß ich furchtbar im Nachteil bin. Wir stecken mitten in dieser gottverdammten Wüste, und daher kann ich dich nicht einfach vor die Tür setzen und dir das Betreten meines Grundstücks untersagen. Ich kann mich auch nicht in mein Zimmer zurückziehen und mich weigern, wieder rauszukommen, bis du das Haus verlassen hast. Aber ich bin so fair, dich zu warnen: Wenn du mich noch einmal anrührst, lasse ich dich wegen Vergewaltigung festnehmen, sowie wir auf die ersten Anzeichen von Zivilisation stoßen, und ich werde mich persönlich dafür einsetzen, daß du gehängt wirst, bis dir die vulgären Augen aus dem Schädel quellen.«

»Meine Güte«, sagte er und unterdrückte mühsam ein Lachen. »Ich sollte mich in Zukunft wohl besser in acht nehmen.«

»Das kann ich dir nur raten.« Sie wandte sich ab und holte ihre Decke.

Jay ließ ihr Zeit. Er warf ein paar Äste in die Flammen, die schnell Feuer fingen und knisterten.

Nach einer Weile kam Jennifer ans Feuer, nahm einen Stock und stocherte in der Glut herum. Jay warf ihr ein Stück gedörrtes Rindfleisch zu. Sie fing es, legte es auf ihren Schoß, nahm den Stock wieder in die Hand und stocherte weiter im Feuer herum.

»Jay...«

»Jennifer, sei still.«

»Aber ich will...«

»Warum können Frauen bloß nicht lernen, den Mund zu halten?«

»Wir können es, aber ich glaube, das ist nicht das Problem. Mit dir und den Frauen, da hat es etwas gegeben, stimmt's?«

Er besaß die Frechheit, sie lüstern anzuschauen. »Geht das nicht allen Männern so?«

»Du weißt, was ich meine. Du hast etwas gegen Frauen. Ich möchte wissen, warum.«

»Sei still.«

»Hat es in deiner Vergangenheit eine Frau gegeben? Eine, die...«

»Wenn du nicht von selbst den Mund hältst, helfe ich dir dabei.«

»Deine Mutter ist eine Frau. Oder hast du das vergessen?«

»Meine Mutter ist tot.«

»Ich... es tut mir leid. Was ist mit Schwestern?«

Schweigen.

»Hast du Brüder? Einen Vater?«

»No tengo madre, ni padre, ni perro que me ladre«, sagte er. Er wandte sich von ihr ab und starrte in die Nacht hinaus. »Ich habe weder Mutter noch Vater, noch einen Hund, der für mich bellt. Und jetzt halt den Mund, verdammt und zum Teufel!«

10

Sie seufzte. Er wurde immer so zornig, wenn sie in seiner Vergangenheit herumstocherte.

»Eines Tages werde ich mich noch an deine merkwürdige Art gewöhnen«, sagte sie.

»Dazu bleiben wir nicht lange genug zusammen.«

Sie brach den Stock, mit dem sie in den Kohlen gestochert hatte, in der Mitte durch. Sie wußte nicht genau, warum, aber seine Worte verletzten sie und machten sie traurig, und das war einfach lachhaft. Vielleicht war es die Endgültigkeit, die daraus sprach. Aber sie konnte diesen Mann doch gar nicht leiden. Und es war anzunehmen, daß er sie auch nicht leiden konnte. »Du magst mich nicht, stimmt's?«

»Nicht besonders.«

»Und doch hast du gesagt, daß du mich willst.«

»Ja, das habe ich gesagt.«

»Du hast es gesagt? Ist das jetzt vorbei?«

»Ich berichtige mich. Ich will dich jetzt. Jetzt sofort.«

Ihre Stimme wankte und zitterte. »Kommt dir das... nicht etwas... seltsam vor?«

»Nein. Wieso?«

»Weil ich es seltsam finde. Wie kannst du jemanden wollen, den du nicht besonders gut leiden kannst?«

»Das hat nichts miteinander zu tun.«

»Irgend etwas muß es doch miteinander zu tun haben. Schließlich ist beides ein Teil von dir.«

»Das eine ist eine Neigung. Das andere ist... ein Instinkt, ein Trieb.«

Das Feuer knisterte, und ein orangeroter Funkenregen stob auf. Jennifer zuckte zusammen, doch Jay saß da und hatte den blonden Schopf gesenkt, sich vorgebeugt und die Ellbogen auf die Knie gestützt. Sein Blick war starr auf einen Punkt in der Dunkelheit außerhalb des Feuerscheins gerichtet. Irgend etwas an ihm ging ihr unter die Haut; er schien eine Melodie auszusenden, die ihren Herzschlag beschleunigte und die vor Traurigkeit vibrierte, eine Melodie, in der sich gleichzeitig eine wilde, unbändige Leidenschaft ausdrückte. Der warme Schein des Feuers fiel auf seine hohen Wangenknochen und ließ seine Wangen in tiefem Schatten versinken. Goldenes Licht fiel auf seine gerade Nase und sein energisches Kinn, verharrte dort und schien dann hurtig weiterzutanzen, sich in kreisenden Bewegungen durch sein Haar zu weben und mit ihm zu flirten, es abwechselnd zu berühren und vor ihm zurückzuschauen.

Er sah so verdammt gut aus.

Aber er war eine Bestie.

Er wirkte entspannt, aber sie kannte ihn inzwischen besser und wußte, was unter der Oberfläche lauerte und jeden Moment explosiv ausbrechen konnte.

Sie konnte nicht anders. Gebannt starrte sie ihn an, und das Wort *Trieb* hallte in ihrem Kopf wider – ein Wort, das rohe, ungeschliffene Gefühle und heftige Empfindungen des Körpers vermittelte. Ein Wort, das ihm allzu ähnlich sah. Der Mann, den sie vor sich sah – unerbittlich, derb... triebhaft –, hatte nichts mit dem Mann zu tun, der sich in seinen Worten ausdrückte – eine gebildete, wortgewandte, vielschichtige Persönlichkeit mit Substanz und Tiefe, der ein beträchtliches Vokabular zur Verfügung stand.

Sie seufzte und warf die Teile des Stocks, den sie in der Mitte durchgebrochen hatte, ins Feuer wie ein Unterpfand ihrer Kapitulation. Sie war so verflixt müde.

Als sie aufblickte, beobachtete er sie, und der Anflug eines Lächelns spielte auf seinen Lippen. Es war um so herzzerreißender, als es ahnen ließ, wie bezaubernd er hätte lächeln können, wenn er es je wirklich versucht hätte.

»Alle Zweifel ausgeräumt?«

»Das ist wohl kaum ein Wunder.«

»Wie das?«

»Ich denke, das ist klar wie Kloßbrühe.«

»Und wenn es nicht so ist?«

Sie zuckte mit den Achseln. »Es ist schwierig, sich mit dir zu unterhalten. Für übermäßig lange Antworten bist du nicht gerade berühmt. Du willst nicht über dich reden. Über mich kannst du nicht reden, ohne spöttisch und gemein zu sein. Und du bemühst dich noch nicht einmal, wenigstens zu Gemeinplätzen etwas beizutragen.«

»Keine Spur von Humor, was?«

»Absolut nicht. Du machst keine Witze, Culhane. Du stichelst.«

»Worte bringen dich nicht über die Grenze.«

»Schweigen auch nicht. Ich verlange ja keinen formellen Diskurs, aber zwei Menschen könnten sich doch wenigstens ein bißchen unterhalten. Über ganz einfache Dinge«, fügte sie schnell hinzu.

»Wir haben uns nichts zu sagen, kleines Mädchen.«

»Woher weißt du das? Wenn du nicht so verschlossen wärst, wenn du versuchen würdest...«

»Wir haben nichts gemeinsam. Wie man so schön sagt: ›Man kann einem Frosch, der in einem Brunnen lebt, nichts über das Meer erzählen, einem Geschöpf, das nur eine beengte Sphäre kennt. Man kann einem Insekt, das im Sommer lebt, nichts über das Eis erzählen.‹«

Sein Blick hatte sie auf der Stelle verstummen lassen. Sie hatte keinerlei Bedürfnis mehr, mit ihm zu reden. Vor ein paar Tagen hätte es sie noch überrascht, daß er überhaupt etwas von der Existenz der alten chinesischen Philosophen wußte. Es erstaunte sie auch jetzt noch, daß er solche Schriften gelesen hatte. Aber daß er sie wortwörtlich zitieren konnte, verschlug ihr die Sprache und vermittelte ihr das Gefühl, sich nicht ausdrücken zu können. Er war wie ein Eimer Wasser. Immer wieder dämpfte er ihre Stimmung und löschte ihr verbales Feuer.

Sie stand auf und klopfte sich die Asche vom Rock.

»Legst du dich schlafen?«

»Ja.«

»Hast du denn keinen Hunger?«

»Ich sterbe vor Hunger, Culhane, aber das, was du in deinen Satteltaschen hast, kann mich trotzdem nicht reizen.«

»Für Abwechslung auf dem Speisezettel ist nicht genug Platz.«

»Ach, das würde ich gar nicht mal sagen. Ich finde, die Zusammenstellungen sind durchaus interessant. Es gibt Tomaten und gedörrtes Fleisch oder auch Bohnen und gedörrtes Fleisch, und wenn einem das zum Hals raushängt, kann man immer noch Pfirsische mit gedörrtem Fleisch essen. So, wie ich das sehe, gibt es nur ein Problem dabei.«

»Und das wäre?«

»Das Fleisch ist so zäh wie Schuhsohlen. Die Tomaten haben genug Säure, um ihre Dosen zu zersetzen. Die Bohnen sind so hart wie Schrotkörner. Und die Pfirsiche schmecken nach Pappe.«

Er besaß die Frechheit zu lachen. Als sie ihn jetzt ansah, wie er mit verkohlten, rußgeschwärzten Kleidern und zerzaustem, ungekämmtem Haar dasaß, war sie ganz seltsam bezaubert. Es ging etwas Wehmütiges von ihm aus, und sie fragte sich, ob daran etwas schuld war, was er in seiner Vergangenheit getan hatte und bereute, oder etwas, was er hätte tun sollen und nicht getan hatte. Sie neigte zu dem Glauben, daß er sich nichts hatte entgehen lassen. Erfahrung stand ganz oben auf der Liste der Dinge, die ihr an Culhane auffielen.

Jennifer zog ihre Decke ans Feuer.

»Ich will morgen vor Tagesanbruch von hier verschwinden«, sagte Jay barsch und ging zu den Pferden.

Jennifer nutzte seine Abwesenheit und streckte sich auf ihrer Decke aus. Sie wollte einschlafen, ehe er zurückkam. Sie war zu erschöpft, um sich auf die geistigen Kämpfe einzulassen, die ihm solches Vergnügen zu bereiten schienen. Wenn sie ausgeruht und in Form war, war er ein prächtiger Gegner. In ihrer momentanen Verfassung fühlte sie sich so durchsetzungsfähig wie Schnee im Juli. Und in die Lage brachte sie sich nicht gern. Sie hatte nicht vergessen, wie er sie angesehen hatte oder wie heiser seine Stimme geklungen hatte, als er sagte: »Ich will dich jetzt. Jetzt sofort.«

Sie hörte ihn zurückkehren und fing an, sich nervös auf die Unterlippe zu beißen, als er näher kam. Sie stellte sich schlafend. Die Schritte verklangen. Sie wußte, daß er neben ihr stand. »Jennifer«, sagte er und stieß sie sachte mit der Stiefelspitze an.

Aber Jennifer reagierte nicht. Es schien ihr, als stünde er ewig da.

Als sie schon glaubte, er würde nicht mehr fortgehen, sagte er etwas, was sie nicht hören konnte, und dann ging er.

Sie hörte ein gedämpftes Ächzen. Stiefel, die leise in den Sand fielen. Ein überraschtes Luftholen – oder war es gequält? Das leise Rascheln, mit dem Kleider von einem Körper gestreift wurden. Was tat er bloß? Zog er sich nackt aus? Jennifer schluckte, und die Neugier verjagte ihre Erschöpfung. Sie spielte, so gut sie konnte, eine todmüde Frau, die sich schlaftrunken umdreht. Ein paar Minuten blieb sie vollkommen still liegen und preßte die Augen fest zu. Dann öffnete sich ein Auge vorsichtig einen kleinen Spalt weit. Sie konnte ihn durch die Flammen sehen – Vulcanus, der aus dem Feuer stieg, nackt und schön und einsam.

Nie zuvor hatte sie sich unter einem Mann etwas Zartes, Schönes und Verletzbares vorgestellt, denn das waren Eigenschaften, die sie normalerweise Frauen zuschrieb. Aber Männer besaßen eine gewisse Zerbrechlichkeit. Eine Anfälligkeit gegen Verletzungen, die ihr bislang nicht bewußt gewesen war. Er konnte leiden. Und er war verwundbar.

Funken stoben in die Luft auf. Das Feuer loderte heller und tauchte seinen nackten Körper in das Rot eines edlen Burgunders. Jetzt erst bemerkte sie, daß er sich mit etwas beschäftigte und seinen linken Oberschenkel betrachtete. Sie öffnete die Augen weiter und sah, daß er das andere Bein bewegte. Was tat er bloß? Und dann fiel ihr wieder ein, daß er sich durch das Feuer gewälzt hatte.

Jennifer zog sich auf einen Ellbogen und sah ihn genauer an. Selbst auf diese Entfernung konnte sie sehen, daß seine Haut an vielen Stellen Verbrennungen aufwies – Stellen, die er zum Teil unmöglich selbst erreichen konnte. War er deshalb zu ihr gekommen, hatte ihren Namen gesagt und sie mit den Zehen angestoßen? Um zu sehen, ob sie noch wach war und ihm helfen konnte?

Er hob den Kopf wie ein Tier, das Gefahr witterte. Langsam drehte er sich zu ihr um. »Falls du leicht an etwas Anstoß nimmst, schlage ich vor, daß du wieder einschläfst.«

»Ich habe schon öfter Brandwunden behandelt.«

»Aber doch bestimmt nicht an einem nackten Mann.«

»Ich empfinde den menschlichen Körper nicht als anstößig.«

»Vielleicht eher als begehrenswert?«

»Im Zusammenhang mit Krankheiten und Verletzungen sind solche Vorstellungen albern und deplaziert«, sagte sie. Sie stand auf und ging um das Feuer herum auf ihn zu.

»He, was hast du vor?«

Sie schenkte ihm keine Beachtung. Sie näherte sich ihm von der Seite und nahm ihm das feuchte Tuch aus der Hand. »Was ist auf dem Lappen?«

»Pulque.«

»Pulque?«

»Wäre es dir lieber, wenn ich das Wasser vergeude?«

»Hast du denn gar keine Medizin dabei?«

»Eine lachhafte kleine Menge Laudanum.«

Sie dachte einen Moment lang nach. »Hast du irgendwelches Öl oder Fett?«

»Ein bißchen Schmieröl für die Waffen.«

»Wo finde ich es… und das Laudanum?«

»In meiner Satteltasche.«

Jennifer hatte Susanna oft geholfen, aus Zitronenwasser, Leinsamenöl und Laudanum ein Mittel zum Einreiben gegen Verbrennungen herzustellen. Sie dachte einen Moment nach, ehe sie etwas Pulque mit Schmieröl und Laudanum in einer Tasse anrührte und Stoffstreifen darin tränkte. Als sie zu Jay zurückkam, sah sie, daß er zu groß war. Sie konnte die Verbrennungen auf seinen Schultern nicht behandeln. »Könntest du dich vielleicht irgendwie hinlegen, damit ich besser an dich rankomme?«

Er setzte sich neben sie, und sie sank auf die Knie. Mit seinem ruchlosen Lächeln sagte er: »Wem willst du hier einen Dienst erweisen – meinem Körper oder meinen Verbrennungen?«

Sie hob das Hemd auf, aus dem er Streifen herausgerissen hatte, und ließ es zwischen seine Beine fallen. »Mit Verbrennungen kenne ich mich aus. Was das andere angeht, bin ich unerfahren.«

»Du hast mehr als ein Jahr allein und ohne Anstandsdame in Brownsville und in Mexiko gelebt. Erwartest du wirklich, daß ich dir glaube, du seist unberührt?«

»Ich habe mich als Lehrerin betätigt, nicht als Hure. Und mich interessiert nicht die Bohne, was du glaubst.«

Er knurrte. Wahrscheinlich interessierte es sie wirklich nicht die

Bohne. Sie war eine höchst unkonventionelle Frau mit ihrem Unabhängigkeitsstreben und ihren Vorstellungen, Frauen sollten den Männern gleichgestellt werden und könnten mehr vom Leben haben, als nur auf anbrennende Töpfe aufzupassen, Windeln zu wechseln und die Socken ihrer Männer zu stopfen.

Sie fing an, die Asche von ein paar kleineren Verbrennungen auf seinem Hals zu wischen. »Für dein aufbrausendes Naturell hast du sehr zarte Hände. Wo hast du das Verarzten gelernt?«

»Ich war in einer Familie von neun Frauen die jüngste, oder hast du das vergessen? Wenn es mir an irgend etwas bestimmt nicht gefehlt hat, dann an Belehrungen.«

»Und wenn du etwas haßt, dann sind es Belehrungen.«

»Ich sperre mich nicht gegen Belehrungen. Gegen Befehle habe ich etwas.«

»Du erinnerst mich sehr an deine Tante.«

»Danke.«

»Das war nicht als Kompliment gemeint.«

»Ich fasse es aber als Kompliment auf. Meine Tante ist eine außergewöhnliche Frau. Ich bewundere sie sehr.«

»Dein Vater sagt, sie sei total verrückt.«

Jennifer lachte. »Du verstehst die Beziehung zwischen meinem Vater und meiner Tante nicht.«

»Versteht die denn irgend jemand?«

»Papa und Tante Winny verstehen sie. Ich glaube wirklich, daß ihnen der verbale Beschuß sogar großes Vergnügen bereitet. Natürlich war es nicht immer so. Am Anfang haben sich die beiden gehaßt.«

»So wie wir?«

»Nein. Wir hassen uns immer noch.«

»Und die beiden nicht?«

»Nein. Aber am Anfang war es so. Papa hat sich um Tante Winny bemüht, ehe er Mama kennengelernt hat.«

»Ahh! Der verschmähte Liebhaber.«

»Ich glaube nicht, daß es je wirklich ernst war, und nach allem, was ich gehört habe, waren sie immer wie Katz und Hund, als er sich um sie bemüht hat. Sie dachte, Mama hätte den Verstand verloren, als sie ihn geheiratet hat. Aber im Lauf der Jahre haben die beiden eine seltsame Form von Respekt füreinander entwickelt. Sie liefern sich nach wie vor dieselben verbalen Gefechte, aber sie achten sich.«

»Ich wette, die beiden zusammen sind ein köstliches Schauspiel, eine Augenweide.«

»Du müßtest die ganze Familie auf einem Haufen sehen.«

»Ich bin nicht sicher, ob ich das verkraften könnte, und wenn, dann nur in kleinen Dosen.«

»Wir schaffen es selbst nicht. Deshalb kommen wir auch nur im Abstand von Jahren alle zusammen.«

»Das kann ich verstehen. Deine Familie haut einen erst mal um. Und dann noch diese vielen Töchter.«

»Wir sind neun.« Sie hörte auf, seine Blasen zu betupfen. »Hast du die Namen beachtet?«

Er sah sie seltsam an. »Nicht genug, um mich an mehr als ein oder zwei davon zu erinnern.«

»Sie sind in alphabetischer Ordnung. Abbey ist die Älteste, dann kommen Beth, Clara – Della und Ester sind Zwillinge – dann Faith, Gwen, Heddy und ich.«

»Was ist aus I geworden?«

»Das war Irene. Sie ist gestorben, als sie noch ganz klein war.« Jenny lehnte sich zurück. »Ich glaube, jetzt sollte ich mich um deinen Rücken kümmern.«

Sie wandte den Kopf ab, als er seine Haltung veränderte.

»Du kannst jetzt wieder hinschauen. Ich bin bedeckt.«

Als sie sich zu ihm umdrehte, sah sie, daß er auf dem Bauch lag und sich das Hemd über das muskulöse Gesäß gelegt hatte. Es waren nicht viele Verbrennungen, und keine war allzu schlimm, und daher brauchte sie nicht lange. Als sie fertig war, stand sie auf und wandte sich ab.

»Wohin gehst du?«

»Ich bin gleich wieder da.«

Als sie sich entkleidet und in die Decke gehüllt hatte, saß er auf seiner Decke und trank Pulque.

»Du solltest lieber vorsichtig mit dem Zeug sein«, sagte sie. »Du hast heute schon einiges getrunken, und der Schnaps ist stark.«

»Du bist wohl bestens mit meinen Trinkgewohnheiten vertraut, wie?«

»Nein. Ich bin nur eine gute Beobachterin.«

Er wandte den Kopf zu ihr um und trank noch einen betont großen Schluck, ehe er die Flasche hinstellte. »Stört dich mein Trinken?«

»Nein.«

»Schadet es dir?«

»Nein.«

»Dann halt den Mund.«

Seine bitteren Worte trafen sie. Gewöhnlich hätte sie mit einer bösen Bemerkung zurückgeschlagen, doch aus irgendwelchen Gründen tat sie es nicht. Sie fand es zu seltsam, daß sie endlich einmal dicht davor gestanden hatten, ein echtes Gespräch zu führen, und jetzt war er wieder so brummig wie sonst. War es vielleicht gerade das, was ihn ärgerte? Daß er sich nicht zusammengerissen, sondern sich wie ein Mensch benommen hatte? Welche Gründe er auch haben mochte, sie war zu müde, um sich darüber Gedanken zu machen. Jays Probleme gingen sie nichts an, sie hatte genug eigene Schwierigkeiten. Jennifer wandte sich ab und ging.

»Jennifer!« dröhnte seine Stimme durch die Stille.

Sie antwortete nicht.

»Jennifer!« sagte er noch einmal, diesmal noch lauter.

Sie lief weiter.

»Verdammt noch mal! Antworte mir!«

Sie blieb stehen und drehte sich um. »Was willst du denn jetzt schon wieder?«

»Komm her.«

»Warum?«

»Ich möchte, daß du etwas mit mir trinkst.«

»Ich trinke nicht.«

»Komm her, Jennifer.«

Sie machte auf dem Absatz kehrt und ging weiter. Sie hatte gerade ihre Decke erreicht, als er schnell von hinten auf sie zukam und sie zu sich umdrehte. Sie taumelte gegen ihn und spürte, wie sich Hände wie eiserne Klauen um ihre Arme schlossen.

»Laß mich in Ruhe, Culhane. Ich bin müde.«

»Glaubst du, du bist zu vornehm und zu kultiviert, um etwas mit mir zu trinken?«

»Ich habe dir doch schon gesagt, daß ich müde bin und nichts trinke.«

»Du weinst nicht. Du hurst nicht. Du trinkst nicht. Es gibt alles mögliche, was du nicht tust. Erzähl mir lieber, was du *tust.*«

»Es gibt eine ganze Menge Dinge, die ich tue. Ich ziehe es lediglich vor, nichts davon mit dir zu tun.«

Er riß sie in seine Arme, drehte sich sofort um und trug sie zu seiner Decke. Dort legte er sie auf den Rücken und setzte sich rittlings auf sie. Sie schloß die Augen und weigerte sich, ihn anzusehen. *Wenn ich ihn völlig mißachte... wenn ich nicht bereit bin, mich zu wehren... vielleicht läßt er mich dann in Ruhe.*

»Sieh mich an, Engelchen.«

Jennifer hielt die Augen geschlossen und zuckte mit einem entsetzten Aufschrei zusammen, als er ihre Bluse aufriß. Sie schlug die Augen auf und sah ihn an. In ihrem Blick stand so viel Abscheu und Ungläubigkeit, daß er sich bestürzt abwandte. Fluchend nahm er den Pulque in eine Hand und grub die andere in ihr Haar. Er zog an ihrem Oberkörper, bis sie saß. Dann führte er den Pulque an ihre Lippen. »Trink«, sagte er.

Sie schüttelte den Kopf und biß die Zähne zusammen, obwohl sich der Rand der Tonflasche in ihre Lippen schnitt. Er zog noch fester an ihrem Haar, bis ihr vor Schmerz Tränen in die Augen traten. »Trink, verdammt noch mal, oder ich reiße dir den hochmütigen Kopf von den Schultern, so wahr mir Gott helfe.«

Ihre Augen schossen Pfeile auf ihn ab. »Mit dir würde ich nicht trinken, wenn du mich in Alkohol ertränken würdest, du Dreckskerl!«

Er kippte die Flasche, und der Pulque lief auf ihren Mund, in ihre Nase und in breiten Strömen an ihrem Hals herunter bis auf ihre Brust. Sie hustete und rang nach Luft. Er kippte die Flasche noch einmal, und Jennifer hatte das Gefühl, zu ersticken.

Sie verlor die Beherrschung und ging wie wildgeworden mit den Nägeln auf sein Gesicht los. Er blockte sie mit dem Unterarm ab und sog hörbar Luft ein, als sich ihre Nägel in seine Brandwunden gruben. Jennifer sah sein Messer funkeln. Sie schnappte es und hielt es mit beiden Händen am Heft über ihren Kopf.

Jay nahm instinktiv eine kauernde Haltung ein und schlich um sie herum wie ein Kojote, der eine Schlange neckt. Immer wieder tat er so, als setzte er zum Sprung an, und wenn sie nach ihm ausholte, wich er lachend zurück. Gnadenlos verhöhnte er sie, als er immer wieder im Kreis um sie herumschlich und näher kam.

»Worauf wartest du noch, Engel«, sagte er leise. »Du hast das Messer.« Dann schrie er: »Benutz es doch endlich!«

Bei seinen Worten zuckte sie zusammen, und sein spöttisches Lachen versengte sie wie Flammen.

»Paß genau auf, was du tust. Du darfst deinen Gegner nicht einen Moment aus dem Auge lassen. Laß dich nicht von mir ablenken, nicht für einen Sekundenbruchteil. Du wirst schon matt, stimmt's? Du wirst das Messer benutzen oder hinlegen müssen. Du kannst es nicht ewig in der Hand halten.«

Trotz seiner Versuche, sie durcheinanderzubringen, bewahrte sie eine Ruhe, die ihn überraschte. Der Feuerschein schimmerte auf ihrer nassen Brust, und das feuchte, dünne Hemdchen schmiegte sich an ihren Busen. Sie war wie ein wildes Tier, das in die Enge getrieben wurde. Er machte einen Satz und wich zurück. Sie war so verblüfft, daß sie rückwärts wankte und fast das Gleichgewicht verlor.

»Schlag jetzt zu, Engel. Schlag zu, oder gib auf.«

Er sah, wie sie sich die Lippen anfeuchtete. Unsicherheit trat in ihre weit geöffneten Augen. »Hier, ich mache es dir leichter.« Er stand auf und blieb still stehen. Seine Brust bot ihr ein leichtes Ziel. »Komm schon. Worauf wartest du noch? Du bist blutrünstig, und ich lasse dich gewähren. Erzähl mir bloß nicht, du brächtest es nicht fertig. Hast du denn nie zugesehen, wie die Mexikaner eine Ziege schlachten? Sie veranstalten ein ziemliches Blutbad, und es ist nicht besonders appetitlich, aber genau darauf bist du doch aus, oder?«

Er machte wieder einen Satz, und sie holte aus. Seine Hand schloß sich fest um ihr Handgelenk. »Laß das Messer fallen, Mädchen, oder ich breche dir den Arm.« Er preßte ihr Handgelenk noch fester zusammen, und sie stieß einen wimmernden Laut aus. Dann fiel das Messer klirrend auf die Steine. Im nächsten Moment hatte Jay es aus ihrer Reichweite gestoßen, ihr den Arm umgedreht und sie an sich gezogen. Sie wehrte sich und versuchte, sich loszureißen. Sie riß das Knie hoch und zielte leicht daneben, traf aber doch gut genug, um ihm Schmerzen zu verursachen. Er fluchte, beugte sich vor, hob sie hoch, warf sie sich über die Schulter, trug sie zur Decke und ließ sie fallen. Sie blieb im ersten Moment benommen liegen, dieser Augenblick genügte ihm, um ihre wogenden Brüste zu sehen. Sie erkannte den Ausdruck seiner Augen und wollte aufspringen, aber Jay warf sich auf sie.

Sie wehrte sich jetzt ernstlich, schlug um sich, biß und grub ihre Nägel in sein Fleisch, aber er nahm nichts anderes mehr bewußt wahr als die Brüste, die er mit seinen Händen knetete, und den Mund, der den Tag verfluchte, an dem er geboren war. Das Verlangen nach ihr ließ sich nicht mehr bändigen, und er schluckte ihre Flüche.

»Laß dich von mir lieben«, flüsterte er heiser.

»Nein, du verfluchter Kerl!« sagte sie keuchend. »So nicht... lieber Gott! So doch nicht.«

Sein Blick war glasig vor Verlangen, als er sie ansah. »Warum nicht?« fragte er heiser. »Warum versagst du uns das?«

»Weil ich schmutzig bin«, schrie sie ihn an und trommelte mit den Fäusten auf seine Brust. »Weil du betrunken bist, du verfluchter Kerl, und dich morgen wahrscheinlich nicht mehr daran erinnern könntest. Weil du mich willst, dir aber kein bißchen aus mir machst. Weil ich weiß, daß ich nie mehr dieselbe wie vorher sein werde, wenn ich das tue.« Sie schlug immer noch auf seine Brust ein, aber diese bemitleidenswert schwachen Hiebe waren nicht das, was ihn zu dem Entschluß führte, sie loszulassen. Es war ihr Anblick, wie sie klein und halbnackt dalag und sich mit dem letzten Rest an Kraft, der ihr noch geblieben war, gegen ihn wehrte. Er stand auf und wandte sich ab.

Er wäre fortgegangen. Er wäre wirklich gegangen, wenn er nicht noch einen letzten Blick auf sie geworfen hätte. Sie lag zu einer Kugel zusammengerollt auf der Seite, und die erstickten Laute ihrer hoffnungslosen Verzweiflung bohrten sich schmerzhafter in ihn als jedes Messer. Er ließ sich neben ihr auf die Knie sinken.

»Jenny?« Er streckte die Hand aus und legte sie auf ihre Schulter, und sie rollte sich noch enger zusammen. Er hob sie auf seine Arme, und sie schlug so kraftlos auf ihn ein, daß er kaum etwas spürte. »Laß das! Tu mir das nicht an! Laß das! Laß mich doch endlich in Ruhe!« rief sie gequält aus.

»Psst. Ich werde dir nicht weh tun.« Er zog sie dichter an sich, streckte sich neben ihr aus, hielt sie im Arm und streichelte ihr Haar. »Es ist alles in Ordnung. Weine nicht. Dir wird nichts passieren. Mach die Augen zu, mein Engel. Mach die Augen zu und schlaf.«

Jennifer lag starr da und wartete darauf, daß er sich wieder auf sie stürzen würde. Doch er hielt sie weiterhin nur im Arm und strich ihr über das Haar. Allmählich wich die Starre aus ihrem Körper, und sie fing an zu zittern, aber sie war so erschöpft, daß sie nicht wußte, ob sie zitterte, weil die Spannung plötzlich von ihr gewichen war oder weil die Temperaturen in der Wüste nachts beträchtlich sanken.

Jay spürte, daß sie zitterte, und er hörte ihre tiefen Atemzüge. Daraufhin ließ er sie los, holte die andere Decke, kam zurück, schlüpfte wieder neben sie unter die Decke und deckte sie beide mit der zusätzlichen Decke zu, ehe er sie in seine Arme zog. Allmählich ließ ihr Zittern nach, und ihr Körper entspannte sich. Sie rollte sich zusammen, schmiegte sich an ihn und preßte eine kleine Hand auf seine Brust. Er nahm ihre Hand in seine und betrachtete sie. Wie konnte eine so kleine Hand ein Messer halten, wie sie es gehalten hatte? Er drückte einen Kuß auf ihre Handfläche und legte ihre Hand wieder auf seine Brust. Dann schlief auch er ein.

Das Feuer war vollständig heruntergebrannt, als er spürte, wie sie im Schlaf zusammenzuckte. Er hörte die gedämpften Worte, die sie unzusammenhängend an seiner Brust murmelte. Sie hob den Kopf, riß die Augen weit auf und sah starr vor sich hin, und er wußte, daß sie nichts wahrnahm. Er ließ seine Hand hinter ihren Kopf gleiten und zog sie an sich. »Schlaf ein, Engelchen. Es wird alles wieder gut.«

Er spürte ihren Atem an seiner nackten Brust, als sie im Schlaf tief atmete. Er stieß einen tiefen zufriedenen Seufzer aus, der im nächsten Moment vom Wind in eine sternenklare Nacht geweht wurde.

11

Eine Woche später sahen sie erstmals Spuren der Zivilisation.

Die Stadt unterschied sich nicht von hundert anderen mexikanischen Städten: arm, von der Sonne ausgedörrt und trocken; ein Musterbeispiel für Monotonie. Komantschen gab es keine mehr; sie waren niedergetrampelt worden wie das Steppengras, doch die Landschaft selbst hatte sich ihre schroffe Feindseligkeit bewahrt.

Jennifer ritt jetzt auf ihrem eigenen Pferd hinter Jay her, einem *Bayo coyote* – graubraun mit einem schwarzen Streifen auf dem Rücken – dem kleinsten der Pferde der *pistoleros.* Die anderen Pferde, ein schwarzgrundig Gescheckter und zwei Braune, folgten Jay. Er hatte die Pferde gut behandelt, aber Jennifer mußte immer wieder an die drei Leichen denken, von denen die Geier nur Skelette übrig gelassen hatten.

Als sie auf die erste Lehmziegelhütte zuritten, sahen sie eine Indianerin am Feuer sitzen und Tortillas zubereiten. Sechs oder sieben Kinder kauerten um sie herum auf dem Boden. Sie waren sauber, aber furchtbar dürr und wirkten unglaublich hungrig – und die meisten weinten. Zwei der kleineren zerrten mit tränenüberströmten Gesichtern an der Frau.

Ein anderes kleines Mädchen mühte sich mit einem Wäschekorb ab, der größer war als sie selbst, und sie kam einfach nicht vom Fleck. Im Schatten der Hütte hielt ein Mann in seiner Hängematte seine Siesta. Er hatte sich den Sombrero tief ins Gesicht gezogen, und eine Flasche lehnte an seiner Brust. Die Frau schüttelte ihn und bat ihn um Hilfe. Er zog sich den Hut aus dem Gesicht. Jennifer war sicher, daß die Frau eine Indianerin war, doch ihr Mann schien zweifellos Mexikaner zu sein – wohlgenährt und faul, und im Gegensatz zu seiner hageren Frau und den spindeldürren Kindern hing ihm ein schwabbeliger Bauch über die Hose.

Die Frau sagte etwas, was dem Mann nicht zu passen schien, denn er warf die Flasche nach ihr. Während die Flasche mit einem lauten Knall an ihre Wange prallte, trat der Mann mit dem Fuß nach seiner Frau. Sie wankte, und Blut rann über ihre Wange.

Jennifer sah Jay an. Sein Blick sagte ihr deutlich, sie solle sich nicht in anderer Leute Angelegenheiten mischen. Wie hätte sich ein Mann für die Gleichstellung der Geschlechter einsetzen sollen, wenn er Frauen wahrscheinlich auf eine Ebene mit Irren, Verbrechern, Schwachsinnigen, Kindern und Hunden stellte?

»Wirst du denn gar nichts tun?« fragte sie ihn.

»Halt dich raus, Jennifer. Ich warne dich.«

Jennifer sprang augenblicklich vom Pferd und ging auf die Frau zu. Die Frau sah sie mit angsterfüllten Augen an, packte ihren Arm und zog sie weg. Dabei schaute sie sich besorgt über die Schulter.

Ihr Mann sprang mit einem feindseligen Blick aus der Hängematte. Die Kinder hatten aufgehört zu weinen. Die Spannung war so greifbar, daß Jennifer sie in ihrem Mund zu schmecken glaubte.

Der Mann kam fluchend näher und drohte, ihr die Leber rauszuschneiden, um seine hungerigen Kinder, um die sie sich solche Sorgen machte, damit zu füttern. Er hob die Flasche auf, die er nach seiner Frau geworfen hatte, schlug sie gegen die Lehmhütte, um sie zu zerbrechen, und ging mit dem scharfkantigen Flaschenhals auf sie los. Als die Flasche Jennifers Wange streifte, schrie sie, schlug sich schützend die Arme vors Gesicht und wankte rückwärts, bis sie stolperte und in blinder Panik schrie, als Arme sich wie ein Schraubstock um sie schlangen.

»Bring dich hinter mir in Sicherheit«, sagte Jay und stieß sie von sich.

Er riß ein blaues Schultertuch von einem Strauch, auf dem es zum Trocknen hing, und wickelte es sich um den linken Unterarm, als der Mann gerade einen Satz machte.

Jay reagierte automatisch. Mit dem linken Arm fing er den Flaschenhals ab, um etwas Zeit zu gewinnen. Jetzt ging der Mann auf Jays Kehle los. Jay schützte sich mit seiner Schulter und schlug dem Mann die Faust ins Gesicht. Warmes Blut rann über seine Hand, aber der Mexikaner griff wieder an. Jay blutete aus zahllosen Wunden, doch die Männer kämpften immer weiter und verschwanden hinter der Hausecke. Jennifer rannte hinterher und sah gerade noch, wie Jay über den Wäschekorb stolperte und hinfiel. Mit triumphierenden Augen stand der Mexikaner über ihm. Als er sich wild auf ihn stürzte, wälzte sich Jay schnell herum. Der Mexikaner verfing sich mit dem Fuß in einem Griff des Wäschekorbs und verlor das Gleichgewicht. Er stürzte und blieb liegen. Sein Körper lag auf seinem rechten Arm.

Jay zog sich auf die Knie, wischte sich Blut aus dem Mundwinkel und stand auf. Er sah Jennifer an. »Alles in Ordnung mit dir?«

Jennifer nickte. »Das sollte ich dich wohl eher fragen.«

»Ich bin in Ordnung.« Jay betrachtete seine zahllosen blutenden

Wunden und schnitt eine Grimasse. »Ich glaube nicht, daß ich noch genug Blut für einen Moskito übrig habe, aber ich atme noch.«

Sie sah ihn in dem Moment an, in dem er aufblickte, und ihre Blicke trafen sich. Er hatte ihretwegen viel durchgemacht, und Jennifer wußte nicht, wie sie ihm dafür danken sollte, ohne sich zu entschuldigen. Es tat ihr leid, daß sie ihn in die Geschichte hineingezogen und sein Leben in Gefahr gebracht hatte und daß er jetzt solche Schmerzen hatte, aber ihr tat nicht leid, daß sie nach ihren Überzeugungen gehandelt hatte.

»Es ist meine Schuld, daß du jetzt verletzt bist.« Die Worte kamen so leise heraus, daß Jay nicht sicher war, ob sie sie wirklich ausgesprochen hatte.

»Laß uns von hier verschwinden«, sagte er mürrisch. »Ich glaube, noch eine Runde überstehe ich nicht, wenn er wieder zu sich kommt und streitlustig ist.« Er musterte den Mexikaner, der immer noch so dalag, wie er hingefallen war. Jennifer sah Jay an und bemerkte einen seltsamen Ausdruck auf seinem Gesicht. Mit dem Fuß drehte Jay den Mexikaner auf den Rücken. Der Flaschenhals ragte wie das Heft eines Messers aus der Kehle des Mannes.

Jennifer stieß einen Schrei aus, und ihre Knie wurden weich.

»Werd jetzt bloß nicht schwach und hilflos«, sagte Jay und umklammerte ihren Arm. Sie starrte ihn aus flehentlichen Augen an.

»Der Mann ist tot. Ich kann nur hoffen, daß wir schnell genug von hier fortkommen«, sagte er und riß sie mit sich zu den Pferden. Die Frau stand mit ihren Kindern da und schaute auf die Leiche ihres Mannes herunter. Jay blieb neben ihr stehen und sagte leise auf spanisch: »Es tut mir leid. Ihr Mann ist tot.«

Sie sah ihn an wie ein Tier, das zur Schlachtbank geführt wird, und er spürte die erdrückende Last der Verantwortung. Wie konnte er ihr erklären, daß er all das nicht gewollt hatte, daß alles nur passiert war, weil die verhätschelte und verzogene Tochter eines wohlhabenden Ranchers nichts Besseres zu tun hatte, als erst zu handeln und dann zu denken? Jays Blick schweifte in die Ferne. Sie würden die Stadt schleunigst verlassen müssen. Heute nacht konnte er nicht in einem weichen Bett schlafen. Wieder gab es nur harten Boden und kalte Bohnen. Vielleicht war es ja gut so. Ein Mann wurde verrückt, wenn er zu lange unter einem Dach weilte.

Jay war derart in Gedanken verloren, daß er erst nicht wahrnahm, als die Frau ihn ansprach. *»Mi esposo es muerto y no le hace commigo.«* – »Mein Mann ist tot, und ich empfinde nichts.« Sie sah erst ihren Mann und dann ihre Kinder an und sagte auf spanisch: »Der dicke alte Löwe brüllt nicht mehr so laut, wie er gebrüllt hat.«

Die Kinder lachten, und Jennifer beobachtete gebannt, wie ein winziges Mädchen von höchstens vier Jahren vortrat und sich vor Jay aufbaute. Sie sagte kein Wort, sondern stand nur da und schaute ihn an, als sei er eine Vision. Jay lächelte sie so strahlend an, daß Jennifer wünschte, er hätte sie einmal so angelächelt. Dann hockte er sich hin und nahm die Kleine in die Arme.

Die Frau lächelte Jay an, und Jennifer sah das tiefe Verständnis, das sich plötzlich zwischen den beiden entwickelte, zwischen der Indianerin mit ihren Kindern und dem gedungenen Revolverhelden mit seinem gutgeölten Revolver und seiner stillen Art.

Jay trug das Mädchen zu Brady und ließ sie seine Satteltasche öffnen. Dann fischte er ganz unten einen Beutel voller Pesos raus und ging wieder zu der Frau. »Das wird Ihnen und den Kindern für die nächsten Monate reichen.«

Die Frau schüttelte den Kopf. »Sie haben mir schon genug geholfen, Señor. Behalten Sie Ihr Geld«, sagte sie.

Jay öffnete die Hand der Frau, legte den Beutel auf ihre Handfläche und schloß ihre Finger darüber. »Es tut mir leid, daß wir nicht bleiben und helfen können. Wir müssen weiterreiten.«

»Ich werde Sie nicht verraten, Señor. Gehen Sie in Frieden.«

Jay nickte und stellte das kleine Mädchen wieder auf den Boden. »Brauchen Sie noch etwas?«

»*No, gracias.* Sie sind sehr gütig.« Sie sah erst Jennifer und dann die Pferde an. *»Vaya con Dios.«*

Jay blieb noch einen Moment stehen und sah die Frau an. Blut rann an seinem Arm herunter, und er hielt den Hut respektvoll in der Hand. Jennifer spürte einen sengenden Schmerz in ihrem Herzen. Wenn sie etwas nicht von Jay erwartet hatte, dann war es diese Sorge, diese Zärtlichkeit, dieses Mitgefühl... das paßte nicht zu dem Mann, der drei Banditen getötet hatte, und doch paßte es sehr gut zu ihm, denn er wirkte so natürlich, als sei diese Form von Verständnis und Einfühlungsvermögen ihm angeboren und säße tief. Wie er vor dem Kind auf dem Boden gehockt hatte... es zum Pferd getragen hatte... Jennifer fühlte sich zwischen Bewunderung und Eifersucht hin und her gerissen.

Wie es wohl gewesen wäre, wenn er sie so behandelt hätte?

Als sie zu den Pferden gingen und aufstiegen, konnte Jennifer ihn nicht aus den Augen lassen. Sowie er im Sattel saß, drehte er sich zu ihr um, und diese tiefen blauen Augen hefteten sich mit einem unergründlichen Ausdruck auf sie, mit dem sie nichts anzufangen wußte.

»Du hast dich dieser Frau gegenüber sehr freundlich und großzügig verhalten«, sagte sie. »Und dem Kind gegenüber auch.«

»Ich bin keine Bestie, Jennifer. Ich besitze ein paar menschliche Eigenschaften, die nicht völlig ausgerottet worden sind. Wenn du endlich aufhören könntest, mir Dinge zu unterstellen und mich zu verurteilen, kämst du vielleicht von selbst dahinter.«

»Ich wollte damit nicht sagen...«

»Natürlich nicht. Wie könntest du auch? Du kennst mich nicht gut genug.«

Plötzlich schien ihre Welt aus der Umlaufbahn zu schleudern. Er hatte recht. Sie kannte ihn nicht gut und würde ihn nie kennenlernen, denn bald würde er sie zu Hause abliefern und seiner Wege ziehen. Ihr wurde klar, wie einsam sein Leben sein mußte und wie sehr er sich bemühte, seine Gleichgültigkeit zu zeigen. Plötzlich kam sie sich sehr oberflächlich vor, weil sie den Tiefgang dieses Mannes nicht früher bemerkt hatte. Melancholie drohte sie zu überwältigen. Sie sah ihn wieder an.

»Ich habe mich in dir getäuscht. Ein kalter, gefühlloser Revolverheld hätte diese Frau niemals so behandelt.«

Er sah sie fest an. »Der Gedanke gefällt mir, aber ich fürchte, ich muß dir widersprechen. Du hast mir von Anfang an den richtigen Stempel aufgedrückt. Ich bin ein durch und durch mieser Kerl.«

»Dafür halte ich dich nicht. Das willst du mir nur weismachen. Du strengst dich ganz schön an, um mir zu beweisen...« Ihre Worte verhallten, als sie sich in seinem eindringlichen Blick verlor. Die Sonne fiel auf sein Haar, als wollte sie den kräftigen Goldton noch verstärken... und erst seine Augen! Nie waren sie so klar gewesen. Sie hatte ihn immer für einen auffallend gutaussehenden Mann gehalten, selbst dann, wenn sie besonders wütend auf ihn war. Und sie hatte nie an seiner unglaublichen Männlichkeit gezweifelt. Aber jetzt sah sie ihn, als würde sie ihm zum ersten Mal begegnen, und sie fühlte sich von ihm geblendet. Sie begehrte ihn, hatte ihn aber noch nie in diesem Licht gesehen. Diese Erkenntnis traf sie mit einer solchen Wucht, daß sie fast vom Pferd gefallen wäre.

»So solltest du einen Mann nicht anschauen, es sei denn, du willst ihn ermutigen, Engel.« Seine verwirrenden Augen ruhten einen Moment auf ihrem Mund und senkten sich dann auf ihre Brüste. Als er sah, daß sie rot wurde, lachte er. Er zog sich den Hut tiefer über die Augen, trieb Brady an und rief: »Sehen wir zu, daß wir von hier wegkommen.«

Sie ritten schnell und hielten erst an, als sie viele Meilen hinter sich gelegt hatten und die Pferde atemlos waren. Jay hielt an, um die Pferde verschnaufen zu lassen. Er stieg ab und kam auf sie zu. »Gib mir ein Stück von deinem Rock.«

Seine Wunden bluteten immer noch, und ein oder zwei schienen so tief zu sein, daß sie genäht werden mußten. Jennifer stieg ab, riß einen fünfzehn Zentimeter breiten Streifen von ihrem Rocksaum und reichte ihn Jay. Er nahm das Stück Stoff, rührte sich aber nicht von der Stelle, sondern sah sie lange an.

Er fand, daß Jennifer bei weitem reizvoller war, als gut für sie – und gut für ihn war. Er brauchte sie nur anzusehen, und schon wollte er sie berühren. Und er wollte sie nicht nur berühren. Er wollte sie eine Woche lang ausgiebig und ohne jede Unterbrechung lieben. Er wollte ihr ins Gesicht sehen, in die weit geöffneten Augen, während er sie liebte. Er hätte den Rest seines Lebens damit zubringen können, ihr in die Augen zu sehen. Ihm wurde klar, was er gerade eben gedacht hatte. Jennifer hatte ihn tiefer aufgewühlt, als ihm bewußt gewesen war. Er hatte sich einen Augenblick nicht in acht genommen. Das durfte nicht noch einmal passieren. Es wurmte ihn, daß er sie wollte und gleichzeitig wußte, wie wichtig es war, sie gegen ihn aufzubringen. Ihm stockte der Atem, als er erkannte, wie sehr er sich danach verzehrte, sie in seinem Bett zu haben, und es ärgerte ihn maßlos, daß er immer wieder daran dachte. Er hatte sich nicht derart von ihr verwirren lassen wollen. Ablenkung konnte er sich nicht leisten, denn sie konnte ihn allzu leicht das Leben kosten.

»Woran denkst du?«

»Warum fragst du?«

Sie lachte nervös. »Ich... ich weiß nicht genau. Wahrscheinlich, weil du mich so angesehen hast.«

»Wie habe ich dich denn angesehen?«

»Als würdest du mich gar nicht wahrnehmen.«

»Ich habe dich wahrgenommen.«

»Aber du hast gewirkt, als seist du in Gedanken woanders, als ob...«

»Als ob was? Was wolltest du noch sagen, Jennifer?«

»Nichts, Jay. Absolut nichts.«

»So ein Bockmist!«

»Ich komme auch ohne deine unflätige Ausdrucksweise aus.«

»Ja, das denke ich mir. Du scheinst sehr gut darin zu sein, *ohne* alles mögliche auszukommen.«

»Was soll denn das jetzt heißen?«

»Du kannst in vieler Hinsicht sehr offen sein. Warum kannst du dir selbst gegenüber nicht ehrlich sein? Dir ehrlich eingestehen, was du wirklich willst.«

»Inwiefern bin ich mir gegenüber unaufrichtig?«

»In deinem Leugnen, Engel. In deinem Leugnen.«

»Du weißt nicht, wovon du sprichst.«

»Aber *du* weißt es, stimmt's? Du weißt ganz genau, wovon ich rede.«

»Nein.«

»Glaubst du, ich sehe nicht, wie du mich anschaust? Wie dein Körper auf mich reagiert, wenn ich dich berühre? Du willst mich. Du begehrst mich genauso ehr wie ich dich.«

»Du bist ein Tier.«

Er packte sie an den Armen und riß sie an sich. »Vielleicht bin ich ein Tier, aber wenigstens bin ich nicht so scheinheilig wie du. Ich will dich. Ich will dich so sehr, daß ich nicht mehr klar denken kann. Aber das unterscheidet mich von keinem anderen Mann. Ich will dich. Und du willst mich genauso sehr. Der einzige Unterschied ist der, daß ich es zugebe.«

»Rühr mich nicht an!«

»Und warum nicht? Fühlst du dich von mir belästigt? Verwirren dich meine Berührungen? Empfindest du etwas dabei, Jennifer? Willst du dann Dinge, die du dir nicht einzugestehen wagst? Dinge, ohne die du auszukommen glaubst?«

»Es ärgert mich, das ist alles. Ich kann es nicht leiden. Es ist mir unangenehm.«

»Das kommt alles nur daher, daß ich dich verwirre. Und daher, daß du etwas dabei empfindest. Du reagierst auf mich, kleines Mädchen, und das kannst du beim besten Willen nicht abstreiten. Und *das*, mein Engel, macht dir zu schaffen.« Er rieb mit dem Daumen über ihre volle Unterlippe, und seine Blicke gruben sich glühend in ihre. »Ich möchte dir zu schaffen machen«, sagte er leise. »Ich möchte dir so lange zusetzen, bis du schreist.« Er schaute auf ihre Lippen, die er immer noch streichelte. »Lippen zum Küssen. Du bist so verdammt begehrenswert.« Er senkte den Kopf und flüsterte: »Eines Tages wirst du dir darüber klarwerden, was du empfindest, meine süße Jenny. Und wenn es soweit ist, wirst du Frau genug sein, um dir einzugestehen, daß du mich willst.«

Meine süße Jenny? Er hat mich seine süße Jenny genannt? O Gott, der Geist ist willig, aber das Fleisch ist schwach. Hilf mir bitte. Wenn du mir nicht beistehst, komme ich in größte Schwierigkeiten. Ehe sie wußte, wie ihr geschah, hüllte sein warmer, männlicher Geruch sie ein, und ihre Hüften waren an ihn geschmiegt. *Er ist überall so warm... seine Haut... sein Mund... sogar die Worte, die er flüstert... Wie konnte mir das bisher bloß entgehen? Wie konnte ich ihn je für kalt halten? Er ist so warm. So unglaublich warm. So warm und... wirklich, so deutlich zu spüren.*

Er wollte sich abwenden, doch ihre Hand legte sich zart auf seinen Arm. »Was ist?« sagte sie leise. »Was ist los, Jay?« Ihre Berührung durchzuckte ihn wie ein weißglühendes Eisen.

Sie beobachtete, wie er den Kopf zurückwarf und die Augen schloß. Schweiß glänzte auf seiner Kehle, und sein Atem ging schnell und ungleichmäßig. Der gequälte Ausdruck auf seinem Gesicht sagte ihr, daß er jetzt gegen seine eigenen Dämonen ankämpfte, Dämonen, die sie nicht kannte. Und doch wußte sie, daß sie auf irgendeine mysteriöse Art damit zu tun hatte – mehr, als ihr bis zu diesem Moment bewußt gewesen war. »Sprich mit mir. Was ist los?«

Er schlug die Augen auf, und der innere Kampf stand ihm deutlich ins Gesicht geschrieben. Dann wurden seine Augen langsam klarer, sein Atem beruhigte sich, und die Spannung wich aus seinem Gesicht. »Wir können nicht hierbleiben. Ich weiß auch nicht, was ich mir dabei gedacht habe.« Er sah wieder in die Richtung, aus der sie gekommen waren. »Ehe wir anhalten, müssen wir noch ein paar Meilen zwischen uns und das legen, was wir angerichtet haben.«

»Es war meine...«

»Verdammt noch mal! Nicht jetzt, Jennifer«, sagte er barsch. »Du hättest an die Auswirkungen denken müssen, als wir in die Stadt geritten sind, nicht jetzt, nachdem es zu spät ist.«

»Jay...«

Er packte ihr Handgelenk. »Jetzt werde dir bloß nicht selbst untreu, und entschuldige dich nicht.«

»Ich wollte mich nicht entschuldigen«, warf ihm Jennifer an den Kopf. Sie wich, so weit es ging, zurück. Seine Finger preßten sich wie ein Schraubstock zusammen. »Du hast mir vorhin das Leben gerettet. Ich wollte mich dafür bedanken.«

»Tu es nicht. Ich brauche deinen Dank nicht, und ich will ihn nicht haben.«

»Nein. Du willst und brauchst wohl gar nichts, oder? Du bist unmenschlich, Culhane. Du bist eine verfluchte Maschine.«

Sie spürte, wie sein Blick langsam über ihren Körper glitt. Dann demütigte er sie noch mehr, denn sein Blick glitt wieder an ihr hinauf – doch der Ausdruck in seinen Augen war kalt und distanziert.

»Mach dir keine Sorgen. Einen Augenblick dachte ich, du hättest tatsächlich Gefühle. Diesen Fehler werde ich nicht noch einmal machen.« Sie riß ihre Hand zurück und wandte sich von ihm ab.

»Jennifer...« sagte er und streckte die Hand nach ihr aus.

Sie schaute ihn an und sah, daß seine harten Züge weicher geworden waren, fast zart vor Reue, doch es war zu spät, um dem wütenden Wortschwall Einhalt zu gebieten, der sich in ihr anstaute. »Was soll das? Hast du noch etwas zu sagen? Hast du dir eine Gelegenheit entgehen lassen, mir noch mehr Leid zuzufügen? Mir einen gemeinen Hieb zu verpassen? Eine brutale Bemerkung von dir zu geben? Oder hattest du vor, mir gleich an die Halsschlagader zu gehen?«

Er ließ die Hand sinken.

Jennifer sah es und wußte, daß es lange dauern würde, ehe ein Mann wie er, ein derart stolzer Mann, noch einmal auf sie zugehen würde. *Verdammt noch mal! Das ist ungerecht. Was willst du von mir? Warum kann ich dich nicht verstehen? Wer hat dir das bloß angetan? Wer hat dich dazu gebracht, vor jedem menschlichen Kontakt zurückzuschrecken? Was in deiner Vergangenheit hat bis heute die Macht, dich zu zerstören? Warum hast du diese verfluchte Angst davor, zu zeigen, daß dir etwas unter die Haut gehen könnte?* Ihr Schmerz war so heftig, daß sie ihn anfauchte. »Was starrst du mich so an? Es ist ja nicht so, als wüßtest du nicht, wie ich aussehe.«

»Starre ich?« fragte er leise.

»Du verschlingst mich regelrecht mit deinen Blicken. Und ich habe es satt, von dir angeschaut zu werden wie ein Knochen, den man einem ausgehungerten Hund gleich vorwerfen wird.«

»Mach dir keine Sorgen, kleines Mädchen. Im Moment bist du sicher. Ich esse lieber frisch gewaschene Nahrungsmittel.«

»Du Natter!«

Sie standen stumm da, und die Luft zwischen ihnen vibrierte vor Spannung – Jay grinste spöttisch und wartete darauf, endlich zu erleben, wie sie die Selbstbeherrschung verlor; Jennifer reckte das Kinn in die Luft, biß trotzig die Zähne zusammen und zeigte ihm, daß er warten konnte, bis er schwarz wurde. Sie wünschte sich nichts mehr, als von ihm in Ruhe gelassen zu werden und sich gleichzeitig an ihn zu werfen und seine starken Arme zu spüren. *Ich liebe ihn... ich hasse ihn... ich verliere den Verstand.* Sie spürte die Verzweiflung in sich aufsteigen.

Sie konnte ihn nicht verstehen. Das hätte sie nicht wundern dürfen, denn sie verstand sich selbst auch nicht mehr. Hier geschah etwas. Das Gestein unter ihnen geriet ins Wanken und warf sie einander entgegen, führte sie zueinander – etwas, was keiner von beiden wollte. Zwischen ihnen änderte sich etwas, und Jennifer hatte nicht die leiseste Ahnung, was zu dieser Veränderung geführt hatte, oder auch nur, was sich eigentlich änderte oder wie sie damit umgehen sollte. Sie war sich ihrer selbst nicht mehr sicher. Bisher war es einfach gewesen. Sie waren immer wütend gewesen, waren sich immer an die Gurgel gegangen, und das hatte alles erleichtert. Aber jetzt...

Wenn sie zurückdachte, konnte sie trotz all der Spannungen zwischen ihnen eine gewisse Lockerung erkennen, bei der ihr nicht behaglich zumute war. Je länger sie mit Jay zusammen war und je mehr sie über ihn erfuhr, desto mehr mochte sie ihn… und, ja, er hatte recht, sie begehrte ihn. Als er mit dem Mexikaner gekämpft und seine Sorge der Frau und ihren Kindern gegolten hatte, hatte sich ihm ihr Herz geöffnet.

Tief begraben in diesem harten, zornigen, zynischen Mann steckte Zärtlichkeit. Aber wie nahm man es in Angriff, die Schichten von Schmerz, Enttäuschung und Traurigkeit abzuschälen, um den sanftmütigen Mann zu finden, der von der Last seiner Vergangenheit erdrückt wurde? Und war sie überhaupt sicher, daß sie das wollte? Was war, wenn ihr nicht gefiel, was sie darunter vorfand?

Sie konnte sich einfach keinen zärtlichen, liebevollen und sanften Jay Culhane vorstellen, ebenso wenig, wie sie sich einen Berglöwen als Hauskatze vorstellen konnte. Solange sie mit dieser zarteren Seite und mit all ihren verblüffenden neuen Gefühlen nicht ins reine kam, hatte sie keine Chance, gegen ihn zu kämpfen und zu gewinnen – oder auch nur, ihm standzuhalten. Aber sie konnte ihn ignorieren. Sie konnte sich wie die Füchsin in ihren Bau zurückziehen, ihre Wunden lecken und Kraft schöpfen.

Als Jay ihr zurief, sie solle aufsteigen, kehrte sie wieder in die Gegenwart zurück. Sie ritten meilenweit schweigend nebeneinander her.

»Möchtest du einen Schluck, ehe ich die Wasserflasche wieder wegpacke?«

»Ja.« Sie nahm ihm die Flasche ab, trank durstig daraus und wischte sich mit dem Handrücken über den Mund, bevor sie den Deckel wieder aufschraubte. Als sie aufblickte, um ihm die Wasserflasche zu reichen, beobachtete er sie und zog sich schnell die Hutkrempe ins Gesicht.

Sie hielt ihm die Wasserflasche hin. »Danke.«

Er nahm sie und hängte sie wieder an seinen Sattel. »Bitte. Gern geschehen.«

Am späten Nachmittag stießen sie auf eine kleine Hütte aus Lehmziegeln mit einem Schuppen dahinter und die erste Quelle für frisches Wasser seit ihrem Aufbruch aus Agua Dulce – einen Brunnen.

»Warte hier. Ich werde mich mal umsehen.« Er reichte ihr Bradys Zügel und das Seil, an dem er die anderen Pferde führte.

Jennifer wartete und schlug gelegentlich auf eine Pferdebremse ein, die sich anscheinend nicht entscheiden konnte, ob sie sie oder ihr Pferd stechen wollte. Nach ein paar Minuten kam Jay um die Hütte herum. »Die Hütte steht leer, wenn auch noch nicht sehr lange. Dahinter liegt ein Garten mit ein paar trockenen Getreideähren und den verschiedensten verwelkten Gemüsen. Aber der Brunnen ist in Ordnung, und im Schuppen ist genug Futter, um die Pferde mit einer ordentlichen Ration zu versorgen. Sie können dringend etwas mehr Futter und ein bis zwei Tage Ruhe brauchen.« Er nahm ihr die Zügel aus der Hand. »Ich kümmere mich um die Pferde.«

»Dann bleiben wir also hier?«

»Findest du nicht, daß ein Bad und ein Dach über dem Kopf verlockend sind?«

Jennifer stieg ab, ging auf das Haus zu und trat auf die Veranda. »Bevor ich das beantworte, möchte ich mir ansehen, worin ich bade und in welchem Zustand das Haus ist.« Sie trat ein. Als sie ein paar Minuten später wieder rauskam, hatte Jay Brady und die Packpferde fortgebracht und stand am Brunnen, um sich die schlimmsten Schnittwunden an seinem Arm auszuwaschen.

Er wandte sich zu ihr um. »Alles in Ordnung?«

»Wie du sagtest, wir können baden und haben ein Dach über dem Kopf.« Sie wandte sich ab, ging zu ihrem Pferd und löste den Sattelgurt.

»Geh schon ins Haus. Ich bringe dein Pferd weg.«

»Wenn du mein Pferd wegbringen wolltest, dann hättest du es doch gleich mitgenommen, als du dich um die anderen Pferde gekümmert hast.«

»Verdammt noch mal! Ich habe dein Pferd dagelassen, weil ich dachte, du willst vielleicht noch ein paar Sachen aus deinen Satteltaschen holen.«

»Du hättest die Satteltaschen ins Haus bringen können. Deine hast du, wie ich sehe, schon ins Haus gebracht.«

»Jennifer…« Er ließ den Eimer wieder in den Brunnen fallen. »Verdammt noch mal! Wenn du einen Moment wartest, bringe ich deine Taschen ins Haus.«

»Das kann ich selbst tun«, sagte sie.

Scher dich zum Teufel, hätte sie eigentlich lieber zu ihm gesagt, aber sie schluckte die Bemerkung. Ohne ein Wort zu sagen, packte sie die Sattelstütze und die Hinterpausche und zerrte in dem Moment daran, in dem der Wallach den Kopf senkte und sich schüttelte, und dadurch rutschte ihm der Sattel weit schneller vom Rükken, als sie es geplant hatte. Er fiel mit voller Wucht und viel schneller, als sie erwartet hatte, herunter und traf sie wie ein schweres Gewicht. Sie taumelte unter der Last.

»Zum Teufel mit deiner Sturheit!« schrie Jay sie an. »Warum kannst du dir nicht helfen lassen?« Er stand immer noch am Brunnen, hatte sich aber zu ihr umgedreht. Als sie den Blick sah, mit dem er sie anschaute, ließ ihre Konzentration nach, und der Sattel kam noch mehr ins Rutschen. Jennifer wankte unter seinem Gewicht, und als sie auf den Boden kippte, fiel der Sattel auf sie. Sie stieß heftig dagegen, wand sich unter dem Sattel heraus und sah Jay an.

»Bleib, wo du bist! Ich brauche deine Hilfe nicht«, fauchte sie, als Jay auf sie zukam.

Er blieb stehen. »Warum mußt du bloß immer so stur sein?«

»Laß mich einfach in Ruhe«, schrie sie ihn an.

»Wieso bist du so reizbar?« schrie er zurück.

»Ich bin nicht reizbar!«

»Weshalb fauchst du mich dann an?«

»Ich fauche nicht!«

»Jennifer, du fauchst«, sagte er freundlicher. »Warum?«

»Du solltest doch am besten wissen, warum ich dich anfauche.«

»Aber ich weiß es nicht. Ich habe nicht die leiseste Ahnung, was ich dir getan habe.«

»Ha!«

Er sah sie lange an. »Jennifer, ich glaube nicht, daß ich etwas getan habe, was dein Benehmen erklärt.«

»Wenn du noch nichts getan hast, dann wirst du es schon noch früh genug tun. Ein Leopard kann seine Flecken nicht verleugnen, Culhane. Und was Flecken angeht – du bist damit übersät!«

Sie hatte einiges durchgemacht, und er wußte, daß er zum Teil dafür verantwortlich war, obwohl ihn die neueste Wendung der Ereignisse genauso sehr wie sie verunsicherte. Die letzte Woche war teuflisch hart für ihn gewesen. Und heute, seit diesem Zwischenfall mit dem Mexikaner, benahm sie sich noch seltsamer als vorher. Es war schon schlimm genug, daß er die eigenartigsten Regungen in sich spürte. Bis heute war Jennifer standhaft geblieben. Unberechenbar und explosiv, ja, das schon. Aber unerschütterlich. Jetzt war sie verteufelt launisch, und ihr Benehmen war manchmal reichlich unverständlich. Er konnte sich keinen Reim darauf machen. Jennifer war eine intelligente, entschlossene Frau, die genau wußte, was sie wollte – zumindest bis vor kurzem. Wenn er es nicht besser gewußt hätte, hätte er geschworen, daß sie schwanger war.

»Jennifer?« sagte er freundlich.

»Was ist?« keifte sie zurück.

»Komm her.«

»Warum?«

»Ich möchte mit dir reden.«

»Reden? Du? Ein Mann, der keinen Schimmer hat, wie man sich unterhält? Du willst reden? Du weißt nicht, was du sagst, Culhane. In der gesamten Zeit, seit ich dich kenne, hast du noch nicht mehr als fünf zusammenhängende Wörter von dir gegeben.«

»Heißt das, daß du nicht reden willst?«

»Ja!«

»Selbst dann nicht, wenn ich dir verspreche, sechs oder sieben Wörter aneinanderzureihen?«

»Versuch gar nicht erst, mich aufzumuntern. Ich will nicht mit dir reden!«

»Warum nicht?«

»Wir haben uns nichts zu sagen.«

Dieser Dialog klang ganz so wie viele andere, die sie miteinander geführt hatten. »Wenn du herkämst, könntest du zu deinem Erstaunen feststellen, daß wir uns eine ganze Menge zu sagen haben.«

»Wenn du mir mehr als zwei Worte zu sagen hättest, dann wäre ich allerdings überrascht.«

»Warum kommst du dann nicht her?«

»Weil ich nicht für eine deiner Überraschungen aufgelegt bin.«

»Ist das der einzige Grund?«

»Ich habe keine Lust, mit dir zu reden.«

»Das ist kein guter Grund. Dir fällt doch sicher ein besserer ein.«

»Weil ich dir nicht soweit traue, wie ich eine Schlange werfen kann. Ist dir das lieber?« Sie strich sich eine Haarsträhne aus dem Gesicht und steckte sie sich hinter das Ohr. Dann verschränkte sie die Arme und sah ihn wachsam an. »Du hast was im Ärmel, Culhane.«

Er lachte. »Ich habe nichts im Ärmel, abgesehen von einem Verband am Arm. Das ist das einzige, wofür in meinem Ärmel Platz ist, Engelchen.«

»Wag es nicht, Witze zu machen.«

Das überraschte ihn jetzt wirklich. »Warum nicht?«

»Weil du keinen Sinn für Humor hast.«

Auch das überraschte ihn. »So, ist das wahr?«

»Ja, Culhane, du hast keinen Humor. Dir stehen Scherze ungefähr so gut wie einem Gockel Socken.«

»Übel, was?«

»Noch schlimmer.«

»Und ich habe doch wirklich jahrelang geglaubt, ich hätte Humor.«

»Vielleicht hast du ihn jahrelang gehabt, aber irgendwann muß er dir abhanden gekommen sein. Heute hast du jedenfalls ganz bestimmt keinen. Darauf gebe ich dir mein Wort.«

Es amüsierte ihn, daß sie ihm wochenlang wegen seines Schweigens und seiner mangelnden Konversation zugesetzt hatte und jetzt, da sie ihn zu ihrer Meinung bekehrt hatte, jeden Versuch ablehnte, sich mit ihm zu unterhalten. Er ahnte in ihr eine Sehnsucht, zu jemandem zu gehören, eine Leidenschaft, von jemandem erkannt zu werden, eine Gier, zu lieben und geliebt zu werden, mit all der glühenden Loyalität, die sie besaß, zu geben und zu beschützen. Er wollte nicht derjenige sein, der ihr Verlangen stillte, und schon allein der Gedanke daran weckte bei ihm ein teuflisches Unbehagen. Aber er konnte sich auch nicht damit zufriedengeben, daß sie seinen Fingern entglitt – ihm paßte nicht, daß sie bei einem anderen das finden könnte, was sie wollte und verdiente.

Es war eine altbekannte Tatsache: Frauen konnte man nicht trauen.

Und das hieß, daß man Jennifer nicht trauen konnte. Hatte das nicht sogar ihre eigene Familie gesagt?

Für den Moment würde er sich an ihr erfreuen. Aber sie war keine dauerhafte Einrichtung. Für etwas, das Wurzeln schlug, gab es keinen Raum in seinem Leben. Er hatte den Verdacht, daß Jennifer eine Frau war, die tiefe Wurzeln schlagen würde. Man wurde sie nicht mehr los, wenn sie erst einmal eingepflanzt war. Aber das spielte keine große Rolle, nein, eigentlich nicht. Die Wahrheit war nämlich die, daß sie wahrscheinlich nicht den geringsten Wunsch hatte, sich fünf Minuten länger als nötig in seiner Nähe aufzuhalten.

Er rollte den Ärmel über die Verbände. Dann ging er auf sie zu.

Sie sah ihn so gehässig an, daß er stehen blieb und die Arme vor der Brust verschränkte, als bereitete er sich darauf vor, gelassen abzuwarten, was über ihn hereinbrach. Eine leise Belustigung schien sich in seiner Haltung auszudrücken.

»Wag es nicht, mir zu nahe zu kommen!«

»Warum nicht?«

»Darum nicht.« Jay konnte sich für einen Sekundenbruchteil ein Bild davon machen, wie sie als Kind ausgesehen hatte. Absolut hinreißend. Aber jetzt war sie kein Kind mehr. Sie war so sehr Frau, daß er sich kaum noch zurückhalten konnte.

»Warum darum?«

Sie zuckte mit den Schultern. »Ich weiß es auch nicht. Eben deshalb. Weil ich wütend auf dich bin. Weil du mich nicht leiden kannst. Weil ich dich auch nicht leiden kann. Weil du mich nach Strich und Faden provozierst. Weil es dir unsägliches Vergnügen bereitet, mich zu demütigen. Weil ich nicht ausstehen kann, wie ich bin, wenn ich in deiner Nähe bin. Weil du mich dazu bringst, dummes Zeug zu sagen und zu tun, und weil du mich dann auslachst… genau wie jetzt.«

Er biß die Zähne zusammen, um nicht laut loszulachen. »Meine Güte, das sind ja gräßlich viele Gründe. Glaubst du, wir könnten sie uns der Reihe nach vornehmen, erst mal nur einen davon?«

»Ich will sie mir nicht vornehmen«, fauchte sie. »Und jetzt hau ab, und laß mich in Ruhe.«

»Und warum sollte ich das deiner Meinung nach tun?«

Sie hätte ihn am liebsten angeknurrt. Er war der aufreizendste, nervenausreibendste Mensch, der ihr je begegnet war. Er ließ sie einfach nicht in Ruhe. »Weil ich es will.«

»Und warum?«

»Sei nicht so verflucht dumm! Hältst du mich im Ernst für so blöd, daß ich glaube, das könnte zu etwas führen?«

»Warum sollte es zu nichts führen?«

»Weil es zu nichts führt.« Sie kniff die Augen zusammen und sah ihn argwöhnisch an. »Ich kenne dich, Culhane. Du tätest alles, um mir eins auszuwischen. Immer mußt du gewinnen.« Ihre Wangen waren gerötet. Fast hätte sie gesagt, daß er nicht fair spielte. Darüber hätte er sich gewaltig lustig gemacht.

»Das ist es also? Es geht dir gar nicht so sehr um die Tatsache, daß ich gewinne. Es ist nur so, daß du es absolut nicht leiden kannst, wenn du verlierst. Das kann ich dir nicht verübeln. Ich bin auch nicht gerade versessen darauf, der Verlierer zu sein.«

»Pah! Woher willst du das wissen?«

»Ich war auch schon der Verlierer.«

»Darauf möchte ich wetten. Wie oft denn? Einmal? Zweimal? Hast du eine Ahnung, wie es ist, *immer* zu verlieren? Geschlagen zu werden, bevor man auch nur angefangen hat? Manchmal«, sagte sie und kämpfte gegen das Beben ihrer Unterlippe an, »macht es überhaupt keinen Spaß, eine Frau zu sein.«

»Nein«, sagte er leise und ging auf sie zu. Er blieb dicht genug vor ihr stehen, um sie zu berühren. »Das kann ich mir vorstellen. Aber es macht auch nicht immer Spaß, ein Mann zu sein.«

Sie seufzte. »Jetzt wären wir wieder soweit.«

»Wenn ich verspreche, dir ab und zu den Sieg zu überlassen, meinst du, dann könnten wir wenigstens einen Kompromiß schließen? Einen Friedensvertrag aushandeln?«

»Ja, klar, laß uns einen Kompromiß finden, solange du nur kriegst, was du willst«, sagte sie wütend und stieß die Hände gegen seine Brust. Dann sah sie ihn mit ihren reizvollen lavendelfarbenen Augen an und bedachte ihn mit einem Blick, der einen Mann jeden Grund für seine Wut vergessen läßt.

»Jenny...«

Jenny. Jenny. Jenny. Was fange ich bloß mit dir an? Bislang war sein Leben normal, wenn schon nicht glücklich verlaufen; eine Art Latenzphase, in der sich bei ihm das Gefühl eingestellt hatte, das schwache Geschlecht hätte keine Macht über ihn; eine Zeit, in der er eine primitive Überlegenheit gegenüber dem einen verspürt hatte, was er so sehr verabscheute: Frauen. Aber dann, ziemlich genau zu der Zeit, als das unbarmherzige Verlangen nach weiblicher Weichheit zu nicht mehr als einem biologischen Trieb geschrumpft war, fing er an, den Sog zu spüren, mit dem eine alte Flamme aufflackerte, eine Kraft sich regte und zum Leben erwachte – der alte Wahnsinn. Mit geblähten Segeln kreuzte eine Frau seinen Kurs und knallte ihm voll in die Flanke, und etwas in seinem Innern schnappte zu. Von dem Moment an, in dem er sie das erste Mal gesehen hatte, zuckte ein Feuer durch seine Lenden, eine Zündschnur, die entflammt war. Er war in die übelste Form von Sklaverei verkauft worden, eine Marter, von der es keine Erlösung gibt. Es sei denn, durch Überdruß. Das war etwas, was er nie gewollt hatte. Er verstand gar nichts mehr und wußte nur, daß er sich im Garten Eden fühlte, wenn er mit ihr zusammen war, und daß ihn der Gedanke an die Zeit schmerzte, in der er nicht mehr bei ihr sein würde.

12

»Das hätte ich mir ja denken können.«

Jay überquerte die Veranda und streckte den Kopf zur Tür rein. Jennifer stand mitten im Zimmer, hatte die Arme in die Hüften gestemmt und wirkte äußerst mißmutig. Jay sah sich im Raum um, und als er nichts fand, was ihre mißmutige Miene rechtfertigte, stieß er sich den Hut zurück und kratzte sich am Kopf. »Was ist los?«

»Wenn endlich genug Wasser für ein Bad da ist, dann ist nichts da, worin man baden kann.«

»Ich bin sicher, daß wir etwas finden werden.«

Sie funkelte ihn finster an. »Das einzige, woraus Wasser wenigstens nicht ausliefe, ist das hier«, sagte sie zornig und stieß ihm einen kleinen Tontopf über den Tisch zu. »Und darin könnte ich mir noch nicht mal die Hände waschen.«

Sie war so wütend und niedergeschlagen, daß er unmöglich den Drang zu lächeln unterdrücken konnte. »Gib den Mut nicht gleich auf.«

»Sei nicht so überheblich.« Sie sah ihn an und ärgerte sich noch mehr, weil er dieselbe wochenlange beschwerliche Reise wie sie hinter sich hatte und es fertigbrachte, dazustehen und immer noch herzzerreißend attraktiv zu sein. O ja, wenn er sich bemüht hätte, hätte er wirklich ein unglaublicher Charmeur sein können. Zum Glück hatte er zuviel damit zu tun, ein unausstehlicher Rohling zu sein. »Warum suchst du dir nicht ein Pferd, das du ärgern kannst, und läßt mich in Ruhe?«

»Es macht mehr Spaß, auf dir rumzuhacken. Pferde widersprechen einem nicht.«

»Wenn ich nur den Mund zu halten brauche, um dich loszuwerden, dann schweige ich mit Freuden für den Rest der Reise.«

»Ich gestehe, daß die Idee etwas für sich hat«, sagte er. »Undurchführbar, aber sehr verlockend.«

Jay sagte eine Zeitlang gar nichts, sondern betrachtete sie nur. Nie war ihm eine Frau begegnet, die ihm soviel entgegenzusetzen hatte. Ihr Ringen um Würde mußte sie vor dem Snobismus bewahrt haben, von dem die meisten Frauen besessen waren. Das Vorhersehbare, das Alltägliche – in ihrem Leben war kein Platz dafür. Sie war eine Kämpfernatur, eine Walküre, die täglich Drachen erschlug, und das gab ihr eine ganz besondere Form von übersprühender Energie, die die wenigsten Menschen besaßen. Offensichtlich reagierte sie auf stärkere Reize als ihre Gegenspielerinnen. Was sich in ihrem Leben in einer Woche ereignete, genügte dem durchschnittlichen Tragöden für ein Schauspiel von zehn Akten.

»Ich will dir mal was sagen, Culhane.«

Jay verschränkte die Arme vor der Brust und lehnte sich an die Wand. Es sah so aus, als käme jetzt ein längerer Vortrag. »Okay. Schieß los.«

»Ich weiß, daß du mich für eine Frau von der schwachen und ängstlichen Sorte hältst«, sagte sie. »Und dir ist jede Form von Schwäche verhaßt, stimmt's? Nein! Antworte mir nicht. Nicht, ehe ich ausgeredet habe.«

Sie sah ihn an, und er nickte. Ihm schien nicht ganz behaglich zu sein, als rechnete er damit, daß sie eine Szene machen würde. Aber er sagte nichts.

»Verstehst du, ich habe dich durchschaut. Du willst nicht, daß ich nachlasse, und damit mein Pulver trocken und mein Hahn gespannt bleibt, stachelst du mich an und setzt Beleidigungen und Sarkasmus zu verbalen Seitenhieben gegen mich ein, aber das alles tust du nur, um mich in Rage zu bringen. Du weißt genau, daß du mich damit verrückter als eine Hornisse machst, und wir wissen beide, daß eine Hornisse alles mögliche sein mag, aber bestimmt nicht wehrlos.«

»Wenn es so wäre, was könnte mir das bringen?«

»Nichts, es sei denn, du legst Wert auf meinen Kampfgeist und darauf, daß ich auf den Füßen bleibe und mich nicht gehenlasse.«

»Was ist daran so schlimm?«

»Gar nichts, wenn es dir Spaß macht, ein fieser Kerl zu sein und mich zu manipulieren. Ich glaube, du weißt, daß du mich nur grob anzupacken brauchst, damit ich mein Gewicht selbst trage und dir weniger zur Last falle.«

»Du bist ein Quälgeist, Jennifer, aber ich habe nie behauptet, daß du mir eine Last bist.«

Das hätte sie selbst dann nicht geglaubt, wenn sie es schriftlich gesehen hätte, auf hebräisch in eine Tontafel gebrannt. »Weich mir nicht aus. Ich weiß, wovon ich rede. Ich habe zwar eine Weile gebraucht, aber jetzt habe ich dich restlos durchschaut. Du glaubst, bloß, weil ich eine Frau bin, bin ich dumm und blöd und schwächer als du.«

»Du *bist* schwächer als ich«, sagte er. »Schon allein von meiner Größe her bin ich dir gegenüber im Vorteil.«

»Ich bin doch nicht dumm! Ich rede von innerer Schwäche. Jeder Mann, der eine Frau danach beurteilt, was er an einer anderen Frau beobachtet hat, ist ein Schafskopf.«

»Du brauchst nicht gleich so dick aufzutragen, Jennifer. Einer Biene kann ich durchaus zum Bienenkorb folgen.« Jay sah an ihren weitaufgerissenen Augen, daß er etwas gesagt hatte, was sie wirklich in Erstaunen versetzte.

»Ich muß gestehen, ich habe nicht erwartet, daß du dich meiner Meinung so schnell anschließt.«

»Ich sagte nur, daß ich verstanden habe, was du sagst, mein Engelchen. Ich habe nicht gesagt, daß ich deiner Meinung bin.«

»Und? Bist du es?«

»Nein, keineswegs.«

»Du Dreckskerl!«

Sein Gelächter entrüstete sie. »Deine ätzende Zunge ist weit schlimmer als meine Manipulation.«

»Ich kann mich nicht erinnern, daß dich je irgend jemand von einer ätzenden Zunge freigesprochen hat«, sagte sie grob. »Vielleicht erkennst du ein böses Mundwerk nur so schnell an anderen wieder, weil du selbst eins hast.«

Er lachte wieder und fragte sich, warum er nicht wie sonst den Drang verspürte, sie augenblicklich zu erwürgen. Vielleicht lag es daran, daß er plötzlich feststellte, es sei die Mühe wirklich wert, sich ein Bild davon zu machen, was in ihrem hübschen Köpfchen vor sich ging. Er sah ihr ins Gesicht, während sie ihn mit wachsamen Augen beobachtete und den Kopf auf eine Seite legte.

Er stieß sich von der Wand ab.

»Wohin gehst du?«

»Nach draußen, um mir meine ätzende Zunge zu waschen.«

»Was ist mit meinem Bad?«

»Stell dich nicht an. Uns wird schon noch etwas einfallen. Als letzter Ausweg bliebe immer noch, daß ich dich an einer Leine in den Brunnen runterlasse«, sagte er und sprang mit eingezogenem Kopf durch die Tür. In dem Moment segelte der Tontopf durch den Türspalt und zerschmetterte auf der Veranda.

Am liebsten hätte sie geweint. Sie tat es natürlich nicht. Statt dessen sah sie sich in der trostlosen Hütte um und fragte sich, wieso sie sich eigentlich die Mühe gemacht hatte, die letzten zwei Stunden mit Putzen zu verbringen, wenn es jetzt genauso aussah wie vorher. Ein bißchen besser vielleicht doch. Aber kaum. Wenigstens war der Fußboden gefegt, und die Decken lagen auf dem Bett. Und draußen brodelten in Jays Kochtopf ein paar harte Maiskörner, ein oder zwei jämmerlich kleine Streifen gedörrtes Fleisch und das wenige an vertrocknetem Gemüse, was der Garten noch zu bieten hatte. Alles war so hart, daß es wohl bis zum Jüngsten Tag kochen konnte.

»Die Pferdetränke.«

Jays dröhnende Stimme schreckte sie auf, und als Jennifer sich umdrehte, sah sie, daß diese Plage wieder einmal in der Tür stand. »Kann ich jetzt ungefährdet eintreten?« fragte er.

»Ich denke schon«, sagte sie und sah sich in der Hütte um. »Es scheint nichts mehr zu geben, womit ich werfen könnte.«

»Wenn dir jegliche Munition ausgegangen ist...« Er trat ein.

»Was meinst du mit der Pferdetränke?«

Sein Blick glitt über sie. »Ich glaube, sie hat genau die richtige Größe.«

»Die Pferdetränke?«

Er nickte.

»Wofür?«

»Für dein Bad.«

»Ich soll in einer Pferdetränke baden? Ich?« Sie stemmte die Arme einmal mehr in die Hüften. Er hörte, wie sie mit dem Fuß aufstampfte. »Willst du mir etwa vorschlagen, daß ich in einer Pferdetränke bade? Mitten im Korral? Am hellichten Tage? Hast du den Verstand verloren?«

»Ich glaube nicht.«

»Vergiß es«, fauchte sie. Sie schnappte ihren Hut vom Tisch und stapfte ins Freie.

Nachdem sie die erste warme Mahlzeit seit Wochen zu sich genommen hatte, war Jennifer besser gelaunt – etwas besser.

Jay stand auf. »Ich nehme jetzt ein Bad.«

»In der Pferdetränke?«

»Hast du eine bessere Idee?«

»Nein.«

»Das Wasser ist kühl und sauber. Mir ist heiß, und ich bin dreckig. Ich habe nicht vor, mir eine solche Gelegenheit entgehen zu lassen.«

Er ging, und Jennifer setzte sich an den Tisch und stützte das Kinn auf die Hände, als sie über das nachdachte, was Jay gesagt hatte. *Kühl und sauber. Lieber Gott! Was gäbe ich nicht dafür, mich abzukühlen und hinterher sauber zu sein. Das kannst du doch. Du brauchst dich nur in die Pferdetränke zu legen. Denk bloß schnell an etwas anderes, Jennifer.*

Sie trat ins Freie, um sich in der Abenddämmerung abzukühlen, und in dem Moment hörte sie das plätschernde Geräusch, mit dem sich Jay in die Pferdetränke sinken ließ. Sie lief sofort wieder ins Haus.

Je länger sie darüber nachdachte, wie er sich jetzt den Schmutz von seinem Körper schrubbte, desto klarer wurde ihr, daß sie seine

Nähe nicht ertragen konnte, wenn er frisch und sauber war, sie aber nicht. Oder genauer gesagt, er würde ihre Nähe nicht mehr ertragen können. Für den Rest der Reise würde sie darauf achten müssen, aus welcher Richtung der Wind wehte. O nein, sie dachte gar nicht daran, ihm auch noch diesen Triumph zu gönnen. Sie würde ein Bad nehmen, was auch immer geschah. Inzwischen war sie so wütend, daß es ihr nichts ausgemacht hätte, wenn ganz Fort Worth um sie herum gestanden hätte. Sie wollte ein Bad, und sie würde es nehmen!

Sie sammelte gerade die Sachen zusammen, die sie brauchte, als die Tür aufging. Jennifer drehte sich um und nahm die Veränderungen an Jay wahr. Als sie ihn jetzt ansah, kam sie sich so schmutzig und so häßlich wie noch nie vor. Er hatte sich die Bartstoppeln aus dem Gesicht geschabt, und sein Haar glänzte und war naß und duftig. Er trug eine weiche Hirschlederhose und kein Hemd. Er sah so gut aus, so männlich und... Es war ihr einfach unerträglich. Nur mit Mühe konnte sie die Frage unterdrücken, ob er sich so blendend fühlte, wie er aussah.

»Gehst du irgendwohin?« fragte er und betrachtete sie so ausgiebig, wie sie ihn gerade betrachtet hatte.

Sie sah auf das Bündel in ihren Armen herunter. »Ich habe mich entschlossen, doch ein Bad zu nehmen.«

»In der Pferdetränke?«

»Ja.«

»Ein weiser Entschluß. Ich hoffe, du fühlst dich hinterher auch so gut wie ich.« Sie errötete und wandte den Blick ab, als er zum Bett ging und seine Satteltaschen auf den Boden fallen ließ. »Ich leere dir die Tränke aus und fülle sie mit frischem Wasser.«

»Nein«, sagte sie lauter als beabsichtigt. Als er die Augen zusammenkniff, fügte sie eilig hinzu: »Das kann ich selbst. Ich kann nicht erwarten, daß du alles für mich tust.«

»Das täte ich auch gar nicht«, sagte er. Er kam auf sie zu und legte eine Hand auf ihre Wange. »Ich ziehe dir das Wasser aus dem Brunnen.« Als sie den Mund aufmachte, um zu protestieren, legte er einen Finger auf ihre Lippen. »Ich möchte es für dich tun. In Ordnung?«

Sie nickte und sah ihm nach, als er aus dem Haus ging. Eine halbe

Stunde später kam er wieder. »Du solltest dich beeilen, wenn du vor Einbruch der Dunkelheit noch baden willst. Viel Zeit bleibt dir nicht mehr.«

»Ich hatte vor, im Dunkeln zu baden.«

»Das soll wohl ein Witz sein?«

»Nein, Culhane, keineswegs.«

»Jennifer, du kannst nicht im Dunkeln baden.«

»Und warum nicht?«

»Mir paßt die Vorstellung nicht, daß du da draußen bist, wenn ich dich nicht sehen kann.«

»Du bist ein Perverser!«

Er lachte. »Das meinte ich nicht. Ich hatte nicht vor, dir nachzuspionieren, aber wenn du das jetzt so sagst...«

»Ich habe kein Wort davon gesagt. Du warst es.«

»Mir paßt es trotzdem nicht, dich im Dunkeln allein draußen zu lassen.«

»Du glaubst doch nicht etwa, ich würde dich bitten mitzukommen?«

Darauf ging er nicht ein. »Du weißt nicht, wer sich hier nachts rumtreibt. Du erinnerst dich doch noch an die Banditen?«

»Du bist in Rufweite, Culhane. Wenn irgend etwas passiert, dann rufe ich dich.«

»Solche Männer geben dir dazu keine Chance.«

»Ich rede nicht noch länger darüber. Du versuchst ja doch nur, mit angst zu machen. Mein Entschluß steht fest.«

»Und ich habe gesagt...«

»Ich habe dich nicht um Erlaubnis gefragt. Mir ist nicht wohl dabei zumute, im Freien zu baden. Wenn es dunkel ist, fühle ich mich wenigstens nicht so...«

»Nackt?«

»Öffentlich zur Schau gestellt.«

»Wie kannst du dich öffentlich zur Schau gestellt fühlen, wenn im Umkreis von hundert Meilen keine Menschenseele anzutreffen ist?«

»Ich dachte, du seist besorgt, draußen könnte sich jemand herumtreiben?«

»Ich gebe auf«, sagte er kopfschüttelnd.

»Gut so, weil ich nämlich doch nicht von meinem Entschluß abzubringen bin. Wenn du dich jetzt im Haus beschäftigen könntest, bis ich zurückkomme, dann nehme ich mein Bad.«

»Jennifer, ich warne dich«, sagte er mürrisch. »Warte bis morgen früh. Ich will nicht, daß du jetzt rausgehst.«

»Das ist dein Problem, Culhane«, sagte sie zuckersüß und tätschelte beim Hinausgehen sein frischrasiertes Kinn. Jay starrte wütend und verwundert hinter ihr her. Irgendwie liefen die Dinge nicht so, wie er sich das dachte. Hier ging etwas daneben. Er zog eine finstere Miene, als sie in der Tür stehen blieb und sagte: »Hast du Seife?«

Jay sagte kein Wort. Er wandte sich ab und wühlte in seinen Satteltaschen, bis er die Seife gefunden hatte. Dann hielt er sie hoch. »Seife?«

Sie kam auf ihn zu und streckte die Hand aus, aber Jay versteckte die Seife hinter seinem Rücken. »Culhane, ich möchte ein Bad nehmen.«

»Das ist eine großartige Idee«, sagte er und musterte sie. »Du siehst aus, als könntest du es gebrauchen.«

»Würdest du mir die Seife geben, du verdammter Kerl?«

»Nur gegen ein Pfand.« Er lächelte unschuldig, und sein Gesicht wirkte allzu sanftmütig, aber sie hatte das schelmische Funkeln in diesen koboldhaften blauen Augen schon öfter gesehen. Er würde ihr die Seife wirklich nur gegen ein Pfand geben.

»Also gut. Was willst du?«

»Einen Kuß.«

Sie legte die Stirn in Falten. *»Einen* Kuß?«

»Es sei denn, du gibst mir freiwillig mehr als einen. Ich bin ein umgänglicher Mensch.«

»Du bist etwa so umgänglich wie ein Tiger im Käfig.«

Jay sagte nichts dazu.

»Den Kuß kannst du haben – *einen* Kuß – und ich kriege die Seife. Ist das klar?«

»Klar wie Kloßbrühe.«

»Und? Worauf wartest du noch? Gib mir den Kuß und die Seife, oder hast du das vergessen?«

Mit gelangweiltem Gesicht ging sie auf ihn zu und drückte ihm ihre Lippen auf die Wange.

»Das nennst du einen Kuß?«

»Natürlich war das ein Kuß.«

»Nein, das war kein Kuß. Ich will einen richtigen, ehrlichen Kuß mit viel...«

Jennifer nahm sein Gesicht in die Hände und zerrte es zu sich, um seinen Mund zu bedecken, ehe er seinen lebhaften Schilderungen freien Lauf lassen konnte. *Das war ein Fehler, Jennifer. Ein großer Fehler. Ein ganz großer Fehler.*

In dem Moment, in dem ihre Lippen seinen Mund berührten, riß Jay die Führung an sich und küßte sie so gründlich, daß ihr die Knie weich wurden. Wenn man im ganzen Leben nur einen einzigen Kuß bekäme, dann müßte der wohl ziemlich genauso sein, dachte sie und fragte sich, ob er das Blut in ihren Adern rauschen hörte. Sie merkte, daß dieser Kuß irgendwie länger dauerte, als ein Kuß hätte dauern sollen, aber sie konnte sich einfach nicht dazu durchringen, ihm ein Ende zu setzen. Schließlich war ein Handel ein Handel. Und sie wollte sich nicht von Jay Culhane verspotten lassen, der behaupten würde, sie hätte den Kuß beendet, ehe sie ihr Pfand bezahlt hatte. Sie würde ihn küssen, bis er damit aufhörte. Sie wußte, was Culhane tat. Er küßte sie so gründlich, damit sie aufhörte und er behaupten konnte, sie sei ihm noch ein Pfand schuldig. Jetzt hatte sie die Oberhand gewonnen. Sie hatte schon zu viele Runden an seine Ausflüchte und Vorwände verloren. Diese würde sie nicht verlieren.

Jennifer trug wirklich den Sieg davon, und zwar, weil Jay merkte, daß seine Lust über seinen gesunden Menschenverstand siegen würde, wenn er Jennifer nicht augenblicklich losließ und ihr das verdammte Stück Seife gab. Als er sich von ihr löste, ging sein Atem schnell und heftig, und seine Stimme zitterte, als er ihr die Seife reichte. »Nimm die Seife, und verschwinde. Und zwar sofort!«

Sie griff nach der Seife, und ihre Augen leuchteten heimtückisch. »Die Runde hast du verloren. Du hast den Kuß bekommen und ich die Seife. Aber die Sonne ist untergegangen. Jetzt muß ich mein Bad im Dunkeln nehmen.«

Er grinste sie an. »Das hättest du ohnehin getan, du kleines Biest. Und das weißt du selbst.«

»Stimmt, aber es befriedigt mich trotzdem, daß ich dich überlistet habe.«

»Du hast mich nicht überlistet, Jennifer. Du hast lediglich meine Pumpe angeworfen.«

Sie machte kugelrunde Augen und sah an ihm herunter, um seine Worte bestätigt zu sehen. Er hatte recht, sie schnappte entgeistert nach Luft, wirbelte herum und rannte in dem Moment aus der Tür, in dem Jay schallend zu lachen anfing.

Während Jennifer ihr Bad nahm, saß Jay auf dem Bett. Er hatte sich mit dem Rücken an die Wand gelehnt, die langen Beine vor sich ausgestrckt und die Hände hinter dem Kopf gefaltet. Er dachte über Jennifer nach und stellte fest, daß ihm die Erektion in ihrer Nähe schon fast zum Dauerzustand geworden war.

»Himmel!« sagte er und fragte sich, wie lange er es noch aushalten konnte, sie ständig zu begehren und nichts dagegen tun zu können. Es machte ihn fertig. Für ihn war das etwas ganz Neues – eine Frau zu begehren, die er nicht haben konnte. Selbst die vornehmen Damen von Savannah hatten ihn mit offenen Armen und geschlossenen Gardinen willkommen geheißen. Aber diese Verführerin mit den violetten Augen machte ihm eine lange Nase und spannte ihn auf die Folter. Etwas mußte geschehen, und zwar schnell. Er kam sich vor wie Dynamit mit einer viel zu kurzen Lunte.

Als Jennifers Stimme durch die offene Tür drang, wälzte er sich ächzend auf den Bauch und lauschte ihrem Gesang.

Der Mond stand hoch am Himmel, und Stille und Kühle waren über die Ebene hereingebrochen. Jennifer erschauerte, als sie ihre Kleider auf den Boden fallen ließ und der kühle Wind ihre Haut streifte. Sie schaute das Wasser an, das im Mondlicht schimmerte, und ein köstlicher Schauer überlief sie.

Jennifer wunderte sich darüber, wie schnell ihr Körper sich abkühlte und sie in dem erfrischenden Wasser unangenehm fröstelte. Sie seifte sich zweimal ein und fing an, ihr Haar zu waschen. Nachdem sie ihr Haar zweimal gewaschen und ausgespült hatte, wrang sie es aus und hörte dabei ein Geräusch, das vom Blechdach des Schuppens kam, in dem die Pferde standen. Als sie aufblickte, sah sie gerade noch, wie ein Stück Schnur von knapp einem Meter Länge vom Dach glitt und in die Wassertränke fiel. Instinktiv streckte sie die Hand aus, um das Seil aus dem Trog zu fischen, als es sich erst zu einem S formte und dann eine Acht bildete. Eine Schlange!

»Jay!« schrie sie.

Sie schlug auf das Wasser ein und versuchte, die Schlange soweit zu vertreiben, daß sie aufstehen und aus dem Trog steigen konnte, ohne gebissen zu werden. Als Jay vom Bett aufgesprungen war, schrie sie bereits hysterisch, aber er hatte keine Ahnung, was passiert war. Er sah, daß kein Mensch in der Nähe war. Als er über den Zaun des Korrals sprang, konnte er nur zwei der wirren Worte verstehen, die Jennifer herausschrie. Sie mußte außer sich sein. Immer wieder hörte er die Worte, und das Herz schlug ihm im Hals. »Schlange! Jay! Schlange!«

Sie hatte es geschafft, sich hinzuknien, als seine Arme sich um sie legten und sie aus der Pferdetränke hoben. Sie umklammerte seinen Hals mit beiden Armen und murmelte immer noch wie eine Litanei die Worte vor sich hin. Als er sie ins Haus trug, zitterte sie unkontrolliert. Er ließ sie auf den Boden sinken und löste gewaltsam ihre Umklammerung. Sie sah ihn an, als hätte er sie geohrfeigt, und ihr Körper wand sich ihm entgegen. Aber Jay hielt sie auf Armeslänge von sich, drehte sie langsam um und begutachtete ihren Körper, wie eine Mutter ihren frischgeborenen Säugling gemustert hätte. Er suchte nach Bißwunden.

Da er keine fand, hob er sie auf und trug sie zum Bett. Als er jedoch versuchte, sie hinzulegen, damit er eine Decke holen und sie zudecken konnte, schlang sie ihre Arme noch fester um seinen Hals und flüsterte mit klappernden Zähnen heiser: »Nein. Jay. Nein.«

»Es ist alles in Ordnung, Liebling. Jetzt ist alles wieder gut. Du bist bei mir.« Mit Jennifer in den Armen bückte er sich, hob die Decke auf, kehrte mit ihr zum Bett zurück, setzte sich und hielt sie auf dem Schoß. »Jennifer?« flüsterte er. »Hör zu. Bist du irgendwo gebissen worden? Jennifer?«

Es war zwecklos. Sie reagierte auf nichts, was er sagte, aber sie klammerte sich unerbittlich an ihn. »Ganz ruhig, mein Süßes«, sagte er und schob sie so weit von sich, daß er ihr ins Gesicht sehen konnte. Er bedeckte ihre Wangen mit seinen Händen und sah auf ihre geschlossenen Lider herunter. »Jennifer, sieh mich an«, sagte er. »Mach die Augen auf, und sieh mich an.« Er schüttelte sie sachte, und ihre Lider öffneten sich flatternd. Einen Moment lang schien sie nichts zu erkennen, doch dann lichtete sich der Nebel vor ihren Augen. »Bis du verletzt? Hast du Schmerzen?« Sie schüttelte den Kopf. »Bist du sicher, daß du nirgends gebissen worden bist?«

»Ich bin in Ordnung«, flüsterte sie, und ihre Arme schlangen sich wieder um seinen Hals. Die nächsten Worte murmelte sie an seinem warmen Hals. »Laß mich nicht allein im Dunkeln.«

Er küßte sie aufs Haar und wickelte sie in die Decke. »Ich lasse dich nicht allein, Engel. Ganz bestimmt nicht.« Sie schmiegte sich an ihn. Lange Zeit blieb er so mit ihr sitzen, flüsterte ihr leise Worte ins Ohr, küßte ihr Gesicht, hielt mit einer Hand die Decke um sie und streichelte sie mit der anderen Hand unter der Decke.

Allmählich beruhigte sich ihr Atem, und auch das Zittern ließ nach. Jay konnte spüren, wie zart und seidig ihre Haut war, wie rund und fest die Brüste waren, die sich an seine Brust preßten. Seine Haut brannte unter jeder ihrer Berührungen, doch ihre Haut war kühl und glatt wie Satin, und sie war von Kopf bis Fuß rund und weich und weiblich, nur ihre Brustwarzen hatten sich steinhart und steif aufgestellt. Ihm ging es nicht besser. Seit mehr als einer Woche plagte ihn jetzt schon die Begierde, und es hatte ihn all seine Kraft gekostet, sich ihr fernzuhalten. Den letzten Rest an Selbstbeherrschung, der ihm noch geblieben war, hatte er aufgebraucht, als er vorhin an ihre Seite geeilt war. Er hatte keinen Fingerhut voll Zurückhaltung mehr übrig. Jay fühlte sich wie ein alter, gesprungener Krug. Eine leichte Berührung, und er würde zerbrechen.

Er spürte, wie sie herumrutschte, und sein Körper verkrampfte sich.

»Jay?«

»Ja?«

»Du hast recht gehabt. Ich hätte nicht im Dunkeln baden sollen.«

»Es war meine Schuld. Ich hätte dich daran hindern müssen.«

»Ich werde es auch nicht wieder tun.«

»Das siehst du richtig.« Er hielt sie auf Armeslänge von sich und sah in ihr schönes, frischgewaschenes Gesicht. »Bist du in Ordnung?«

Sie nickte. »Leicht zittrig, und Licht weiß ich jetzt erst so richtig zu schätzen.« Sie unterbrach sich. »Die Schlange ist vom Dach geglitten und hat sich zu mir ins Wasser fallen lassen. Ich wußte gar nicht, daß sie klettern können.«

»Die Schlange hat Eva von einem Baum aus in Versuchung geführt, oder hast du das vergessen?«

»Was hatte sie bloß nachts auf dem Dach zu suchen?«

»Höchstwahrscheinlich hatte sie sich in dem Schuppen eingerichtet. Als ich die Pferde reingebracht habe, wird sie an einem der Pfosten hochgeklettert sein. Ich vermute, das Dach war zu glatt und zu abschüssig für sie.«

»Deshalb hat sie sich zu mir in die Pferdetränke fallen lassen.«

»Bestimmt nicht mit Absicht. Schlangen mögen kein Wasser.«

»Was ist mit Mokassinschlangen?«

»Hier in der Gegend ist es zu trocken für Wasserschlangen.«

»Glaubst du, daß sie giftig war?«

»Kann sein. Ich weiß es nicht. Aber es ist ein Glück, daß du nicht gebissen worden bist.« Er lehnte den Kopf an die Wand. »Himmel! Ich werde den Anblick nie vergessen, wie diese Schlange um sich geschlagen hat, als du noch im Wasser warst. Ich bin zu Tode erschrocken. Ich dachte, du seiest mindestens ein dutzendmal gebissen worden.« Er schlug die Augen auf und sah ihr ins Gesicht, und seine Hände gruben sich fest in ihre Schultern.

»Jay... du tust mir weh.«

Er lockerte seinen Griff. »Für den Schrecken, den du mir eingejagt hast, sollte ich dich windelweich schlagen. Ist dir denn nicht klar, daß du jetzt schon tot sein könntest, wenn es eine Giftschlange gewesen wäre und wenn sie dich gebissen hätte?«

Sie beugte sich vor, bis ihre Lippen seinen Hals berührten. »Und wenn ich tot wäre, Jay«, flüsterte sie, »würdest du mich dann vermissen?«

»Mein Gott!« sagte er. »Gott im Himmel! Ich würde dich nicht nur vermissen. Es wäre das Schlimmste gewesen, was mir in meinem ganzen Leben hätte zustoßen können.«

Anscheinend gefiel ihr diese Antwort, denn sie seufzte und ließ ihre Lippen auf seinem Hals liegen. »Warum, Jay?«

»Weil ich mir den weit und breit besten Arsch durch die Finger hätte schlüpfen lassen.«

Er hörte, daß sie keuchte und zusammenzuckte, doch ehe sie noch mehr tun konnte, schlang er seine Arme fest um sie. »Ich mache nur Scherze, mein Engel. Mach dir nicht in die Hose.«

»Ich habe keine Hose an, Jay. Ich habe absolut nichts an.«

Jay stöhnte. »Erinnere mich bloß nicht daran«, flüsterte er. »Es ist so schon hart genug.«

»Ich weiß«, sagte sie. »Und es piekst mich in die Hüfte.«

»Das geschieht dir recht. So, wie du auf Komplimente aus warst.«

»Das ist das einzige Kompliment, das ich von dir bekomme, Jay. In der Hinsicht bist du nicht gerade großzügig.«

»Ich werde an mir arbeiten«, sagte er und küßte sie auf die Wange. »Bis dahin gibt es ein Gebiet, auf dem ich äußerst großzügig sein kann.«

»Mir wäre es lieber, wenn du dich an Komplimenten übst.«

Plötzlich wälzte er sich mir ihr in den Armen herum und ließ sich auf das Bett fallen. »Willst du jetzt gleich anfangen?« fragte er und biß sie ins Ohrläppchen.

»Nein«, sagte sie lachend und stieß ihn von sich, wenn auch nicht allzu weit.

»Zu schade«, sagte er und küßte ihre Augen. »Eine so komische Augenfarbe wie deine habe ich noch nie gesehen. Sie sind wie Blumen.«

»Danke.«

Seine Hand glitt über ihren Hals, blieb einen Moment lang liegen und rutschte dann tiefer auf ihren Busen. Sein Kopf folgte seiner Hand. »Und du hast die süßesten kleinen Brüste...«

Der zarte Duft ihres Haares erfüllte Jay plötzlich bis ins Innerste, und eine primitive und unbändige Regung kam in ihm auf, zu heftig, überwältigend und so verdammt angenehm, daß er nichts dagegen tun konnte. Er war ein Mann und hatte die Gelüste eines Mannes, und es war zu lange her, seit er eine Frau gehabt hatte. In dem Moment, in dem er sie berührte, wußte er, daß ihm nicht mir irgendeiner Frau gedient war. Es mußte Jenny sein. Nur Jenny.

»Mein Gott... Jenny... Liebling... ich will dich. Zu sehr«, flüsterte an ihrer Brust. »Viel zu sehr.« Plötzlich stöhnte er, und selbst über seine heisere Stimme hatte das Verlangen die Herrschaft gewonnen. Die Glut der unausgesprochenen Worte drang in sie wie ein Schlüssel, der all ihre Geheimnisse und jede Liebe und Leidenschaft freilegt, die sie diesem Mann entgegenbrachte. Sein Mund suchte ihren und wurde willkommen geheißen; Jennifer erwiderte seinen Kuß mit derselben begierigen Leidenschaft, mit der er sie bedachte.

»Weißt du, wie es ist, dich so zu berühren?« fragte er.

»Nein, aber ich weiß, wie es ist, wenn du es tust. Ist das dasselbe, was du auch empfindest?«

»Wenn es nicht so ist, dann sollte es so sein«, sagte er und legte seinen Mund auf ihre Brust. Ihr Körper bog sich ihm entgegen.

Für den Augenblick gab es nichts anderes mehr als einen Mann und eine Frau und ein gemeinsames Ziel, das sie vorantrieb. Sie stöhnte, als seine Lippen über sie glitten und eine Glutspur hinterließen. Sie war nicht so naiv, zu glauben, zwischen ihnen sei alles geklärt oder von jetzt an liefe alles glatt. Morgen war ein neuer Tag. Und wenn es dämmerte, würden sie sich wieder daran erinnern, wer sie waren und worum es ging, und dann würden die alten Rollen wieder ins Spiel kommen. Morgen würde der harte, zynische Mann ihr Leben in seine Hand nehmen. Aber es würde nicht mehr so wie vorher sein. Jetzt war eine tiefere Verbindung zwischen ihnen geknüpft, ein neuerworbenes Verständnis, das sich zusehends ausweitete. Er hatte seinen Auftrag und seine Vergangenheit. Sie hatte ihre Unabhängigkeit und ihre Zukunft. Aber es gab diese Nacht. Und diese eine Nacht gehörte er ganz ihr – auf eine Weise, auf die sie ihn nie gekannt hatte. Warm. Zart. Entspannt. Frech. Und sehr, sehr erregt.

Ihr Herz griff einen neuen Rhythmus auf, und ihr Atem kam schneller. Jays Hände bewegten sich über sie, als hätte er sie schon tausend Jahre lang gekannt und wüßte ganz genau, wo er sie sachte berühren mußte, damit ihr Körper heftig reagierte. Er verstand es, genau im richtigen Augenblick das Richtige zu sagen und seine Hand dahin zu legen, wo sie Raserei verursachte.

Sein Mund kehrte auf ihren zurück, und seine Zunge streichelte und suchte. Als seine Hände ihre Schenkel auseinanderzogen und er sich zwischen ihre Beine legte, wurde sie stocksteif und stieß ihn von sich. Sie spürte seine Männlichkeit, aber sie konnte nicht denken, weil sie zu heftig entflammt war. Er küßte sie, bis ihr schwindlig wurde, und seine Zunge streichelte sie immer wieder, bis sie nur noch wimmerte.

Ihr Körper verzehrte sich jetzt nach ihm, und sie bewegte sich unruhig. Ihre Hände begannen, ihn zu streicheln, ehe sie tiefer nach unten glitten und die geschmeidigen, angespannten Muskeln auf seinem Hinterteil umklammerten.

»Ja«, stöhnte er in ihren Mund. »Faß mich an, Jenny. Zeig mir, daß du mich begehrst.«

Ihre Finger beschrieben die Konturen seines Rückens und seiner Hüften und glitten dann zwischen sie und ihn. Als er zusammenzuckte, riß sie die Hand zurück.

»Nein, mein Engel, ich möchte dich dort fühlen. Ich will, daß du mich berührst«, flüsterte er, und sie spürte seine Worte heiß und süß auf ihrer Haut. Er hielt sie fester und drehte sie beide auf die Seite. Seine Hand legte sich auf ihre und führte sie auf seine Härte. Ihre Hand zitterte vor Unsicherheit. Sie spürte, daß er lächelte, und seine heisere Stimme traf sie wie eine kühle Brise. »Es ist alles gut. Du kannst mir nicht weh tun«, sagte er.

»Jay? Ich weiß nicht...« Sie begrub ihren Kopf an seinem Arm.

»Was ist? Was ist los mit dir? Ist es dir peinlich. Möchtest du lieber nicht...«

»Es ist mir nicht peinlich. Nicht bei dir.«

Er stieß den Atem aus, den er angehalten hatte. »Was hast du denn?«

»Zeig es mir, Jay. Zeig mir, was ich tun soll.«

»Himmel!« sagte er leise. »So mit dir zu reden, ist schon fast zuviel.« Wieder nahm er ihre Hand. »Schließ deine Hand um mich«, sagte er. »So.« Er schloß ihre Finger um sich und begann, ihre Hand so zu bewegen, wie es ihm gefiel.

Wieder küßte er sie, und der Rhythmus seiner Zunge an ihrer entsprach dem ihrer Hand, die sich um ihn geschlossen hatte.

Dann zog er ihre Hand stöhnend von sich. »Jennifer, du weißt, was passieren wird, wenn wir nicht aufhören...«

»Ich habe eine ungefähre Vorstellung.«

»Wenn du mir nicht sagst, daß ich dich augenblicklich in Ruhe lassen soll, wirst du gleich eine höllisch genaue Vorstellung davon haben.«

»Wenn du aufhören willst«, flüsterte sie, »warum tust du es dann nicht?«

»Weil«, sagte er an ihren Lippen, »ich nicht aufhören will. Aber ich warne dich jetzt. Wenn du mir nicht gleich sagst, daß ich aufhören soll, bin ich bald nicht mehr dazu in der Lage.« Er sah, wie sich ihr Gesicht unentschlossen anspannte. Sie wollte ihn, soviel stand für ihn fest – oder zumindest begehrte ihn ihr Körper. Was also hielt sie zurück? Woher kam dieses Zögern? Er hob den Kopf, sah sie an und dachte wieder an die Nacht, als er sie gefragt hatte... *Wie lange ist es für dich her*... Sie hatte einen Kochtopf nach ihm geworfen. Wieder sah er Jennifer an. *Niemals*, dachte er. *Das kann nicht sein*. Ganz gleich, wie heftig sie auch protestierte oder das Gegenteil behauptete, aber es war vollkommen undenkbar, daß Jennifer Baxter noch Jungfrau sein konnte.

Ganz und gar ausgeschlossen.

Jennifer sah das Lodern der Lust in seinen Augen, das heftige Verlangen, das in sein Gesicht gemeißelt war, und die Unentschlossenheit setzte ihr immer noch zu. Sie wollte ihn, aber irgend etwas in ihr schreckte immer noch furchtsam zurück. Lag es daran, daß Jay so aufdringlich und eindeutig war? Oder lag es daran, daß die Forderungen seines eigenen Verlangens so hemmungslos und drastisch waren und sie mit ihrer Intensität erschreckten? Jennifer war plötzlich vollständig verwirrt und wußte überhaupt nicht, was sie tun sollte. Sie atmete kaum noch und wartete darauf, daß er sie an sich ziehen würde, damit sie sich entspannte und ihre Ängste sich legten, weil sie unter seinen Blicken dahinschmolz. Sie wartete darauf, daß er sie ausdauernd küssen würde, um ihren Widerstand zu schwächen, wie er es schon so oft getan hatte.

»Ich lege dein Schweigen als Kapitulation aus«, sagte er. Der letzte Rest an Geduld, den er noch mühsam zusammengekratzt hatte, war aufgebraucht. Die Aufmerksamheit, die er ihrer Ängstlichkeit und ihrem Zögern gewidmet hatte, war seinem unbändigen Verlangen gewichen. Dazu kam das Gefühl, daß sie bestimmt nicht zum ersten Mal einen Mann zwischen ihren Beinen spürte – und aller Wahrscheinlichkeit hatte es mehr als einen Mann gegeben.

Ein schockiertes Keuchen entrang sich ihrer Kehle, und sie stemmte die Hände gegen seine Brust, um ihren Widerstand zu verdeutlichen. Während sie ihn auf Armeslänge von sich hielt, flüsterte sie atemlos: »Du ziehst vorschnelle Schlüsse. Mein Schweigen hieß nur, ich will nicht...«

Er legte einen Finger auf ihre Lippen. »Meine süße Jennifer, du hast jetzt kein Stimmrecht mehr.«

Ihr wurde augenblicklich klar, wie dünn das Eis, auf dem sie schlitterte, wirklich war, als ein fast wollüstiges Lächeln um seinen Mund spielte. Er streckte die Hand aus und packte ihr Handgelenk. »Es ist an der Zeit«, sagte er und griff nach ihrer anderen Hand, »diese Geschichte, die zwischen uns steht, ein für allemal aus der Welt zu schaffen. Du willst mich, und ich will dich. Einer von uns muß die Initiative ergreifen, und ich habe beschlossen, daß ich derjenige sein werde. Der Punkt ist abgehandelt und steht nicht länger zur Debatte.«

Die Offenheit seiner Worte und die Erkenntnis seiner Absichten ließen ihre Proteste zu einem Schrei der Verzweiflung abflauen. Sie sprang aus dem Bett, riß die Decke mit sich und wollte fliehen, aber er streckte erst einen Arm aus, um ihr den Weg abzuschneiden, und dann den anderen, um sie zurückzuholen. Sie drückte sich an die Wand, und seine Arme waren beidseits neben ihr an die Mauer gestemmt. »Du bist für die Liebe geschaffen«, sagte er heiser und riß ihr die Decke herunter.

Ihre Nacktheit.

Ihre Nacktheit traf ihn wie ein Schlag. Ihr Anblick prägte sich für alle Zeiten in seinem Gedächtnis ein. Der Mondschein, der in das dunkle Innere der Hütte drang, ließ seine Strahlen auf sie fallen, das dunkle Haar hing wild und zerzaust um ihren Kopf, die helle Haut schimmerte wie blanke Perlen, und regungslos und verloren stand sie da.

Sollte Gott ihm beistehen, aber er begehrte sie noch heftiger als bisher. Zu lange hatte er seinem Verlangen nach ihr entsagt, aber jetzt konnte er nicht mehr.

Er zog sie in seine Arme und drückte sie an sich. Die Spitzen ihrer Brüste wurden fest und steif, als er eine Hand hob, um sie zu streicheln und ihre Nervenenden zu entflammen. Sein Mund senkte sich grob herab. In einem matten Versuch, seiner Leidenschaft zu entkommen und das berauschende Gefühl abzustellen, das so zu entwaffnen drohte, wehrte sie sich, doch er zog sie noch fester an sich, sein Mund bemächtigte sich gierig ihrer Lippen, und er verschlang ihre Süße. Erbarmungslos und fordernd erforschte er die Tiefen ihres Mundes und streichelte sie mit seiner Zunge. Jennifer stieß leise, wimmernde Laute aus, die tief aus ihrer Kehle drangen. Jay, dessen Blut in rauher, animalischer Leidenschaft siedete, war erregt und von dem Verlangen erfüllt, seiner gewaltigen, ungestillten Gier nach ihr Ausdruck zu verleihen.

Eine Flamme loderte wie ein heftiger Schmerz in ihm auf. Mit seinem wallenden Blut war er alles andere als der erwartete sichere Zufluchtsort für sie. Er grub seine Hände in ihr Haar, bis es fast weh tat, und als er ihren Kopf herumgerissen hatte, verschlang er ihren Mund mit der rasenden Lust, die ihn verzehrte.

Der Kuß war zu brutal, drückte zu deutlich seine unstillbaren Gelüste aus, sie zu beherrschen, sie nahezu gewaltsam in Besitz zu nehmen. Sie wartete, bis der Kuß zarter wurde, wie es bisher so oft gewesen war, denn sie wollte gern darauf reagieren und mit all ihrer reinen Leidenschaft diesen sanfteren Jay küssen. Aber dieser andere Jay, dieser unersättliche und unbändige Mann, den ein beängstigendes Verlangen erfüllte, machte ihr angst. Sie stieß ihn von sich, tauchte unter seinen Armen hindurch, floh auf die andere Seite des Bettes und wischte sich mit der Hand den Mund ab, um diesen beleidigenden Kuß von ihren Lippen zu tilgen, die jetzt noch taub von seinem brutalen Angriff waren.

»Komm mir nicht zu nah, oder…«

»Oder was?« sagte er und kam langsam auf sie zu. »Oder du schreist?« Er öffnete seine Gürtelschnalle. »Oder du kratzt mir die Augen aus?« Er riß den Gürtel aus den Schlaufen. In dem Moment ging ihr erst voll und ganz auf, was hier wirklich geschah.

»Jay… es ist mein Ernst. Komm nicht näher.«

»Deine Drohungen sind schwach, mein Engel, und mein Wille ist stark. Ich lasse mich nicht noch einmal von dir abwimmeln. Ich habe dich durch halb Mexiko geschleift und mir mehr Mist von dir bieten lassen als von jedem anderen Lebewesen. Ich habe dich verhätschelt und hochgepäppelt und dich das Überleben gelehrt. Ich habe deinem vorlauten Mundwerk mit Schüssen Rückendeckung gegeben, und Tote sind zurückgeblieben. Ich habe beobachtet, wie du dich im Dunkeln anziehst, und ich habe gesehen, wie das Feuer deine Haut vergoldet. Am frühen Morgen, ehe die Sonne den Dunst aufgelöst hat, habe ich beobachtet, wie du dein Haar löst und es bürstest. Du hast mit mir geflirtet, mir schöne Augen gemacht und deinen Körper in einer Art bewegt, die einen Mann unwillkürlich daran erinnert, wie sich eine Frau unter ihm windet. Du hast mich in Versuchung geführt, mich angelockt, mich abgewiesen. Du warst so wild wie eine Zigeunerin, Mädchen, aber heute nacht ist Schluß damit. Du brauchst einen Mann, der dich zähmt, der deine Wildheit bändigt, Jenny. Jetzt. Hier.«

Jennifer war derart schockiert, daß sie ihn nur noch anstarren konnte. Ein Schauer überlief sie, als sie in seine blauen Augen starrte, die vor Gefühlsüberschwang loderten. Sie schluckte schwer und schnappte dann vor Erstaunen nach Luft, als ihr Blick auf die vier Hosenknöpfe fiel, die er zu öffnen begann. Sie fühlte sich zerrissen. Sie hatte sich bis jetzt gegen seine Annäherungsversuche gewehrt, und wenn sie auch nicht ganz unschuldig war, so war sie doch immer noch Jungfrau – und gegen viele solcher Angriffe konnte sie ihre Jungfräulichkeit nicht mehr beschützen.

»Jay... bitte. Können wir nicht darüber reden?«

»Hier wird nicht mehr geredet. Vorläufig nicht. Heute nacht werde ich dich zureiten, bis du dich unterwirfst oder zerbrichst. Ich werde alles nehmen, womit du mich die ganze Zeit geneckt und abgelenkt hast, um es mir dann zu versagen.«

»Das kannst du nicht tun. Nicht einmal du würdest das wagen.« Doch schon während sie die Worte aussprach, wußte sie tief in ihrem Herzen, daß Jay dazu und zu noch mehr in der Lage war. Sie sah immer noch entgeistert auf diese Knöpfe, die jetzt alle offen waren. Die Hose saß tief auf seinen Hüften. Ihre Abwehr brach unter der Erkenntnis zusammen, was hier tatsächlich geschah, und sie hob langsam den Blick, um ihm ins Gesicht zu sehen, bis er vor ihr stand.

Mit weitaufgerissenen Augen stand Jennifer stumm da und versuchte gar nicht erst, die Worte zu finden, die ihn zur Vernunft bringen konnten, denn sie wußte, daß sie es genauso sehr wollte wie er. Als sie beobachtete, wie er die Stiefel auszog und die Hose über seine schmalen Hüften gleiten ließ, fühlte sie sich benommen vor Verlangen, und das Wissen um das, was jetzt geschehen würde, verschlug ihr den Atem. Mit einem leisen Knurren zog er sie an sich, nahm sie in seine Arme und drehte sie zu sich um. Jennifer schluckte das Keuchen, das in ihrer Kehle aufstieg, hinunter. Das Warten war vorbei. Die dreiste Glut des harten Fremdkörpers, den sie an ihrem Oberschenkel spürte, erinnerte sie daran, daß ihre Unschuld schon bald der Vergangenheit angehören würde. Er zog sie auf die Matratze und legte sich auf sie.

Atemlos und benommen erschauerte sie unter der Eindringlichkeit und Macht der Küsse, mit denen er ihren Mund und ihren Hals bedeckte, ehe seine Lippen tiefer zu ihren Brüsten glitten. Ohne wirklich zu wissen, warum, rieb sie sich eifrig an ihm, und sein schneller Atem sagte ihr, daß sie etwas getan hatte, was ihm gefiel. Sie warf einen verstohlenen Blick in sein Gesicht. Der Mondschein war gerade so hell, daß sie erkennen konnte, wie schwarz seine Augen jetzt waren, in denen die Leidenschaft glühte. Sie spürte, daß ihre Kehle trocken wurde. Es war ihr peinlich, wie sie sich benommen hatte, wenn sie jetzt daran dachte, wie diese sengenden Augen sich an ihrer Nacktheit sattsahen. Dann wandte sie den Kopf ab und schloß die Augen, als könnte er sie dann nicht mehr sehen.

»Wende dich nicht ab, Jenny. Du hast keinen Grund, dich zu schämen. Engel würden im Vergleich erblassen.« Er ließ seinen Blick noch einmal über sie gleiten. »Du bist schön, und selbst schön scheint für dich ein unangemessenes Wort zu sein.«

Jennifer spannte sich an und begrub ihr Gesicht an seiner Brust. Dort lockte sich das Haar dunkel auf seiner Haut. Als sie seinen vertrauten Geruch einatmete, entspannte sie sich wieder und flüsterte gegen seine heiße Haut: »Ich finde dich auch schön.«

»Mein Gott«, flüsterte er. »Selbst der Klang deiner Stimme trifft mich wie eine Zärtlichkeit. Von dir werde ich nie genug kriegen. Nie.« Er küßte sie besitzergreifend, und plötzlich spürte sie, wie in ihrem Innern etwas nachgab. Sie war bestürzt, verwirrt und gefühlsmäßig zerrissen, als ihr Verstand eine Schlacht gegen die Sehnsucht ihres Herzens und das Verlangen ihres Körpers führte. Sie wollte sich mit ihm verbinden, sich paaren und eins mit ihm werden, denn solange sie losgelöst und nicht mit ihm verbunden war, fühlte sie nur immer wieder diese Rastlosigkeit. Sie konnte keinen Frieden mehr finden, jetzt nicht mehr.

Nie wieder würde sie in der Lage sein, sein geliebtes Gesicht anzuschauen, ohne daß es ihr das Herz zerriß. Nie wieder würde sie seine Stimme hören können, ohne daß ihr der Atem stockte.

Sie erschauerte bis ins Mark, als sei sie plötzlich aus einem tiefen Schlaf erwacht. Sie liebte ihn und sein grüblerisches Schweigen; sie liebte ihn, wenn er vor Lachen den Kopf in den Nacken warf. Sie liebte seinen Stolz und seine Arroganz und seine Selbstsicherheit. Sie liebte den stolzen Gang und die goldglänzenden Strähnen in seinem Haar. Sie liebte den Mund, der so köstliche Dinge sagen und sie so hinreißend küssen konnte. Sie liebte die Hände, die für sie töteten und sie dann habgierig berührten. Sie liebte die Augen, wenn sie hell und spöttisch waren oder in der Glut der Leidenschaft schwarz schimmerten.

Sie sehnte sich leidenschaftlich danach, sich ihm hinzugeben, ihr Herzblut für ihn zu vergießen. Aber sie wollte dafür genauso viel von ihm haben. Er wollte sie, und das hätte ihr genügen sollen. Es genügte ihr aber nicht. Sie wollte mehr, so viel mehr. Das lastete auf ihrem Herzen. Es war alles einfach Irrsinn.

Sie schmiegte sich immer mehr an ihn, und seine Gliedmaßen zitterten. Sein Körper fing Feuer, als er diese liebevolle Geste wahrnahm. Als er sie küßte und ihr Mund ihn weich und feucht willkommen hieß, kam es ihr vor, als platzten seine Adern.

Er zog sie jetzt enger in seinen Bann. Sie wußte, daß er auf sie wartete. Sie spürte sein Gewicht auf sich. In dem Moment wußte sie, daß es ihm nicht genügte, ihren Körper zu besitzen. Ihr ganzes Wesen – ihre Freiheit, ihre Kindlichkeit, ihre Unabhängigkeit – all das versank im Todeskampf, während sein rasendes Verlangen und sein starker Wille sie bezwangen. Er wollte sie ganz und gar, was sie von sich aus gab, und verlangte noch mehr.

Und Jennifer gab es ihm. Sie war schon immer großzügig gewesen, und um so mehr war sie es, wenn die Liebe im Spiel war. Sie ließ sich von blinden Instinkten leiten, akzeptierte ihn und unterwarf sich ihm. Sie fühlte sich von einer Wärme durchströmt, die heftig loderte, und sie hatte das Gefühl, sich ihm zu öffnen wie der Schnabel eines kleinen hungrigen Vögleins, der entgegennahm und um mehr flehte.

Plötzlich riß sich Jay von ihr los, und als er ihr ins Gesicht sah, verunzierten Falten der Verwirrung seine vollkommene Stirn. »Warum?« sagte er gepreßt. »Warum bist du so bereitwillig, nachdem du dich mir so lange versagt hast? Warum gleich so?«

»Ich weiß es nicht«, sagte sie. »Ich verstehe meine Gefühle nicht, und ich kann mir meine Reaktion nicht erklären. Ich weiß nur, daß mir innerlich ganz warm wird, wenn du mich ansiehst, und daß dein Wille meiner wird, wenn du mich berührst.«

Er lächelte und strich ihr sachte mit einem Finger über die Lippen. Sie rümpfte die Nase, als sie eine Hand hob, um seinen Finger fortzuscheuchen. Wer hätte das gedacht? Schön. Offen. Leidenschaftlich. Und sie war sein.

Wo er sie auch berührte, entflammte sie. Schon sein warmer Atem auf ihrer Haut hinterließ eine Brandspur. Sie war von glühendem Verlangen entfacht.

»Jay...«

»Wehr dich nicht gegen mich, Jennifer. Nicht jetzt.« Dann, stöhnend: »Lieber Gott, nicht jetzt.« Er küßte ihren Hals und ihre Schulter. »Ich kann gegen das, was zwischen uns geschieht, ebensowenig wie du tun. Ich weiß nicht mehr, wie ich dagegen ankämpfen soll. Ich habe getan, was ich konnte, um zu verhindern, daß es dazu kommt. Ich wollte, daß du mich haßt... so sehr, daß dir mein Anblick unerträglich ist, ganz zu schweigen von meinen Berührungen. Sogar heute nacht habe ich es noch versucht... ich habe versucht, nicht an dich zu denken und dich nicht anzurühren. Ich war schon aufgepeitscht, ehe das alles passiert ist. Ehe ich dich schreien hörte. Ehe ich dich naß und wohlriechend auf meinen Armen ins Haus getragen habe. Ich bin ein Mann, Jennifer. Ich habe Bedürfnisse. Gelüste. Wünsche. Ich bin nicht aus Stahl. Ich kann mich nicht mehr dagegen wehren. Ich will dich. Und ich habe vor, dich zu nehmen.«

»Warte...«

»Mir reicht das Warten. Du willst mich. Ich weiß schon länger als du, daß du mich begehrst.« Als er glaubte, sie würde etwas sagen, sagte er: »Ich lasse dich es nicht länger abstreiten, Jenny.« Er küßte sie. »Jetzt nicht mehr.«

Die bittersüße Melodie seiner Worte ging ihr nicht aus dem Kopf, und doch erwartete sie, daß ihr leugnende Worte über die Zunge kommen würden, Worte, die so verletzend und zynisch waren, daß sie die Flamme der Lust in seinem Körper erstickten, sowie sie sie ihm an den Kopf warf. Doch die Worte kamen nicht. Diesmal nicht. Nicht gegenüber diesem Mann.

Er ragte fühlbar, lebendig und vertraut über ihr auf, und plötzlich kam sie zu einer klaren Erkenntnis, und es war, als hätte sie ihn schon immer gekannt. Mit jeder Faser ihres Seins verstand sie, daß diesem komplizierten Mann in seinem Leben so viel versagt worden war. Sie kannte keinerlei Fakten, aber die Trümmer waren da und schwelten noch.

Er lag genau richtig da, und sie war für ihn geöffnet und so feucht, daß er sich nicht länger zurückhalten konnte. Er drang in sie und preßte die Lider zusammen, als er spürte, wie ihre enge Wärme ihn umschloß.

O Gott, wie gut sie sich anfühlte!

Und dann hielt er abrupt inne.

Er hatte das Hindernis erreicht.

Das eine, das dort nicht hätte sein sollen.

»Mist«, sagte er heiser, und das Blut rauschte in seinen Ohren. Er senkte seine Stirn auf ihre. »O Jenny... Mist!«

Aber jetzt war es zu spät. Er konnte nicht mehr zurück. Sein Mund legte sich auf ihre Lippen, und er wußte, daß er ihr weh tun würde. »Jenny...«

Beim Klang ihres Namens wurde ihr instinktiv wärmer. Sie kam sich vor, als sei sie nie ganz lebendig gewesen, als hätte ein Teil von ihr schlafend verharrt und nur darauf gewartet, daß dieser Mann mit seinem Zauber kam und sie vollständig zum Leben erweckte. Sie streckte die Hände aus, um über seinen Arm zu streichen, seine Wärme und seine Kraft zu fühlen. Sie erschauerte, als sie seine drükkende Glut über sich wahrnahm.

Der Mann... er war so anders als sie, so anders und so ganz neu, und sie wollte jedes Geheimnis erkunden, alles ergründen, was Teil von ihm war. Sie begrub ihr Gesicht an seiner Schulter und atmete den warmen, erotischen Duft ein, der nur ihm ganz allein gehörte... männlich... natürlich... und sehr, sehr erregend.

Ihr Körper raste jetzt vor ihr her, als seine Hände über sie glitten und genau wußten, wo sie sie berühren mußten, wie fest sie drücken mußten, um ihren geöffneten Lippen ein Stöhnen zu entlocken, das wie ein kehliges Schnurren klang. Das heisere Lachen, das ihr antwortete, ließ das Verlangen in ihr noch intensiver werden, und sie wand sich unter ihm, als sie versuchte, ihm noch näher zu kommen.

Und dann begann er, sie zu lieben, sie zu berühren, mit ihr zu reden, eine Ouvertüre kleiner Melodien, die immer lauter wurde und an Tempo zulegte, bis sie vor Erstaunen und Wonne den Verstand verlor. Sie war wie ein ausgehungerter Mensch bei einem Bankett. Sie wollte alles kosten.

Er berührte sie, entflammte sie. Und er brachte ihr Dinge über ihren eigenen Körper bei, von deren Existenz sie nie etwas geahnt hatte. Er hüllte sie mit der Heftigkeit seines Verlangens nach ihr ein, und sie blieb wimmernd vor Begierde zurück. Es hatte nichts mit dem zu tun, was sie sich vorgestellt hatte, denn das, was hier geschah, hätte sie sich wahrhaft im Traum nicht ausmalen können. Und als der Moment kam, wußte sie, daß sie nie genug von ihm bekommen würde.

Seine Hände legten sich unter ihre Hüften, und er hob sie sich entgegen. »Jenny... meine süße, süße Jenny«, flüsterte er an ihrem Hals. Überall, wo er sie berührte, war sie samtig weich und zart. Es war der reinste Wahnsinn, der ihn verzehrte, und er tauchte schnell, fest und wahrhaft in sie ein. Sie stieß einen erstickten Schmerzensschrei aus. Ihr Körper wurde starr. Sie bekam keine Luft. Sie konnte an nichts anderes mehr denken als an das gewaltige Brennen unberührter Haut, die so brutal zerrissen worden war.

Er erstarrte, und sein Atem zitterte, als er von Kopf bis Fuß erschauerte.

Er war in ihr. Endlich.

Ganz in ihr.

Und es war ein gutes Gefühl.

Ein verflucht gutes Gefühl.

»Jay«, hörte er sie flüstern, und schon allein, als er sie seinen Namen sagen hörte, konnte er kaum noch an sich halten.

Stille hing über ihnen. »Ich habe dich falsch eingeschätzt, aber selbst dieses Wissen reicht nicht aus... ich kann nicht von dir lassen, Jenny.«

Er fing an, sich in ihr zu bewegen, behutsam tiefer in sie zu dringen. »Schling deine Beine um mich. Halt dich an mir fest, meine bezaubernde Jenny. Laß dir für das, was ich dir genommen habe, etwas von mir geben.«

Jennifer spürte ihn tief in sich und wußte, daß er ihr nichts genommen hatte. Wie hätte sie es so sehen können, wenn sie es ihm von sich aus gegeben hatte? »Liebling, du bist so eng, und es ist so lange her. Ich kann nicht genug von dir kriegen«, sagte er stöhnend. »Ich glaube nicht, daß ich je genug von dir bekommen kann. Mein Gott, Jenny, du warst das Warten wert. Ich kenne nichts, was sich so gut anfühlt.« Er hob seine Lippen von ihrem Mund und zog sich hoch. Dann ließ er sich langsam wieder sinken. Und wieder. Und immer wieder. Er tat es so lange immer wieder, bis er ihr gezeigt hatte, wie es geht, und dann gehorchte sie seinem perfekten Rhythmus.

»Ich kann nicht mehr warten. Komm mit mir, Jenny. Komm jetzt mit mir, meine unbändige Zigeunerin.«

Sie riß die Augen auf, und zwischen ihnen sprang ein Funke über.

»O Gott«, sagte sie in einem leisen, heiseren Flüstern und preßte ihn mit ihren Händen tief in sich. »Warum haben wir bloß so lange gewartet?«

Diesmal konnte er nicht mehr an sich halten. Als er spürte, wie ihr Körper zuckte, und als er sie wimmern hörte, lächelte er und knabberte an ihrem Hals. »Du bist eine umwerfende Frau«, sagte er und empfand eine Befriedigung, wie er sie nie gekannt hatte. Und es war wahr. Eine zweite Frau wie sie gab es nicht auf Erden. Bei Gott, sie nahm jeden Kampf gegen ihn auf und lief wild und frei wie eine Zigeunerin neben ihm her, und selbst in diesem Punkt, selbst, wenn er sie liebte, ließ sie sich nicht übertreffen. *Mein Gott! War es wirklich geschehen? War es wirklich wahr?*

Ja. Es war zu schön, um nicht wahr zu sein.

Mit einem Stöhnen sank er auf ihr zusammen. Er hörte sie seufzen und spürte ihren Atem. Er hatte sich zu sehr verausgabt und war so geschwächt, daß er kaum mehr tun konnte, als ihren Hals mit seinen Lippen zu kosen. So lag er eine Zeitlang da, und als er sich mit ihr im Arm auf die Seite drehte, sah er, daß sie eingeschlafen war. Sie seufzte und bewegte sich im Schlaf, bis sie sich behaglich an ihn gekuschelt, den Kopf auf seiner Schulter liegen und ein ein Bein über seine Beine gestreckt hatte.

Richtig.

Das war das einzige Wort, das ihm einfiel, um zu beschreiben, was er fühlte. Es war richtig. An dem, was zwischen ihnen geschehen war, stimmte einfach alles. Und auch, wie sie sich fühlte, stimmte. Wie sie im Tiefschlaf dalag und sich an ihn schmiegte. Auch an dem inneren Frieden, den er empfand, war alles richtig. Und an dieser Frau. Und es war richtig, sie so lange wie möglich an seiner Seite zu behalten.

Er beugte sich über sie und küßte sie so zart auf den Mund, daß er sie nicht störte, aber doch fest genug, um das Geschäft zu besiegeln. Als er den Kopf hob, sah er die Andeutung eines Lächelns um ihre Lippen spielen. Er senkte den Kopf und schloß die Augen. Es war genau das, was ein Mann empfinden sollte, wenn er wußte, daß er eine Frau befriedigt hatte.

Aber irgend etwas stimmte nicht.

Jay grübelte, ging in Gedanken zurück und suchte den Grund dafür. Er hatte sie falsch eingeschätzt. Er hatte geglaubt... nein, nicht nur geglaubt, sondern er hatte sie auch so behandelt, als sei sie keine Jungfrau mehr. Normalerweise irrte er sich selten in seinem Urteil über Menschen. Aber er hatte sich getäuscht, und er war kein Mann, der so etwas leichtnahm. Er würde es wiedergutmachen. Bevor zwischen ihnen alles abgeschlossen war, würde er eine Möglichkeit finden, sie zu entschädigen.

Er war fast eingeschlafen, als er sie hörte.

»Jay«, flüsterte sie.

»Ja?«

»Du hast immer noch keinen Sinn für Humor.«

Jennifers Kopf lag auf Jays Schulter, und ihr langes Haar lag wie der windgepeitschte Schwanz eines Drachen auf seiner Brust. Er lächelte und ließ seine Finger geistesabwesend über ihren Arm gleiten. »Das schien dich noch vor wenigen Minuten nicht gestört zu haben.«

»Aber jetzt stört es mich.« Sie drückte ihm einen Kuß auf die Brust. »Mach die Augen zu, und ruh dich eine Weile aus.«

Er zog eine Augenbraue hoch. »Versuchst du, mich durch den Schlaf abzulenken?«

»Nein, ich will nur, daß du ausgeruht bist.«

»Ach? Und weshalb interessiert es dich plötzlich, ob ich ausgeruht bin?«

»Weil ich möchte, daß du mich wieder liebst.«

Jay riß den Kopf hoch. »Dazu bin ich ausgeruht genug«, sagte er und staunte immer noch darüber, wie frei von jeder Tücke und Falschheit und bemerkenswert aufrichtig sie war. Aus reiner Neugier fragte er: »Warum?«

»Weil ich glaube, daß ich den Dreh fast raus habe. Noch einmal, und ich sollte es richtig hinkriegen.«

Jay fand, daß sie den Dreh ohnehin schon recht gut raus hatte. »Wenn du es noch besser lernst, bin ich ein toter Mann.«

Sie drehte sich um und legte sich auf ihn. »Dann bereite dich darauf vor, deinem Schöpfer gegenüberzutreten«, sagte sie und küßte ihn ausgiebig.

Danach war ihm nicht mehr nach vielen Worten zumute.

Teil III

Diese unmöglichen Frauen!
Wie sie uns rumkriegen!
Der Dichter hatte recht:
Wir können nicht mit ihnen und nicht ohne sie leben.

Aristophanes *Lysistrata*, 411 vor Christus

13

Entweder Eva oder Kleopatra hatte gesagt: »Aus Schlangen mache ich mir nicht das geringste.«

Als Jennifer an Jays Seite durch die staubigen Straßen von Matamoros, Mexiko, ritt und mit ihm den Rio Grande nach Texas überquerte, war sie die dritte Frau in der Geschichte der Menschheit, die das so sah.

In der Woche, die vergangen war, seit die Schlange zu ihr in die Pferdetränke gefallen war, hatte Jay schon zwei weitere Schlangen getötet. Zur zweiten Episode kam es gleich am übernächsten Tag, als Jay aufwachte und eine Diamantklapperschlange vorfand, die sich in seinem Hut zusammengerollt hatte. Der Schuß hatte Jennifer geweckt. Die nächste Schlange, die Jay ins Jenseits beförderte, hatte Jennifers Pferd dazu gebracht, zu scheuen und sie abzuwerfen. Jennifer war bei dem Aufprall schwarz vor Augen geworden, und Jay hatte einen höllischen Schrecken bekommen.

»Ich dachte schon, ich sehe Texas nie wieder«, sagte sie, als sie durch das schlammige Wasser des Rio Grande ritten. Zu der Jahreszeit war es einfach, den Fluß zu durchqueren; ein heißer, trockener Sommer lag hinter ihnen, und das Wasser des letzten geschmolzenen Schnees, das den Oberlauf des Rio Grande in den Bergen von Colorado speiste, rann nur noch spärlich.

Aus der Ferne sah Brownsville wie viele kleine Brotlaibe aus, die in der Nachmittagssonne buken, genauso wie es auch am Tag von Jennifers Aufbruch ausgesehen hatte. Sie ritten durch die Stadt, und die Staubwolken reichten einem großen Pferd bis an den Bauch. Sie waren jetzt keine Meile mehr von Tante Winnys Ranch entfernt.

»Wir werden uns für ein paar Tage bei deiner Tante einquartieren«, sagte Jay. Sein Blick fiel erst auf die dicke violette Beule auf ihrer Stirn und dann auf den Kratzer auf ihrer Wange. »Du gehörst ins Bett. In deinem Haus wohnt niemand außer dir, und da du unverheiratet bist... ich bin sicher, daß es den Damen von Brownsville ein leichtes wäre, einer schönen, jungen Lehrerin Schlechtes nachzusagen, wenn ein Mann in ihrem Haus schläft.« Sie drehte sich zu ihm um und sah, wie die Sonne die blanken, unverhohlenen Empfindungen aus den Tiefen seiner leuchtendblauen Augen holte. »Ich fürchte, bei dir würden sie keine Ausnahme machen.«

Er sagte die Worte freundlich, und doch waren sie eine brutale Erinnerung daran, wie es um ihren Ruf stand. Er hatte natürlich recht. Sie konnte ihn nicht in ihrem Haus unterbringen. Es milderte den bitteren Geschmack der Realität kein bißchen, daß er recht hatte. »Es ist zu freundlich von dir, daß du dich ausgerechnet jetzt um meinen Ruf sorgst.«

Er starrte sie an und runzelte die Stirn. Sie wandte den Blick ab. »Ich wage zu behaupten, vor einer Woche hätte mir deine Sorge um meinen Ruf noch etwas mehr genützt, aber selbst für solche Überlegungen ist es jetzt zu spät.«

»Sei nicht bitter, Jennifer. Das steht dir nicht.«

»Das Wort *Hure* steht mir auch nicht.«

Jay zerrte so fest an Bradys Zügeln, daß der Wallach mit einem schrillen Wiehern stehenblieb und eine Staubwolke aufwirbelte. Im selben Moment griff Jay auch Jenny in die Zügel. Mit verbissenem Gesicht sah er auf sie herunter. Wieder einmal strahlte er diese Autorität aus und hatte eine fast majestätische Haltung eingenommen, die sie immer wieder ans Militär erinnerte. Er wirkte unerbittlich und brutal, zu allem imstande. Sie zuckte zusammen und lehnte sich zurück. »Wage nicht«, sagte er mit einer messerscharfen Stimme, »so etwas je wieder in meiner Gegenwart auszusprechen.«

Sie starrte ihn, ohne mit der Wimper zu zucken, an. »Warum denn nicht? Es ist doch die Wahrheit.«

Er griff nach ihrem dicken Zopf und riß sie bedrohlich dicht zu sich. Ihre Gesichter berührten sich fast. »Was ist wahr? Daß du eine Hure bist? Oder nur, daß das keine schmeichelhafte Bezeichnung ist?«

»Beides.«

Er ließ sie los, stieß sie mehr oder weniger von sich. »Ich begreife beim besten Willen nicht, wie du auf solche Ideen kommst oder woher du die Rechtfertigung nimmst, sie auszusprechen.«

»Gerade du solltest dich doch nicht allzu sehr anstrengen müssen, um eine Antwort darauf zu finden.«

»Eine lustvoll verbrachte Nacht, mein Engelchen, macht keine Frau zur Hure«, sagte er und trieb Brady wieder an.

Jennifers Pferd setzte sich in Bewegung, und jede Farbe wich aus ihrem Gesicht. Er bemerkte die Veränderung und fühlte sich, als hätte er sie geohrfeigt. »Das war es also? Lustvoll?«

Jay starrte sie ungläubig an, und seine Augen funkelten finster. »Und als was«, sagte er eisig, »würdest du es bezeichnen?«

»Ich bin mißbraucht worden.« Sowie diese Worte über ihre Lippen gekommen waren, wußte Jennifer, daß sie nicht die Wahrheit gesagt hatte. Sie hätte Jay niemals diesen Vorwurf machen können, ungeachtet seiner Motive. Er hatte von Lust gesprochen, und seinen Worten haftete die Klarheit des Wahren an. Er hatte ihr nämlich Lust bereitet, weit mehr, als sie sich je erhofft hätte. Er hatte sie nicht mißbraucht; der Akt des Paarens hatte ihr genauso viel wie ihm gegeben. Aber ihre Gefühle waren verletzt. Und wenn sie auch in dem Punkt aufrichtig gewesen wäre, hätte sie sagen müssen, daß es nicht daran lag, daß Jay sie geliebt hatte. Was sie verletzte, war, daß er seitdem nicht mehr versucht hatte, sie zu berühren.

»Ich verstehe«, sagte er und hielt die Pferde an. Einen Moment starrte er sie an, als könnte er in ihrem Gesicht einen Hinweis darauf finden, welchen Ton er jetzt anschlagen sollte. Dann legte er fluchend die Hand auf ihren Nacken und riß sie so heftig näher, daß sie ein zweites Mal fast vom Pferd fiel. »Du Biest«, sagte er. »Du schönes, kleines Biest!« Er riß ihren Kopf noch dichter an sich und küßte sie mit einer Wut, die fast unerträglich war. Plötzlich streckte er die andere Hand aus, packte ihre Bluse und zog daran. Zwei Knöpfe sprangen ab. Im nächsten Moment lag seine Hand unter ihrem Hemd und preßte ihre Brust zusammen. So schnell das Ganze begonnen hatte, endete es auch. Mit entgeisterter Miene und geschwollenen Lippen sah sie ihn an.

»So«, sagte er erschreckend ruhig, »fühlt man sich, wenn man mißbraucht wird. Denk daran, wenn du in deinem sauberen, ordentlichen Bett liegst und dir etwas zwischen den Beinen wünschst, aber kein Mann da ist, der es dir geben könnte.«

»Du dreckige Bestie.«

Er ließ sie los, ritt vor ihr her und überließ es Jennifer, ihm zu folgen und den Staub zu schlucken, den er aufwirbelte, während ihre Lippen noch schmerzhaft brannten.

Kurz darauf kam ihnen ein Mann in einem leichten, vierrädrigen

Karren entgegen, den zwei Maultiere zogen. Er hielt an, als er sie sah, und es wirkte ganz so, als sei er auf einen längeren Schwatz aus.

Jennifer war nicht dazu aufgelegt, sich mit jemandem zu unterhalten, und Jay machte nicht den Eindruck, als sei er dazu aufgelegt, auch nur zu atmen.

»Hallo, ihr da«, sagte der Mann und sah erst Jay an, dann Jennifer. »Littleton Mosley heiß' ich... hier in der Gegend nennen mich die Leute Little P.« Jennifer sah Jay an. Es schien, als wollte er unhöflich sein und sich raushalten, und daher stellte sie sie beide vor.

»Ihr kommt aus der Stadt?«

Jennifer sagte: »Ja. Wir sind gerade durch die Stadt gekommen. Wir wollen zur Claiborne-Ranch. Dort kommen Sie wohl her?«

»Nee. Vor einer Weile bin ich dran vorbeigefahren. Für Geld würde ich da nicht anhalten.«

Das fand Jennifer seltsam, aber sie äußerte sich nicht dazu. »Haben Sie zufällig gesehen, ob jemand zu Hause ist?«

»Diese hitzköpfige Frau, der die Ranch gehört, hat im Garten gearbeitet, als ich dran vorbeigefahren bin. Die kann man nicht übersehen. Sie trägt einen blauen Hut – aber der wird ihr auch nicht mehr viel nutzen. Die hat schon so viele Sommersprossen, daß für mehr kein Platz ist... sieht aus, als hätte sie Tabak gekaut und gegen den Wind gespuckt.«

»Das klingt, als würden Sie sie recht gut kennen.«

»Hier gibt es niemanden, der sie nicht kennt. Winny Claiborne heißt sie. ›Für Sie *Miss* Claiborne‹, sagt sie immer. Ich komm' auch nicht dahinter, warum sie sich soviel drauf einbildet, daß sie 'ne alte Jungfer ist.« Er unterbrach sich und kratzte sich am Kinn. »Wenn Sie dahin wollen, dann hüten Sie sich. Sie hat einen alten Ziegenbock, der ist boshafter als 'ne gestreifte Schlange, und immer schleppt sie eine Flinte mit sich rum.«

»Macht ihr jemand den Hof?« fragte Jay.

»Nein, zum Teufel! Die Frau ist so bösartig, daß die Flut sie nicht wegschwemmen würde.«

Jennifer lachte unwillkürlich, und dann sagte sie: »Und warum nicht?«

»Sie ist so dünn wie ein Stück Kernseife, mit dem man sich eine Woche lang gewaschen hat.«

Jay sah, daß Jennifer lachte, und er fand, daß es ihr gut stand. Er wünschte, er hätte sie öfter lächeln sehen. Dann fiel ihm wieder ein, daß er ihr nicht gerade viel Grund dafür gegeben hatte. »Kommen Sie gut mir ihr aus?«

»Die Frau ist mehr als seltsam. Mit der kommt niemand aus. Die hat eine Laune, von der könnte Milch sauer werden. Und dann ist da noch diese andere Frau, die bei ihr lebt. Die ist auch merkwürdig... die beiden sind wie zwei alte Krähen.«

Jay hatte Jennifer immer noch nicht aus den Augen gelassen. Jetzt sah er Little P. wieder an. »Das klingt nicht gerade so, als sollten wir dort länger bleiben.«

»Wenn ich Sie wäre, ginge ich gar nicht erst hin. Ich würde ganz schnell wieder umkehren und in die Stadt zurückreiten.«

»Ach, wirklich?« fragte Jay.

»Und wie ich das täte! Mehr als fünf Minuten würde ich nicht mit dieser Frau verbringen. So schnell kann man kein Geld drucken, um mich dafür zu bezahlen.«

»Ich fürchte, uns bleibt nichts anderes übrig«, sagte Jennifer. »Miss Claiborne ist meine Tante.«

»Da soll mich doch gleich der Schlag treffen! Das ist doch nicht Ihr Ernst!«

»Doch, ich fürchte schon«, sagte sie und bemühte sich, ernst zu bleiben, aber das fiel ihr extrem schwer.

»Na ja, das ist ja nicht Ihre Schuld. Seine Verwandtschaft kann sich keiner aussuchen. Ich schätze, jetzt mache ich mich besser auf den Weg. Wenn ich zu spät zum Abendessen komme, wird meine Alte mir die Hölle heiß machen.« Er legte die Finger an den Hut. »Hott, ihr Maultiere, lauft!« sagte er und schnalzte mit der Zunge.

Die Maultiere rührten sich nicht von der Stelle.

»Nett, euch kennengelernt zu haben, Leute«, sagte Little P., und Jay und Jennifer ritten weiter.

Tante Winny war im Garten, wie Littly P. bereits gesagt hatte. Sie trug ihren blauen Hut und beschnitt einen Eibisch.

Sie hörte sie kommen und drehte sich um. Das Messer fiel mit dem Eibisch in den Korb. Dann zog Winny die Handschuhe aus und stopfte sie sich in die Tasche. Ihr Blick glitt über Jennifer, ehe sie Jay fest ansah. »Wie ich sehe, haben Sie sie gefunden.«

»Das sagte ich Ihnen doch.«

»Warum haben Sie so lange gebraucht?«

»Ich mußte sie einmal quer durch die Hölle jagen«, sagte er. Er stieg ab und ging zu Jennifers Pferd, um ihr beim Absteigen behilflich zu sein. Jennifer sah ihn kommen und rutschte schnell vom Pferd. Als sie auf dem Boden stand, sagte Winny: »Du siehst aus, als hätte dich jemand durch einen Kaktus gezerrt. Was zum Teufel ist mit deinem Gesicht passiert?« Sie redete mit Jennifer, sah dabei aber Jay an. »Sie haben sie zusammengeschlagen«, stellte sie fest.

»Ein- oder zweimal habe ich mit dem Gedanken gespielt«, sagte Jay.

»Mein Pferd hat mich abgeworfen«, erklärte Jennifer.

»Sieht aus, als seist du auf dem Gesicht gelandet«, erwiderte Tante Winny.

»Das kommt der Wahrheit ziemlich nah.«

»Dazu hat man doch Füße, verstehst du... um sie zu benutzen.«

»Sie hatte das falsche Ende oben«, sagte Jay.

Winny sah Jay an. »Lassen Sie sich einen Bart wachsen, oder haben Sie ein Stachelschwein gegessen?«

Jay rieb sich die Bartstoppeln auf dem Kinn. »Ich hoffe, es ist der Ansatz zu einem Bart.«

»Also, ich kann Bärte nicht leiden. Ich bin auch nicht ganz sicher, ob ich Sie leiden kann.«

Jennifer hatte ihre Tante angesehen, und ihr war aufgefallen, daß ihr karottenrotes Haar sich kräuselte und stellenweise wie Stroh unter dem Hut einer Vogelscheuche herausschaute. Sie warf einen Blick auf Jay und wandte hastig ein: »Tante Winny taut bei Fremden nicht schnell auf. Es kann eine Weile dauern, bis sie sich für dich erwärmt.«

Winny schnaubte. »Der macht den Eindruck, als könnte man sich noch eher für eine Leiche erwärmen. Hast du vielleicht Grund, die Ohren anzulegen?«

Jennifer sagte: »Ich glaube, er hat die Nase voll von mir.«

»Wie kommt das? Warst du mal wieder auf dem Kriegspfad?«

»Täglich«, sagte Jay.

»Ich kann für mich selbst reden, wenn du nichts dagegen hast«, fauchte Jennifer ihn an.

»Warum machst du ihm die Hölle heiß? Er sieht genauso jämmerlich aus wie du.«

Jay wollte schon etwas sagen, aber Tante Winny fiel über ihn her. »Man braucht keine zwei Leute, um eine Banane zu schälen, Süßer«, sagte sie. »Es reicht, wenn ich ihr den Kopf zurecht setze.« Sie sah wieder seine Bartstoppeln an. »Falls Sie vorhaben, in meinem Haus zu schlafen, kommen diese Stacheln aus Ihrem Gesicht.« Ihre kleinen blauen Augen wurden noch kleiner. »Wie ich sehe, lassen Sie sich das Haar immer noch wachsen.«

»Zwischen hier und Agua Dulce gibt es nicht viele Friseurgeschäfte.«

»Ich habe Geräte zum Schafescheren im Stall.«

Inzwischen meinte Jennifer, daß sie die beiden lieber auseinanderbringen oder das Thema wechseln solle. »Wir haben auf dem Weg einen Freund von dir getroffen.«

»Little P., den alten Dummkopf?«

»Ja«, sagte Jennifer. »Ein seltsamer Name… Little P…«

Winny schnaubte. »Nicht, wenn einer so kleine Geschlechtsteile hat.«

Jay besaß die Grobheit zu lachen, und Jennifer sagte hastig: »Er hat gesagt, er sei hier vorbeigekommen und hätte gesehen, wie du im Garten arbeitest.«

»Stimmt. Er war so unverschämt, hier anzuhalten und zu fragen, ob ich Dickmilch hätte. Also habe ich alles stehen und liegen gelassen und ihm eine Schale Dickmilch geholt. Vier Schalen hat er getrunken, ehe sein dicker Bauch voll war. Daraufhin ist Pearl natürlich wütender als eine alte Legehenne geworden, weil kaum noch was von ihrer Dickmilch übrig war. Zum Teufel! Ich hätte ihm Pearl überlassen, wenn ich ihn dadurch schneller losgeworden wäre. Ich verstehe nicht, wie seine Frau ihn aushält – wie sie mit einem solchen alten Fettsack im selben Bett schlafen kann.«

»So, wie der geredet hat, hätte ich nicht gedacht, daß er dich besser kennt«, sagte Jennifer.

»Jedesmal schaut er hier rein, wenn er vorbeikommt, auf dem Hinweg und auf dem Rückweg. Die Uhr kann man nach ihm stellen. Er will nur nicht, daß jemand was davon erfährt. Ich weiß auch nicht, wie er auf den Gedanken kommt, jemand könnte sich für einen alten Schwabbelsack wie ihn interessieren. Er riecht schlimmer als ein Hammel. Der tut nichts anderes als Fressen. Immer schnell mit dem Löffel und langsam mit dem Geld bei der Hand.«

Winny Claiborne sah zum Himmel auf. »Sieht aus, als sollte ich schnell weitermachen. Geht ihr beide ruhig schon ins Haus. Pearl muß irgendwo stecken... wahrscheinlich folgt sie dem Schatten durchs Haus. Sie kann auch helfen, wenn ihr sie braucht.« Sie wies mit einer Kopfbewegung auf Jay. »Bring ihn unter, wo du willst... *nachdem* er sich das Haar geschnitten und sich rasiert hat.« Sie sah noch einmal zum Himmel. »Ich muß mich an die Arbeit machen.« Sie wollte ihre Handschuhe schon wieder anziehen, als sie erst Jay und dann Jennifer ansah.

»Wollt ihr wie Zaunpfähle die ganze Nacht hier stehen bleiben?« Ihre kleinen glänzenden Augen huschten immer noch zwischen den beiden hin und her. Dann schüttelte sie den Kopf. »Ihr müßt verliebt sein«, sagte sie. »Ihr benehmt euch beide blöd.«

Jennifer lachte laut, als sie sah, daß Jay wirklich so aussah, als fiele ihm dazu nichts ein. Sie hätte schwören können, daß er ein wenig errötete. Er schaute zum Himmel und sah dann Winny wieder an. »Sie rechnen mit einem Wetterwechsel?«

»Ja.«

»Wie lautet Ihre Vorhersage?«

»Daß es dunkel wird.« Sie zog sich die Handschuhe an und schnitt wieder Eibischzweige.

Pearl – mit richtigem Namen hieß sie Pearly Mae – war in der Küche und trank Buttermilch mit Zucker. Als die Hintertür zugeschlagen wurde, drehte Pearl sich um. Jay sah sie zum ersten Mal. Jennifer hatte ihm erklärt, sie sähe Winny Claiborne sehr ähnlich, und da sie entfernte Cousinen waren, schien das nicht weiter ungewöhnlich zu sein.

Sie war so groß wie Winny, aber nicht so hager, und statt des karottenroten Haars hatte Pearl stahlgraues Haar, das sie zu einem Knoten geschlungen hatte. Er saß auf ihrem Kopf, als hätte ihn jemand versehentlich dort hingeworfen. Ihre Haltung war majestätisch, ihre Kleidung elegant und gepflegt. Außerdem war sie in weitem Umkreis die beste Köchin, und das war gut so, denn Winny konnte nicht einmal den Ofen anzünden. Genau wie Winny bildete sich auch Pearl kein vorschnelles Urteil darüber, ob sie jemanden leiden konnte oder nicht.

Als sie die Küche betraten, stellte Pearl ihre Buttermilch hin und sah Jay an. »Sind Sie Handelsvertreter?«

»Nein«, sagte Jay.

»Ein Handelsvertreter käme mir nur durch die Hintertür ins Haus«, sagte Pearl.

»Ich bin kein Handelsvertreter.«

»Und er ist durch die Hintertür gekommen«, ergänzte Jennifer.

»Auf mich wirken Sie aber wie ein Handelsvertreter.«

Jennifer beugte sich vor und flüsterte: »Das ist ein Kompliment. Ich erkläre es dir später.«

Wenige Minuten danach kam Winny mit dem Eibisch ins Haus. Sie betrachtete die Lumpen, die Jennifer anhatte. »Du siehst aus, als hätten dich die Katzen ausgebuddelt, und die Hunde wollten dich nicht haben. Nimm ein Bad. Ich fahre rüber zu deinem Haus und hole dir ein paar von deinen Sachen.« Sie sah Jay an. »Und Sie...«

»Ich reite in die Stadt«, sagte Jay. »Ich brauche auch was zum Anziehen.«

»Was Sie brauchen, das ist ein Barbier, verdammt. Der Barbierladen ist im Hotel«, rief Winny hinter ihm her.

Jay besorgte sich Kleider. Außerdem nahm er ein Bad, ließ sich rasieren und die Haare schneiden. Jennifer bekam ihr Bad und saubere Kleider. Beim Abendessen musterten sich die beiden immer wieder verstohlen, begutachteten ihre Veränderungen, schätzten sich ab und bildeten sich ein Urteil, bis Winny ihre Gabel hinlegte und beiden sagte, sie sollten einander lange und gründlich ansehen.

»Und jetzt eßt zu Abend und hört auf, euch derart anzugaffen. Ihr schmachtet so, daß man vom Zuschauen schon Verdauungsstörungen kriegen könnte.«

Nach dem Abendessen ging Jay zum Korral, um die Pferde zu füttern und ein paar Reparaturen an den Sätteln vorzunehmen. Als er zurückkam, fand er Jennifer hinter dem Haus in einer Hängematte, die zwischen zwei Ulmen gespannt war. Sie schlief und hatte ein Exemplar von *Jane Eyre* aufgeschlagen auf der Brust liegen. Er lehnte sich an einen Baum und beobachtete sie. Dann trat er neben sie, ließ sich auf ein Knie sinken und beugte sich über sie.

Im nächsten Moment spürte Jennifer eine ganz leichte Berührung auf ihren Lippen. Als sie die Augen aufschlug, sah sie Jay. Er war so nah und doch in vieler Hinsicht viel zu fern. Seit jener Nacht in Mexiko war es das erste Mal, daß Jay etwas tat, was auch nur entfernte Ähnlichkeit mit einem Annäherungsversuch aufwies. Sie überlegte sich gerade, ob sie ihm eine Ohrfeige geben oder ihm die Arme um den Hals schlingen sollte, als er den Kopf noch einmal senkte.

Er schloß die Augen. Sein Mund berührte ihre Lippen und bewegte sich zart, sachte und fast zögernd.

Jennifer wollte mehr, und sie hoffte und erwartete, daß er den Kuß vertiefen und sie in seine Arme reißen würde. Und doch blieb er passiv. Es schien ihm Spaß zu machen, sie zu küssen, aber er unternahm nichts, um sie zu berühren oder sie heftiger zu liebkosen. Sie war unsicher, was sie jetzt tun sollte. Wenn sie beide passiv blieben, würde sie nie spüren, wie sich diese starken Arme um sie schlossen. Sie legte eine Hand auf seinen Hinterkopf und zog ihn dichter zu sich. *Jane Eyre* fiel zu Boden.

Es war faszinierend und sehr einträglich, die Initiative zu ergreifen, denn so bekam sie genau das, was sie wollte. Und sie fühlte sich eine Spur verrucht, weil sich Erinnerungen an ein anderes Mal in ihr regten, als sie in seinen Armen gelegen hatte. Mit einem leisen Stöhnen öffnete sie den Mund und spürte, wie sein Körper vor Erstaunen erst zurückschreckte und sich dann ganz entspannte, als seine Zunge aktiv wurde.

»Kein Mann kann einem Dornröschen widerstehen«, flüsterte er.

»Wieso glaubt ihr eigentlich, mir macht es Spaß mitanzusehen, wie zwei Idioten mit zusammengeklebten Lippen in meinem Garten Unzucht treiben?« wollte Pearl wissen.

Jay und Jennifer blickten beide auf. »Als Unzucht kann man das wohl kaum bezeichnen«, sagte Jay.

»Schließ heute nacht lieber deine Schlafzimmertür ab, Jennifer. Hast du gehört?«

Sie lachten beide, als Pearl wieder ins Haus stapfte. »Unzucht im Garten hinter dem Haus«, sagte sie, als sie die Stufen zum Haus hinaufstieg. »Als ich noch ein junges Mädchen war, hätte das keiner gewagt.«

»Du warst nie jung, Pearl. Du bist alt geboren«, sagte Winny, die um die Hausecke bog und Pearl ins Haus folgte. »Und wenigstens besitzen sie genug Verstand, es nicht im Garten *vor* dem Haus zu tun.« Dann warf sie einen schnellen Blick auf die beiden, ehe sie die Hintertür schloß.

Nachdem Pearl gegangen war, sah Jennifer zu, wie Jay sich auf den Boden setzte und sich an die eine der Ulmen lehnte. Er gab Jennifers Hängematte einen sachten Schubs und ließ sich etwas über Pearl erzählen.

Vor Jahren war Pearl mit einem Handelsvertreter für Korsetts durchgebrannt. Es war gleich im ersten oder zweiten Jahr passiert, nachdem sie zu Winny gezogen war. An einem Sonntagnachmittag war er auf der Türschwelle aufgetaucht, und als Pearl die Tür aufgemacht hatte, hatte er gesagt: »Guten Tag, ich würde Ihnen gern eine neue Kollektion...« Pearl hatte ihn ins Haus gezerrt und die Tür hinter ihm geschlossen. »Dann zeig doch mal, was du hast«, hatte sie gesagt.

Er mußte eine ganze Menge vorzuzeigen gehabt haben, denn nach Tante Winnys Angaben war Pearl länger als eine Woche nicht mehr aufgetaucht. Winny hatte Tabletts vor ihrer Schlafzimmertür abgestellt und die leeren wieder geholt, aber als sie schließlich rauskamen, hatten beide etwas blaß und geschwächt ausgesehen. Zwei Tage später war Pearl mit dem Handelsvertreter in seinen Wagen gestiegen. Nach drei Monaten hatte Winny die Haustür geöffnet, und dort hatte Pearl mit ihrer Hutschachtel, ihrem Vogelkäfig, ihrem Leberstärkungsmittel und ihrer Reisetasche gestanden. »Ich bin wieder da«, hatte Pearl gesagt und war eingetreten.

Winny hatte zur Tür hinausgeschaut, erst in die eine Richtung und dann in die andere. »Wo ist dein Korsettverkäufer?«

»Der hat sich ausgeleiert«, hatte Pearl verkündet.

Danach wurde der Vorfall nie mehr erwähnt.

Als Jennifer die Geschichte erzählt hatte, stieß Jay ihre Hängematte immer noch an. Jennifer lauschte dem Rauschen der Ulmen, und das stetige Schaukeln der Hängematte sagte ihr, daß Jay dicht bei ihr war. Sie döste wieder ein.

Es war schon fast dunkel, als sie die Augen aufschlug und sich setzte. Jay lehnte immer noch an der Ulme und schlief. Sie stand lautlos auf, hob ihre Röcke und ging leise an ihm vorbei. Seine Hand schoß schnell nach vorn und legte sich um ihren Knöchel. Sie stützte sich mit der Hand an der Ulme ab.

»Habe ich dich erschreckt?«

»Nein, aber ich wäre fast gestolpert.«

Er hielt ihren Knöchel immer noch fest, und sein Daumen streichelte sie dort, wo der Daumen eines Mannes nichts zu suchen hatte.

»Ich glaube, das sieht nicht besonders gut aus«, sagte sie. »Du hast deine Hand unter meinem Rock.«

»Aber sie ist noch weit von da entfernt, wo sie gern läge.«

»Sag so was nicht. Laß mich los. Ich muß ins Haus gehen.«

»Mußt du oder willst du?«

»Also, gut, ich will ins Haus gehen.«

»Warte... bleib noch ein bißchen hier«, sagte er. Er ließ ihr Bein los und sprang auf.

»Jay, es wäre wirklich das Beste, wenn ich jetzt ins Haus ginge.«

Sie hatte recht. Es konnte nichts bringen, sie aufzuhalten, noch länger mit ihr draußen zu bleiben, sich selbst noch mehr zu foltern. Trotzdem konnte er es nicht lassen, an die Dinge zu denken, die er gern mit ihr getan hätte. Sie war seine einzige Schwäche, und er schien machtlos dagegen zu sein. Seit mehr als einer Woche überschwemmte die Erinnerung an jene Nacht in Mexiko sein Bewußtsein und ließ sein Blut kochen, während ihm sein gesunder Menschenverstand sagte, daß er von genau dieser Schönheit ausnahmsweise die Finger lassen sollte.

Er schaute in das Gesicht, das ihm zugewendet war. Mein Gott! Was für ein Gesicht! In ihren Augen stand ein Blick, für den ein Mann alles getan hätte. Für eine solche Frau hätte ein König auf den Thron verzichtet; Schlachten wurden für solche Frauen geschlagen, und Dichter erlangten die Unsterblichkeit. Himmel! Wie es wohl sein mußte, von ihr geliebt zu werden?

»Fürchtest du dich vor mir?«

»Ich habe allen Grund dazu, oder nicht?«

»Die Vorstellung ist mir unangenehm.«

»Jetzt, nachdem es zu spät ist«, sagte sie. »Vorher schien es dir nicht unangenehm zu sein.«

»So, glaubst du?«

»Ich glaube, daß es dir Spaß gemacht hat, mir Angst einzujagen. Du bist wie eine Katze, Culhane. Du spielst gern mit Leuten, ob du Hunger hast oder nicht.«

»Oh, aber die Gier ist da«, sagte er. »Es würde dich überraschen, wie gierig ich in Wirklichkeit bin.« Er hob eine Hand, als wollte er sie berühren. Sie wich einen Schritt zurück, um Zeit zu gewinnen, da sie nicht wußte, welche Richtung sie einschlagen sollte.

»Es mag dich zwar nach mir gelüsten, aber ich stehe nicht auf deiner Speisekarte. Heute bin ich nicht zu haben. Und sonst auch nicht. Für dich nicht.«

»Ich will dich, Jennifer.«

»Ach? Und wie denkst du dir meine Rolle dabei? Soll ich meine Röcke heben und mich hier von dir nehmen lassen... im Garten... an einen Baum gelehnt? Oder soll ich meine Tür unverschlossen lassen und dich einparfümiert und willig in meinem Bett erwarten? Sag mir, worauf läuft es hinaus? Auf eine Ehe? Bist du darauf aus?« Sie lachte spöttisch und bitter. »Ich glaube, kaum. Ich glaube, du bist nur auf eine Affäre aus. Du willst jemanden, der dir das Bett wärmt, bis wir nach Weatherford kommen.«

»Eine Ehe kann ich dir nicht bieten.«

»Das hätte ich auch nie vermutet. Somit wird diese Unterhaltung sinnlos, stimmt's?« Sie wandte sich ab und wollte ihre Röcke anheben, aber er hielt sie am Arm fest.

»Du hast dich mir einmal hingegeben. Was sollte es heute noch schaden?« Er drängte sie an den Baumstamm und sah ihr forschend ins Gesicht. »Du kannst deine Gefühle nicht verbergen. Deine Augen sagen mir alles, was ich wissen will. Du willst mich immer noch. Und du weißt genauso gut wie ich, daß eine Nacht niemals genügen wird.«

»Laß mich jetzt ins Haus gehen, Jay.«

»Von mir aus kann dich der Teufel holen, aber ich lasse dich nicht gehen.«

»Dir bleibt gar nichts anderes übrig. Ich gehöre dir nicht. Und ich habe dir auch nie gehört.«

»Du Lügnerin!« sagte er, und sein Mund öffnete gewaltsam ihre Lippen. Sein Kuß war so verzweifelt, daß sie schmolz und stöhnte und die Arme um seinen Hals schlang. »Du verfluchte kleine Lügnerin«, sagte er. Seine Hände legten sich um ihren Hals, und die Daumen preßten sich gegen ihr Kinn, bis sie ihn ansah. »Du gehörst mir, und ich werde dir auch sagen, warum. Weil ich dich berührt habe und du dich wie eine Blume unter mir entfaltet hast, weil du nie jemandem gegeben hast, was du mir gegeben hast, weil ich meine Seele in dir verströmt habe und weil du sie und noch mehr angenommen hast und vor allem weil ich dir den gottverdammten hübschen Hals umdrehe, wenn du dich je von einem anderen Mann so berühren läßt, wie ich dich berührt habe.« Er unterbrach sich und sah das bleiche Gesicht und die weit aufgerissenen Augen an. Seine Stirn sank gegen ihre. »Jenny, Jenny, Jenny. Du hast mich innerlich völlig zerrissen.« Dann gab er einen erstickten Laut von sich, schlang seine Arme um sie und zog sie sachte an sich. Er hielt sie in seinen Armen und wiegte sie. Er versuchte nicht, sie zu küssen. Er sagte kein Wort. Aber sein Schweigen, die Art, auf die er sie hielt, und die verhaltene Spannung, die sie in seinen Armen fühlte, sagten ihr mehr, als seine Worte oder Küsse ihr je hätten sagen können.

»Jay...«

»Sag jetzt nichts. Laß dich nur noch einen Moment lang von mir festhalten, und dann...« Er holte tief Atem, und sein Körper bebte. »Dann lasse ich dich los.«

»Aber, Jay...«

»Nein. Sag nichts, was du morgen zurücknehmen möchtest. Sag mir nichts, was du bereuen könntest.«

Sie bereute bereits, daß sie ihn liebte, aber sie konnte jetzt nichts mehr daran ändern. »Aber ich will, daß du weißt...«

»Ich weiß es«, sagte er. Seine Hände gruben sich in ihr Haar, und er bog ihren Kopf zurück, um ihr in die Augen zu sehen. »Kannst du verstehen, was ich sage, Jennifer? Ich weiß es. Mein Gott, ich weiß es, und es frißt mich von innen auf.«

»Warum kannst du nicht...«

Er seufzte, zog ihren Kopf an seine Brust und legte das Kinn auf ihren Scheitel. »Ich kann mich im Moment selbst nicht zurechtfinden. Es ist noch zu neu. Und es verstößt gegen alles.«

»Das verstehe ich nicht.«

»Ich weiß. Wie könntest du es auch verstehen, wenn ich es selbst nicht verstehe? Trotzdem hast du recht. Es ist klug von dir, dich gegen mich zu wehren. Ich bin nicht gut für dich. Ich begehre dich teuflisch, und dafür könnte ich mich selbst treten. Ich werde dir weh tun, Jenny. Es wird damit enden, daß ich dich verletze. Es gibt zuviel Schlimmes in meinem Leben.«

»Sag mir, was es ist. Manchmal hilft es, darüber zu reden.«

»Laß die Finger davon, Jennifer.«

»Aber...«

»Laß das sein«, sagte er grob, doch er nahm sie an der Hand und ging mir ihr zum Haus.

In der Küche war es dunkel, nur aus dem Wohnzimmer drang Licht auf den Flur. Jennifer blieb stehen und drehte sich um. Jay stand noch an der Tür. »Komm schon«, flüsterte sie.

»Geh du. Ich lege mich in der Scheune schlafen.«

Sie machte kehrt und ging zu ihm zurück. Dann stieß sie ihn vor sich her. »Du hast deine Schuldigkeit noch nicht getan, Jay.«

»Schuldigkeit, zum Teufel! Die werden mir das Fell abziehen. Sie sind schlimmer als zwei alte Kannibalen. Es ist mir zu gefährlich, in einem Haus mit ihnen zu schlafen.«

Sie unterdrückte ein Lachen. »So sind sie nun mal. Wenn du die Prüfung bestanden hast, wirst du es ja sehen.«

Er blieb stehen und sah sie an. »Hat das jemals jemand geschafft?«

»Was? Die Prüfung zu bestehen?«

»Ob jemand überlebt hat«, sagte er stöhnend, als sie anfing, ihn ins Zimmer zu ziehen.

Wie sie erwartet hatte, hielten sich Winny und Pearl im Wohnzimmer auf. Pearl saß auf dem Sofa und säumte Küchentücher, und Winny saß an einem kleinen Spieltisch und sortierte Samen, um sie zu trocknen und für das nächste Jahr aufzubewahren.

Jennifer und Jay setzten sich. Jay, der anscheinend von der langen Reise erschöpft und grenzenlos gelangweilt war, entzog sich, indem er einschlief.

»Hat er etwas getrunken?« fragte Winny.

»Ich glaube nicht«, sagte Jennifer.

»Auf mich wirkt er wie ein Trinker«, sagte Winny.

»Wie ein Zecher«, bekräftigte Pearl.

»Er ist ein Deputy Marshal der Vereinigten Staaten, und daher täuscht ihr euch beide«, sagte Jennifer.

»Marshals können doch Trinker sein«, sagte Winny.

»Zecher«, wiederholte Pearl.

Jennifer sah Jay an und fragte sich, ob er etwas von dem Gespräch mitbekam. Sie fürchtete, die beiden würden ihr jetzt Fragen nach den letzten Wochen stellen, und die wollte sie nicht beantworten – nicht, wenn Jay im selben Zimmer war. Sie sah Pearl und Winny an, dann wieder Jay.

»Warum zappelst du so rum?« fragte Winny.

»Wenn du mich fragst, hat sie Würmer. Sie ist zu dürr. Nervös und dürr... das ist ein todsicheres Zeichen«, sagte Pearl.

»Ich habe keine Würmer!« Jennifer senkte die Stimme. »Ich bin nur müde.«

»Dann geh schon ins Bett«, sagte Winny.

»Ich dachte, wir würden uns über die jüngsten Unerfreulichkeiten unterhalten«, protestierte Pearl.

»Welche Unerfreulichkeiten?« fragte Jennifer.

Winny sah Pearl sauertöpfisch an. »Das ist Pearls Bezeichnung für die Zeit, die du in Mexiko verbracht hast.«

»Es war nicht unerfreulich«, sagte Jennifer.

Die Brille rutschte von Pearls Nase. »Genau das hatte ich befürchtet«, sagte sie.

»Ach, sei doch still«, rief Winny. »Siehst du denn nicht, daß sie erschöpft ist?«

Pearls Blick glitt gründlich über Jay. »Ich kann mir denken, *warum* sie erschöpft ist. Vielleicht ist es derselbe Grund, aus dem *er* völlig erledigt zu sein scheint.«

»Ich gehe ins Bett«, sagte Jennifer. »Ich nehme das rosa Schlafzimmer. Jay können wir im vorderen Schlafzimmer unterbringen, wenn es euch recht ist.«

»Den sollte man mit den anderen Zuchttieren im Stall unterbringen«, meinte Pearl und betrachtete ihn noch einmal von Kopf bis Fuß. »Ich finde immer noch, daß er wie ein Handelsvertreter aussieht.«

Am nächsten Morgen beschloß Jennifer, mit ihrer Tante und Pearl in die Stadt zu fahren. Jay hackte Holz, als sie ihn fand. »Ich fahre in die Stadt«, verkündete sie, als sie auf ihn zuging.

»Ich hoffe nur, du nimmst die beiden mit.«

»Ja, allerdings.« Sie betrachtete seinen geschmeidigen braunen Rücken und spürte, wie ihr Herz einmal zu oft schlug. »Warum hackst du Holz? Neben der Scheune ist jede Menge gehacktes Holz gestapelt.«

Er wandte sich zu ihr um und hielt die Axt locker in den Händen. Jennifer stand nur da und sah ihn an, als sei es das natürlichste auf Erden, ihn zu betrachten – und in gewisser Weise war es das auch. Es bestand kein Zweifel daran, daß es kaum einen schöneren Mann als ihn geben konnte. »Ich brauche Beschäftigung... körperliche Arbeit, bei der man schwitzt«, sagte er.

»Dann sieht es ja so aus, als hättest du gefunden, was du suchst.« Sie sah sich um. »Ich muß jetzt gehen. Es kann gut sein, daß wie erst kurz vor dem Abendessen zurückkommen.«

»Ich werde die Ruhe und den Frieden genießen«, sagte er und sah ihr nach, als sie zum Wagen ging.

Als sie zurückkamen, war Jay nirgends zu sehen. Nachdem sie sich umgezogen hatte, machte sich Winny im Garten an die Arbeit, und Pearl fütterte die Schweine. Jennifer trödelte im Haus herum.

Als Jay die Hintertür öffnete, stand Jennifer mit einem Hammer in der Hand direkt vor der Tür.

»Was hast du mit dem Hammer vor?«

»Ich schlage hier einen Nagel in die Wand, damit Tante Winny ihren Hut aufhängen kann, wenn sie ins Haus kommt.«

»Hast du einen Nagel?«

Sie mußte selbst zugeben, daß der Nagel, den sie aus der Tasche fischte, ziemlich groß war.

»Brauchst du wirklich einen so großen Nagel, wenn du nur einen Hut dranhängen willst? Ich finde, der sieht aus wie ein Bolzen für Eisenbahnschienen.«

Sie sah den Nagel an. »Genau das wird es auch sein«, sagte sie und lachte.

»Was hast du getan, während ich fort war?« fragte sie und hielt den Nagel an die Wand.

»Nicht viel.«

»Was zum Beispiel?« Sie schlug auf den Nagel, der daraufhin quer durch die Küche flog.

Jay hob den Nagel auf, kam zu ihr zurück, nahm ihr den Hammer aus der Hand und schlug den Nagel in die Wand. Er drehte sich um und reichte ihr den Hammer. Es sah nicht so aus, als sei er besonders gut gelaunt. Sie war nicht sicher, ob er ihre Frage überhaupt noch beantworten würde, als er plötzlich sagte: »Um halb vier habe ich einen Bestellkatalog von A bis Z gelesen. Um vier Uhr habe ich versucht, in der Hängematte zu schlafen, aber dieser verfluchte Ziegenbock hat unaufhörlich an meinem Stiefel geknabbert. Um halb fünf habe ich dieser verdammten Ziege gewaltsam das Maul geöffnet und das rausgeholt, was noch von meinem Rasierer übrig war. Um fünf habe ich ein Glas warme Milch getrunken und ein Stück kaltes Huhn gegessen. Um halb sechs habe ich vier Runden Poker gegen mich selbst gespielt. Um sechs bist du nach Hause gekommen, damit ich endlich zu dir sagen kann: *Ich bleibe keine weitere Nacht in dieser Irrenanstalt.*«

14

Er blieb noch eine Nacht. In Wahrheit blieb er sogar noch einige Nächte. Tatsächlich blieb er eine volle Woche. Aber Jay war kein bißchen glücklich darüber, und Jennifer wußte nicht, wie lange sie die Abreise noch hinauszögern konnte. Die Pferde hatten sich genügend ausgeruht. Ihr Zaumzeug war repariert. Ihre Familie in Weatherford war schon vor Tagen telegrafisch verständigt worden. Und Jay sagte ihr klar und deutlich, daß er zum Aufbruch bereit war. Dennoch versuchte sie, Zeit zu gewinnen, weil sie noch länger mit ihm zusammen sein wollte.

»Jennifer«, sagte Tante Winny, die sah, daß die beiden sich so unentschieden gegenüberstanden wie Grant und Lee, »wenn zwei Leute miteinander auskommen wollen, dann sollte einer von beiden gut darin sein, Befehle entgegenzunehmen.« Diese Äußerung trug ihr von den beiden Kampfhähnen verblüffte Blicke ein.

Jay sah Jennifer finster an. »Kannst du morgen früh zum Aufbruch bereit sein?«

»Vielleicht«, erwiderte sie.

»Laß es mich noch einmal umformulieren«, sagte Jay. »*Wirst* du morgen früh aufbruchbereit sein?«

»*Vielleicht*... und das ist mein letztes Wort.«

Jennifer wußte, daß Jay schon vor einer Woche zum Aufbruch bereit gewesen war und daß er nur so brummig wie ein alter Bär war, weil sie die Abreise immer wieder hinauszögerte. Doch trotz seiner Übellaunigkeit – Jennifer hatte den Verdacht, daß sie nur sehr wenig mit Tante Winny und Pearl zu tun hatte – war er ihr gegenüber freundlich gewesen. Geradezu herzlich. Das Problem war, daß Jennifer seine Herzlichkeit nicht haben wollte. Alles andere war ihr lieber als das. Arrogant war er ihr lieber als so. Anmaßend war er ihr lieber als so. Wütend war er ihr lieber als so. Alles andere war besser als diese Freundlichkeit, die an ihren Nerven zerrte. Seine Herzlichkeit wirkte auf sie, als sei sie gar nicht mehr vorhanden. Es war etwas, dem sie nichts entgegensetzen konnte. Er behandelte sie mit der allergrößten Vorsicht. Sie hätte nie geglaubt, daß ein Mann wie Jay Culhane sich so benehmen konnte. Als die zweite Woche seiner Freundlichkeit anbrach, empfand Jennifer seinen Umgangston nur noch als lästig.

Als Winny in die Küche kam, saß Jennifer am Tisch und schrieb eine Liste der Dinge, die sie besorgen wollte, wenn sie nach Fort Worth kam. »Was ist los mit dir? Dein Gesicht sieht aus wie ein verunglückter Eisenbahnwaggon.«

»Ich weiß es selbst nicht. Ich glaube, ich brauche ein stärkendes Lebermittel.«

»Was du brauchst, ist ein Mann.«

»Ich nehme lieber den Lebertrunk.«

Winny trat ans Spülbecken und wusch sich die Hände. Sie trocknete sie an einem der Handtücher ab, die Pearl gerade säumte. »Du brauchst kein Lebermittel. Ich habe dich beobachtet. Du bist verliebt.«

»Bin ich nicht!«

»Bist du doch.«

»Das kann gar nicht sein.«

»Es ist aber so.«

»Ich will es aber nicht.«

»Du bist es aber.«

»Verdammt noch mal!« sagte Jennifer und schlug mit den Fäusten auf den Tisch. »Verdammt! Verdammt! Verdammt!«

»Und trotzdem bist du es«, sagte Winny und hängte das Tuch an den Haken. »Wenn du meinen Tisch bewußtlos schlägst, dann ändert das überhaupt nichts.«

»Tante Winny, wie kommst du darauf, daß ich verliebt sein könnte?« fragte Jennifer und hob den Bleistift auf.

»Ich bin eine aufmerksame Beobachterin... einer jener seltenen Menschen, die mehr zuhören als reden.«

»Wie kommt es, daß du es gewußt hast, bevor ich es wußte?«

»Ich achte auf Zeichen.«

»Was für Zeichen?«

»Zeichen für Liebeskummer.«

Jennifer wirkte skeptisch. »Und was genau sind Zeichen für Liebeskummer?«

»Jede Menge Kleinigkeiten, die vorfallen, Dinge, die deutlich zeigen, daß du verliebt bist. Glasklare Anzeichen.«

»Kannst du mir ein Beispiel nennen?«

»Ich kann dir jede Menge Beispiele nennen.«

»Na, dann los«, sagte Jennifer.

»Wenn ich dir die Möbelpolitur in die Hand drücke und du zwei Teelöffel davon in den Kuchenteig rührst, dann bist du verliebt.«

»Ich dachte, es sei Vanille.«

»Wenn der bestaussehende Junggeselle im Umkreis herkommt und dich auffordert, mit ihm im Mondschein einen Spaziergang zu unternehmen, und du darauf sagst: ›Wozu denn das?‹, dann bist du verliebt.«

»Ich kannte den Mann doch kaum.«

»Wenn der Pfarrer zu dir sagt: ›Jesus war Jude‹, und wenn du darauf antwortest: ›Aber nur mütterlicherseits‹, dann bist du verliebt.«

»Jemand hat mir erzählt, das sei so.«

»Wenn du aus dem Bett aufstehst und deinen Schlüpfer falschrum anziehst, dann bist du verliebt.«

»Es war dunkel.«

»Wenn du das Spülwasser ins Butterfaß gießt und die Milch wegschüttest, dann bist du verliebt.«

»Die Eimer waren identisch.«

»Wenn du mein Bett machst, während ich drinliege, dann bist du verliebt.«

»Ich brauche einen Lebertrunk«, sagte Jennifer.
»Du willst Culhane.«
»Ich bin *nicht* verliebt.«
»Du bist es, und dazu kommt noch, daß er in dich verliebt ist.«
»Du brauchst dich nicht gleich aufzuregen.«
»Ich rege mich nicht auf.«
»Warum schreist du mich dann an?«
»Ich schreie nicht.«
»Gib mir schon das Mittel für die Leber.«
»Jennifer Baxter, du bist ein Dummkopf.«
»Das liegt in der Famillie.«
»Du bist noch schlimmer als meine Schwester.«
»Mama sagt, ich bin genau wie du.«
»Ach, ja?«
»Ja, allerdings.«
»Ja«, sagte Winny, »ich nehme an, sie hat recht.« Sie sah Jennifer an und stemmte die Arme in die Hüften. »Es ist jedenfalls zwecklos, daß wir rumstehen und diskutieren wie zwei Hühner, die hinter demselben Wurm her sind... vor allem wenn es Wichtigeres zu besprechen gibt.«

Jennifer stand auf. »Ich bin nur hergekommen, weil ich etwas für meine Leber wollte.«

»Wie lange ist es her, seit du das letzte Mal mit ihm allein warst?«

Jennifer setzte sich wieder. »Seit Pearl uns im Sturmkeller eingeschlossen hat.«

»Das war ein Versehen. Das zählt nicht«, sagte Winny. »Wie lange ist es her, seit er dich das letzte Mal angefaßt hat?«

»Seit ich seine Whiskyflasche ausgekippt habe und er mich erdrosseln wollte.«

»Das zählt nicht«, sagte Winny. »Wie lange ist es her, seit ihr das letzte Mal gemeinsam etwas unternommen habt?«

»Seit wir die Ziege gewaschen haben.«

»Das zählt nicht«, sagte Winny. »Wie lange ist es her, seit er dich das letzte Mal geküßt hat?«

»Ich kann mich nicht erinnern.«

»Du brauchst wirklich etwas für die Leber«, sagte Winny. Sie holte die Flasche aus dem Küchenschrank und reichte sie Jennifer.

Jennifer nahm einen Löffel von dem Zeug und spülte es mit Wasser runter. Sie schnitt eine furchtbare Grimasse. »Igitt! Das Zeug ist ja ekelhaft. Woraus ist denn das gemacht? Nein. Sag es mir lieber nicht.« Sie drückte den Stöpsel wieder in die Flasche und stellte sie weg. »Weißt du, ich verstehe ihn einfach nicht. Wirklich nicht. Ich kann nicht verstehen, warum er sich im einen Moment so benimmt, als könnte er mich leiden, und im nächsten dann so, als sei ihm mein Anblick unterträglich.«

»Das nennt sich Sabotage. Die Leute werden zu ihren eigenen ärgsten Feinden und zerstören die Dinge, die sie sich am meisten wünschen, die Dinge, die sie brauchen.«

»Das klingt doch unsinnig. Warum sollte er das denn tun?«

»Aus Angst. Er fürchtet sich.«

»Er fürchtet sich? Wovor?«

»Vor einem Erfolg. Vor einem Mißerfolg.«

»Du gibst mir genauso große Rätsel auf wie er«, rief Jennifer hitzig, sprang auf und trat ans Fenster. Jetzt konnte sie ihn neben dem Stall sehen. Er stand mit dem Schmied da, der Brady beschlug. Er sieht so verflucht gut aus, und er ist so verdammt dumm, dachte Jennifer.

Sie sah ihn noch einen Moment an, ehe sie sich umdrehte. »Und... was soll ich tun? Was fange ich mit einem Mann an, der Angst davor hat, jemanden zu mögen?«

»Du solltest mit ihm reden.«

»Reden?« Jennifer sah ihre Tante an, als hätten sie sich gerade eben erst kennengelernt. »Weißt du, was es heißt, mit Culhane reden zu wollen? Zwei Worte sind aus seinem Mund schon eine lange Antwort.«

»Wenn ihr beide euch nicht mit dem Problem auseinandersetzt, Jennifer, dann wird das, was zwischen euch ist, eines langsamen Todes sterben, ganz gleich, wie stark eure Gefühle auch sein mögen. Wenn ihr euch nicht öffnet und miteinander redet, dann vergiftet ihr ganz langsam das, was ihr eigentlich retten wolltet.«

»Würden wir reden, brächten wir es nur noch schneller um.«

»Das ist das Risiko, das du eingehen mußt. Hast du etwa Angst davor, etwas zu riskieren? Das überrascht mich. Du hättest nie laufen gelernt, wenn du dich vor dem Hinfallen gefürchtet hättest.«

»Du weißt ja nicht, wie wütend er werden kann, besonders dann, wenn ich anfange, ihm Fragen zu stellen. Er kann es nicht leiden, über sich selbst zu reden, und über seine Vergangenheit spricht er überhaupt nicht. Wenn ich ihn auffordern würde, sich mit mir zu unterhalten, dann würde er sich doch nur in ein Schneckenhaus zurückziehen oder mir sagen, daß mich das alles nichts angeht ... oder er würde mich einfach stehenlassen und gehen.«

»Der streckt erst mal den Zeh ins Wasser. Er will sehen, wie weit er bei dir gehen kann. Irgendwo im Hinterkopf hat er wahrscheinlich das Gefühl, dir nicht trauen zu können ... sich nicht darauf verlassen zu können, daß du ernst meinst, was du sagst. Er hat ein Auge auf dich geworfen. Er kann die Tatsache nicht verbergen, daß er sich etwas aus dir macht. Ich glaube wirklich, daß der Mann in dich verliebt ist. Aber er fürchtet sich. Er verlangt Beweise, und ihm ist nicht klar, daß er nicht zu viele Beweise verlangen und dich nicht zu weit treiben darf, weil er dir sonst nur Vorschub leistet, den Test nicht zu bestehen. Ganz gleich, wie sehr man jemanden oder jemand einen liebt, man muß der Tatsache ins Auge sehen, daß man den anderen Menschen vertreibt, wenn man ihn immer wieder auf die Probe stellt.«

»Das ist ja wunderbar! Dann bekommt also keiner von uns beiden das, was er will.«

»Aber hinterher kann er dann alles mit den Worten rechtfertigen: ›Ich wußte ja gleich, daß man ihr nicht trauen kann.‹«

»In meinen Ohren klingt das ganz nach russischem Roulette.«

»Genau. Früher oder später wirst du abdrücken, und die Kammer wird nicht leer sein.«

»Die ganze Geschichte ist doch aussichtslos«, sagte Jennifer. Sie warf die Hände in die Luft und setzte sich dann wieder auf den Stuhl. »Ich wußte es ja gleich. Ich sollte mir mal den Kopf untersuchen lassen. Warum bin ich bloß so dämlich? Ich wußte, daß man sich mit einem Mann wie ihm nichts als Ärger einhandelt. Ich wußte, daß ich ihm nicht trauen kann! Ich wußte, daß er ...« Jennifer unterbrach sich und starrte ihre Tante an. War Tante Winny übergeschnappt oder was? Warum saß sie da und grinste so blöde?

Winny war so ruhig wie ein toter Fisch. Ihre Augen funkelten, und auf ihrem Gesicht stand ein Lächeln. Jennifer war so weit, sich

Little P.s Meinung anzuschließen. Ihre Tante war mehr als nur merkwürdig. »Wieso schaust du mich so an? Weißt du vielleicht etwas, was ich nicht weiß?« fragte Jennifer.

»Nein. Ich höre dir nur zu, Jennifer. Ich höre mir an, was du sagst. Du solltest es versuchen. Warum hörst du nicht selbst auf das, was du gerade gesagt hat?«

»Ach... laß mich bloß in Ruhe. Du machst alles nur noch schlimmer.«

Winny tätschelte ihre Hand. »Für allen Flachs in Flandern möchte ich nicht in deiner Haut stecken«, sagte sie und ging auf die Tür zu.

»Tante Winny!« rief Jennifer. »Komm sofort zurück. Ich weiß nicht, was ich tun soll.«

»Rede mit ihm. Bring ihn dazu, daß er mit dir spricht. Zeig ihm, daß er dir vertrauen kann. Du wirst es langsam angehen müssen. Leicht wird es nicht. Je näher du einem Erfolg kommst, desto mehr wird er sich wehren und sich zurückziehen. Er ist ein starker Mann, Jenny, aber er fürchtet sich. Er will nicht riskieren, daß ihm noch einmal jemand weh tut. Es ist einfacher für ihn, alles so zu lassen, wie es ist – selbst, wenn er dabei nicht glücklich ist – weil ihm das, was er hat, vertraut ist, und nach all der Zeit fühlt er sich sogar wohl dabei. Du bringst ihn ins Wanken, Jennifer. Er wird tun, was er kann, damit du aufhörst. Selbst, wenn er dich dabei ins kalte Wasser werfen muß.«

»Das klingt ja so, als würde ich um mein Leben flehen.«

»Tust du das denn nicht?« fragte Winny und verließ den Raum.

Fünf Minuten später kam Pearl mit einem Eimer Milch rein.

»Ich weiß nicht, warum es so schwer ist, eine Frau zu sein«, sagte Jennifer.

Pearl stellte den Eimer auf den Tisch und sah sie an. »Weil man mit den Männern zurechtkommen muß«, sagte sie.

Am Nachmittag war Jennifer dabei, zusammen mit Pearl Erbsen zu enthülsen, als sie beschloß, einen ersten Schritt zu unternehmen, um eine Kommunikationsbasis zwischen sich und Jay zu errichten. Als sie ihn aus der Hintertür kommen sah, rief sie ihm nach: »Noch einen schönen Nachmittag!«

»Ich habe andere Pläne«, sagte er und knallte die Tür zu.

»Oh!« stieß Jennifer durch zusammengebissene Zähne aus. »Das ist der halsstarrigste Mann, der mir je begegnet ist.«

»Wenn hier jemand halsstarrig ist, dann bist du das«, sagte Pearl.

»Du doch auch!«

»Nein. Ich bin nur festgefahren. Du bist halsstarrig.«

»Und was ist er dann?« fragte Jennifer.

»Er ist ein begriffsstutziger Idiot.«

Wahrscheinlich war er das, aber damit war ihr im Moment auch nicht viel weiter geholfen. Nach einigem Grübeln beschloß Jennifer, es noch einmal zu probieren. Sie machte sich auf die Suche nach Jay, der Brady gerade striegelte. »Jay?«

»Was ist denn jetzt schon wieder?«

»Ich möchte mit dir reden. Stört es dich, wenn ich ein wenig hierbleibe?«

»Fühl dich ganz wie zu Hause«, sagte er und warf den Striegel in den Futtertrog. »Wenn du willst, kannst du hierbleiben… falls es dir nichts ausmacht, allein zu sein.« Er griff nach den Zügeln und führte Brady aus dem Stall.

Sie folgte ihm ins Freie. »Jay Culhane, du glaubst vielleicht, ich wüßte nicht, was du vorhast, aber ich weiß es.«

Er seufzte und drehte sich zu ihr um. »Du glaubst vielleicht, ich wüßte auch nicht, was du vorhast, aber ich weiß es tatsächlich. Du bist so transparent wie eine Glasscheibe, Jennifer. Ich kann durch dich hindurch schauen.«

»Tja«, sagte sie und konnte einfach nicht verbergen, daß sie sich verletzt fühlte, »dir entgeht dabei allerdings eine Menge.« Dann wandte sie sich ab.

Jay sah ihr nach und dachte daran, wie verletzt ihre Miene gewesen war. Sie war wütend und bedrückt, und es war alles seine Schuld. *Genau das wolltest du doch, oder etwa nicht?* Als er Brady in den Korral führte, fand er jedoch, es sei bei weitem nicht so befriedigend, bekommen zu haben, was er wollte, wie es hätte sein sollen. Es befriedigte ihn eigentlich sogar überhaupt nicht. Er fühlte sich lausig. Er sah es nicht gern, wenn sie sich verletzt fühlte. Es machte ihm keinen Spaß, sie abzuweisen und kalt zu sein. Er wollte sie glücklich sehen, in seinen Armen halten und sie die Glut seiner Leidenschaft spüren lassen. So konnte er nicht weitermachen. Es machte ihn fertig. Es nutzte nichts, daß er wußte, wie schlecht er für sie war und wie weh er ihr noch tun würde. Es war sinnlos zu versuchen, sie zu ihrem eigenen Besten von sich zu weisen. Nichts von alledem führte zu etwas, weil er sie wollte und ohne jeden Zweifel wußte, daß Jennifer ihn ebenso sehr begehrte.

Irgendwann am späteren Nachmittag, als Jay ins Haus kam, briet Jennifer Schweinekoteletts. Sie legte das letzte Kotelett auf die Platte und wandte sich vom Herd ab. Fast hätte sie die Platte fallen lassen, als sie ihn in der Tür stehen sah. Er sah ihr schlichtes graues Kleid, die fleckenlose weiße Schürze, die schmale Taille, die unglaublichen Augen... und die Platte mit den Schweinekoteletts.

»Ich dachte, du könntest nicht kochen«, sagte er boshaft.

»Ich kann *normales* Essen in Töpfen und Pfannen auf einem Herd zubereiten.«

Als ihm wieder einfiel, daß sie alles verpfuscht hatte, als sie auf dem Weg versucht hatte, etwas zu kochen, wurde er so wütend, daß er ganz vergaß, warum er gekommen war. »In welchen Punkten hast du mich sonst noch belogen?«

»Ich habe dich in keinem Punkt belogen.«

Am liebsten hätte er sie erwürgt. Er wollte, daß es zwischen ihnen stimmte. Aber er konnte ihr nicht trauen. In wie vielen anderen Hinsichten hatte sie ihn noch hinters Licht geführt? Er sah sie einen Moment an, murmelte tonlos etwas vor sich hin und wandte sich ab.

»Hast du keinen Hunger? Willst du denn nichts essen?« rief sie hinter ihm her.

»Ich habe keinen Hunger.«

Das gab ihr den Rest. Jennifer griff nach einem leeren Topf, der auf dem Küchenschrank stand, und knallte ihn mit aller Kraft auf den Tisch. Es klang, als sei eine Kanone in der Küche losgegangen. Jay zuckte zusammen und drehte sich zu ihr um, als sie gerade bedrohlich näher kam. »Ich habe deine griesgrämige Art und deine gemeinen Bemerkungen satt. Irgend etwas wurmt dich, und ich will wissen, was es ist.« Einen Moment lang glaubte sie, er würde einfach gehen. »Wag es nicht wegzugehen, wenn ich mit dir rede«, drohte Jennifer.

»Wenn ich das nicht täte, käme ich zu gar nichts. Du redest pausenlos, Jennifer.«

Der Dummkopf wirkte jetzt belustigt, und sie spielte mit dem Gedanken, den Topf nach ihm zu werfen. »Ich verstehe nicht, warum wir nicht miteinander auskommen können. Es scheint, als sei immer einer von uns beiden wütend. Wenn ich versuche, mit dir zu reden, fauchst du mich an...«

»Und wenn ich versuche, mit dir zu reden, schaust du mich an, als hätte ich dir gerade ein Desinfektionsbad für Schafe in den Mund geschüttet.«

»Das liegt daran, daß du... ach, schon gut! Ich glaube nicht, daß es und beiden möglich ist, gleichzeitig zum Reden aufgelegt zu sein.«

Das unverschämte Grinsen war wieder da, und es fiel ihm schwer, nicht zu vergessen, daß er sie bei einer Lüge ertappt hatte. *Na ja, schließlich war es nur eine unwesentliche Lüge.* »Ein- oder zweimal ist, glaube ich, eine Kommunikation zwischen uns zustande gekommen. Die Ergebnisse waren, wenn ich mich recht erinnere, gefährlich.«

»Gefährlich?«

»Wenn wir beide miteinander kommunizieren wollen, Jenny, wenn wir auf dasselbe aus sind, dann reden wir nicht... wir entflammen.« Er sprach jetzt leise. »Ich weiß noch, wie es zwischen uns gewesen ist. Ich schließe die Augen, und ich sehe deine Silhouette im Sternenlicht. Bei jedem Atemzug rieche ich den Duft meiner Seife in deinem Haar. Jedesmal, wenn ich dich ansehe, scheinen deine Kleider von dir abzufallen, und ich sehe dich so, wie du damals warst, nackt und naß und zitternd in meinen Armen.« Er sah dem Kampf in ihren Augen, und auch ihre nervösen Handbewegungen entgingen ihm nicht. Sie war tief verletzt und wütend. *Warum tun wir uns das immer wieder an?* Er konnte nichts am Stand der Dinge ändern... nichts daran ändern, wer sie war und wer er war. Aber in ihrer Gegenwart kam er sich wie ein großer Junge vor. Und er wollte sie so sehr, daß es schmerzte. Etwas Zeit blieb ihm immer noch mit ihr. Zwischen ihnen konnte nichts je von Dauer sein. Damit würde er sich zufriedengeben müssen.

Er hatte sie gelehrt, ihn zu begehren. Und jetzt wirkte sie ein wenig verloren, als sei ihr ein neuer Körper geschenkt worden, fremdartig, unvertraut und neu. In ihr spielten sich Dinge ab – Begierden, Wünsche und Bedürfnisse regten sich – sie empfand Sehnsüchte, mit denen sie nicht fertig werden konnte, weil ihr das Wissen und die Erfahrung fehlten. Ihr Benehmen, ihr Verhalten, selbst ihr Aussehen – alles strahlte Eifer und Wankelmütigkeit aus, Bestürzung, Launenhaftigkeit und eine Spur von blinder Angst. Sie schien zerbrechlich und verwirrt zu sein. Sie wandte den Blick ab. Er ließ ihr Zeit und gab sich damit zufrieden, sie in dieser wunderlichen Umgebung zu betrachten, vor dem schlichten Küchenschrank, der eine ausufernde Sammlung von kitschigem Porzellan enthielt, und mit dem alten, gesprenkelten Kaffeekessel, in dem Blumen steckten, die sie mit der Wurzel ausgerissen hatte. Er spürte den Stachel des Verlangens und einen Beigeschmack von Mitgefühl, und ihm wurde erst heiß und dann kalt. Schon allein ihre offenkundige Unsicherheit sagte ihm, daß ihr ihr Werben um ihn nicht bewußt war, denn sie hatte ganz entschieden nicht die geringste Ahnung, wie sie auf das zusteuern sollte, wonach sie sich verzehrte. Er konnte es einfach nicht lassen, ihr Unbehagen und ihre verminderte Wachsamkeit auszunutzen und die Küche zu durchqueren. Sie hielt den Kopf weiterhin von ihm abgewandt, und als er sie anschaute, sah er nicht ihr Gesicht, sondern ihren anmutigen Hals, die weiße zarte Haut, die tintenschwarzen Strähnen, die sich wie immer aus ihrer Frisur gelöst hatten und ihrer ganzen Person in ihrer Aufsässigkeit so sehr ähnelten. Er hob die Hand und schrieb *Küß mich* auf ihren Hals.

Sie holte hörbar Luft und zog die Schulter hoch, um seine Hand zu verscheuchen. »Tu das nicht«, sagte sie atemlos. »Das kitzelt.«

Er senkte den Kopf, um sie dort zu küssen, wo ihre Haut unendlich zart war und so gut duftete. Die Hand, die ihre Taille packte, hielt sie fest. Sein Atem war so warm wie die Finger, die sich um ihre Kehle schlangen. Jennifer bebte, weil seine Fingerspitzen eine sengende Spur auf ihrer Haut hinterließen, als sie über ihren Hals und unter ihr Kinn glitten, um es hochzuheben. »Siehst du, ich erinnere mich noch an vieles. Wir passen gut zusammen, findest du nicht auch? Die Lehrerin und der Revolverheld. Ich habe es nicht vergessen, Engelchen... hast du es denn vergessen?«

Vergessen? Wie hätte sie das vergessen können? Die Erinnerung daran war in ihr Herz eingebrannt. Jemanden wie ihn würde es nie mehr geben. Niemals. Wie sollte sie sich je mit einem anderen begnügen? Wieso konnte die Liebe so schlimm sein? Warum mußte es eine derart explosive Mischung aus Liebe und Wut, aus Eifersucht und Mißverständnissen und, ja, sogar Haß sein? Warum hatte sie sich ausgerechnet in diesen flatterhaften unberechenbaren Deputy Marshal verlieben müssen, der ihre Vorstellungen und Werte ständig auf den Kopf stellte? Und dann ging es ihr auf. Die große Frage: *Warum kann ich ihn nicht dazu bringen, mich zu lieben?*

Er zog sie langsam mit dem Rücken an sich, und seine Hände legten sich erst auf ihre Taille und glitten dann auf ihre Brüste, um sie zu streicheln. Sie spürte seinen warmen Atem auf ihrer empfindlichen Haut. Er drehte sie in seinen Armen um. »Es ist schön, wenn ich dich so berühre...« Er küßte sie zart auf den Mund. »So...« Ein schmaler Finger fuhr von ihrem Kragen zu dem Knopf des Kleides zwischen ihren Brüsten. »Und so...« Seine Hand glitt unter ihr Kleid und berührte die Haut.

Zu sehr, dachte er. *Ich will sie zu sehr.* So sehr, daß er sie am liebsten gegen den Küchenschrank gestoßen, ihre Röcke hochgehoben und das, was ihn wie eine Droge schwächte, freigesetzt hätte. So sehr, daß sie ihm gar nicht nah genug sein konnte, daß er sie am liebsten überall gleichzeitig berührt hätte. »Ist dir das peinlich? Möchtest du weglaufen, wenn ich das tue?« Seine heisere Stimme glitt über sie, als hätte er sie mit der Hand gestreichelt.

»Nein«, sagte sie und ließ die Stirn an seine Brust sinken. »Wenn du das tust...« Er zog ihren Kopf hoch, damit sie ihn ansah. »Was ist, wenn ich das tue?«

Sie schloß die Augen. »Nein«, sagte er und küßte ihre Lider. »Mach die Augen auf. Sieh mich an. Engel... Jennifer, was geschieht, wenn ich das tue?«

»Dann will ich dich.«

Ihre Worte hüllten ihn in einen warmen Dunst. »Ich will dich auch«, flüsterte er. »Ich will dich viel zu sehr. Mehr, als ich sollte. So sehr, daß ich nicht klar denken kann, wenn ich in deiner Nähe bin.«

Sein Atem mischte sich jetzt mit ihrem. »Komm mit mir raus, Jenny. Laß uns in die Scheune gehen.«

»Nein, Jay, ich kann nicht.«

»Doch, du kannst es.« Er nahm sie an der Hand. »Komm mit.«

»Nicht jetzt, Jay.« Er hörte, wie unsicher ihre Worte herauskamen, wie stockend ihr Atem ging, spürte den leichten Schauer, der ihre Hand in seiner beben ließ. Nicht jetzt... Er spürte, wie sein drängendes Verlangen sich heftig regte. Was wollte sie ihm damit sagen? Nicht jetzt... nicht morgen... nie.

»Wann denn?«

Sie starrte ihn an, und ihre Verwirrung war offensichtlich. Er wußte, daß sie die Absicht hatte, es nie mehr dazu kommen zu lassen, daß sie vorhatte, ihnen beiden diese Lust zu versagen – trotz ihrer eigenen Empfindungen und Gelüste. Doch als er ihre Absichten verstanden hatte, stellte er fest, daß er sich nicht entmutigt fühlte – enttäuscht, ja, aber nicht entmutigt. Er würde sie wieder besitzen, wenn ihr Körper über ihren Verstand siegte. Es würde lange dauern, bis sie sich eingestehen konnte, was er schon wußte, aber das Wissen, daß dieser Zeitpunkt kommen würde, bereitete ihm eine gewisse Freude.

Wie vom Blitz getroffen, sprangen sie auseinander, als Winny in die Küche kam. Sie musterte Jay und Jennifer eingehend. Dann musterte sie die Platte mit den Schweinekoteletts. »Wo habt ihr diese Koteletts her?«

»Mr. Mosley hat sie auf dem Weg in die Stadt vorbeigebracht.«

Sie musterte die Schweinekoteletts immer noch. »Pearl wird sie nicht essen.«

»Warum nicht?« fragte Jennifer.

»Sie sagt, es macht einen dumm.«

»Vielleicht sollte ich aufhören, Schweinefleisch zu essen«, sagte Jay.

»Ich weiß nicht, weshalb du dir Sorgen machst«, sagte Jennifer. »Dumm bist du doch schon.« Er sah sie an und stellte fest, daß sie sich nicht so schnell wieder gefangen hatte wie er. Sie wirkte immer noch verwirrt, und außerdem war sie jetzt verlegen. Er spürte einen Funken Zorn. Sie zog die Schürze aus und knallte sie auf den Tisch, stolzierte aus der Küche und schlug die Tür hinter sich zu.

Jay sah Winny an und rieb sich die Schläfen. »Ich brauche etwas gegen Kopfschmerzen.«

Winny sah Jay an. »Ich hätte zwar etwas für Ihren Kopf, aber Sie verarzten den falschen Körperteil.«

Jennifer lief durch den Garten bis zur Scheune, ohne das Tor hinter sich zu schließen. Vor der Scheune blieb sie stehen. Rapscallion,

Tante Winnys Ziegenbock, stand in der Tür und schaute sie an, als hätte er ihr das letzte Bad noch nicht verziehen.

Sie ging einen Schritt auf ihn zu, und Rapscallion warf den Kopf zurück. Rap konnte sehr liebenswert sein, aber zeitweise war er regelrecht bösartig. Heute schien er einen besonders schlechten Tag zu haben. Sie sah sein langes weißes Fell an und dachte wieder daran, welche Mühe Jay damit gehabt hatte, Rap anzubinden, damit sie ihn waschen konnten. Sie konnte nicht verstehen, warum Ziegenböcke alles fressen wollten, womit sie in Berührung kamen. Dieser Ziegenbock hatte doch wirklich Petroleum getrunken und sich ganz und gar damit verschmiert. Wahrscheinlich hatte ihm das Bad das Leben gerettet, aber wenn sie ihn jetzt anschaute, schien er nicht gerade dankbar dafür zu sein.

Jennifer versuchte, den Ziegenbock zu verscheuchen, und sie nahm eine Schaufel, die an der Scheunentür lehnte. In dem Moment griff Rap sie an. Sie sprang zur Seite und schlug die Schaufel auf den Boden. Der Griff zerbrach, und Holzsplitter bohrten sich wie Nadeln in ihre Hände.

Der Ziegenbock setzte zu einer neuen Attacke an, und Jennifer versuchte, über den nächsten Zaun zu klettern. Auf halber Höhe riß der Ziegenbock ihr einen Fetzen Stoff aus dem Rock. So fand Jay sie vor, als er zur Scheune schlenderte. Der Ziegenbock hatte sich in ihrem Rock festgebissen und ließ nicht los.

»Hilf mir hier runter!« schrie sie.

»Dazu bietest du einen viel zu reizvollen Anblick von hier unten«, sagte Jay grinsend.

»Verschwinde, du Mistkerl! Hau ab, ich will deine Hilfe nicht!« schrie Jennifer.

Sie hörte, wie er seufzte und sich abwandte, und als seine Schritte sich entfernten, lehnte sie den Kopf an den Zaun und überlegte sich, daß sie ihm bei nächster Gelegenheit, wenn er in der Nähe war, den Revolver aus dem Halfter ziehen und ihn erschießen sollte.

Gleich darauf kam er mit einem Lasso wieder. Als Rap ihn angriff, konnte er mühelos ausweichen, und das Lasso legte sich um die Hörner. Dann band er den Ziegenbock ein Stück weit entfernt an den Zaun. »Komm mir bloß nicht zu nah«, sagte Jennifer, die vom Zaun kletterte, als sie ihn auf sich zukommen sah.

Sein Arm legte sich um ihre Taille, und er warf sie sich über die Schulter. »Laß mich runter! Finger weg! Ich warne dich! Wage es nicht, einen Schritt weiterzugehen! Laß mich augenblicklich runter!«

»Jennifer! Sei still!«

»Was ist ihr denn zugestoßen?« erkundigte sich Pearl, die die Tür aufhielt, als Jay in die Küche trat.

»Sie und Rap haben Fangen gespielt«, sagte er und stellte Jennifer auf die Füße.

»Du bist ja so amüsant«, sagte sie und spürte, wie ihre Hände brannten. Sie streckte sie aus und sah sich die Splitter an. »Ich muß dringend eine Nadel suchen«, sagte sie und verließ die Küche.

»Jennifer, laß mich deine Hände anschauen.«

»Mehr, als du schon von mir gesehen hast, kriegst du nicht mehr zu sehen«, schallte ihre Stimme durch den Korridor.

»Na, wenigstens habe ich schon einiges gesehen!« rief er ihr nach.

»Du Schwein!« hörte er sie sagen, ehe eine Tür zuknallte.

Jennifer fand in Tante Winnys Nähkorb eine Nadel. Sie zog ein paar Splitter raus, aber manche saßen zu tief, und sie war nie geschickt mit der linken Hand gewesen. Als sie hörte, wie eine Tür geschlossen wurde, dachte sie, Jay sei gegangen. Sie steckte sich die Nadel in den Stoff ihres Mieders und ging in die Küche. Pearl konnte ihr sicher helfen.

Als sie vor der Tür stand, hörte sie Tante Winny sagen: »Vielleicht sollten Sie sie von jemand anderem nach Weatherford bringen lassen... oder sie allein auf den Weg schicken.«

»Ich würde sie keine fünf Meilen weit allein reisen lassen. Vor Anbruch der Dunkelheit wäre sie wieder auf dem Weg nach Mexiko«, sagte Jay. »Ich bin engagiert worden, damit ich sie nach Weatherford bringe, und das werde ich bei Gott tun, und wenn die Hölle auf Erden oder die Sintflut anbricht.«

»Über die Sintflut kann ich nichts sagen, aber von dem anderen werden Sie genug kriegen«, sagte Pearl trocken. Jennifer stellte fest, daß wohl nicht Jay gegangen, sondern Tante Winny gekommen war.

»Dann steht Ihr Entschluß also fest? Sie reisen morgen früh ab?« fragte Winny.

»Vor Tagesanbruch.«

»Ich finde, Sie sollten sich noch ein paar Tage länger ausruhen«, sagte Winny.

»Wenn ich noch länger hierbleibe, endet es entweder damit, daß ich sie umbringe oder daß ich Amok laufe«, sagte Jay.

»Oder beides«, fügte Pearl hinzu.

»Ich finde, es ist eine gräßliche Vorstellung, daß Sie abreisen könnten, ehe die Dinge geregelt sind. Ich mag es nicht, wenn Jennifer außer sich ist.«

»Wenn ich es für möglich hielte, etwas zu regeln, dann täte ich alles, was in meiner Macht steht, soviel können Sie mir glauben. Ich weiß nicht, was sie will. Ich weiß, was sie *braucht*...«

»Was sie braucht, weiß ich auch«, sagte Winny.

Jay sah sie an, und plötzlich herrschte Verständnis zwischen den beiden. Jay lachte brüllend. »Verdammt, aber ich frage mich wirklich, warum kein Mann auf die Idee gekommen ist, sie zu schnappen«, sagte er.

»Ich bin eine Frau von der Sorte, die es krank machen würde, wenn sie tagtäglich zu demselben Menschen nett sein müßte. Wenn Sie über das Heiraten reden wollen, warum heiraten Sie sie eigentlich nicht?« fragte Winny.

»Was?« Es kam wie aus der Pistole geschossen, und Jennifer geriet fast ins Wanken.

»Ich halte das gar nicht mal für eine so schlechte Idee«, sagte Pearl. »Zwar nicht gerade eine ihrer tollsten Ideen, aber keine schlechte.«

»Zu ihren tollsten Ideen gehört diese ganz bestimmt nicht«, sagte Jay. »Was, um alles in der Welt, sollte ich mit einer Frau anfangen?«

»Wenn Sie darauf keine Antwort wissen«, sagte Pearl, »dann können Sie unmöglich ein Handelsvertreter sein.«

»Ich habe Ihnen doch schon gesagt, daß ich kein Handelsvertreter bin, verdammt. Und ich bin auch kein Idiot. Jennifer heiraten! Ein Mann, der sich diese Aufgabe vornimmt, kann nicht ganz dicht im Oberstübchen sein.«

»Heißt das, daß Sie es sich noch nicht mal überlegen wollen?« fragte Winny.

»Ja, genau das heißt es. Sie ist zu lange nach Lust und Laune ins

Kraut geschossen. Ich glaube nicht, daß es einen Mann auf dieser Welt gibt, der sie bändigen könnte. Eine Ehe... Himmel! Mir stellen sich schon die Nackenhaare auf, wenn ich nur ihren Namen höre.« Ein Stuhl scharrte über den Boden. »Ich werde heute nacht in der Scheune schlafen. Sorgen Sie dafür, daß Jennifer morgen vor Tagesanbruch zum Aufbruch bereit ist.«

Die Tür ging zu. Jennifer wartete noch eine Minute, ehe sie in die Küche ging. Ein Blick in ihr Gesicht genügte, um den beiden Damen alles zu verraten. »Du hast es gehört«, stellte Winny fest.

»Ich habe es gehört«, antwortete Jennifer.

»Gehst du morgen mit ihm?« fragte Pearl.

»Ja.«

»Natürlich geht sie mit ihm«, sagte Winny. »Sie muß das bis zum Schluß durchstehen.«

»Wenn du meinen Rat hören willst...«

»Sei still, Pearl. Wenn sie sämtliche Ratschläge befolgen würde, die ihr erteilt werden, dann wäre sie so verwirrt, daß sie den Sonnenaufgang nicht mehr vom Sonnenuntergang unterscheiden könnte.«

Die Hintertür öffnete sich, und Jay trat ein. Er hatte sich seine Satteltaschen über die Schultern geworfen. »Ich habe mich gefragt«, sagte er, »ob es vielleicht möglich wäre, daß Sie uns genug Kaffee bis zur nächsten Stadt mitgeben. Es würde uns Zeit sparen, wenn wir nicht nach Brownsville reiten müßten.«

Pearl machte sich schon am Küchenschrank zu schaffen. »Ich hatte ohnehin vor, Ihnen ein paar Dinge einzupacken. Lassen Sie die Taschen einfach auf dem Tisch stehen, und wenn Sie morgen aufbrechen, ist alles vorbereitet.« Sie stellte die Kaffeemühle auf die Anrichte und kramte nach den Kaffeebohnen. »Warum setzen Sie sich nicht, bis ich die Sachen zusammengesucht habe?«

Jay warf einen schnellen Blick auf Jennifer und kam auf den Tisch zu. Sie fand, daß das ein günstiger Moment war, um in die Scheune zu rennen und ihre eigene Satteltasche zu holen.

Als sie die Sachen gefunden hatte, schaffte sie es genau bis an die Scheunentür. In dem Moment trat Jay ein.

»Was tust du hier draußen?« fragte er.

»Ich hole eine Tasche, damit ich packen kann.« Sie wollte an ihm vorbeigehen.

Er hielt sie am Arm fest. »Was ist los mit dir, Jennifer?«

»Nichts.« Sie schaute auf die Hand herunter, die ihren Arm festhielt. »Würdest du mich jetzt loslassen?«

Er ließ sie nicht los. Sie bot einen hinreißenden Anblick, als sie im matten Licht einer Lampe dastand, mit ihrer weißen Haut und dem kohlrabenschwarzen Haar. Er ärgerte sich, daß er ihre Augenfarbe nicht sehen konnte, trotzdem lächelte er und rieb mit dem Daumen über ihren Arm. »Ach, Jenny, du machst es so schwierig. Wie kann ich mich damit abfinden, daß es in ein paar Wochen aus und vorbei ist und daß ich meiner Wege ziehen werde? Was hast du getan?«

»Ich habe nichts getan.«

»Wirklich nicht?« Er hob die andere Hand, zog die Nadeln aus ihrem Haar und ließ es über ihren Rücken fallen. »Wirklich nicht?« Er legte einen Teil ihres Haars über ihre Schulter. »Ich glaube, doch«, flüsterte er. »Ich glaube, du hast einiges getan.« Sie holte scharf Luft, als seine Hand über ihre Brüste glitt.

Dann schlug sie seine Hand weg. »Ich bin dir anvertraut, Culhane, aber ich bin nicht deine Leibeigene.«

»Du bist ein zänkisches Weibstück, genau das bist du – zu einem Viertel elegante Dame, ein Viertel wilde Range, ein Viertel zimperliche Schullehrerin...« Er unterbrach sich.

»Ja? Und was ist mit dem Rest? Ein Viertel was? Was ist das restliche Viertel, Jay?«

»Der Rest ist durch und durch Frau.«

»Mich kann man nicht wie eine Orange vierteln. Du weißt nicht das geringste über mich. Ich bin noch nicht mal sicher, ob du viel über Frauen weißt.«

»Ich weiß mehr über Frauen, als du mir je beibringen könntest.«

»Da bin ich mir nicht so sicher. Weißt du, was ich glaube? In all der Zeit, die wie zusammen verbracht haben, hast du mich nie so gesehen, wie ich wirklich bin. Nicht ein einziges Mal.«

»Ich sehe dich.«

»Du siehst mich an, Jay, aber du siehst mich nicht. Wenn du hinschaust, siehst du eine andere Person.«

»Du bist verrückt.«

»Wer ist diese Frau, für die du mich hältst? Ich sehe dich... oft, wenn du glaubst, ich wüßte nicht, daß du mich beobachtest.«

»Du bist eine schöne, begehrenswerte Frau, und ich bin ein Mann. Warum, zum Teufel, sollte ich dich nicht ansehen? Wenn ich es nicht täte, wäre etwas nicht in Ordnung mit mir.«

»Aber so siehst du mich nicht an – nicht so, wie ein Mann eine Frau ansieht. Du suchst nach Dingen... Anzeichen... Anhaltspunkten... Hinweisen, nach irgend etwas, was dir sagt, daß du mich von Anfang an in die richtige Schublade gesteckt hast. Du bist mir gegenüber ungerecht, Jay. Du nimmst mich nicht so, wie ich bin, und doch willst du mir nicht sagen, mit wem du mich vergleichst. Kein Wunder, daß ich verwirrt bin.«

»Bist du das? Verwirrt?«

»Unter anderem.«

Jay konnte sich nichts vormachen. Ganz gleich, was sie sagte oder tat, er wollte sie immer noch. Soviel war ihm klargeworden. Sie war wie ein Fieber, ein Entzündungsherd in seinem Blut, und doch hielt er sich in Schach. Er spürte, daß sie ihm Widerstand leisten würde, aber sie hatte ihn schon öfter abgewehrt. Er hatte das Gefühl, in der Falle zu sitzen, und daß die Zeit knapp wurde. Bald war sie wieder zu Hause, und er war gezwungen, aus ihrem Leben zu reiten. In anderen Momenten konnte er es nicht erwarten, sie endlich loszuwerden. Er fing schon an zu glauben, daß er den Verstand verloren hatte. Er stand hier mit ihr, und sein Körper war nur zu bereit und voller Erwartung, und doch überlegte er sich immer wieder, daß er in Wirklichkeit eigentlich nichts anderes wollte, als sie in seinen Armen zu halten und sie zu verstehen. »Ja«, sagte er leise. »Ich vermute, du bist wirklich verwirrt. Ich bin es weiß Gott auch.«

»Du hast keinen Grund zur Bestürzung. Du bist hier derjenige, der auf alles eine Antwort parat hat.«

»Auf was habe ich Antworten?« Er wußte, ohne zu fragen, wovon sie sprach. Sie war neugierig. Es war nicht das erste Mal, daß sie versuchte, in ihn zu dringen.

»Beleidige mich nicht! Ich bin doch nicht dumm! Du *weißt*, wovon ich rede.«

»Ja«, sagte er und atmete hörbar aus. »Ich denke, du hast recht. Warum ist es dir so wichtig? Was hat meine Vergangenheit mit dem zu tun, was heute geschieht? Warum glaubst du, daß sie etwas mit uns zu tun hat?«

»Weil deine Vergangenheit ein Teil von dir ist.«

»Die Vergangenheit ist tot.«

»*Deine* Vergangenheit nicht.«

»Sie ist tot, und dabei wird es auch bleiben.«

»Sie ist nicht tot. Sie ist quicklebendig. Tote Dinge haben keine Macht über einen. Sie sind nicht aktiv. Sie können nichts zerstören.« Sie legte eine Hand auf seinen Arm und spürte, daß sein Muskel zuckte. »Du zahlst immer noch eine Hypothek an deine Vergangenheit ab.«

Es dauerte einen Moment, bis Jay etwas sagte. »Meine Vergangenheit ist vor langer Zeit begraben worden. Sie macht mir heute nicht mehr zu schaffen.«

»Wenn sie dir nicht mehr zu schaffen macht, warum kannst du dann nicht darüber reden?«

Er machte den Mund auf, um ihr zu antworten, doch es kamen keine Worte. Sie stand in dem schwachen Licht da und sah mit einem erwartungsvollen Ausdruck zu ihm auf. Es gab so vieles, was er ihr erzählen wollte, aber er fand keine Worte. Sie musterte ihn immer noch, als hoffte sie, daß er etwas sagen würde. Ihre erwartungsvolle Miene wurde von einem Ausdruck der Enttäuschung abgelöst. Als er sah, wie ihr Gesicht sich veränderte, glaubte er schon, sie würde sich abwenden. Er nahm ihr Gesicht in die Hände, hielt es fest, zog sie an sich und küßte sie.

Sie wich zurück. »Es ist zwecklos, Jay. Zwischen uns stehen zu viele Schranken. Mit einer Hand ziehst du mich an dich, und die andere benutzt du dazu, mich von dir zu stoßen. Du glaubst, mit Küssen läßt sich alles klären und die Leidenschaft könnte die Ungeheuer aus deinen Gedanken verscheuchen.«

»Bisher hast du dich nicht über meine Küsse beklagt.«

»Genau das ist es. Bisher nicht. Aber jetzt ist alles anders.«

»Was ist anders? Ich habe mich nicht verändert. Du hast dich nicht verändert. Du bist mir gegenüber nicht kalt... bei weitem nicht. Meine Küsse haben deine Glut schon öfter angefacht, das steht fest – und sie täten es wieder, wenn du dich mir nicht in den Weg stellen würdest.«

»Du kannst nicht immer wieder dieselben Holzscheite entfachen. Asche brennt nicht. Du mußt neues Feuerholz nachlegen.«

»Was willst du von mir?«

»Wer bist du? Warum sehnst du dich so sehr danach, zu jemandem zu gehören, und warum wendest du dich von allem ab? Ich habe dich angesichts von Not und Gefahr gesehen. Ich weiß, was für ein Leben du führst. Du würdest das Aussichtslose versuchen, und doch zitterst du vor Angst vor ein paar Fragen.«

Er sagte nichts. Nach einer Weile wandte sie sich ab.

»Warte«, rief er hinter ihr her. »Wir können es ebensogut gleich jetzt auf den Tisch bringen... solange wir das nicht tun, wird es an uns beiden nagen.«

»Ich bin müde, Jay. Ich habe noch nicht einmal meine Sachen gepackt. Auf dem Weg haben wir jede Menge Zeit, miteinander zu reden.«

»Ich dachte, dein Kopf sei gerammelt voll mit Fragen.«

»Das stimmt, aber sie werden sich noch einen Tag länger halten.«

»Seit Wochen juckt es dich, mich auszufragen, und du hast gestichelt und gebohrt, um etwas zu erfahren. Also, jetzt hast du deine Chance. Schieß los! Frag mich, was du willst. Es könnte sein, daß du nie mehr eine solche Chance bekommst. Mach schon! Frag mich! Stell mir all deine Fragen, vor denen ich mich so sehr fürchte.«

Sie sah, daß er auf Fragen vorbereitet war, die ihn tief trafen, – und daß er regelrecht darauf hoffte, denn je tiefer sie schürfte, je mehr Leid ihre Fragen ihm zufügten, desto mehr fühlte er sich im Recht, wenn er sie seinerseits verletzte. Sie wollte nicht gewaltsam in ihn dringen. Sie wollte ihm keine Schmerzen zufügen. Sie wollte ihm nur begreiflich machen, daß er ihr alles erzählen und sich darauf verlassen konnte, daß sie sich nicht angewidert abwenden und ihm den Rücken zukehren würde. Sie wollte, daß er ihr vertraute.

»Was ist? Worauf wartest du noch? Frag mich, verdammt noch mal!«

»Also, gut!« schrie sie. »Wer ist die Frau in deiner Vergangenheit?«

Seine Augen drückten aus, daß er auf diese Frage vorbereitet war. Er zeigte keine Spur von Erstaunen. »Diese Frau war meine Ehefrau«, sagte er, und dann wandte er sich ab und verschwand im Dunkel. Jennifer folgte ihm mit ihren Blicken und starrte dann benommen auf den Fleck, an dem sie ihn zum letzten Mal gesehen hatte. Sie wußte, daß er sich ihr gegenüber wieder verschlossen hatte. *Die Frau war meine Ehefrau*... Diese Neuigkeit schwebte wie ein kaum faßbarer Schatten über ihrem Herzen.

15

Es war noch dunkel draußen, als Jay die Hintertür öffnete und die Küche betrat. Jennifer saß am Tisch, trank ein Glas Milch und aß ein Wurstbrot. Sie wirkte etwas zerzaust. Und sie fühlte sich auch leicht aus der Form geraten – nicht, daß an ihrem dunkelbraunen Reitrock und ihrer hellbraunen Jacke etwas nicht gestimmt hätte, sondern es war nur einfach einer dieser Tage, an denen nichts so recht klappte. Selbst ihr Haar, das normalerweise so pflegeleicht war, wirkte wüst und unordentlich. Der Meinung mußte ihre Tante Winny auch gewesen sein, denn als sie die Küche betreten und einen ersten Blick auf Jennifer geworfen hatte, hatte sie gesagt: »Hattest du heute morgen Schwierigkeiten beim Anziehen, oder warst du in Eile?«

»Wieso?« fragte Jennifer.

»Du siehst aus, als hättest du deine Kleider in die Luft geworfen und seist unten drunter durchgerannt.«

Jay, der so blendend wie eine frischgeschabte Karotte aussah, besaß die Frechheit, darüber zu lachen.

Eine Stunde später saß sie auf ihrem Pferd und war bereit zum Aufbruch. Sie hatte ihre Tante bereits zum Abschied umarmt, aber Jay stand noch ein paar Meter weiter mit Winny und Pearl zusammen und unterhielt sich mit ihnen. Er sagte etwas, und sie lachten alle, und dann wandte sich Jay ab, um sich auf Brady zu schwingen.

Winny ging zu Jennifer und legte eine Hand auf ihr Knie.

»Du bist so still wie ein Vogel, wenn ein Habicht vorbeifliegt«, sagte sie. »Wehr dich nicht zu sehr dagegen. Manchmal ist es einfacher, einem Mann freie Hand zu lassen... und sei es nur für eine Weile.«

»Warum? Damit er einen überall befummeln kann?«

Jay sah Jennifer an. Sie schien noch mehr zu bocken als ein Maultier. »Willst du mir einen Kuß geben und dich wieder mit mir vertragen?« fragte er.

»Ich küsse keine fremden Männer... und du, Culhane, bist mir fremd, und fremdartig bist du noch dazu!« Als Jennifer aus dem Garten ritt, wirkte sie nach Pearls Beschreibung etwa so glücklich wie ein Hahn in einem leeren Hühnerstall.

Jay lächelte die beiden alten Damen äußerst liebenswürdig an und legte die Hand an den Hut. Winny musterte ihn mit einem spöttischen Funkeln in den Augen. »Sie sind ein Mann von der Sorte, die mir gefällt, Culhane.«

»Womit habe ich mir ein solches Kompliment verdient?«

»Vielleicht gefällt mir einfach, wie frech sie mit Frauen umspringen«, sagte sie und gab ihm die Hand. »Im Moment ist Jennys Selbstbewußtsein unter Null, und daher werden Sie sie auf dem Weg wohl ganz schön unter Dampf setzen müssen, damit sie sich wieder erholt.«

Er lachte. »Vielleicht brauche ich nicht auf ganz so drastische Mittel zurückzugreifen.«

»Pah!« sagte Pearl. »Wenn Sie es nicht tun, wird sie so wütend sein wie ein Schwein, dem der Schwanz im Eis eingefroren ist.«

»Er wird schon tun, war getan werden muß«, sagte Winny und trat zurück. Sie hielt sich die Hand gegen die grelle Sonne über die Augen. »Für mich ist sie wie eine Tochter, verstehen Sie. Ich würde sie nicht für einen Morgen Land voll trächtiger Ziegen eintauschen.«

»Ich werde gut auf sie aufpassen«, sagte Jay.

»Dann haben wir wohl alles gesagt, was es zu sagen gibt«, sagte sie. »Wenn Sie je wieder in die Gegend kommen... also, ich wäre ziemlich aufgebracht, wenn Sie nicht vorbeischauen.«

»Sie wollen nicht zufällig heiraten, oder?« sagte er voller Bewunderung.

»Ich werde es mir noch mal gründlich durch den Kopf gehen lassen, Mr. Culhane. Das tue ich ganz bestimmt«, sagte sie.

»Tun Sie das, Miss Claiborne«, sagte er zwinkernd. »Tun Sie das.«

Im Lauf der nächsten Wochen wurde deutlich, daß Jay sich einiges vorgenommen hatte. Jennifer war ein harter Brocken. Sie ließ sich beim besten Willen in keiner Schublade unterbringen. Der Versuch, sie verstehen zu wollen, war etwa so einfach, als versuchte man, die

Farbe Rot zu hören. Es ließ sich rundum nicht machen. Und das fand Jay verblüffend, wenn nicht gar aufreizend, denn nach seinen bisherigen Erfahrungen hatten sich alle Frauen in vier grundlegende Gruppen einteilen lassen, so klar wie die Jahreszeiten. Lange Zeit hatte er sie in die jeweiligen Sparten gezwängt, und das hatte gut geklappt – das heißt, bis er Jennifer Baxter kennengelernt hatte.

Als Jay als junger Mann in Savannah gelebt hatte, war er von Frauen belagert worden. Natürlich waren ihm die Frauen willkommen gewesen, aber sie hatten gleichzeitig ein Problem mit sich gebracht, das ihm gar nicht angenehm gewesen war. Selbstverständlich wußte Jay – ebenso wie die anderen jungen Männer ähnlicher Herkunft, wenn sie noch dazu gut aussahen –, wie man Frauen glücklich machte. Aber wie Generationen von Männern vor ihnen, war es auch ihnen einfach nicht gelungen, ihre Frauen bei Laune zu halten. Mehr als einmal hatten sich Jay und sein Kreis von frechen Kerlen in Savannah von einem Kartenspiel oder vom Pferderennen abhalten lassen, um endlich die weiblichen Mysterien von Logik, Intuition und daraus gezogenen Schlußfolgerungen zu ergründen. Sie versammelten sich zwischen den Baumwollballen, die in den Speichern eingelagert waren, um das eine Thema zu durchdenken und zu diskutieren, das sie ständig im Kopf hatten: Frauen.

An einem schönen Aprilnachmittag, sonnig und so vollkommen, wie man ihn sich nur hätte wünschen können, hatte sich die männliche Jugend von Savannah wieder einmal zwischen den Baumwollballen getroffen, um ausgiebig darüber zu diskutieren. Ein alter Mann mit einem drahtigen grauen Schnurrbart und einem Gesicht, in dem mehr Weisheit als im Buch Salomon zu stehen schien, kam zufällig vorbei und vermittelte den jungen Männern eine völlig neue Sicht der Frauen.

»Frauen«, sagte er. »Also, die sind etwas ganz anderes. Und meistens werdet ihr feststellen, daß es sich mit ihnen wie mit euren vier Jahreszeiten verhält. Zu allererst kommt euer frühes Frühjahr – ihr erlebt Dinge, die einfach geschehen, wenn ihr im Schwimmbad oder auf dem Heuwagen versehentlich mit einer Frau in Berührung kommt. Das Frühjahr erfordert eine Menge Beweglichkeit. Dann kommen eure heißen Sommer. Diese Frauen sind von der Sorte, die immer nach etwas Ausschau halten – vor den heißen Sommern müßt ihr auf der Hut sein, denn sie machen euch träge, und dann schleichen sie sich heimlich ran. Ein langer, heißer Sommer kann euch mühelos aufzehren. Der späte Herbst trifft einen wie ein Schlag auf den Schädel. Wie Unkraut, das plötzlich zu blühen beginnt, kommt da dieses hübsche kleine Ding, das so dürr wie eine Bohnenstange war, und jetzt schaut ihr sie an... aber den Spätherbst will man nicht zu lange mitmachen. Da sind immer die Mama mit dem dicken Nudelholz und der Papa mit der Schrotflinte im Hintergrund. Wenn ihr das Glück habt, an einen Spätherbst zu geraten... den vergeßt ihr ganz bestimmt nicht. Ich denke bis heute an die Kleine – mein Gott! Und dann kommt noch der harte Winter. Das ist die Sorte, von der man sich fernhalten sollte... aber das tut natürlich keiner. Der harte Winter gibt einem Mann schließlich den Rest und macht ihn für alle anderen Jahreszeiten unbrauchbar. Ich bin seit nunmehr bald fünfzig Jahren mit einem solchen harten Winter verheiratet, und ich muß sagen, ganz so schlecht ist es gar nicht. Es gibt nichts Schöneres als den harten Winter, wenn er endlich auftaut.«

Nach langem Nachdenken kam Jay zu dem Schluß, Jennifer müßte der harte Winter sein. Sie hatte ihn wahrhaft für andere Frauen verdorben. Und Rand Baxter wirkte wie ein Papa mit einer Schrotflinte, der sie noch dazu zu benutzen verstand. Und außerdem mußte er zugeben, daß es nichts Schöneres als Jennifer Baxter gab, wenn sie auftaute – nichts konnte besser sein. Aber er wollte verdammt sein, wenn sie es fertigbrachte, ihm den Rest zu geben.

Es gab jedoch Zeiten, in denen er sich fragte, ob sie es nicht schon geschafft hatte. Ein paarmal hatte sie dicht davorgestanden. Aber das lag in der Natur einer Frau. Wie schon in der Bibel stand: »Auf dem Menschen lasten Schwierigkeiten, weil die Funken nach oben fliegen.« Jennifer machte ihm jedoch weniger Schwierigkeiten als auf den bisherigen Etappen der Reise.

Am Calf Creek kam es wieder zu Streitigkeiten zwischen ihnen.

Nach all dem Ärger, den sich Jennifer einhandelte, wenn sie auf Spuren von Zivilisation stießen, hatte Jay es für besser befunden, einen Bogen um Städte zu machen und das Lager im Freien aufzuschlagen. Er hatte einen hübschen, schattigen Fleck an einem kleinen Bach ausgesucht und ihr beim Auspacken der Vorräte geholfen. Jennifer war so zufrieden, daß sie sang, während sie den Speck briet.

Als Jay mit frischgefüllten Wasserflaschen vom Bach zurückkam, blieb er am Feuer stehen und beobachtete sie. »Ich dachte, du könntest nur auf einem *richtigen Herd* mit *Töpfen und Pfannen* kochen«, sagte er und warf ihr einen Wasserschlauch zu.

Sie fing ihn mit einer Hand und grinste ihn an. »Ich lerne eben schnell.«

»Ich würde eher sagen, du lügst gut.«

Sie wollte sich von ihm nicht auf die Palme bringen lassen. Aber es fiel ihr schwer. Zu gern hätte sie ihm eine gehässige Bemerkung an den Kopf geworfen, aber sie war wild entschlossen, ihm mit Freundlichkeit den Rest zu geben... wenn sie sich damit nicht vorher selbst den Rest gab.

»Wohin gehst du?« fragte sie, als Jay zu den Pferden ging und ihre Zügel nahm.

»Hier gibt es jede Menge Wild«, sagte er. »Wenn du das Kochen so gut gelernt hast, kann ich uns durch ein zartes Rückensteak besorgen.«

»Verdammt, Culhane, bleib hier!«

»Und das aus dem Mund einer Dame«, rief er über die Schulter und lachte.

»Du Mistkerl!«

Dieser Mann hatte alle Attribute eines Gentleman und war doch keiner. Es gab gewisse Regeln, an die sich ein Gentleman immer gehalten hätte, vor allem in Gegenwart einer Dame. Aber Jay kümmerte sich einen Dreck um solche Anstandsformen und fand nichts Schlimmes daran, gegen diese Formen zu verstoßen, ob Damen in seiner Nähe waren oder nicht – und er redete vor ihnen über die anstößigsten Themen. Wie zum Beispiel an dem Abend, an dem er gesagt hatte: »Kleines Mädchen, du brauchst einen Mann, der dich auf die übelste Art liebt, und zwar ganz dringend.« Als sie darauf erwidert hatte: »Auf die übelste Art? Dann sprichst du wohl von dir«, war das natürlich auch nicht allzu damenhaft gewesen.

Als sie den Speck gebraten hatte, setzte sich sich am Bach in die Blumen. Da sie genug Verstand besaß, um sich hier nicht splitternackt auszuziehen, zog Jennifer nur die Stiefel aus und setzte sich ans Ufer. Sie ließ die Füße ins Wasser hängen. Dann spritzte sie sich mit dem Wasser an wie die Vögel, wenn sie in einer Pfütze planschen, spritzte sich mal hier und mal dort naß. Als alles andere sauber war, wusch sie sich das Haar und entschloß sich, es zu einem Zopf zu flechten. Sie wollte gerade zum Lager zurückkehren, als sie ein lautes Rumpeln hörte, das sie im ersten Moment für Donnergrollen hielt, bis eine Reihe Pferde auf das Wasser zukamen. Von dort aus, wo sie stand, sah es aus, als würden etwa zwanzig Pferde von drei Männern ans Wasser getrieben. Soweit sie es erkennen konnte, würden die Pferde nicht an ihrem Lager vorbeikommen, und da sie wußte, wie unberechenbar ein Pferd sein kann, suchte sich Jennifer den nächstbesten Baum und stellte sich hinter den dikken Stamm.

Die Pferde schnaubten vor Erschöpfung. Sie mußten geschunden worden sein. Als die drei Reiter das Lager von Jay und Jennifer entdeckten, ritten sie durch den Bach darauf zu.

»He, Clark! Sieht ganz so aus, als hätte uns jemand was zum Abendessen dagelassen«, sagte der jüngste von den dreien.

»Dann sollten wie diese netten Menschen doch nicht enttäuschen, Threader. Ich sehe nur noch mal schnell nach dem bösen Pferd.«

Clark lachte. »Beecher, halt dein Gewehr parat. Wenn dieses Mistvieh wieder auftaucht, dann knall es ab. Mir ist scheißegal, was Old Man Coffer dazu sagt. Ob Vollblut oder nicht, dieser Hengst ist ein verrücktgewordener Killer.«

Der Mann, der Beecher hieß, wollte gerade sein Gewehr rausholen, doch ehe er dazu kam, kam ein wiehernder Hengst über den Hang galoppiert, raste zum Bach und fing an, die Stuten zu beißen. Clark schrie: »Schieß jetzt nicht, oder die Stuten gehen durch. Hol dir ein Lasso. Du dir auch, Threader.«

Jennifer blieb hinter dem Baumstamm stehen und beobachtete die Männer. Innerhalb von Sekunden waren sie wieder zum Bach galoppiert und schwangen die Lassos über ihren Köpfen. Zwei Männer warfen ihre Lassos um den Hals des Hengstes, Beecher erwischte seine Hinterbeine.

Es war ein prachtvolles Tier. Selbst die kleine Jennifer, die wirklich wenig von Pferden verstand, kannte Rands beste Zuchthengste gut genug, um zu beurteilen, daß dieses Pferd besser war als alles, was sie selbst zu Hause in den Ställen stehen hatten.

»Was sollen wir jetzt mit ihm anfangen?« fragte Threader.

»Diese durchgedrehte mordlustige Bestie kommt mir keine zwei Meter weit mit«, sagte Clark. Er stieg ab. »Gib mir die Peitsche, Threader.«

Jennifer zuckte zusammen, als der Mann die Peitsche durch die Luft knallen ließ. *Jay, bitte, beeil dich. Ich versuche wirklich, mir keinen Ärger einzuhandeln... aber wenn du dich nicht beeilst...*

Als der erste Peitschenhieb das Pferd in die Flanke traf, wieherte es und zerrte an dem Lasso. *Bitte, Jay...* zum zweiten und ein drittes Mal. *Entschuldige, bitte...*

Beim vierten Peitschenhieb riß Jennifer die Flinte von ihrem Sattel, und beim fünften Hieb gab sie einen Schuß ab.

»Was zum Teufel...« Clark wirbelte herum und grinste breit. »Schaut euch bloß an, was da gerade hinter dem Baum aufgetaucht ist!« Er grinste noch breiter. »Sitzen auf dem Baum noch mehr von deiner Sorte?« Als Jennifer nicht antwortete, sagte er: »Hab Geduld, kleines Füllen. Diesem Hengst haben wir gleich gezeigt, was er zu erwarten hat, und dann werden wir uns deiner annehmen.« Sein Blick glitt über sie.

Wieder ließ er die Peitsche durch die Luft sausen, und Jennifer schoß sie ihm aus der Hand. Als er die Hand zurückzog, war sie blutverschmiert. »Haltet ihr beide den Hengst fest, solange ich mich um das kleine Fohlen kümmere. Es bockt ein wenig und muß ordentlich zugeritten werden.« Er stieg ab, hielt die Hände in die Luft und ging auf Jennifer zu. »Einer Frau, die eine Flinte in der Hand hält, sollte man lieber Respekt erweisen«, sagte er und blieb wenige Meter vor ihr stehen. »Worum geht es denn eigentlich?«

»Bindet dieses Pferd los, laßt es laufen, und macht euch auf den Weg.«

»Der Hengst gehört uns.«

»Das gibt euch noch lange nicht das Recht, ihn totzuschlagen.«

»Du steckst also die Flinte weg, wenn wir den Hengst losbinden?«

»Richtig...«

Jennifer kam nicht dazu, noch mehr zu sagen, denn Clark trat mit dem Stiefel in den weichen Sand und schleuderte ihn ihr ins Gesicht. Dann stieß er sie gegen den Baumstamm und entrang ihr die Flinte. Sie rieb sich die Augen, um Clarks bedrohliches Gesicht wieder sehen zu können. »Dir werden wir noch etwas zeigen. Du weißt ja, wo eine Frau am besten aufgehoben ist... damit sie keine Scherereien macht?«

Jennifer schüttelte den Kopf.

Clark lachte. »Flach auf dem Rücken. Mit gespreizten Beinen.« Er hob die Hand und schloß sie um ihren Hals. »Stell dir das mal ganz genau vor und merk es dir, weil ich es nämlich so tun kann, daß es ganz schlimm für dich ist... aber ich kann es auch gut für dich machen. Das hängt ganz davon ab, wieviel Ärger du mir machst. Kapiert?«

Jennifer nickte und würgte fast, als sie sein Blut auf ihren Kleidern sah.

Clark wollte sich schon abwenden, doch dann fiel ihm noch etwas ein. »Ein Fohlen, das so aussieht wie du, irrt nicht allein durch die Gegend. Wo steckt dein Kerl?«

»Suchen Sie mich?« fragte eine tiefe Stimme hinter ihr.

Jennifer drehte sich um und sah gerade noch, wie Jay aus dem Gebüsch kam und seine Flinte anlegte. »Wenn ich bis drei gezählt habe, seid ihr aufgestiegen. Wenn ich bei fünf angelangt bin, solltet ihr besser auf der anderen Seite des Bachs sein, Sie und Ihre beiden Freunde.«

Clark sagte: »Hören Sie...«

»Eins...« Jay spannte den Hahn.

Clark rannte zu seinem Pferd. »Das vergesse ich nicht«, sagte er beim Aufsteigen. »Wir haben Gesetze, die uns vor Ihresgleichen schützen. Im Handumdrehen ist ein Telegramm abgeschickt, und dann haben Sie einen Marshal im Genick sitzen.«

»Jay Culhane, Deputy Marshal der Vereinigten Staaten, aus Fort Smith, Arkansas. Wenn Sie dieses Telegramm abschicken, dann können Sie Isaac Parker gleich mitteilen, daß ich diesen Job demnächst abgewickelt habe, falls mir nicht noch mehr von eurer Sorte über den Weg laufen. Zwei...«

Clark zuckte zusammen und sagte: »Jay Culhane? Sind Sie nicht der, der Blue Duck geschnappt hat?«

»Zwei- oder dreimal.«

»War Culhane nicht der, der im letzten Frühjahr Arizona Fats erschossen hat?« fragte Threader.

Clark sah erst Threader an und dann wieder Jay. »Das waren doch Sie, stimmt's?«

»Er hätte in Arizona bleiben sollen«, sagte Jay. »Drei.«

»Wir gehen. Wir gehen ja schon«, sagte Clark. »Haben Sie was dagegen einzuwenden, daß wir unsere Pferde mitnehmen?«

»Lassen Sie den Hengst hier. Die Stuten können Sie haben.«

Nachdem die Männer verschwunden waren, ging Jay auf den Hengst zu und redete leise auf ihn ein, als das Pferd sich aufbäumte. Es war jetzt nur noch mit einem Lasso an den Baum gebunden. – Clarks Lasso.

»Jay, können wir...«

»Nein«, sagte er, ehe sie den Satz beenden konnte. Dann fügte er freundlicher hinzu: »Der Hengst kommt nicht mit uns, aber ich werde ihn nicht in der Verfassung laufen lassen. Hol das Schmieröl aus meiner Satteltasche.«

»Dieses Pferd ist zugeritten worden«, sagte Jay, als er das schwarze Fett in die offenen Wunden schmierte. Der Hengst schnaubte und warf den Kopf zurück, aber er bäumte sich nicht auf.

»Woher weißt du das?«

»Siehst du diese weiße Stelle auf seinem Rücken? Dort hat ein Sattel gescheuert, und das Fell ist weiß geworden.«

»Für einen Seemann kannst du dich gut mit Pferden und Revolverhelden aus.«

»Ich bin mit Pferden aufgewachsen. Was Männer angeht – die sind alle gleich, ob Revolverhelden, Matrosen oder Marshals.« Jay wusch sich im Bach die Hände. »Wenn es dir gelingt, dich eine Zeitlang nicht in Schwierigkeiten zu bringen, gehe ich jetzt wieder zu der Stelle, an der ich das Reh liegengelassen habe, und zerlege es, falls mir die Kojoten noch nicht zuvorgekommen sind.«

»Ich bringe mich nicht in Schwierigkeiten.«

Jay warf ihr einen zweifelnden Blick zu. Dann schüttelte er den Kopf und stieg auf sein Pferd.

Nach dem Abendessen setzte sich Jay auf eine alte indianische Decke. Er reinigte seine Flinte und lud sie nach, ehe er sich seinen Revolver vornahm und die Trommel drehte, bis Jennifer kurz davor war, zu schreien. Dann stand er wortlos auf, packte seine Sachen weg, ging zum Bach und setzte sich. Nachdem er lange aufs Wasser geschaut hatte, zog er seine Stiefel und sein Hemd aus. Dann stand er auf, um seine Hose aufzuknöpfen. Er musterte sie amüsiert.

»Ich habe vor, ein Bad zu nehmen. Du kannst mit sperrangelweit geöffnetem Mund da sitzen bleiben, aber du kannst dich auch gern mit etwas anderem beschäftigen.«

»Womit zum Beispiel?«

»Du könntest das Päckchen in meiner Satteltasche auspacken. Da ist etwas für dich zum Anziehen drin. Nicht gerade das Kaliber, das du gewohnt bis, aber es ist sauberer als das, was du im Moment anhast.«

»Etwas für mich? Woher hast du...?« Sie legte die Stirn in Falten und stemmte die Arme in die Hüften. »Bist du in der Stadt gewesen?«

»Hol die Kleider, Jennifer, oder sieh dir meine nackte Rückseite an.«

»Sag bloß nie mehr, ich sei schwierig. Wenn hier jemand unausstehlich ist, dann bist du das!« sagte sie und lief zu seinen Satteltaschen. »Warum hast du mir etwas zum Anziehen gekauft?« fragte sie und widerstand der Versuchung, sich zu ihm umzudrehen.

»Es ist nicht mehr weit bis zu deiner Familie«, rief er ihr über die Schulter zu. »Ich möchte nicht, daß du dort ankommst und aussiehst, als hätte ich dich den ganzen Weg hinter mir hergeschleift.«

Sie öffnete das Päckchen und fand, wie Jay schon gesagt hatte, Sachen, die sauberer als ihre waren, aber nicht von der Qualität, die sie gewohnt war. Sie fand es dennoch rührend, daß Jay ein schmales Band aus blauem Satin für ihr Haar, eine Bürste und einen Spiegel und eine kleine Flasche Lavendelwasser erstanden hatte, nicht nur den Rock, die Bluse und die Unterwäsche. Es mochte sein, daß er sie für einen Quälgeist hielt und daß er wünschte, er hätte sie nie auch nur zu sehen bekommen. Aber als sie diese Kleinigkeiten anschaute, die auf dem zerknitterten braunen Papier ausgebreitet waren, wußte Jennifer, daß Jay Culhane zwar vieles sein mochte, daß sie ihm aber ganz bestimmt nicht gleichgültig war. Ein Mann, der sich solche Mühe machte... der einer Frau solche Dinge kaufte... ein solcher Mann mußte sich etwas aus der betreffenden Frau machen.

Als Jay zurückkam, saß sie auf der Decke und hielt das blaue Band in der Hand.

»Du kannst dich jetzt umdrehen. Ich bin von Kopf bis Fuß angezogen. Es gibt nichts Ungehöriges, was dich erschrecken könnte.«

Jennifer wollte sich nicht ansehen lassen, wie sehr ihr seine Aufmerksamkeit unter die Haut gegangen war. Sie war auf dem besten Weg, sich in ihn zu verlieben. Und das Gefühl war noch zu neu, zu ungewiß, um es zu enthüllen, viel zu persönlich, um einen anderen einzuweihen. Sie wollte nur dasitzen und sich dieses Gefühl an die Brust drücken wie eine Mutter ihr Neugeborenes, verwundert die Schönheit dessen anstarren, was in ihr selbst gewachsen war. Sie hätte seine Abweisung und seinen Spott, seine höhnischen Bemerkungen und seine hartherzige Mißachtung zarter Regungen nicht ertragen.

Sie fürchtete, sich lächerlich zu machen, wenn sie noch länger hierblieb, und daher ging sie zum Bach. Sie spülte das Blut aus ihren Kleidern und breitete sie auf einem Strauch aus. Dann nahm sie noch ein Bad, denn das Blut hatte auch ihre Haut beschmutzt. Sie zog ihr Hemd und ihren Schlüpfer an und hüllte sich in eine Decke. Dann ging sie zum Lager zurück, setzte sich und benutzte einen Zipfel der Decke, um sich das Haar zu frottieren.

Jay sah auf. »Du bist heute abend anscheinend nicht gerade zum Reden aufgelegt? Und ich dachte immer, wenn man einer Frau etwas schenkt, redet sie einem die Ohren voll.« Er breitete seine Decke aus. Im nächsten Moment lag er ausgestreckt da und hatte die Arme hinter dem Kopf verschränkt, die Augen geschlossen.

Jennifer konnte den Blick nicht von ihm losreißen. Er wirkte unglaublich groß, als er so lang und schlank und durch und durch männlich dalag. Sein Bauch war flach, seine Arme waren schmal, aber sie konnte sich genau erinnern, wie kräftig er war. Sein Gesicht und seine Hände waren so braun – es fiel ihr nicht leicht zu vergessen, wie sich sein übriger Körper im Vergleich dazu ausnahm. Die Erinnerung daran ließ sie den Blick abwenden.

Er murmelte einen Fluch und setzte sich auf. Er schnallte seinen Revolvergurt ab und reinigte die Waffen. Schweigen stieg um sie auf wie Rauch aus einem Feuer. Sie griff nach einem Zweig und malte eine Landkarte von Texas, mit einem Punkt für Weatherford und einem für Brownsville. Dort, wo Mexiko gelegen hätte, machte sie einen Punkt für Agua Dulce. Am Rio Grande kam noch ein Punkt für

El Paso dazu, und mit einem letzten kennzeichnete sie den Ort, an dem sie jetzt ihr Lager aufgeschlagen hatten. Es war immer noch ein weiter Weg, bis sie zu Hause war.

Wie so oft schweiften ihre Blicke ganz von allein wieder zu ihm. Sie sog alle Einzelheiten seines Körpers in sich auf, als sei das ihre Lieblingsbeschäftigung. Es kam ihr vor, als würde sie ein Buch zum zweiten Mal lesen – so viele Neuentdeckungen waren noch zu machen, alles, was ihr beim ersten Mal entgangen war. *Ich könnte den Rest meines Lebens damit zubringen, ihn zu betrachten, ohne je seine ganze Schönheit und all seine Geheimnisse zu ergründen.* Er war wie der gezackte Gipfel eines wolkenverhangenen Berges. Fest... widerstandsfähig... geheimnisumwoben... stumm... Inspiration für tausend Dichter, Ziel für hundert Expeditionen, Thema für ein Dutzend Gemälde.

Er weckte eine unbändige Zärtlichkeit in ihr, von der sie vermutete, daß schon allein sein Anblick sie auslöste. Aber sie haßte seine Unnahbarkeit. Sie wurde immer sicherer, daß sie ihn wirklich liebte. Sie wollte es nicht. Sie wollte diese Anhänglichkeit nicht, sich nicht wie ein herrenloser Köter an seine Fersen heften und sich damit begnügen, daß ihr gelegentlich ein Brocken vorgeworfen wurde, sich auch nicht mit belustigten Blicken und einem gelegentlichen Tätscheln ihres Kopfs zufriedengeben.

Jay beobachtete sie aus dem Augenwinkel und wußte, daß sie im Moment ganz weich und weiblich war. Sie sah aus, als würde sie gleich wegen dieser verfluchten Haarschleife weinen. *Du elender blöder Hund*, sagte er zu sich selbst. *Du wußtest, was passieren wird, als du all dieses Zeug gekauft hast. Noch ein bis zwei Minuten, und du wirst dich echt lächerlich machen.*

Er empfand etwas für sie, und er hätte gelogen, wenn er behauptet hätte, seine Gefühle für sie seien nicht tief. Er machte sich viel aus ihr. Er glaubte nicht, daß es sie überrascht hätte. Inzwischen kannte sie ihn gut genug – vermutlich sogar besser als jeder andere. Und er kannte sie gut genug, um zu wissen, daß sie nicht schüchtern oder furchtsam oder auch nur verlegen war. Sie war sehr direkt, und gewiß akzeptierte sie ihre Gefühle, die sie als echt erkannte. Also, was zum Teufel lief schief? Er empfand doch auch etwas. Gehörte es nicht zu den Dingen, die ihn an ihr reizten, daß sie ihre Gefühle so aufrichtig äußerte? Er hatte sich geschworen, nie wieder einer Frau solche Gefühle entgegenzubringen. Aber er tat es. Und er nahm an, daß sie wahrscheinlich ebenso für ihn empfand. Aber sie wollte ihn nicht damit belasten, denn dazu war ihr all das noch viel zu neu. In dem Punkt war sie sehr zurückhaltend.

Er betrachtete sie noch eine Weile, bis sie sich mit dem Handrükken über die Augen fuhr und sich dann mit bestürzter Miene im Dunkeln umsah, und der unschuldige Blick in ihren weitaufgerissenen Augen zwang ihn wie immer in die Knie. Er wartete, bis sie die Haarschleife weggesteckt und sich hingelegt hatte. Dann stand er auf und ging zu ihr. Sie mußte ihn gehört haben. Sie wußte, daß er dastand. Und er war sich im klaren, daß er jetzt etwas tun mußte.

Er sank auf die Knie und legte sich neben sie. »Jenny...« sagte er und breitete die Arme aus, in die sie sich sofort schmiegte.

»Ich liebe dich, Jay«, sagte sie und weinte an seinem Hemd.

»Das weiß ich, Liebling. Ich weiß.«

»Ich will nicht in dich verliebt sein. Ich will im Moment in gar niemanden verliebt sein.«

»Ich weiß, aber das sind Dinge, die wir nicht planen können. Es passiert, ob wir nachhelfen oder nicht.«

»Ich bin nicht...«

»Jennifer«, flüsterte er, »du redest zuviel.« Er fand ihren Mund, und seine Hände fanden ihre Brüste – ihre wunderschönen, vollkommenen Brüste –, und er stieß einen Seufzer der Erleichterung aus. Ihr Haar schmiegte sich seidig und kühl an sein Gesicht, und ihr Hals war feucht und warm. Er küßte ihren Hals.

Feucht und warm, genauso hatte er sie am klarsten in Erinnerung.

Er küßte sie – anfangs fast, als wollte er sich bei ihr entschuldigen, doch als er dann spürte, wie seine eigene Gier beantwortet wurde, verlor er sich ganz in ihrer Wärme. Er wollte sie jetzt, genauso wie sie war. Er schloß die Augen und malte sich aus, wie es wäre, zu sehen, wie sie ihn aus ihren großen lavendelfarbenen Augen ansah, während er in sie drang. Er stöhnte, als er sich vorstellte, wie sich diese Augen schließen würden, wenn sie ihre langen Beine um seine Hüften schlang.

»Jay?« flüsterte sie.

»Was ist?«

»Warum hast du mir nicht gesagt, daß du verheiratet bist?«

»Ich bin nicht verheiratet.«

»Aber du hast doch gesagt...«

»Ich weiß, was ich gesagt habe. Ich habe gesagt, daß die Frau, nach der du mich gefragt hast, meine Ehefrau war. War, Jennifer, war.«

»War«, wiederholte Jennifer.

»Richtig«, sagte Jay.

Er dachte immer noch an die Worte, die sie gesagt hatte. Es überraschte ihn nicht, daß sie ihn liebte. Den Verdacht hatte er schon seit einer ganzen Weile. Aber sie war eine stolze Frau. Er wußte, was es sie gekostet hatte, ihm ihre Gefühle zu bekunden. Daher fragte er sich jetzt, was er für sie empfand.

Liebe war es natürlich nicht, das wußte er selbst – und er war dankbar, von dieser lähmenden Krankheit verschont zu sein. Nein, er liebte sie nicht, aber viele Facetten der Liebe spielten mit hinein – nur nicht ganz so intensiv. Ein Brillant anstelle eines Diamanten erster Güte.

Er zuckte zusammen, als sie ihn zwickte und ein tiefes Lachen in sein Ohr drang. Er sah sie an und war begeistert von ihren strahlenden Augen, von den Worten, die wie ein fröhliches Kichern aus ihr heraussprudelten. »Einen Moment lang habe ich geglaubt, du seist tot. Ich wollte nur sehen, ob ich dir ein Lebenszeichen entlocken kann.«

»Schau mich weiterhin so an, und du kannst dich darauf verlassen.«

»Ach?« sagte sie und zwickte ihn noch einmal.

»Wenn du es unbedingt so haben willst«, sagte er und rollte sich auf sie, ehe er sie kniff. Sie quietschte und fing an zu lachen, während sie versuchte, ihn noch einmal zu zwicken, doch er hielt ihre Hände fest. Plötzlich verstummte sie und hielt still. Er musterte sie prüfend, und das Lachen wich aus ihrem Gesicht.

»Erzähl mir mehr über dich... deine Vergangenheit... deine Frau... deine Familie.«

Jay schloß die Augen. Auf diese Frage war er schon seit einer Weile vorbereitet. Im Grund genommen überraschte es ihn sogar, daß sie sich so lange Zeit damit gelassen hatte. Er wußte, daß sie ihn beobachtete und von ihm erwartete, daß er ihr sagen würde, was sie wissen wollte. »Da gibt es nicht viel zu erzählen.«

»Dann wirst du ja nicht lange dafür brauchen.«

Eine Zeitlang sagte er gar nichts. Daran hatte sie sich bei ihm schon gewöhnt, und es machte ihr weniger aus als am Anfang. Sie wartete noch einen Moment, und als er stumm blieb, tat sie, was sie bei ihm so oft tat: Sie begann eins dieser einseitigen Gespräche, die ihn um den Verstand brachten. Wenn sie ihn nicht motivieren konnte, mit ihr zu reden, konnte sie ihn auf die Art dazu drängen.

»Du bist nicht aus dem Meerschaum geboren, und du bist nicht ausgewachsen dem Kopf des Zeus entsprungen, und daher mußt du Eltern gehabt haben, Jay. Wie hieß deine Mutter mit Vornamen?«

»Was ändert das schon?«

»Sag es mir... bitte.«

Bitte. Er konnte sich nicht erinnern, dieses Wort schon einmal aus ihrem Mund gehört zu haben.

»Bitte, Jay.«

»Jessamine.«

Sie lächelte triumphierend. »Jessamine... ein hübscher Name.«

»Sie war auch hübsch.«

Er hatte sich jetzt umgedreht und sah sie mit einem seltsamen Gesichtsausdruck direkt an – matt, belustigt und gereizt zugleich, ein Ausdruck, der gleichzeitig eindringlich und unpersönlich war, als warnte er sie, daß es immer Dinge geben würde, die er für sich behielt, auch, wenn er ihr noch soviel verriet.

Sie plapperte vor sich hin, schilderte ihm, wie sie sich seine Eltern vorstellte, stellte Fragen, wartete auf sein Schweigen und köderte ihn dann, bis er ihr erzählte, was sie wissen wollte. Das Mädchen war unfaßbar verführerisch, geistreich, bezaubernd und betörend, und sie hatte ihren ganz eigenen Charme. Seine gewaltsam auferlegte Enthaltsamkeit wurde von einem immer heftigeren Verlangen verdrängt. Sie war so provozierend, aufrüttelnd und erregend wie der ungehinderte Anblick einer nackten Frau.

»Erzähl mir von deiner Frau.«

Sein Körper spannte sich wie eine Feder. »Hör auf damit, Jennifer.«

»Rede mit mir, Jay.«

Er schloß die Augen. Als er sie wieder öffnete, verletzte es sie, daß er den Blick abgewandt hatte. Sachte legte sie die Hand auf seinen Arm. »Bitte.«

Er legte seine Hände seitlich an ihren Kopf, preßte sie auf ihre Ohren, zog sie an sich und küßte sie. Ihre Hand schloß sich fester um seinen Arm. Sein Kuß war frei von Hingabe, schon fast gebieterisch. Es war verletzend, daß er sie so kühl und technisch vollkommen und ohne jedes Gefühl küßte. Sie wehrte sich und wünschte nur noch, er würde aufhören.

Er riß den Kopf zurück und sagte streng und teilnahmslos: »Das sollte dich lehren, wozu dein Mund da ist.«

Sie gab ihm eine Ohrfeige. »Und das sollte dich lehren, wozu meine Hand da ist.«

Er ließ sie abrupt los und wandte sich von ihr ab. Dann sprang er schnell auf. Er trat ans Feuer und ging in die Hocke, um die Kohlen zu schüren, ehe er noch ein paar Scheite nachlegte. Er drehte sich zu ihr um, und sie erhaschte einen Blick auf den Revolverhelden in ihm. Ihr Mund wurde trocken. Einen Moment lang spürte sie, wie es sein mußte, ihm im Duell gegenüberzustehen.

Er schaute sie lange an, und sie war wild entschlossen, nicht als erste den Blick abzuwenden. Sie fragte sich, wie lange sie ihn noch so anschauen konnte, ehe sie anfing, laut zu schreien. Er stand im Feuerschein und trat vor wie Satan aus den Flammen. Ein Kloß bildete sich in ihrer Kehle, als Jennifer ihn auf sich zukommen sah.

Langsam und stetig und ohne die anmutigen Bewegungen eines Mannes, der schon viel im Sattel gesessen hatte, kam er näher. Sein Gesicht war teilnahmslos, sein Mund grimmig und schmal, seine Lippen nicht mehr als ein Pinselstrich auf einem maskulinen Gesicht, das eine beunruhigende Faszination ausübte.

Er war ein Mann, der einen verführerischen Charme ausströmte wie eine Blume ihren Duft, süß und stark. Seine atemberaubende Männlichkeit und sein enormer Charme wirkten zerstörerisch wie ein tödliches Gift. Männer wie er machten mit ihrer unerschöpflichen Potenz eine Eroberung nach der anderen, und sowie eine Verführung gelungen war, zogen sie weiter.

Jetzt konnte sie es ihm irgendwie ansehen, diese unerschöpfliche Potenz, die sich die Frauen nicht entgehen lassen wollten. Er kam auf sie zu, blieb dicht vor ihr stehen und ließ sich dann neben ihr fallen.

»Ich bin…« setzte sie an.

»Sei still.«

»Aber…«

»Willst du mich küssen oder mit mir reden?«

Sie schloß den Mund.

»Intelligente Frauen mochte ich schon immer«, sagte er. Er drehte sich um und zog sie auf sich. Ihr Haar fiel ihm ins Gesicht. Er grub seine Finger in ihr Haar, zog sie näher an sich, küßte sie, bis ihre Lippen sich öffneten, und streichelte ihren Rücken.

»Wenn ich dich berühre, finde ich immer einen Teil meiner selbst. Hab keine Angst vor mir, Jenny.«

»Ich habe keine Angst«, sagte sie und stieß ihn auf die Decke zurück. Sie ließ einen Schauer von Küssen auf sein Gesicht regnen. Zum ersten Mal nahm sie sich diese Freiheit heraus – ihn zu küssen, ihn zu berühren, die Initiative zu ergreifen und sich frei und ungehemmt zu benehmen. Seine Hand spielte mit einer ihrer dunklen Locken. »Ein Mann hat keine Chance«, sagte er übertrieben matt. »Wenn ihn der Teufel nicht kriegt, dann schnappt sich ihn eine Frau.«

Ihre Augen funkelten schelmisch, als sie ihn nachahmte und eine seiner Locken um ihren Finger drehte. »Dann hast du also verloren?«

»Nur eine kleine Schlappe, mehr nicht.« Er drehte sich mit ihr um, bis sie unter ihm lag, und dann setzte er sich hin.

Sie empfand den Verlust seiner Nähe so deutlich wie den kalten Luftzug, wo gerade noch sein warmes Gewicht gelegen hatte.

»Schlaf jetzt.«

»Ich bin nicht müde.«

»Stell mir keine Fragen mehr.«

Sie legte sich bequem hin und schloß die Augen. Er schaute noch eine Zeitlang ins Feuer und dachte so intensiv nach, daß er fast vergessen hätte, daß sie neben ihm lag. Als er sich zu ihr umdrehte, schlief sie. Sie lag auf dem Rücken, und ihr langes Haar fiel um ein Gesicht, das aus edlem Porzellan zu sein schien. Sie wirkte zart und zerbrechlich. Und sie war still.

Kurz vor der Morgendämmerung erwachte er und stellte fest, daß sie sich wie ein weiches, warmes, kleines Kätzchen an ihn geschmiegt hatte. Er löste die langen Haare aus ihren Wimpern, die sich dort verfangen hatten. Nie hatte er solche Wimpern gesehen, schwarz und geschwungen und kokett, selbst dann, wenn sie die Augen geschlossen hatte. Und dieser Mund, so voll und üppig und einladend.

Dieser Anblick... ihm war, als braute sich in ihm ein Sturm zusammen. Er empfand sie in diesem Moment wie eine Besessenheit, die jeden seiner Gedanken und jede seiner Taten bestimmte und seinen Kopf, sein Herz und seine Sinne beherrschte.

»Du kleine Verführerin«, flüsterte er. Ehe er wußte, was er tat, lag er auch schon auf ihr und fuhr den Umriß ihrer Lippen zart mit seiner Zunge nach. Sie seufzte schläfrig und bewegte sich unter ihm. Flammen verzehrten ihn, und das Blut brannte in seinen Adern. Er konnte sich nicht zurückhalten, den Wahnsinn nicht abschütteln, der ihn gepackt hatte und ihn trieb, wie unter Zwang der mysteriösen Macht seiner Begierde nachzugeben, sie zu erkennen. Seine Leidenschaft steigerte sich, und er schmiegte sein Gesicht zwischen ihre Brüste und berührte ihre weiche Wärme, ehe er die Bänder ihres Hemdes löste.

Sie war so süß und so frisch wie die Nachtluft unter seinen Küssen. Blut schoß ihm in den Kopf und rauschte in seinen Schläfen. Dieser Rhythmus teilte sich pulsierend in seinen Küssen mit. Sein Erstaunen darüber, sie jetzt in den Armen zu halten, nachdem er so lange auf sie gewartet hatte, überwältigte ihn. Der Triumph ließ ihn beben, während weißglühendes Verlangen ihn durchzuckte. Er wollte sie überall berühren, ihren Körper ganz und gar erkunden und sie immer wieder anfassen, bis sie feucht war und ihn um Erlösung anflehte.

Sie schien ihm schon immer ein wenig voraus gewesen zu sein, wie ein Sonnenstrahl, der auf dem Wasser tanzt, lockend und voller Versuchung und gerade außer Reichweite. Bis jetzt. Jetzt glühte sein ganzer Körper vor Leben, und er hatte das brennende Verlangen, sich mit ihr zu vereinen, und dieser Funke wurde noch mehr angefacht, als sie wimmerte und die Augen aufschlug.

»Jay«, flüsterte sie, und in dem Moment wußte er, daß es nur eine einzige Jenny und nur eine einzige Form von Liebe gab. Aber, ach, er war schon auf Tausende von Imitationen gestoßen. Die Wahrheit dieser Erkenntnis traf ihn wie ein Pistolenschuß. Sie sah ihn an. Er konnte sich nicht rühren, als sei er bis ins Mark gelähmt, und seine Seele verzehrte sich vor Gier. Und ihre Augen, die die Farbe von Veilchen im Regen hatten, waren immer noch auf ihn gerichtet.

Als er sie ansah, stand in seinen Augen eine herzerweichende Zärtlichkeit.

Plötzlich fühlte sie sich unmäßig verliebt. Sie spürte es: Sie liebte. Ein erstes scheues Flattern regte sich in ihrem Herzen. Sie hatte sich immer gefragt, wie es wohl sein würde, und sie hatte sich vorgestellt, daß es mit der Heftigkeit eines Sturms einsetzt und mit der Intensität eines Blitzes einschlägt. Aber all das war falsch. Die Liebe war eine zartere Angelegenheit, ein sachtes Gefühl, von der Leichtigkeit, mit der man atmete, und genauso selbstverständlich erschien es einem auch. Sie spürte einen vollkommenen inneren Frieden, der wie ein Brunnen in ihr strömte, und ihre Lippen begannen zu beben. Sie schmiegte sich noch enger an ihn, und jede Vorsicht, jede Zurückhaltung war aus ihr gewichen. »Ich finde es schön, mit dir zu schlafen.«

Die Worte trafen Jay wie ein Schlag. Zarte Worte. Die zarten Worte einer Frau. Das war es, was er mehr als alles andere fürchtete. Der Klang dieser Worte konnte die Flüssigkeit aus einem Pfannkuchen pressen. Er wollte gar nicht erst darüber nachdenken, was diese Worte einem Mann antaten. Er hatte keine Zeit und keinen Platz für eine Frau in seinem Leben, wenn er sich auch noch so sehr nach ihr verzehrte.

16

Am nächsten Tag erreichten sie naß, müde und schlammbespritzt Stephenville. Vor etwa einer Stunde hatte es aufgehört zu regnen, und die Sonne war herausgekommen, aber die Luft war noch so feucht, daß die Sonne wenig Wirkung an ihren nassen Kleidern tat. Sie kamen an der Methodistenkirche auf der linken Straßenseite vorbei, auf deren Kirchturm drei junge Männer neue Dachziegeln anbrachten. Beidseits der Straße standen ein paar Häuser, einige aus Kalkstein, aber die meisten ordentlich getünchte Schindelbauten mit großen, breiten Veranden und gepflegten Gärten.

Die Straße trocknete schneller als ihre Kleider, aber das Wasser stand noch in den tiefen Rinnen, die die Wagen in der Straße hinterlassen hatten, und die Pferde kamen in dem Matsch nur schwer voran. Sie ritten an einem Hotel vorbei, und Jennifer fragte sich, wohin sie wollten, doch sie hatte gelernt, daß sie sich den Atem sparen konnte, wenn Jay zum Schweigen aufgelegt war. Sie hatte ohnehin nicht die Energie, auch nur von ihrem Pferd abzusteigen. Als sie den Saloon passierten, vertrieben ein paar Pferde, die dort angebunden waren, mit den Schwänzen Fliegen, und ein übellauniger Gescheckter schlug mit einem Hinterbein aus und traf Jennifers Braunen in die Flanke. Der Braune brüllte fast wie ein angestochenes Schwein. Und dann brach die Hölle los. Jedes Pferd im Umkreis von sechs Metern legte die Ohren an und verrollte die Augen, und dann fingen sie an, sich aufzubäumen und um sich zu treten. Jennifer bekam von diesem Tumult natürlich nicht viel zu sehen, da ihr Pferd schnaubend lospreschte.

Sie klammerte sich an der Mähne fest und fürchtete sich so sehr, daß sie selbst dann noch nicht losließ, als Jays Arm sich um ihre Taille legte. »Laß um Gottes willen endlich los!« schrie er, und sie wurde aus dem Sattel gezogen. Ihre Füße baumelten über dem Boden, als Jay dicht an den Bürgersteig ritt und sie abstellte.

»Ich komme gleich wieder«, sagte er und ritt los, um ihr Pferd wieder einzufangen und es zum Mietstall zu führen. Jennifer machte kehrt und betrat das schlechtbeleuchtete Hotel. Sie fand einen Roßhaarsessel, ließ sich fallen und schloß die Augen.

Zwei Stunden später lag Jennifer in einem quietschenden Bett in einem recht kärglich eingerichteten Hotelzimmer und versuchte einzuschlafen. Sie hatte sich den ganzen Tag schon elend gefühlt und einen dumpfen Schmerz im Unterleib verspürt. Beim Baden war es schlimmer geworden. Als sie sich bereit gemacht hatte, um ins Bett zu gehen, hatte ihre Blutung eingesetzt. Sie wußte, was das hieß. Die nächsten fünf Tage würden furchtbar werden. Sie schloß die Augen.

Ein Klopfen an der Tür weckte sie. »Geh weg.«

»Jennifer, mach die Tür auf.«

»Ich ruhe mich aus.«

»Mach diese gottverdammte Tür auf, oder ich trete sie ein«, brüllte Jay.

Sie schleppte sich mühsam zur Tür, zog den Riegel zurück und eilte zum Bett zurück. Mit einem Satz lag sie wieder da und zog sich die Decke bis unter das Kinn. Die Tür ging auf. Jay trat ein. Die Tür schloß sich.

»Ich habe eine geschlagene Stunde auf dich gewartet. Wir wollten uns unten treffen und zu Abend essen, für den Fall, daß du es vergessen hast. Und es sieht ganz so aus, als hättest du es vergessen.«

»Ich habe dem Zimmermädchen eine Nachricht an dich gegeben, als sie das Badewasser gebracht hat. Es tut mir leid, wenn du sie nicht bekommen hast.«

»Mir auch. Und jetzt steh auf, und zieh dich an. Wir haben nur noch eine Stunde Zeit, ehe geschlossen wird.«

»Ich habe keinen Hunger.«

»Jennifer...«

»Jay, ich fühle mich nicht gut. Bitte. Laß mich nur einfach in Ruhe. Das mit dem Abendessen tut mir leid. Wirklich.« Sie drehte sich um und preßte ein Kissen an sich. »Ich habe dir eine Nachricht geschickt.«

Die Matratze senkte sich unter seinem Gewicht, als er sich neben sie setzte und eine Hand auf ihre Schulter legte. »Was fehlt dir? Brauchst du einen Arzt?«

Ohne sich zu ihm umzudrehen, antwortete sie: »Nein. Es geht nicht um Leben und Tod. Das wird schon wieder. Ich fühle mich nur einfach elend. Wenn ich heute nacht gut und lange schlafe, bin ich wieder in Topform.«

Er drehte sie flach auf den Rücken, stemmte seine Arme beidseitig von ihr auf die Matratze und schaute in ihr blasses Gesicht. Er legte eine Hand auf ihre Stirn. Kein Fieber. »Hast du Kopfschmerzen?«

»Nein.«

»Fühlst du dich, als müßtest du dich übergeben?«

»Nein.«

»Fieber hast du auch nicht.«

»Wie schön.«

»Wo hast du Schmerzen?«

Sie versuchte, sich wieder abzuwenden, aber er hielt sie fest. Sie schloß die Augen. »Jay... so glaube mir doch. Ich fühle mich nicht gut. Bitte. Keine Fragen mehr. Ich will mich ausruhen.«

Ihr Gesicht war jetzt rosig, und er fragte sich, ob sie nicht vielleicht doch ein Fieber ausbrütete. Sie sah nicht allzu schlecht aus, aber er hatte schon öfter gesehen, daß Krankheiten die Leute schleichend befielen. Er beschloß den Arzt zu holen.

»Ich lasse den Arzt kommen.«

»Nein!«

»Jennifer...«

»Ich brauche keinen Arzt.«

Er lächelte und strich ihr mit den Knöcheln über die Wange. »Schon gut. Dann hole ich eben meinetwegen den Arzt. Ich fühle mich wohler, wenn er dich untersucht hat.«

»Warum kannst du es denn nicht verstehen? Bist du begriffsstutzig?« Ihre Brust hob und senkte sich immer schneller, und ihr Gesicht war jetzt stark gerötet.

Er setzte sich auf. »Ich bin gleich wieder da. Mit dem Arzt.« Er stand auf und ging zur Tür.

»Jay! Bitte nicht.« Er machte die Tür auf. Sie konnte nicht glauben, daß jemand so dickschädelig sein konnte. »Bitte«, krächzte sie und spürte, daß sie glutrot wurde. »Ich habe meine Periode. Bitte...«

Jay erstarrte mit der Hand auf dem Türknopf. Dann ließ er die Stirn gegen die Tür fallen und schlug sie drei- oder viermal gegen das Holz. Wie konnte er nur so dumm sein! Er hätte es sich denken können. Er hätte es wissen müssen. Eine Woge von Zärtlichkeit stieg in ihm auf. Leise schloß er die Tür und drehte sich wieder zum Bett um. Sie lag jetzt auf der Seite, und ihr Gesicht war in dem Kissen vergraben, das sie an sich preßte. Er setzte sich auf ihr Bett und legte noch einmal die Hand auf ihre Schulter. »Jennifer...«

Sie fürchtete, an dieser Demütigung zu ersticken, und daher flüsterte sie: »Bitte, geh. Ich möchte allein sein.«

»Kann ich dir irgend etwas besorgen?«

»Nein.«

Er zog die Decke etwas höher über sie und stopfte sie unter ihre Schultern. »Brauchst du noch eine Decke?«

»Nein, mir fehlt nichts.«

»Ist es dir zu kalt? Möchtest du, daß ich das Fenster zumache?«

»Nein. Es ist alles in Ordnung.«

»Vielleicht ein Glas warme Milch?«

Sie würgte fast. »Nein. Danke. Bitte, geh.« Sie hörte ihn seufzen. Seine Hand ließ ihre Schulter los. Das Bett hob sich, als er aufstand. Sie zählte seine Schritte bis zur Tür. Stille. Sie wartete darauf, daß sie hörte, wie die Tür geöffnet und geschlossen wurde. Stille. Schließlich hob sie den Kopf und sah nach. Jay stand mit dem Rücken zu ihr da, hatte die Arme an die Tür gestemmt und den Kopf zwischen die Schultern sinken lassen. Ehe sie etwas sagen konnte, drehte er sich um und sah, daß sie ihn aus weitaufgerissenen Augen anstarrte. Ihre Augen wurden kleiner und schlossen sich dann, als eine schmerzverzerrte Grimasse ihr hübsches Gesicht entstellte. Als der Schmerz nachließ, öffnete sie die Augen, und da sie wußte, daß er es gesehen hatte, strömte die Farbe wieder in ihr Gesicht. Sie wirkte hilflos, nahezu verzweifelt. Zum ersten Mal erlebte er, daß sie sich nicht zur Wehr setzen konnte. Er fühlte sich innerlich zerschmettert.

Sie stöhnte und wandte sich ab. »Kann ich denn nirgends meine Ruhe haben? Schreckst du denn vor gar nichts zurück? Siehst du denn nicht, wie es mir geht? Verschwinde!«

»Ich kann nicht«, flüsterte er niedergeschlagen.

Sie hörte, wie er sich bewegte, spürte, wie die Matratze nachgab, zuckte zusammen, als er ihren Arm berührte. »Ich kann dich so nicht allein lassen... mit diesen Schmerzen. Sag mir, was ich für dich tun kann.«

Sie sagte kein Wort.

»Ist das schon öfter passiert?«

Gott im Himmel! Warum kann er mich denn nicht in Ruhe lassen?

»Ja, du Dummkopf. Das passiert jeder Frau... und zwar *häufig.*«

»Ich rede von den Schmerzen. Treten sie oft auf... ich meine, jedesmal?«

»Nein. Nicht immer«, sagte sie stöhnend.

»Wenn du Schmerzen hast, was tust du dann normalerweise... gegen die Krämpfe, meine ich?«

»Das Übliche... wahrscheinlich dasselbe, was deine Frau auch getan hat.«

»Meine Frau hat nie... das heißt, wenn ja... ich war nicht allzu lange verheiratet«, sagte er.

Ihr Seufzen klang matt. »Manchmal hilft Whisky. Ein Schluck Whisky mit Honig und Zitronensaft.«

Sein Seufzen klang erleichtert. »Ich bin gleich wieder da.«

Er hielt Wort, und daher schien es, als hätte sie kaum die Augen geschlossen, als er sie auf den Rücken drehte und ihr das Gebräu mit einem Löffel einflößte. Nach fünf oder sechs Löffeln sagte sie: »Das reicht.«

Er legte den Löffel hin und nahm ein feuchtes Tuch zur Hand. Damit wischte er ihr das Gesicht ab. »Das brauchst du nicht zu tun«, sagte sie und spürte, wie sich ihr Gesicht schon wieder rötete. »Ich liege nicht im Sterben.«

Er lächelte. »Ich weiß. Aber ich... ich bin hier, weil ich dir helfen *möchte,* Jennifer.«

Sie wandte sich wieder von ihm ab und schloß die Augen. Er strich ihr mit der Hand über den Rücken und fühlte sich hilflos und ohnmächtig. Er fragte sich, ob es anderen Männern auch so erging. Das hier und die Geburt eines Kindes, dachte er, machten einen Teil des Mysteriums einer Frau aus, diese seltsame Verbindung ihrer Sexualität und ihrer Mutterschaft, Zeiten, zu denen ein Mann wirklich ein Ausgestoßener ist, den die Frau blind und manchmal verlegen anschaut. Auch wenn er Jennifer entjungfert hatte, war das hier ein Teil ihrer selbst, ein Symbol der Weiblichkeit, an dem kein Mann rühren konnte, und es war nur um so mysteriöser, weil es kein männliches Gegenstück dazu gab.

Es war dunkler im Zimmer, als sie hörte, wie er ihren Namen rief, und spürte, daß er ihren Kopf hoch hob und den Löffel an ihren Mund führte. »Du hast ein bißchen geschlafen, aber jetzt wirst du ständig unruhiger. Fühlst du dich ein wenig besser?«

Sie nickte, weil sie mit dem Löffel im Mund nichts sagen konnte. Sie schluckte, schnitt eine Grimasse und sah, daß er sie anlächelte.

»Ich möchte, daß du diesmal etwas mehr nimmst. Damit du ruhiger wirst.«

Schließlich stieß sie seine Hand fort. »Ich will nichts mehr davon.«

»Kann ich dir irgend etwas...«

»Ich will nichts haben. Keine warme Milch. Keinen Tropfen Whisky mehr. Keine weiteren Decken. Ich will nur...« Sie wandte sich ab und preßte das Kissen an sich. Da er nicht wußte, was er sonst hätte tun können, strich er ihr noch lange mit der Hand über den Rücken. Dann stand er auf und zog seine Stiefel aus. Er legte sich neben sie, nicht weit von ihrem Rücken, und sein Arm schlang sich um ihre Taille. Eine Weile später, als er gerade eingenickt war, drang ihre Stimme zu ihm durch.

»Kannst du mich im Arm halten?«

»Ich halte dich im Arm.«

»Unter der Decke.«

Er wollte ihr sagen, daß er das für gar keine gute Idee hielt, doch seine Hand hatte die Decke schon zurückgezogen. »Komm her«, sagte er, und sie preßte sich an ihn, spürte, wie sich seine Arme um sie legten und seine Hand ihren Kopf an seine Brust zog. Er strich über ihr Haar, und seine Lippen drückten sich zart an ihren Kopf.

»Ich glaube, ich bin betrunken.«

»Hast du starke Schmerzen?«

»Nein.«

»Dann freut es mich, daß du betrunken bist.«

»Mich auch. So fühle ich mich gleich unendlich viel wohler«, sagte sie und seufzte leise.

»Es freut mich, daß du das so siehst«, sagte er. »Was mich angeht, ich bin ein absolutes Wrack.«

»Ich glaube nicht, daß dagegen Honig und Whisky helfen«, sagte sie.

»Das glaube ich auch nicht.«

Eine Zeitlang sagte keiner von beiden etwas.

»Schläfst du?«

Er lachte leise. »Jetzt nicht mehr.«

»Findest du mich hübsch?«

»Fragst du das, oder ist das der Whisky?«

»Wir beide, glaube ich.«

»Ja«, sagte er und atmete tief aus. »Du bist hübsch. Du bist sogar sehr schön. Ich glaube allerdings, das habe ich dir schon einmal gesagt.«

»War deine Frau hübsch?«

Stille. Dann krächzend: »Ja.«

»Hübscher als ich?«

Er streichelte immer noch ihr Haar. »Nicht hübscher. Anders.« Er unterbrach sich. »Aber selbst, wenn man bedenkt, daß du ein völlig anderer Typ bist, besteht kein Zweifel. Du bist fraglos hübscher als Milly. Aber was ist Schönheit schon? Sie existiert nur im Auge dessen, der sie wahrnimmt. Frag eine Kröte, was schön ist... und der Kröterich wird dir antworten, schön sei ein Weibchen mit zwei großen Augen, die aus dem Kopf herausquellen, mit einem breiten Mund, einem gelben Bauch und einem braunen Rücken.«

Sie versetzte ihm einen leichten Hieb gegen die Brust. »Solche Dinge solltest du nicht zu einer kranken Frau sagen.«

»Das habe ich nicht gesagt, sondern Voltaire.«

Selbst in dem schwachen Licht konnte sie sehen, wie spöttisch sein schöner Mund verzogen war. »Du bist ein gutaussehender Mann, Culhane, aber ich glaube, du trinkst aus einem Strohhalm mit dem Teufel.«

»Allzu gut kann ich deiner Meinung nach kaum aussehen, wenn du mich mit dem Teufel vergleichst.«

»Du hast mich mit einer Kröte verglichen.«

»Das war etwas ganz anderes. Ich habe einen Dichter zitiert.«

»Oh.« Sie dachte einen Moment nach und flüsterte dann: »›Seine Jacke war rot, seine Hose war blau, hatte hinten ein Loch, wo der Schwanz rausgeschaut.‹«

Er lachte herzlich und küßte sie aufs Haar, während er sagte: »Für eine Betrunkene war das schnell gedacht, aber Dichtung wird es davon auch nicht.«

»Das ist von Coleridge.«

»Du scheinst Gedichte zu mögen.«

»Mhm.«

Er zog ihren Kopf zurück und sah sie an, und sie fragte: »Was tust du da?«

»Etwas, was dir wahrscheinlich nicht gefallen wird, da du lieber Whisky trinkst und Gedichte aufsagst.« Er rieb seine Wange an ihrer, und die kurzen Bartstoppeln kratzten sie ein wenig.

Ihr Atem ging ungleichmäßig, als sie flüsterte: »Wir Dichter haben vielfältig gefächerte Interessen.«

Er lachte und senkte den Kopf. Als seine Lippen ihre gerade streiften, flüsterte sie nahezu panisch: »Jay… bitte. Ich kann nicht…«

»Psst. Ich weiß. Vertrau mir, Jenny.« Er küßte sie, und seine Lippen waren warm und süß, als sie die ihren teilten. Sachte. So unglaublich sachte. Seine Zunge in ihrem Mund. Seine Finger in ihrem Haar. Dann spürte sie seine Hand auf ihrem Bauch. Er streichelte und massierte sie, und dann sank seine Hand noch tiefer und knetete und drückte ihren Bauch dort, wo der Schmerz jetzt nur noch dumpf spürbar war.

»Jay…«

»Laß mich. Es braucht dir nicht peinlich zu sein. Es gehört dazu, eine Frau zu sein. Du schämst dich doch nicht etwa, eine Frau zu sein, oder?«

»Nein.« Aber sie begrub ihr Gesicht an seiner Brust.

Er preßte den Handballen auf ihren Bauch. »Entspann dich, Engel. Mach die Augen zu. Tut es hier weh? Hier? Oder hier?«

»Da… überall.«

»Hilft das?«

»Würdest du aufhören, wenn ich nein sage?«

Er küßte sie wieder. »Was meinst du wohl?«

»Jay, ich kann nichts tun. Bitte laß das…«

Er küßte sie, um ihr den Mund zu verschließen. »Ich bin nicht immer eine Bestie, Jenny. Ich kann dich in meinen Armen halten, Liebling, wie ich dich jetzt halte, ohne mit dir zu schlafen.«

Sie entspannte sich. Sie war schon vor einer Weile zu dem Schluß gekommen, daß Jay viel mit ihrem Vater gemeinsam hatte: recht unbeschwert, im Grunde genommen gütig, mit einem starken Willen und einer klaren Meinung. Jetzt fügte sie der Liste noch *sanft* hinzu.

In Wirklichkeit hatte sie es bei ihm mit zwei Männern zu tun, einem mit dem rauhen Äußeren, das er der Welt zeigte – der Killer von Killern, ein ruhiges, gelassenes Individuum, selbst dann, wenn es hart auf hart ging, und damit war er definitiv im Vorteil, wenn er einem hitzköpfigen Verbrecher gegenüberstand. Er spielte ein rauhes Spiel mit dem Tod und führte ein Leben, das trotz des Mythos um einen Revolverhelden ziemlich unromantisch war. Der andere war ein Mann, auf den sie nur gelegentlich einen flüchtigen Blick hatte erhaschen können, ein Mann, den er in seinem Innern verschloß. War das Gewicht, das er mit sich herumschleppte, eine selbstauferlegte Strafe, die er wie ein härenes Hemd trug?

In der Zeit mit ihm hatte sie etwas gelernt. Sie hatte einen Revolverhelden immer nur so gesehen, wie er in einem Groschenroman hingestellt wurde, als einen Galahad mit zwei Revolvern – einen Ritter in staubigen Stiefeln und mit einem geistesabwesenden Blick, der in die weite Ferne gerichtet war – eine überlebensgroße Gestalt mit Augen wie polierter Stahl, und diese Männer konnten blitzschnell die Waffe ziehen. Aber ihr war klargeworden, daß Jay auch nur ein Mensch war, der eine Vergangenheit hatte, und daß er dieselben Fehler und Schwächen wie andere Männer hatte.

Sie dachte über ihn nach. Sie lag jetzt dicht neben ihm, aber sie wäre ihm gern noch näher gewesen. Irgend etwas war in dieser Nacht zwischen ihnen entstanden, etwas Warmes und Natürliches. Sie hatte ihn an einem sehr persönlichen Vorgang teilhaben lassen. Konnte sie nicht dasselbe von ihm verlangen?

»Erzählst du mir etwas über deine Familie... was du vorher warst, ehe das geschehen ist, was dich dazu gebracht hat, alles aufzugeben?«

»Es gibt Dinge, über die Männer nicht reden wollen, Dinge, nach denen Damen nicht fragen sollten.«

»Das ist genau das Gefühl, das ich heute abend hatte, als du in mein Zimmer gekommen bist.«

»Das ist nicht dasselbe.«

»Es kommt dem aber nah.«

Ihre Hand strich ihm geistesabwesend über die Brust. »Warum versuchst du, jeden zu vertreiben, der dir näherzukommen versucht?«

»Manche Menschen mag ich nicht in meiner Nähe haben.«

»Mich zum Beispiel?«

»Ich will nicht streiten, Jenny. Nicht heute nacht.«

»Ich kenne dich jetzt besser. Du bist nicht kalt und rücksichtslos, selbst wenn du versuchst, mir weiszumachen, du seist ein derbes Stück Schuhleder, hart und gnadenlos. Aber du bist zu spröde... du kannst dich nicht biegen... und das ist traurig. Was sich nicht biegt, zerbricht.«

»Ich bin nicht biegsam. Du etwa?«

»Frauen sind biegsam. Man hat uns unterworfen, und das hat uns flexibel werden lassen. Da man es uns nie gestattet hat, Entscheidungen zu treffen, haben wir gelernt, auf die Entscheidungen zu reagieren, die für uns getroffen worden sind. Wir haben gelernt, uns zu beugen – die Gründe sind unwesentlich; manche aus Furcht, Pflichtgefühl oder Notwendigkeit – aber trotzdem haben wie gelernt, uns anzupassen.«

»Wie Küchenschaben.«

»Die von den mächtigen Dinosauriern wahrscheinlich als ebenso unterlegen angesehen worden sind.«

Die Dinosaurier, die die Schöpfung mit einem Tritt in den Arsch bedacht hat und die aus der Schöpfungsgeschichte rausgefallen sind. Jay verspürte den Drang, seine Socken auszuziehen und sie ihr in den Mund zu stopfen.

»Erzähl mir von Milly und Jessamine.«

Er seufzte, und es klang nicht wirklich erbost, eher resigniert, ganz so, als wüßte er, daß sie diese Frage früher oder später stellen würde. »Was willst du wissen?«

»Was ist zwischen dir und Milly gewesen? Ist sie tot?«

»Ja, sie ist tot.« Jay betrachtete sie, und seine Augen wurden schmaler, als er über die Gründe nachdachte, aus denen sie in ihn drang. Er fragte sich, ob es klug war, ihr zu vertrauen. Von Anfang an war sie neugierig gewesen, aber jetzt hatte er mit ihr geschlafen, und daher fühlte sie sich berechtigt, mehr über ihn zu erfahren, und in gewisser Weise war sie es auch. Wenn er schon angefangen hatte, dann konnte er ihr ebenso gut gleich einen vollständigen Bericht vorlegen, denn sie würde ohnehin nicht aufgeben, solange sie nicht alles gehört hatte.

»Eigentlich kann ich dir auch gleich alles erzählen. Du wirst mir ohnehin so lange zusetzen, bis ich es tue. Ich habe Milly kennengelernt, als ich Offiziersanwärter an der Marineakademie in Maryland war. Ihr Vater war Arzt. Sie wohnten wenige Straßen von der Akademie entfernt. Ich habe sie bei einer Tanzveranstaltung kennengelernt, und sämtliche Männer aus der ganzen Gegend hatten sich um sie geschart, die gesamte männliche Bevölkerung des Anne Arundel County. Ich hielt es für Liebe auf den ersten Blick. Ich war jung...

sie war schön. Kurz nach meinem Studienabschluß heirateten wir. Ich nahm sie nach Hause mit und stellte sie meiner Familie vor. Ich war Marineoffizier, und mir war ein Schiff zugeteilt worden. Wir waren erst ein paar Monate verheiratet, als ich auslaufen mußte. Sechs Monate lang war ich auf See, und Milly lebte bei meiner Familie. Für sie waren es Fremde, und doch hatte ich erwartet, sie käme zurecht... sie würde versuchen, so gut wie möglich klarzukommen, und sie würde trotzdem noch dieselbe sein.

Als ich zurückkam, waren wir erst acht Monate verheiratet, aber Milly war anders... sie hatte sich verändert. Zum ersten Mal fiel mir auf, wie jung sie wirklich war und wie wenig Tiefgang sie hatte. Aber wir waren verheiratet, und wir versuchten, etwas daraus zu machen. Drei Wochen lang bemühten wir uns. Aber das, was vorher zwischen uns gewesen war, war nicht mehr da, und wir schienen es nicht wiederfinden zu können. Nach drei katastrophalen Wochen sagte mir Milly, woran es lag. Sie hatte sich in meinen Bruder Pierce verliebt und wollte sich scheiden lassen.« Er unterbrach sich und sah starr ins Leere, als sähe er dort eine Vision. Dann blinzelte er, um das Trugbild zu vertreiben und sah sie an.

»Natürlich wäre eine Scheidung möglich gewesen, aber es gab viele Gründe, aus denen ich es für unmöglich hielt. Die Dinge, die auf der Hand liegen wie gesellschaftlicher Abstieg, Religion und Familie – das waren alles nicht meine eigentlichen Bedenken. Ich redete mir ein, es läge daran, daß ich sie immer noch liebte und der Überzeugung war, ich könnte das alte Feuer wieder entfachen, das früher einmal zwischen uns aufgeflammt war. Aber es war reine Selbsttäuschung. Sie wollte nicht mehr haben, was ich ihr geben konnte... was ich ihr gab... aber ich konnte es anscheinend nicht sein lassen. Im Rückblick glaube ich, ich wollte einfach nicht, daß mein Bruder sie bekommt.«

»Du hast also nicht in eine Scheidung eingewilligt?«

»Wir sind aus dem Haus meiner Eltern ausgezogen und haben uns ein eigenes Haus gesucht. Das Ganze stand von Anfang an auf wackligen Füßen. Ich wollte, daß Milly meine Auffassungen übernimmt und dieselben Dinge anstrebt, die ich mir wünschte. Ich war so dumm, mir einzubilden, ich sähe Dinge in ihr, die in Wirklichkeit gar nicht existierten, Tugenden, die sie nie besessen hatte. Und ich habe ihr und Pierce getraut. Als sie mir erzählt haben, sie hätten nie miteinander geschlafen, habe ich ihnen geglaubt... bis ich eines Tages nach Hause gekommen bin und sie erwischt habe.«

»O Jay...«

»Ihren Gesichtsausdruck werde ich nie vergessen. Ihre Schönheit und ihre Tugend schienen vor meinen eigenen Augen zu verblassen. Sie lachte und fragte mich, was ich denn erwartet hätte. Sie sagte, ich könnte sie zwar zwingen, meine Frau zu bleiben, aber aus Pierce' Bett könnte ich sie deshalb noch lange nicht fernhalten.« Er schüttelte den Kopf, und ein grimmiges Lächeln stand auf seinem Gesicht.

»Die Scheidung wurde eingereicht. Einen Monat vor dem rechtskräftigen Scheidungstermin kamen beide bei einem Bootsunglück um. Wenige Tage, ehe es passierte, war ich im Hafen eingelaufen. Die Leute fingen an zu reden... reine Spekulationen, aber nach einer Weile war die Geschichte im Umlauf, ich hätte etwas damit zu tun gehabt und aufgrund meiner Marinelaufbahn sei es das perfekte Verbrechen. Das Interesse wurde so groß, daß es zu einer gerichtlichen Untersuchung kam. Da wir gerade erst im Hafen eingelaufen waren, verbrachte ich zum Glück den größten Teil meiner Zeit auf dem Schiff. Es gelang uns, eindeutig zu belegen, daß ich an Bord war, als die beiden starben. Das Geschehen wurde zum Unfall erklärt.« Seine Stimme zitterte jetzt. Er zog sie dicht an sich und begrub sein Gesicht in ihrem Haar. »Du kannst dir nicht vorstellen, wie diese Wochen vor der gerichtlichen Untersuchung für mich gewesen sind. Es hätte nicht schlimmer sein können, wenn ich Lepra gehabt hätte. Eine Zeitlang glaubte ich, daß meine eigenen Eltern Angst hatten, ich könnte etwas damit zu tun gehabt haben. Es war so schwer für sie. Ich war für sie wie eine lebende Erinnerung, jedesmal wenn sie mich sahen. Nach der gerichtlichen Untersuchung haben sie sich bemüht, mir zu helfen, damit ich mein Leben wieder in den Griff kriege, aber es ließ sich einfach nicht machen. Ich war innerlich tot. Ich habe mein Offizierspatent zurückgegeben und bin aus Savannah fortgegangen. Innerhalb der nächsten beiden Jahre sind meine Eltern gestorben. Meine Mutter starb an einem gebrochenen Herzen. Mein Vater starb ein Jahr später an demselben Leiden. Sie standen sich sehr nah, liebten sich wirklich sehr. Ohne sie konnte er nicht weiterleben. Von meinen Geschwistern bekomme ich ab und zu Briefe, aber niemand scheint das Verlangen zu haben, mich wiederzusehen.«

Ihre Hand glitt unter sein Hemd. Er holte hörbar Atem, als sie seine nackte Haut berührte. Dann küßte er ihr Haar.

»Genug geredet. Schlaf jetzt, oder ich muß dir noch mehr Whisky einflößen, damit du müde wirst.«

Als ihre Hand sich nicht mehr auf seiner Brust bewegte, wußte er, daß sie eingeschlafen war. Er lag noch lange wach, hielt sie in seinen Armen und fragte sich, was eine Frau so machte, wie sie war. Wenn eine Frau sich seltsam benahm, kam er sich immer vor, als hielte er die Hand eines Toten. Das Leben war nichts weiter als ein Zahlenspiel: Asse und Achten, Sechsen und Siebener. Es bot keine große Vielzahl.

Jennifer hatte es endlich geschafft, ihm die Geschichte zu entlokken. Aber warum auch nicht? Sie hatte ihm lange genug damit zugesetzt. Er erinnerte sich wieder an den Abend, an dem sie ihn nach seiner Frau gefragt hatte. Er hatte sich gefragt, was eine Ehe geändert hätte. Er hatte nicht um Jennifers Hand angehalten, und das war die einzige Situation, die er sich vorstellen konnte, in der der Familienstand etwas zu bedeuten hatte. Bist du verheiratet? Liebst du mich? – die beiden überstrapaziertesten unter den sinnlosen Fragen auf dieser Welt.

Jennifer war vermutlich wie jede andere Frau – ein Haar in der Suppe. Nie konnten sich die Frauen damit begnügen, Dinge auf sich beruhen zu lassen, ständig stellten sie einem Fragen, und die Antworten holten sie aus einem heraus, als wollten sie Zähne ziehen. Milly war auch so gewesen. Wenn sie sich auf ein bestimmtes Thema fixiert hatte, raste Milly los wie ein abgehängter Salonwagen, und die Funken stoben auf. Einfache, logische Antworten genügten ihr nicht. Sie wollte Einzelheiten hören. Und sie setzte ihm so lange zu, bis er ins Detail ging. Er erinnerte sich noch daran, wie er Milly gegenüber einmal beiläufig erwähnt hatte, daß er in der Bank zufällig einer ihrer alten Freundinnen über den Weg gelaufen war, die aus der Stadt fortgezogen war.

»Wie hat sie ausgesehen?«

»Gut.«

»Aber *wie* gut? Ist sie noch so schlank?«

»Etwa so wie früher.«

»Was hat sie angehabt?«

»Ein Kleid.

»Jay, ich will es genauer wissen. Welche Farbe hatte das Kleid?«

»Ich denke, es muß eine helle Farbe gewesen sein.«

»Blau?«

»Vielleicht, aber ich erinnere mich wirklich nicht mehr genau daran.«

»Es war doch nicht etwa gelb, oder? Julia hat gelb immer gehaßt.«

»Nein, ich glaube nicht. Wenn es gelb gewesen wäre, würde ich mich sicher noch daran erinnern, weil das deine Lieblingsfarbe ist.«

»Wie hatte sie ihr Haar frisiert?«

»Es war hochgesteckt.«

»Aber was für eine Frisur hat sie gehabt? Locken? Hochgesteckte Zöpfe? Einen Knoten? Vielleicht mit einem Haarpolster?«

»Himmel, Milly. Sie hatte das Haar ganz einfach aufgesteckt. Unter einem Hut.«

Einen Moment lang schloß Jay die Augen und versuchte, Millys Gesicht in der Erinnerung wieder vor sich zu sehen, aber es war, als sähe er in einen beschlagenen Spiegel, wo die Einzelheiten fehlten.

Jennifer bewegte sich unruhig im Schlaf. Jay legte seinen Kopf neben ihren und schloß die Augen. Er fühlte sich so entspannt wie schon lange nicht mehr – fast so, wie er sich nach dem Sex fühlte. Verausgabt und irgendwie rundum befriedigt. Ja, Jennifer war in vieler Hinsicht wie jede andere Frau, und das konnte er ihr wirklich nicht zum Vorwurf machen. »Du bist die verfluchteste Frau, der zu begegnen ich je das Glück oder das Pech hatte – ich bin mir nicht sicher, was von beidem«, flüsterte er, und dann schloß er die Augen und schlief ein.

Er bestand darauf, noch eine Nacht in Stephensville zu bleiben. Jennifer war nicht gerade besonders gutgelaunt erwacht, und Jay fand, nachdem er die schwarzen Ringe unter ihren Augen gesehen hatte, daß sie noch Ruhe brauchte. Jennifer war der Meinung, daß Jay sich um seine eigenen Angelegenheiten kümmern sollte. Sie wollte nach Hause.

»Nach Hause?« wiederholte Jay.

»Nach Hause«, sagte Jennifer und hoffte, er würde keine weiteren Fragen stellen. Wie hätte sie ihm erklären können, was er ihr mit der Zärtlichkeit angetan hatte, mit der er sie in der letzten Nacht überschüttet hatte? Wie hätte sie ihm erklären können, daß sie sich minütlich heftiger in ihn verliebte?

Die Euphorie, mit der sie die Entdeckung ausgekostet hatte, daß sie ihn liebte, war verflogen. Unerwartet schlich sich die Realität ein – sie liebte ihn, und ihre Liebe wurde nicht erwidert. Wenn sie die Zeit, die sie mit ihm verbrachte, in die Länge zog, dann diente das nur dazu, daß sie sich hinterher noch elender fühlte. Er liebte sie nicht. Er würde sie nach Hause bringen und fortgehen. Sie würde ihn nie wiedersehen. Das waren Tatsachen, die sie nicht länger ignorieren konnte. Ihre einzige Möglichkeit bestand darin, sich selbst zu schützen, soweit das zu diesem fortgeschrittenen Zeitpunkt noch machbar war. Sie konnte nichts dagegen tun, daß sie ihn liebte, aber sie konnte verhindern, daß er sie noch mehr in seinen Bann zog.

Aber es war schwer.

Ständig sah sie sein Gesicht vor sich, sogar mit geschlossenen Augen. Die Tatsache, daß er sich nichts aus ihr machte – daß er fortgehen würde –, raubte ihr den gewohnten Überschwang und zog einen Schleier der Melancholie über ihr Leben.

»Ich habe gerade den halben Sommer damit zugebracht, dich gegen deinen Willen heimzuschleppen, und jetzt... jetzt sagst du mir, daß du nach Hause willst? Sag mir eins, Engel. Wieso hast du so lange für diese Entscheidung gebraucht?«

»Ich habe keinen Schimmer. Aber jetzt habe ich mich entschieden. Und ich will keinen einzigen Tag mehr hierbleiben. Ich will nach Hause.«

»Morgen.«

»Du kannst ja morgen aufbrechen. Ich reise heute noch ab.«

»Und wie willst du das anstellen? Du kennst den Weg nach Weatherford nicht.«

»Den brauche ich nicht zu kennen. Ich kann die Kutsche nehmen.«

»So ist es also? Das war wohl eine Kriegserklärung.«

»Das hast du gesagt, nicht ich.«

Er kniff die Augen zusammen. »Ich habe noch einiges zu erledigen. Ich komme rechtzeitig zurück, um dich zum Abendessen abzuholen.« Er war so wütend auf sie, daß er kaum noch klar denken konnte. So stur hatte er sie noch nie erlebt. »Ich erwarte, daß du bei meiner Rückkehr hier bist.«

»Auf dieser Welt kriegt man nicht immer, was man will. Hast du das in deinem Alter immer noch nicht gelernt?«

Sein Gesicht war so finster wie eine Gewitterwolke. »Sag mir eins. Hast du die Absicht, heute abend hier zu sein, wenn ich zurückkomme, oder nicht?«

»Ich habe dich bereits von meinen Plänen in Kenntnis gesetzt.«

»Daß du die Kutsche nimmst?«

»Falls du nicht die Absicht hast, vor morgen früh aufzubrechen – ja!«

»Das werden wir ja sehen.« Jay machte auf dem Absatz kehrt, stürmte aus ihrem Zimmer und schloß die Tür hinter sich ab.

Als er eine halbe Stunde später zurückkam, war Jennifer heiser, und ihre Hände waren taub. Die Tür war natürlich unversehrt.

»Was hast du hier zu suchen?« fragte sie und sah ihn finster an.

»Ich habe dir ein Tablett gebracht, damit du bis heute abend nicht verhungerst.« Er trat zur Seite, um Platz für die Wanne und das Wasser zu machen, das gerade gebracht wurde. »Du hast Badewasser und ein Mittagessen. Kann ich sonst noch etwas tun, um dir den Aufenthalt angenehmer zu gestalten?«

»Ja«, sagte sie liebreizend. »Du kannst verschwinden.«

Die drei Zimmermädchen, die die Wanne und das Wasser gebracht hatten, flohen aus dem Zimmer. Jay drehte sich um und ging zur Tür. »Dann bis heute abend.«

»Jay… du wirst mich doch nicht den ganzen Tag hier einschließen?«

»Doch.«

»Das würdest du nie wagen.«

»Warte es nur ab. Ich habe dafür gesorgt, daß sich kein Zimmermädchen in dein Zimmer traut… es sei denn, ein Feuer bricht aus. Du brauchst gar nicht erst auf dumme Gedanken zu kommen. Ich habe bereits jedes Streichholz aus deinem Zimmer entfernt.«

»Hau doch ab! Hab doch deinen Spaß! Es tut mir leid, daß ich dir je begegnet bin. Lieber möchte ich tot sein, als auch nur noch einen Meter in deiner Gesellschaft zurückzulegen. Deine Frau muß es genauso empfunden haben. Hat sie deshalb deinen Bruder dir vorgezogen?« In dem Moment, in dem sie die Worte ausgesprochen hatte, hätte sie zehn Jahre ihres Lebens dafür gegeben, sie wieder zurücknehmen zu können.

Jay erstarrte. Das war wahrscheinlich nur gut so, denn wenn er sich in dem Moment von der Stelle hätte rühren können, hätte er seine langen Finger um ihren weißen Hals gelegt und ihr für immer das Maul gestopft. »Für den Rest der Reise wirst du deinen gottverdammten Mund halten und mir nicht unter die Augen kommen. Und eins verspreche ich dir, Gnädigste, ich werde alles tun, um dir aus dem Weg zu gehen.« Er öffnete die Tür, und sein Gesicht war kalt und hart. »Ich bin vor Einbruch der Dunkelheit zurück, um deine Lampen anzuzünden.« Er schloß die Tür hinter sich.

Sie rannte zur Tür und hämmerte dagegen. »Jay Culhane, wage nicht, mir das anzutun. Du kannst mich nicht hier einsperren wie ein Tier. Wenn du mich hier einsperrst... oh, ich hasse dich!« Sie sank auf den Fußboden und rief ihm alle Schimpfworte nach, die ihr einfielen, denn sie wußte genau, daß er sie nicht hören konnte.

Jennifer hatte nicht gewollt, daß es so kam, und sie fand furchtbar, was sie gesagt hatte. Es war eine entsetzliche Gemeinheit von ihr gewesen, ihm diese Bemerkung über seine Frau ins Gesicht zu schleudern. Aber trotz ihrer zynischen Worte fand sie nicht, daß sie es verdient hatte, in ihrem Zimmer eingeschlossen zu werden. Sie konnte einfach nicht glauben, daß er sie den ganzen Tag hier sitzen lassen würde.

Aber sie wußte, daß er es tun würde.

Lange Zeit blieb sie auf dem Boden sitzen. Dann schlich sie durch das Zimmer wie ein Tier in einem Käfig. Nachdem sie alles durchsucht hatte, ließ sie sich erschöpft auf das Bett fallen und wütete, bis sie so müde war, daß sie nur noch schlafen konnte.

Erst am späten Nachmittag aß sie das Essen, das Jay ihr gebracht hatte. Das Badewasser war inzwischen kalt, aber es war ein warmer Tag, und sie hatte nichts Besseres zu tun. Sie badete, wusch sich das Haar und zog sich an. Dann setzte sie sich hin und wartete.

Jay kam später, als er gesagt hatte. Es war fast dunkel, als sie den

Schlüssel im Schloß hörte. Bevor er die Tür ganz öffnen konnte, zerschmetterte ein Wasserkrug an der Wand neben ihm. Darauf folgte ein Trinkgefäß. Das Besteck. Ein halber Brotlaib. Eine Haarbürste. Zwei Schuhe. Die Lampe konnte er ihr gerade noch aus den Fingern reißen.

»Ich hoffe, nach diesem Ausbruch fühlst du dich besser, denn jetzt reicht es. Es hängt mir zum Hals raus.«

»Laß dich einen Tag lang von mir hier einschließen, und dann sehen wir mal, wie du dich benimmst, wenn ich zurückkomme.«

»Ich bin nicht gekommen, um zu streiten. Ich hatte versprochen, mit dir essen zu gehen. Genau das werde ich jetzt tun. Ich bin am Verhungern.«

»Schön. Dann geh du essen. Ich habe gegessen.«

»Ich will, daß du mit mir essen gehst.«

»Nein, danke.«

»Das muß ein Ende finden. So können wir nicht ewig weitermachen.«

Ihr Herz zog sich schmerzhaft zusammen. *Ich will aber bis in alle Ewigkeit weitermachen,* dachte sie. Was sie sagte, war: »Wir haben ja nicht ewig Zeit.«

Es dauerte einen Moment, bis er sich davon erholt hatte. »Ich frage dich zum letzten Mal. Kommst du mit mir essen?«

»Nein.«

»Gut. Dann wünsche ich dir eine gute Nacht.«

»Du wirst doch nicht wieder die Tür abschließen?«

»Doch, natürlich.«

»Aber ich kann nirgends hingehen. So spät fährt keine Kutsche mehr.«

»Ich traue dir nicht weiter, Jennifer, als ich dich werfen könnte.«

»Wohin könnte ich so spät am Tag noch gehen?«

»Du könntest dir einen Besen stehlen.«

Diesmal schrie sie ihm nichts nach. Den Triumph gönnte sie ihm nicht. Die nächsten fünfzehn Minuten brachte sie damit zu, sämtliche Möbelstücke im Zimmer, die sie verrücken konnte, vor die Tür zu schieben. Dann setzte sie sich hin und wartete.

Stunden später zog sie sich ihr Nachthemd an. Es war dunkel im Zimmer, und durch das offene Fenster drang kein Laut zu ihr. Sie stieg aus dem Bett, trat ans Fenster und streckte den Kopf raus. Bis auf die Fenster des Saloons war alles dunkel, und die Straße war menschenleer. *Es muß sehr spät sein,* dachte sie. Das Klimpern eines schrecklich verstimmten Klaviers brachte sie auf den Gedanken, daß sich Jay jetzt im Saloon aufhalten könnte. Oder war er nach dem Abendessen ganz einfach in sein Zimmer gegangen?

Es war ihre Schuld, daß er fort war.

War es nicht das, was sie gewollt hatte? Ihn bloß nicht in ihrer Nähe haben? Es war ja schließlich nicht so, als hätte er sie in ihrem Zimmer eingeschlossen und sie sitzen lassen, um sich in der Stadt eine schöne Nacht zu gönnen. Sie hegte den starken Verdacht, daß er nur so gemein war, weil sie ihn am Morgen mit ihrer scharfen Zunge und ihrer Übellaunigkeit verletzt hatte. Aber wurde etwa nicht allgemein von einer Frau erwartet, daß sie schnippisch und unausstehlich war, wenn sie ihre Periode hatte? Aber nur weil sie sich lächerlich gemacht und sich ins eigene Fleisch geschnitten hatte, hatte Culhane noch lange keinen Grund, ihr das anzutun.

Während Jennifer über ihn nachdachte, drehte Jay sein Whiskyglas in der Hand und versuchte Jennifer zu verstehen. Er war zwischen seinem Verlangen nach ihr und dem Groll über die brutalen Worte zerrissen, die sie ihm ins Gesicht geschleudert hatte. Sie hatte ihn tief verletzt, und er begehrte sie deshalb nicht weniger, aber sein Vertrauen war verflogen. Sie hatte es im Keim erstickt. Die Jennifers auf dieser Welt waren alle gleich. Sie scharwenzelten und schmiedeten Ränke und griffen auf List und Tücke zurück, um zu bekommen, was sie wollten, und dann, wenn sie es hatten, verwandten sie es gegen einen Mann. Die Männer mochten vielleicht stärker sein und größere Privilegien für sich beanspruchen, aber die wahre Macht lag in der Hand der Frauen. Eine Frau konnte einen Mann so kaputtmachen wie keine körperliche Arbeit und kein Krieg. Er war zu Recht der Meinung gewesen, daß er keinen Bedarf an Damen in seinem Leben hatte. Was er brauchte, war eine Hure – eine gute, ehrliche Hure – keine Bindung, keine Folgen, keine Zwänge. Eine, die er am nächsten Morgen zurücklassen konnte. Keine feinen Damen mehr. Von denen hatte er genug. Sie waren alle gleich, wenn man es erst einmal geschafft hatte, sie auszuziehen und ins Bett zu locken. Sofort sah er Jennifer wieder vor sich. Sie spukte in einer

Weise durch seinen Kopf, gegen die der Whisky nichts ausrichten konnte. So war es ihm mit Milly früher auch gegangen. Aber es war schon dumm genug von ihm gewesen, Milly damals zu heiraten.

Milly. Er versuchte, ihr Bild vor sich zu sehen, aber es war verzerrt und entstellt, wie die Ferrotypien, die naß geworden waren, als vor vielen Jahren der Savannah River über die Ufer getreten war und die Fotoalben seiner Familie im Salon durchnäßt hatte. Jessamine hatte tagelang geweint, weil die Bilder bleibende Schäden davongetragen hatten. Es waren die einzigen Aufnahmen, die sie von ihrer Familie besaß. Er versuchte noch einmal, sich an Millys Gesicht zu erinnern, aber das Bild war immer noch verschwommen. Er strengte sich an, und es wurde scharf, aber es war nicht nur Millys Gesicht, das er sah. Er sah Milly und seinen Bruder, wie er sie gesehen hatte, als er nach Hause gekommen und sie in seinem Bett gefunden hatte. Sie hatten noch nicht einmal gehört, wie er die Schlafzimmertür geöffnet hatte, und lange Zeit hatte er in der Tür gestanden, sich nicht von der Stelle rühren und nicht glauben können, was er mit eigenen Augen sah.

»Lieb mich, Pierce.«

»Das tue ich, mein Liebling, ganz gewiß.«

Pierce hatte sich mit ihr in seinen Armen umgedreht und sich auf sie gelegt. Das Bettuch war runtergerutscht, und sie waren beide nackt. Mühelos hatte er Pierces dunkle Hand sehen können, als sie an Millys weißem Oberschenkel hinaufglitt und zwischen ihren Schenkeln verschwand, und als Milly kehlig stöhnte, wußte Jay, wo die Hand seines Bruders lag, und er wußte, wie sich Milly jetzt anfühlte, warm und feucht.

»So ist es richtig, Kleines. Laß es laufen. Laß dich von mir in den siebten Himmel führen.«

Er trank den letzten Schluck aus seinem Whiskyglas und schenkte sich dann den nächsten ein. Er stieß seinen Stuhl weiter zurück und schlug die Beine auf dem Tisch übereinander, ehe er sich eine Zigarre ansteckte. Der Rotschopf an der Bar hatte ein Auge auf ihn geworfen. Er hob sein Glas, prostete ihr zu und trank.

Als er mit dem Rotschopf im Arm die Bar verließ, hatte Jennifer die Möbel vor ihre Tür gerückt. Als er beschloß, sich selbst gegenüber ehrlich zu sein und sich einzugestehen, daß er keine andere

Frau wollte, lag Jennifer im Bett. Als er den Rotschopf wegschickte und sich auf den Weg zum Hotel machte, war Jennifer eingeschlafen.

Sie erwachte von einem Heidenlärm und sah gerade noch, wie Jay sich durch den schmalen Türspalt zwängte. Sie stand auf und ging wütend zur Tür. »Ich habe einen Zweck damit verfolgt, die Sachen dort hinzurücken«, sagte sie.

»Ein paar klapprige Möbelstücke halten mich nicht auf.«

»Geh ins Bett, Culhane. Ich versuche zu schlafen.«

Er folgte ihr zu ihrem Bett. Als sie unter die Decke kroch, folgte er ihr ebenfalls. Er wurde sofort mit einem Stoß auf den Fußboden befördert. »Womit, zum Teufel, habe ich das verdient?«

»Geh in dein eigenes Zimmer, und leg dich schlafen.«

»Ich schlafe hier.«

»Wo bist du gewesen? Du riechst nach Zigarrenrauch und Whisky.« Und nach noch etwas, was Jennifer nicht ganz einordnen konnte. Parfum? »Warst du mit einer Frau aus?«

»Wie soll ich das verstehen?«

»So wie es gemeint ist.«

»Dann reicht es wohl, wenn ich sage, daß ich ganz bestimmt nicht mit einem Mann aus war.«

»Du bist betrunken.«

»Nicht allzu sehr, gerade genug, um dein Keifen zu ertragen.«

»Verschwinde. Dann brauchst du mir nicht zuzuhören und dich auch nicht zu betrinken.«

»Ich gehe nicht. Und jetzt rutsch rüber. Ich komme ins Bett.«

»Versuch dein Glück woanders.« Sie musterte ihn kritisch. »Ich schwöre dir, du bist lästiger als jeder Zahnschmerz... und so dreist, hierherzukommen, nachdem du bei einer anderen Frau warst... Glaube bloß nicht, du könntest in mein Bett kriechen, nachdem du gerade aus *ihrem* kommst.«

»Ich bin in keinem anderen Bett gewesen.«

»Was für ein Jammer! Da könnten doch glatt einem Glasauge die Tränen kommen!«

»Jennifer...«

»Wage nicht zu sagen: ›Ich warne dich‹, denn wenn hier jemand jemanden warnt, dann *ich dich!*«

»Wovor? Was kannst du denn jetzt noch anrichten? Du hast bereits die gesamte Einrichtung ruiniert, mir jedes Schimpfwort, das es gibt, an den Kopf geworfen und einen solchen Tumult veranstaltet, daß niemand mehr in dieser Etage schläft. Du hast den ganzen Tag aus voller Kehle geschrien, und keiner ist gekommen. Sag mir, Liebling, welche Mittel stehen dir sonst noch zur Verfügung?«

»Ich weigere mich, ein Wort mit dir zu reden.«

»Nicht gerade eine der Varianten, mit denen ich gerechnet habe, aber es freut mich, das zu hören«, sagte er. Dann sagte er leise: »Und jetzt komm her, Jenny, mein Liebling, und zeig mir, wozu dein Mund eigentlich da ist.«

»Vergiß es.«

Lächelnd sagte er: »Komm her.«

»Wenn zwei Sonntage auf einen Tag fallen.«

Er lachte und wußte selbst nicht, ob es ein belustigtes oder ein resigniertes Lachen war. »Wie kann ich mich entschuldigen, wenn du nicht herkommst? Es war nicht richtig, so zu reagieren, wie ich reagiert habe. Ich war nicht besonders verständnisvoll, und das tut mir leid.«

»Hast du mit ihr geschlafen?«

»Vom wem, zum Teufel, redest du?«

»Von der Besitzerin dieses billigen Parfums.«

»Nein...« Er grinste. »Sie schien allerdings sehr bereitwillig zu sein. Aber jedesmal, wenn sie mir näher gekommen ist, habe ich daran gedacht, was hier im Hotel auf mich wartet.«

»Was denn, dein Geld? Hattest du es vergessen?«

Jay lachte. Er warf sich so schnell auf sie, daß Jennifer nicht reagieren konnte. Küsse regneten auf ihr Gesicht und ihren Hals.

»Ehe du dich hier von deiner Liebestollheit mitreißen läßt... ich glaube, du hast etwas vergessen«, sagte sie.

Er sah in ihr gerötetes Gesicht. Ihre Lider waren gesenkt, ihr Mund verkniffen. »Ich habe etwas vergessen? Was denn?«

»Letzte Nacht.«

»Ich erinnere mich bis in alle Einzelheiten an die letzte Nacht.«

»Dann müßtest du dich auch erinnern, daß ich nicht... ich kann nicht, ich meine... es geht nicht... zum Teufel! Du weißt, was ich meine.«

»Ja, ich glaube schon. Aber warum erinnerst du mich jetzt daran?«

»Ich denke, ich müßte dich daran erinnern, damit du nicht... das heißt, wenn du vergessen hättest, daß es ganz ausgeschlossen ist... ich wollte dich nicht in Verlegenheit bringen.«

Jay strengte sich an, um keine Miene zu verziehen. Er biß die Zähne so fest aufeinander, daß er glaubte, sie würden in Stücke springen. Es gab Momente, in denen es schien, als sei sie aus den Seiten eines Märchens herausgekommen, eine mysteriöse Prinzessin – verführerisch und verlockend –, die sich immer im letzten Moment entzog und aus seiner Reichweite verschwand. Aber was ihm den Rest gab, war der nahezu komische Gesichtsausdruck, mit dem sie um die Worte rang. Er zog sie in seine Arme und konnte sein Lachen beim besten Willen nicht länger unterdrücken, auch dann nicht, als er sie mit Küssen versengte. Als sie die Hand zur Faust ballte und zuschlug, lachte er nur noch lauter.

»Jennifer, mein Engel«, sagte er, während er nach Luft schnappte und keuchte, »für wen hältst du mich eigentlich? Für Iwan den Schrecklichen?« Sie schlug fester auf ihn ein und warf ihm dabei ein paar saftige Schimpfwörter an den Kopf, und er lachte noch lauter, und seine ungestümen Küsse wurden noch wilder und zielloser. Es dauerte nicht lange, bis sie auch lachen mußte. Er zog sie an sich und führte ihre erstaunten Lippen an seinen Mund, um sie langsam und gründlich zu küssen. »Ich kann dich in meinen Armen halten, ohne mit dir zu schlafen. Man findet fast in jeder Lage einen Kompromiß. Was sich an dir vollzieht, ist etwas, was für mich geheimnisvoll und unbekannt ist, etwas, was ich nicht verstehen und woran ich nicht teilhaben kann, und für dich ist es etwas Persönliches, ganz und gar deine Angelegenheit. Aber ich kann dich in meinen Armen halten und deinen süßen Mund küssen und dabei das Gefühl haben, dir ein wenig näherzukommen, und ich hoffe, wenn ich dich im Arm halte, verstehst du, daß ich dich nie mehr als jetzt bewußt als eine Frau wahrgenommen habe.«

Ihre ausgestreckten Finger fuhren langsam seinen vollen Mund nach. »Dieser Mund«, sagte sie leise, »ist das Verführerischste an dir.«

Er küßte ihre Fingerspitzen einzeln. »Ich kann dich nicht berühren, meine süße Jenny, aber es gibt keinen Grund auf Erden, aus dem du mich nicht berühren könntest.«

Er drehte sich auf die Seite, öffnete die Knöpfe seiner Hose und griff nach ihrer Hand. Erst war sie schüchtern und zögerte. Er ermutigte sie mit einem Kuß. Sie spürte eine seltsame, flatternde Erregung in sich aufkeimen. Ihre Finger schlossen sich um ihn, und seine Glut teilte sich ihr mit. Sein Atem ging tief und abgehackt; in seine Augen trat ein benommener Ausdruck, ehe er sie schloß. »Faß mich an, Jenny. Berühre mich, und ich zeige dir, was du tun mußt.«

17

»Lieber würde ich einem Erschießungskommando gegenübertreten«, sagte Jennifer, als sie auf einer Anhöhe anhielten und von dort aus erstmals das Haus der Baxters sehen konnten, das wie ein Gegenstand von beängstigender Größe vor ihnen aufzuragen schien.

»Vielleicht wird es gar nicht *so* schlimm«, sagte Jay. »Wie das Sprichwort sagt: In seinem eigenen Haus wird der Hund zum Löwen.«

Sie fühlte sich eher als Hund und weit weniger als Löwe, als sie ihm durch das Tor folgte. Sie hatte sich so sehr daran gewöhnt, ihn vor sich reiten zu sehen, und ihr Blick heftete sich auf das blaue Hemd, das sich über seinem breiten Rücken spannte. Sie hatte aufgehört, ihren Gegenspieler in ihm zu sehen, und sie hatte gelernt, ihn erst als ihren Beschützer, dann als einen Freund und schließlich als ihren Geliebten zu betrachten. Aber sie konnte die Gefühle nicht unterdrücken, die sie jetzt beschlichen: Er würde sie verlassen.

Es konnte ohne weiteres sein, daß das ihr letzter gemeinsamer Abend war, denn Jay hatte mit keinem Wort erwähnt, wann er wieder aufzubrechen gedachte. Schon bald würde sie in den Schoß ihrer Familie aufgenommen werden, und er würde fortgehen. Ob er sich wohl die Mühe machen würde, sie allein zu erwischen, wenn er sich von ihr verabschiedete?

Wie als Antwort auf ihre stumme Frage drehte sich Jay um. Er machte kehrt und ritt zurück zu ihr. »Du bist schrecklich ernst. Ist alles in Ordnung mit dir?«

Ihr Gesicht glühte. »Es geht dich zwar nichts an, aber mir geht es gut.«

Er lachte und trieb Brady zum Galopp an.

Als sie vor dem Haus anhielt, stand Jay schon auf der Veranda und redete mit ihrem Vater, aber er kam die Stufen herunter und hob sie vom Pferd, bevor sie selbst die Chance gehabt hätte, abzusteigen. Ihre Blicke trafen sich, und dann nahm ihr Vater sie in die Arme.

»Papa«, flüsterte sie an seiner breiten, schutzspendenden Brust.

»Ich hatte zwar vor«, sagte Rand, »dir gewaltig den Kopf zurecht zu setzen, aber da ich dich jetzt heil und ganz wieder zu Hause sehe...« Seine Stimme versagte.

Die Haustür ging auf, und wenige Minuten später war sie von den restlichen Baxters umzingelt. Doch selbst dann, als sie von denen umgeben war, die sie mehr als alle anderen liebten, fehlte ihr etwas, und sie sah sich suchend um. Durch den Reigen von Gesichtern und Fragen sah sie ihn mit den Händen in den Taschen dastehen und sie beobachten. Einen Moment lang dachte sie daran, wie er in Mexiko im Schein des Lagerfeuers dagestanden hatte.

Ihr Vater mußte seine Gefühlsaufwallung überwunden und seine Stimme wiedergefunden haben, denn einen Moment später erklang sie dröhnend. »Jennifer, du dummer kleiner Schwachkopf, wovon, in Teufels Namen, warst du besessen? Was hat dich dazu gebracht, dein Leben zu gefährden und über die Grenze auszubüchsen? Mögen uns alle Heiligen beistehen, aber hast du von deiner Mutter und mir denn nichts geerbt, was auch nur eine vage Ähnlichkeit mit Intelligenz aufweist? Hör auf, deine Zehen zu betrachten, verdammt. Glaubst du, ich habe dich ins College geschickt, damit du dich unter vollkommener Mißachtung deiner eigenen Sicherheit rumtreiben kannst? Du kannst deinem Glücksstern danken – falls er dir noch leuchtet –, daß es Culhane gelungen ist, dich zu finden und dich unversehrt nach Hause zu bringen. Wenn du nicht aussähest, als seist du durch die Mühle gedreht worden, dann schwöre ich, ich würde dich in dein Zimmer sperren und den Schlüssel wegwerfen.« Er wandte sich an Susanna. »Ja, ich sehe selbst, daß sie erschöpft ist. Aber was, um Gottes willen, glaubst du denn, was wir sind? Ja, Liebling, ich kann über all das auch später mit ihr reden. Schon gut. Dann bring sie nach oben. Aber sorg dafür, daß sie es schafft, die

Treppe raufzukommen, ohne sich ihr Genick zu brechen.« Er sah Jay an. »Wir beide können uns in der Bibliothek bei einem Glas Portwein miteinander unterhalten... sobald diese schnatternde Herde den Platz geräumt hat.«

»Randolph Baxter!« jammerte Susanna. »Wie kommst du bloß darauf, ausgerechnet in einem solchen Moment könntest du einen von den beiden in die Mangel nehmen und ausquetschen?« Sie legte einen Arm um Jennifer. »Sieh sie doch an!« Susanna nahm Jennifers Gesicht in die Hände. »Mein armer Liebling. Du bist ja ganz erschöpft. Und Mr. Culhane...« Sie musterte Jay. »Sie«, sagte sie mit einem Funkeln in den Augen, »sehen genauso gut aus wie das letzte Mal, als Sie hier waren.«

»Das Reisen bekommt mir«, sagte er.

Susanna sagte lachend: »So muß es wohl sein, Mr. Culhane. Anders ist das nicht zu erklären.«

Rand sagte: »Meinst du nicht, wir sollten...«

»Nein, Rand, das meine ich nicht. Jetzt jedenfalls nicht.« Sie ging auf die Treppe zu und hielt Jennifer immer noch im Arm. »Kommen Sie mit, Mr. Culhane. Für Sie ist auch ein Zimmer vorbereitet. Ich weiß, daß Sie müde sein müssen, und selbst wenn Sie es nicht sind, ist Ihnen mehr damit gedient, sich auszuruhen, als sich von Rand ins Kreuzverhör nehmen zu lassen.«

Als sie die Stufen hinaufstiegen, erzählte Clara Jennifer, daß ihre anderen Schwestern nach Hause zurückgekehrt waren. Abbey und Faith waren in der Stadt, um »für eine große Essenseinladung einzukaufen, die Papa nächste Woche veranstaltete«. Clara griff nach Jennifers Hand. »Ach, du armes Ding. Deine Hände sind ja so rauh wie Männerpranken. Und dein Gesicht ist furchtbar braun. Und erst deine Kleider... komm schon, im Handumdrehen haben wir dich wieder hübsch gemacht.« Sie zog Jennifer hinter sich her. »Was für ein tolles Abenteuer du erlebt haben mußt. O Jenny, ich beneide dich ja so sehr. Erzähl mir alles.« Clara warf einen letzten Blick auf Jay, ehe er mit Susanna durch eine Tür verschwand. »Wie hast du es bloß geschafft, in Gegenwart eines Mannes, der so aussieht, deine Jungfräulichkeit zu bewahren?« Sie drehte sich wieder zu Jennifer um und sagte: »Ich fürchte, ich hätte...« Claras Lächeln erstarrte, und sie unterbrach sich mitten im Satz, als sie Jennifers Gesicht sah.

Jennifer vermutete, daß sie dazu verurteilt war, für den Rest ihres Lebens nicht zu erfahren, was Clara getan hätte, denn Susanna kam in raschelnde schwarze Seide gehüllt aus ihrem Schlafzimmer und zog Jennifer wieder in ihre Arme. »Meine Güte!« rief sie aus und riß sich los. »Ihr beide seht so aus, als sei ich gerade mitten in etwas hineingeraten.« Sie sah erst Clara und dann Jennifer an. »Am besten erzählt ihr es mir jetzt gleich...«

Und dann tat Jennifer Leigh Baxter etwas, was ihre Mutter und ihre Schwester nie bei ihr erlebt hatten. Sie brach in Tränen aus. »Aber, aber«, sagte Susanna und strich Jennifer übers Haar. »Ganz so schlimm kann es gar nicht sein.«

»O doch, das kann es«, sagte Jennifer schluchzend. »Es ist sogar noch schlimmer.«

»Also, was auch passiert ist, ich bin sicher, daß wir den Schaden wiedergutmachen können.«

»Wenn es um das geht, was ich glaube«, sagte Clara, »dann läßt sich der Schaden nicht mehr beheben.«

Susanna tätschelte ihre Hand. »Reg dich nur nicht auf, Jennifer. Wenn sich der Schaden nicht beheben läßt... dann besorgen wir dir eben etwas Neues.«

»Ich fürchte, auch diese Möglichkeit scheidet aus«, sagte Clara. »Es steht einem nur einmal zu. Anschließend ist das Thema ziemlich unbegrenzt ausbaufähig.«

»Nun hör mal«, sagte Susanna und nahm Jennifers Hand, um sie zu tätscheln. »Erzähl mir alles. Du weißt, daß es nichts auf Erden gibt, was mir so verhaßt ist, wie im dunkeln zu tappen.«

Jennifer wischte sich mit dem Handrücken über die Augen, stieß ein Stöhnen aus und begann mit der Geschichte.

Jennifer wurde von ihrer Mutter und ihrer Schwester ins Bett gesteckt und schlief den ganzen nächsten Tag wie eine Tote. Faith und Abbey kamen rechtzeitig, um sie zu wecken, damit sie vor dem Abendessen noch ein Bad nehmen konnte, und wie zwei Spatzen mit aufgesperrten Schnäbeln hockten sie neben der Wanne und warteten auf jeden kleinen Brocken, den Jennifer ihnen zukommen ließ. Sie stellten eine Frage nach der anderen. *Es wäre einfacher gewesen, in der Bibliothek eine Ansprache zu halten... dann hätte ich diese Geschichte wenigstens nur einmal zu erzählen brauchen.*

Mit Hilfe ihrer Schwester wand sich Jennifer in ihr schwarzes Satinkorsett, das ihr die modische Eieruhrfigur gab, doch sie hatte sich so sehr an die weite bequeme Kleidung gewöhnt, die sie auf der Reise getragen hatte, daß sie vor Sauerstoffmangel nahezu in Ohnmacht fiel, während sie sich vorbeugte, um ein paar schwarze Seidenstrümpfe anzuziehen.

Eine volle Stunde vor der Essenszeit stand Jennifer vor dem ovalen großen Spiegel in ihrem Schlafzimmer und betrachtete sich in einer wogenden Satinkreation mit bunten aufgestickten Perlen.

Das Kleid gehörte zu denen, die Susanna ihr im Sommer des vergangenen Jahres in Paris gekauft hatte, und weder vorher noch nachher hatte sie je wieder etwas Ähnliches gesehen. Die Wirkung dieses raffinierten Kleides war aus jedem Blickwinkel umwerfend. Das Haar steckte sie sich zu einem Chignon auf.

Jennifer war zu aufgeregt, um länger in ihrem Zimmer herumzustehen, aber sie war auch zu vernünftig, um noch mehr Zeit auf ihr Aussehen zu verwenden. Daher entschied sie, daß es vielleicht von Vorteil sein könnte, wenn sie als erste zum Abendessen nach unten kam. Sie wollte in die Bibliothek gehen, doch als sie hörte, daß Clara und ihr Vater sich über ihre Motive unterhielten, aus denen sie nach Mexiko gegangen war, dachte sie daran, den Besuch in der Bibliothek noch aufzuschieben.

Als sie durch den Gang eilte, sah sie ihre Mutter an einem Fenster stehen. »O Mama, was meinst du?« sprudelte sie heraus. »Faith meint, daß Abbey mir das Korsett zu fest geschnürt hat, und Abbey sagt, es sitzt immer noch nicht fest genug. Was denkst du?« Sie schaute an sich herunter. »Mein Busen wirkt doch wirklich eine Spur zu groß. Meinst du nicht, daß es etwas zu sehr...«

Jennifer bemerkte, daß ihre Mutter entsetzt die Augenbrauen hochgezogen hatte, und das seltsame Schimmern in ihren Augen paßte gar nicht zu ihrem verkniffenen Mund. Susanna wandte sich vom Fenster ab, kam auf Jennifer zu und legte ihr die Hände auf die Schultern. »Ich glaube, dein Vater hat wohl doch recht gehabt. Ich muß es unterlassen haben, dir zu sagen, daß es gewisse Dinge gibt, die eine Dame in Gegenwart eines Gentleman niemals anspricht. Aber da du das Thema ohnehin schon angeschnitten hast, könnten wir ihn auch gleich nach seiner Meinung fragen...«

Jennifer hörte nicht mehr zu. Sie hatte Jay bereits bemerkt. Während sie noch vor Entsetzen keuchte, sagte Susanna: »Also, was ist? Was meinen Sie dazu? Glauben Sie, ihr Anblick könnte beim Abendessen zu sehr von anderen Dingen ablenken? Soll ich sie nach oben schicken, damit sie sich umzieht?«

Er hatte am Klavier gelehnt, doch als Jennifer sich zu ihm umdrehte, richtete er sich auf und nahm Haltung an. Sie war in das goldene Licht der Nachmittagssonne getaucht, das durch das offene Fenster fiel. Sie stand da und starrte Jay ausdruckslos an, während ihr innerlich ganz komisch zumute war. »Ich hatte nicht bemerkt, daß du hier bist, denn ich kann dir versichern, daß ich andernfalls...«

Jay fiel ihr geschmeidig ins Wort. »Ich persönlich bin der Meinung, daß Jennifer in einem Kartoffelsack bei einem Abendessen immer noch für Ablenkung sorgen würde. Das Kleid finde ich außerordentlich hübsch – so, wie es ist.« Er sah die widerstreitenden Gefühle, die sich gar so deutlich auf ihrem Gesicht ausdrückten, und er fragte sich, wie zum Teufel es weitergehen sollte. Er hatte nicht damit gerechnet, sie je in einer solchen Aufmachung zu sehen, und auch nicht damit, daß sie noch schöner als bisher aussehen konnte. Wie sollte er mit einer Trennung von ihr fertig werden, wenn es ihn schon von innen heraus zerfraß, sie einen Tag lang nicht zu Gesicht zu bekommen? In ihrer Nähe konnte er nicht klar denken, das wußte er genau, und er brauchte Zeit, um zur Abwechslung wieder einmal einen vernünftigen Gedanken fassen zu können. Aber es schien kaum etwas zu geben, was ihn lockte, sein früheres Leben wieder aufzunehmen. Er wußte nur, daß es immer schwerer sein würde, sie zu verlassen, je länger er blieb.

Ganz langsam wurde ihre Verlegenheit von einem Anflug von Groll abgelöst. Worüber mochten ihre Mutter und Culhane bloß gesprochen haben? Sie war nicht so dumm zu glauben, daß es nicht um sie gegangen war. Jennifer sah ihn fest an. Er führte etwas im Schilde, dieser Teufelskerl...

Angemessenerweise trug der Teufel schwarz – jedenfalls eine schwarze Hose. Dazu hatte er sich eine flaschengrüne Jacke mit einem Samtkragen angezogen. Und diese Hose – Jesus, Maria und Josef – saß ungehörig eng. Jennifers Atem ging so ruckhaft, daß sie schon glaubte, ihr Korsett sei wirklich zu fest geschnürt.

Sie hatte Jay schon oft gesehen, aber so noch nie. Selbst, wenn er sich wie ein Gentleman kleidete, sah er immer noch auf eine barbarische und rauhe Art gut aus. Sogar ein goldener Ohrring hätte bei ihm nicht unpassend gewirkt. An seiner Kleidung war nicht das Geringste auszusetzen, und doch sah man ihm an, daß er ein Mann mit herzhaften und unzüchtigen Gelüsten war – schamlos und unverhohlen.

Sie merkte selbst, daß sie ihn anstarrte, und als sie den Funken von Interesse sah, der in seinen Augen glitzerte, öffnete sie ihren Fächer und versuchte, die Röte aus ihrem Gesicht zu fächeln.

»Meine Güte«, sagte Susanna, »die Temperatur in diesem Raum steigt schneller, als mein Hefeteig aufgeht, und dabei fällt mir ein, daß ich mich in der Küche noch um einiges kümmern muß.« Sie lächelte, als sie den Raum durchquerte, und in der Tür sagte sie: »Falls ihr beide wieder zu euch gekommen seid, erwarte ich euch um acht im Eßzimmer.«

Jennifer erholte sich nicht. Jay erholte sich auch nicht.

Sie fand, daß Jay Culhane die verruchtesten Augen, die stolzeste Nase und den arrogantesten sinnlichen Mund, den sie je gesehen hatte, besaß. Aber er hatte keinerlei Manieren. Nie hatte ein Mann sie in Gegenwart ihrer Mutter so angestarrt und sie mit seinen Blikken nach Strich und Faden ausgezogen.

Aber er war nicht in sie verliebt, das mußte sie sich immer wieder sagen. Liebe und Lust, beides fing mit L an, aber damit hatte sich die Gemeinsamkeit auch schon erschöpft. Wie war sie bloß auf die törichte Idee gekommen, er könnte vielleicht doch in sie verliebt sein? Der Ausdruck, mit dem Jay sie musterte, hatte nichts mit Liebe zu tun.

Jetzt fiel ihr wieder ein, daß sie ihn einmal gefragt hatte, warum er nie mehr geheiratet hatte. Ihr sank das Herz wie ein Stein, als sie an seine kalte Antwort dachte: »Warum sollte ich mir eine Kuh halten, wenn es Milch auch zu kaufen gibt?«

Mit einem leisen, erstickten Aufschrei drehte sich Jennifer um und lief auf die Tür zu. Er holte sie ein und schlug die Tür vor ihrer Nase zu. Sie wehrte sich wie eine Wilde, doch er konnte sie mühelos bändigen, und beide stießen gegen die Wand, und doch spürte keiner von ihnen etwas von dem Aufprall, nur das plötzliche Freisetzen von so vielen Emotionen, daß der blinde Instinkt die Oberhand gewann.

Er schlang die Arme um sie, und sein Mund tastete nach ihren Lippen. Sie biß ihn und stieß ihn von sich.

»Du kannst mich nicht im Haus meiner Eltern mißhandeln!« sagte sie keuchend. »Laß mich los, bevor uns jemand sieht.«

»Wenn du dich beruhigt hast, meine schöne kleine Wildkatze. O nein. Nicht beißen. Ich beiße zurück... und ich kann dir versprechen, daß dir die Stellen, die ich mir aussuche, gar nicht gefallen würden.«

»Du gemeiner Kerl!«

»Und ich dachte schon, ich hätte mich klar ausgedrückt. Autsch! Verdammt, du kleine Natter! Laß meinen Finger los!« Er packte ihr Handgelenk und preßte es immer fester zusammen, bis ihre Zähne seinen Finger losließen. Als er ihr die Hände auf den Rücken bog und sie an sich zog, atmete sie schwer, und ihre blassen, schönen Brüste sahen von oben so aus, als würden sie den Stoff sprengen.

Sie trat nach ihm, und er riß sie noch fester an sich. »Sehen wir doch mal, wie viele der Ösen auf deinem Rücken ich öffnen kann, bis jemand reinkommt«, sagte er.

»Du Dreckskerl! Du würdest mich tatsächlich in meinem eigenen Haus ausziehen!«

»Glaub es mir lieber, du kleines Biest. Dich würde ich gern splitternackt ausziehen, und dann würde ich dafür sorgen, daß du einen vollen Monat lang nackt auf dem Rücken liegen bleibst.«

Sie wehrte sich wieder. »Dazu bleibst du nicht lange genug hier«, fauchte sie, als er sie mit dem Rücken an die Wand preßte. Als er sie ansah, hielt sie plötzlich still, und der Zorn wich aus ihrem Gesicht. Sie spürte seinen Atem auf der empfindlichen Haut unter ihrem Ohr, und seine Worte waren zart und leise. »Jemand sollte dich lehren, daß man einen Mann so nicht ansehen darf... Ach, Jenny, laß uns aufhören zu streiten. Jetzt doch nicht. Und sonst auch nicht.«

Seine Lippen streiften die ihren, und er knabberte verheißungsvoll und zart an ihrem Mund, ehe seine Lippen mit einem Stöhnen ihren Mund bedeckten. »Jenny... wenn ich in deiner Nähe bin, kann ich nicht denken. Hilf mir. Sag mir, daß ich schleunigst aus deinem Leben verschwinden soll.«

»Und wenn ich es nicht tue?«

Er seufzte und flüsterte an ihrem Hals: »Dann werde ich...«

»Jennifer? Bist du da drin?«

»Clara!« sagte Jennifer, als Jay sie losließ und zurücktrat.

Jay stöhnte. »Ich hätte dich niemals nach Hause bringen sollen.«

»Das habe ich dir deutlich genug zu sagen versucht.«

»Jennifer?«

»Ja, ich bin hier.«

Die Tür ging auf, und Clara schaute durch die Öffnung. Ihr Gesicht war flammendrot. »Entschuldige... Mutter hat gesagt, ich soll anklopfen, ehe ich eintrete. Es ist fünf nach acht, und Papa brüllt wie ein hungriger alter Bär.«

Sie sah die beiden an. »Faßt euch mal wieder. Ich halte Papa noch ein Weilchen hin. Eine richtige Auseinandersetzung vor dem Essen ist seiner Verdauung immer zuträglich.« Clara schloß die Tür.

Jay schlang die Arme um sie und zog sie an seine Brust. »Ich muß am nächsten Freitag spätestens in Fort Smith sein. Wenn ich jetzt aufbreche, muß ich schon wie der Teufel reiten, um es noch zu schaffen.« Er wich zurück und strich mit einem Finger über ihre Wange. »Ich möchte Zeit mit dir haben... allein... an einem Ort, an dem wir nicht gestört werden. Ich schiebe meinen Aufbruch bis übermorgen hinaus.« Er griff nach ihrer Hand und löste seinen Blick von ihren Augen. »Du bist so verflucht schön.« Er nahm ihren Arm und führte sie zum Eßzimmer.

Als Jennifer aufblickte, sah sie ihre Mutter im Eßzimmer stehen. Mit runden Eulenaugen sah sie die beiden vielsagend an. Sollte sie doch denken, was sie wollte.

Als sie an ihr vorbeigingen, hängte sich Susanna bei Jennifer ein und drückte ihren Arm, als sie sagte: »Mr. Culhane, stehen Sie nicht da wie ein Holzklotz. Kommen Sie. Ich habe mindestens zweihundert Fragen, die ich Ihnen gern stellen möchte, und ich versichere Ihnen, daß ich Ihnen jedes Wort von den Lippen ablesen werde.«

Rand und Clara saßen am hinteren Ende des Raumes und schienen ein Bombardement schwerer Geschütze aufeinander loszulassen. Beide waren knallrot im Gesicht. Abbey und Faith eilten Jennifer entgegen und begrüßten sie mit Umarmungen, und Abbey schenkte Jay sofort ihre ungeteilte Aufmerksamkeit.

»Sie haben sich wahrhaft verwandelt, Mr. Culhane... was nicht heißen soll, Sie hätten vorher nicht gut ausgesehen.«

Jay lachte. »Danke. Und Sie sehen noch genauso bezaubernd aus wie beim letzten Mal.«

»Wie nett, daß Sie das sagen. Solche Schmeicheleien... also, da bin ich doch sprachlos!«

Lügnerin! dachte Jennifer. Manchmal konnte Abbey einfach ekelhaft sein. Und jetzt benahm sich Faith, als hätte sie der Blitz getroffen. Von den beiden war für den Rest des Abends kaum mit Beiträgen zum Gespräch zu rechnen. Soviel stand für Jennifer fest. Als sie noch einen letzten Blick auf ihre affektiert lächelnden Schwestern warf, die beidseitig von Jay Platz genommen hatten, fühlte sich Jennifer, als müßte sie sich übergeben.

Alles in allem wäre sie lieber im Gericht von Weatherford geteert und gefedert worden, als die nächsten zwei Stunden bei diesem Abendessen zu verbringen. Abbey machte sich lächerlich, und Clara benahm sich so schwachsinnig, daß es schon weh tat. Wenn die wüßten, dachte Jennifer, aber irgendwie war selbst dieser Gedanke nicht tröstlich. Sie gestand es sich nur mit dem größten Unwillen ein, und doch erstaunte es sie, daß ausgerechnet sie, Jennifer, eine Frau, die den charmantesten und verführerischsten Männern immer widerstanden hatte, auf einen Mann wie Jay Culhane reinfiel, dem die Frauen überall und immer zu Füßen lagen. Vermutlich überschlugen sie sich alle, um ihn zu kriegen.

Jennifer beschloß, sich ihre Eifersucht nicht anmerken zu lassen und lieber ihre Suppe zu essen. Etwa zu dem Zeitpunkt begann ihr Vater seine Standpauke.

»Die anderen Mädchen waren alle schon verheiratet, als sie in ihrem Alter waren«, sagte Rand.

»Es gibt Dinge, die man nicht überstürzen darf«, erwiderte Susanna. »Jennifer wird heiraten, wenn sie einen Mann gefunden hat.«

»Das würde ich eher glauben, wenn sie sich wenigstens umsehen würde.«

»Die Liebe liegt da, wo man sie findet, Liebling. Denk nur daran, wie wir uns kennengelernt haben.« Susanna tätschelte seine Hand.

»Du weißt doch selbst, daß Duelle vor Jahren schon gesetzlich verboten worden sind«, brummte Rand.

»Das war nicht ganz das, was ich meinte, Liebling.«

»Das gehört zu den Dingen, die mich immer ganz besonders ärgern. Warum kann eine Frau nie das sagen, was sie meint?«

»Weil ihr Männer es nicht verstehen würdet«, meinte Clara.

»Clara«, sagte Rand, »ich verstehe allmählich, warum dein Ehemann damit einverstanden war, daß du noch eine Woche hierbleibst.«

»Reg dich bloß nicht beim Essen auf«, warnte Susanna.

»Ich rege mich nicht auf. Ich finde nur, es ist an der Zeit, daß Jennifer eine eigene Familie gründet.«

»Du mußt geduldig sein, Rand. Jenny ist unsere Jüngste.«

»Jenny macht mir Kopfzerbrechen!«

»Papa, bitte«, sagte Jennifer. »Können wir nicht über etwas anderes reden? Ich bin gerade erst nach Hause gekommen. Ich will nicht in den Moment, indem ich zur Tür reinkomme, schon wieder davon anfangen.«

»Und wann sollen wir sonst darüber reden? Als ich das letzte Mal dieses Thema angesprochen habe, bist du davongelaufen und hast deine verrückte Tante besucht. Wenn du dich öfter bei ihr herumtreibst, wirst du genau wie sie als alte Jungfer enden.«

»Papa, ich bin doch keine alte Jungfer!«

»Aber nach etwas Rechtem umschauen tust du dich auch nicht!« Rand unterbrach sich und schmierte Butter auf sein Brötchen. »Ich habe mich entschlossen, am nächsten Wochenende eine große Tanzveranstaltung zu geben... und alle akzeptablen Männer aus der ganzen Gegend einzuladen und...«

»Papa, ich will und brauche deine Hilfe nicht. Als du dich das letzte Mal eingemischt hast, hast du diesen gräßlichen alten Mann ins Haus geschleift, der keine Zähne mehr hatte«, protestierte Jennifer.

»Ein Mädchen, das sich so lange Zeit gelassen hat wie du, kann nicht mehr allzu wählerisch sein. Und außerdem gehört Jeremy Crankstaff halb Texas. Wenn du unbedingt Zähne willst, dann heirate einen Barrakuda.«

»Dürfte ich mich jetzt entschuldigen?« sagte Jennifer.

»Nein, das darfst du nicht«, sagte Rand. Er schmierte Butter auf die andere Hälfte seines Brötchens.

»Was ist mit dem ältesten Sohn von Herb Fowley?« erkundigte sich Abbey. »Der ist jung und attraktiv.«

»Ich kann Herb Fowley und seinen Sohn nicht leiden«, fauchte Rand.

»Gut. Du sollst ihn ja auch nicht heiraten«, meinte Clara.

»Hört ihr jetzt vielleicht auf!« schrie Jennifer. Sie schlug mit den Händen auf den Tisch und stand auf. »Ihr benehmt euch alle so, als ob ich gar nicht hier wäre. Hört auf, über mich zu reden, als sei ich eine Kuh, die ihr zur Auktion bringen wollt.«

»Wir versuchen doch nur, dir zu helfen, Jenny«, erklärte Abbey.

Jennifer brachte sie mit einem einzigen Blick zum Schweigen. »Danke, aber ich treffe meine Wahl selbst. So, wie *du* es auch getan hast.«

»Also, ich bin sprachlos«, sagte Abbey, und ihr Gesicht lief rot an. »Ich gebe zu, daß es heutzutage ein wenig ungewöhnlich ist, wenn die Familie einen Ehemann aussucht...«

»Ungewöhnlich?« schrie Jennifer. »Es ist der helle Irrsinn!«

»Setz dich, Jennifer«, sagte Rand.

»Nur, wenn ihr dieses alberne Thema fallenlaßt.«

»Zufällig habe ich bereits alles gesagt, was ich dazu zu sagen habe«, sagte Rand und zwinkerte Abbey zu. »Was ist mit dir?«

»Papa, du weißt doch, daß sie *sprachlos* ist«, sagte Jennifer.

Abbey lachte. »Mir fällt kein Wort mehr dazu ein.«

»Pah«, machte Jennifer. »Den Tag möchte ich erleben!«

Gütiger Himmel! Ob dieser Abend jemals enden würde? Ob dieses Abendessen je vorübergehen würde? Ob sie je von der Marter erlöst würde, Jay so zu sehen und zu wissen, daß er fortgehen würde, daß sie nie mehr in seinen Armen liegen würde, nie mehr seinen warmen Mund auf ihren Lippen spüren würde? Sie hielt es nicht mehr länger aus. Sie mußte diesen Raum verlassen. Verschwinden... weglaufen, so weit wie möglich weg von Jay Culhane.

Glücklicherweise nahm das Abendessen nicht die ganze Nacht in Anspruch. Jennifer schaffte es nicht, zu entkommen, denn als sie gerade überlegte, wie sie es anstellen sollte, sagte ihre Mutter: »Jenny, komm mit ins Musikzimmer, und spiel uns etwas vor.«

Diese Worte trafen Jay gewaltig. Die Richtung, die Jays Gedanken eingeschlagen hatten, hätte Jennifer restlos verblüfft. Zum ersten Mal in seinem Leben war er von seinen eigenen Gefühlen völlig überrumpelt. Und es waren nicht nur seine Gefühle für Jennifer. Dazu kam noch seine Reaktion auf dieses idiotische Gespräch, das die Familie beim Abendessen geführt hatte. Nie zuvor war er so wütend gewesen, daß er am liebsten eine ganze Familie erwürgt hätte, und er hatte auch noch nie mit dem Gedanken gespielt, eine Frau zu kidnappen. Als er sich jedoch beim Abendessen all diesen Unsinn angehört hatte, wie man ihr einen Mann suchen wollte, hatte er beides in Erwägung gezogen, und jetzt war er gereizt und wütend.

Frauen hatten schon immer eine wichtige Rolle in Jays Leben gespielt – er vermutete, daß es auf die enge Bindung zwischen ihm und seiner Mutter zurückging, aber auch auf seine Zuneigung zu seinen Schwestern und den anderen weiblichen Angehörigen seiner großen Familie. Und Milly hatte er geliebt, wenigstens am Anfang. Aber etwas war schiefgegangen, und jetzt waren Jessamine und Milly tot, und seine Schwestern hatte er seit mehr als fünf Jahren nicht mehr gesehen. Im Lauf dieser Zeit hatte er mit peinlicher Genauigkeit jegliche Zuneigung und jede Sehnsucht nach einer Frau aus seinem Herzen gerissen – bis auf das körperliche Verlangen, das nur eine Frau stillen konnte. Aber er wußte, daß es dabei nur um die losgelösten physischen Regungen in seinen Lenden ging, die nichts mit seinen Gefühlen zu tun hatten. Aus diesem Grund hatte er es vorgezogen, jeden Kontakt zu Frauen unpersönlich zu halten, nicht oft genug zu derselben Frau zurückzukehren, als daß sie sich fälschlicherweise für seine Mätresse hätte halten oder gar so weit hätte gehen können, zu glauben, er machte sich etwas aus ihr.

Seine fast gewalttätige Reaktion auf das Gespräch bei Tisch beunruhigte ihn. Jedesmal, wenn jemand in Zusammenhang mit Jenny das Wort *Heirat* benutzte, wollte er demjenigen ins Gesicht schlagen. In seiner Vorstellung gehörte Jennifer nicht zu dieser Familie und schon gar nicht zu irgendeinem anderen Mann.

Im Lauf der vergangenen Wochen hatte sich bei ihm die Vorstellung eingeschlichen, daß Jennifer ihm gehörte. Der Gedanke, irgendein unbekannter Mann könnte die Dinge mit ihr tun, die er mit ihr getan hatte, erfüllte ihn mit einer solchen Wut, daß er innerlich loderte und glühte. Er konnte diesen schwarzhaarigen kleinen Kobold mit diesen verfluchten violetten Augen nicht vergessen.

Und wie um alles in der Welt sollte er damit fertig werden? Sie widersetzte sich ihm nach Strich und Faden, und er wußte, daß kein Mann, er selbst inbegriffen, sie je bändigen konnte. Aber gerade das gefiel ihm. Ihm paßte die Vorstellung nicht, ihr trotziges, aufmüpfiges, halsstarriges und doch so liebevolles und großzügiges Wesen könnte von irgendeinem Mann unterdrückt werden, erstickt bis zur Leblosigkeit. Jenny war zu einem rasanten Galoppieren gezüchtet worden. Wenn man sie vor einen Wagen spannte, würde sie zerbrechen.

Zu seinem Erstaunen mußte er sich eingestehen, daß er sie verstand und wußte, wie locker man die Zügel bei ihr lassen mußte, daß man sie nie mit einer kurzen Leine an einen Pflock binden konnte. War er etwa der richtige Mann für sie?

Doch was sein Herz schmerzhaft Sprünge machen ließ, war weder ihre unbändige Art, noch ihre Leidenschaft. Es war die Sehnsucht, ihre unbändige Art in all ihrer Natürlichkeit zu bewahren, sie vor denen zu beschützen, die versuchen würden, sie zu zermalmen und sie ihrem Willen zu unterwerfen. Und diese Feststellung erboste ihn noch mehr. Das machte ihm nämlich klar, daß er Jennifer Baxter dringender haben wollte als je irgend etwas anderes – Milly… sein Offizierspatent… ganz gleich, was. Er stand bedrohlich dicht vor einem Wutausbruch, als er Rand ins Musikzimmer folgte.

Jennifer saß bereits am Klavier und spielte Chopin, als er eintrat, und das erboste ihn noch mehr. Er wollte sie für sich allein haben, verdammt. Er wollte sie mit niemandem teilen.

Sie spielte drei Stücke – Jay hätte selbst dann nicht sagen können, welche es waren, wenn man ihm einen Revolver an die Schläfe gehalten hätte. Seine Gedanken kreisten viel zu sehr um Jennifer, deren Hände sich anmutig über die Tasten bewegten, während sich das mitternachtsschwarze Haar an ihren Hals schmiegte. Er beobachtete, wie sie konzentriert die Stirn runzelte, und er erinnerte sich daran, wie oft er auf der Reise diesen Ausdruck auf ihrem Gesicht gesehen hatte, und dann beging er den Fehler, auf ihren Mund zu schauen und sich zu erinnern, wie er sich auf seinen Lippen anfühlte.

Rand und Susanna gingen zu Bett, sowie Jennifer ihr letztes Stück beendet hatte. Nachdem sie sich zurückgezogen hatten, schlug

Clara vor, sie sollten Karten spielen – Poker. Faith machte alle Beteiligten darauf aufmerksam, daß es sich beim Pokern um eine Form des Glücksspiels handelte, die sich für Damen nicht schickte, und im nächsten Moment ging sie zu Bett. Daher spielten Clara, Abbey, Jennifer und Jay Poker.

Etwa nach einer Stunde ging Jennifer in die Küche, um den Weinkrug nachzufüllen. Als sie wenige Minuten später zurückkam, war nur noch Jay da. Jennifer stellte den Krug auf den Tisch. »Sind Clara und Abbey auch schlafen gegangen?«

»Ja.«

Jennifer warf einen bedrückten Blick auf die Tür. »Ich wünschte, sie hätten noch gewartet, bis...«

»Setz dich, Jennifer.«

»Ich glaube, das sollte ich lieber nicht tun.«

»Ich weiß, was du dir denkst, verdammt noch mal! Ich werde mich nicht auf der Stelle auf dich stürzen.« Seine Stimme wurde freundlicher. »Falls ich diesen Drang verspüren sollte, werde ich dir eine faire Warnung zukommen lassen. Einverstanden?« Sie nickte, aber er konnte ihr ansehen, daß sie nicht die leiseste Ahnung hatte, auf was sie sich einließ. »Ich möchte nur noch ein Glas Wein mit dir trinken. Dann begleite ich dich nach oben.« Sie setzte sich voller Unbehagen auf die Stuhlkante.

Jenny war ihm unter die Haut gegangen. Er wollte sie. Und er war ein Mann, der sich nahm, was er wollte. Aber bei ihr schien selbst das nicht zu genügen. Er hatte vorgehabt, den Gentleman zu spielen, um sie zu werben und sich mit zarten Worten bei ihr einzuschmeicheln und ihr genug Rotwein einzuflößen, um sie empfänglich zu machen. Er hatte die Absicht, den rechten Moment abzupassen und ihr dann zu sagen, was er für sie empfand. Er wollte mit ihr allein sein, um mit ihr zu reden, um ihr zu sagen, wie unerträglich ihm der Gedanke war, aus ihrem Leben zu verschwinden und einem anderen Mann etwas zu überlassen, was er als sein Eigentum betrachtete.

Er sah sie über den Tisch hinweg an, wie sie mit weitaufgerissenen Augen dasaß und ihre rosigen Lippen bebten. Sie betrachtete ihn mit dem Ausdruck eines Mannes, dem gerade klar wird, daß er angeschossen worden ist. Der Schock der Realität.

Verschwinde, Jennifer. Lauf! Schnell! Ehe er dich ganz durchschaut. Sie sprang auf, und ihr Stuhl kippte lautstark nach hinten, als sie durch die Tür floh.

Er ließ sie gehen.

18

Jennifer mied ihn am kommenden Tag.

So stellte es sich zumindest für Jay dar. In Wirklichkeit hatte sie es nicht bewußt so geplant. Es kam einfach so, weil sie von ihrer Familie mit Beschlag belegt wurde, und darin, wie sie in ihrer Familie aufging, sah er einen Beweis für ihre weibliche Unbeständigkeit. Er empfand es in gewissem Maß als einen Verrat an ihm, daß sie sich so glatt wieder in ihr Leben einfügte und ihn ignorierte. Es war, als sei etwas aus seiner Vergangenheit in ihrer Person wieder in sein Leben getreten, um ihm zuzusetzen wie ein Spuk.

Jennifer kam den ganzen Tag über kaum dazu, Luft zu schnappen. Sie wimmelte ihre Schwestern ab, wurde einmal mehr von ihrem Vater ins Kreuzverhör genommen und gab sich Jay gegenüber beim Abendessen höflich und unverbindlich, und all das ließ sie emotional erschöpft und ermattet zurück. Wenigstens war das der Vorwand, unter dem sie sich nach dem Abendessen sofort entschuldigte. Sie lief aus dem Eßzimmer, als stünde ihr Kleid in Flammen.

Als sie in ihrem Zimmer angekommen war, war ihre Nervosität kaum noch zu ertragen. Sie zog ihr Nachthemd an und legte sich ins Bett. Eine halbe Stunde später stand sie wieder auf. Sie nahm ein heißes Bad, zog sich ein anderes Nachthemd an und legte sich wieder hin. Aber sie hielt es wieder nur eine halbe Stunde aus, schlich auf Zehenspitzen in die Küche und machte sich ein Glas Milch warm. Nachdem sie die Milch getrunken hatte, ging sie wieder in ihr Zimmer, kroch ins Bett und schloß die Augen. Aber kurze Zeit später warf sie die Bettdecke zurück.

»Verflucht. Verflucht. Verflucht!« So wurde es nichts. Ganz gleich, was sie tat, sie konnte diesen blauäugigen Teufel nicht aus ihren Gedanken verbannen.

Sie brauchte einen Kulissenwechsel. Wie sie es schon als Kind immer getan hatte, schlich Jennifer aus dem Haus und ging zum Stall. Dort setzte sie sich auf einen Futtersack und erörterte ausgiebig das Thema Jay Culhane, während sie Castors weiches Fell streichelte. Pollux formte mit dem Schwanz ein Fragezeichen, während er immer wieder zwischen ihren Beinen durchlief. Zwei Stunden später war alles gesagt, ihre Kehle war trocken, und ihre Lider wurden schwer. Sie stellte Castor neben Pollux ab, der die Beantwortung seiner Frage inzwischen aufgegeben hatte und zu einer Kugel zusammengerollt eingeschlafen war.

Während sie auf den Steinplatten durch Blumenbeete und Sträucher ging, stellte Jennifer fest, daß sie immer häufiger daran dachte, daß Jay im Haus in einem der Betten lag und schlief. Sie wußte, daß das eine äußerst beunruhigende Vorstellung war, aber sie schien sich einfach nicht von dem Gedanken an ihn lösen zu können. *Jay... Jay... Jay...*

Sie öffnete ein Tor und schloß es hinter sich, folgte einer Wegbiegung um die Narzissen herum, die im Mondschein eher weiß als gelb wirkten. Über ihr raschelte der Wind in den Wipfeln, und um sie herum taten Unmengen von Grillen das, was sie eben tun mußten, um diesen gräßlichen Lärm zu erzeugen.

»Wohin gehst du, kleines Mädchen?« fragte eine tiefe männliche Stimme hinter ihr. Sie stieß einen Schrei aus und machte einen Satz.

Der Körper, der zu der Stimme gehörte, trat aus den Schatten, und sie flüsterte: »Culhane, du Idiot! Du hast mich zu Tode erschreckt!«

Er war eine prachtvolle Erscheinung, wie er dastand und den Blick auf ihr Nachthemd gerichtet hatte. Sie sah an sich selbst herunter und stellte fest, daß alles Entscheidende bedeckt war. Sie war froh darüber, daß sie so klug gewesen war, ein züchtiges Nachthemd zu wählen, wenn sie schon im Nachthemd aus dem Haus gehen mußte.

Sie dachte gar nicht daran, ihn zu fragen, was er um diese Nachtzeit im Freien zu suchen hatte. Sie war lediglich dankbar dafür, ihn hier anzutreffen. Jennifer war nämlich verliebt – hoffnungslos verliebt – eine Liebe, die nicht erwidert wurde, aber dadurch nicht weniger heftig war. Sie litt heute nacht unter der Tatsache, daß er nicht so empfand wie sie und weil er ohne sie weiterziehen würde. Sie war verrückt vor Liebe, und es kostete sie große Anstrengung, sich nicht in seine Arme zu stürzen. *Denk bloß schnell an etwas anderes, oder du wirfst dich ihm doch noch an den Hals,* dachte sie. »Ich gehe zum Haus zurück.«

»Wo warst du, Jenny? Um diese Nachtzeit... in der Aufmachung... hast du dich klammheimlich mit deinem Liebhaber getroffen?«

Sie wollte, daß er sie in die Arme nahm, aber er wollte nur reden, sonst gar nichts. Sie spürte den Schmerz dieser Zurückweisung heftig. Es war so schwer, sich auf ihre Gedankengänge zu konzentrieren, sich unbeschwert zu geben und zu plaudern, wenn sie am liebsten nur geweint hätte. Sie schlug die Hände vors Gesicht, um ihre Tränen zu verbergen, als sie seinen Anblick zum wahrscheinlich letzten Mal in sich aufsog – das Honiggold seines Haars, das unglaubliche Blau seiner Augen, seinen sinnlichen Mund, seine Haut, die die Sonne geküßt hatte. »Du bist der einzige...« Sie hielt sich gerade noch zurück. Sie hatte gerade sagen wollen, er sei der einzige Liebhaber, den sie je gehabt hatte.

»Der einzige was bin ich?«

»Der einzige, der so dumm ist, mir eine derart dämliche Frage zu stellen.« *Der einzige, den ich je lieben werde...*

»Wo bist du gewesen?«

Ist dir eigentlich klar, wie schwer es mir fällt, so mit dir zu reden? »Clementine hat heute kleine Kätzchen auf die Welt gebracht, wenn du es unbedingt wissen mußt«, sagte sie, und es war eine Lüge. Clementine hatte gestern Junge geworfen, und Jennifer hatte sich bis jetzt noch nicht die Zeit genommen, sie auch nur zu betrachten. Aber immerhin klang es gut. Viel besser als die Wahrheit.

Er trat jetzt ganz in den Mondschein, und ihr Herz stand still. »Clementine scheint wohl eine Katze zu sein.«

Sie lachte nervös. *Bestimmt weiß er es. Bestimmt kann er es mir ansehen...* »Es wäre äußerst merkwürdig, wenn sie kleine Kätzchen bekäme und keine Katze wäre.« Sie sah sein spöttisches Grinsen und versuchte, wieder zu lachen. Doch die Wärme, die sie in seiner Nähe fühlte, und der Schmerz seiner Zurückweisung waren so heftig, daß sie sich abwandte und sich die Arme um die Taille schlang.

»Ist dir kalt?«

»Nein.«

Er musterte sie einen Moment. »Woran denkst du? Was läßt einen so finsteren Blick auf dieses schöne Gesicht treten?« fragte er leise.

Ein Schauer überlief sie. Ihre Stimme war heiser, als sie erwiderte: »Glaubst du im Ernst, das würde ich dir sagen?« Sie lachte und hoffte nur, daß sie nicht in eine Falle ging, wenn sie ihre wahren Gefühle verbarg. »Ich weiß, was dummen Frauen passiert, die all ihre Geheimnisse ausplaudern.« Sie unterbrach sich, weil ihre Stimme versagte. Nach einer Weile holte sie tief Atem und fuhr fort. »Aber wenn du es unbedingt wissen mußt... ich habe gedacht, daß die Sterne heute nacht unglaublich hell sind. Heller als sonst. Nicht eine Wolke steht am Himmel. Und der Mond...«

»Hast du so finstere Geheimnisse, daß sie im Verborgenen bleiben müssen?«

Nein. Ich liebe dich. Und das ist kein Geheimnis. Ich will, daß die ganze Welt es erfährt. »Früher war es nicht so... aber heute sind sie finster.«

Diese Worte ließen ihn zusammenzucken. Er sah ihr tief und lange in die Augen. »Und wenn du deine Geheimnisse ausplauderst? Was passiert dann?«

Sie wich seinen Blicken aus und fragte sich, ob sie weiterhin hier stehen bleiben sollte und wie lange sie noch lässig und locker wirken konnte, ohne restlos die Selbstbeherrschung zu verlieren und vor seinen Füßen im Staub zu kriechen.

»Was passiert, wenn du deine Geheimnisse ausplauderst, Jenny?«

Sie zitterte jetzt, aber nicht etwa, weil die kühle Nachtluft ihre schmerzlich aufgeheizte Haut streifte. »Dann verwandeln sie sich in Waffen.«

»Mit den Menschen ist es dasselbe.«

Sie sah ihn argwöhnisch an, und ihr Herz schlug zu schnell und zu heftig. »Wie meinst du das?«

»Du hast mich den ganzen Tag gemieden.«

Wieder rang sie um Worte. »Ich hatte zu tun. Es sind so viele... so viele Anforderungen an mich gestellt worden.«

»Aber doch nicht so viele, daß du nicht die Zeit gefunden hättest, ein oder zwei Stunden im Stall zu verbringen... mit Clementine, der Katze.«

»Ich war die meiste Zeit bei Castor und Pollux.« Sie wandte sich ab und blieb mit verschränkten Armen stehen, weil sie fürchtete, andernfalls hätte sie sich ihm an den Hals geworfen. Sie sah auf den Pfad und trat einen Stein ins Blumenbeet.

»Jenny«, sagte er sanft. »Sieh mich an.«

Ich kann nicht. Ich kann dich nicht ansehen, ohne daran erinnert zu werden, was ich verliere. Sie hob den Kopf, drehte sich aber nicht um, und er lachte leise.

»Immer noch die alte Sturheit«, sagte er.

Sie wollte nicht als stur bezeichnet werden. Sie wollte hundert andere Dinge von ihm hören. Sie wollte, daß er sie in seine Arme nahm und ihr all das sagte, was sie von ihm hören wollte, und jeder Satz sollte mit *mein Liebling, mein Schatz, meine Süße* beginnen.

Sie sah ihm direkt in die Augen und hoffte, daß er durch diesen Frontalangriff nicht erkennen konnte, was sie fühlte. Die Luft um sie herum war kühl. Der Nachthimmel war mit Sternen besät. Jennifer fühlte sich an eine Nacht in der Wüste erinnert, als sie ihn nackt am Feuer hatte stehen sehen. Sie sah ihm ins Gesicht und fragte sich, welche Fragen sich hinter diesen schönen Augen bildeten, welche Worte über diese Lippen kommen würden, nach deren Kuß sie sich verzehrte. Sie sah seine gepflegte Kleidung an und erkannte immer noch den Revolverhelden in ihm. Sie hatten herrlich miteinander gekämpft und sich wunderbar geliebt – sie und ihr Revolverheld. Sie bereute, daß sie ihm hier draußen über den Weg gelaufen war. Es brach ihr das Herz. Sie liebte ihn so sehr. *Wie soll ich je über ihn hinwegkommen?*

»Schau mich nicht so an«, sagte er. »Haben sich deine Gefühle für mich so sehr verändert, daß du keinen sanften Blick und kein freundschaftliches Wort mehr für mich übrig hast? Ist etwas passiert, seit du nach Hause zurückgekommen ist? Etwas, was dich dazu gebracht hat, mich anders zu sehen?«

Sie schüttelte den Kopf und brachte kein Wort heraus. Auf die Wirkung, die seine Worte auf sie hatten, war sie nicht vorbereitet. Sie konnte ihm nicht antworten. Worte schienen heute nacht losgelöst von ihren Gefühlen zu sein. Nichts schien normal zu sein, nichts schien mehr in ihrer Welt zu existieren als ihre Sehnsucht, in seinen Armen zu liegen und zu fühlen, wie er ihre nackte Haut streichelte, seinen heiseren Tonfall zu hören, der sie bis ins Knochenmark aufweichte.

Lange Zeit stand er da und schaute auf sie herunter, atmete ihren Duft ein, der sich mit dem Geruch des wilden Geißblatts vermengte. Heute nacht war sie anders. Gedämpft. In all der Zeit, die er mit ihr verbracht hatte, hatte er keinen Anhaltspunkt dafür bekommen, was er mit dem Ausdruck anfangen sollte, den er jetzt auf ihrem reizenden Gesicht sah. Er hatte damit gerechnet, daß sie sich freuen würde, ihn zu sehen, oder daß sie wenigstens wütend reagieren würde, weil er die Kühnheit besessen hatte, ihr aufzulauern. Statt dessen wirkte sie nur mühsam gefaßt, und ihre Augen schimmerten etwas zu hell, ihr Gesicht war eine Spur zu blaß. Ihr Atem ging unregelmäßig, und ihre Haltung war so steif, als erforderte jede kleinste Bewegung ihre gesamte Konzentration. Enttäuschung machte sich in ihm breit. »Habe ich etwas falsch gemacht? Bist du mir aus irgendwelchen Gründen böse?«

»Nein«, flüsterte sie. »Es ist nichts.«

»Wenn nichts passiert ist und wenn sich deine Gefühle nicht geändert haben, warum meidest du mich dann?«

»Wenn du darauf nicht selbst eine Antwort findest, nützt es auch nichts, wenn ich sie dir gebe.« Sie hätte ihm liebend gern all das gesagt, was sie in diesem Augenblick empfand. Sie wollte ihm sagen, daß es kein Gut und kein Böse mehr gab, wenn sie in seinen Armen lag, daß es nichts mehr gab, woran sie sich halten mußten, und daß sie sich nur noch von ihren Herzen leiten lassen konnten. Aber sie brachte es nicht über sich. Sie konnte ihm nicht sagen, wie sehr seine Nähe das Blut in ihren Adern rauschen ließ, bis sie glaubte, ihre Liebe sei durch nichts je wieder zu zerstören. Mit welchen Worten hätte sie ihm sagen sollen, was für ein wunderbares Gefühl es war, mit ihm unter einer dünnen Decke auf dem harten Boden unter dem sternenbesäten Wüstenhimmel zu schlafen, während die kalte Asche des Lagerfeuers in ihr Haar geweht wurde und der Morgentau sich auf ihre Wimpern legte?

»Ich sehe schon, daß du es mir nicht leichtmachen wirst«, sagte er. »Und ich kann nicht hierbleiben und mit deinem Vater Heil- und Prophylaxe-Whisky von Gilbert & Parson trinken, bis du dich erweichen läßt. Du bist das schönste Geschöpf, das ich je gesehen habe. Ich kann mich einfach nicht an dir sattsehen. Diese reinen Farben... das mitternachtsschwarze Haar... die schneeweiße Haut... die veilchenfarbenen Augen.« Er schüttelte ungläubig den Kopf. »Lieber Gott, Jenny... ich habe in meinem ganzen Leben nichts so sehr gewollt, wie ich dich jetzt im Moment will. Ich bin nicht sicher, ob ich auch nur annähernd so etwas wie geistige Gesundheit bewahren kann, wenn ich noch länger warte.«

Die gesamte Distanz, die sie zwischen sich und ihn gelegt hatte, war plötzlich weg. Verschwunden, als sei nach einem langen trostlosen Regen plötzlich die Sonne herausgekommen und wurde die Welt in einen sanften Schein und in die zartesten Töne geschmolzenen Goldes getaucht. »Ich weiß nicht, warum du dir so viele Gedanken machst«, sagte sie so leise, daß er näher treten mußte, um sie zu hören. »Ich bin jetzt schon so aufgeweicht, daß meine Muskeln sich wie Pudding anfühlen.«

Er stand da und musterte sie auf seine stille Art, die sie um den Verstand brachte. »Du spielst ein gefährliches Spiel, kleines Mädchen. Stehst im Nachthemd im Freien, das Haar fällt dir verführerisch um die Schultern, und dann sagst du auch noch die Dinge, die ein Mann gern hört. Fürchtest du dich denn gar nicht vor mir? Vor dem, was passieren könnte? Weißt du nicht, was die Nacht bewirken kann?«

Ihre Augen wurden größer. Ihr Herz machte vor Vorfreude einen Satz. Aber er sagte kein Wort mehr. Sein Gesicht war streng und ernst. Dieser Mann hatte einen unbeugsamen Willen und setzte sich gern durch. Er kam auf sie zu, blieb erst stehen, als er ihr ganz nah war, legte die Hände leicht auf ihre Schultern, und seine Daumen, die sich zart auf ihrem Hals bewegten, verursachten ihr eine Gänsehaut. Sie erschauerte, und er zog sie in seine Arme und gab sich damit zufrieden, sie einfach festzuhalten, als könnte er ihren rasenden, wilden Herzschlag spüren und gewährte ihr ein wenig Zeit, damit sie ruhiger werden konnte, ehe sich sein Mund hart auf ihre Lippen senkte, fest und forschend. Nachdem sie über ihr erstes Staunen hinweggekommen war, verflog ihr Wunsch, mit ihm zu reden. Sie konnte ihm nicht den geringsten Widerstand entgegensetzen, und sie konnte auf keine Willenskraft zurückgreifen, um sie zu ihrem Schutz aufzubieten. Nichts stand ihr bei, sich gegen das eindringliche Fordern seiner Lippen, gegen seine heftige körperliche Erregung, den ungleichmäßigen Rhythmus seines Atems auf ihrer Haut, die unbändige Faszination, die wie ein Funke zum Leben erwachte, zur Wehr zu setzen.

Plötzlich war er unerträglich nah und riß sie in seine Arme. »Was tust du da?« fragte sie. »Bist du verrückt? Stell mich ab! Jay, laß mich in Ruhe.«

»Schon seit dem Tag, an dem ich dir das erste Mal begegnet bin, bemühe ich mich, dich in Ruhe zu lassen, aber es gelingt mir einfach nicht.« Er trug sie zu einer Steinbank unter einer weitausladenden Eiche. Er preßte sie an sich und legte das Kinn auf ihren Kopf. Durch ihr Nachthemd konnte sie seinen Körper bis in alle Einzelheiten spüren. Sie blickte zu ihm auf. Sein Gesicht war so dicht vor ihrem, daß sie ihn nicht genau erkennen konnte, aber sein Atem zerzauste ihr Haar. Seine Arme waren warm und fest um sie geschlungen. Und sein Kuß, als es endlich soweit war, fühlte sich unendlich sanft auf ihren Lippen an.

Sie spürte, daß ihr Herz raste und sich dann überschlug. Einen Moment lang glaubte sie, es hätte ganz ausgesetzt. Sie trieb nur noch, schwebte, von seinen starken, schutzspendenden Armen getragen. Dann sah er sie an, aus geweiteten Pupillen, und das Blau seiner Augen wurde vom Schwarz geschluckt. Sie betrachtete ihn, als hätte sie ihn noch nie gesehen, ihn bis zu diesem Augenblick nie wirklich angeschaut. Sie wollte ihn überall berühren, ihn in den Armen halten, bis sie ihn ganz in sich aufgesogen hatte. Wie hatte sie so viel Zeit mit ihm verbringen können, ohne ihn je so zu sehen, wie er wirklich war? Sie hätte den Rest ihres Lebens damit zubringen können, ihn immer wieder zu betrachten, zuzusehen, wie sich der Ausdruck seiner Augen änderte, die Bewegungen seines Mundes zu erkunden.

»War das etwa geplant? Im Nachthemd im Freien rumzulaufen, weil du genau wußtest, daß ich dann an Dinge denke, an die ich mich besser nicht erinnern sollte? Hattest du vor, mich so hier anzutreffen? Eine letzte Chance, mich zu verführen, nachdem du mich den ganzen Tag über gemieden hast, damit es mir um so reizvoller erscheint?« Er wirkte zornig und müde, und seine Blicke bohrten sich in sie.

»Nein.«

»O doch, ich glaube schon.« Sie spürte seine Anspannung und seinen Ärger physisch. »Seit dem Tag, an dem ich den Auftrag bekommen habe, dir nachzureiten, hast du mir nichts als Schwierigkeiten gemacht. Von dem Moment an, in dem ich dich in Mexiko gefunden habe, hast du dich selbst übertroffen, um dein Leben in Gefahr zu bringen, in meiner Vergangenheit herumzuwühlen und mich maßlos in Versuchung zu führen. Und warum all das? Weil dein Vater mich aufgefordert hat, dich zu suchen? Was, um alles in der Welt, habe ich bloß getan, damit man mir deinesgleichen aufhalst? Ich habe versucht, dir zu helfen... ich habe dich unter Einsatz meines Lebens beschützt... ich habe dir Sicherheit gegeben... ich habe Entschuldigungen für dich gefunden... bin für dich über meinen Schatten gesprungen... Damit ist jetzt bei Gott Schluß. Es genügt. Aus und vorbei.«

Sie versuchte, auf verborgene Quellen zurückzugreifen, um ihre Wut zu schüren, aber sie war derart entgeistert, daß sie nur flüstern konnte: »Wie meinst du das? Was hast du jetzt vor?«

»Ich setze alles auf eine Karte.«

»Das verstehe ich nicht.«

»Ich will dich. So einfach ist das. Ich will dich so sehr, daß ich alles tue, um dich zu bekommen.«

Jennifer zuckte zusammen, als sei ihr ein Messer in den Rücken gerammt worden. Nie, aber auch niemals hätte sie das von ihm erwartet. *Sei meine Geliebte* – das ja. *Meine Mätresse. Aber seine Frau?* »Willst du damit etwa sagen, daß du mich liebst?«

»Ich wünschte verteufelt, ich wüßte es. Ich bin nicht mehr klar bei Verstand. Seit ich dich kennengelernt habe nicht mehr. Ich bete dich an. Ich begehre dich unbeschreiblich. Mir ist der Gedanke unerträglich, ohne dich von hier fortzugehen: Aber ob das Liebe ist?« Er lachte und fuhr sich mit der Hand durchs Haar. »Ich habe wirklich keine Ahnung.«

»Du bist gekommen, um dich von mir zu verabschieden?«

»Nein«, sagte er. »Ich bin gekommen, um dich zu bitten, daß du mich heiratest.«

Einen Moment lang war sie so schockiert, daß sie kein Wort sagen konnte. Aber dann riß sie in einem Delirium des Verlangens und der

Sehnsucht seinen Kopf zu sich herunter und küßte ihn inbrünstig. »Ja«, flüsterte sie. »Ja... ja... ja!« Und der süße Irrsinn ergriff sie beide, bis sie vor Verlangen fast den Verstand verloren hatten. Dann legte sich die Besessenheit langsam wieder, und er löste seine Lippen von ihrem Mund. »Ich werde dir eine gute Frau sein, Jay. Ich weiß es ganz genau. Ich liebe dich viel zu sehr, als daß es anders kommen könnte. Wann willst du heiraten? Können wir es schon bald tun? Darf ich meine Eltern wecken? Wo möchtest du gern leben... hier oder vielleicht in Savannah... würde dir das gefallen? Oder möchtest du dich vielleicht ganz woanders umsehen und dir etwas suchen? Willst du wieder zur Marine gehen? Das scheidet natürlich aus, falls wir hierbleiben... ich weiß genau, daß du es lernen könntest, eine Ranch zu leiten...« Ihr Überschwang legte sich, als sie plötzlich merkte, daß Jay sich von ihr entfernt hatte und jetzt steif und mit einem seltsamen Gesichtsausdruck vor ihr stand.

»Was ist los, Jay?«

»Mach dir nur keine allzu großartigen Vorstellungen, Jennifer. Mit mir wirst du nicht das Luxusleben führen, das du gewöhnt bist. Ich bin Deputy Marshal. Meine Arbeitszeit ist lang, die Bezahlung unangemessen. Ich werde sehr viel unterwegs sein. Ich kann dir nicht gerade viel bieten, aber es ist mein Leben, und ich bitte dich, es mit mir gemeinsam zu verbringen.«

Hoffnung. Freude. Erwartungen. All das erlosch in dem Moment in ihr. Wie konnte er von ihr erwarten, daß sie ein solches Leben führte? Was wäre das für ein Leben gewesen? Wieviel Zeit blieb ihnen, bis sie als Witwe dastand und ihre Kinder allein großziehen mußte? »Das kann ich nicht, Jay. Sosehr ich dich auch liebe... aber das kann ich nicht.«

»Doch, du kannst es. Du kannst tun, was du willst... wie du es bisher auch immer getan hast.«

Aber Jennifer schüttelte den Kopf.

»Warum nicht, Jennifer?«

Sie schlang die Arme um seinen Hals und begrub ihr Gesicht an seiner Brust. Sie fühlte sich an, als blutete sie aus jeder Pore ihres Körpers. »Ich bin kein Einzelgänger wie du.« Ihre Worte kamen zittrig und verängstigt heraus, und jeder Atemzug bedeutete einen qualvollen Kampf. »Ich kann nicht allein existieren. Ich habe immer eine enge Beziehung zu meiner Familie gehabt und war im Kreis derer, die ich liebe. Wenn ich mit dir verheiratet wäre, würde ich mit dir zusammen sein wollen. Ich wußte nie, wen ich einmal heiraten werde, aber ich habe mir schon immer genau vorgestellt, wie meine Ehe aussehen wird – viel Liebe, ein Nehmen und Geben, Zeit, um gemeinsam Kinder aufzuziehen und ihnen ein Beispiel zu geben, während sie heranreifen.«

»Du kannst mich nicht allzu sehr lieben, wenn du so redest«, sagte er.

»Gerade, weil ich dich liebe, kann ich so reden. Ich liebe dich, Jay. So sehr, daß ich fair und aufrichtig sein will – ebensosehr um deinetwillen wie um meinetwillen.«

»Versuch nicht, mich versöhnlich zu stimmen.«

»O nein.« Sie winkte ab, als er noch mehr sagen wollte. »Ich habe immer wieder gebetet, du würdest mich mit der Zeit doch noch lieben und mich bitten, dich zu heiraten.« Ihre Stimme wurde hart. »Gott hat meine Gebete erhört, aber in einer Form, die mehr schmerzt, als wenn du mich nie gebeten hättest, deine Frau zu werden. Vielleicht werde ich nie erfahren, ob ich die richtige Entscheidung getroffen habe – ich werde weiß Gott jahrelang darunter leiden. Aber ich muß lernen, damit zu leben, selbst wenn es heißt, daß ich zur alten Jungfer werde. Aber du ... was wirst du tun, Jay? Wirst du dich weiterhin mit deinen Revolvern ernähren? Vor Schatten zusammenzucken, um am Leben zu bleiben? Dich weiterhin für deine Vergangenheit bestrafen, bis sie für dich realer ist als deine Gegenwart?« Ein gepeinigtes Schluchzen stieg in ihr auf, und sie schrie ihn fast an, während ihre Fäuste auf seine Brust trommelten. »Wie lange noch, Jay? Wie lange wirst du noch so weiterleben, bis dir jemand eine Kugel in den Rücken schießt und du auf irgendeinem Feldweg verblutest?«

Seine Hände gruben sich tief in ihr Haar und zogen ihr Gesicht zu ihm, und dann hielt er den Fluß ihrer Worte mit einem groben Kuß auf. Er küßte sie, bis sie keuchend nach Luft schnappte, ihr Mundwinkel aufriß und Blut daraus sickerte. Seine Küsse drückten rasende Sehnsucht, Begierde und Wut aus – und die Verzweiflung über das, was er verloren hatte. »Verdammt«, flüsterte er an ihren Lippen. »Verdammt, wie konntest du mich nur dazu bringen, daß ich mir so viel aus dir mache.« Er küßte sie wieder, außer sich vor Leidenschaft und brennendem Verlangen. Einer Begierde, der es bestimmt war, nicht erfüllt zu werden. Eines zerstörerischen Verlangens. Seine Verzweiflung sprengte die Grenzen dessen, was noch als normal angesehen werden konnte. *Nein. Nicht jetzt. Nicht so.*

Seine Hände lagen auf ihren Brüsten, und seine steife Männlichkeit preßte sich schmerzhaft an ihren Beckenknochen. In ihrer Panik ging sie mit Fäusten und Nägeln auf ihn los und machte ihn mit jeder ihrer Bewegungen nur noch rasender. In einem letzten Anlauf, ihn wieder zur Vernunft zu bringen, stieß sie ihm ein Knie in die Leistengegend und erwischte ihn so fest, daß er mit einem Satz zurücksprang, in der Taille einknickte und nach Luft schnappte. »Lauf schon ins Haus«, sagte er, »wenn du nicht vergewaltigt werden willst. Um Gottes willen, bleib nicht noch länger halbnackt hier stehen und führe dein Schicksal in Versuchung.«

Sie trat zurück und sah, wie er mühsam nach Atem rang, bis der Schmerz nachließ und er sich wieder aufrichtete. »Ich dachte, ich hätte dir gesagt, du sollst gehen.«

»Ich weiß.« Sie lächelte matt. »Aber ich war doch noch nie gut darin, Anweisungen zu befolgen, stimmt's?«

»Warum? Warum stehst du immer noch hier? Warum tust du uns beiden das an? Ich habe dir die Ehe angeboten, und genau das wolltest du, du hast es selbst zugegeben. Was willst du denn sonst noch? Meinen Kopf auf einem silbernen Tablett?«

»Ich möchte, daß du frei bist, Jay.«

»Was soll das heißen? Frei. Himmel! Du bist übergeschnappt!«

»Ich bin verliebt. Und wenn das reicht, um verrückt zu sein... ich schätze, dann muß ich wohl verrückt sein. Ich liebe dich so sehr, daß ich mir vorkomme, als hätte sich die Welt schräggelegt und ich könnte runterrutschen. Ich wollte dich nicht lieben. Ich habe mich bemüht, dich nicht zu lieben.«

»Dann lieb mich nicht.«

»Sag dieser Eiche, sie soll sechs Meter nach links rutschen; das wäre weitaus einfacher.«

»Von allen Reaktionen, mit denen ich gerechnet habe...«, sagte er und lachte trocken. Dann schüttelte er den Kopf. »Daß du ablehnen könntest... das ist die einzige, auf die ich nicht gefaßt war.«

»Ich könnte dich nicht heiraten, Jay. Nicht heute. Nicht so. Du schleppst immer noch eine zu schwere Last aus deiner Vergangenheit mit dir herum. Dagegen kann ich nicht kämpfen ... ich werde es nicht tun. Wenn ich mich von dir ins Schlepptau nehmen ließe, ob als deine Geliebte oder als deine Ehefrau, es wäre nur immer wieder dasselbe. Jedesmal wenn ich dir hinterherschauen würde, wenn du fortreitest, würde ich mich fragen, ob du diesmal auf jemanden stößt, der etwas schneller ist als du, ob ich dich je wiedersehen werde oder nur deine kalte, steife Leiche, die auf einem Pferderücken liegt. Ich will mehr als nur bei einem Fünfdollarbegräbnis an deinem offenen Sarg stehen. Dieses Leben ist nichts für mich, Jay.«

»Noch mehr Bedingungen?«

Sie wandte sich von ihm ab. »Nenn es, wie du willst.«

Er schwieg eine Zeitlang. »Wie sehen sie aus, deine Bedingungen?« Er seufzte. »Was muß ich tun, um mich zu beweisen?«

»Das hast du bereits getan. Das gehört auch zu den Gründen, aus denen ich dich liebe.«

»Was fehlt dann noch?«

»Hast du je mit dem Gedanken gespielt, zurückzugehen und zu versuchen, mit den Dingen klarzukommen, die damals in Savannah passiert sind?«

»Fang bloß nicht an, mir damit zuzusetzen«, warnte er sie. »Ich habe Wichtigeres zu tun.«

»Wichtigeres, als deinen Namen reinzuwaschen und alte Gespenster zu begraben?«

»Hack nicht auf mir herum, Jenny. In Savannah gibt es für mich nur noch kalte Asche.« Er sah sie an, und seine Hände umklammerten ihre Arme. »Was könnte ich dort heute noch zu erwarten haben?«

»Deine Freiheit. Ein Haus verläßt man am besten durch die Tür. Man kann sich nicht ewig auf dem Dachboden verstecken.« Sie wußte, daß er jetzt wahrscheinlich explodieren würde, und dann war Schluß mit ihrer Unterhaltung. Er war kein Mann, der es hinnahm, daß man ihn indirekt als Feigling bezeichnete. Aber wie schon so oft, versetzte Jay sie auch jetzt wieder in Erstaunen.

»Vieles kann sich in der Dunkelheit verbergen, Jenny. Häßliche Dinge. Dinge, die am besten im Dunkeln bleiben.«

»Das ist nicht wahr. Du...«

»Es reicht!« sagte er und löste sich von ihr. Als sie versuchte, ihn wieder an sich zu ziehen, stieß er sie von sich.

Sie setzte sich auf die Steinbank und zog die Beine an. Dann stützte sie den Kopf auf die Knie. Dort blieb sie eine Weile sitzen, bis sie kalte Füße hatte und beschloß, ins Haus zu gehen. Als hätte er gespürt, daß sie gerade gehen wollte, kam Jay zu ihr, ließ sich neben sie sinken und nahm sie in seine Arme. »Jenny...«

»Ich werde nie für einen anderen Menschen empfinden, was ich für dich empfinde«, sagte sie und schlang die Arme um seinen Hals. »Aber ich kann nicht mit dir kommen. Ich kann es einfach nicht.«

Sein Haar schien sternenbesät zu sein, und seine Augen funkelten wie Saphire im Dunkeln, als er ihr zartgeschnittenes Gesicht anstarrte. Er nahm sie so deutlich wahr, daß es nicht gerade die klügste Entscheidung war, sie in den Armen zu halten. Sein Körper reagierte augenblicklich mit einer Woge des Verlangens. Seine Augen glühten vor Leidenschaft, als er diesem Wahnsinn nachgab. Mit einem leisen Fluch legte sich sein Mund auf ihre Lippen.

Jennifer spürte genau, wann seine Gefühle sich veränderten. Sie hatte nicht den Wunsch, sich ihm zu widersetzen, denn sie wollte es ebensosehr wie er. Sie erwiderte seinen Kuß mit all dem Feuer und der Glut, die sie in sich spürte, und als sie Jay stöhnen hörte, verlor sie sich ganz und gar. Die Realität ergriff erst wieder Besitz von ihr, als er sie hochhob. Sie wußte, daß gleich etwas ganz Wunderbares geschehen würde.

Der Windhauch verfing sich in ihrem Nachthemd, das um ihre Knöchel wehte, als er sie über den Rasen und durch ein kleines Tor in den Obstgarten trug. Die Bäume schimmerten silbrig im Mondschein, und nur die üblichen Laute der Nacht waren zu hören. Sie waren allein, nur sie beide, umgeben von den Wundern der Schöpfung Gottes. Ein Garten Eden.

Jays Schritte waren lautlos, als er über das Gras des Obstgartens und über den Klee ging und sie dann auf den Steinplatten des Gehwegs zum Gewächshaus trug. Glasscheiben schützten hier Obstbäume, die zu empfindlich waren, um im Freien gezüchtet zu werden, und Hunderte von blühenden Pflanzen standen überall. Heute nacht waren die Fenster und Türen geöffnet, um die willkommene frische Nachtluft einzulassen. Selbst hier, zwischen den duftenden Blumen in geflochtenen Körben und in Töpfen, hielt er noch nicht an. Er ging weiter zu den Gartenmöbeln, die auf einem weichen Perserteppich standen. Kissenstapel mit exotischen Hüllen aus den Stoffen des Ostens waren überall verteilt.

Dort stellte er sie auf die Füße, und sie lehnte den Kopf an seine Brust. Ihr Verlangen nach ihm war aufrichtig und von einer wohltuenden Reinheit, zu natürlich, um schmutzig oder schändlich zu sein. Er war so warm, so männlich, so kräftig, so nah. Und sie liebte ihn so sehr. Das Verlangen nach ihm ließ sich nicht leugnen, und sie konnte es auch nicht verbergen. Es trat nicht sachte zutage, sondern wie ein Schauer von Pfirsichblüten, den der Wind vor sich hertreibt.

Sie wollte ihn, wollte seinen Mund auf ihren Lippen spüren, das Gewicht seines Körpers, das sie niederdrückte, die Wärme seiner Schenkel an ihren, die Kraft seiner Arme, die sie umschlangen, die Wucht seine Verlangens. Sie liebte ihn. Sie begehrte ihn. Sie brauchte ihn. Aber sie konnte ihn niemals haben. Und die Endgültigkeit erfüllte sie mit einer solchen Verzweiflung, daß sie sich lüstern und unbeherrscht fühlte. Sie wollte ihn ein allerletztes Mal, wollte mit einer solchen Intensität und Macht geliebt werden, daß die Erinnerung nie ausgelöscht werden konnte, aber schon während sie sich das überlegte, wußte sie, daß einmal mit ihm niemals genug sein konnte.

Seine Arme legten sich fester um sie, und sie fragte sich, ob er wußte, wie groß ihre Schwäche für ihn war, ob er spüren konnte, daß ihr Körper vor Verlangen bebte. »Ist dir kalt?«

»Ja und nein. Alles scheint nur in Extremen zu verlaufen. Ich habe überall Gänsehaut, aber da, wo du mich berührst, bekomme ich Brandblasen.« Er küßte sie, um nicht laut loszulachen.

»Ich fühle mich auch leicht angesengt«, sagte er, als sie sich an ihn schmiegte, um herauszufinden, wie sich ihr Körper seinem am vollkommensten anpaßte, wie sie ihn am besten überall gleichzeitig berühren konnte. Er zog sie mit sich auf ein Bett aus Kissen auf dem Perserteppich. Nachdem sie nichts mehr anhatten, ließ die Erkenntnis, daß sie nackt und allein waren und sich jetzt zum letzten Mal lieben würden, beide einen Augenblick lang regungslos verharren. Jay stützte sich auf einen Ellbogen und sah ihr ins Gesicht, ehe sein

Kopf sich auf ihre perfekt geformten Brüste senkte und seine Hand ihren Bauch streichelte und dann tiefer glitt.

Als seine Lippen wieder zu ihrem Mund fanden, wand sie sich wild unter seinen Fingern, und er küßte sie mit einer aufreibenden Langsamkeit, etwas durchzuckte sie wie Feuer und ließ die gesamte Leidenschaft ausbrechen, die sich in ihr angestaut hatte. »Jenny«, flüsterte er mit belegter Stimme. »Liebling, ich kann nicht länger warten.« Mit einer Zartheit, die sie nie zuvor an ihm erlebt hatte, legte sich sein Mund auf ihre Lippen, und er spann sie in einen Kokon warmen, männlichen Fleisches, der sie ganz bedeckte, während ihr Rücken auf den prächtig gewebten Stoffen des mystischen Ostens ruhte. Sie fühlte sich von den zarten Stoffen und von Jays Händen und seinem Mund verwöhnt und angebetet.

»Du bringst mich um den Verstand«, flüsterte sie rauh.

»Wie du es über endlose Wochen mit mir getan hast.«

Er preßte sich an sie, und sie schnappte nach Luft, als sie ihn auf dem nackten Fleisch ihrer Schenkel spürte.

»Sag mir«, sagte er, »daß du es genauso sehr willst wie ich.« Seine Hand legte sich zwischen ihre Körper und liebkoste sie. »Du willst mich; das läßt sich nicht leugnen. Jetzt verzehrst du dich nach mir.«

Sie sagte es ihm nicht, weil sie die passenden Worte nicht finden konnte, und die Vorstellung, daß er am Morgen aufbrechen würde, hing über ihr wie eine Träne. Nein, sie konnte es ihm nicht sagen. Aber sie konnte es ihm zeigen. Ihr Mund berührte ihn mit einer schmelzenden Süße, die unwiderstehlich war, und ihre Hände glitten über seinen Körper und erkundeten ihn so eifrig und unverfroren, daß er leise stöhnte und sie küßte. »Du hast mir noch gar nicht gesagt, daß du an Überraschungsangriffe glaubst.«

»Ich glaube auch nicht daran. Ich glaube nur an Siege.«

Sie hob die Hand, um seine Wange zu streicheln, und dabei sah sie seinen wunderschönen üppigen Mund an. Die plötzliche Erkenntnis, daß es wirklich nie wieder so zwischen ihnen sein würde, traf sie gewaltig. Nie hatte sie ihn mehr begehrt. Nie war ihr klargeworden, daß es so viele Dinge gab, die sie über ihn wissen wollte. Mit dem glühenden Verlangen nach ihm konnte sie fertig werden, aber wie sollte sie sich je darüber hinwegtrösten, daß er nicht an ihrem Leben teilnahm?

»Du setzt unfaire Mittel ein«, sagte er. »Mich so anzusehen!«

»Ich tue, was nötig ist, wenn ich alles auf eine Karte setze.«

»Ich wünschte, du würdest alles auf eine Karte setzen«, sagte er leise. »Ich wünschte verzweifelt, du tätest es.«

Plötzlich war alles unerträglich – ihn zu lieben, mit ihm zusammen zu sein, ihn zu verlieren –, und sie drehte sich auf die Seite, fort von ihm, und schluchzte ihr Elend über diese Ungerechtigkeit heraus. Er war da, wie er immer dagewesen war, und hielt sie im Arm. Sie schmiegte sich enger an ihn und weinte heftiger, denn sie sah sich den Rest ihres Lebens mit einem gepflegten kleinen Garten und einem mißmutigen alten Ziegenbock verbringen, genau wie Pearl und Tante Winny.

»Mit Weinen läßt sich nichts lösen«, sagte er.

»Mit Fortgehen auch nicht, aber du wirst es einfach tun. Erzähl mir also nicht, daß ich nicht weinen soll.«

Seine Hände gruben sich in ihr Haar, und er küßte sie. »Küß mich, Jenny. Küß mich und lieb mich und laß mich vergessen. Lieb mich, als würdest du nie mehr von mir lassen.« Er spreizte ihre Beine mit seinen Schenkeln und drang in sie, und er spürte, wie eng und heiß sie ihn umgab. Rasend vor Verzweiflung und Verlangen ergoß er seine Seele in sie, ließ sich tiefer und immer tiefer in sie sinken und forderte, daß sie mit ihm kam. Mit jeder seiner Bewegungen trieb er sie voran, und mit einem letzten Stoß schleuderte er sie beide in eine bewußtlose Leere. Und selbst dann wölbte sie sich ihm noch entgegen, umklammerte ihn mit ihren Schenkeln und preßte die Hände auf sein Gesäß, um ihn noch tiefer in sich zu ziehen, bis er so tief in ihr war, wie es sich nur irgend machen ließ, und dann rief sie seinen Namen aus. »Gütiger Gott«, sagte er und war entgeistert über die Zuckung, die seinen Samen wie einen Feuerregen aus ihm preßte und an seinen Eingeweiden zerrte. »Daran«, flüsterte er heiser, »wirst du dich dein Leben lang erinnern. Jedesmal, wenn dich ein anderer Mann liebt, wirst du dich wieder daran erinnern, wie es bei uns war. So fühlt man sich, wenn man geliebt wird, Jenny. Du wirst es nicht vergessen... denn so wirst du dich nie wieder fühlen.«

Sie schloß die Augen. In diesem Gartenhaus hatte sie die verbotene Frucht gekostet und vom Baum des Wissens genascht. Der Duft des Mohns betörte und verhexte sie, und sie schlief tief ein.

Jay weckte sie mit einem Kuß. Seine Augen schauten forschend in ihr Gesicht, ehe sein Mund ihren suchte, und seine Worte klangen zart und heiser, ein warmes, gehauchtes Murmeln. »Lieb mich, Jenny… noch ein letztes Mal«, flüsterte er. »Ein allerletztes Mal, bevor ich gehe.«

Teil IV

Das Schicksal gewährt uns unsre Wünsche,
aber auf seine Weise, um uns etwas
über unsere Wünsche geben zu können.

Goethe *Wahlverwandtschaften*

19

»Vorfreude ist oft die schönste Freude« – wer das auch gesagt haben mochte, er wußte genau, wovon er sprach. Als der Sommer vorbei war, wurde Jennifer klar, daß Erwartungen oft enttäuscht werden. Sie fing an, sich Gedanken über ihre abgeschiedene Existenz zu machen und sich ein paar Fragen zu stellen. Es war ganz offensichtlich, daß sie im Sommer ihren Winterschlaf gehalten und nur darauf gewartet hatte, daß die Zeit vorüberging. Ein bloßes Vegetieren. Und warten. Aber worauf? Und warum?

»Nimm dein Leben wieder in die Hand«, sagte Rand Baxter.

Sie schämte sich ein wenig, aber wenn sie sich selbst gegenüber ehrlich war, mußte sie sich eingestehen, daß sie beharrlich geglaubt hatte, sie würde etwas von Jay hören. Ein Brief, ein Telegramm – irgendeine Nachricht von ihm, in der stand, daß er sie vermißte, daß er sich ohne sie genauso elend fühlte wie sie sich ohne ihn. Nicht etwa, daß Jay ihr falsche Hoffnungen gemacht oder etwas angedeutet hätte. Es lag nur daran, daß sie bis ins Knochenmark fühlte, wie sehr Jay Culhane sie liebte – genug, um einiges in seinem Leben in Ordnung zu bringen.

»Laß ihm noch etwas Zeit, Jenny«, hatte Susanna gesagt. »Warum gehst du nicht wieder nach Brownsville? Und stürzt dich auf deinen Unterricht? Dann vergeht die Zeit viel schneller.«

Sie war also nach Brownsville gegangen, als der Sommer sich seinem Ende näherte, um wieder eine Lehrerstelle anzunehmen. Vier Monate lang hatte sie von einem Tag zum anderen gelebt und Ränke geschmiedet, um dann festzustellen, daß sie damit nur sich selbst geschadet hatte.

Er wird nicht zurückkommen.

Warum also hatte sie gewartet? Warum hatte sie in diesem wahnwitzigen Sport eine solche Ausdauer an den Tag gelegt, sich verausgabt wie ein Rennpferd, und all das nur wegen der Verliebtheit in einen Mann, der sich nicht so viel aus ihr machte, wie sie gehofft hatte? Weil sie geglaubt hatte, es könnte sich etwas ändern; weil sie sich gewünscht hatte, es würde sich etwas ändern. Aber Jay Culhane würde sich niemals ändern, soviel stand fest, und sie, Jennifer Leigh

Baxter, hatte den Rest des Sommers und den frühen Herbst damit vergeudet, auf das Unmögliche zu warten, und das einzige, was sie für ihre Geduld bekommen hatte, war unzumutbares Schweigen.

Jay Culhane dachte überhaupt nicht mehr an sie.

Und sie würde auch nicht mehr an ihn denken. Wie Tante Winny am Vorabend beim Essen zu ihr gesagt hatte: »Unternimm endlich etwas. Es sieht so aus, als käme er nicht wieder. Nimm ein paar von den Einladungen an, die du bekommst. Ich weiß, daß du ihn nicht vergessen wirst, aber du kannst über ihn hinwegkommen.«

»Ich weiß, daß ich das tun sollte, aber mir ist so gar nicht danach zumute. Und du weißt selbst, daß sich niemand mit ihm messen kann«, sagte Jennifer.

Tante Winny hatte trotzdem recht. Nie wieder würde sie sich so viele Gelegenheiten entgehen lassen und sogar Freundschaften zerstören, und das nur, um einen Mann treu zu bleiben, der ihr nie gehört hatte.

Der Winter kam, und im Dezember hatte Jennifer ein Rendezvous mit Johnny Rayburn, der sie zu einem Silvesterball eingeladen hatte. Im Februar schenkte ihr Kip Carter die größte herzförmige Pralinenschachtel, die sie je gesehen hatte, und noch dazu drei Dutzend leuchtendroter Rosen. Im März wurde es draußen wieder wärmer, und sie nahm die Gartenarbeit auf. Am texanischen Unabhängigkeitstag lud Hardy Steinway sie zu einem Barbecue und einer Tanzveranstaltung im Schulhaus ein.

Im April war Jennifer endgültig klar, daß es zwecklos war. Es gab keinen Mann auf Erden, der Jay Culhane ersetzen konnte, bei weitem nicht. Wenn es ihr vom Schicksal bestimmt war, als alte Jungfer zu enden, dann konnte sie ihr Leben ebenso gut damit verbringen, an der Schule zu unterrichten. Am 5. April unterschrieb sie einen Vertrag für das kommende Schuljahr.

Am 9. April traf ein Telegramm von Susanna ein. Ihr Bruder, der zwischen Savannah und Charleston lebte, hatte ihr geschrieben, daß Jennifers Cousine Marilla Claiborne im Juli heiratete und Jennifer gern als Brautjungfer haben wollte.

Jenny zeigte Tante Winny das Telegramm. »Dann hat also doch endlich einer angebissen«, sagte Winny. »Sie hat den Köder weiß Gott oft genug ausgeworfen.«

»Ich soll bei Marillas Hochzeit Brautjungfer sein«, sagte Jennifer. »Ich habe Marilla seit drei Jahren nicht mehr gesehen.«

»Sei froh.«

»Wieso froh? Offen gesagt, bin ich ein wenig neidisch auf sie.«

»Weshalb denn das?«

»Weil sie heiratet, und nicht ich.«

»Ihr beide sitzt nicht im selben Einmachglas. Zieh dir bloß nicht diesen Schuh an.«

»Gehst du hin?« fragte sie ihre Tante.

»Ich habe mich noch nicht entschieden.«

»Was ist mir dir, Pearl?«

»Nein. Für eine Hochzeit würde ich nicht mal von einer Straßenseite auf die andere gehen. Außerdem fahre ich ungern länger weg. Wer soll denn solange hier die Ratten umbringen?« Pearl sah Jennifer an. »Dir sehe ich an, daß du hinfährst.«

»Wie kommt das?« sagte Jennifer und grinste Pearl an.

»Du gebärdest dich wie kaltes Wasser in einer Pfanne mit heißem Öl.« Pearl musterte sie kritisch. »Ich glaube immer noch, daß du Würmer hast.«

Jennifer lachte. »Pearl, manchmal bist du bösartiger als eine Wespe mit zwei Stacheln.«

»Bin ich nicht«, protestierte Pearl. »Ich bin so sanft wie ein Mondstrahl.«

Erst Mitte Mai entschloß sich Tante Winny mitzukommen.

Im Juni hatten sie viel zu tun, und Jennifer fand trotzdem noch die Zeit, an Culhane zu denken, denn schließlich kam Marillas zukünftiger Mann aus Savannah, und die Hochzeit würde in Savannah stattfinden. Wie es wohl sein würde, dort hinzufahren, in die Stadt, in der Jay aufgewachsen war? Sie würde zwangsläufig auf Menschen treffen, die ihn kannten, Männer, mit denen er als Kind gespielt hatte, vielleicht auch einen alten Lehrer oder einen früheren Pfarrer, Kaufleute, die ihm Süßigkeiten verkauft hatten, Frauen, die seine Berührungen ausgekostet hatten. Es konnte sogar sein, daß sie auf einen seiner Brüder oder eine seiner Schwestern stieß. Aber wenn sie auch noch so viele Menschen treffen würde, die Jay Culhane kannte, dann würde doch der Mensch nicht dort sein, den sie lieber als jeden anderen auf Erden sehen wollte.

In der dritten Maiwoche nahmen Jennifer und Winny die Kutsche nach Weatherford. Eine Woche später standen Jennifer, Winny und Susanna erschöpft auf einem Bahnsteig in Charleston. Sie hatten eine lange Zugfahrt hinter sich. Sie konnten sich kaum die Hüte zurechtrücken und sich umsehen, als auch schon Preston Claiborne, der von seinen Freunden liebevoll Claib genannt wurde, über den hölzernen Bahnsteig auf sie zulief. Er sah noch so gut und so jugendlich aus wie vor Jahren, als Jennifer ihn das letzte Mal gesehen hatte. Susanna quietschte vor Freude, als Claib sie hochhob und sie im Kreis herumwirbelte. Ihr Hut segelte durch die Luft, und Tante Winny hielt Claib mit ihrem Sonnenschirm von sich ab, als er auf sie zusteuerte.

Kurz darauf fuhren sie in der Kutsche zum Stadthaus von Onkel Preston und Tante Sassy. Tante Sassy erzählte auf der Fahrt von der geplanten Hochzeit.

»Vier Monate? Lange war sie ja nicht gerade verlobt! Ihr hattet anscheinend nichts dagegen?« fragte Susanna.

»Ich persönlich halte es für keine gute Idee, eine Hochzeit so überstürzt zu veranstalten«, erwiderte Sassy.

Darauf sagte Tante Winny: »Heirate übereilt, und bereue in aller Ruhe, das war schon immer meine Rede.«

Jennifer sah ihre Tante an. Wenn es einen Menschen gab, der sich durch reine Schlagfertigkeit beliebt machen konnte, dann war das Tante Winny.

Jennifer liebte ihre Mutter für die stabile Grundlage, die sie in ihren Entwicklungsjahren bekommen hatte, für ihre Liebe, ihre hingebungsvolle Art und ihr großes Verständnis. Wie viele andere Mütter hätten die Nachricht, daß ihre Tochter sich ohne die Sanktionierung einer Ehe einem Mann hingegeben hatte, so gut aufgenommen wie Susanna, die sie nur zu unterstützen und ihr zu helfen versuchte? Und ihren Vater liebte sie heiß und innig für seine polternde, brummige Art, seine Stärke, mit der er auch anderen unter die Arme griff, sein Urteilsvermögen, sein Durchsetzungsvermögen und dafür, daß er zurechtkam – zehn Frauen hätten die Geduld eines Heiligen auf eine harte Probe gestellt –, und für das Vorbild, das ihr zeigte, was ein Mann oder ein Geliebter sein konnte.

Aber ihre Tante Winny liebte Jenny ohne jeden bestimmten

Grund und doch aus allen erdenklichen Gründen unter der Sonne. Sie betrachtete die schlanke, makellos gekleidete Frau mit ihrer aufrechten Haltung und ihrem fast hochmütigen Stolz und fand, daß das karottenrote Haar den einzigen Hinweis auf die Frau, die in dieser Hülle steckte, lieferte. Tante Winny war diejenige, die sie zum Nachdenken anregte.

»Hat Marille den jungen Mann vorher schon lange gekannt?« fragte Susanna Sassy, während sie ihren Fächer aus Elfenbein und Spitze aufklappte.

Tante Sassy wischte sich mit einem bestickten Leinentaschentuch den Schweiß von der Stirn. »Das Ganze ist ein solches Durcheinander«, rief Sassy aus, und die Fettpolster auf ihren rundlichen Armen schwabbelten, als sie sich mit dem Taschentuch Luft ins Gesicht zu fächeln versuchte. »Ich weiß gar nicht, wo ich anfangen soll.«

»Versuch einfach, vorn anzufangen«, sagte Winny.

»Ja, sicher. Marilla und Stephen – Stephen Tattnall heißt er – kennen sich jetzt seit etwa vier Jahren. Natürlich hatten beide Familien schon lange den Verdacht, daß die beiden heiraten würden, und im Januar hat Stephen dann bei Preston offiziell und förmlich um Marillas Hand angehalten. Ursprünglich hatten sie sich vorgenommen, Weihnachten zu heiraten.«

»Und wieso haben sie es sich anders überlegt?« fragte Jennifer.

»Stephens Mutter Eula, ihr Gesundheitszustand verschlechtert sich schon seit längerer Zeit zusehends. Letzte Woche ist es plötzlich – und zwar wirklich rapide – mit ihr bergab gegangen. Der Hausarzt der Familie gibt ihr nur noch ein paar Wochen. Eula weiß, daß ihrer Familie ein Trauerjahr bevorsteht, und sie möchte, daß Marilla und Stephen heiraten, bevor sie stirbt. Man könnte sagen, es sei ihr letzter Wille. Nach einer Diskussion mit ihrem Arzt ist dann beschlossen worden, die Dinge zu beschleunigen.«

»Deshalb heiraten sie auch in Savannah?«

»Zum Glück macht es für uns kaum einen Unterschied, da wir gleich weit von den beiden Städten leben. Preston hat geschäftlich wohl mehr in Charleston zu tun, und deshalb unterhalten wir hier das Stadthaus, aber ich würde sagen, unser gesellschaftlicher Umgang hat seinen Schwerpunkt in Savannah.«

»Erzähl mir mehr über den jungen Mann«, sagte Susanna. Jennifer war derart in Gedanken verloren, daß sie Tante Sassys Antwort nicht hörte.

Preston Claiborne war vorausgeritten und erwartete sie schon. Tante Winny sagte ihm, daß es wirklich eine weise Entscheidung gewesen sei, den Braunen zu nehmen und nicht mit ihnen in der Kutsche zu fahren, und Onkel Preston lachte. »Meine Mama hat keine Dummköpfe großgezogen«, sagte er, als er dem Stallknecht die Zügel reichte und sich bei Winny einhängte. »Nun, meine liebe Schwester, was gibt es Neues aus Brownsville, dem gräßlichsten Ort auf Erden und im Himmel?«

Jennifer bekam ein helles, luftiges Zimmer im dritten Stock mit einem prachtvollen Ausblick auf den Hafen, den der Zusammenfluß des River Ashley mit dem River Cooper bildete. Sie kam aber nicht dazu, viel Zeit in dem angenehmen Raum zu verbringen, da sie in den nächsten Tagen von letzten Anproben und Partys in Anspruch genommen war, ehe sie auf das große Anwesen der Claibornes auf dem Lande fuhren.

Dort verbrachten sie drei genüßliche Tage, bevor der gesamte Claiborne-Clan sich in der letzten Woche vor der Hochzeit nach Savannah begab.

An einem späten Abend trafen sie in Savannah ein, und als sie durch die Straßen fuhren, die von Hartriegeln und Azaleen gesäumt wurden, dachte Jennifer, daß keine Stadt auf Erden schöner sein könne als Savannah mit seinen Parks und Plätzen und den Häusern, die wie funkelnde Kronjuwelen blinkten. Wohin sie auch sah, es war atemberaubend. Und es war Jays Heimat.

Aber Jay würde wahrscheinlich nie mehr hierher zurückkommen. Er würde sein Leben allein zu Ende führen und nichts sein eigen nennen können, nur sein Pferd, seinen Sattel und die spärliche Habe, die er bei sich tragen konnte. Und er würde ebenso sterben, wie er gelebt hatte: allein, ohne Freunde und irgendwo unterwegs. Es brach ihr das Herz, wenn sie bedachte, wieviel Potential er vergeudete.

Sie fuhren über die Pflastersteine, die von den Segelschiffen als Ballast mitgenommen und hier abgeworfen wurden.

Hochzeiten sind aufregende Ereignisse, und daher wußte ganz Savannah von der bevorstehenden Vermählung. Zahlreiche Partys wurden veranstaltet, und man lernte neue Leute kennen. Zu diesen neuen Bekanntschaften gehörte Stephens Freund Christopher Warren. Mrs. Fishpeck, die Frau des Pastors, war die erste, die sagte, Jenny und Kit glichen einander wie ein Ei dem anderen. Kit war der größte Schlingel in der ganzen Gegend.

Am Abend vor der Hochzeit gaben die Claibornes eine große Party im Hotel. Der Punsch floß reichlich, und Jennifer hielt sich nicht gerade zurück. Um halb zehn sagte Winny zu Jennifer, die inzwischen etwas blaß geworden war: »Du solltest lieber ins Freie gehen und frische Luft schnappen. Du siehst so bleich aus.«

Jennifer floh aus dem Saal. Wenige Minuten später fand Kit sie. Er lachte, als er sah, daß sie das Gesicht in die kühle Brise gereckt hatte, die vom Fluß kam. Sie saß auf einer Steinbank auf der Veranda. »Jennifer, Schätzchen, ist alles in Ordnung?«

»Ich glaube, ich bin betrunken.«

Er lachte. »Na, darüber brauchst du dich nicht so schrecklich aufzuregen. Das ist kein Weltuntergang.«

»Du hast leicht reden. Schließlich wirst du nicht mit einem Brummschädel aufwachen, der fünf Nummern zu groß ist.«

»So viel hast du doch gar nicht getrunken. Du bist es nur nicht gewöhnt.«

Tante Sassy hatte Jennifer und Marilla vorsorglich gemeinsam in einem großen Eckzimmer untergebracht, und das erleichterte es den beiden, die Freundschaft zu festigen, die sie seit ihrer Kindheit durch Briefe und gelegentliche Besuche aufrechterhalten hatten. Jennifer und Marilla waren krasse Gegensätze – Marilla war sehr zierlich und hatte hellblaue Augen und Haar, das die Farbe von altem Gold hatte. Aber sie kamen gut miteinander aus, und daher blieben sie etwas länger auf, als ihnen guttat.

Am nächsten Morgen verschliefen sie und hatten nur noch wenig Zeit, um sich anzuziehen. Ein Teil des Problems ließ sich dadurch lösen, daß sie zwei Wannen bestellten, damit sie gleichzeitig baden und sich das Haar waschen konnten. Als sie endlich angezogen waren, herrschte ein absolutes Chaos in ihrem Zimmer, das Tante Sassy mit den Worten kommentierte, eine solche Katastrophe hätte sie nicht mehr gesehen, »seit diese abscheulichen Yankees auf Fort Sumter geschossen haben«.

Tante Winny berichtigte sie natürlich, indem sie ihr mitteilte: »Es waren die braven kleinen Rebellen, die den Schuß abgegeben haben, der den Krieg ausgelöst hat, und rein zufällig war er auf Fort Sumter gerichtet.«

Tante Sassy, die schon immer sehr kompromißbereit war, änderte ihre Äußerung ab, indem sie sagte: »Seit diese gräßlichen Yankees Atlanta niedergebrannt haben.«

Um halb sieben trafen sie vor der episkopalischen Kirche ein. Die ersten Gäste kamen, und Jennifer spürte, wie ihre Handflächen feucht wurden. Als die Orgelmusik erklang, ging ihr Atem flach und stoßweise. Als sie das Klopfen an der Tür hörte und eine Stimme rief: »Die Trauungszeremonie beginnt in fünf Minuten«, hatte sie das Gefühl, ihr würde schwindlig.

Marille trug ein bezauberndes Pariser Kleid aus elfenbeinfarbenem Satin mit Brüsseler Spitze und Orangenblüten. Sie wandte sich vom Fenster ab und schaute Jennifer an. Als Brautjungfer trug Jennifer ein Kleid aus blaßblauem Satin, das mit Perlen bestickt war und kurze Puffärmel aus gepunkteter Musseline hatte. »Du siehst wunderschön aus«, sagte Marilla. »Ich bin wirklich froh, daß du ein blaues Kleid trägst.«

»Wie kommt das?«

»Wenn es weiß wäre, würdest du bestimmt für die Braut gehalten.«

»Nein, ganz bestimmt nicht«, sagte Jennifer. »Man sieht es dir an.«

»Jenny«, sagte Marilla und holte tief Atem. »Ich bin so nervös. Du kannst dir gar nicht vorstellen, wie froh ich bin, daß du da bist. Ohne dich könnte ich mir nicht vorstellen, daß wir uns einfach nur verkleiden, wie wir es früher getan haben, als wir noch klein waren.«

»Nur, daß ich diesmal auch ein hübsches Kleid trage«, sagte Jennifer.

»Ich war ein Spielverderber, stimmt's? Immer mußte ich die Braut sein.«

Jenny lächelte matt. »Für dich war es eine gute Übung«, sagte sie und umarmte Marilla. »Auch heute bist du wieder die Braut.«

»Ach, Unsinn! Du wirst auch bald als Braut vor dem Altar stehen. Warte es nur ab.«

»Nein, das glaube ich nicht.«

Jennifer machte den Mund auf und wollte noch mehr sagen, aber ein lautes Klopfen an der Tür riß sie aus ihren Gedanken.

Jennifer war nervös, und der Flur, durch den sie gehen mußte, erschien ihr endlos. Sie lächelte in Dutzende von unbekannten Gesichtern, die sich nach ihr umdrehten. Als sie an dem Chorgestühl vorbeikam, das durch Satinbänder gekennzeichnet war, weil hier die Familie des Bräutigams saß, wandte sich ihr ein Gesicht zu, das keinem Fremden gehörte.

Jay Culhane.

Jennifer stockte der Atem in der Kehle, und fast wäre sie gestolpert, aber sie fing sich gerade noch rechtzeitig. Sie betete zu Gott, er möge nicht so herzlos sein, sie in Ohnmacht fallen oder in Tränen ausbrechen zu lassen, solange die Trauung nicht vorüber war. Nie war sie so dankbar für den Blumenstrauß gewesen, den sie in den Händen hielt, und sie hoffte nur, daß so das Zittern ihrer Hände weniger auffiel. Sie konnte ihn nicht aus den Augen lassen, als sie weiterging. Auch er sah sie starr an, und dann fiel ihr Blick plötzlich auf die Blondine mit den rosigen Wangen, die neben ihm saß und seine Hand nahm, um sie an ihre Lippen zu führen. Jennifer ließ den Blickkontakt abreißen, und als seien dadurch ihre gelähmten Gehirnzellen wieder aktiviert worden, schrie sie innerlich auf: *Jay!*

Nachdem er seinen Schock überwunden hatte, setzte sich Jay Culhane etwas aufrechter hin. Es verletzte ihn, daß sie zurückschreckte. Er hätte nie geglaubt, daß sie angewidert auf seinen Anblick reagieren könnte, daß sie plötzlich steif und kalt werden könnte, wenn sie ihn sah. In all der Zeit hatte er sich alles Erdenkliche ausgemalt, aber nicht ein einziges Mal den Verdacht geschöpft, sie könnte ihn hassen. Sie war jetzt so nah, daß er die Hand hätte ausstrecken und sie berühren können. Sein Blick glitt von dem Blumenstrauß, den sie in zitternden Händen hielt, zu ihren wunderbaren violetten Augen, diesen unvergeßlichen Augen.

Jennifer nahm ihren Platz neben dem Altar ein, und Marille kam an Onkel Prestons Seite durch den Gang mit den brennenden Kerzen auf sie zu. Sie gestattete sich noch einen letzten schnellen Blick auf ihn, und ihre Augen brannten, als sie den Ausdruck des Bedauerns auf seinem schönen Gesicht sah.

Mein angebeteter Geliebter...

Jennifer hätte am liebsten ihr Bouquet hingeworfen und wäre schreiend aus der Kirche gerannt: oder zu ihm gegangen, um der schwammigen Blondine neben ihm die Augen auszukratzen; zu gern hätte sie ihm weh getan und ihn für all die Qualen büßen lassen, die sie seinetwegen durchlitten hatte. Marilla reichte Jennifer ihren Strauß, und sie nahm ihn automatisch entgegen und fühlte sich innerlich verhärtet und leblos, als die beiden ihre Gelübde ablegten. Darum hatte er sie einmal gebeten...

Nimmst du diese Frau...

In dem Moment wurde ihm klar, daß er ohne sie nie Frieden finden würde. Er richtete den Blick fest auf ihr Gesicht und wollte sie mit seinem Willen dazu bringen, ihn anzuschauen. *Sieh mich an, Jenny. Sieh meine Seele in meinen Augen.* Sie sah ihn an, und sein Herz machte einen wilden Satz. Dann senkten sich ihre Wimpern, und einen Moment lang war er benommen und konnte nicht wirklich glauben, was er in ihren Augen gesehen hatte, doch dann überwältigte und begeisterte es ihn. Keine Frau, aber auch *keine* Frau sah einen Mann so an, wenn sie ihm gegenüber kalt und gleichgültig war. *Sie leidet wie ich.* Sein Herz schwang sich in die Lüfte auf, und er war begeistert – und tief getroffen.

Die Blondine neben ihm sagte etwas, aber Jay hörte es nicht. Er war gebannt und verhext. Er hatte nicht damit gerechnet, sie zu sehen, und es verwirrte ihn, daß er sie ausgerechnet auf Stephens Hochzeit als Brautjungfer sah, wenn sie doch seine Braut hätte sein sollen. So hübsch hatte sie noch nie ausgesehen.

Er schloß die Augen und sah sie wieder so vor sich, wie er sie am deutlichsten in Erinnerung hatte: in seinen Armen, zart und liebevoll und voller Erstaunen über ihre ersten Erfahrungen.

Jenny...

Ihre Blicke trafen sich, und einen Moment lang glaubte er, sie könnte den Strauß fallen lassen und sich in seine Arme werfen. Doch ihr eiserner Wille gewann die Oberhand, und er beobachtete, wie das hübsche, blasse Gesicht erstarrte. Sie sah ihn kühl an, schaute ihm länger als nötig in die Augen, als wollte sie ihm damit sagen, daß sie sich nicht genug aus ihm machte, um seinetwegen zu leiden. Dann wandte sie den Blick ab und kam ruhig und gelassen und vollkommen teilnahmslos an ihm vorbei, als sie zur Tür schritt und in den warmen Sonnenschein gelangte.

Marilla und Stephen saßen bereits in der Kutsche, als Jay zur Tür herauskam. Stephen winkte ihm zu, und er erwiderte das Winken. Jennifer stand neben der Kutsche. Sie war strahlend schön und redete gerade mit einer der Brautjungfern. Er entschuldigte sich bei der Dame, die sich an ihn klammerte.

»Hallo, Engelchen.«

Diese Stimme. Jennifer erstarrte. Sie wollte ihm nicht in die Augen sehen, die sie wie Butter schmelzen ließen. Sie wollte nicht, daß er es ihr ansah... Seine Hand auf ihrer Schulter. Lieber Gott, wie vertraut diese quälende Berührung doch war. Sie drehte sich um, sah zu ihm auf und spürte, wie ihre Eingeweide sich verkrampften.

»Laß mich in Ruhe, Jay.«

»Ich will mit dir reden.«

»Nein!« Sie sah sich um, weil sie wissen wollte, ob jemand sie belauschte. »Das geht nicht. Die Kutsche wartet schon. Ich muß gehen.«

»Dann sehen wir uns eben auf dem Fest.«

»Jay...«

»Du kommst zu dem Fest, oder ich schwöre dir, daß ich dich in höllische Verlegenheit bringen werde.«

»Das hast du bereits getan.«

»Es kann noch viel schlimmer werden, das gelobe ich dir.«

Wie könnte es noch schlimmer werden? schrie ihre Seele auf.

»Ich will nichts von dir. Und am allerwenigsten deine Versprechungen.«

»Ja, ich glaube mich zu erinnern, daß du etwas Ähnliches schon einmal gesagt hast.«

Jennifer wandte sich ab und pflückte Reiskörner aus ihrem Bouquet. Im nächsten Moment war die Klette wieder da und hing an Jays Arm. Seine Hände ballten sich zu Fäusten. Jennifer verschwand.

Es war nur eine kurze Fahrt in der Kutsche von der Kirche zum Haus des Bräutigams, in dem ein Empfang abgehalten wurde. Bei den Tattnalls mischte sich Jennifer unter die Matronen, die fett und nachlässig gekleidet waren. Sie war der Meinung, hier könnte sie sich am besten verstecken, denn ihr war nicht klar, daß sie gerade dort durch ihre dunkle, schlanke Schönheit besonders auffiel.

Kit rettete sie. Er nahm ihren Arm und führte sie zwischen brennenden Laternen zu der erhöhten Tanzfläche, die eigens für die Hochzeit errichtet worden war. Im Vorbeigehen nahm er einem Dienstmädchen zwei Gläser Punsch ab und reichte eins davon Jennifer. Unter gesenkten Wimpern beobachtete Jennifer, wie Jay sich mit der Blondine dem Podest näherte und sie zum Tanzen in seine Arme zog. Angewidert zuckte sie zusammen.

»Du bist furchtbar blaß. Fühlst du dich nicht gut?«

»Doch, es ist alles in Ordnung. Das ist nur die Hitze.«

»Möchtest du tanzen?«

»Im Moment nicht.«

»Meine Güte«, sagte Kit. »Und ich hatte es so sehr gehofft.«

»Warum?« Jennifer beobachtete die Tanzenden; immer wieder fiel ihr Blick auf Jay und die Blondine.

»Weil es mir die einzige Möglichkeit zu sein scheint, dich in meinen Armen zu halten, ohne mir Ohrfeigen einzuhandeln. Wer ist er?«

»Jemand, den ich einmal gekannt habe.«

»Gekannt? Wieso die Vergangenheitsform?«

»Es ist vorbei.«

»Das erleichtert mich. Er sieht wie ein Rohling aus.«

»Er sieht nicht nur so aus, er ist auch so.«

Kit lachte und hielt ihr einen Finger unter das Kinn. »Es muß *wirklich* aus sein zwischen euch. Ich hoffe, daß wir Freunde bleiben.«

Jennifer beobachtete mit finsterer Miene, wie Jay und die Frau im Schatten der Bäume verschwanden.

»Bist du sicher, daß es vorbei ist?«

»Ich dachte, du wolltest tanzen«, sagte sie.

»Ich will es immer noch.«

Jennifer tanzte nur drei Tänze mit Kit, denn Stephens Vater rief ihn zu sich, weil er eine der Kutschen der Gäste, die so früh schon aufbrachen, in die Stadt fahren sollte. Nachdem Kit gegangen war, spazierte Jennifer zwischen den gedeckten Tischen umher und hielt nach ihrer Mutter und nach Tante Winny Ausschau.

Sie entdeckte Winnys leuchtendorangen Heiligenschein, der wie eine zweite Sonne wirkte, und sie ging in ihre Richtung. Winny unterhielt sich mit Mr. Fishpeck, dem Pastor.

»Die Politik und die Religion wandeln sich. Frauen nicht.«

»Tante Winny, hast du Mutter gesehen?«

Winny drehte sich zu Jennifer um, und Mr. Fishpeck warf Jennifer einen dankbaren Blick zu, ehe er schleunigst verschwand.

Winny musterte Jennifer von Kopf bis Fuß. »Mit dem Kleid solltest du es eigentlich schaffen«, sagte sie. »Es eignet sich bestens.«

»Bestens wozu?«

»Als Köder.«

»Köder?«

»Er ist nämlich hier.« Jennifers Gesicht rötete sich, als sie plötzlich verstand. Winnys Augen waren freundlich und tröstlich. »Ich dachte, daß du ihn schon gesehen hast. Der Kerl ist wirklich kaum zu übersehen.«

»Ich habe ihn gesehen... und diesen Karpfen mit dem Saugrüssel auch.«

»Du brauchst dir deshalb keine Sorgen zu machen. Du hast genau das richtige Kleid an, um Culhanes Blicke auf dich zu ziehen.«

»Seine Blicke könnte ich splitternackt nicht auf mich lenken.«

Winny zog die Augenbrauen hoch.

»Du weißt schon, was ich gemeint habe!« fauchte Jennifer.

Winnys Blick fiel wieder auf Jennifers Kleid. »Ich behaupte immer noch, daß das Kleid ein guter Köder ist. Du siehst aus wie ein Bett mit zurückgeschlagener Bettdecke und zwei Kissen.«

»Er hat ein ganzes Jahr lang Zeit gehabt, um mir zu zeigen, wieviel Interesse er an mir hat.« Jennifer sah Winny vorwurfsvoll an. »Misch dich bloß nicht ein. Halt dich raus.«

Winny schien sich diesen Vorschlag ernstlich zu überlegen. Dann sagte sie: »Diese Party ist so stumpf wie eine Hecke. Ich frage mich, wo sie den Whisky aufbewahren. Hast du den Punsch schon probiert?«

»Ja. Aber es ist kein Schnaps drin.«

»Da ist nie Schnaps drin. Wir müssen uns nach dem Punsch umsehen, den die Männer trinken. Es steht immer eine Schale für die Damen und die Teenipper da und eine für die Männer.«

»Ich habe gestern abend schon genug von diesem Zeug getrunken.«

»Wahrscheinlich bist du deshalb so blaß. Wo hast du deinen jungen Mann gelassen?«

»Kit? Stephens Vater hat ihn gebeten, eine der Kutschen in die Stadt zu fahren.«

»Das höre ich gern.« Jennifer blickte auf, und ihre Augen wurden schmaler, als sie in Jays Gesicht sah. »Wenn er weiß, was gut für ihn ist, dann bleibt er gleich da.«

»Culhane! Wenn das kein wohltuender Anblick für brennende Augen ist.« Winny musterte ihn von Kopf bis Fuß. In seinem schwarzen Abendanzug sah er wirklich gut aus. »Sie sehen aus, als seien Sie in Form, mit ein paar Berglöwen zu kämpfen. Immer noch scharf auf mich?«

Jay grinste. »Schläft ein Bär im Wald?« Sein Blick war auf Jennifer gerichtet. Winny folgte seiner Blickrichtung.

»Culhane, wenn Sie sich noch weiter vorbeugen, fallen Sie auf die Nase«, sagte Winny.

Jay lachte, packte Winny und wirbelte sie in seinen Armen herum. Als er sie wieder hinstellte, drückte er ihr einen Kuß auf ihren verblüfften Mund. Wenn es irgendein anderer Mann gewesen wäre, hätte sich Jennifer vor Lachen gebogen, als sie den Ausdruck auf Winnys Gesicht sah. Nie hatte sie erlebt, daß es ihrer Tante die Sprache verschlug; sie wurde sogar rot.

»Was hast du hier zu suchen?« fragte Jennifer und sah ihn angewidert an.

Jay hatte keine Zeit, ihr zu antworten, denn Susanna kam auf das Grüppchen zu. »Mr. Culhane, guten Tag.«

Jennifer sah erst Jay an, dann ihre Mutter und schließlich ihre Tante.

»Ist das euer Werk? Ist er deshalb hier?« fragte Jennifer anklagend.

»Ich habe nicht die leiseste Ahnung, wieso er hier ist. Ich kann mir vorstellen, daß er zur Hochzeit eingeladen worden ist wie wir alle«, sagte Susanna. »Jennifer, ist alles in Ordnung mit dir?«

»Erzähl mir jetzt bloß nicht, wie blaß ich bin!« Jennifer sah alle drei noch einmal wütend an. Sie liebte ihre Mutter. Und sie liebte ihre Tante. Aber keine von beiden hatte das Recht, sich in ihr Privatleben einzumischen. Sie bekam Jay Culhane auf ihre Art oder gar nicht. Zum Teufel mit Mutter und Tante Winny und ihren Intrigen. Wie konnten sie sie derart beschämen, gemeinsame Sache mit ihm zu machen? Sie sah, wie sehr Jay all das auszukosten schien, und sie fiel über ihn her. »Warum bist du hier?«

»Weil ich mit dir reden wollte.«

»Bist du deshalb mit dieser Frau zwischen die Bäume geschlichen – weil du mit mir reden willst?«

Sein Herz schwang sich auf. Es war ihr nicht entgangen. Er grinste. »Wenn ich gewußt hätte, daß du so versessen darauf bist...«

»Wo hast du deine anämische Freundin gelassen?«

»Ich glaube, ich habe sie zwischen den Bäumen verloren.«

»Jennifer, so habe ich dich noch nie erlebt. Was ist bloß los mit dir?« fragte Susanna.

»Ihr fehlt gar nichts«, erwiderte Winny. »Sie ist nur vor Freude außer sich.«

»Ja, das sehe ich selbst«, sagte Susanna.

Jay sagte gar nichts. Er beobachtete Jennifer. Er konnte den Blick kaum von ihr losreißen, und er hätte sie am liebsten hinter den erstbesten Baum gezogen und sie geliebt, bis sie vor Wonne quietschte. Und wenn er damit fertig war, dann wollte er sie erwürgen.

Jennifer redete immer noch mit ihrer Mutter, aber sie sah ihn jetzt an. Dann warf sie die Hände in die Luft und sagte: »Ich glaube, ihr seid alle gegen mich.« Sie schaute sich um. »Da kommt Kit. Der behandelt mich wenigstens nicht, als hätte ich zwei Köpfe.« Sie wirbelte herum und lief Kit entgegen. Kit schien äußerst erfreut darüber zu sein, daß sie auf ihn zukam.

Aber Jay war gar nicht erfreut über diese Wendung. Er beobachtete mit düsterer Miene, wie der junge Dachs seinen Arm besitzergreifend um Jennifers Taille schlang. Das paßte ihm gar nicht. Jay ballte die Hände zu Fäusten. Jennifer und Kit waren jetzt auf der Tanzfläche.

»Jay... juhu... Jay!«

Jay zuckte zusammen, als sie sich alle gleichzeitig in die Richtung umdrehten – er, Susanna und Winny – aus der dieser gräßliche Lärm drang. Er stöhnte.

»Sieht so aus, als hätte sie den Weg aus dem Wald gefunden«, sagte Winny.

»Bedauerlicherweise haben Sie recht.« Jay wandte sich der Blondine zu. »Ich hoffe, die Damen entschuldigen mich.«

»Was haben Sie vor, Culhane?« fragte Winny.

»Ich führe Blanche wieder in den Wald und erwürge sie.«

»Kann man Ihnen vielleicht behilflich sein?« fragte Winny.

»Nein«, sagte Jay. »Den Spaß möchte ich mir allein gönnen.«

Eine Stunde später fand Winny den Punsch für die Männer und machte sich auf, um ihre Nichte zu suchen. Jennifer war allein – Kit war von einer Schar von Freunden vereinnahmt worden, die eine Überraschung für Marilla und Stephen planten. Winny hängte sich bei Jennifer ein, und beide liefen ins feindliche Lager über. Nach einer ganzen Weile fand Susanna Jennifer und Winny und bat Jennifer, ihren Seidenschal aus der Bibliothek zu holen. Jennifer schlich unauffällig in die Bibliothek und schloß die Tür hinter sich, als sie ganz in ihrer Nähe eine Stimme hörte: »Was suchst du denn hier?«

Einen solchen Schrecken hatte sie in all ihren zweiundzwanzig Jahren noch nicht bekommen. Jay stand vom Sofa auf.

»Wie geht es dir, meine bezaubernde Jennifer?«

»Es geht so. Und dir?«

»Ähnlich.« Er stand vom Sofa auf. »Bist du nervös, oder suchst du etwas?«

Er stand jetzt dicht vor ihr. Ihre Hand hob sich auf ihren Hals. »Nein... das heißt, ich suche Mutters Seidenschal. Sie glaubt, daß sie ihn hier vergessen hat.«

»Das glaube ich nicht.«

»Dann muß sie sich wohl geirrt haben.« Sie wandte sich zur Tür um.

»Nein! Jenny, warte!«

Sie blieb stehen, sagte aber kein Wort.

»Ich habe deine Mutter gebeten, dafür zu sorgen, daß wir ein paar Minuten ungestört miteinander reden können. Ich muß mit dir sprechen.«

»Ich glaube, in Weatherford ist schon mehr als genug gesagt worden.«

»Blödsinn. Wenn in Weatherford jemand geredet hat, dann nur

ich. Du hast lediglich das Kinn in die Luft gereckt und mit dem Daumen nach unten gezeigt. Aber jetzt stehen die Dinge anders.«

»Ich bezweifle, daß sich seitdem etwas geändert hat, und du hast dich bestimmt nicht verändert.«

»So gut kennst du mich?«

»Nicht schlechter als jeder andere, würde ich sagen.«

»Du kennst mich überhaupt nicht.«

»Na, gut! Dann kenne ich dich eben nicht! Aber die falschen Vorstellungen, die ich mir von dir mache, werden mir immer lieb und teuer sein.«

»Ach, meine süße, kleine Jenny, es gibt so vieles, was du nicht verstehst.«

»Ich verstehe mehr, als mir lieb ist.«

»Ich bin nicht sicher, daß das stimmt, mein Liebling.«

»Mir ist egal, was du denkst. Du mußt eins begreifen: Ich habe nicht das geringste Interesse daran, mich mit Dingen auseinanderzusetzen, die dich betreffen.« *Mein Liebling?*

»Du könntest überrascht sein.«

»Wie schon zahllose Male.«

»Früher hat es dich einmal interessiert.«

»Deshalb interessiert es mich noch lange nicht ein Leben lang.«

Sie sah ihn an.

»Hör auf zu lachen, Culhane. Zwischen uns hat sich einiges geändert.«

»Ach, wirklich? Mein Liebling, das möchte ich nicht hoffen. Dann wärst du nämlich nichts anderes als seicht und kokett.«

»Vielleicht bin ich das.« Sie zuckte mit den Schultern. »Aber nenne mir eine Frau, die nicht zum Flirten neigt, oder eine, für die du dich interessieren würdest, wenn sie es nie täte. Das macht einen Teil unseres Charmes aus, Culhane.«

»Bis zu einem gewissen Maß, solange man keine Überdosis davon abkriegt.«

Sie wandte sich ab, faßte sich wieder, drehte sich zu ihm um und sagte: »Eins muß ich dich noch fragen, ehe ich gehe. Wie kommst du hierher?«

»Ich bin natürlich zur Hochzeit eingeladen worden. Genau wie du.«

»Aber warum? Was bedeuten dir diese Menschen, wenn du ihretwegen zurückkommst... an einen Ort, den du angeblich grundlegend verabscheust?«

Jetzt verstand er, warum sie so verletzt gewirkt hatte und wonach sie fragte. Warum war er nach Savannah zurückgekehrt, wenn er nicht bereit gewesen war, für sie hierher zurückzugehen? »Die Tattnalls sind alte Freunde der Familie. Stephen und ich sind zusammen zur Schule gegangen. Sein Bruder Brian ist mit meiner Cousine Bethany verheiratet. Ich glaube, wenn man noch weiter zurückgeht, haben wir ein oder zwei gemeinsame Ahnen.«

»Ist das alles?«

»Dir entgeht aber auch nichts, stimmt's?« Er wirkte versonnen, als würde er über etwas nachdenken. Dann seufzte er. »Nein. Das ist nicht alles. Stephen und Brian sind... waren Cousins ersten Grades meiner Frau.«

»Seltsam«, sagte Jennifer, die über seine Schulter das Ölgemälde über dem Kamin ansah. »Welche seltsamen Verzweigungen es doch in den kleinen Labyrinthen des Lebens gibt. Welche Streiche uns das Schicksal so gern spielt.« Sie wandte den Blick ab. »Ich muß jetzt wieder gehen.«

»Gib mir ein paar Minuten. Mehr verlange ich nicht.« Er war nicht sicher, ob sie genickt hatte oder nicht. »Jennifer, mein Liebling...«

»Nenn mich nicht so!«

»Warum nicht? Das bist du doch, und du weißt es.«

»Du Lügner! Was hast du vor? Mich einwickeln, damit du jemanden hast, der dir das Bett wärmt, solange du hier bist?«

»Dazu brauche ich nicht zu solchen Ausflüchten zu greifen.«

»Nein, ganz gewiß nicht. Wahrscheinlich laufen gerade ein Dutzend Frauen mit Spürhunden durch die Gegend, die sie auf deine Fährte angesetzt haben.«

»Auf dich haben es auch eine Menge Männer abgesehen, könnte ich mir vorstellen.«

»Du kannst Kit ruhig aus dem Ganzen raushalten.«

»Ach, Kit, so weit sind wir schon? Der Junge ist noch nicht trokken hinter den Ohren.«

»Vielleicht interessiere ich mich nicht für seine Ohren.«

»Daraus wird nichts, Liebchen. Mich provozierst du nicht. Der Junge ist nichts für dich. Er ist nicht Mann genug.«

»Aber du bist es vermutlich?«

»Ich tue mein Bestes«, sagte er und beobachtete sie genau.

Sie war jetzt gereizt. Sie wußte nicht mehr, was sie wollte. Er wußte auch nicht, was sie wollte. Er wußte nur, was sie brauchte. Er ging auf sie zu und legte seine Hände auf ihre Schultern. Sie riß sich los. Jay ging zur Tür und schob den Riegel vor.

»Bist du verrückt? Was hast du vor?«

»Ich will ungestört mit dir sein.« Sie wich einen Schritt zurück.

»Aber ich will nicht ungestört mit dir sein!«

»Jennifer, du weißt absolut nicht, was du willst, zum Teufel.« Er ging wieder auf sie zu.

»Es könnte jemand reinkommen.« Sie wich zurück.

»Nein, eben nicht. Deshalb habe ich ja den Riegel vor die Tür geschoben.«

»Jemand könnte… anklopfen.« Sie schaute über ihre Schulter und sah, daß sie freie Bahn hatte.

»Auch für den Fall habe ich vorgesorgt. Barham behält die Tür im Auge.«

Sie blieb abrupt stehen. »Wer, zum Teufel, ist Barham?«

Jay warf den Kopf zurück und lachte. »Ach, Jenny, Jenny, Jenny. Eine Frau wie dich gibt es kein zweites Mal. Wenigstens nicht für mich. Man merkt dir an, daß du viel Umgang mit deiner Tante Winny hattest. Das gehört zu den Dingen, die ich an dir liebe, die mir am meisten gefehlt haben. Du bist kein Fliegengewicht, mein Engel. Du hast eine Menge Substanz. Etwas, woran man sich halten kann. Du bist eine Frau von der Sorte, die Männern gefällt.« In seinen Augen stand jetzt ein schelmischer Glanz. »Und du bist genau das, was mir gefällt.« Er grinste. »Barham ist der Butler der Tattnalls.«

»Also, du bist ganz und gar nicht mein Typ.«

»Was ist los, Liebling?«

»Laß mich in Ruhe.«

Er schlang seine Arme um sie und zog sie mit sich auf das Sofa. »Oh! Ich verstehe das alles nicht. Warum kannst du mich nicht in Ruhe lassen?«

»Jennifer, halt den Mund.«

»Culhane...«

»Sei ruhig, meine süße Kleine, und küß mich.«

Sie stieß ihn von sich und zog ihren Kopf zurück. Als er noch einmal versuchte, sie zu küssen, wandte sie den Kopf ab.

»Jennifer. Schau mich an. Bitte.« Sie tat es, und sein Herz machte einen Satz, wie immer, wenn ihr Blick ihn berührte.

Sie kannte diese Miene, wußte, was als nächstes folgen würde. Er war noch genauso wie früher, und doch war es anders. Er beugte sich dichter zu ihr. »Jay«, sagte sie mit scharfer Stimme, als sie seine Absicht erkannte. »Ich will das nicht.«

»Vielleicht willst du es nicht, aber ich bin verdammt sicher, daß du es brauchst.«

»Hast du denn gar kein Schamgefühl? Meine *Mutter* ist in der Nähe.«

Er lachte. »Also, das ist wirklich eine faszinierende Vorstellung.«

»Jay, ich warne dich...«

Er riß sie an sich. »Ah, Jenny... Jenny... Jenny. Liebling, dich nach so langer Zeit wieder in meinen Armen zu spüren...«

Sie kämpfte, wand und wehrte sich, bis sie sich schließlich von ihm losgerissen hatte. Auf Armeslänge hielt er sie dann fest. Sie war matt und atemlos, und plötzlich merkte sie, daß der Punsch und das enggeschnürte Korsett gegen sie arbeiteten und sie jeglicher Willenskraft beraubten. Er zog sie wieder an sich, und sein Herz hämmerte rasend an ihrer Brust.

»Mein Gott, Jenny«, sagte er heiser an ihrer Kehle. »Ich will dich.« Sein Schenkel preßte sich zwischen ihre Beine. »Du bringst mich noch um den Verstand.« Wie eine Glutwoge brach alles wieder über ihn herein: wie es zwischen ihnen gewesen war, was für ein Gefühl es damals war, sie so zu halten, ihr einzigartiger Duft, der Geschmack nach wildem Honig, den er auf ihren Lippen kostete, das tiefe, kehlige Schnurren, wenn sie ihn ebenso sehr begehrte wie er sie.

Er hätte sie am liebsten jetzt sofort genommen, hier, in der Bibliothek. Sie bog sich ihm entgegen und flüsterte seinen Namen, wie sie es schon so oft getan hatte. Seine Hand streichelte ihre Brüste, bis sie stöhnte, und erst dann glitt sie unter das Mieder, um sich auf das warme Fleisch zu legen. Er bemühte sich, daran zu denken, wo sie waren. In der Bibliothek. Der Reiz des Verbotenen und das Risiko brachten ihn vor Erregung um den Verstand. Er ließ sich mit ihr auf den Fußboden gleiten und küßte ihre Nase, ihren Mund, ihre Augen, ihre Wangen, und dann legten sich seine Hände auf ihre Stirn und glitten über ihre Ohren, ehe sie sich in ihrem Nacken in ihr Haar gruben. Und es gefiel ihr. Mochte der Himmel ihr beistehen, aber es gefiel ihr.

Und er wußte, daß es ihr gefiel. Er erkannte es daran, wie sie sich unter ihm wand, als könnte sie ihm gar nicht nah genug sein. Seine Hände glitten unter ihre Röcke und an einem warmen Bein hinauf bis an ihr Knie, dann auf ihren Oberschenkel. Sie stöhnte leise, und ihre Beine spreizten sich für ihn, und seine tastende Hand suchte, wußte, was sie zu tun hatte und glitt schließlich bebend vor Hingabe in feuchten Samt. Ihr Atem ging schnell und keuchend, und in dem Moment, in dem er sie berührte, durchzuckte sie ein Schauer der Erlösung. »Himmel«, sagte er und küßte ihren feuchten Hals und ihr feuchtes Gesicht.

Jay fing an, an den Knöpfen seiner Hose rumzufummeln, und somit hatte Jennifer einen Moment Zeit. Ein einziger Augenblick reichte aus, um die fernen Laute der Musik in ihr Bewußtsein sikkern zu lassen. Sie hörte Schritte im Gang vor der Tür und das Echo von Stimmen, das durch die leeren Korridore schwebte. Langsam kam sie wieder zu Bewußtsein. Keuchend stieß sie ihn von sich, als die Realität sie erschlug. Dann setzte sie sich auf, strich ihre Röcke glatt und sprang auf. Sie hielt sich an der Rückenlehne des Sofas fest, um nicht hinzufallen, und ihre andere Hand ballte sich zur Faust und preßte sich auf ihren Magen. Wenn sie nur daran dachte, was sie getan hatte, wo sie es getan hatte und wie leicht sie es ihm gemacht hatte, fühlte sie sich billig und gewöhnlich, und so hatte sich Jennifer bisher noch nie gefühlt. Sie verabscheute sich selbst so sehr, daß ihr übel wurde.

Jay stand auch auf, und sein Körper schrie vor Verlangen, und einen Moment lang stand er nur da und sah sie an. Sein Atem ging stoßweise, und seine Fäuste waren geballt. Er konnte den Ekel deutlich in ihrem Gesicht erkennen. *So ein Biest!* Sie wand sich unter ihm, bis er ihr gab, was sie wollte, aber wenn es darum ging, die Glut in ihm zu löschen, hatte sie plötzlich Skrupel. Für einen Sekundenbruchteil fürchtete er, er könnte zu einer Vergewaltigung Zuflucht nehmen. Als er diesen Drang unter Kontrolle hatte, mußte er gegen den Wunsch ankämpfen, seine Hände um ihren schlanken weißen Hals zu legen und zuzudrücken. Er haßte sie. Er liebte sie. Im Moment hätte er sie mit seinen bloßen Händen umbringen können. Er hätte den Rest seines Lebens damit zubringen können, sie zu lieben.

Als er endlich die Sprache wiederfand, war seine Stimme gesenkt, aber haßerfüllt. »Da du den Dienst, den ich dir gerade erwiesen habe, offensichtlich genossen hast, kann ich nur annehmen, daß der Abscheu und der physische Ekel, den du so blendend auszustrahlen verstehst, mir gilt. Man könnte behaupten, du beißt in die Hand, die dir Freude bereitet, meinst du nicht auch?«

»Du bist grausamer als jedes Tier«, sagte sie bitter und kämpfte gegen die Tränen an. Er sah den vernichtenden Ausdruck, der in ihren Augen stand, als sie sagte: »Ich habe dich zu sehr geliebt, um diese Dinge je zu fühlen, es sei denn, sie waren direkt gegen mich gerichtet. Wie blind bist du, Jay Culhane? Wie unglaublich blind – und grenzenlos dumm.«

»Komm her. Wir müssen miteinander reden. Ich werde dich auch nicht anrühren.«

Sie lachte und schüttelte den Kopf. »Du verstehst gar nichts, oder?« Tränen rannen über ihre Wangen. »Weißt du eigentlich, daß du mir leid tust? Trotz allem tust du mir wirklich und wahrhaftig leid.« Ihre Lippen bebten so sehr, daß sie einen Moment lang nichts sagen konnte. Dann holte sie mühsam Atem, und ihre Stimme war so leise, daß er sie kaum hören konnte, als sie sagte: »Du hast Besitz von mir ergriffen, und dafür hasse ich dich.«

Sie wandte sich ab und ging zur Tür.

»Jenny!« rief er hinter ihr her. Sie schob den Riegel auf.

Jay war bestürzt und wütend und verwirrt und verstand überhaupt nichts mehr. Ehe er reagieren konnte, war Jennifer durch die Tür geschlüpft. Wenige Minuten später fand sie ihre Mutter und ihre Tante, die inzwischen ebenso bereit zum Aufbruch waren wie Jennifer.

Am nächsten Morgen bei Tagesanbruch machten sich sämtliche Claibornes mit Susanna und Winny im Schlepptau auf den Weg zu dem Anwesen auf dem Land. Jennifer hatte sich entschieden, nicht mitzukommen. Um acht Uhr am folgenden Morgen nahm Jennifer vom Hotel aus eine Kutsche zur Eisenbahnstation. Um halb zehn saß sie im Zug nach Westen. Sie wollte eine möglichst große Entfernung zwischen sich und Jay Culhane legen. Sie fuhr nach Weatherford zurück und von dort aus weiter nach Brownsville. Für ihren Geschmack konnte der Zug gar nicht schnell genug fahren.

Um Viertel vor zwölf am selben Morgen wurde der Messinglöwe an der massiven Haustür der Claibournes lange und laut gegen das Holz geschlagen, und der Butler ließ das Teegeschirr fallen, das er gerade ins Eßzimmer bringen wollte. Er ließ alles stehen und liegen, damit das Hausmädchen es wegräumte, und als er die Haustür öffnete, stand ein frostiger Ausdruck auf seinem Gesicht. Jay Culhane, der auf anderen Seite der Tür stand, merkte es noch nicht einmal.

Jay nahm seinen Hut ab und trat ohne ein Wort und ohne eine Aufforderung in die Eingangshalle. »Ich möchte zu Miss Jennifer Baxter. Seien Sie so freundlich, ihr zu sagen, daß Jay Culhane hier ist.«

»Ich fürchte, das läßt sich nicht machen, Sir. Miss Baxter ist nicht mit der Familie zurückgekommen.«

»Nein? Wo steckt sie dann?«

»Es steht mir nicht an, Ihnen das zu beantworten, Sir. Wenn Sie vielleicht ihren Onkel oder ihre Mutter sprechen möchten...«

»Susanna ist hier?«

»Im Salon, Sir. Mit Miss Winny. Wenn Sie bitte hier eintreten würden, sage ich ihr, daß Sie sie erwarten.«

Jay reichte dem Butler seinen Hut und betrat den Raum, auf den der Butler ihn hingewiesen hatte. Er setzte sich nicht, sondern lief vor dem Fenster auf und ab. Wenige Minuten später kam Susanna in einem grünweiß gestreiften Kleid.

»Mr. Culhane, das ist aber eine Überraschung«, sagte sie und bemühte sich, erstaunt zu wirken.

Jay nahm ihre Hand. »Mrs. Baxter. Sie sehen jedesmal jünger aus.«

»Das muß an der Feuchtigkeit liegen. Die glättet die Falten, habe ich gehört«, sagte sie und tätschelte sich das Kinn.

Darüber mußte Jay lachen. Susanna Baxter brauchte sich, was

Falten anging, keine allzu großen Sorgen zu machen. Sie war eine äußerst attraktive Frau und hatte sich bemerkenswert gut gehalten. Aber als er sie anschaute, dachte er wieder an Jenny. »Der Butler hat mir gesagt, Jennifer sei nicht mit Ihnen zurückgekehrt.«

»Ja, ich fürchte, sie hat ihren Aufenthalt vorzeitig abgebrochen. Sie hat heute morgen den Neunuhrzug genommen.«

»*Den Zug*? Nach Texas?«

»Ja.«

»Sie reist allein? Halten Sie das für eine gute Idee?«

»Man hat mir versichert, es sei eine recht sichere Form des Reisens. Und außerdem wissen Sie wahrscheinlich genauso gut wie ich, daß sich Jenny von niemandem vorschreiben läßt, was sie tun darf und was nicht.«

Jay mußte darüber lächeln, wenn er auch noch so wütend war. »Ja, natürlich, Sie haben recht.«

»Es tut mir leid, daß Sie umsonst den ganzen Weg hierher zurückgelegt haben.«

Jay nickte. »Ich habe Ihre Zeit genügend in Anspruch genommen. Dann werde ich mich auf den Rückweg machen. Wenn Sie Jennifer sehen, dann sagen Sie ihr... ach, was, schon gut«, murmelte er und gab Susanna noch einmal die Hand, ehe er mit äußerst entschlossenen Schritten das Haus verließ. »Ich werde es ihr selbst sagen.«

»Sie haben sich einiges vorgenommen, Mr. Culhane. Das ist Ihnen doch klar, oder nicht?«

Jay blieb stehen und drehte sich dann noch einmal um. Ein Lächeln war auf sein Gesicht getreten, und Susanna konnte deutlich erkennen, was ihre Tochter an ihm liebte. »Ja, Ma'am, ich vermute, es ist mir klar.«

Susanna trat ans Fenster und zog die Vorhänge mit der linken Hand zurück, um zu beobachten, wie Jay sich auf ein Vollblut schwang, einen gestriegelten Braunen mit schimmerndem Fell. Er gab dem lebhaften Tier die Sporen und trieb es zu einem schnellen Galopp an. Susanna schüttelte den Kopf. »Von der Liebe ist noch kein Mann weise geworden«, murmelte sie und ließ den Vorhang wieder fallen.

20

»Komfort und Geschwindigkeit«, stand auf dem Kontrollabschnitt ihrer Fahrkarte erster Klasse, die immerhin hundert Dollar gekostet hatte, aber nachdem sie sieben Stunden durchgeschüttelt worden war, hatte Jennifer nicht nur das Gefühl, verrückt zu werden, sondern sie war auch geneigt, der berühmten Autorin von *Ramona,* Helen Hunt Jackson, zuzustimmen, die gesagt hatte: »Es ist unmöglich, einer Person oder einer Sache gerecht zu werden, die man nicht leiden kann. Gegen Schlafwagenabteile habe ich eine größere Abneigung als ich sie gegen etwas anderes haben werde oder auch nur haben könnte.«

Jennifer fragte sich, warum sie eigentlich diesen Zug, der praktisch derselbe war wie der, mit dem sie vor einer Woche mit ihrer Mutter gefahren war, so viel unbequemer fand. Sie kam zu dem Ergebnis, daß es zwei Gründe dafür gab.

Erstens fehlten ihr jetzt Tante Winnys Schlagfertigkeit und Susannas lustiges Geplapper, und zweitens hatte sie auf dem Weg nach Savannah noch nicht diese unfreundliche Begegnung mit Jay Culhane hinter sich gehabt.

Auf der Hinfahrt waren sie in den Vorzug einer genialen Erfindung gekommen, des Pullman-Wagens. Die prähistorische Variante des Schlafwagens war weit weniger verlockend, und Jennifer fragte sich, wie sie in einer Vorrichtung schlafen sollte, die aussah, als sei sie von einem übergeschnappten Verrenkungskünstler entworfen worden. Aber plötzlich fiel ihr das Gedränge in den Wagen zweiter Klasse wieder ein, durch die sie gekommen war, und sie entschied, daß diese Folterbank, die ihr für die nächsten fünf Tage zugeteilt worden war, doch nicht so übel war. Trotzdem glaubte sie, daß es eine sehr lange Nacht werden würde.

Sie setzte sich im Schneidersitz auf ihre Pritsche und stellte fest, daß sie ihren Kamm und ihre Bürste brauchte. Da niemand im Gang zu sehen war, kroch sie bäuchlings in ihrem Unterhemd und Schlüpfer unter die Koje, um ihre Sachen zu holen. Als sie sich gerade unter dem Bett herauswand, trat der Schaffner, gefolgt von drei stämmigen Männern ein. Sie floh in ihr Bett und zog die Vorhänge zu, die nicht breit genug waren. Als sie gerade eingeschlafen war, bog der Zug um eine scharfe Kurve und sie wurde auf den Boden geworfen, gemeinsam mit anderen Fahrgästen, die nur spärlich bekleidet waren und vor Entsetzen aufschrien. Jetzt fiel ihr das Einschlafen noch schwerer als beim ersten Mal, aber schließlich gewann ihre Müdigkeit die Oberhand.

Am nächsten Morgen bei Tagesanbruch beschloß Jennifer, keine zweite solche Nacht zu verbringen. Sie zog sich an und machte sich auf die Suche nach dem Zugbegleiter, der sie zum Schaffner brachte. Jennifer gebärdete sich genau wie ihre Tante Winny, als sie begann, die Geschehnisse der vergangenen Nacht zu schildern, die sie noch ein wenig ausschmückte. Als sie fast am Ende angelangt war, unterbrach sie sich plötzlich. Der Schaffner betrachtete sie fasziniert.

»Wiederholen Sie das, was Sie gerade gesagt haben, noch einmal langsamer, junge Frau.«

»Die ganze Geschichte?« fragte Jennifer mißmutig.

»Nein, von dem Mann an.«

»Einmal bin ich mitten in der Nacht wach geworden und hatte den Fuß eines Mannes im Gesicht... des Mannes aus dem Bett neben mir.«

Er wirkte sichtlich fasziniert. »Das habe ich noch mitbekommen. Jetzt erzählen Sie mir von dem anderen Mann.«

»Das war, als ich das zweite Mal wach wurde. Diesmal hatte ein fremder Mann seinen Kopf durch die Vorhänge gesteckt und starrte mich an... während ich schlief.«

»Und?«

»Ich habe ihm mit meiner Haarbürste eins draufgegeben.«

Jetzt lächelte er. »Fahren Sie fort.«

»Das dritte Mal bin ich von einem Mann geweckt worden, der versucht hat, zu mir ins Bett zu klettern, und wie Sie bestimmt wissen, sind diese Schlafkojen bereits für eine Person reichlich schmal und beengend, von zweien ganz zu schweigen.« Sie sah seinen amüsierten Blick. »Nicht, daß das etwas geändert hätte, natürlich nicht, aber es geht darum... verflixt noch mal, Mann! Jemand hätte sich auf mich stürzen, mich ausrauben oder mich ermorden können.«

»Ich verstehe«, sagte er, und es klang aufrichtig mitfühlend, »aber ich wüßte nicht, was ich daran ändern könnte.«

»Wie wäre es mit einem Privatwaggon? Ich weiß, daß es die gibt. Ich bin schon in Mr. Goulds Waggon gefahren.«

Der Schaffner schien überrascht zu sein. »Sie kennen Mr. Gould?«

Jennifer nickte.

»Jay Gould?«

»Den auch«, sagte Jennifer. »Und ich kenne seinen Sohn George und seine Tochter Anna. Mr. Gould und mein Vater haben oft Geschäfte miteinander gemacht. Ich weiß, daß diese Eisenbahn Mr. Gould gehört.«

»Ja, das ist richtig.« Er dachte ernstlich nach, soviel konnte ihm Jennifer ansehen.

»Sagen Sie mir die Nummer Ihrer Schlafkoje, Miss Baxter. Ich werde Ihre Sachen vom Gepäckträger holen lassen.«

Fünfzehn Minuten später öffnete der Schaffner die Tür eines luxuriösen Privatwaggons. Er sagte ihr nicht, wessen Wagen es war, und Jennifer dachte gar nicht daran, ihn zu fragen – sie wollte ihr Glück nicht gewaltsam aufs Spiel setzen. Nachdem ihr Gepäck gebracht worden war, räumte Jennifer ihre Sachen auf, lehnte sich auf einem luxuriösen Samtsofa zurück und sah sich in ihrer neuen Umgebung um. In diesem Waggon gab es alles: kostspielige Polstermöbel, seltene Gemälde, marmorne Sanitärinstallationen und ein breites Messingbett mit einem Deckengemälde darüber.

Nach einem Schaumbad, ihrem ersten in einer richtigen Marmorwanne, und einem geschmackvoll angerichteten Abendessen legte sich Jennifer mitten in das breite Messingbett und schaltete die Lampe aus. Sie fühlte sich außerordentlich behaglich und sehr schläfrig und konnte ihr Glück noch nicht fassen.

Lange nach Mitternacht blieb ein schwarzgekleideter Fremder, der sich langsam näherte, vor der Tür des letzten Waggons stehen. Nachdem er mit seinem Taschenmesser herumhantiert hatte, ging die Tür auf, und er trat in einen luxuriösen Privatwaggon. Er bewegte sich behutsam. Seine Beine waren lang, und seine Sporen schimmerten matt im schwachen Licht, als er über den dicken Teppich ging, der ihr Klirren dämpfte, das ohnehin von dem Geräusch der Räder auf den Schienen übertönt wurde.

Der Zug schlingerte, und die Lokomotive pfiff. Der Fremde trat an das Messingbett und blieb stehen. Ein Lächeln breitete sich auf seinem finsteren Gesicht aus. Er sah ihr Haar, das bis auf den Boden fiel. Er ließ eine Strähne durch seine Finger gleiten und schloß die Augen, als trüge das dazu bei, sich besser einprägen zu können, wie seidig und kühl es sich anfaßte – wie der Wüstensand bei Nacht. Leise zog er die Stiefel aus und ließ sich dann aufs Bett sinken.

Jennifer bewegte sich im Schlaf. Er streckte sich neben ihr aus und betrachtete das perfekte Oval ihres Gesichts, ihre Wimpern, die einer Kurtisane alle Ehre gemacht hätten, und ihren rosigen Mund. Behutsam zog er sie aus, streichelte sie und spreizte ihre milchigweißen Schenkel. Als er ihren schläfrigen warmen Körper berührte, stöhnte sie und legte sich so hin, daß ihm der Zugang erleichtert wurde.

Vier Hosenknöpfe waren schnell geöffnet, und er drang in sie und schloß ihren Mund mit seinen Lippen. Verschlafen nahm Jennifer wahr, daß die Lust wie ein dunkler, reißender Strom durch ihren Körper floß, und sie ließ sich mittreiben. Stöhnend verschmolz Jay mit ihr und wußte für einen Augenblick, wie es zwischen ihnen gewesen wäre, wenn sie wirklich ihm gehört hätte. Ganz langsam wurde Jennifer wach und nahm immer deutlicher einen schlanken, kräftigen, geschmeidigen Körper wahr, der sich in vollkommener Harmonie mit ihrem eigenen bewegte.

Sie riß die Augen auf und erkannte die leuchtendblauen Augen, die den Ausdruck der Leidenschaft auf ihrem Gesicht betrachteten. Sie bäumte sich auf, zerkratzte ihm den Rücken und schlug wild um sich wie ein Fisch, der sich von einem Angelhaken losreißen will. Er spürte, wie sich die Verzweiflung auf seine Seele herabsenkte, und er wußte, wie nah er seinem Ziel gekommen war, doch dann war es ihm wieder entglitten. Er hatte sich jetzt nicht mehr im Griff und ergoß sich in ihr, doch jede Lust daran war verflogen, und er wußte, wie ihr zumute sein mußte. Sie mußte sich hohl und leer und verängstigt fühlen.

Er küßte sie mit einer Zärtlichkeit, die er nie zuvor für sie empfunden hatte. »Jenny«, flüsterte er, »lieb mich. Bitte, lieb mich.« Aber als sein Mund von ihrem Hals auf ihre Lippen glitt, wandte sie das Gesicht ab.

Er hielt sie in seinen Armen und fühlte selbst jetzt eine quälende erotische Sehnsucht, die aus seinem Stöhnen herauszuhören war. Wie leer jetzt alles erschien; er fühlte sich angreifbar und irgendwie hilflos, denn er wußte, daß der Zauber verflogen war, daß er in dem Augenblick, in dem er ihr ganz nah hätte sein sollen, ganz allein seinen Weg gegangen war. Als er den Kopf hob, sah sie ihn mit bestürztem Gesicht an. Seine Hand glitt über ihren Hals, und mit dem Daumen strich er über ihre Unterlippe. »Niemand, meine süße Jenny, kann zwei Gebietern Gehorsam leisten. Jedenfalls nicht lange. Früher oder später wirst du dich entscheiden müssen. Ich frage mich, wer als Sieger hervorgehen wird? Dein Herz oder dein dämlicher Stolz?« Dann ächzte er gequält und schlang seine Arme um sie.

»Ich lasse das nicht zu.« Es klang wie ein Aufschrei. Sie hätte sich fast von ihm losgerissen, doch er zog sie an ihrem Haar zurück, warf sich auf sie und erstickte ihren Schrei brutal mit seinem Mund, küßte sie glühend, bis sie erschöpft und schweratmend unter ihm lag und wußte, daß sie ihn in tiefe Verzweiflung gestürzt hatte. Sie spürte seine Wut, sein Verlangen und seine Hoffnungslosigkeit so deutlich wie ihre eigene.

»Verdammt«, flüsterte er niedergeschlagen an ihren Lippen, die plötzlich ausgetrocknet waren. »Der Teufel soll dich holen.« Er lehnte seine Stirn an ihre und atmete schwer. Seine Augen waren geschlossen. Das Begehren. Immer wieder dieses Begehren. Lieber Gott, wird das denn nie ein Ende finden? Sein Gesicht bewegte sich auf ihrem, schien auf der Suche nach etwas zu sein. Wieder regte sich seine Lust.

»Laß mich in Ruhe, du lüsterner Dreckskerl!« Er riß den Kopf hoch. Dann holte er aus, um ihren Widerstand mit dem Handrücken von ihrem Gesicht zu tilgen... bis er die Angst in ihren Augen sah und merkte, was er beinahe getan hätte. Er wälzte sich von ihr und legte sich auf die Seite. Sie sah sein gepeinigtes Gesicht und hörte die Worte, die abgehackt herauskamen. »Nur einen Moment... ich verschwinde gleich.«

Ihr Herz sank vor Elend, und sie konnte ihn nicht länger leiden sehen.»Jay...«, sagte sie und legte eine Hand auf seinen Arm.

»Laß mich in Ruhe, verdammt. Wenn du mich nicht willst, dann komm mir bloß nicht zu nah.«

Mit einem leisen, schmerzlichen Klagen schmiegte sie sich an ihn und schlang die Arme um seinen Hals. Als sie spürte, daß er widerstrebend zusammenzuckte, klammerte sie sich noch fester an ihn und preßte panisch und wüst Küsse auf seinen Hals. Ihr Scheitern lastete erdrückend auf ihr, bis sich seine Hand in ihrem Nacken in ihr Haar grub. »Herr im Himmel«, sagte er. »Ich muß verrückt sein... oder tot.«

Er küßte sie so liebevoll, daß sie sich von einer Woge plötzlicher Hilflosigkeit überwältigt fühlte. Sie empfand es, als würde sie langsam in ihm versinken und sich in einer Fontäne von Wärme verlieren, von der sie sich matt und zitternd treiben ließ. Und ihre Gründe, ihn zu hassen, verdunsteten wie Tau in der Sonne. Er küßte sie leidenschaftlich, bis sie ihn packte, um sich an ihm festzuhalten, weil sie fürchtete, davonzuschweben. Er war so stark und robust, daß man sich in einer verrückten Welt, die auf den Kopf gestellt worden war, an ihn klammern konnte. Seine Kraft, seine Leidenschaft und, ja, auch seine Beharrlichkeit und seine Entschlossenheit sandten wilde Schauer über ihre erhitzte Haut. Er küßte sie, wie er sie noch nie zuvor geküßt hatte, und sie fühlte sich so benommen, als drehte sich die Welt im Kreis, und bevor sie wieder stillstand, erwiderte sie seinen Kuß leidenschaftlich.

»Ich will dich immer noch heiraten«, sagte er und preßte sie an sich, nachdem er sie ein zweites Mal geliebt hatte.

Sie sagte kein Wort.

»Ich vermute, das heißt nein.«

Zur Antwort küßte sie ihn zart auf den Mund und stieß dann einen Seufzer aus. »Es ist alles noch beim alten, stimmt's? So, wie es war. Es hat sich nicht das Geringste geändert. Wir sind lediglich beide ein Jahr älter geworden.«

»Ich nehme an, es würde auch nichts ändern, wenn ich dir sage, daß ich dich liebe, nicht jetzt.«

»Es bedeutet mir sehr viel... aber dadurch ändert sich nichts. Ich kann nicht so leben wie du, Jay. Ich kann es nicht, und ich werde es nicht tun. Wie lange wirst du noch der Schnellste sein? Wie lange dauert es noch, bis er dir über den Weg läuft... der junge Hitzkopf, der einen Sekundenbruchteil schneller zieht? Wie viele Schüsse wirst du noch abgeben, bis du einen Fehler machst, bis dir ein winziger Ausrutscher unterläuft und du in irgendeiner elenden Gegend verblutest? Jedesmal, wenn ich dich sehe, muß ich daran denken, daß es das letzte Mal sein könnte. Du wirst ein schnelles Ende finden, aber ich... ich werde täglich von neuem sterben, jedesmal ein bißchen mehr.«

Sie sah ihn mit festem Blick an, bis er endlich die schmerzliche Endgültigkeit erkannte. Dann wandte sie den Blick ab. Als er versuchte, sie wieder an sich zu ziehen, wehrte sie sich und wand sich, bis seine Hände sich in ihr langes Haar gruben und er sie festhielt, um ihr den Widerstand von den Lippen zu küssen. »Es hat keinen Zweck, Jay. Du kämpfst gegen das Falsche an. Ich bin nicht der Quell deiner Qualen.« Sein Kuß war flehentlich, und doch schwang eine Spur von Traurigkeit darin mit. Die Wärme war plötzlich gewichen. Seine Augen funkelten finster und zornig über ihr. »Jennifer, du bist ein Dummkopf.«

Der Ausdruck, der auf seinem Gesicht stand, erschreckte sie. Was sie zu weit gegangen? Hatte sie zuviel gesagt? Ihn an seine Grenzen getrieben? Sie versuchte, sich von ihm zu lösen, doch er zerrte sie mit einem Ruck an sich. »Ich kriege keine Luft mehr.«

»Das will ich bei Gott hoffen. Ich will dich atemlos zurücklassen. Ich will jeden Funken Leben aus dir saugen. Ich will alles, Jenny – deinen Körper, dein Herz, deine Seele. Mit weniger begnüge ich mich nicht. Und ich werde es bekommen. Ich werde alles bekommen, kleines Mädchen, weil ich genauso stark bin wie du, und du wirst mich bei Gott nicht abweisen. Ich werde dich so lange immer wieder küssen, bis du ohnmächtig wirst. Ich werde dir den Atem rauben, dir jeden Funken Leben nehmen. Und wenn ich das tue, werde ich dir mehr und noch mehr und immer mehr abverlangen. Das brauchst du schon seit langem. Du hast nie einen Mann gekannt, der stark genug für dich war, den du nicht um den kleinen Finger wickeln konntest. Vielleicht bin ich nicht das, was du zu wollen glaubst, aber ich bin bei Gott das, was du bekommen wirst. Ich kenne dich, Jenny.«

»Du hast keine Ahnung!«

Sein Mund preßte sich brutal auf ihre Lippen, und sie kapitulierte ohne ein Wimmern. Sie war zu betäubt, um ihn von sich zu stoßen, und eigentlich hatte sie gar nicht den Wunsch, es auch nur zu probieren. Ihr Herz hämmerte in der Brust, und ihr Körper erschauerte, als sie plötzlich Furcht verspürte, Furcht vor seiner Kraft, Furcht vor einer Stärke, gegen die sie sich zunehmend machtloser fühlte. Und er küßte sie immer noch. Würde er denn niemals aufhören? *Ich werde dich so lange immer wieder küssen, bis du ohnmächtig wirst.* Das Blut pochte in ihren Schläfen und strömte ihr in den Kopf. Die Welt drehte und drehte sich – *bis du ohnmächtig wirst... bis du ohnmächtig wirst... bis du ohnmächtig wirst.* Und ihr eigener Verstand schrie auf: *Bitte, hör auf... hör bloß niemals auf* – bis sie das Gefühl hatte, überzuschnappen. Sie stieß ein Wimmern aus.

»Sag mir, daß du mich liebst!« forderte er, und sein Gesicht schwebte über ihr wie ein Adler, der mit den Flügeln schlägt. Er schüttelte sie. »Sag es mir«, sagte er, »oder bei Gott, ich werde dich küssen, bis man uns gewaltsam voneinander lösen muß.« Sie machte den Mund auf, war aber derart entgeistert über die Geschehnisse, daß kein Wort herauskam. Er schüttelte sie wieder. »Sag es mir, verdammt noch mal! Du kannst dein Herz nicht hintergehen, ebensowenig, wie ich es kann. Du bist für mich geschaffen, Jenny, du warst von Anfang an für mich bestimmt. Und du wirst mir sagen, daß du mich liebst, oder...«

»Ich liebe dich«, sagte sie. »Ich liebe dich. Ich liebe dich. Ich liebe dich.« Sie schlug mit den Fäusten auf ihn ein. »Ich liebe dich, aber ich verabscheue dich. Du hast mich schon geliebt, als du das erste Mal mit mir geschlafen hast, aber du wolltest es nicht zugeben. Du hast mich damals geliebt, und du liebst mich heute, aber was nutzt das schon? Und jetzt hör mir zu. Ich sehe selbst, daß es dir schlechtgeht und daß du leidest. Aber ich habe kein Mitleid mit dir. Ich habe keine tröstlichen Worte für dich übrig. Es freut mich, daß du leidest. Hast du gehört? Es freut mich. Ich möchte, daß du genauso sehr leidest wie ich. Ich will, daß du dieselben Qualen erleidest: zu lieben und zu wissen, daß dir das versagt bleibt, wofür du mit Freuden sterben würdest. Welches Recht hattest du, uns das zu versagen, was wir hätten haben können? Wir hatten etwas Schönes, und du hast es uns genommen. Und dafür hasse ich dich. Ich hasse dich dafür, daß du mich die Liebe gelehrt hast und dann fortgegangen bist. Ich hasse dich dafür, daß du in Savannah warst, obwohl du nicht das Recht hattest, wieder in meinem Leben aufzutauchen. Und ganz besonders verabscheue ich dich dafür, daß du mit dieser Blondine mit dem teigigen Gesicht und Stroh im Kopf zusammen warst, die ihre klebrigen Finger nicht von dir lassen konnte. Wenn ich ein Mann wäre... wenn ich kräftiger wäre... ich glaube, dafür könnte ich dich umbringen.«

»Ich hätte dich nicht für eine Frau von der eifersüchtigen Sorte gehalten. Aber das gefällt mir.«

»Mich interessiert kein bißchen, was dir gefällt.«

»O doch, es interessiert dich ganz gewaltig, und zu deiner Information: Dieser Schwachkopf war eine alte Freundin der Familie, ein Mädchen, mit dem ich aufgewachsen bin. Ich war ihr Begleiter und sonst gar nichts«, sagte er. Er setzte sich auf die Bettkante und zog sich die Stiefel an.

»Wie hast du mich gefunden?«

»Ich bin zum Haus deines Onkels geritten. Deine Mutter hat mir gesagt, wo du bist.«

»Erinnere mich daran, daß ich mich bei ihr bedanke.«

»Sie konnte beim besten Willen nicht ahnen, was ich vorhatte.«

»Was hattest du denn vor, Jay? Aus welchem Grund hast du dir solche Mühe gemacht, mich einzuholen?«

»Es freut mich, daß du die Mühe wenigstens zu würdigen weißt. Ich mußte teuflisch schnell reiten. Wenn ihr nicht diesen zweistündigen Aufenthalt gehabt hättet...« Er unterbrach sich und sah sie an. Sein Ausdruck war plötzlich ernst. »Für mich hat sich nichts geändert. Ich will dich immer noch, Jenny. Sogar noch mehr als früher. Ich liebe dich.« Er sah sie seltsam an. »Ich weiß nicht, was ich mit dir anfangen soll.«

»Vielleicht liegt es daran, daß du immer noch nicht entschieden hast, was du eigentlich willst. Manchmal wünschte ich, es wäre eine andere Frau. Das ist etwas, was ich verstehen könnte. Aber das?« Sie warf die Hände in die Luft. »Das ist etwas, womit ich nicht fertig werden kann. Wie kämpft man gegen die Vergangenheit eines Menschen an, gegen die zerstörerische Lebensform, die er sich für die Gegenwart gewählt hat? Du bist wie ein Mann, der zwei Frauen liebt. Du kannst dich anscheinend nicht entscheiden, welche von uns du willst. Du wirst eine Wahl treffen müssen. Du kannst nicht beide haben. Das habe ich dir schon einmal gesagt.«

Sie sah, daß ihre Worte ihn tief getroffen hatten, aber er sagte nichts. Der altbekannte zornige, finstere Ausdruck stand wieder auf seinem Gesicht und ließ tiefe Falten auf seine Stirn treten.

»Du scheinst deinem eigenen Leid kein Ende setzen zu können; du verbeißt dich in etwas, was früher oder später zu deinem Untergang führen wird. Du willst alles so haben, wie du es dir vorstellst. Dabei hast du kein einziges Mal auch nur an mich gedacht. Mein Leben gefällt mir. Es ist produktiv und befriedigend. Und ich bin glücklich. Ich liebe dich, Jay. Aber ich kann ohne dich leben.«

Sie wußte, daß er ihr zuhörte, aber sein Ausdruck war immer noch finster und zornig, bevor er aus dem Fenster schaute, ohne etwas anderes als die endlose schwarze Nacht zu sehen.

»Du mußt dein Leben dringend in den Griff kriegen. Dich entscheiden, was du eigentlich wirklich willst. Aber laß mich in Ruhe. Wenn du je wiederkommst, wenn du mich in irgendeiner Form belästigst, dann lasse ich dich verhaften.«

Er drehte sich zu ihr um. »Ich werde dich sehen, sooft ich will.«

Sie schaute ihn an; die Hoffnung, die ganz frisch in ihr aufgekeimt war, verwelkte und starb. Zu glauben, Jay sei zur Vernunft gekommen und ihr nachgeritten, um zwischen ihnen alles in Ordnung zu bringen... plötzlich erkannte sie, wie dumm sie gewesen war. Nichts hatte sich geändert. Aber auch gar nichts. Er war wieder in ihrem Leben aufgetaucht, aber nur für einen Moment und aus den denkbar falschesten Gründen. Für sie beide war es zu spät. Das wurde ihr jetzt in aller Klarheit bewußt. Diesmal würde sie nicht nach Hause gehen, warten und ihre Wunden lecken und glauben, er käme zu ihr zurück. Diese Nacht war eine Art Abschiedsgeschenk gewesen – in zweierlei Hinsicht: Sie war ein letztes Mal mit ihm zusammen gewesen, und sie wußte, daß sie ihn nach dieser Nacht nie wieder sehen würde. Es hatte etwas Endgültiges, und dieses Gefühl hatte sie nicht gehabt, als er sie das letzte Mal verlassen hatte.

Er kam von hinten auf sie zu und legte seine Arme um ihre Taille. »Komm mit mir.«

»Laß das.« Sie schob seine Hände weg und trat einen Schritt zurück. »Daraus kann nichts werden. Nicht bei uns. Nicht so.«

»Wie kannst du dir so sicher sein?« Seine Stimme war ruhig und gelassen.

»Was wirst du für den Rest deines Lebens tun? Wie willst du eine Familie ernähren? Hast du immer noch die Absicht, Marshal zu bleiben?«

»Ja. Das habe ich dir doch schon einmal gesagt. Isaac Parker, der Territorialrichter, will, daß ich einen Posten als Marshal annehme und nicht mehr als Deputy arbeite. Das würde mehr Geld bedeuten.«

»Aber die Zeit, in der du von Zuhause fort bist... die Gefährdung deines Lebens... daran würde sich doch nichts ändern, oder?«

»Nein.«

»Dann ist also alles beim alten, verstehst du? So kann ich nicht leben, Jay. Es liegt nicht am Geld. Ich will meine Kinder nicht allein aufziehen. Ich will keine Witwe sein.«

»Du sagst noch immer nein?«

»Ja, die Antwort lautet immer noch nein.«

»Meine Pflichten... ist es das, was dich stört?«

»Ja.«

»Willst du damit sagen, daß du mich heiratest, wenn ich meinen Posten als Marshal aufgebe?«

»Ich will solche Argumente nicht einsetzen, um dich zu manipulieren. Ich würde mir erhoffen, daß du deine Arbeit aufgibst, weil du selbst mehr vom Leben willst, weil du dir mehr für dich und für deine zukünftige Familie wünschst.«

»Der Ansporn ist trotzdem da. Marshal sein oder nicht Marshal sein, das ist hier die Frage.«

Sie starrte ihn an und wußte nun ganz genau, was sie sich immer gewünscht hatte, wenn sie je dem richtigen Mann begegnen würde: eine Ehe, Kinder, den Rest des Lebens mit dem Mann verbringen, den sie liebte. Aber was hatte sie an Jays Seite? Nicht mehr als innere Unruhe und gärende Zweifel; eine wacklige Basis, die am Abgrund wankte und sich eines Tages zu weit neigen und sie in eine endlose Leere schleudern würde.

»Warum bist du so stur? Warum beharrst du darauf, alles wegzuwerfen? Warum versuchst du es nicht? Du hast nichts zu verlieren.«

Nichts weiter als mein Herz, den Sinn meines Lebens und jede Hoffnung auf ein zukünftiges Glück. Und was ist mit dir? Warum bist du so stur, so stolz... und so verflucht dumm? Warum kannst du dich nicht von deiner Vergangenheit lösen? Warum kannst du mir nicht dieselbe Chance geben, die du Milly gegeben hast? Warum kannst du nicht selbst sehen, daß ich ganz anders bin als sie, daß ich noch eher das Atmen einstellen könnte, als dich im Stich zu lassen?

In ihrem Blick mußte etwas Endgültiges gelegen haben, denn seine gesamte Haltung schien sich zu ändern, als er dastand und sie ansah. Und dann wandte er sich wortlos ab und ging zur Tür.

»Leb wohl«, sagte sie, aber er erwiderte nichts darauf. *Leb wohl, mein Geliebter.*

Fünf Tage später kam der Zug in Fort Worth an. Rand war mit dem Einspänner da, um sie abzuholen. Nachdem er ihren Koffer aufgeladen hatte, setzte er sich im Wagen neben sie und tätschelte ihre Hände mit einer seiner Pranken, während er mit der anderen nach den Zügeln griff. »Schön, daß du wieder zu Hause bist.«

Jennifer rückte näher und ließ den Kopf auf die Schulter ihres Vaters sinken. »Es ist schön, wieder zu Hause zu sein.«

»Ich war erstaunt, als ich dein Telegramm bekommen habe und daß du nach Hause kommst, obwohl Susanna und Winny sich entschlossen haben, länger wegzubleiben. Was ist passiert?«

»Das ist eine lange Geschichte. Ich erzähle sie dir später.«

»Wie lange kannst du hierbleiben?«

»Nur, bis Mutter und Tante Winny zurückkommen. Dann fahren wir weiter. Die Schule fängt bald an, und vorher habe ich noch eine Unmenge zu erledigen. Ich kann nicht glauben, daß der Sommer für mich schon fast vorbei ist.«

Sie grinste ihn an und bog die Feder zurück, die ihr von der Hutkrempe ins Gesicht hing, aber das nutzte wenig. In dem Moment, in dem sie sie losließ, fiel sie ihr sofort wieder ins Gesicht. »Verflixt und zugenäht«, sagte Jennifer, und als sie wieder nach der Feder griff, brach sie ab, und ein Windstoß wehte sie aus ihrer Hand. Jennifer lachte, als die Feder auf dem breiten Rücken des Zugpferdes landete.

Rand lachte und drückte sie an sich. »Das ist mal wieder typisch«, sagte er. »Du warst schon immer ein lustiges Dingelchen. Man hätte nie voraussagen können, was aus dir einmal wird.«

Sie sah ihn mit gerümpfter Nase an. »Lustig? Was soll das heißen?«

»Die anderen Mädchen, tja, da hatte ich immer eine Vorstellung im Hinterkopf... Abbey mit ihrer schulmeisterlichen Art, da wußte ich, daß sie mal viele Kinder haben wird. Und so gern, wie Clara kocht, hat es mich kein bißchen überrascht, daß sie ein bißchen rundlich geworden ist. Sogar, daß Heddy mit diesem Cowboy ausgerissen ist, hat mich nicht wirklich erstaunt. Heddy hat nie nachgedacht, bevor sie etwas getan hat, und sie hat immer genau das gemacht, was ihr paßt.«

»Und ich?«

»Du warst das Rätsel. Du warst noch keine Minute alt und hattest schon drei Viertel von deinem Haar. So viel Haar habe ich bei einem kleinen Mädchen noch nie gesehen. Zierlich und feminin warst du schon immer, aber es war immer etwas Widersprüchliches da, unvereinbare Gegensätze, als hätten sie, als du geschaffen worden bist, von allem gerade nicht genug da gehabt, und deshalb mußten sie dich aus Resten stückeln, die sie zusammengekratzt haben, ein bißchen aus diesem und ein bißchen aus jenem Topf, bis sie ein vollständiges Wesen hatten.«

Jennifer lacht. »Das ist die merkwürdigste Schöpfungsgeschichte, die ich je gehört habe. Du solltest aufpassen, daß Reverend Thatcher dich nicht so reden hörst. Er hält unsere Familie ohnehin für reichlich seltsam.«

»Wahrscheinlich hat er recht, aber mir ist nie eine Familie begegnet, die ich gegen meine eintauschen würde. Wir sind eben ein Haufen von ausgeprägten Persönlichkeiten...«

»Und ich bin die ausgeprägteste, wenn ich dich richtig verstehe.«

»Ich würde dafür eher das Wort *komplex* benutzen.« Er klatschte dem Wallach mit den Zügeln auf den Rücken, damit er schneller lief, und dann sah er Jennifer wieder an. »Mit deiner weißen Haut und deinem tiefschwarzen Haar hast du immer wie ein kleines Porzellanpüppchen ausgesehen. Und dein winzig kleiner Kopf wirkte zu klein, um das Gewicht all dieser Haare zu tragen. Auf den ersten Blick hätte man glauben können, du seist zart und zerbrechlich, aber in Wirklichkeit warst du die Zäheste und Lebhafteste von allen. Du warst so ungestüm wie eine Märzstute, hast aber immer ausgesehen wie aus dem Ei gepellt. Es ist mir immer schwergefallen, dich zu bestrafen. Ich erinnere mich gut daran, wie oft du mit diesen großen, kugelrunden Augen in der Bibliothek vor mir gestanden und mich angeschaut hast, und du hast so süß und unschuldig wie ein Engel ausgesehen, deine kleine weiße Schürze war frisch gestärkt und fleckenlos, und deine Lackschuhe haben geblinkt wie Knöpfe. Und ich hatte die übelsten Geschichten darüber vernommen, was du gerade wieder angestellt hast. Also habe ich rumgedruckst, mich rangetastet und versucht, mir einen Ruck zu geben, und du hast mir in die Augen gesehen und gesagt: ›Ja, das habe ich getan, Papa.‹«

Rand zog sein Taschentuch raus und wischte sich über die Augen. »Verflucht, es war so schwer, dir den Hintern zu versohlen. Und wenn ich es getan habe, dann bist du hinterher auf meinen Schoß geklettert und hast mir die Arme um den Hals geschlungen, und du hast immer gesagt, wie leid es dir tut und daß du dich bemühen wirst, ein braves Mädchen zu sein. Du warst die einzige, die so reagiert hat. Die anderen Mädchen waren tagelang wütend auf mich und haben geschmollt und sind mir aus dem Weg gegangen.« Er schüttelte den Kopf. »Du warst so stur, wie man es sich nur irgend denken kann, und doch war mit dir leichter auszukommen als mit allen anderen Kindern. Schließlich habe ich dann begriffen, daß du nur dann stur bist, wenn es um die Dinge geht, an die du wirklich und wahrhaftig glaubst. Und wenn du an etwas geglaubt hast, dann hast du um dich geschlagen, aber sonst warst du die Sanfteste und Liebenswürdigste von allen. Du hattest immer fünfzig verschiedene Sachen gleichzeitig im Kopf, und doch hast du immer Kleinigkeiten wahrgenommen. Du warst gescheit und hübsch und hattest unzählige Freundinnen. Manchmal hast du wie ein hochnäsiges reiches Mädchen gewirkt, aber im nächsten Moment hast du dich mit den verlottertsten Kindern in der ganzen Schule angefreundet und ihnen dein Pausenbrot gegeben... einmal hast du zwei Tage vor Ostern dein brandneues Kleid verschenkt, das wir dir für Ostern gekauft hatten.« Er sah sie wieder an. »Erinnerst du dich noch, wie du der kleinen Nethercutt ein blaues Auge geschlagen hast?«

Jennifer schlug sich entgeistert die Hand vor den Mund und lachte dann. »Ja. Sie hat mir den silbernen Armreifen gestohlen, den du mir aus Paris mitgebracht hast.«

»Erinnerst du dich auch noch daran, was du getan hast, nachdem du sie grün und blau geschlagen hast?«

»Ja. Ich habe ihr den Armreifen geschenkt und ihr gesagt, wenn sie das nächste Mal etwas haben will, soll sie es sagen, und Stehlen sei eine Sünde.«

Er streckte die Hand aus und kniff sie ins Kinn. »Es ist verdammt schwierig, ist dir das klar?«

»Was ist schwierig, Papa?«

»Die letzte aus dem Haus gehen zu lassen.« Er wandte den Blick. »Es hat mir nie viel ausgemacht, die anderen Mädchen aus dem Haus gehen zu sehen, aber ich habe anscheinend nie geglaubt, es könnte einmal der Zeitpunkt kommen, an dem die kleine Jenny ihre Sachen packt und geht. Das hat etwas Abschließendes, als löste es in einem Mann etwas aus, was ihn urplötzlich alt werden läßt.«

Jennifer drückte seinen Arm und ließ den Kopf wieder auf seine Schultern sinken. »Es tut mir leid, daß ich erwachsen geworden bin, Papa, aber ich konnte nicht ewig ein kleines Mädchen bleiben.«

»Nein, das würde ich nie von dir verlangen.« Er trieb den Wallach wieder etwas schneller an. »Was wirst du mit deinem Leben anfangen, Jenny? Glaubst du, du wirst je mit dem Gedanken spielen, dich zu verheiraten?«

»Manchmal überlege ich es mir, aber die meiste Zeit habe ich das Gefühl, daß mit mir etwas nicht stimmt. Männer laufen ziemlich schnell vor mir weg.«

»Das liegt nur daran, daß sie sich vor dir fürchten.«

»Vor mir fürchten? Wie kommst du darauf?«

»Nur ein Teufelskerl kann es mit dir aufnehmen. Du bist einfach eine Spur zu hübsch, eine Spur zu intelligent, eine Spur zu begabt, und du hast zu klare Meinungen und zuviel Selbstvertrauen. Dazu kommt noch, daß du mehr Geld hast, als die meisten Männer verdienen, und wenn einer sich über all das hinwegsetzen könnte, dann würde er es sich spätestens dann noch einmal reiflich überlegen, wenn er unsere Familie kennenlernt.«

Sie griff nach ihrem Sonnenschirm und spannte ihn energisch auf. »Und was soll ich tun? Mich dämlich anstellen?«

»Nein. Bleib genauso, wie du bist, Süßes. Eines Tages wird der richtige Mann kommen, ein Mann, der deine Entschlossenheit, deine Sturheit, deine Klugheit und deine Schönheit besitzt. Und er wird stark sein ... Gott möge ihm beistehen, aber durchsetzungsfähig muß er sein. Und er wird es auch sein. Er wird eine so ausgeprägte Persönlichkeit haben, daß er für dich eine Herausforderung darstellt, und er wird stark genug sein, um dich zu lieben, und er wird es dir beweisen, ohne dich zu unterdrücken oder dich unter seinen Füßen zu zertreten. Du wirst vielleicht nicht glauben, daß er es ist, und es mag sein, daß es dich ärgert, an jemanden zu geraten, mit dem du nicht machen kannst, was du willst, aber gerade dafür wirst du ihn bewundern.« Er sah sie an. »Und er wird sich auch nicht mit Halbheiten begnügen. Er wird alles haben wollen, Jenny. Und er wird nicht aufgeben, solange er nicht alles hat.« Er schüttelte den Kopf. »Verflucht und zum Teufel! Ich hoffe, mich gibt es noch, wenn der Tag kommt. Ich will dem Mann die Hand drücken, der einen Blitzstrahl festhalten kann, ohne sich die Finger zu verbrennen.«

Als Rand diesen letzten Satz sagte, hörte Jennifer ihm schon nicht mehr zu. Seine Worte saßen, und sie klangen viel zu sehr nach etwas, was sie schon einmal gehört hatte. *Ich will dich atemlos zurücklassen. Ich will jeden Funken Leben aus dir saugen. Ich will alles, Jenny – deinen Körper, dein Herz, deine Seele. Mit weniger begnüge ich mich nicht. Und ich werde es bekommen. Ich werde alles bekommen, kleines Mädchen, weil ich genauso stark bin wie du, und du wirst mich bei Gott nicht abweisen.*

Am folgenden Morgen kamen Susanna und Winny zurück. Am späteren Abend saß Rand in dem großen vierpfostigen Bett und sah zu, wie sich Susanna ihr langes kastanienbraunes Haar ausbürstete. Mehr als die Hälfte ihres Lebens hatte er ihr fast jeden Abend dabei zugesehen, und es wurde ihm nie langweilig.

»Rand?«

»Ja?«

»Jennifer ist verliebt.«

Rand riß den Kopf vom Kissen. »Verliebt? Unsere Jenny? In einen Mann?«

Susanna hörte auf, sich die Haare zu bürsten. Sie drehte sich um und sah ihn an. »Natürlich in einen Mann. In was sollte sie sich denn sonst verlieben?«

»In eins ihrer verfluchten idealistischen Vorhaben.«

»Nein. Das ist eine andere Form von Liebe. Es ist ernst.«

»Wer ist es? Jemand, den sie in Savannah kennengelernt hat? Das geht ja viel zu schnell, wenn du mich fragst. Ich halte es für richtig, jemanden genau kennenzulernen. Und man sollte mindestens zwei Jahre miteinander verlobt sein.«

»Haben wir deshalb sechs Monate nach unserer Verlobung geheiratet?«

»Das war etwas ganz anderes. Wir haben gewußt, was wir tun.«

»Der Mann ist genau der Richtige für sie, Rand.«

»Der Richtige?«

»Er paßt zu ihr. Er sitzt wie angegossen.«

»Wie angegossen?«

»Wie ein Handschuh.«

Rand legte die Stirn in Falten. »Reden wir eigentlich über dasselbe? Der Dreckskerl hat sich doch nicht etwa Freiheiten bei ihr rausgenommen?«

»Ich habe von einer anderen Paßform geredet, nicht davon.«

»Da bin ich ja verdammt froh. Es würde mir gar nicht gefallen, wenn ich den Mistkerl vor seiner Hochzeit umlegen müßte.«

»Das ist einleuchtend, Rand. Wenn du ihn umbrächtest, käme es nämlich nicht zu einer Hochzeit.«

»Wer ist es?«

»Jay Culhane.«

»Jay Culhane? Der Marshal, der Kerl, der...«

»Genau der.«

»Unsere Jenny und Jay Culhane? Der Marshal? Sie muß den Verstand verloren haben. Verliebt sich in einen Revolverhelden. Einen Rumtreiber. Einen Mann, der vor seiner Vergangenheit davonläuft. Das ist ja lachhaft. Er ist zu alt für sie. Und er war schon einmal verheiratet.«

»Ich dachte, du magst ihn.«

»Ich mag ihn auch, aber das heißt noch lange nicht, daß ich ihn heiraten will.«

»Er hat auch nicht um deine Hand angehalten. Ich glaube, er will nicht dich, sondern Jenny.«

»Woher weißt du das? Hat er ihr geschrieben? Warum habe ich nichts davon erfahren? Warum habe ich in all den Monaten kein Wort davon gehört? Warum hast du mir nichts gesagt?«

»Ich wußte es selbst nicht, bis wir nach Savannah gefahren sind.

Er war dort, Rand. Auf der Hochzeit. Ein Blinder hätte sehen können, daß die beiden ineinander verliebt sind. Ich wünschte, du hättest selbst gesehen, wie er sie angeschaut hat, als sie in der Kirche durch den Mittelgang kam.«

»Als sei sie das beste Stück vom Rind und er hätte gerade eine vierzigtägige Fastenzeit beendet, stelle ich mir vor.«

»Deshalb ist sie schon vor mir aufgebrochen. Sie wollte so schnell wie möglich verschwinden.«

»Ich dachte, du hättest gesagt, daß sie ihn liebt.«

»Rand, denk erst und rede dann. Sie liebt ihn, das stimmt. Und er liebt sie. Sie haben es beide noch nicht begriffen. Er ist ihr gefolgt und hat sie eingeholt, in der zweiten Nacht der Reise. Sie hat im Bett gelegen und geschlafen. Er hat sie aufgeweckt.«

»Und?«

»Sie sind verliebt, Rand. Erinnerst du dich nicht mehr, wie das war?«

»Mein kleiner Liebling«, sagte er kopfschüttelnd. Und dann, lauter: »Mein kleiner Liebling! Dieser nichtsnutzige Mistkerl hat meinen kleinen Liebling vergewaltigt!«

»Es war keine Vergewaltigung, Rand, und es war auch nicht das erste Mal.«

»Er hat sie entjungfert, und dazu hatte er nicht das Recht!«

»Es mag sein, daß er nicht das Recht hatte, Rand, aber er hatte ihre volle Zustimmung.« Sie legte die Bürste hin. »Würdest du jetzt bitte vernünftig sein?«

Er starrte auf die gelben Rosen auf der Tapete an und redete mit sich selbst.

Der Mann war schon einmal verheiratet, und er ist viel zu alt.

Aber sie liebt ihn.

Das ist doch Blödsinn. Sie weiß nicht, was sie tut.

Aber sie liebt ihn.

Er hat sie kompromittiert, mit ihr geschlafen.

Und sie hat es zugelassen.

Was glauben die eigentlich, wer sie sind, daß sie den Karren vor die Pferde spannen können?

Aber sie sind verliebt.

Und woher soll ich das wissen, wenn mir niemand etwas sagt?

Susanna hat es dir erzählt.

Was ändert das schon? Woher soll sie das wissen?

Weil sie selbst einmal jung war.

Das war ich auch. Aber ich verstehe es nicht.

Aber früher hast du es verstanden.

Ach, wirklich? Und wann soll das gewesen sein?

Als du noch Karren vor Pferde gespannt hast.

Das war etwas ganz anderes. Wir haben uns geliebt.

»Und wann findet die Hochzeit statt?« fragte Rand.

»Ich weiß nicht, ob es zu einer Hochzeit kommen wird.«

»Ich dachte, du hättest gesagt, daß sie sich lieben… verliebt sind und sich schon geliebt haben. Nach meinen Vorstellungen läuft das entschieden auf eine Hochzeit raus.«

»Deine Vorstellungen sind hier aber nicht gefragt, Rand. Es wird nicht zu einer Hochzeit kommen.«

»Und warum, zum Teufel, nicht?«

»Sie sind beide viel zu stur. Jeder von beiden will seinen Kopf durchsetzen. Sie können nicht zu einem Kompromiß kommen.«

»Das leuchtet mir absolut nicht ein, verdammt noch mal. Was soll ich deiner Meinung nach tun? Soll ich ihn verprügeln, bis er zur Vernunft kommt?«

»Natürlich. Das wäre das Beste, was du tun kannst. Genau das, was die beiden jetzt brauchen. Noch mehr Gründe dafür, nicht zusammenzufinden. Jenny ist im Moment nicht sie selbst. Ich dachte, es sei hilfreich, wenn du die Gründe kennst.«

»Sie ist schwanger?«

Susanna warf die Hände in die Luft. »Nein! Natürlich nicht!« Dann unterbrach sie sich, ehe sie sagte: »Zumindest glaube ich nicht, daß sie es ist.«

»Du *glaubst* es nicht?« wiederholte er. »Du *glaubst* es nicht? Wir sollten es lieber verdammt schnell rausfinden. Wenn sie schwanger ist, dann müssen wir diesen galoppierenden Galahad finden und ihn davon in Kenntnis setzen, daß er sich darauf einstellen kann, auf die Schnelle Ehemann und Papa zu werden.« Er sah seine Frau an. »Du gehst jetzt hin und redest mit ihr. Sag ihr, daß wir es so oder so wissen müssen.«

»Das werde ich tun, wenn du mir sagen kannst, wie ich es anstellen soll, Mutter Natur zu beschleunigen. Mit Sicherheit können wir es nur sagen, wenn wir noch Wochen warten.«

»Oh«, sagte Rand Baxter. »Stimmt.«

Susanne zog ihren Morgenmantel aus und stieg ins Bett. Sie sah erst die Lampe an, die neben ihr brannte, und dann ihren Mann.

»Ist es dir recht, wenn ich jetzt das Licht ausmache?« fragte sie.

»Also, die Liebe ist schon etwas ganz Seltsames«, antwortete Rand. »Ich erinnere mich noch, daß mein Vater mir gesagt hat, es gäbe in einer Ehe nie Probleme, die so groß sind, daß sie sich nicht im Bett lösen lassen.«

»Das klingt ganz so, als käme es aus dem Mund deines Vaters«, erwiderte Susanna, »aber es hat nicht das Geringste mit meiner Frage zu tun? Soll ich das Licht anlassen oder ausmachen?«

Rand drehte sich um, schlang die Arme um seine Frau und zog sie energisch an seine Brust. »Warum lösen wir dieses Problem nicht im Bett?« sagte er und tat ganz köstliche Dinge in der Nähe ihres Ohrs.

Ein schlanker Arm, den zarte Spitze bedeckte, löschte das Licht.

21

»Wenn dieses erbärmliche Gefühl Liebe ist«, sagte Jennifer am nächsten Morgen zu ihrer Mutter, »dann will ich nichts damit zu tun haben.«

»Ein gewisses Maß an Leid scheint die Liebe wohl immer mit sich zu bringen«, sagte Susanna. »Früher oder später macht jeder Mensch, der liebt, Phasen der Verzückung durch, aber nur, um gelegentlich einen gefühlsmäßigen Aufruhr zu erleiden. Du willst das, was du nicht hast, und wenn du es hast, dann willst du mehr davon. Wenn deine Gefühle erwidert werden, schwebst du auf Wolken. Wenn sie unerwidert bleiben, versinkst du im Sumpf des Elends. Bestenfalls könnte man es als süßes Mysterium beschreiben.«

»Süße Misere käme näher.«

»Was willst du jetzt anfangen, Jenny? Du kannst nicht ewig rumsitzen und Trübsal blasen. Das sieht dir gar nicht ähnlich.«

»Ich weiß nicht, was ich tun soll. Ich *hasse* dieses Gefühl. So habe ich mich noch nie gefühlt – so... so absolut machtlos. Ich dachte, ich besäße mehr Selbstdiziplin. Aber diese Empfindungen... ach, ich weiß es nicht, es ist einfach so, daß meine Liebe zu Jay anscheinend unbeirrt bestehen bleibt, selbst dann, wenn ich auf totale Ablehnung stoße. Ich verstehe nicht, warum ich immer noch die Liebe eines Mannes anstrebe, der mich sitzengelassen hat.«

Susanna lächelte und tätschelte Jennifers Hand. »Es ist erst eine gute Woche vergangen, Jenny.«

»Aber wenn er mich lieben würde, wie er es behauptet...«

Susanna legte einen Finger auf Jennifers Lippen, um sie zum Schweigen zu bringen. »Wage es bloß nicht, Jennifer Leigh. Wir haben dich nicht aufgezogen, damit du dich heute darauf versteifst, genau das zu kriegen, was du dir in den Kopf setzt.« Susanna verstummte. »Ich vermute, es ist trotzdem in erster Linie unsere Schuld, Rands und meine. Du warst die Kleinste, das Nesthäkchen, und das bürdet einem Kind immer eine Last auf. Dazu kommt noch der Umstand, daß du nur einen Monat nach Irenes Tod geboren worden bist, und ich fürchte, wir haben dich zu sehr verwöhnt. Vielleicht erwartest du deshalb von Jay, daß er sich so benimmt, wie er es deiner Meinung nach tun sollte. Ihr seid zwei verschiedene Menschen, Jenny, und ihr stammt aus einem unterschiedlichen Milieu, aus unterschiedlichen Familien. Ihr gehört zwei verschiedenen Geschlechtern an.«

Jennifer sah ihre Mutter an, als hielte sie sie für übergeschnappt. »Ich bin kein sabbernder Schwachkopf! Ich habe nicht jeden Bezug zur Realität verloren. Den Unterschied zwischen Männern und Frauen erkenne ich noch.«

»So habe ich das nicht gemeint. Ich versuchte nur, die Unterschiede zwischen euch hervorzuheben. Aufgrund dieser Unterschiede kannst du nicht von Jay erwarten, daß er handelt und empfindet, wie du es tätest, wenn du an seiner Stelle wärst.«

»Das weiß ich. Ich weiß, daß mir nicht paßt, wie er sich verhält. Mir paßt ja noch nicht einmal, wie ich selbst mich verhalte. Ich bin total durcheinander. Manchmal frage ich mich, ob ich ihn überhaupt liebe. Vielleicht weiß ich überhaupt nicht, was Liebe ist.«

»Liebe läßt sich nicht messen oder definieren. Sie hat mehr als eine Spielart, und für verschiedene Menschen ist sie jeweils anders. Man kann nur definieren, was man selbst für Liebe hält.«

»Frag *mich* bloß nicht! Ich halte die Liebe für unmöglich, absurd und wahnsinnig. Ich weiß nicht, warum ein Mensch von durchschnittlicher Intelligenz sich freiwillig entscheiden sollte, so zu leben. Man ist nur noch ein Esel. Wenn man zusammen ist, benimmt man sich, als sei man ein Narr. Wenn man voneinander getrennt ist, fühlt man sich so mies, daß man sich selbst nicht ausstehen kann. Ich frage dich, was soll daran gut sein?«

Susanna zog eine Augenbraue hoch und lächelte.

»Ich meine, was *sonst* noch«, fauchte Jennifer.

In der folgenden Woche machten sich Jennifer und Winny auf den Rückweg nach Brownsville. Jennifer konnte Jay nicht vergessen und brauchte etwas, um nicht vollkommen den Verstand zu verlieren, wie sie zu ihrer Mutter sagte, und daher nahm sie das Leben wieder auf, das sie geführt hatte, bevor Jay so heftig in ihr Dasein geplatzt war.

Der September kam und brachte den Anfang des Schuljahrs mit sich, und Jennifer hatte das Gefühl, gebraucht zu werden, etwas, was ihr schon immer wichtig gewesen war. Sie stürzte sich in die Arbeit, und das half ihr dabei, den Anschein geistiger Gesundheit wieder zu wahren und sie aus der Traurigkeit aufzurütteln. Jetzt fühlte sie sich auf dem Hochseil – der kleinste Ausrutscher, und sie würde wieder in den Abgrund der Verzweiflung stürzen. Daher gab sie sich einen Ruck und bürdete sich noch mehr auf, und sie hoffte, daß sie, wenn sie etwas für andere tat, vielleicht in einem gewissen Maß Frieden finden konnte. Oft kehrte sie – wie heute – nach einem sehr anstrengenden Tag spät nach Hause zurück, ließ das Abendessen ausfallen und verwendete ihre Zeit darauf, sich Notizen für eine Versammlung zu machen, die sie am späten Abend noch besuchen würde. Sie war restlos erschöpft. Gerade in solchen Momenten, wenn sie ganz unglaublich ermattet war, drängte sich die Erinnerung an ihn wieder auf, und dann brach sie in Tränen aus und weinte sich in den Schlaf.

Tante Winny kam vorbei, und sie setzten sich auf die Veranda. »Der älteste Sohn der Carpenters ist kürzlich bei mir vorbeigekommen.«

»Luke? Wie geht es ihm?«

»Gut. Er hat nach dir gefragt.«

»Hm.«

»Er wollte wissen, was ich davon halte, wenn er dich fragt, ob du mal mit ihm ausgehst.«

»Was hast du ihm gesagt?«

»Ich habe gesagt, fragen könnte nicht schaden.«

Jennifer zuckte mit den Achseln. »Luke Carpenter... also, ich weiß nicht.«

»Du kannst sie nicht ewig alle mit ihm vergleichen.«

»Ich weiß, aber es fällt mir so schwer, es nicht zu tun. Wenn man einmal Champagner gekostet hat, ist es hart, sich mit Wasser zu begnügen.«

Ein kalter, trübsinniger Winter brach an, der kälteste seit Jahren. Es war schon mehrfach zu starkem Frost und Schneestürmen gekommen. Zwischendurch wehten arktische Winde, und manche Tage waren so düster und bewölkt, als sei plötzlich die ganze Welt in Melancholie versunken. Doch gerade diese Trostlosigkeit war eine Zuflucht, die das Überleben ermöglichte. Wenn Jennifer im Schulhaus aus dem Fenster schaute und die vereisten Beeren an der Stechpalme hängen sah, dann hatte sie oft das Gefühl, in einen Spiegel zu schauen. Würde die warme Sonne, die den Frost tauen ließ, je wieder für sie scheinen? Würde sie je wieder überschwenglich und fröhlich sein? War ihr das Lebensgefühl, das sie früher gehabt hatte, für alle Zeiten versagt – das Gefühl, daß das Leben ein Malkasten voller leuchtender Farben war.

Achtzehn Monate waren vergangen, seit er sie zu ihren Eltern zurückgebracht hatte und aus ihrem Leben geritten war, vier Monate seit der Nacht im Zug. Wenn diese Nacht anders verlaufen wäre, hätte sie jetzt vielleicht schon ein Kind von Jay erwartet. Sie lehnte den Kopf an die kalte Fensterscheibe und versuchte sich vorzustellen, wie Jays Kind ausgesehen hätte. Oft schweiften ihre Gedanken in diese Richtung ab, und dann erleichterte es sie, daß er ihr diese Last nicht aufgebürdet hatte. Es gab andere Zeiten, in denen sie sich um etwas betrogen fühlte und wütend war, weil ihr die Liebe ihres Lebens versagt blieb und sie einfach nicht verstehen konnte, warum ihr nicht einmal sein Kind vergönnt war. Oft malte sie sich so deutlich aus, ein Kind von Jay zu haben, daß sie fast den Duft von Babypuder und frisch gewaschenen Windeln roch. Es verwirrte sie, daß dieses Bild ihr oft so realistisch erschien. Ein Windstoß kam um die Ecke und schüttelte die Stechpalme. Sie fühlte sich wieder an ihre eigene Kälte, Starre und Unfruchtbarkeit erinnert. Sie fragte sich, ob Jay überhaupt noch an sie dachte.

Als Luke Carpenter sie zum ersten Mal einlud, mit ihm auszugehen, nahm Jennifer die Einladung an. Beim zweiten Mal gab sie ihm einen Korb.

»Ich glaube, ein kurzer Abend, an dem ihr eine kirchliche Veranstaltung besucht habt, ist kein guter Test für die Konkurrenzfähigkeit«, sagte Winny.

»Tante Winny, es war kein kurzer Abend. Er hat sich ewig hingezogen... oder so ist es mir zumindest vorgekommen.«

»Hm«, sagte Winny. »Vielleicht ist Luke nicht der Richtige. Vielleicht bist du auch einfach noch nicht soweit.«

»Vielleicht werde ich es nie sein.«

»O doch, wenn du dich von Culhane löst.«

»Ich weiß nicht...«

»Wenn das Bedürfnis zu groß wird, wirst du es tun. Der Hunger lockt den Fuchs aus dem Wald.«

Allzuoft schien sie Jay plötzlich an ihrer Seite zu spüren. Sie brauchte nur an ihn zu denken, und schon fühlte sie diesen schneidenden Schmerz, der ihre Brüste durchzuckte und sich bis zu ihren Schenkeln ausbreitete, und dann wurden ihre Knie weich, und sie hatte dieses schmelzende Gefühl, das nur die Erinnerung an ihn ihr wachrufen konnte. Es ärgerte sie, daß schon allein die Erinnerung an ihn so auf sie wirkte.

Häufig spielte sie mit dem Gedanken, nach Weatherford zurückzugehen und das Leben der Tochter eines reichen Ranchers zu führen, sich mit Festen und jungen Männern, die um sie warben, abzugeben. Sie wußte, daß es nicht schwer gewesen wäre, einen Ehemann zu finden. Sie war immer noch mit ihrer Schönheit gesegnet – sie konnte dankbar sein, daß die Zerstörungen, die Jays Zurückweisung bei ihr angerichtet hatten, sich nur innerlich auswirkten. Sie wußte, daß ihr die Blicke der Männer folgten, wenn sie in die Stadt fuhr oder zur Kirche ging. Ja, selbst in Weatherford würden solche Blicke auf sie gerichtet sein: die einen glühend und lüstern, die anderen geziemend und freundlich und voller Besitzstreben.

Ein gutaussehender, wohlhabener Rancher kam unter dem Vorwand nachbarschaftlicher Beziehungen immer häufiger vorbei und bot ihr die Benutzung seines Wagens, ein schnelleres Pferd zu ihrer Verfügung oder die Hilfe seiner Männer an. Er war herzlich und freundlich, ein Gentleman wie ihr Vater, und sie ging ein paarmal mit ihm aus und besuchte sogar gelegentlich Winny und Pearl mit ihm. Gerade an diesem Nachmittag war er wieder zu Besuch und hatte ihr ein erlesen gutes Stück Rindfleisch gebracht. Er war etwas länger als nötig geblieben und hatte sie gefragt, als er sich schon auf sein Pferd schwang, ob sie mit ihm das nächste Fest in der Stadt besuchen wollte. Sie war mit dem Herzen nicht bei der Sache, aber sie war müde. Sie war es leid, allein zu sein. Sie hatte es satt, sich alt zu fühlen. Er bedachte sie mit einem unglaublich liebevollen Blick und küßte ihr die Hand, als sie schließlich einwilligte.

Sie war sicher, daß es richtig gewesen war, sich ganz zurückzuziehen, solange sie gegen die Erinnerung an Jay ankämpfte, zu warten, bis sie über immer längere Phasen frei von der quälenden Erinnerung an ihn war. Ihr Körper hatte begonnen, eine Art schläfrige Abgestumpftheit zu entwickeln, und ihre Seele übte sich in der Disziplin des Vergessens.

Es war schon spät am Abend, als Jennifer gähnte und beschloß, ins Bett zu gehen. Sie schaltete die Lampe aus und hörte den Wind, der im Kamin ächzte, aber in ihrem kleinen Häuschen herrschte vollkommene Stille.

Sie war erschöpft und fühlte doch einen seltsamen Frieden, als sie sich das Haar bürstete und das Nachthemd über den Kopf ziehen wollte. Das Band am Hals hatte sich verknotet, und sie spürte den Drang, es einfach zu zerschneiden. Als sie zur Schere griff, fiel ihr plötzlich eine Nacht in einem winzigen Haus in Mexiko ein. Der Wind hatte einen atemberaubend gutaussehenden Gauner in ihr Schlafzimmer geweht. Sie schüttelte den Kopf, um das unerwünschte Bild zu verjagen, doch bald wurde sie davon abgelenkt, daß irgendwo in der Nacht ein loses Brett klapperte. Es klang, als kämen Schritte über ihre Veranda. Sie legte die Schere hin und drehte sich um.

Etwas zersplitterte lautstark. Staub und Schutt wirbelten in ihr Zimmer. Sie hielt sich die Hand über die Augen und sah zur Tür.

Das konnte nicht sein.

Aber es war so.

Nein! schrie ihr Verstand. Er war tausend Meilen weit entfernt, trug eine Schaffelljacke und das Abzeichen eines Deputy Marshal der Vereinigten Staaten, und er machte Jagd auf irgendeinen Verbrecher, ein Revolverheld, der in den Indianergebieten für Recht und Ordnung sorgte und vor seiner Vergangenheit davonlief.

Aber dieses Gesicht war unverwechselbar, diese Augen, die stolze Haltung, die Wachsamkeit und Schnelligkeit eines Revolverhelden: Jay Culhane.

Jay Culhane, wie sie ihn immer gekannt hatte. Kalt. Rücksichtslos. Arrogant. »Was hast du hier zu suchen?«

»Mußt du das wirklich noch fragen?« sagte er leise.

Vor ihr stand Jay Culhane, den sie so noch nie gesehen hatte. Jay mit spöttischer Glut in den Augen, und die goldenen Knöpfe auf seiner dunklen Uniform blinkten im Schein der Lampe. Aber das konnte nicht sein. Dieser große, gutaussehende Mann, der in seiner Paradeuniform ganz prachtvoll aussah; die goldenen Litzen und die Streifen eines Captain sprangen ihr ins Auge. Sie zwinkerte, aber er stand immer noch da. Er sah in der Uniform eines Marineoffiziers blendend aus und sagte ihr mit seinen Blicken, daß all das nur für sie da war. Diese Uniform... schlagartig ging ihr auf, was das bedeutete.

Für sie.

All das hatte er für sie getan.

Ein Schluchzen stieg in ihrer Kehle auf und blieb dort stecken, als er die Tür hinter sich zumachte und einen Schritt auf sie zukam. »Ich bin zurückgekommen«, sagte er. »Weil ich nicht ohne dich leben kann. Ich will dich immer noch, Jenny... unter deinen Bedingungen... falls du mich nimmst.«

»O Jay...« Es war alles zuviel, mehr als sie verkraften konnte. Sie wußte kaum, was sie sagen oder tun sollte, als er eilig durch das Zimmer kam, sie in die Wärme seiner Arme zog und ihr mit einem langen, ausgehungerten Kuß den Atem raubte. Tränen verschleierten ihren Blick, als sie flüsterte: »Lieber Gott, bist du es? Bist du es wirklich?«

»Ich bin es«, sagte er und küßte sie wieder, und er fühlte den betörenden Wahnsinn, der ihn in ihrer Nähe immer packte. »Ich bin zurückgekommen, weil ich ein herzloser, bornierter Mistkerl war, der geglaubt hat, alles auf Erden sei für ihn zu haben, und er bräuchte es sich nur zu nehmen... bis ich etwas gefunden habe, was ich mehr als alles andere wollte und nicht haben konnte.«

»Wann?« sagte sie und trat zurück, um ihn in seiner prächtigen Uniform zu betrachten. »Wann hast du das getan? Wann hast du dich entschieden, es zu tun?«

»Deshalb, nur deshalb war ich in Savannah.«

»Als ich dich auf der Hochzeit gesehen habe? Du bist nicht nur wegen der Hochzeit dorthin zurückgegangen?«

»Um Gottes willen, nein! Ich bin deinetwegen zurückgegangen, Jenny. Nur deinetwegen... und letztendlich auch um meiner selbst willen.« Er schüttelte den Kopf, zog sie an sich und preßte ihre Wange an seine Brust. Sie ließ ihre Hände über die dicke Wolle seiner Uniformjacke gleiten. »Weißt du, mein Liebling, es war wirklich ganz einfach. Ich konnte es kaum glauben. In all den Jahren bin ich vor dem davongelaufen, was damals in Savannah passiert ist, und ich dachte, ich könnte nie mehr zurückgehen. Und als ich es dann schließlich getan habe, habe ich festgestellt, daß es dort überhaupt nichts gab, wovor ich hätte weglaufen können. Mein Leben ließ sich nahtlos dort fortsetzen, wo ich es abgebrochen hatte. Man hat mich akzeptiert, mich willkommen geheißen, mich sogar bewundert. Es war, als sei nichts passiert. Sogar mein Offizierspatent wiederzubekommen, damit ich wieder zur Marine gehen kann... auch das war ganz einfach. In all der Zeit«, sagte er, und ein Anflug von Verwunderung war aus seiner Stimme herauszuhören, »in all der Zeit, in der ich durch die Gegend gezogen und vor etwas davongelaufen bin...« Er drehte ihr Gesicht zu sich, damit er ihr in die Augen sehen konnte. »Ich war es, Jenny. Ich bin vor mir selbst fortgelaufen.«

Ihre Gedanken drehten sich im Kreis, immer schneller, bis sie zu einem unruhigen Muster verschwammen. Sie nahm kaum wahr, daß er aufgehört hatte zu reden, erst, als sich sein Mund auf ihre Lippen legte und er sie unglaublich zart küßte, nicht viel mehr als ein Hauch. »Ich liebe dich, Jenny. Ich liebe dich so sehr.« Seine Stimme verklang, bis nur noch ein heiseres Flüstern übrig war, und seine Lippen glitten über ihr Gesicht und ließen ihre Sinne in Rauch aufgehen, als seine Hand sich hob, um sich auf ihre Brust zu legen. Er kniete vor ihr nieder, und Jennifer stöhnte, als er seine Wange an ihren Bauch preßte. »Ich möchte, daß du meine Kinder bekommst. Ich möchte sehen, wie mein Kind in dir wächst.« Er nahm ihre Hand in seine. »Heirate mich, Jennifer. Bitte. Ich werde den Rest meines Lebens damit zubringen, dich zu lieben und dich glücklich zu machen. Sag ja, mein Herz. Sag ja.«

»Das habe ich schon in dem Moment gesagt, in dem du zur Tür reingekommen bist.« Sie ließ sich neben ihn auf den Boden sinken. »Ich liebe dich, Jay. Dich, und nur dich. Für immer.«

Seine Arme schlangen sich um sie und hüllte sie in Liebe ein. Seine Zärtlichkeit, seine Sanftmut, sein Verständnis – all das war ebenso sehr ein Teil von ihm wie seine Arroganz und seine Rücksichtslosigkeit. In Wirklichkeit setzte er sich aus zwei Männern zusammen. Den einen zeigte er der Welt. Den anderen zeigte er ihr, der Frau, die er liebte. Das gehörte zu seinem Zauber, machte seinen Charme aus, mit dem er sie so betörte und sie alles bis auf ihn vergessen ließ. Sie schmiegte sich enger an ihn und war unbeschreiblich glücklich. Er streichelte ihr Haar, und ihr Kopf lag unter seinem Kinn, an seine Kehle geschmiegt. Sie schloß die Augen und lauschte dem Wind, der um das Haus wehte, und sie hörte, wie Jays Herz unter all den Schichten geliebter Muskeln und Knochen pochend eine Nachricht an sie aussandte. Dreimal war er so zu ihr gekommen, dreimal war er aus dem Dunkel einer windigen Nacht in ihr Leben getreten. Er würde nicht wiederkommen, denn diesmal würde sie ihn nicht gehen lassen.

Er stand auf und zog sie auf die Füße, drückte sie an sich und war es zufrieden. Dann senkte sich sein Mund auf ihre Lippen, und seine Hände umklammerten ihre Schultern so fest, daß es schmerzte. Mit Gewandheit und Geschicklichkeit, die ihm von selbst zufielen, flüsterte er zarte Worte an ihren Hals und drehte sie in seinen Armen und stellte die intime Nähe her, die ihren Berührungen zu eigen war.

Sie grub ihre Hände in sein weiches Haar, erinnerte sich wieder an das Gefühl, an seinen Geruch und an seine Nähe. Nie hätte sie geglaubt, seine atemberaubende Nähe je wieder zu spüren. Sie hatte voll und ganz damit gerechnet, bis ans Ende ihrer Tage nie wieder gemeinsam mit ihm zu lachen – dieses unbändige, ausgelassene Gelächter, das einsetzt, wenn die Leidenschaft abgeebbt ist. Sie hatte auch geglaubt, nie wieder diese berauschende Fröhlichkeit zu erleben. Aber noch mehr als alles andere hatte sie erwartet, nie mehr in den Genuß zu kommen, zu lieben und diese Liebe voll und ganz erwidert zu wissen.

Aber das alles gehörte jetzt der Vergangenheit an. Jay war hier. Er stand vor ihr, warm und lebendig, in Fleisch und Blut. Eine Erinnerung, die zum Leben erwacht war.

Die Flamme brannte herunter und erlosch. Das Zimmer wurde in Dunkel getaucht, als die Lampe ausging. Aus dieser Dunkelheit kam eine Hand, warm und unendlich zärtlich, legte sich auf ihre Hand und führte sie zum Bett, und als sie vor dem Bett standen, hob Jay sie hoch und legte sie auf die Decke, um ihren weichen Körper mit seinem eigenen zu bedecken. Sein Mund senkte sich auf sie, und wo er sie auch berührte, züngelten Flammen auf, die sich wie ein Lauffeuer ausbreiteten. Er brachte sie um den Verstand, und sie wollte ihn überall berühren, und jedesmal, wenn er sie küßte, starb innerlich etwas in ihr ab. Seine Hand streichelte ihren Bauch und ihre Beine, die sich für ihn spreizten. Sie wimmerte, als sein Finger tief in sie glitt und er dabei hörbar ausatmete.

Er streichelte und küßte sie überall, berührte sie mit seinem Mund und seinem Körper. Wieder stöhnte sie, diesmal, als er seine Finger aus ihr zurückzog, und dann seufzte sie leise, als er sich die Finger in den Mund steckte. »Ich liebe deinen Geschmack... wo ich dich auch berühre, bist du so süß wie der Atem eines Babys. Ich liebe dich. Ich bete dich an. Ich kann nicht genug von dir kriegen.« Und langsam füllte er sie aus.

Ein Leben lang mit ihm... ob das genügen wird? Sie schaute auf und sah ihrer Liebe ins Gesicht. Wie eine Erscheinung, die aus den Seiten eines Buches herausspaziert, sah sie ihn vor sich, ein mythologisches Wesen, ein goldener Gott, dessen Lächeln sich in ihre Seele brannte. Die Liebe erfüllte sie wie die wogende Brandung des Ozeans, eine Welle nach der anderen, und die Wellen flossen zusammen, ineinander und reichten bis in die Unendlichkeit. Das war weit genug.

Er lächelte sie an, als er in ihr Gesicht sah, in die violetten Augen, die im Mondschein schwarz glänzten. Einen Moment lang fühlte er sich von diesen Augen verschlungen und schwamm in ihren bodenlosen Tiefen, als sähe er in die Zukunft. Es war eine Vision, in der er sich selbst sah und auch Jenny erkannte, und sie waren beide glücklich, wenn auch älter, als sie es heute waren. Doch die anderen Gesichter in dieser Offenbarung kannte er nicht. Es waren junge Gesichter, weibliche Gesichter, ein halbes Dutzend oder mehr – Gesichter, die er nie zuvor gesehen hatte, Gesichter, die ihm seltsam vertraut waren.

Für einen Sekundenbruchteil glaubte er, es seien die Gesichter seiner Kinder.

Epilog

Weatherford, Texas

Jess stand im Wohnzimmer neben dem Klavier und starrte in das zornige Gesicht seines Vaters.

»Was soll das heißen, du hast fliegen gelernt? Was fliegen?« fragte Jay Culhane, und plötzliches Verstehen ließ sein Gesicht noch finsterer werden. »Steh bloß nicht rum, und mach mir weis, du hättest gelernt, wie man ein Flugzeug fliegt!«

»Aber es ist so, Papa.«

»Ich weigere mich, das zuzulassen. Meine Erlaubnis bekommst du nicht, Jess. Ist das klar?«

Jessamine seufzte. »Ich habe dich nicht um Erlaubnis gefragt, Papa.«

»Warum führen wir dann dieses blödsinnige Gespräch?«

»Ich wollte dir nur mitteilen, daß ich fliegen kann, bevor ich dir sage, daß ich morgen nach England aufbreche.«

»Nach England? Wozu um alles in der Welt?«

»Weil ich über den Ärmelkanal fliegen will.«

»Hast du den Verstand verloren?« Jay legte eine Pause ein und rang um Selbstbeherrschung. »Das lasse ich nicht zu.«

»Ich werde es aber tun, Papa. Ich habe bereits alle nötigen Vorkehrungen getroffen. Ich bin dreiundzwanzig Jahre alt. Ich bin alt genug, um meine eigenen Entscheidungen zu treffen.«

»Das ist ein weiteres fragwürdiges Gesprächsthema, aber für den Moment stellen wir es hintenan«, sagte Jay. »Was ist das für eine Besessenheit – über den Ärmelkanal zu fliegen? Wenn du schon unbedingt über etwas fliegen mußt, warum dann nicht über den Trinity River?«

»Das stellt keine Herausforderung dar. Ich will die erste Frau sein, die über den Ärmelkanal fliegt.«

»Wie kommst du auf den Gedanken, so etwas ließe sich machen? Ich bin nicht sicher, ob das möglich ist.«

»Es ist aber möglich. Louis Blériot ist gerade erst in dreiundsiebzig Minuten von Calais nach Dover geflogen.«

»Jess, warum machst du nicht eine Reise... unternimmst etwas Schönes... siehst dir die Welt an?«

»Papa, du weißt doch, daß ich auf meiner letzten Reise allein nicht mehr aus Chinatown herausgefunden habe.«

»Und du willst über den Ärmelkanal fliegen? Nein. Unter gar keinen Umständen. Ich weigere mich, dich gehen zu lassen. Habe ich dir nicht schon tausendmal gesagt, daß eine junge Frau nicht allein an fremden Orten rumspaziert?«

»Mama hat es getan.«

»Ach«, sagte Jay. »Wer hat dir das erzählt?«

»Tante Winny. Sie hat gesagt, ich soll dich daran erinnern, daß Mama dasselbe getan hat, als sie vor fast dreißig Jahren nach Mexiko gegangen ist.«

Jay schüttelte den Kopf. »Ich vermute, es ist alles meine Schuld. Wir hätten in Savannah bleiben sollen.« Wieder schüttelte er den Kopf. »Mein erster Fehler war der, nach Texas zurückzukommen, nachdem ich mich in den Ruhestand begeben hatte. Mein zweiter Fehler war, daß ich eurer Großtante erlaubt habe, zu uns zu ziehen und bei uns zu leben.«

»Papa, ich würde gern auf dein Verständnis rechnen.«

»Hast du Tyler schon etwas darüber geschrieben?«

»Nein.«

»Ich weiß nicht, warum, aber ich finde es schon etwas seltsam, daß du es für nötig befindest, es deinem Vater mitzuteilen, wenn du dich entschlossen hast, deinen Mann nicht davon in Kenntnis zu setzen.«

»Ich bin wieder zurück, bevor Tyler meinen Brief bekäme. Ich möchte nicht, daß er sich Sorgen macht. Ich werde es ihm nach seiner Rückkehr erzählen.«

»Es dauerte noch Monate, bis Tylers Schiff zurückkommt. Das weißt du selbst.«

»Ja, aber ich habe mich entschlossen, bis dahin zu warten und es ihm dann erst zu sagen.«

»Und deine Tochter? Was für Pläne hast du mit der kleinen Laurie, solange du fort bist?« fragte Jay finster. »Nur über meine Leiche wirst du sie mitnehmen!«

»Ich dachte, ich lasse sie bis zu meiner Rückkehr hier. Tante Winny fand auch, daß das das Beste wäre.«

»Schon wieder Tante Winny«, sagte Jay. »Weiß diese Frau denn nicht, wie man sich als alter Mensch benimmt?« Er sah von Jess zu Jennifer, die stumm zugehört hatte, sich aber plötzlich von einem Blumenarrangement hatte ablenken lassen, das neben ihr stand. Jay ließ seine Frau nicht aus den Augen, als er sagte: »Mein Liebling, hast du gehört, was deine Tochter gerade gesagt hat?«

Es war heute schon das zweite Mal, daß Jess *ihre* Tochter war, aber daran war Jennifer gewöhnt. Immer, wenn im Haushalt der Culhanes eine Spur von Tumult auszubrechen begann, bestritt Jay, etwas mit der Geburt seiner sieben Töchter zu tun zu haben. »Ja, mein Schatz. Ich habe es gehört.«

»Und?«

Jennifer hielt eine Lilie in der Hand. »Was und? Meinst du Tante Winny oder das Flugzeug?«

»Beides.«

»Also, was das Flugzeug angeht, finde ich, Jess hat recht. Sie ist alt genug, um ihre eigenen Entscheidungen zu treffen.«

»Schon gut, vergiß es«, fauchte Jay. »Und was ist mit deiner Tante?«

»Was soll mit ihr sein?«

»Sie sorgt schon wieder für Ärger.«

»Sie sagt lediglich, was sie denkt.«

»Weil sie nichts zu verlieren hat«, sagte Jay. »Aber das tut nichts zur Sache. Was ist mit deiner Tochter?«

»Ich verstehe, was Jess will. Herausforderungen haben sie schon immer gereizt.«

»Dann kann sie sich eine andere Herausforderung suchen.«

»Ich will über den Kanal fliegen, Papa.«

»Jay, du hast mir einmal gesagt, jeder sollte an etwas glauben«, erinnerte Jennifer ihn.

Jay sah erst seine Tochter, dann seine Frau an und warf die Hände in die Luft.

»Wohin gehst du?« fragte Jennifer.

»Du hast gesagt, jeder sollte an etwas glauben. Also, ich glaube, ich werde mir jetzt einen ordentlichen Drink genehmigen.«

Jay genehmigte sich seinen Drink. Genaugenommen sogar zwei. Dann ging er aus dem Haus. Als er die Hintertür öffnete, versank die Sonne hinter dem Hühnerstall, und General Lee XV – Jays preisgekrönter, alter, englischer roter Kampfhahn mit der schwarzen Brust – saß auf dem hinteren Zaun und putzte sich das Gefieder. Als er die Tür aufgehen sah, plusterten sich General Lees Brustfedern auf, und dann streckte er den Hals und setzte zu einem lauten Krähen an. Er flatterte gerade mit den Flügeln und bereitete sich auf einen weiteren majestätischen Trompetenstoß vor, als Jay von der Veranda kam.

»Guten Morgen, Großpapa. Wohin gehst du?«

Jay schaute über die Veranda, und sein Blick fiel auf seine Enkelin Laurie. Sie erwartete ihn auf den Stufen vor dem Haus, ein kleines Püppchen aus Biskuitporzellan in einem gestärkten gelben Kleid, das die Hände auf der weißen Schürze gefaltet hatte, steif dasaß und über das ganze Gesicht strahlte, als sie ihm den Glanz ihrer Augen zuwandte. Jay blieb stehen und sah in Laures zartes kleines Gesicht, umgeben von üppigem langem Haar, so dicht und glatt und schwarz wie das Haar der Indianer, und Haut, die so hell und flaumweich wie blühende Weidenkätzchen war. Und erst ihre Augen, genau wie die ihrer Großmutter, wie Kornblumen, mehr lavendelfarben als blau, und so groß, daß sie nicht in ein so winziges Gesicht zu gehören schienen.

»Ich dachte mir, ich schlendere mal für ein Weilchen runter zum Bach«, sagte Jay. Er stieg die Stufen hinunter und lief ein paar Meter, bevor er stehenblieb und sich dann umdrehte, um zu beobachten, daß Laurie wie ein Korken hochsprang und ihm folgte.

»Ich komme mit dir«, sagte sie und nahm ihren Großvater an der Hand. Als sie den Bach fast erreicht hatten, riß sich Laurie mit einem aufgeregten Schrei von Jay los und rannte auf dem Weg vor ihm her.

Jay schaute ihr nach und spürte, wie sich ein Schmerz in sein Bewußtsein zwängte. Laurie. Seine jüngste Enkelin, Laurie, die Tochter seiner jüngsten Tochter Jessamine. Jessamine, das letzte von sieben Mädchen. Er sah Laurie an. Sie war sein Augapfel – und ihrer Großmutter wie aus dem Gesicht geschnitten. Alles zog wieder vor ihm auf, als er sie über denselben Pfad hüpfen sah, auf dem ihre Großmutter vor so vielen Jahren rumgehopst war. Lieber Gott, wie alt er sich gleich fühlte!

Tante Winny schaute aus dem Fenster. »Du kannst ruhig reinkommen. Noch bin ich nicht tot«, sagte Winny mit schnarrender Stimme, als sie sich umdrehte und beobachtete, wie Jennifer sich auf Zehenspitzen in ihr Schlafzimmer schlich. »Ich werde ohnmächtig! Du könntest dich nicht von der Seite an eine tote Flunder ranschleichen.«

Jennifer trat gerade noch rechtzeitig zu Winny ans Fenster, um zu sehen, wie Laurie und Jay durch den Garten kamen. »Du hast eine ganz besondere Schwäche für Laurie, stimmt's?«

»Habe ich etwas gesagt?«

»Nein, Tante. Das war auch nicht nötig. Ich weiß es schon seit langem. Von all unseren Töchtern war Jess die, die sich dein Herz erobert hat, und jetzt scheint es, als sei es ihrer Tochter auch gelungen. Papa war genauso. Manchmal erinnerst du mich an ihn.«

»Pah! Knete mich bloß nicht in ein und denselben Teigklumpen mit Randolph Baxter. Wir haben uns nie auch nur die Spur vertragen.«

»Darüber weiß ich nichts«, sagte Jennifer. »Ich fand immer, daß ihr euch prima vertragen habt. Keiner von euch konnte den anderen leiden. Was wünschst du dir denn noch mehr?«

»Du hast recht«, sagte Winny. »Jess ist die einzige von euren Töchtern, für die es lohnt, sich noch länger hier rumzutreiben. Die anderen – alle sechs, das sage ich dir –, aus der ganzen Bande mache ich mir nichts. Und jetzt die kleine Laurie... ich habe Gott dem Allmächtigen nie allzu viele Bitten vorgelegt, aber bei der würde ich gern noch erleben, wie sie erwachsen wird. Nur noch ein paar Jahre, bis sie in das Alter kommt, in dem du nach Brownville gekommen bist, um dort zu unterrichten. Dein ganzer Kopf war mit Ideen vollgestopft.«

»O Tante Winny...«

»Laß mich bloß mit deinem Tante Winny in Ruhe! Du brauchst

dein schwarzes Kleid nicht aus dem Schrank zu zerren. Für ein paar Meilen tauge ich noch. Ich habe gesagt, ich möchte sehen, wie Laurie zur Frau heranreift, und ich werde es erlauben – so Gott will und der Bach nicht über die Ufer tritt.« Sie sah Jennifer an. »Jess hat ihm vom Fliegen erzählt?«

»Ja. Er hat es nicht allzu gut aufgenommen.«

Winny schaute wieder aus dem Fenster und hatte ihre scharfen kleinen Augen auf Jay und Laurie gerichtet. »Er wird sich schon noch damit abfinden«, sagte sie.

Jay, dachte Jennifer und betrachtete ihn, wie er seine Enkelin an der Hand hielt – Jay, immer noch groß und jugendlich schlank, das goldene Haar jetzt zu Silber aufgehellt, und trotzdem sah er immer noch verheerend gut aus. Sie schaute den beiden nach, bis sie zwischen den Bäumen verschwanden, die am Bach wuchsen.

»Er wirkt so chancenlos wie Schnee im Juli«, sagte Winny, doch als sie sich umdrehte, war Jennifer gegangen.

Er brachte Laurie bei, wie man Steine auf dem Wasser hüpfen läßt, als Jennifer leise von hinten auf die beiden zukam. Ohne Laurie aus den Augen zu lassen, streckte er den Arm nach Jennifer aus, und sie schloß sich ihnen an und seufzte, als er sie an sich zog und sie den Kopf an seine Brust schmiegte.

Der Himmel über ihnen schien eine Meile hoch zu sein und war von einem unglaublich zarten Blau. Dort, wo die Sonne unterging, verfärbte er sich rötlich, und nirgends war eine Wolke zu sehen. Um sie herum wies die Erde die vielfältigen üppigen Grüntöne des Sommers auf, und der Geruch nach frischgeschnittenem Gras hing in der Luft. Am gegenüberliegenden Ufer des Baches quakte ein Ochsenfrosch, und als Lauries Stein aufs Wasser klatschte, schoß ein Schwarm silberschwarzer Elritzen nach allen Seiten auseinander.

Als es Zeit zum Gehen war, hopste Laurie vor ihnen her, und Jay zog Jennifer an sich und küßte sie aufs Haar, als sie den Kopf auf seine Schulter legte. Am Ende des Weges schlug Laurie drei Räder und winkte ihnen dann zu, ehe sie die Röcke lüpfte und ihnen wieder entgegenrannte.

»Ratet mal, was ich werden will, wenn ich groß bin!«

Jennifer zog ein Blatt aus Lauries dunklen schimmernden Locken. »Was willst du denn werden, mein Engel?«

»Lehrerin!«

»Das klingt ganz so, als stammte es von deiner Tante Winny.« Jay sah Laurie ins Gesicht. »Hat sie dir das eingeredet?«

»Nein, sie hat nur gesagt, Lehrerin könnte ich überall sein, wo ich will. Sogar in Afrika.«

»Ach, du meine Güte«, sagte Jennifer.

»Das kannst du laut sagen«, sagte Jay.

»Der läuft aber schnell. Wohin geht Großpapa denn?« fragte Laurie und nahm Jennifer an der Hand, während sie ihrem Großpapa nachsah, der auf dem Weg voranstürmte.

»Ich glaube, er geht ins Haus, um Tante Winny zu erdrosseln«, sagte Jennifer.

»Oha«, sagte Laurie. »Da sollte er sich besser hüten. Mama hat gesagt, Tante Winny kann beißen wie ein Wiesel.«

»Und du bist so gescheit wie ein Kohlkopf auf einem Kürbisfeld«, sagte Jennifer und nahm ihre Enkelin an der Hand, um zum Haus zu gehen.

Das letzte Tageslicht fiel auf die breite Veranda vor dem Haus, und Jennifer und Jay saßen auf der Schaukel, die dort stand. Jay hielt Jennifers Hand und drehte ihren Ehering. Dann küßte er ihre Finger.

»Was hat Tante Winny gesagt, als du ihr gesagt hast, du würdest ihren Einmischungen ein für allemal einen Riegel vorschieben?«

»Sie hat gesagt: ›Du bist ein toller Mann, Culhane. Aber du bist eben ein Anfänger.‹«

Die Sonne versank hinter dem Horizont, und die abendliche Stille setzte ein. Oben in ihrem Schlafzimmer erzählte Winny Claiborne Laurie über Afrika, während am anderen Ende des Ganges Jess ihren Fliegeranzug in ihre Reisetasche packte. Auf der Veranda beobachtete Jennifer Culhane ein Glühwürmchen im Oleanderstrauch, während sie die sachten Liebkosungen ihres Mannes spürte, der ihre Finger zart in seine Hand nahm. Mit einem zufriedenen Seufzen schloß sie die Augen und lehnte den Kopf an seine Schulter. Als sich sein Arm um sie legte, überlegte sie sich, daß Glück zwar vielleicht nicht allzu dehnbar war, aber in Wahrheit doch von einer unermeßlichen Größe.